长月无烬
CHANG YUE WU JIN

藤萝为枝 著

中国·广州

第六卷 般若浮生 ……… 243

第七卷 缱绻情愫 ……… 277

第八卷 她的恨意 ……… 315

第九卷 诱他动情 ……… 353

第十卷 六枚神钉 ……… 397

目录

第一卷　少年魔神　001

第二卷　他的过往　059

第三卷　绝情坏种　113

第四卷　神器换眼　159

第五卷　凉薄暴君　205

黎苏苏出生在五百年后，是第一仙门掌门之女。

她那个时代，邪魔当道，人间瘟疫肆虐，尸横遍野。

谁也不知道那个邪物，到底是什么时候诞生的。

但自从他入世以来，手段残忍，将仙门打得节节退败。

若干年后，长老们占卜，决定挑选一个人，送到五百年前，弄清魔尊由来，阻止他觉醒，拯救苍生。

卦象转来转去，最后指着黎苏苏。

我的喜欢你不稀罕，

那就试试我的恨。

第一卷

少年魔神

第一章

"三小姐,往前跑,不要回头!"

黎苏苏有意识的时候,猛然被人推了一把。

她脚下一滑,从山坡上滚了下去。

十二月的天,地上铺了厚厚一层积雪,她彻骨地冷,身上也疼。

快要撞到山坡下的树时,黎苏苏的手腕上,凭空出现一只白玉手镯。

手镯流转着五彩的光芒,这股力量堪堪稳住了她的身子。

黎苏苏头晕目眩,好半晌才缓过神。

入目是一片白茫茫的天地,她从地上坐起来,发现自己实在是狼狈。

身上的粉白袄子一片脏污,发髻散落下来,脚上绣鞋也掉了一只。

苏苏撑住树干,从地上爬起来。

她手上的玉镯里,传来一个小男孩的声音。它一本正经地说:"主人,这就是五百年前的人间。"

天上还下着鹅毛大雪。

苏苏伸出手,雪花落在她掌心,转瞬被她的体温融化,空气中充盈着浓厚的灵气。

她苍白的小脸上,露出星星点点的惊讶。

五百年后的世界,将会到处一片黑雾,魑魅魍魉横行,灵气稀疏,少得可怜。

"叶夕雾愿意让出身体。"玉镯顿了顿,说道,"她说,她希望你未来,能从那个魔鬼手中,保住她的父亲和祖母。"

苏苏道:"你告诉叶夕雾,我答应她。"

"穿越五百年,我没有灵力了,主人,我要开始休眠,有生命危险时,你再叫我。"

"好。"她抬起纤细的手指,抚过玉镯。

手镯上的光芒黯淡下来,陷入沉寂。

苏苏闭上眼,原主叶夕雾的记忆,开始出现在苏苏脑海里。到底不是自己的身体，记忆断断续续，十分模糊。

　　叶夕雾是叶将军家的三小姐，也是叶家唯一的嫡女。
　　前段时间落了水，病得很重，久久不愈。她的祖母担忧她，带她去天华寺上香。
　　没想到，在庙里，叶夕雾和贴身丫鬟银翘，一同被山贼掳走。
　　叶夕雾和银翘，趁着山贼不注意，逃命下山。
　　主仆俩没跑多远，就被山贼发现。
　　苏苏穿到叶夕雾身上，刚好就是这一幕，丫鬟推开了原主，让原主逃跑。
　　苏苏脚上一阵疼痛，她低头看，脚踝肿得老高。
　　苏苏尽量忽略疼痛，开始找出路。
　　她深一脚浅一脚走在雪地中，边走边掩盖雪地上的痕迹，她喘着气，没有停下脚步。
　　不知道山贼什么时候会回来，如果现在发现了她，她的处境绝对不会好。
　　一个弱女子，落到山贼手中，想也知道，会是什么下场。
　　她走了没多久，雪地里窸窸窣窣响起一阵脚步声。
　　苏苏连忙躲在一块石头后面。
　　果然，没一会儿，几个五大三粗的汉子，出现在附近。
　　"废物东西，不过一个女人，你们还真让她跑了！"为首的人，喘着气，一掌打在手下的头上。
　　"大哥，"手下挨了打，却不敢反抗，不安地说，"我们的情报有误，那小姐不是什么富商的女儿，而是叶大将军的闺女。"
　　山贼头子脸上的横肉抖了抖，脸色也非常难看。
　　哪个山贼不怕朝廷的兵马？
　　他眸光变得狠戾："既然这样，更要找到人，以绝后患。
　　"看老子做什么，还不快分开去找！"
　　苏苏窝在石头后面，脚步声离她越来越近。她皱起眉头，做好被发现的准备。
　　好在脚步声在她身边顿了顿，又朝另一个方向走了。
　　苏苏谨慎地等了一会儿，没有动弹。直到他们没了动静，她这才看过去，雪地里脚印杂乱，山贼们已经不见了。
　　苏苏站起来打算离开，突然，一个掉头回来的山贼大喊道："大哥，来人，那女人在这里！"
　　苏苏毫不犹豫，掉头就跑。
　　然而身后的山贼很快追了上来。

这具身体已经相当虚弱，苏苏眼前朦胧，雪地白茫茫一片，几乎看不见前路，她突然撞到一个人身上。

几支箭嗖嗖射向她的身后，山贼应声而倒。

苏苏抬眸，看见一张清隽的脸。

少年一身白袍，几乎与雪地相融，他脸颊瘦削，漆黑的眸，显得有几分冷漠。

他皮肤很白，红唇乌发，漂亮得惊人，但因为一双平静淡漠的眼睛，并没有显得女气。

苏苏撞到他时，他一动不动。但在触及她的目光时，他略微惊慌地转开眸。

少年扶住她，低声说："对不起，三小姐，我来晚了。"

苏苏不明所以，只好摇摇头。

几句话的工夫，山贼们死的死，伤的伤，活下来的，已经逃命去了。

少年身后的士兵冲苏苏抱拳："三小姐！属下来迟。"

苏苏想起那个推开自己、让自己先跑的小丫头，抬眸道："银翘还在他们手中，请你帮忙找找银翘。"

少年黑眸看着她："好，我让人去找。"

士兵们分散找银翘去了。

少年低眸，询问道："你受伤了？"

还不待苏苏答话，他默默横抱起她。

猛然被陌生少年抱起，苏苏有几分抗拒，她弄不清状况，一时半会儿不敢挣扎，抬眸打量他。

有个很大的问题。

她虽然有部分叶夕雾的记忆，但是她无法把人对号入座。

所以，眼前这位，到底是谁？

他怀里一点儿也不暖和，反而和冰冷的空气有得一拼。

苏苏在他怀里并不好受，冷得发抖，她想了想，说道："我刚刚掉下山坡，撞到了头，记忆有些紊乱。对不起，我不认得你了……"

话音一落，少年眼里生出几分古怪之色。

这情绪并没有维持多久，他很快恢复正常，说道："我叫澹台烬，三个月前，我们成了亲。"

此话一出，苏苏身体一僵，不可思议地抬眸。

雪花落在少年发间，衬得他眉眼也如冰雪。

少年把她抱得更紧一些，轻声问："三小姐，你冷吗？"

他黑眸乌发，看上去羸弱而无害。

见苏苏打量他，他安静垂下目光，显得恭敬卑怯。

苏苏身体更僵硬。

她抿紧了唇，掩盖住眸中情绪。

苏苏万万没想到，眼前这个看上去孱弱漂亮的少年，竟然就是她的任务对象。

未来那个，动辄杀人，捏碎人魂魄的魔王。

她靠在他胸前，感觉到他颀长的身躯下，瘦骨嶙峋，骨头硌人。

她脑海里几乎瞬间掠过上百种杀掉一个人的仙诀。

这想法非常强烈，甚至手里已经悄悄掐好一个暗杀的仙诀。

然而什么反应都没有。

苏苏收回手，后知后觉想起，她现在是个凡人。

身体又冷又疼，换作原主，早就维持不了清醒，苏苏勉强撑到现在，已然达到极限。

她试图挣扎着离开这个人的环抱，但她早已没了力气，下一刻苏苏两眼一黑，失去了知觉。

少年行走的步子顿住。

她晕过去后，他这才低眸，看着怀里的少女。

少女脸色苍白，这张平时张扬跋扈、惹人厌恶的脸，竟然在冰天雪地的衬托中，显出几分柔和圣洁之气。

他皱了皱眉，随即漠不关心地转开眸光，往山贼窝外面走。

没多久，叶将军手下的士兵，带回来了叶夕雾的贴身丫鬟银翘。

那丫头倒在雪地中。

澹台烬静静看着地上那具尸体。

银翘身上数十道刀伤，衣衫凌乱，腹部一个血洞，脸已经血肉模糊。

空气中弥散着浓烈的血腥气。

士兵问："质子，怎么处理？"

他只看了一眼，轻描淡写道："死了啊，那就烧了吧。"

语气就如同轻飘飘地说，今年冬天这场雪，下得真大。

马车晃晃悠悠间，黎苏苏做了一个梦。

她梦到了自己小时候。

她出生在五百年后，是第一仙门掌门之女。

本来是个金贵的身份，然而黎苏苏比较倒霉。

这事说来话长，她那个时代，邪魔当道。

简单来说，妖魔成了主宰，修真者和凡人，反而成了见不得光的存在。

谁也不知道那个邪物，到底是什么时候诞生的。但自从他入世以来，手段残忍，将仙门打得节节退败。

起初还有不信邪的宗门，试图围剿他，后来这群修真者，被残忍地埋在了"万仙冢"，魂飞魄散。

无数仙尊陨落，最后剩下的宗门，只能躲起来苟延残喘。

自此，提起他，众仙只觉得胆寒。

天空灰暗，魔气盖住灵气，无法修行。人间瘟疫肆虐，尸横遍野。

黎苏苏就在这样的世界长大。

现在这副凡人的身体累极了，黎苏苏梦到了她小时候，那个许久不曾想起的噩梦。

彼时她刚刚化形，还是个小女孩，额心一点火红的朱砂。

掌门爹爹说："不能出宗门，否则被妖魔抓住，就会把你丢给魔王。"

青衫仙尊指着第一个灵位。

"看见没？这是你大师叔，魔王杀的。"

又指向第二个灵位。

"这是你五师叔，魔王杀的，魂都散了。"

手移到第三个灵位，小女孩苏苏认真点头，接话道："我知道，这是二师伯，也是魔王杀的，死的时候连同他的本命法器，一并被捏碎了。苏苏将来长大，一定为师叔师伯们报仇。"

掌门看着粉雕玉琢、浩然正气的女娃娃，欣慰地点点头。

然而到底还小，没过多久，苏苏被一个叛逃的同门，骗出宗门。

下一秒，她被妖魔抓走了。

妖魔们围着她，夸赞叛徒道："你干得不错，这个小女娃娃灵魂非常纯粹，灵魂石都亮了，魔尊必定重重有赏！"

叛徒点头哈腰，高兴极了。

他们把苏苏献给魔王。

魔王宫殿鲜血汩汩，阴森昏暗。苏苏第一次经历这种事，周围妖怪们戏耍她，她怎样也打不过，逃不出去。

最后女孩急得化作原形，用翅膀盖住脸颊，嘤嘤直哭。

然后她第一次见到魔王，那个杀了她一堆师叔师伯的男人。

他很高，坐在王座上，周身萦绕着黑雾。

黑色的斗篷包裹着身体，仅露出的一双眼睛毫无感情。

魔王肤色惨白，他撑着下巴，睥睨着她。

魔宫灯火烧得"噼啪"作响。

小女娃苏苏被骗到魔窟，又后悔又伤心，抽噎得直打嗝儿。

"我特地来投靠魔尊，这是我送给魔尊的礼物。"叛徒指着苏苏，讨好地笑。

然而下一刻，叛徒瞪大眼睛，喉咙里发出"咻咻"的声音，血从他的嘴角蜿蜒流下。

他就这样轻易地死了。

魔王伸出苍白的手指，拎起小女孩。

苏苏大眼睛里含着一泡倔强的泪，就是不肯落："我可不怕你！"

她以为下一秒，就轮到自己了。

魔王却突然抬手，把她扔回了衡阳宗。

谁也不知道，魔王为什么没杀苏苏，连苏苏也不明白。

若干年后，长老们占卜，决定挑选一个人，送到五百年前，弄清魔尊的由来，阻止他觉醒，拯救苍生。

卦象转来转去，最后指向黎苏苏。

苏苏："……"骤然强加了种即将奔赴大道的使命感。

梦里，一排灵位包围着苏苏，给她加油打气。

苏苏醒了过来。

她已然不在那片雪地，身下的床铺温暖，房间里萦绕着淡淡的暖香。

炭火烧得正旺，让她的脸颊染上浅浅的绯红。

眼前一个十五六岁大的丫头，小心翼翼行礼："小姐，你醒了？"

她扶起苏苏，喂苏苏喝了一口水。

苏苏喉咙很痛，呛得咳嗽几声。小丫头脸色瞬间惨白，跪在地上："小姐饶命，春桃不是故意的。"

说罢，便磕起头来，一声一声，撞得地面砰砰作响，不带含糊的。

显然怕苏苏怕得要命。

原主叶夕雾，性格乖戾，几近凶残。看看苏苏一个咳嗽，把人家吓成什么样就知道了。

苏苏摇摇头，尽量不吓到她，说道："你起来吧，不怪你。"

春桃忐忑打量苏苏的脸色，换作以往，小姐身体不适，定不会轻饶了她。

仔细观察小姐脸色，见三小姐确实没打算惩罚自己，春桃松了口气，连忙把茶杯放好。

"这是在哪里？"苏苏问道。

小丫头说："已经不在寺里，回到了府上。小姐，你烧了两天。"

苏苏问道："春桃，澹台烬呢？"

她随着修真界众人叫惯了"魔王""邪物",现在叫这个名字好生疏。

春桃观察着她的脸色,小声地说:"质子回府后,就在冰面跪着,春桃帮您监督着,他绝对没有起来。"

苏苏诧异地看着春桃,什么?跪着?

脑海里零星闪过些许片段,苏苏总算想起来,是怎么回事。

这是原主在被山贼抓走前的吩咐。

苏苏昏迷了两天,也就是说,澹台烬在冰天雪地里,已经跪了两天。

苏苏想了想,问春桃:"你能给我一面镜子吗?"

春桃连忙递上一面铜镜,她悄悄打量三小姐,三小姐第一次用温和的语气和自己讲话!

苏苏打量着自己现在的身体,镜子里映出一张青涩的脸,十六七岁大;杏眼上翘,樱唇小巧,称不上绝色,偏向于邻家小姑娘型的好看。

苏苏试着一笑,瞬间带上几丝开朗快乐的味道。

其实,苏苏的重点,并不是看原主长什么样。

她对着镜子打量许久。

久到春桃战战兢兢,忍不住问:"小姐,你在看什么?"

不会又在怨自己生得不如大姑娘有风情吧?

苏苏心想:师伯曾教她看面相,口为壬癸北方中,唇若丹朱势要长,齿白细多齐更密,自然平地做公王。

现在她一样不占,看这面相,注定活不过二十岁,是早夭之命。

苏苏很疑惑,虽说肉体凡胎的寿命不过须臾百载,但这具身体年龄还小,竟然注定会早死?

即便苏苏来了,也不能改变命运线。

那她未来到底会怎么死?

不知道为什么,苏苏一下子联想起外头跪着的少年魔王。

正道少女黎苏苏,猛然抬起眸。

‖ 第二章 ‖

关于少年魔王为什么会被罚跪,苏苏接收到的记忆是这样的——半月前,原主叶夕雾和庶姐叶冰裳,一同掉入湖中。

结果,六皇子跳下去救庶姐,状元郎也跳下去救庶姐。不但如此,连原主才成婚不久的夫君,澹台烬,跳下湖也是游向庶姐。

最后还是原主的一个暗卫,见势不对,把原主捞了上来。

原主险些淹死，回来以后大发雷霆，她没法冲着六王爷和状元郎撒气，只好逮着澹台烬发火。

她让澹台烬去跪结冰的湖面，她什么时候原谅他，他什么时候才能起来。

然而惩罚还没实施，原主就受凉病倒，祖母带她和澹台烬去寺庙上香祈福。

谁知路上出了意外，原主被山贼捉走了。

现在回来，自然续上了惩罚。

苏苏揉揉心口，想出去看少年魔王罚跪。

这一定是她穿梭五百年时空的福利！

要是有聚影珠，她一定留一个影像带回去给师叔师伯们看看，他们修仙界扬眉吐气了啊！

澹台烬跪在冰面上。

前两日他回来，将军府管家笑吟吟道："希望质子，没有忘记三小姐的话。"

他一言不发，低眸敛目，过去跪在了结冰的湖面上。

没一会儿，寒气让他的脸变得苍白无比。

今年冬天比以往都要冷，几个丫鬟从湖边走过去，窃窃私语道："三小姐又在惩罚质子了呀！"

"怎么才从天华寺回来，三小姐又让质子罚跪？质子太可怜了。"

"嘘，小声些，你不怕三小姐啊？"

自从三小姐和质子成亲以后，三小姐总是罚他。

谁都知道，三小姐心仪六皇子，厌恶极了质子。

三小姐是叶大将军最疼爱的女儿，而质子澹台烬，是周国皇帝最讨厌的儿子。

质子在大夏国这么多年，连奴仆都可以欺辱他，更遑论最受宠的三小姐叶夕雾。

不待见一个人，不就随着心情，任意磋磨？

婢女们看澹台烬的目光，同情居多。

漂亮的少年平日里十分宽和懂礼，也没有半点架子。他身世本就可怜，如今还常常被这样折磨。

叶大将军哪怕知道了这些事，顶多教训爱女两句，就不了了之了。

大雪覆盖了远处的青松，澹台烬咳嗽一声，寒气入肺，刺得呼吸生疼。

膝盖下的冰，冻得骨头生疼。

少年乌黑的发丝上，已然结出一层寒霜。

澹台烬跪了太久，膝盖的痛，让他低低闷哼一声。他撑住冰面，稳住身体，冰上倒映出他的面容。

一张羸弱无害的少年脸孔。

他想起两日前,他把三小姐从山贼窝里抱回来的时候,叶家老夫人的脸都青了。

"这件事谁也不许传出去,如果让我知道谁的口中走漏了风声,叶家定不饶他!"

老夫人神色凌厉,眸中透露出浓浓的威胁。

随后老夫人又安抚地看向他:"府中嬷嬷检查过,夕雾身上衣物完好,定没有发生对不起你之事。"

"祖母多虑了,我自然相信夕雾。"

老夫人看他一眼,满意地点头。

叶三小姐被山贼掳走的事情,就这样隐秘地瞒了下来,老夫人却依旧在查。

毕竟叶家卫队随行保护,多少年来从未出过这样的意外。

山贼为何会盯上他们家三小姐?这件事怎样想,都不太对劲。

凭那群乌合之众,完全不可能轻易将叶夕雾带走。

然而不管老夫人怎样查,都没有个结果,这件事只能归咎于意外。

苏苏来到湖边,一眼就看见了未来的罪魁祸首。

少年在结冰的湖面上,已经快撑不住了。

他脸色苍白,唇色不再鲜红,开始发乌。

觉察到有人在看自己,少年抬起眸,正好对上苏苏的目光。

少女披着雪白柔软的大氅,歪头打量他。

两人隔着湖面遥遥相望,澹台烬突然看见,她弯起眼睛笑了。

不知道是满意府中冬日雪景,还是满意湖中他的狼狈。

苏苏身边的春桃,看得不忍心,用尽毕生勇气求情道:"小姐,质子已经跪了两日,再跪下去,恐怕身子骨要坏了。需要叫质子起来吗?"

苏苏摇摇头,认真地说:"他精神着呢,看起来还可以再跪几天几夜。"

春桃:"……"

三小姐是认真的吗?

苏苏当然是认真的,她摸摸春桃的头。

你不懂,像你这样的小姑娘,要是出生在未来,听到他的名字,都得吓晕过去,才不会同情他呢。

跪得半身不遂才好,看他以后怎么变魔王!

她看了澹台烬一眼,什么也没说,转身拂袖走了。

见少女的背影消失在屋檐长廊下,澹台烬抿紧嘴唇,收回目光。

苏苏去了老夫人的院子。

老夫人才午睡起来，因为信佛，屋子里檀香袅袅。

苏苏进去的时候，屋里还站了一个豆蔻年华的青衫姑娘。

青衫姑娘原本在给老夫人捏肩膀，见苏苏进来，便停了手。

苏苏认不得人，没有作声，那姑娘倒是主动冲她点了点头，轻声喊："三妹妹。"

原来是叶家庶出的二小姐，叶岚音。

苏苏颔首，打招呼道："二姐姐。"

叶岚音没想到苏苏会回应自己，她心中惊讶，局促地看苏苏一眼，冲老夫人福了福身："祖母，岚音明日再来陪你礼佛。"

老夫人拍拍她的手，点点头。

苏苏算是看明白了，原身在叶家是个小霸王一样的存在。

她来了，叶岚音就得给她让位。

自己喊叶岚音一声二姐姐，都让人家诚惶诚恐，忐忑不安。

所以原主平时是有多恐怖？

叶岚音一走，老夫人刻板的脸上，显得宽和了不少："三丫头，过来让祖母看看，身体好了没？"

苏苏走过去，说道："多谢祖母关心，夕雾的身体没事了。这些天，让祖母担心了。"

老夫人亲昵地点点她的额头："祖母年纪大了，没几年好活，你这丫头，就让祖母省点心吧。"

苏苏替老夫人捏着肩膀，道："祖母身体康健，不知道的，还以为是我娘呢，要一辈子护着夕雾。"

"嘴上没个把门，胡说八道什么。"老夫人佯装训斥道，但眼里的笑意盖都盖不住。

叶将军的嫡妻，生下原主就去世了，叶将军没有续弦，老夫人便亲自把原主抱到身边养大。

自己养大的孩子，真是含在嘴里怕化了，偏心偏得厉害。

原主这样跋扈，祖母的宠爱占了很大的因素。原主也精明，平日里歹毒归歹毒，讨好长辈很有一套。

大夏国推行孝道，叶将军是出了名的孝子，叶老夫人把叶夕雾看得跟眼珠子似的宝贝，连带着叶将军也十分疼爱这个唯一的嫡女。

"寺庙的事，祖母已经封了下人的口，你自己也不要到处说。姑娘家名节为重。"

苏苏点头："我知道了，祖母。"

在叶家，老夫人是真的疼爱原主。

想起原主的愿望，苏苏以后也会努力对老夫人好。

顿了顿，老夫人又道："你也要懂点事，去宽一宽质子的心。妻子发生这种事，他心里难免有芥蒂。"

苏苏想起冰湖上罚跪的少年。

她怎样也不会和少年魔王做夫妻，吃饱了没事干才去安慰他呢。

但是面对老夫人，她不能这样讲，只能乖巧点头："夕雾知道。"

老夫人点头。

"祖母，银翘找到了吗？"

老夫人眼神闪了闪，笑着说："那丫头啊，找回来了，没有受伤，祖母把她送去庄子了。银翘早就到了婚配的年龄，这次她勇敢护主，总不能再让她在府里耽搁。"

老夫人心里叹了口气，这些腌臜事，夕雾最好一辈子不要知道。

苏苏在老夫人背后，看不见老太太的神情，闻言松了口气："那就好。"

"前段时间，宫宴上的事，祖母一直没说你。你大姐姐都出嫁了，你去为难她做甚？还和她一同落下了水。

"祖母知道，你以前心悦六皇子，可你大姐姐现在是六皇子侧妃，你也嫁给了澹台烬，听祖母的话，以后离六皇子远些！"

苏苏差点被口水呛到。

对，原主除了性格有问题，最严重的问题是，她喜欢自己姐姐的男人六皇子。

哪怕彼此成了婚都不死心，原主刁难陷害庶长姐，一样不落下。

而澹台烬，则喜欢她庶长姐。

多么厉害的关系，他们两夫妻，分别对人家两夫妻求而不得。

老夫人见她没吭声，以为她还想不通，恨铁不成钢地拍她的手背："回答祖母的话。"

"是，夕雾知道了。以后一定离六皇子远远的。"老夫人即便不说，苏苏也不可能和庶姐抢什么六皇子啊。

苏苏答应得太干脆，老夫人反倒起了疑。夕雾喜欢六皇子，就差到肝肠寸断的地步，怎么舍得放弃？

"你这丫头，不会是哄祖母的吧？"

苏苏颊边抿出两个浅浅的笑窝："当然不会。"

老夫人说："证明给祖母看，不要再惩罚质子了，祖母听说，你让他去冰湖上跪着。外面这么冷的天，这是个小姑娘能做出来的事吗？传出去对你名声有损。"

老夫人叹了口气，继续道："他身份是不好，可到底成了你的夫君，怎能往死里磋磨？以后收了心，好好和他过日子，才是正经事。"

苏苏看老夫人坚持地看着自己，非要她点头不可。

她叹了口气。

"是。"

叶岚音走出老夫人的屋子。

她的丫鬟巧儿连忙迎上来："二小姐，今日怎么出来得这么早？"

"三妹妹来了。"

巧儿心中了然，酸道："老夫人也太偏心了。"

见叶岚音没有阻止，巧儿继续说："三小姐当着六皇子的面，推大小姐下水，老夫人都把这件事压了下来。

"以前都以为，三小姐会是六皇子正妃呢，没想到转眼六皇子纳了大小姐做侧妃。"

叶岚音眸色动了动。

是啊，谁都没想到，六皇子提亲，求娶的竟然是叶家庶长女叶冰裳。

叶冰裳到底是个庶女，不能做皇子的正妃，只能做个侧妃。

可当时叶岚音远远看见，六皇子的眼里，全是对大姐姐的爱意。

想到此，叶岚音狠狠攥紧了帕子。

都是庶女，叶冰裳能被皇子这样爱重，自己却只能讨好老夫人，寄希望于她将来给自己许一个好些的人家。

叶岚音心口堵得慌，直到看见冰面上的澹台烬，她神色终于缓和些。

连巧儿脸上，都露出了一抹幸灾乐祸的笑意。

三小姐是将军府唯一的嫡女又如何！嫁给一个低贱如斯的质子，后半辈子，还有什么荣宠可言？

都知道，澹台烬六岁到大夏国为质，一直被囚困于宫里。

听说他给太监洗过脚，连狗食都吃过。

这样卑贱的人，或许连大字都不认得一个，哪里比得上文韬武略的六皇子半分？

嫁给他的第一个月，三小姐哭了许久，又发脾气又漫骂。

这两个月才稍微好了些，但也不把澹台烬当人看。

叶岚音用帕子捂唇，掩住嘴边的笑意。

大夏国推行武道，听说那个澹台烬，小时候根骨被毁，现在手无缚鸡之力。

孱弱不堪的少年郎，放在以前，她不可一世的三妹妹，怕是看都不会看一眼。

祖母总有作古的时候，一个连宫殿都没有的质子，到时候能给叶夕雾什么？叶夕雾这辈子还不是任人磋磨的命！

　　巧儿道："听说质子都在冰上跪两天了，奴婢看他的脸色，恐怕快要坚持不住。二小姐，需要给他一件披风吗？"

　　平日里，叶岚音对下人十分宽厚，在府中口碑很好。

　　温柔善良的名声，可比三姑娘叶夕雾得人心多了。

　　叶岚音有几分意动，她看向澹台烬。

　　质子的身份上不得台面，那张脸却着实长得不错，比她一个女子都精致好看。

　　叶岚音颔首，默认巧儿去做这件事。

　　她自己则站在凉亭之上，冲质子温柔颔首。

　　澹台烬也看见了府上的二姑娘。

　　巧儿拿了一件雪白的披风，小心踩上冰面，朝他走过去。

　　苏苏陪完祖母回来，就看见这一幕。

　　她二姐姐，正在对少年魔王献殷勤。

　　她踱步走过去。

　　"二姐姐，你做什么？"

　　叶岚音吓一跳，没想到苏苏出来这么快，自己被当场抓包。

　　她连忙说："三妹妹，你别误会，我是想着天气这么冷，又开始下雪了，质子跪在冰天雪地里，万一出人命不太好，于是让巧儿给他一件披风。"

　　苏苏问冰面上的澹台烬："你还能撑住吗？二姐姐给你披风，你要不要？"

　　苏苏作为正道曙光，实在讨厌这个未来造成三界动荡的坏蛋。

　　澹台烬看苏苏一眼，回叶岚音道："多谢二小姐好意，在下不冷。"

　　这就是回绝了。

　　叶岚音心中有几分尴尬。

　　"既然如此，不打扰三妹妹和质子了。"她也待不下去，带巧儿离开了。

　　苏苏拢紧柔软的披风。

　　她低眸看着跪在脚边的魔王，杀了他，可能是全修真界，上至万岁，下至稚童，共同的愿望。

　　这也是苏苏从小立下的宏愿呀！

　　他现在看起来不堪一击，少年时的魔王，脆弱得和婴儿一样。

　　正道少女蠢蠢欲动。

　　好在苏苏压下了这份心思。

天生魔物有邪骨，正如修真之人有灵根。

长老们说过，如果不剔除掉魔王邪骨，即便杀了他，他依旧会吸食天下怨气而重生。

也就是说，杀他反而会让他更强大。

她要先找到剔除邪骨的办法。

澹台烬隐约觉察到杀气，他抬眸，少女已经转开了目光。

从他的角度，只能看见她的半边脸颊，还有露在外面雪白的耳朵。

她的唇微嘟，似乎有种不满的情绪，粉粉的，小巧可爱。

这副模样，与她的歹毒，倒是半点儿也不沾边。

澹台烬冷得没了知觉，身子轰然倒在冰面上。

高贵的少女顿了顿，没有看他，从他身边走过去。

他蜷缩在冰面上，视线里，少女粉白色的绣鞋上，开了一朵朵粉嫩的桃花。

生机勃勃。

叶大将军晚上没回府，老夫人上了年纪，没什么精神，让众人在自个儿院子用晚膳。

苏苏沐浴后，春桃服侍她睡觉。

春桃给她散下头发，见她在灯光下眉眼十分乖巧，忍不住夸赞道："三小姐的头发又顺又软。"

夸完一惊，生怕三小姐发火说她没规矩。没想到三小姐笑得眉眼弯弯："春桃的头发也好看。"

另一个叫作喜喜的小丫头跑进来，冲苏苏福了福，声如蚊蚋道："老夫人让人把质子送回来了。"

苏苏抬眼，果然看见澹台烬走进屋子里。

少年发上寒霜才化，一触到室内的温暖，变成颗颗水珠。

现在还不到酉时，但因为天冷，天黑得快，外面已经漆黑一片。

他一进来，空气似乎都静默了。

春桃和喜喜连忙道："三小姐，奴婢们告退。"

春桃和喜喜合上了门。

澹台烬嗓音低哑，问道："三小姐气消了吗？"

苏苏不待见他，摇头："没有。"

他垂眸，漆黑如鸦羽的睫毛盖住了眼睛。室内的热度反而让他被冻伤的手脚发疼发痒，变得通红一片。

苏苏看了一眼，心里轻轻哼了一声，魔王才不可怜。

她治好过折翼的雏鹰，生病的孩童，白发苍苍的老人。

但仙界第一准则，修真的小姑娘，绝不可以同情一个脆弱的魔王。

‖ 第三章 ‖

苏苏一想起这个人未来在魔宫拎着她打量的目光，她轻轻磨了磨后槽牙。

眼前的少年，看上去胆怯卑微，可苏苏才不信，魔王少时会是这样的心性。

大概率是装出来的。

无数尊牌位在她脑海里晃，还有残忍的"万仙冢"，让人怒意翻涌。

苏苏从床下拿出一个盒子，里面有条血红的鞭子。

澹台烬看着鞭子，袖中的手指，缓缓收紧。

苏苏抬眼看他。

说起来挺变态的，原主这辈子最生气的事，莫过于嫁给了澹台烬，以至于每天晚上都要抽他一顿鞭子解气。

这已经成了惯例，一晚不打他，原主浑身不舒坦。

苏苏从来没用鞭子抽过人，但她不待见这个天生邪物。她并不认为所有的妖魔都是坏的，但眼前这个，未来绝不是个好的。

世间千万年，才会出一个天生邪骨的人。

他注定天煞孤星，以后会渐渐变得性情暴虐，连他自己也不能控制。

苏苏挥了挥鞭子，鞭子撕裂风声，冲少年挥了过去。

澹台烬没有闪避，鞭子抽在他的胸口，他踉跄着退后一步。

少年一双漆如点墨的眸子，直勾勾看着苏苏。从他眼里，苏苏总算看见，隐藏得特别深的厌恶和痛苦。

就该这样。

正邪本就不两立。

苏苏学着原主每晚抽他的话："都是因为你的存在，六殿下才不愿意娶本小姐，你怎么不去死！"

她又一鞭子抽在少年手臂上。

他闷哼一声，身体也跟着颤了颤。

澹台烬在冰面跪了那么久，身体已经微肿发疼。此刻两鞭子，抽在原本已经麻木的手臂上，把疼痛放大了无数倍，骨头都跟着一阵抽搐的痛。

苏苏拿着鞭子的手顿了顿，他似乎快撑不下去了？

到底凡人躯体，十分脆弱。

苏苏吸了口气，在心里念了好几遍清心咒。她看着自己水嫩的手指，她的任务并不是杀了少年魔尊，而且，即便要杀他，也该给他个痛快，不应该加以折辱。

从小爹爹教她，不能恃强凌弱。天地不仁，以万物为刍狗。修仙之人，绝不能主动造业障。

苏苏压下为同门报仇的想法，她收起鞭子，说道："今日我累了，看见你这张脸就烦。下次再让我知道你和叶冰裳有什么牵扯，我定不会轻易放过你。"

她把鞭子扔到澹台烬身上，自己翻了个身，背对着他。

苏苏闭上眼，念了十来遍清心咒。稳住道心才发现，心里竟隐隐有些不舒服。

这是道心动荡的表现。

她不会逃避自己的错误，今晚沿袭原主的习惯折辱他，是她不对。

以后不会了。

澹台烬接住鞭子，他脸色本就虚弱，挨了这两鞭子，变得更加苍白。

他抬眸看着少女的背影。

其实早已经做好被叶夕雾抽得半死的准备，但今天竟少挨了数十鞭。

澹台烬额上渗出一层细汗，勉强拿出被褥，在床下铺好。

脖子上有个东西硌得伤口一痛，他拿出来，是一个早已褪色的平安符，平安符用黑线穿着，常年藏在他的衣襟之下。

烛光映照在他眼里，冷意散去些许。

澹台烬妥帖收好平安符，翻了个身，冬日的夜晚，外面狂风呼啸。

树影倒映在窗户上，像张牙舞爪的魑魅魍魉。

澹台烬骤然想起，两日前，那个身上中了无数刀的丫鬟银翘。

当时她尸体僵硬，神情痛苦，也不知道有没有后悔，选择让叶夕雾逃跑。

澹台烬眸中沉静，漆黑一片。

那时候丫鬟的尸体，还没冷透，她的血液染红了雪地，一路蜿蜒到他的脚下。

死不瞑目。

他漠然抬脚，跨了过去。

苏苏半夜睡不着。

邪物就在床榻下入眠，她再大的心，也不能就这样闭眼睡过去。

人间已经进入寒冬时节，冷风突然把窗户吹开，一股脑儿往屋里灌。

屋内炭火熄灭了。

原主成亲后，丫鬟们都不在里屋伺候了。苏苏自然也不会半夜把丫鬟叫起来关窗。

她忍了一会儿，发现肉体凡胎确实扛不住冷，于是掀开被子，去关窗户。

关好回来，路过地上的少年时，她觉察到他不对劲。

他呼吸浊重，整个人在无意识地发抖。

苏苏取来一盏琉璃灯，蹲在他身侧。

少年原本苍白的脸色，此刻变得通红。他没清醒过来，牙关却下意识紧咬。

好像出事了。

苏苏一惊，他可不能死。

她现在还没抽出邪骨，他一死，她的任务也就随之失败。一旦被弹出这个时空，修真界就抱团等着完蛋。

苏苏犹豫片刻，伸出手，摸了摸他的额头。

手下滚烫。

她收回手，凡人这样，恐怕得烧死吧？

苏苏完全没想到，五百年前的邪物，竟会这样弱。

可以伤可以残，但别死啊，否则邪骨会觉醒的。

苏苏连忙拿起桌上的茶盏，走出门外去。

她收集了几盏外面堆积的白雪，这才回来。

苏苏呵了口气，好冷啊。

她不敢耽搁，找了件衣裙，撕成布条，用布条包住白雪，敷在少年额上。

他身上还盖着秋日的薄被，冷得瑟瑟发抖。

苏苏把自己床上的被子抱下来，盖在他身上。

她盘腿坐在他身边，小脸恹恹。

想杀不能杀，竟然还得救。

咯咯……半夜往外面跑一趟，牙齿都在打战，好冷……

苏苏把大氅披身上，总算好受了些。

她还得守着澹台烬，为他换额上的冰雪退热。

苏苏靠在床前，颇为生无可恋。

这都叫什么事啊。

早知道不抽他了。

澹台烬觉得自己快死了。

身体一阵冷一阵热，到处都疼。

他闭着眼，周身仿佛是无尽的黑暗与冰寒。

他不想死，否则这些年的一切，算什么？

他知道自己不能睡过去，得自救。他努力想睁开眼，可是眼皮沉重，如坠了千斤。

他与这种痛苦抗衡许久，几乎快要放弃的时候，柔软的手指，轻轻覆在他的额上。

　　冰凉的触感，让他睫毛颤了颤。

　　然而稍纵即逝。

　　好在很快那人又回来了，额上再次一凉，没过多久，身上也温暖起来。

　　冬夜的屋子，他隐约闻到一股温暖的少女香。

　　他冷冷地想，怎么会有这种荒谬的错觉？

　　快天亮时，澹台烬总算退了烧。

　　少年闭着眼，也没发抖了。

　　苏苏把布条和化掉的雪都扔掉，抱着自己的被子，一头扎上床。

　　好困。

　　天边露出鱼肚白的时候，春桃撩开纱帐，伺候苏苏起床。

　　下人们最怕这个活，三小姐性格暴躁，有一次叫她起床的下人，甚至挨了三十板子。

　　春桃年纪小，性格又老实，总是被推来做这事。

　　她战战兢兢，唤了声三小姐，心都提了起来。

　　少女迷迷瞪瞪从床上坐起来，春桃连忙给她穿衣裳。

　　三小姐揉揉眼睛，打着哈欠。

　　额前一小撮头发甚至还翘了起来。

　　春桃飞速抬眼一瞥，她第一次发现，三小姐的长相，原来这样软糯可爱。

　　春桃心里莫名觉得有些好笑，连带着恐惧的心情也消散了不少。

　　整个过程，三小姐竟然一句话也没骂她。

　　苏苏半夜没睡，此刻被迫早起。

　　她朝榻下看去，澹台烬已经不见踪影，不知道什么时候离开的。

　　丫鬟喜喜等在外面，福了福身："将军和老夫人，在等着三小姐用膳。"

　　苏苏点头。

　　叶家早膳饭桌上，苏苏左右看看，澹台烬不在这里。

　　她念及要监视着邪物，小声问起春桃。

　　春桃说："小姐忘了吗？你不许质子与你同桌，让他在下人房，和下人们一起吃饭。"

　　苏苏眨眨眼。

　　好吧，可以，这很强大。

　　苏苏暗中打量叶家一大家子人。

老夫人坐在主位，旁边英武严肃的男人，是叶大将军叶啸。

叶啸今年三十有八，蓄了胡子，看上去更显得端正严肃。

他死了嫡妻以后，这么多年并未续弦。

用叶啸的话说，征战沙场的人，脑袋都拴在裤腰上，指不定哪天就马革裹尸，没必要再娶个嫡妻，让她担惊受怕。

话说得挺好听，但叶啸有三个小妾。

苏苏目光从三个姨娘脸上划过，三种完全不同的类型，各有千秋。

府中共有四位公子、三位千金。

苏苏是唯一的嫡出，其他兄弟姊妹，均为庶出，二公子生母不详，最为尴尬。

大公子和三公子是莲姨娘生的，莲姨娘是叶啸年少时的通房，比叶啸还大两岁，姿色普通，但是因着产下长子，她在府中地位很高。

平时老太太会让她帮着掌管府中事务。

杜姨娘吊梢眼，眉眼带着一股小家子风尘气，她是二小姐叶岚音的母亲，也数她穿得最艳丽。

老夫人最不喜欢她。

至于最后一位，苏苏看过去，是府中的云姨娘。比起前两位姨娘，她看上去秀雅温柔，头上别着一支简单的发簪，整个人像一朵出水的荷花，带着难以言说的气质。

单这气质，就远胜另外两个姨娘几筹。

她是叶冰裳和四公子的母亲，也最得叶将军宠爱。

虽然苏苏还没有见过叶冰裳，但看云姨娘就能猜到，叶冰裳是个美人。

一大家子，坐了满满当当一桌。

苏苏难免有几分鄙夷叶大将军，他们修真界，可没有小妾这种说法，只有唯一的道侣。

苏苏的娘亲死了一百年，爹爹依旧每日擦娘亲的骨笛。

有时候还边擦边抹泪。

当然，也有些不太好的风气，比如豢养炉鼎。这种事也只敢背地里做，说出来是为人不齿的。

人类不如修真者强大，反倒有三妻四妾的毛病。

"三小姐这是怎么了，病还没好吗，脸色这样苍白？"云姨娘这温和的一问，所有人都看向苏苏。

苏苏放下筷子。

她昨晚半宿没睡，气色能好到哪里去？但这事总不能拿出来说。

云姨娘不指名点到苏苏还好，一提到苏苏，叶啸放下筷子，不悦地睨苏苏一眼："上次宫宴你和你大姐姐的事，传到了太后耳朵里，太后让你今日去宫里坐坐。"

苏苏咽下嘴里的小汤圆，叹了口气。

事情不是她干的，现在一堆锅却要她背着。

人在家中坐，锅从天上来。

老夫人见不得心肝儿受委屈，立即道："啸儿，夕雾还小，上次自家姐妹发生冲突，多有误会。再说了，大丫头也不至于和夕雾计较，你说对吗，云姨娘？"

云姨娘笑了笑："是。"

苏苏从那笑容里，看出几分勉强。也是，自己闺女受了委屈，还得笑吟吟原谅凶手。

云姨娘心里肯定不好受。

"三丫头到时候进了宫，你多护着些。"老夫人对大将军嘱咐道。

叶啸叹了口气，也不敢忤逆老娘，点头："太后宽宥，不会和小辈计较的，夕雾态度好些，这件事就过去了。"

老夫人拍拍苏苏的手，示意她别怕。

苏苏冲老夫人笑了笑，点点头。有叶将军在，至少太后不会过分责备。

原主有这样的祖母，可真好。

饭后，苏苏上了进宫的马车，她心态还不错，用了叶夕雾的身体，也应当为叶夕雾解决麻烦。

既来之则安之，见招拆招嘛。

苏苏做好当背锅侠的准备，认命去接受狂风暴雨的洗礼。

一个丫头过来，福身道："将军说，烦请三小姐等等。"

等什么？

很快苏苏就知道了。

没过一会儿，澹台烬从府里另一边出来。少年唇色苍白，看上去有种病弱的感觉。

他来的方向，与叶家大堂相反。

苏苏想起春桃的话——澹台烬在下人房吃饭。

苏苏试图从他眼里找出怨恨的情绪，毕竟昨晚自己那样抽了他。

可他直到走近苏苏，神色始终很沉静。

他抬眸，眼睛在她同样苍白的面容上，多停留了两秒，随即冷淡转开目光。

苏苏：咦，不是吧不是吧，这个人现在怎么不装卑微胆怯了呀！

第四章

澹台烬道:"三小姐。"

苏苏心中戒备地看着他。

说来也好笑,澹台烬作为叶夕雾的正牌夫君,却只能喊她三小姐。

两个人成亲,完全是个意外。

原主知道,六皇子心悦自己的庶姐叶冰裳,她妒火中烧,想了个馊主意。

在宫宴上给庶姐下药,想让她清白被毁。

没想到,药没作用在脑满肠肥的尚书公子和庶姐身上,反倒作用在了自己和澹台烬身上。

让原主更觉得耻辱的是,澹台烬明明和自己一起吃了药,但漂亮孱弱的少年,除了脸色潮红,别无反应。

最后还是叶夕雾忍不住,命令他帮帮她。

少年冷冰冰看着她,始终没有动。

他坐在角落,用一种冷静的目光,看这位千金身体扭动,低吟着拉扯她自己的衣裳。

碍于清白,原主不情不愿地和澹台烬成了亲。

每当回想少年那时的目光,原主就觉得一阵耻辱。

他怎么可以那样!用那种平静的、毫不动容的眼神看着她。

所以这桩婚事,说白了,其实是叶三小姐自己弄出来的扑棱蛾子。

但这并不影响原主厌恶澹台烬。

苏苏也算和原主殊途同归。

原主嫌弃澹台烬不堪的身世,苏苏忌惮他身上足以灭世的邪骨。

苏苏问:"你来做什么?"

澹台烬看着她对自己的不喜姿态,哑声道:"将军说,太后宣我进宫,让我与三小姐一起。"

"我爹说太后让你进宫?"

"三小姐如果不信,可以问将军。"

苏苏见他神情不似作假,突然想通叶大将军的用意——

为了让太后不动苏苏,又能给足太后面子,就推一个人出来受气。

澹台烬是最合适的人选,他身份尴尬而微妙,一个没有靠山的质子,还是苏苏名义上的夫君,如果去了,太后想着给六皇子长脸,澹台烬不死恐怕也得脱层皮。

叶大将军这是让苏苏随身带个出气包呢。

苏苏看着澹台烬，他脸色淡然，仿佛早就习惯了。看来他自己也知道，他的作用是什么。

苏苏想到自己的早夭之命，她干脆撑着下巴，问澹台烬："你是不是特别恨我们叶家啊？"

不说叶家，整个大夏国，都没有人把澹台烬当人看待。

但现状已经如此，苏苏如果能早点来到这个世界，倒是可以阻止这一切发生。现在，却只能防着少年身上的邪骨觉醒。

他这样的遭遇，一旦觉醒，不仅叶家，三界都要遭殃。

她先试探一下，澹台烬的内心有多阴暗。

澹台烬看她一眼："没有。"

苏苏信了才有鬼。

天生邪物的觉醒，必定是用无数人的鲜血献祭。

"三小姐是不是特别讨厌我？"

苏苏没想到，澹台烬竟然有胆子反问自己。

她不用说假话："是又怎么样？"

"为什么？"澹台烬问。

他隐隐感觉到不同，以前的叶夕雾，嫌恶自己的身份。而现在的叶夕雾，他看见她冲春桃和喜喜她们笑。

"讨厌就是讨厌，哪有那么多为什么？"总不能告诉他，他未来是怎样一个存在吧？

澹台看她一眼，不说话了。

如果是以前的叶夕雾，绝不会回答他的问题，与他说话都嫌他低贱。

苏苏竟然从他的神情中，看出很浅的茫然之色。眼前的少年，还不是多年后那个令人闻风丧胆的魔王，他漂亮羸弱，没有一点儿攻击力。

连仙门的小师弟扶崖，都比他强悍些。

澹台烬透着几丝病气，前两日的折磨，让他去了半条命。

苏苏心想，如果澹台烬再跟她进宫，估计剩下的半条命都没了。

想想昨晚紧急给他退烧，她就心累，至今还没缓过来。

"你回去，别跟着我。"

澹台烬本身也没有为叶夕雾顶罪的心思。

但这件事，不该叶夕雾提出来。

这个女人嚣张跋扈，却最是爱面子惜命，按理说，她不是应该庆幸自己去替她面对太后吗？

苏苏见他不走,以为他不愿意违逆叶啸,只好激他道:"你一个曾经连太监宫女都能任意折辱的质子,进了宫只会给我丢人。滚回府里去,别妨碍了我见六殿下。"

这句话一出,苏苏从他的眸中,罕见地看到一丝冰冷的怒气。

澹台烬一字一顿道:"是我身份不堪,辱没了三小姐。"

这回他没再犹豫,再不看她,掉头回了府里。

全然没了之前的茫然之色。

苏苏还没到太后寝宫,就被人拦了下来。

一个劲装少女,手持鞭子,张开手臂挡在苏苏面前。

"叶夕雾,你前几日推我皇嫂下水,今日还敢来皇宫?"

少女柳眉倒竖,煞气凛然地看着苏苏。

苏苏心中疑惑。

这位又是谁?看着不像她传闻中温柔的庶姐啊。

春桃知道小姐自上次从山贼手中跳脱,惊吓过度,不太能把人对上号,连忙小声提醒道:"这是九公主,六殿下的妹妹。"

春桃这样一说,苏苏瞬间了悟。

讨厌原主的人,不知凡几,这个九公主,却绝对算排得上号的。九公主受宠,脾气也不怎么好,天生和原主看不对眼。

以前原主想嫁给她哥哥,还曾放低姿态讨好她。

然而九公主对此不屑一顾,每每都是嗤笑,仿佛一眼就看透了原主的心思。

原主吃瘪好几回,脸上挂不住,再也不往九公主身边凑了。

但九公主特别喜欢叶冰裳。

之前叶冰裳嫁给六皇子,九公主还特地跑来羞辱原主一番,直把原主给气哭了。

这次,九公主也是来为叶冰裳鸣不平的。

"我六皇嫂身子弱,你这个蛇蝎心肠的女人,竟然还推她下水。如果不是皇兄及时救她,她早就香消玉殒。六皇嫂善良温柔,不和你计较,我可不会放过你。"

九公主挥舞一下鞭子,鞭子抽在地面,发出凌厉一声响。

"叶夕雾,敢不敢与我比试一场?"

苏苏虽然锅多不压身,但她还是忍不住道:"既然是你六皇嫂落水,她都不说什么,你气什么?"

这不是狗拿耗子,多管闲事吗?

苏苏是真情实感疑惑,但是九公主觉得自己有被冒犯到,脸色更难看。

"少说废话,你是不是怕了本公主?"

她脾气火暴,说完这话,鞭子已经抽了过来。

苏苏前面的小太监,连忙为苏苏挡住:"哎哟!九公主,这可使不得,使不得……"

"滚开!"

鞭子抽在小太监身上,苏苏抿紧了唇。

她平复一下呼吸,看着九公主摇头:"我不和你比,这是在皇宫,皇上和太后怪罪怎么办?"

这话一出口,九公主不屑地弯了弯唇。

谁都知道,大夏国崇尚武道。

开国皇帝,就是以武入道,此后不管达官贵人,还是平民子弟,都以武技强大为荣。

强者为尊,在大夏国就是最真实的写照。

叶大将军从未吃过败仗,所以在大夏国地位才那么高。

叶大将军的长子,据说也身手不凡。可这三小姐,资质平平,完全没有遗传到父亲的风范。而九公主自小习武,每每都可以把高傲的叶三小姐抽得尊严扫地。

偏偏九公主不好得罪,叶夕雾想报仇都无能为力。

也是因为这样,叶三小姐对九公主又气又怕。

九公主听苏苏这样说,认定对方是怕了自己。

九公主道:"既然是本公主找你比试,父皇和皇祖母自然不会说什么,出了事本公主担着。倒是你,输了可别和叶大将军告状。"

她说着,又一鞭子抽了过来。

苏苏把一旁的小太监推开。

她算明白了,九公主知道她要进宫,特地等在这里,非得打她一顿,为叶冰裳报仇不可。

九公主打原主打习惯了,偏偏原主虽然恶毒,但特别倔强,从来不告状。

九公主见苏苏闪躲,翘起红唇:"来人,给叶夕雾一条鞭子。"

苏苏本来不想惹事,满目疮痍的修真界,讲究息事宁人。

但人间可不吃这一套,他们喜欢捏软柿子。

既然躲不过,苏苏干脆从地上捡了根树枝。

"不必,我用这个。"她将树枝横在身侧,少女穿着浅粉小袄,做防御姿态。

九公主给气笑了:"你这是在羞辱本公主?"

苏苏:"……"你说是就是。

"你一会儿可别哭。"九公主抖开鞭子,冲苏苏甩过来。

苏苏用树枝挡住，鞭子抽到树枝上，树枝直接被抽飞一截。

九公主鄙夷地笑了笑。

苏苏没说话，欺身迎了上去。

修真之路，本就该无所畏惧。原主怕九公主，苏苏可不怕。

她以树枝为剑，轻盈对上九公主的鞭子。

她的剑法是无极宗宗主所授，无极宗的剑，寒影绰绰，一剑可断山劈海。

叶夕雾身体里没有灵气，无法运行轻鸿剑诀，连剑意百分之一的威力也不能使出。

但对于苏苏来说，这就够了。

树枝灵巧绕过凌厉的鞭子，猛然逼近九公主身前。

鞭子本就是远战武器，突然被人近身，九公主一慌，手臂上被抽了一下。

疼得九公主鞭子脱手而出，下一刻，树枝抵在九公主脖子上。

恍惚间，九公主甚至觉得，抵住自己脖子的是一把锐利的剑。

她下意识后退，脚下一个踉跄，摔倒在地。

宫婢连忙去扶她："公主！"

九公主不敢置信，她三招就被秒杀了！

苏苏收回树枝："你没什么事的话，我就见太后去了。"

九公主脸色涨红，不可能！她怎么会被叶夕雾的树枝击倒！

以前哪次不是叶夕雾毫无还手之力？这一定是意外。

九公主不信邪，捡起地上的鞭子："站住！"

鞭子刁钻地抽过来，显然就是冲人脸上去的。春桃一惊，连忙挡在苏苏面前。

倘若这一鞭子抽在春桃脸上，春桃当即就得毁容。

苏苏见九公主这样毒辣，也生了气。她拉开春桃，索性将手中树枝扔了出去。

树枝被鞭子打成两截，下面那截掉落在地，上面那截朝着九公主的脸飞过去。

九公主睁大眼睛。

眼看树枝要打中九公主的脸，一只修长如玉的手，将树枝截住。

"皇兄！"

苏苏定睛看去，一个眸如寒星的玉冠男子，握住了树枝。

他身着天青色长袍，宽肩窄腰，袖子上绣了云纹，此刻正皱眉看着苏苏。

苏苏愣住，不可思议喃喃道："大师兄……"

眼前的人，和她大师兄公冶寂无，长得一模一样。只不过大师兄身上多了几分修真者的仁厚，眼前的男子则更加俊朗。

"不知道小九是哪里冒犯了叶三小姐，三小姐要下比毒手？"萧凛冷冷问道。

苏苏听见他的声音，心里既甜蜜又苦涩，甚至泛出几丝绵绵密密的委屈感，眼泪都快绷不住了。

但这并非苏苏自己的情绪，大师兄对于自己来说，宽和温柔，她敬重他，如敬重兄长。

她怎么也不可能，出现这种想往他怀里钻的羞耻情绪。

显然是原主残存的情绪在作祟。

她一下反应过来，眼前的人，竟然是叶夕雾爱得要死要活的六皇子萧凛。

而苏苏的大师兄，在许久以前，就为了天下苍生，死在了仙魔大战中，据说是魔尊亲自动的手。

随后，他的爱人摇光仙子，也跟着殉了情。

见苏苏愣愣盯着萧凛，九公主当即跳脚："皇兄，还好你来得及时，否则昭玉的脸，都要被这个女人毁了！"

九公主捂着被抽肿的手腕，委屈极了。

萧凛问："叶三小姐有什么说的？"

他的目光微冷，苏苏被他看得难受。

跨越多年光阴，再次看到故人，然而以前疼她的大师兄，如今是别人的兄长。

他护着另一个女孩，冷冷与她对峙。

第五章

九公主在萧凛身后，讥诮地看着苏苏，她最喜欢看叶夕雾在六皇兄面前出糗。

苏苏好郁闷，说好比试的后果九公主担着呢？

九公主这样出尔反尔的人，放在修真界，会被实力强悍的人杀人夺宝一万回。

春桃非常担心。

三小姐平日里最在乎六皇子的看法，每次六皇子冷言冷语，三小姐都会被气得发疯。

这段时间，好不容易三小姐变得和颜悦色，回去指不定又要大发脾气。

春桃悄悄抬起眼看向三小姐，却没在三小姐脸上见到难过痛苦之色。

苏苏很快调整好了心态，五百年前，大师兄还不认识自己，他护着亲妹妹也情有可原。

跨越五百年时空，能再次见到已经陨落的人，苏苏觉得应该感到高兴才对。

大师兄为保护宗门而死，他是英雄。

苏苏想了想，对萧凛说："不管殿下相不相信，我没有主动挑衅九公主，这里是皇宫,太后传召,我总不可能特地来堵住九公主欺负她。"

萧凛怔了怔,忍不住看苏苏一眼。

以往叶家三小姐,总是用一种痴迷到欲说还休的眼神看着自己,做了错事死不悔改,行事狠辣恶毒。

在他的记忆里,叶夕雾长着一张丑陋扭曲的嘴脸。

萧凛自然知道,她恋慕自己到了疯狂的地步,但他每次见她,心里就不断生厌。

今天却完全不同,她眼里很明亮,眉宇坦然,身上小袄是粉白色的,靴子在地上踩出几个小小的脚印。

过往的煞气和哀怨不见了,他方看清,叶三小姐容颜并不可憎。

她眼里映着白雪,脸颊软软的,竟显出几分纯然。

听了她辩驳的话,萧凛看向九公主:"昭玉,是你主动找叶三小姐切磋的?"

九公主眼里的心虚一闪而过,扯住萧凛的袖子:"皇兄……"

萧凛还有什么不明白的?他性格磊落,是个真正的君子,这件事既然是妹妹挑事,他自然不会再责备苏苏。

"本宫先前不知,三小姐见谅。"他对苏苏说。

苏苏没想到萧凛会道歉,连忙摇摇头。

大师兄天下第二好,仅次于爹爹,怪谁也不怪大师兄。

在苏苏看来,原主性格不好,眼光却没的说。她大师兄光风霁月,正直坦荡,只可惜他陨落得太早。

先前萧凛那么讨厌原主,其实不是没道理,一来原主的确不干人事,二来原主嘴硬,即便做了坏事,也理直气壮。

萧凛虽说道了歉,对苏苏的观感却并没有转好。

毕竟那日他的妻子叶冰裳落水,实打实就是叶三小姐搞出来的幺蛾子,所以他只是冲苏苏淡淡一点头,看也不看苏苏,转身走了。

九公主没想到,以往只会发疯的叶夕雾,今日竟然不吵不闹,好好给皇兄解释。

眼看皇兄不会帮着自己斥责苏苏,她跺了跺脚,转身跑了。

"皇兄,等等我。"

萧氏兄妹一走,苏苏回头,看见春桃在傻笑。

苏苏忍不住问:"你笑什么?"

春桃下意识地回答:"这还是六殿下第一次对小姐服软呢。"

叶将军手握重兵,连皇帝也不会轻易动三小姐。

但芝兰玉树的六殿下,从不掩饰自己对三小姐的讨厌,以往每次都是沉着脸，冷冷将三小姐训斥一顿。

最严重的一次，那时候大小姐还没出阁，三小姐想打大小姐巴掌，六殿下直接把三小姐甩开。

那一回，三小姐气得把房里能砸的东西全都砸了。

听春桃这样讲，苏苏也有些想笑。

春桃这傻丫头，也真是心宽，要知道刚刚九公主那一鞭子抽实了，春桃可就毁容了。

结果小丫头心里，还是在想自家小姐和六殿下那点儿爱恨情仇。

两人都已分别成婚，早就不可能。

萧凛平平静静说句见谅，春桃竟然可以高兴成这样。

原主以前是被讨厌成什么样子了啊？

想到小时候大师兄温柔为自己束发的模样，再想到大师兄很少厌恶一个人，而他如今对自己这具身体，非常不待见。

苏苏对自己如今在他人心中的印象，感到绝望。

太后留苏苏坐了一会儿，就放苏苏走了。

如叶大将军所说，太后看上去很是慈祥宽宥。

但苏苏并不这样想，九公主找苏苏比试的事，按理太后早就知道，可太后一个字也没提。

苏苏猜，或许九公主过来，是太后默许的。

毕竟假使九公主进展顺利，苏苏现在已经被抽得狼狈不堪。到时候太后安慰几句，反成了那个好人。

苏苏暗暗道，看来叶家树大招风，皇室已经对叶家不满了。

有时候别人对你宽宥，并非喜爱，而是忌惮。

以前常常有仗要打，萧家皇族需要叶大将军这个"战神"，但近几年国泰民安，皇帝稳坐高位，未免就对能威胁到自己的臣子不满。

苏苏虽没入世，对人间的规则懵懂，但这样的道理，她也能领会。

就是不知道叶大将军怎么想。

苏苏在回去的路上，突然想起一件事。

她问领路的小太监："你知道澹台烬以前住在哪里吗？"

小太监之前也知道叶家这位三小姐的脾气，为她带路都低着头，此刻猛然听到苏苏问话，连忙答道："质子殿下以前住在冷宫。"

"冷宫啊，可否带我去看看？"

小太监神色有些为难。

苏苏想到爹爹教的，来人间要懂得人情世故，于是拔下头上一根簪子递给他："劳烦公公。"

小太监连忙道："使不得使不得。"这位将军家的小姐不抽他就好了。

苏苏道："没事，收下吧。"

小太监挣扎片刻，收好簪子，为苏苏带路。

没一会儿，苏苏看见了一处残败的宫殿。

"这就是质子殿下先前住的地方，叶小姐，奴才还要回去当差，冷宫荒凉，叶小姐切莫多逗留。"他收了苏苏的东西，便忍不住好心提醒一句。

苏苏点头："谢谢你。"

小太监走了。

春桃也是第一次来冷宫，她看着杂草都三指高的院子，想到冷宫常常闹鬼的传言，忍不住抖了抖："小姐，我们来冷宫做什么？"

苏苏走进来，也感觉到一股阴气。

但她现在是凡人之躯，什么也看不见。

"你要是害怕，在外面等我，我一会儿就出来。"苏苏对春桃说。

春桃连忙摇摇头："我跟着小姐。"

三小姐地位何其尊贵，要是她出了事或者受伤，春桃也要没命。

见春桃坚持，苏苏也没多说什么，拎着裙摆踏入冷宫。

她想了解澹台烬的过去。

千万年来，世间总共出过两个身怀邪骨的天生魔神。

第一位魔神出世时，无数上古神尊陨落，献祭自身万年修为，连神器也一一破碎，才将他消灭掉。

许多年后，第二个魔神澹台烬横空出世。

但这时候的修真者，早已没有前人强悍，数万年来飞升成神的仙尊，少得可怜，加上神器也没有了，他们对澹台烬根本毫无办法。

身怀邪骨，天生就是半神之魂，自洪荒以来，众神便无比忌惮。在澹台烬之前的那位魔尊，基本上灭光了上古神物。

没有足够的参考，修真界完全不知道，魔王怎样诞生，为什么那么强大，死穴在哪儿。

修真界被魔军打得撑不住的时候，终于有人提出，用神器"过去镜"寻找办法。

众仙尊费尽九牛二虎之力，捡回来"过去镜"碎片，好不容易修补好。

残败的镜子，却只能模糊看到最后的契机——五百年前的魔王原身，叫澹台烬，是个脆弱的凡人。

他的死穴、他堕落的原因，全都照不出来。

而且邪骨这个东西，毁灭肉身和灵魂都没有用，澹台烬肉身一死，十八年后，他肉身重聚，只会更加强悍。

简单地说，杀他只会使他更强大。

众仙尊都无计可施。

长老们愁坏了，眼看修真界快要撑不住，他们咬牙，决定献祭近万年修为，扭转乾坤。

占卜选人后，他们送苏苏回到五百年前，希望她抽出澹台烬的邪骨，从而彻底摧毁他。

没了邪骨的魔王，脆弱得不堪一击，再也不可能吸收天地怨气和邪气复活。

这是最后的办法。

想得倒是挺美的。

苏苏出发前，认真请教爹爹："苏苏应该怎么抽出邪骨毁掉？"

青衫掌门咳了咳："女儿，你要自己想办法，了解他的过去，找到他最怕的东西，届时你娘亲留下的玉镯，应该能帮到你。"

说了等于没说，所以到底应该怎么做？

仙门不靠谱，苏苏得自己想办法摸索。

苏苏不确定地想，了解一个人的过去，去他住过的地方，应该能找到不少线索。

冷宫中央，只有一口井。

苏苏走过去，蹲下看看，她一眼就看到井底，有几具森森白骨。

是口枯井，不知道多少年头了。

原来澹台烬以前住在尸骸扎堆的地方啊。

苏苏连忙对身后的春桃说："你别过来。"

春桃不明所以，听话地点点头。

苏苏找了几块石头，在井边布了一个往生阵法，希望能帮助它们散去怨气，早些转生。

她没有灵力，能做的只有这么多。

春桃觉得到处都阴森森的，她难以想象，质子殿下是怎样在这种地方长大的。

春桃越害怕，越忍不住四处看。

"小姐，那间房好像有声音。"春桃抖着嗓音说。

苏苏回头，朝着那间房走过去。

"小姐……"

"没事的。"

苏苏推开门，灰尘扑簌簌地掉。屋内结满了蜘蛛网，苏苏呛得咳嗽了几声。一个老妇人蹲在墙角，眼神空洞，抱着身子在摇晃。

苏苏愣了愣，没想到这里还会有人。

她走过去，老妇人毫无知觉。

苏苏闻到一股馊味，是老妇人身上传来的。

"婆婆，你怎么会在这里？"

老妇人毫无反应，充耳未闻。

春桃见是个活人，松了口气，不确定地说："小姐，我听说，质子殿下被周国送来为质的时候，才六岁大，身边跟了一个照顾他的奶娘。"

但是一个小皇子的奶娘，来时顶多二十多岁，如今不过短短十四载，怎么会变成这副枯槁的模样，像个六十岁的老太太，还疯掉了？

苏苏也愣了愣，这竟然是澹台烬的奶娘？

她在五百年后，那个动荡的世界，也见过这样可怜的老人。但这个世界明明还没有魔王，怎么会有人变成这样？

这让她依稀觉得，自己还在之前那个糟糕动乱的世界。

苏苏没说话，把老妇人头发上的蛛丝细细弄掉。

春桃不安地说："小姐……"

"我们出去吧。"

按理，最了解澹台烬的人，应该就是老妇人，可她已经没了神志。

苏苏坐在轿子里，没有急着回去，她唤来一个宫女："可否帮我找一个掌管冷宫的嬷嬷过来？"

日头正高的时候，一个紫衣嬷嬷，踏着厚厚的积雪走过来，给苏苏行礼。

苏苏问："澹台烬的奶娘，为什么会疯？"

她依葫芦画瓢，给了嬷嬷一根金簪。

那种邪物，一定是连自己奶娘都不放过。

嬷嬷喜滋滋地收下金簪，她在冷宫捞不到什么油水，苏苏出手大方，嬷嬷一时间恨不得什么都抖出来，反正澹台烬的事情，不是什么秘密："多谢叶小姐赏赐，这事老奴还真知晓一二。质子和那刘氏，是十四年前来的冷宫。那时候的质子啊，长得可水嫩了。冷宫是个腌臜地方，宫里不少侍卫和太监，都有那种癖好……"

春桃脸色红了又白。

"刘氏护住了质子，自己却遭了殃。他们在皇宫本就没什么地位，老奴听说，他们没吃的，冬日没穿的时候，刘氏也会……"

"行了。"春桃忍不住道，这些话她听得都心惊肉跳，怎么能让小姐听见？

"让她说，说说澹台烬吧。"

"哎哟，叶小姐，对于质子殿下，老奴知道得也不多。皇子们小时候爱玩闹，喜欢把质子叫去当玩伴，老奴偶尔看见质子，身上没一块好肉。"

她讲得隐晦，其实好几次，嬷嬷都看见过，他们把质子当畜生欺辱。

说到这里，嬷嬷戛然而止。

她猛然想起眼前这位，和以前冷宫那位是个什么关系。

嬷嬷心头讪讪，也不知道叶小姐对质子是什么态度，她就挑轻的讲了几句实话，应该没什么影响吧。

苏苏抿紧了唇，心里沉甸甸的。她没想到，刘氏变成这样，不是澹台烬害的。

她眼前骤然浮现少年精致漂亮的容颜，还有他目光中的沉冷阴郁。

怪不得挨打罚跪都不吭声，像个木头人，对他来说，可能这些都是家常便饭了。

"澹台烬出宫后，刘氏是谁在照顾？"

嬷嬷惯会察言观色，斟酌了一下，见叶三小姐看上去没有恶意，说了实话。

"据说质子出宫前，给了浣衣局的赵嬷嬷些银子，让她给刘氏送些饭。"

然而那点儿钱，赵嬷嬷顶多想起来就给刘氏扔个馒头，喂狗一般。

苏苏说："春桃。"

她从春桃手里接过荷包，拿出几锭金子，递给嬷嬷："嬷嬷得空，也照看下刘氏，为她换身衣裳，擦洗一番。让她吃食也好些，倘若我下次入宫，看见刘氏养得不错，定会好好答谢嬷嬷。这件事别告诉其他人。"

紫衣嬷嬷笑得见牙不见眼，接过沉甸甸的金子："叶小姐说的哪里话，您的吩咐，奴婢省得。"

等嬷嬷走远，春桃眼睛亮亮的，小声道："小姐，你在同情质子殿下啊？"

苏苏板着小脸："胡说，我那是同情澹台烬吗？我不过是念及刘氏勇敢护主，不该落得如此下场。"

她哪怕同情一只小蚂蚁，都不能同情澹台烬。

春桃捂着唇笑。

第六章

刚回府，春桃就看见将军府前，站着一个双十模样的丫鬟。

那丫鬟瓜子脸，眉毛修得细细的。

见了她，春桃吓得连忙低下头去。

细眉丫鬟嗤笑了一下，挤开春桃，迎上前来："小姐，碧柳回来了，碧柳扶你下车。"

苏苏掀开轿帘，看见一张陌生的脸。

听她自称碧柳，苏苏瞬间就明白了她是谁。

原主有四个贴身丫头，银翘被祖母送去庄子嫁人，这段时间跟在苏苏身边的丫鬟是春桃和喜喜。

但这两个丫头胆子都不大，在原主看来，太过木讷，愚钝至极。原主一向不太喜欢她们。

叶夕雾最喜欢的丫鬟，便是眼前这个叫"碧柳"的丫头。

在原主的记忆里，碧柳聪明伶俐，办事利落，嘴巴也甜，深得她心。

苏苏摸不准碧柳是什么样的人。

她思考间，已经被碧柳小心扶下车子。

春桃站在一旁，像见了老虎的小鹌鹑。

春桃怕碧柳？

再一看同样垂着脑袋的喜喜，苏苏明白了什么。

这个碧柳，看来真的在原主身边的地位不一般。苏苏才穿过来的时候，春桃动不动吓得磕头，这个碧柳在苏苏面前却毫不拘谨。

主仆几人往府里走，碧柳道："三小姐，碧柳有话要和你说。"她神色隐隐亢奋。

碧柳回头对春桃和喜喜道："我和小姐说说话，你们该做什么就做什么去。"

苏苏不动声色，她倒要看看，这个碧柳到底要做什么。

碧柳带着苏苏拐进一座假山处，从衣袖里摸出一张纸。

"三小姐，你看，碧柳找到了什么东西！"

苏苏展开纸张，上面有一张栩栩如生的美人图。

美人坐在荷花池旁，低头浅笑，不胜娇羞。

碧柳神色兴奋，满脸写着"求表扬"。

苏苏有点儿蒙地看着这张画，所以这到底是什么？

"小姐，你看落款。"

落款："庞宜之"。

竟然是状元爷，如今的礼部侍郎庞宜之，上次火急火燎跳下去救叶冰裳那个。

如此看来，图上的人是谁，不言而喻。

说实在的，不愧是新科状元，画得不错，寥寥几笔，叶冰裳风情无限。

碧柳："小姐，你让我去大姑娘前年养病的庄子调查，他们果然有奸情，那贱货在和六殿下成亲前，就已经和庞大人暗通款曲了。

"庞大人还画了这幅画，以慰相思。"

"庞大人上京前,让小厮烧了这幅画,但是小厮觉得可惜私藏了起来。碧柳幸不辱命,把这幅画买回来了。"

碧柳雀跃道:"小姐,六殿下看见这张画,肯定会怒不可遏,休了那贱人。到时候,没了那贱人,六殿下眼里的人,就会变成小姐!"

苏苏:"……"

你认真的吗?

苏苏算是明白了前因后果,之前原主和叶冰裳落水,六皇子作为叶冰裳的夫君,跳下去是情理之中。但庞大人跳下去,就耐人寻味了。

原主疑心这一点,便派出自己最"得力"的丫鬟碧柳去调查。

希望调查出庞大人和庶姐的奸情,好让六殿下休弃庶姐。

"小姐,需不需要碧柳找人,把这幅画送到六殿下手中?"

苏苏把画收起来:"暂时不用。"

原主已经成了亲,苏苏完全没有搅和萧凛感情的想法。

而且,就一张画而已,顶多说明庞宜之倾慕叶冰裳,叶冰裳被人画下来,又不是叶冰裳的错。

碧柳满脸写着可惜,但是也不敢违逆苏苏,只当小姐还有什么高招。

苏苏收好画,准备找个时间把这祸害玩意儿烧了。

她才出去,春桃一脸不安地来通知:"三小姐,不好了,出事了。"

碧柳训斥道:"好好说话,慌里慌张,成何体统!"

苏苏皱眉,看碧柳一眼,对春桃缓和语气说:"你慢慢讲。"

春桃咽了口唾沫,道:"莲姨娘早上发现,库房里丢了很多东西,老夫人的玉观音不见了。一经查探,杜姨娘房里也失窃了,她给二小姐准备的嫁妆少了大半。"

"大公子的玉佩、四公子的例银,通通不见。现在,莲姨娘、杜姨娘,还有二小姐她们,正在厅堂审问……"

苏苏有种不好的预感:"她们怀疑谁?"

"质子殿下。"

苏苏皱眉问:"为什么怀疑他?"

春桃小心翼翼地看了眼苏苏:"有人在质子殿下的平安符里,搜出了一只私藏的耳坠……"

碧柳一听,愤愤道:"小姐,质子做了这么丢人现眼的事,简直给你蒙羞。"

春桃想说什么,念及碧柳在,最后还是低下了头。

苏苏看碧柳一眼:"事情结果还没出来,不要乱讲话。"

快闭上嘴吧,不然她忍不住想揍这丫鬟一顿了。

从小爹爹就教苏苏讲礼貌,明黑白是非。这个碧柳张口闭口"贱人""奸情",好好说话有那么难吗?

苏苏听得浑身不舒坦,最让人生气的是,碧柳还明里暗里欺压喜喜和春桃。

苏苏怀疑,这个丫鬟唆使原主做了不少事。

去破坏别人的感情,这是个好姑娘能干出来的事吗?

但苏苏现在也没时间料理碧柳,她对春桃说:"我们去厅堂看看。"

春桃连忙行了个礼,带路。

碧柳被苏苏警告不要乱讲话,呆在原地。她完全没想到三小姐会斥责自己。

按理说,小姐听到质子给她丢了脸,杀了质子的心都有了。

但三小姐竟然只让自己闭上嘴。

碧柳脸色扭曲了一下,看着前面春桃的背影。定是自己不在的时候,春桃和喜喜这两个小蹄子,给小姐说了自己的不是。

明日就是十五,想到什么,碧柳恍然,怪不得小姐没有狠狠唾骂质子呢,这时候质子确实不能出事。

碧柳连忙跟了上去。

苏苏还没走进厅堂,立刻有人给莲姨娘汇报:"三小姐回来了。"

此言一出,椅子上坐着的所有人,都齐齐看向澹台烬。

少年的手臂被扣押住,他抿唇,漆黑的眸看着地面,眼里又冷又沉。

苏苏走进来,看到的就是这样的景象。

三位姨娘,莲姨娘坐在主位,两位姨娘分坐在两侧,二小姐叶岚音脸色难看地挨着杜姨娘坐。

除了他们,府里最小的四公子也在。

四公子今年才六岁,因着年龄小,将军宠爱,他整个人胖成一颗球,窝在云姨娘怀里吃糕点。

除了下人,其他所有人都坐着,只有澹台烬站着。

倒是莲姨娘先道:"三姑娘回来了,来得正好,府里发生了一件大事,想必你也听说了。质子是你的人,妾也为难,三姑娘看,要不这件事,你来审?"

说着,她让出主位给苏苏。

莲姨娘虽然偶尔帮着老夫人主中馈,但她不过一个妾,苏苏是唯一的嫡女,她一进来,莲姨娘自然不敢再坐主位。

其余两位姨娘,也忙跟着朝苏苏行了个礼。

叶岚音被杜姨娘撞了一下,脸色难看地喊:"三妹妹。"

苏苏坦然坐下，小厮连忙给苏苏倒了杯茶。

苏苏喝了口茶水，看向被扣住的澹台烬。

他衣衫被人扯乱，地上一个陈旧的平安符，平安符上有脚印，显然被人踩过。

澹台烬的目光，落在那个平安符上。苏苏进来，他毫无反应，连抬眸看苏苏都不曾。

"莲姨娘，既然先前是你们在审问，那现在便继续吧，我听着就好。"苏苏不想插手，她知道自己对澹台烬没有好印象，她掺和进来，难免有失公允。

此言一出，澹台烬倒是有反应了，他抬起头，冷冷看苏苏一眼。

"既然三小姐吩咐，妾身便继续了。"

"质子，一来，这么多年，府中财物从未失窃。"莲姨娘看着白衣少年，言语中的意思很明确，而澹台烬来府上，不过三个月，就有这么多财物失窃。

"二来，库房只有主子们能靠近。府中众人，都有月银，但是质子你……"莲姨娘顿了顿，没把话说明白。

众人却明白，澹台烬虽然也算府里的半个主子，但是将军府可不会给他月银。

一个敌国战败的俘虏，给口饭吃就算好了，还是看在他和三小姐关系的分上。

澹台烬抬眼，说："不是我，我没做过。"

苏苏交叠的手指紧了紧，其实依她看，莲姨娘这些说辞太勉强了。

澹台烬在府里地位低下，因为原主对他的态度不好，他的地位形同下人，去库房本就很难。怎么能凭猜测，就妄定一个人的罪？

再者，苏苏看少年一眼——

额发遮住他阴郁的眼睛，让他整个人看起来，像活在阴暗中的生物，暗沉不讨喜。

苏苏信澹台烬未来会暴虐杀人，但这种盗窃财物的事情，她觉得不是他。

杜姨娘语调尖锐道："不是你，难不成还能是府里其他公子？质子，我们将军府好心接纳你，你就是这样回报的？莫不是从小没人教规矩，现在才手脚不干净吧？"

这话说得难听极了。

云姨娘怀里的四公子，跳出云姨娘怀抱，跑到澹台烬面前，踹了他一脚："敢偷将军府的东西，我要让爹爹打死你！"

云姨娘连忙把四公子抱回来："卓儿，不许胡言！"

澹台烬眼尾微微泛出猩红之色。

他冷冷重复道："我说过了，不是我。"

因为杜姨娘和四公子的直白，和平审问的表象，被击破得粉碎。

苏苏心里莫名堵得慌，她张了张嘴，想说什么，脑海里却猛地想到爹爹沉痛的脸。

青衫仙尊说："这些年，我们修仙界无数尊者陨落，包括你大师兄，为了宗门，死在那邪物手中。苏苏，你是修真最后的希望，此去五百年前，切勿心软。"

苏苏平复了下呼吸，反复告诉自己，澹台烬并非什么好人，这才忍下冲动。

莲姨娘摊开手，露出一只精巧漂亮的白玉耳坠："那质子如何解释，身上的这一只耳坠？"

澹台烬看着莲姨娘手中的耳坠，紧紧抿唇。

苏苏也看向那只坠子。

莲姨娘："碧柳，你来看看，这只耳坠，是三小姐的吗？若是三小姐的，倒是我等失礼了。"

当然不可能是，苏苏心想，原主讨厌澹台烬都来不及，怎么会把女孩子的东西送给他！

苏苏清楚，其他人也清楚。

苏苏想到什么，看向澹台烬。

她想，她知道这是谁的东西了。

澹台烬竟然贴身藏着，这点可怜又阴暗的心思，的确见不得光。

碧柳上前来认了认，道："莲姨娘，这只耳坠不是三小姐的。"

"质子如何解释？"

澹台烬目光森然，没说话。

倘若先前，他眼里还带着些许愤怒，现在眸中就只有一潭死水。

莲姨娘对着苏苏盈盈一拜："三小姐也看见了，质子不愿解释。"

叶岚音哀怨地道："质子殿下，岚音平日里，没得罪过你。你可否将姨娘为岚音准备的东西还回来？"那可是她的嫁妆！

她们竟然就这样轻飘飘地，将一个屈辱的罪名，安在了澹台烬身上。

苏苏觉得，这也太荒谬了。

澹台烬也明白了什么，冷笑道："无话可说，任凭你们处置。"

苏苏还是第一次见他露出冷笑的神情，他的脊背挺得笔直，笑完之后，唇抿成一条冰冷的线。

莲姨娘为难地说："倘若府中下人偷了贵重财物，要打断双手，撵出府去。"

云姨娘皱着眉，忍不住轻声细语求情道："莲姨娘，质子的身份，到底不同寻常，怎能用下人与他比较？"

莲姨娘说："云姨娘误会了，妾不是这个意思，质子自然不同下人。但既然犯了错，不论是谁，都应该惩处。三小姐，你看，让质子还回财物，再小施惩戒如何？"

如何？

不如何！

这些人都疯了吗？怎么可以这么草率！

苏苏实在忍不住了，她站在修仙界的立场，不该替未来的魔王说话。

只要他的命还在，他不论狼狈成什么样，她笑吟吟看戏就好。

但不管过去多少年，即便长大了，她依旧是黎苏苏，那只从世间最干净的天堑仙池中睁开眼，俯瞰众生、眉间红羽的好奇小灵鸟。

她可以光明正大握剑杀了他，甚至将来一定会无情碾碎他的神魂，但她不能和别人一样，以污蔑折辱他为乐。

她不能明明睁着眼睛，却蒙上双眼，装作什么都不知。

苏苏站起来，脆生生道："我不同意，他既然是我的人，那这件事我来查，一定给诸位姨娘和二姐姐一个交代。"

莲姨娘十分错愕，不是都审完了吗？

苏苏板着小脸，看向其他人："怎么，有异议？还是对我不放心？"

莲姨娘立刻笑道："不敢，我们自然相信三小姐。"

苏苏捡起地上的平安符，走到澹台烬面前，塞进他手里："东西收好了，再让人抢出来践踏，我都嫌丢人。你说不是你，那就最好不是你！否则我查出来……"

他抬起黑黢黢的眼睛，看着她。

"亲自打残你！"她喘了口气，瞪着他，努力让自己看起来凶得可怕。

她眼中明亮，胜过屋外十二月的冰雪。

澹台烬看着面前又凶又气的少女，无意识握紧手中脏污的平安符。

‖ 第七章 ‖

这件事的结果，便是澹台烬暂时被关了起来。

他被关在破落的东院里，众姨娘和二小姐的意思是，防止销赃。

三小姐可以继续查，若真冤枉了他，到时候放出来便是。

苏苏对此表示随意。

丢失的东西，别的不说，有老夫人最爱的玉观音。老人家信佛，把那尊玉观音看得无比贵重，说严重些，都上升到信仰的地步了。

所以莲姨娘她们才这么急，想要找出是谁拿了东西。

苏苏到底只是嫡女，不是主母，她能重新查证，已经不容易。

关着倒也应该没什么，澹台烬不死就成。

第二日便是十五。

碧柳出去一趟，回来喜滋滋地对苏苏说："三小姐，奴婢打听到，六皇子被封宣王，今日册封圣旨就下来了，皇上赏赐的府邸，就在离咱们将军府不远之处。将军收到了拜帖，想必几日后，会带小姐去宣王殿下府上，为他庆贺。"

苏苏反应很平静："哦。"

碧柳说："小姐，你放心，这次我一定把你打扮得漂漂亮亮，让叶冰裳那个贱蹄子无地自容。"

虽然苏苏目前还没见过那位庶姐，不知道她是怎样的人，但对抢别人夫君这么兴奋，是不是有病呀？

苏苏实在不想看见碧柳，于是道："你去询问一下，这次府里总共丢了哪些东西，分别都是谁丢的。"

碧柳只好不甘不愿出门，路过外面的春桃，她推了一把："滚开，别挡道。"

春桃连忙让开。

碧柳很不高兴，对比做这些杂事，她更在意三小姐能否嫁给宣王殿下。

以前自己一提起六殿下，小姐就目光含春，十分期待。她发现自己这次回来后，再说宣王的事，小姐不怎么上心了。

碧柳一走，苏苏拿出另一册清单。

这是昨晚吩咐喜喜整理的。

苏苏并不信任碧柳。

苏苏看下去，发现丢了东西的有老夫人、杜姨娘、二小姐、大公子、四公子，云姨娘也丢了几支金簪。

这个人倒是会拿东西，没敢拿将军和苏苏的，老夫人的玉观音和二小姐的嫁妆最值钱，值得铤而走险。大公子和云姨娘性格相对宽和，大概率不会计较。而四公子什么都不懂。

想了想，她唤来春桃。

"春桃，你可知道，二少爷和三少爷，最近在做什么？"

春桃摇头："小姐，奴婢只知道，大公子最近和老爷去军营训练，二公子和三公子，奴婢不清楚。小姐想知道的话，奴婢和喜喜，这两天去打探一下。"

苏苏笑着点点头："辛苦春桃了。"

澹台烬被关在东苑。

东苑处在风口，是整个将军府最冷的院子。

废弃了许多年,平时用来堆柴火。

窗户是破的,冷风吹进来,让人遍体生寒。

澹台烬靠在角落,舔舔干涩的唇。

一直到晚间,依旧没人给他送饭,澹台烬神色平静,倒也在意料之中,这样的日子他也习惯了。

偶尔一两日不吃饭,人不会饿死。

冬日的夜空,没有月亮,外面寂静一片,又开始下雪了。

他抓了两把雪,吞咽下去,胃里依旧难受得要命。澹台烬坐回去,拿出袖中的平安符。

本就有些年份的平安符,经过昨日的撕扯,已然破了线头。

他目光像一汪深潭,拂过被弄坏的地方。

心中有股恶意,从这个裂痕无限延长,少年轻轻吸了口气,勉强压下这股汹涌的情绪,重新将平安符放回怀里。

只可惜,她的耳坠弄丢了。

他闭上眼,靠着墙角休息。

得留着一口气,总不能窝囊地死在这个柴房里。他并不相信叶夕雾会帮自己,万一有什么意外,他也得自己从这里走出去。

半夜风雪交加的时候,澹台烬听见了门外踉跄的脚步声。

他睁开眼。

听脚步声,是两个女子。

黑夜放大无数感官,澹台烬听到细微喘气的声音。下一刻,一个披着白色披风的少女,跌入东苑之中。

她摔倒在地的时候,神色还有几分茫然。

隔着微弱的灯光,澹台烬看见地上略显得狼狈的少女。

碧柳放下被子和琉璃灯,连忙扶起摔倒的苏苏。

她不屑地看一眼澹台烬,撇了撇嘴:"质子殿下,知道自己该做什么吧?"

说罢,碧柳关上东苑的门,离开了。

只留下苏苏和澹台烬,在这一方小天地中。

苏苏哆嗦着,靠在另一边的墙角。

她的手指紧紧抓住披风,脸颊绯红,呼吸急促。

澹台烬从角落站起来,朝她走过来。

"三小姐?"

"你别过来。"苏苏喘着气说完这句话,外面下着雪,她却热得要命。

今夜才睡着,身体突然一股燥热,她睁开眼睛,觉察到自己身体不对劲。

这时候碧柳进来，小声地道："今日十五，小姐是不是药效发作了？奴婢带你去找质子。"

苏苏抱紧被子，喘着气："什么意思？"

她有种不祥的预感。

碧柳道："小姐，你忘了吗？结春蚕的毒，每三个月发作一次，你的解药，被质子吃了。"

苏苏这才意识到，下药事件，没完没了。

结春蚕这种药，本质更像毒药，取意"春蚕到死丝方尽"，吃下毒药的一方，每三个月发作一次，与吃下解药的人，交合即可。

而吃下解药的人，只有第一天有春药效果，其后正常。

据说这种药，是夷月族的失传秘药，以前的达官贵人，专门用来控制抢夺来的女子，让她们永远离不开自己。

原主痛恨叶冰裳夺自己心头之爱，于是不下普通的春药，而是找来了令人窒息的结春蚕。

饶是贞洁烈女吃下去，也受不了。

原主想看叶冰裳离不开那个肥头大耳的尚书公子。

没想到这药，最后被自己吃了。

苏苏就说，为什么原主这样的身份，叶家却让她嫁给一个质子？

原来是因为名声，不得不嫁。

不嫁就死。

当然，结春蚕也可以忍，但是一次比一次难熬。

上回原主忍了半个时辰，这次苏苏得忍两个时辰。

她打坐了一盏茶工夫，全身湿透，痛苦不堪。

碧柳说："三小姐，我还是扶你去找质子吧，你在他身边，会好受些。"

苏苏咬牙："不，不！"

她又坚持了一盏茶工夫，最后整个人都快原地升天了，碧柳不由分说，把她扶来了东苑。

苏苏全身没力气，几乎被碧柳架着走，连意识都变得混沌起来。

她眼前光影憧憧，勉强还能分清面前人的轮廓。

认出他是那个罪恶的魔物。

唇上被苏苏咬出了血，她抱住手臂，勉强压制住了脱衣服的冲动。

澹台烬明白了什么，他往日温顺无害的神色，一瞬间变得凉薄。

原来这就是她昨天阻止人把他打残的理由，是觉得他今晚还有用啊。

少年在她面前蹲下，轻轻拨开她汗湿的额发："三小姐，你看上去很难受。"

苏苏紧紧闭着嘴，她真怕她一张嘴，发出什么不该发出的声音。

她觉得自己快被烧死了，而近在咫尺，就有一块冰。

苏苏说："离我远点！"她总算明白，为什么叶夕雾心中那么喜欢萧凛，最后却连自尊都不要，让澹台烬帮帮自己。

这药太磨人了！

眼前的少年，歪了歪头。

琉璃灯下，少年显得弱气十足，神色无辜。

他的声音却并不是这么回事，音色是冷的，像在慢条斯理，敲碎坚冰："三小姐能告诉我，你怎么了吗？"

少年身上的恶意，若有若无。

曾经的叶夕雾是什么心态，澹台烬现在便是什么心态。

他想看见昨日那束铿锵明亮的光，今日在他脚下，毫无尊严地辗转呻吟，媚态横生。

她眼里的骄傲会被粉碎，做像他这样的、见不得光的蛆虫，求一个她瞧不起的人触碰她。

但他不会碰她，脏。

澹台烬靠着冰冷的墙面，连无害的神色都懒得做了，审视着她。

瞧啊，多可怜，白皙的肌肤变成粉色，唇角也流下了鲜血。

她黑白分明的眼睛，变得蒙眬，瞳孔渐渐失去焦距。

他冷冷地弯了弯唇。

少女瞳仁轻颤，鲜血顺着嘴角流下。

澹台烬好心地伸出手指，把她嘴角的血迹擦去。

"您看起来真可怜。"他冷冷地、轻声地说。

恬不知耻求他吧，该丑态毕露了，她这次，可比上次坚持得久。

澹台烬在心里为她默数，终于，在她的眼瞳几乎失焦的时候，她不再固执，动了。

她抬起纤细的手臂，却没有如澹台烬想的那样，来拥抱他，少女反而盖住了自己脸颊。

她闭上双眼，比外面的雪花还要安静。

少女靠在窗前，外面的雪扑簌簌落下，她悄无声息，像长眠在了冬夜里，变成一只合翅颤抖的蝶。

琉璃灯照亮她的周围。

雪花飘进来，落在她的发间。

他冷眼旁观着，这诡诞又圣洁的一幕。

那种感觉又来了。

她在雪和光的交界处，而他依旧在自己这片黑暗里，他突然更加厌恶眼前这个人。

澹台烬用冰冷的手指捂住唇，不同于以往轻谑的厌恶，是一种深入骨髓的、让他发颤的厌恶。

这种窒闷的感觉，是从山贼窝那天开始的吧？

少年坐回角落，用蛛丝一般黏腻阴郁的目光，看了苏苏一夜。

她蜷缩在角落，毫无所觉。

清晨的光照进东苑，苏苏感觉自己活过来了。

她很疲惫，正如那个药的名字，整个人像从茧里蜕变出来的。

她睁开眼睛，发现自己睡在澹台烬腿上。

她噌的一下坐起来，连忙远离他。

苏苏抓抓头发。

不是吧不是吧！

她昨晚忍得那么辛苦，就是为了不与魔物发生关系。

难道她道心依旧不够稳，受不了药物，最后还是往魔物怀里扑了？

苏苏嫌恶至极，手上刚刚碰到他的地方，像有火在烧一般。她愤愤地看着脚边的邪物少年。

少年睫毛颤了颤。

澹台烬的睫毛，比苏苏这具身体的睫毛还要长，如两片诡谲的鸦羽。

他红唇乌发，透着一种羸弱的漂亮，使他整个人看上去苍白可怜。

苏苏不太想他睁开眼睛。

毕竟他醒过来的话，苏苏不知道讲什么好。难道解释说我每三个月，有吃一次春药的癖好？

她紧绷片刻，发现他始终没有醒来。

苏苏松了口气，这才看见他面色苍白，嘴唇干裂，怎么看都不正常。

"澹台烬，醒醒。"邪魔都心思深沉，难不成他在装睡博同情？

"再不醒我就把你交给莲姨娘。"

她推了推他，少年依旧毫无反应。

苏苏蹲下来，手覆在他的额上。这次体温不热，反而像触到一块冰。

苏苏木着脸："……"

就算在人间养个小孩，也不会像他这样脆弱麻烦，动不动病弱得快要死去。

她没在狭窄的屋子里找到水，只好先把棉被盖在他的身上。

苏苏走出去，碧柳迎上来道："小姐，你没事吧？"

苏苏睨碧柳一眼，自己昨晚虽然没力气，也不怎么清醒，但苏苏知道，她倘若在自己屋里，能坚持下去。碧柳不顾她意愿，愣是把她弄到澹台烬身边来了。

她被碧柳的"忠心"，气得想笑。

"我记得，结春蚕是你给我的吧？碧柳，你为什么会有这种东西？"她不信这个丫鬟没问题。

碧柳说："小姐，奴婢先前说过，我有个远房表哥，曾经和夷月族女子通婚。夷月族擅毒，结春蚕是他们的秘方。"

"除了澹台烬吞下的解药，还能配出解药吗？"

碧柳摇头，神色有几分不满："只有唯一的药引。小姐，你不会怪罪碧柳了吧？碧柳也是按你的吩咐办事。"

苏苏说："我不怪你，但从今天起，我也不留你。你去找莲姨娘，让她重新为你寻个去处。"

碧柳神色震惊，半晌反应过来，苏苏竟然在驱逐自己，她这才慌了，连忙跪下磕头。

"三小姐，求小姐不要赶奴婢走。"

这时候知道求饶了？

苏苏没理她，踏着积雪，离开东苑。

原本想留着碧柳观察一段时间，她总觉得这个碧柳不简单。

可碧柳阳奉阴违，随意进出主子房间就罢了，还经常欺负春桃和喜喜。

干脆赶走算了，派人跟着她，说不定还能发现些什么。

碧柳这种被原主宠坏的丫鬟，离开原主，不管去了哪里，都够喝上一壶。

苏苏没过一会儿又赶回来，还带了一个大夫。发热，她大致知道怎么处理，可发冷怎么办？

角落里的少年，依旧是她离开时的姿势。

"先生，请您看看他。"

老大夫上前，替澹台烬诊治。

他早知道将军府三小姐的残暴作风，本来不想多管闲事，可到底医者父母心，作揖道："这位郎君年纪尚轻，身体却如此衰败，多有痼疾，内伤良多。三小姐若不想要他的命，便多施予他一分怜悯吧。"

苏苏抿唇，坚定地摇摇头："先生有所不知，他不是什么好人，您开药保他不死就行了。"

调理身体什么的，大可不必，这种邪物，他越多病痛越好。

老大夫叹了口气，说："三小姐若只是要保他不死，老朽不必开药，他很久没吃饭，也没喝水才会这样，给他弄些吃食就好。"

苏苏万万没想到，澹台烬被关在这里，会没有饭吃，没有水喝。

她愣住，为什么会这样？

莲姨娘不是说，只把人关起来吗？

他们是故意的，还是……府里这样忽视澹台烬，早就习以为常？

他们忘记他是个人，也需要吃饭，需要喝水，需要呼吸。

一面无情无义地摆弄他，一面还讥嘲他不够坚强。

‖ 第八章 ‖

等苏苏和大夫走远了，澹台烬睁开眼睛。

没过一会儿，灰衣小厮拿了食物和水过来，见澹台烬醒着，小厮吓了一跳。

"质子，用膳吧。"小厮放下手中食盒。

澹台烬用手撑住地面，吃东西。

小厮守在一旁，淡淡说道："接下来几日，奴才会按时给质子送饭，还请质子不要离开东苑。"

澹台烬说："多谢你。"

小厮见眼前的少年态度谦和，声线清朗，一时间有些愧疚。

下人们有时候是故意这样对澹台烬的，毕竟他身份特殊，欺凌他有种别样的满足感。

但一想，眼前这个人，或许活得还不如他们这些人好。

小厮忍不住说："质子，东苑的窗户破了，下午奴才带人来补。"

澹台烬不好意思微笑道："不必麻烦了。"

小厮心道，质子心肠确实不错。被故意苛待，却没有怨恨他们。他没有提到三小姐，三小姐不让自己提到她，好在质子也没问，不然小厮也不知道怎样回答。

等小厮收起食盒离开后，东苑彻底安静下来。

雪地里飞来一只通身漆黑的乌鸦，盘旋在东苑上方。

将军府守卫森严，对于传信鸟禽十分敏感。倘若是鸽子，只要见到，就一并射杀。

然而一只晦气的乌鸦，看见了顶多唾骂一句。

澹台烬推开窗。

他伸出手，乌鸦稳稳落在他的手臂上。

少年眉眼依旧柔和，温柔地抚了抚漆黑的翎羽，乌鸦在他手上叫了一声。澹台烬抬起苍白的手指，捏碎了乌鸦的脖子。

它的头软软垂下去。

澹台烬慢条斯理撕开乌鸦的肚子，拿出一颗蜡丸。蜡丸捏碎后，他取出折叠好的纸条。

一目十行看完，他把乌鸦尸体往窗外扔出去。

少年眼睑垂下一片阴影，若有所思。

漆黑的鸟落在雪地里，很快，大雪掩盖了乌鸦的尸体。

苏苏回去的路上，遇到一个褐衣男子。

她反应了一会儿这是谁："二哥，你等等。"

叶储风惊讶地回头，连忙道："三妹妹。"

"二哥这是要出府吗？"

叶储风不自在地看着自己的靴子，道："笔墨纸砚没了，我出府买些。"

苏苏打量着他。

眼前的男子眉眼清逸，看上去很是文弱。

将军府四位公子，这位二公子最没存在感。他是三岁那年，叶将军从乡下接回来的。

叶啸当时直接把小孩扔给管家。

"以后他叫叶储风。"

府里其他孩子都有娘，除了三小姐叶夕雾和二公子叶储风。

叶夕雾娘亲早死，而叶储风，则是叶啸打仗期间，行军路上在一个庄子养伤，几日云雨，那村里的寡妇给生的。

将军府中的人对二公子身世心知肚明，分外瞧不上他。

叶储风知道自己身份尴尬，在府中从来都只像个隐形人一般生活，六岁的四公子，都知道这个二哥怯懦可欺。

叶储风性格孤僻，以前只有叶冰裳与他关系好些。

苏苏在心里嘀咕，叶冰裳的人缘也太好了吧。

宣王和庞宜之就不提了，叶储风这样沉默寡言的人，竟然也和叶冰裳处得不错。

苏苏对这个庶姐，越发好奇。

叶储风被苏苏拦住，脸上很是不安。

他垂下头："三妹妹有什么事吗？"

苏苏点头："上次夕雾不小心害得大姐姐落水，心中不安。听说宣王过几日便要搬出宫，来宫外的府邸住，我想备一份礼物，给大姐姐赔罪。二哥，我听说你以前和大姐姐关系不错，你知道她喜欢什么吗？"

叶储风连忙摆手道："三妹妹误会了，我和冰裳妹妹也只是偶尔说说话，并不知道她喜欢什么。"

苏苏看他的神情就知道，他觉得自己是来找碴儿的。

整个将军府都知道，大小姐嫁给了三小姐的心上人，而三小姐又是个歹毒记仇的人。

苏苏很无力，她说："既然这样，我也不耽误二哥了。"

叶储风冲她拱手，正要离开，苏苏动了动鼻子。

"你身上什么味道？"

叶储风脸色微变，不自在地推开像只小动物嗅来嗅去的苏苏。

"三妹妹……"

见他尴尬得面红耳赤，苏苏也不好为难他，只好道："对不住，可能是我闻错了。"

苏苏心中疑惑，这个味道确实很熟悉，到底在哪里闻到过呢？

叶储风已经不见人影。

苏苏有心想问问玉镯中的器灵，但是它依旧在沉睡，苏苏只好作罢。

春桃小脸红扑扑地跑过来："小姐！"

她小心翼翼问："我听喜喜说，小姐没让碧柳在身边伺候了？"

苏苏点头。

春桃忍不住笑起来。

苏苏偏头，春桃连忙摆手道："春桃不是……不是想说碧柳姐姐坏话，也不是忌妒碧柳姐姐，而是……而是……"

春桃的脸涨得通红，半晌才说："碧柳姐姐这段时间没在小姐身边，春桃和喜喜，都觉得小姐变了不少，我们害怕小姐又变回去。"

说完才意识到自己说错了话，又慌张解释："奴婢不是说小姐以前不好……奴婢……奴婢……"

苏苏看她结结巴巴，都要急哭了，忍不住道："没事，我没有生气。"

虽说自己的改变和碧柳没什么关系，但是以前碧柳确实没少唆使原主。

春桃和喜喜的担忧也没错。

"二公子和三公子那边，有消息了吗？"

说到这，春桃连忙道："回小姐，奴婢问过管家了，他说二公子和三公子这段时间经常出门，尤其是二公子，有时候早上出门，晚上才回来。"

苏苏很惊讶："出去一整天？"

春桃点头："但是奴婢不知道两位公子在做什么。"

苏苏觉得自己的直觉没错，这个叶储风就是有问题。今天是买笔墨，往日呢？总不可能天天缺笔墨纸砚。

想了想，她让管家找来几个乞丐，分给每个人一锭银子。

"你们分别帮我看着二公子和三公子，他们去了哪里，做了些什么，奇怪的地方都跟我说。"她小手一挥，十分豪迈，"做得好的，再赏一锭银子。"

乞丐们眼睛放光，连连道谢。

"三小姐放心，任何风吹草动，小人都会留意。"

苏苏心想，师叔们说得真不错，三界都是有钱能使鬼推磨。

看这架势，别说鬼推磨了，磨推鬼都办得到啊。

果然，没过两天，就有个小乞丐跑来汇报。

"三小姐，小人看见二公子这两天都会去一个别院，别院外面种了几树梅花，有个很漂亮的黄衣女子住在里面，二公子早上去，晚上才会离开。"

苏苏若有所思，所以她那个隐形人一样的二哥，竟然在玩金屋藏娇？

她如约给小乞丐一锭银子。

不一会儿，另一个乞丐也来领赏。

"三公子昨日出门，和陈尚书家的公子，先去酒楼吃了饭，随后一同进了赌坊。"

苏苏眨眨眼。

赌坊啊，是她想的那样吧？

看来二哥、三哥，皆有秘密。

苏苏还没来得及追查这两件事，叶大将军告知她，明日宣王生辰，届时他会带苏苏一同过去。

宣王早已成年，这次有了封号，搬出皇宫，趁着生辰宴请大臣们。

当然，他做得比较低调，并没有大肆操办。

皇帝正当壮年，几个皇子便只能低调做人，越平庸越好。

叶啸斜睨苏苏一眼："这次给老子老实些，再敢闹出什么事，你祖母都护不住你。见了你大姐姐，记得赔个不是。"

还真是全天下都觉得苏苏会往六殿下身上扑。

苏苏无奈地说："爹爹放心，女儿知道。"

苏苏倒不觉得叶将军在维护叶冰裳。

昔日叶冰裳未出阁，和三姑娘发生什么，都是叶家关起门来的事。如今叶冰裳嫁给了宣王,叶家总得给予一定尊重。

上次原身把人推下水,无数双眼睛都看见了。

萧凛性情虽温和,但是人家是一个皇子,叶家总不能视皇家的脸面于不顾,叶将军只让苏苏赔个不是,已经是不咸不淡的处理方式了。

表面看是在维护叶冰裳,其实何尝不是在维护苏苏。

难得家里的小魔女听话,叶啸纳罕看了好几眼,哼了声,这才没有继续数落她。

沉吟片刻,叶啸说:"把质子带上。"

如今两人成了婚,于情于理,苏苏去宣王府邸,质子同行较好。

苏苏看将军爹一眼,叶将军一定是不晓得他们四个人之间精彩的关系,才这么淡定。知道以后,估计得跳脚。

苏苏对于即将见到叶冰裳,非常期待。

她只从别人口中听说过这位温婉漂亮的庶姐,还有无意中看见的那幅娇羞画像。

想想澹台烬藏起来的那只女子耳坠,苏苏托着腮,兴许她这次抽取邪骨的任务,关键点在叶冰裳身上。

春桃和喜喜一大早就把苏苏叫醒。

苏苏坐在镜子前,两个丫鬟如临大敌。

喜喜拿出一件轻盈漂亮的紫色衣衫,忐忑地问:"小姐看这件如何?这是锦绣坊精心为小姐做的。"

"漂亮是漂亮,可是喜喜,这是秋天的裙子,现在是冬天。"她肉体凡胎,扛不住冷的。

喜喜心想,小姐以前出门见六殿下,别说冬日穿秋衫了,就算穿夏衫,小姐也会哆嗦着穿出去。

有大小姐的场合,三小姐就像一只斗志昂扬的小孔雀,生怕落了下风。

以前都是碧柳在帮小姐打扮,这次换成春桃和喜喜,两个丫头生怕自己笨手笨脚,审美不行,丢了三小姐面子。

见她们犹豫不决,苏苏手一指:"那件吧。"

她指着一件妃色的袄裙。

看着就暖和。

春桃笑眯眯道:"这样也好,免得冻着小姐。"

喜喜手巧,梳好发髻后,道:"小姐,院子里红梅开得很漂亮,奴婢给你绘个花钿吧。"

苏苏还没画过人间的花钿，她非常好奇："好呀。"

于是喜喜便细心地在苏苏眉间，画了半枚精致的梅花。

苏苏看着额间的花朵，稀奇地摸摸。

她自己的本体，生来额间便有一点鲜红的朱砂，美艳不可方物。

这半枚梅花，让苏苏觉得亲切。

春桃夸赞道："三小姐真漂亮！"

苏苏看看镜子里的自己，叶三小姐的长相，带着几分纯然气息。

不够妩媚，但是非常有灵气。邻家小姑娘的脸，显得十分活泼，配上一身妃色冬袄，像个软乎乎的雪团子。

苏苏看习惯了，倒觉得这张脸非常可爱耐看。

她走出去，发现外面依旧在下雪。

喜喜嘟囔道："今年冬天，怎么日日下雪啊。"

春桃连忙给苏苏披上披风，赞同地点点头。

苏苏走出门，看见将军府前，站着一个颀长纤瘦的影子。

少年穿着绀青色的衣裳，站在大雪前。

他身上的衣裳，倒像是秋衫，单薄地勾勒出瘦骨嶙峋的身体。

雪花落在他鸦黑的睫毛上，独属于少年的精致感，让春桃和喜喜，都忍不住多看了两眼。

春桃有几分呆滞，质子长得可真好，要她说，比起宣王殿下也不差呢。

叶大将军不喜坐马车，在前面骑马。

澹台烬第一次看叶三小姐冬日出门穿正经的冬袄，兴许是因为暖和，少女脸颊带着浅浅的粉晕。

她和春桃她们走在一起，眉眼柔和，带着笑，难得显出几分与年龄相符的稚气。

澹台烬冲苏苏伸出手。

苏苏看了眼那只修长苍白的手，唇角笑意淡了几分，无视他，自己上了马车。

春桃飞快看了眼质子。

少年收回手，垂下眼睛，和往日一样逆来顺受。跟着三小姐上了马车。

一路上无聊，苏苏瞪着澹台烬。

邪物真是神奇，说他坚韧吧，他动不动就一副决死的模样；可说他病弱吧，他又像荒地里的杂草，很快就恢复过来。

她抱着一个毛茸茸的暖炉，澹台烬的手就放在膝盖上。

苏苏看一眼他通红的指节。

她心里惦记着要了解邪物的过去，于是不情不愿地问："你手怎么了？"

澹台烬很意外，少女竟然会主动和自己说话，他抿了抿微皲裂的唇角，回答道："冻疮。"

然后他便看见，少女眼里带上星星点点幸灾乐祸的笑意。

她很快意识到这样不好，懊恼地把情绪收了回去。

苏苏板着小脸："你不怕冷穿成这个样子，是为了见心上人吗？"

见叶冰裳倒是用心。

‖ 第九章 ‖

澹台烬默默藏住冻伤的手指。

"我不知道三小姐什么意思，"他低声道，"我只有这些衣服。"

苏苏想到他目前的情况，略微尴尬地哼了一声。

的确，叶府只要他不丢脸就好，并不会管他冷不冷。

少年安静待在马车角落，看着马车上的香炉，脸上没有半点血色。

苏苏心想，如果不是亲眼所见，自己怎么也不会相信，五百年后魔宫王座上的残暴男子，与眼前的阴郁少年是同一个人。

她毕竟亲眼见过魔王杀人，干脆利索得像捏死一只蝼蚁！可是眼前的澹台烬看起来，别说杀人，连杀条鱼都困难的模样。

身为邪物，竟然会没用到让手生冻疮！

他怎么回事啊？！

苏苏本来就是个吃软不吃硬的人，朗朗大道，修真者应已识乾坤大，犹怜草木青。

他倘若一直这副模样，苏苏真怕自己以后抽他邪骨、散他魂魄时会心软。

看起来是小事，但是对于修真者来说，一旦对他心软了，再杀他便会影响道心，在大道上止步。

苏苏的梦想是要成神，成为上古真神那样的存在。

所以她必须坚守道心，时时刻刻记住他的真面目。

苏苏下定决心，说道："澹台烬，你抬起头，用冷漠阴森的眼神看着我，然后捏住我的下巴。"

"三小姐？"

"我让你做你就做，不许问为什么！"

少年似乎很犹豫，抬起了头，却始终没法进行下一步。

苏苏急得腮帮子鼓了鼓，催促道："你是不是个男人呀？霸气点啊！"

话音刚落，少年原本怯懦的目光，瞬间变得冷漠无比，他黑色的眼珠冷冷盯着她。

指尖苍白的手,顺势掐住了少女的下巴。

他虽瘦弱,却本就比她高出不少,此刻低眸冷漠地看着她。眸中苍冷,隐隐透着残忍之色。

苏苏小巧的下巴在他冰凉的指腹上,一时恍惚,差点吓得要拔剑砍他。

我剑呢我剑呢?

澹台烬就这样凝视了苏苏几秒,在她瞪大眼睛的时候,仓皇收回手,不安地道:"三小姐,是这样吗?"

暴戾可怖的感觉瞬间消失。

苏苏:"……"

是的,你可真是做得太好了。现在别说什么没饭吃、没衣服穿、生冻疮,眼前的少年就算死在马车里,或者从马车上跳下去,再被马蹄踩个粉碎,苏苏也不会再动恻隐之心。

邪物终归是邪物,他终有一天,会变成未来那个只知道杀戮的怪物。

刚刚那一幕,简直是本色出演。

她决定了,今后一旦有同情魔物的迹象,就让澹台烬来表演一番残暴魔王上身。

这样道心简直会变得坚不可摧。

砍都砍不动。

澹台烬见眼前的少女神色从紧张到缓和,他袖子下的手,掐住她下巴的地方动了动,随即狠狠碾住自己泛红的手指。

冻伤的地方,又痛又痒。

他使的力气很重。

直到感受到手上裂开一条口子,鲜血快要涌出来,他才眸色暗了暗住手。

两个人折腾这么一通,不知不觉已经到了宣王府。

苏苏没注意到他的异样,刚刚自己上前找了个吓,现在满心不想和他待在一起,连忙跳下马车。

马车旁边准备过来扶苏苏的春桃吓了一跳:"小姐!"

"我没事。"

"叶三小姐的身体,这么快就好了?"

带着讥诮笑意的声音响起,苏苏抬眸看去,一个玉冠男子,似笑非笑地看着自己。

他五官端正,身上带着书卷气,却能一眼看出他和酸腐的文人不同。

男子眼里满满的不羁之意,仿佛给他条鞭子,他不介意抽得苏苏满地打滚。

苏苏心里猛然浮现一个名字：庞宜之。

风骨不凡，满身刺头的礼部侍郎啊。

虽然他对自己非常不友好，但苏苏想起那幅寥寥几笔就传神的画作，不得不感慨，这个人挺厉害的。

她小时候咬着指头，和同门小孩在一块儿学写字，没少被批评。

掌门爹爹点着她额头无语地说："生得这么机灵，怎么学个东西这么慢。"

所以对人间的状元这种生物，苏苏很是尊重。

她点点头："谢谢庞大人关怀，我已经好了。"

庞宜之嗤笑："三小姐身体壮硕如牛，自然好得快。倒是害了别人，至今风寒未愈。"

苏苏无语。

她向才子抛出橄榄枝，但是才子握住橄榄枝开始抽她。

竟然说她壮硕如牛？

她要收回橄榄枝，叶夕雾也是可爱漂亮的小姑娘好吧！庞宜之讽刺人，简直都不摸着良心讲话的。

苏苏收起笑容，看他一眼："庞大人说，大姐姐风寒未愈？"

"叶三小姐明知故问。"庞宜之毫不掩饰自己的厌恶。

苏苏歪头道："大姐姐是宣王侧妃，我这个做妹妹的，都不了解她的身体情况，庞大人一个外男，怎么对她的事，知道得这么清楚？不知道的，还误以为庞大人是个浪荡子呢。"

庞宜之收起眼里的轻谑，冷冷点评道："牙尖嘴利。"

少女冲他眨眨眼睛。

就许你欺负人？原主做得不对的事，苏苏会一一弥补道歉，但是原主和自己，可都没有伤害过庞宜之。

她没必要对一个百般厌恶自己的人，忍气吞声。

两个女孩子的恩怨，他一个毫无关系、心偏得不像话的大男人，掺和进来做什么？

这时候叶将军也看见女儿和庞宜之说话。

叶啸走过来道："庞大人，在和小女说什么？"

庞宜之移开视线，轻轻一笑："叶大将军，本官和三小姐不熟，只是打了个招呼。"

庞宜之又看了眼刚下马车的澹台烬，语焉不详道："倒是质子，许久不见，看上去单薄了不少。"

澹台烬目光定定落在庞宜之脸上，道："庞大人看错了。"

庞宜之笑了笑，对叶将军抬手："叶大将军请。"

叶啸本就手握重权，也没推辞，率先进了府，庞宜之紧随其后。

苏苏看一眼澹台烬："你认识庞宜之？"

澹台烬摇头，说："不认识。"

苏苏心想，骗谁呢！不说别的，情敌之间，总知道对方的存在吧。就算不知道，那天大家一起跳下水，也在水里见了一面呀。

他既然不想说，苏苏也不会在这样的场合追问。

宣王府今日很是热闹。

六殿下萧凛，一直是大夏国的传奇人物。

先说家世，他的生母是皇后，而皇后是太后的远房侄女。

帝后大婚以后，皇后一直未育有子嗣。

皇帝等了几年，见后宫单薄，不得不撤了后宫的避子汤，后妃们陆陆续续怀孕。

皇后急坏了，但肚子就是没动静，直到二十八岁时，才诞下嫡皇子萧凛。

嫡皇子身份显赫，来得珍贵不说，当时上一任国师，当场批命感叹："六殿下前途不可限量！大夏国运，与六殿下相连啊。"

这种话都说出来了，别说皇后把这个儿子看得跟命似的，皇帝和太后，都忍不住重视起这个孩子。

哪怕不说身份，单说性情和能力，萧凛文武全才，君子端方，容颜更是如谪仙。

他十七岁时，皇帝有心考校，让他和那年的武状元比试，结果武状元没打得过他。

有人猜测，六殿下如今及冠，恐怕身手已经跟叶大将军不相上下。

当然，叶啸肯定不会和萧凛打，但这并不影响六殿下无所不能、神仙般的形象。

如果问京城的未婚女子，最想嫁的是谁，百分之九十九都会含羞带怯地点名六殿下。

也因此，叶冰裳嫁给萧凛的时候，几乎全京城姑娘的梦都碎在了那一晚。

其中碎得最彻底的，就数原身叶夕雾，差点没气疯。

皇帝迟迟没立太子，这次反而册封萧凛宣王，众人心里都清楚，这并不代表皇帝不看重六殿下。相反，自古以来，过早册封的太子，没几个登上帝位的。

捧杀，不外如是。

几条最凶恶的狼争夺，最厉害的，才能坐上帝位。皇帝这是不想让萧凛早早成为众矢之的。

　　臣子们都是聪明人，心里有了计较，宣王殿下萧凛的生辰宴，众人很是给面子。

　　苏苏走进去，宴席上已经坐了不少人。

　　作为叶大将军的家眷，苏苏和澹台烬，坐在叶大将军后方。

　　这种场合，叶家庶女叶岚音便来不了。

　　苏苏忍不住朝主位上的男子看去，萧凛在和一个臣子讲话。

　　苏苏撑着下巴。

　　身为凡人的宣王，和大师兄还是有几分区别的，大师兄公冶寂无，眉眼更加脱俗，说是惊为天人也不为过。

　　澹台烬顺着苏苏的眸光看过去，看见了宣王。

　　他淡淡收回目光，看着自己面前的酒樽，不知道在想什么。

　　过了一会儿，丝竹声响起来之前，宣王府的婢女，扶着一个少女走了出来。

　　萧凛原本清冽的神色，骤然变得十分柔和："冰裳，来。"

　　女子把微凉的小手，放进萧凛手心。

　　两人相视一笑。

　　不用任何人说，苏苏便认出了不远处那个女子是谁。

　　几日前的画中人似乎一瞬间活了过来。

　　她披着雪白的狐裘，肌肤白皙，垂眸间温婉娇羞。

　　女子发上系了一条简单的青色绸带，漂亮得柔弱而典雅。

　　叶冰裳的容颜，多一分太艳，少一分太素，刚好担得起闭月羞花之貌。

　　从她一出来，毒舌的庞宣之眼里别说刻薄，连眼珠子都不会转了，只剩下几分怅惘和向往。

　　在场臣子的家中女眷，看着叶冰裳，无意识咬唇绞手绢。

　　这位庶姐杀伤力可真大，苏苏心想。

　　春桃紧张极了，生怕三小姐又生气。对比起女子风情十足的大小姐，三小姐脸蛋还带着几分没长开的婴儿肥，可爱有余，风情不足。

　　然而春桃一看自家三小姐，三小姐正咬着一颗草莓，黑白分明的眼睛盯着大姑娘看，纯粹只有好奇。

　　春桃：……咦？三小姐竟然这么平和？

　　春桃哪里知道——

　　五百年后，三界之中，有位女修会漂亮得令神魔见之失神，狐族都心驰神往。

　　天生灵胎的小女修，那是人间千万年都不会见到的绝色。

哪怕那个世界，已经动乱不堪，但八荒之中，连才出生的魔族都知道，比美色，连上古陨落的神女，都比不上衡阳门那个鲜少占宗门的小女修。

她叫黎苏苏。

他们还曾特别猥琐地推断过——

魔王不杀苏苏的缘由，该不是看出这个小女孩是个潜力股，准备等她长大了抢作炉鼎吧？

苏苏对着自己本体那张自带圣洁气息的祸水脸一百年，怎么也不可能被叶冰裳的脸惊艳。

修真界颜值水平普遍高得不像话，比叶冰裳好看的女修能找出不少。

苏苏看看失神又落寞的庞宜之，想起什么，她下意识看向身边的澹台烬。

少年垂着眸，觉察到有人看自己，疑惑地对上苏苏的目光。

苏苏无趣地转开眼。

好吧，本来以为身边的邪物少年，也会盯着叶冰裳目不转睛呢。

结果他如此克制。

是不是怕她揍他呀？

叶冰裳如今是萧凛后院唯一的女人，在萧凛身后坐下，她冲着叶大将军温柔颔首："爹爹。"

叶啸点点头，虎目一瞪身后吃草莓的小女儿。

"夕雾！"

苏苏嘴巴里咬着半颗草莓，连忙咽下去。

知道知道！背锅赔罪嘛，她已经很熟练啦！

苏苏站起来，冲着叶冰裳福了福身，不好意思地说："对不住，大姐姐，前段时间宫宴上，夕雾不该推你。夕雾在这里给你赔罪，请你原谅。"

叶冰裳愣了愣，随即笑道："不碍事，咱们姐妹之间打闹，我知道三妹妹不是有意的。"

她温柔的水眸打量着苏苏，欣慰地道："三妹妹长大了。"

她这样宽和，倒是出乎苏苏的意料。

貌似原主厌恶无比的大姐姐，人还不错？

念及此，苏苏心中的疑窦散去几分，愧疚倒是更真切了。叶冰裳确实带着病容，妆容之下，隐隐能看出她身体不适。

果然，其后席间，她偶尔用手绢掩唇，低低咳嗽。

丫鬟小慧扶住叶冰裳道："娘娘，你就这么轻易原谅叶三小姐了？那日她明明是故意……"

叶冰裳皱眉低声道："小慧，不可多言。"

小慧讪讪闭上了嘴。

还没出阁的时候，三姑娘就经常欺负大姑娘，现在大姑娘有了靠山，却还是对三姑娘步步退让。

叶冰裳低低叹了口气，看着叶大将军身后的妃色袄裙少女，也愿三妹妹是当真长大了吧。

第二卷 他的过往

第十章

萧凛性格并不高调，所以他的生辰宴，谈不上多有趣。

伶人上台奏乐跳舞之后，便只剩下大臣们相互寒暄。

就在这时，一个哈哈大笑的男子走了进来。

男子白衣玉冠，腰上佩了一块色泽通透的玉。

"六弟生辰，本王来迟，还望六弟切莫生气。"

他虽笑着，眼里却并不是这么回事。

坐在主座的萧凛，原本温和的脸色，见到他，冷了几分。

萧凛站起来："四哥。"

原来是赵王。

苏苏悄悄观察这个赵王，他脚步略微虚浮，眼底泛着浅浅的青黑，眸光锐利。

一看就是个不好相与之人。

赵王的身份也不一般，他的母亲是皇帝最宠爱的贵妃，贵妃母族势力强大，未来的皇位之争，他是萧凛的最大对手。

赵王萧慎在另一个主位坐下，他微眯眼睛，视线落在叶冰裳身上："裳侧妃，多日不见，怎么愈发楚楚可怜，这小脸苍白得让人见了便怜惜。莫不是六弟待你不好？"

他言语带笑，目光却不怀好意地在叶冰裳脖子和衣领处徘徊。

叶冰裳不自在地移开目光，眉间染上浅浅的不悦之色，她礼数充足，起身行了一礼。

"望赵王殿下切莫拿妾身开玩笑。"

赵王勾起唇，鹰隼一般的目光，仍是盯着叶冰裳看。

萧凛已经沉下脸，他重重放下酒杯。

"四哥，本王的家务事，就不劳四哥费心了。"

赵王咂咂嘴，见神仙般的人物萧凛生气，倒是不敢继续下去。

这个六弟性情宽和，不惹还好，真要惹到，不会有好果子吃。他移开目光，想到什么，饶有兴致地看向叶家这边。

"叶三姑娘竟也在。"

赵王见了苏苏，眼里燃起几分兴趣。

他对这位三小姐的印象停留在以前，一个泼辣任性、蛇蝎心肠的小姑娘，可今日的叶三小姐眉间一点灼人的花钿，竟有种别样的风情。

如果说叶大小姐是开得俏丽的莲，这位三小姐便是初初绽放的芍药。

刚成熟的少女，青涩又诱人。

叶家两个姑娘，倒是生得不错。

苏苏没想到，自己吃个瓜，最后这个赵王，竟然把注意力放在了自己身上。

他的目光黏腻，让人很不舒服。

苏苏倒也淡定，她对赵王道："臣女给赵王殿下问安。"

随即她恶趣味地往澹台烬身后一藏。

走你！坏胚魔头，面对赵王去吧。

澹台烬愕然地看着身后的少女。

她一本正经回望他。

澹台烬眸色不定，看她一眼，代替她对上了赵王的视线。

赵王诡谲一笑。

"质子，好久不见，在将军府生活，可有比冷宫好？"

苏苏觉得，这个赵王就像横着走的自大螃蟹，不仅好色，戾气还重，逮住谁都要嘲弄几句。

自他出现，宴会的氛围都变了。

澹台烬说："多谢赵王关心，将军府很好。"

"那就好，本王倒是相当惦记质子这个幼时玩伴。"赵王撩开衣袍，腿微微分开，神色暗含着讥笑轻蔑。

澹台烬面不改色颔首，敬了赵王一杯酒。

赵王挑眉，很是意外。

这个卑贱的战俘质子，当初从他胯下钻过去的时候，手握紧了泥巴，手背上青筋鼓起来。

如今他暗示这件事羞辱质子，澹台烬的反应却十分平静。

有意思。

苏苏听见这话，心里不觉紧了紧。她想起上次宫中嬷嬷的话，皇子们似乎常常以玩弄澹台烬取乐。

赵王对澹台烬做了什么？

她忍不住看向澹台烬，试图看出什么来，可只能看见少年瘦削的侧脸，他长长的睫毛敛住黑瞳，平和得过分。

眼看和乐融融的宴会，因为赵王变得冷凝起来。一个胖胖的大臣笑着道："下官前段时间从大夏边境回来，得了一样很有趣的东西，不知道两位王爷和诸位大人，有没有兴趣一同赏玩。"

赵王身体前倾道："哦？李大人可不要用平庸的东西糊弄本王，拿出来看看。"

李大人笑道："下官不敢。"他拍了拍手掌，下人抬了一个巨大的方形物件进来，它被黑色的绸布盖住，看不清里面是什么。

李大人走过去，掀开黑布。

笼子里面，赫然趴着一只威武的狮子。

众人面面相觑。

庞宜之道："李大人，狮子虽不常见，可也不是什么稀罕东西。李大人这是何意？"

李大人笑得眼睛缝都瞧不见了。

"诸位别着急，好戏在后面。"

他从身上取出一个巴掌大的玉盒。

打开玉盒盖子，将玉盒扔进铁笼之中。

苏苏有种不好的预感，她紧紧盯着那盒子。

盒子里飞出一只指甲盖大小的蜂。

"此乃赤炎蜂，别看它小，单就这一只，狮子都不是它的对手。"

话音刚落，狮子警惕地站起来，那只通身火红的蜂，竟然直接冲进了狮子的耳朵里。

狮子开始狂躁地撞击笼子。

李大人挂着微笑，下一刻，狮子抽搐地倒在地上，它的头竟炸裂开来，浆液溅了一地。

而先前指甲盖大小的赤炎蜂，如今已变成壮年男子的拳头大。

众人瞪大眼睛。

女眷们脸色难看，用帕子挡住眼睛，胃里不适。

苏苏猛然放下筷子。

哪里是什么稀奇东西！这赤炎蜂，分明是妖物。

妖物怎么会出现在人间？

果然，下一刻原本和蔼憨厚的李大人，面目扭曲起来："诸位看够了热闹，如今就安心下黄泉吧！"

变故顷刻发生，狮子铁笼下，猛地蹿出数十只赤炎蜂。

赤炎蜂冲向人群，尖叫声不绝于耳。

叶大将军也不由得变了脸色，拔出佩剑，开始驱赶朝这边飞来的赤炎蜂。

都看见了这玩意儿的威力，让它钻进身体，哪里还有活路！

萧凛反应更快，一剑斩在赤炎蜂身上，回头命令道："保护侧妃娘娘离开！"

手下连忙护着叶冰裳走。

叶冰裳握住萧凛的手，颤声道："王爷。"

萧凛说："走！"

他扯下自己身上的大氅，裹住叶冰裳，把她朝婢女一推，侍卫们连忙护着叶冰裳离开。

苏苏也知道，麻烦大了。本以为人间太平，结果参加一场生辰宴，竟然看见不该出现的东西。

叶大将军纵然武功不错，可到底是个凡人，哪里见过奇怪凶残的赤炎蜂！

赤炎蜂灵活，叶啸十分吃力。

场上惨叫声源源不断，赤炎蜂冲破人体，变得越来越大。

眼看一只赤炎蜂，就要钻进叶大将军头颅，一柄雪亮的剑，将赤炎蜂斩成两半。

叶啸回头，看见一双漂亮凌厉的眼睛。

"夕雾？"

苏苏也管不了将军爹爹怎么想，她手腕一转，挽了个剑花，横在身前。

"爹，我们得赶紧走。"等赤炎蜂越来越大，就更不好对付。

叶啸心里一沉，倒也迅速分清轻重缓急，往门外退去。

这玩意儿，远非常人能应对的。

近十只赤炎蜂横冲直撞，苏苏好不容易戳死了一只。

一回头看见叶将军已经撤退到大门边，她还没来得及松口气，转头发现澹台烬不见了。

苏苏心里一慌，他要是出了什么事，她也不用活了，三界也快凉了。

就回头一瞬，一只赤炎蜂朝她飞过来。

手腕猛然被人捉住。

苏苏惊讶地喊："大师兄！"

萧凛皱眉，不明白眼前的叶夕雾为什么这样喊自己。

"愣着做什么，快走！"他虽不喜叶三小姐，却也不会见死不救。

萧凛的剑光，和他本人的谦和姿态完全不同，他的剑隐隐带着寒芒，迅疾冷厉。

赤炎蜂见他不好惹，竟不敢往他身边凑。

纷纷逃离。

苏苏猝不及防被萧凛救下，她心里感动，大师兄从来没变过。

王府的暗卫们上场，局面缓和不少。

但是依旧有赤炎蜂在汲取人体力量，越长越大。

苏苏握着剑，也顾不上自己，朝混乱的人群里走去。

她心里焦急，澹台烬呢？去哪里了？！

该不是真出事了吧？！

眼见前面一个男子，被一只婴孩大的赤炎蜂逼在角落，苏苏想也没想，旋身刺了上去。

轻鸿剑诀被她运用得淋漓尽致，那只赤炎蜂被斩下翅膀和脑袋。

苏苏这才看见险些遇害的人是谁。

男子惊疑不定看着她。

原来是庞宜之。

庞宜之文采斐然，却不擅武。

他讷讷看着苏苏，昔日毒辣锋锐的口齿，此刻有些不听使唤："你……你……"

少女额间漂亮的花钿已经狼狈得花掉，可她一双黑白分明的眼，漂亮得惊人。像燃烧起来的色彩。

苏苏撇撇嘴："庞大人还不快逃命！"盯着她看什么！她脸上开出了一朵花儿吗？

庞宜之神色复杂，转身要跑。

苏苏突然拉住他的袖子："等等，你看见澹台烬了吗？"

"质子啊——"他低眸，看见一张脏兮兮的小脸，殷切抬眸看着自己。

少女握着剑，双眼明亮执拗。

庞宜之心中猛然一跳，拨开她柔软的手，移开目光："没看见！"

叶冰裳被暗卫护着往王府里面跑。

他们一行人穿过假山，丫鬟突然尖叫一声，叶冰裳回头，就看见赤炎蜂从丫鬟身体里冲出来，狰狞朝自己扑过来。

侍卫们急了："裳侧妃！"

其中一个侍卫连忙去挡，可惜从没遇见过这种怪物，身手完全失去了作用。

侍卫瞪大眼，赤炎蜂已经穿过了他的身体。

眼见赤炎蜂飞过来，侍卫们一个个倒下，护着叶冰裳的暗卫也不知所终，叶冰裳被石子绊倒，摔倒在地。

她心中惊恐又绝望，难道今日真要死在这些怪物的围攻下？

眼前这只怪物，竟然有成年男子半个身体大！光是看着她都要吓晕了。

叶冰裳苍白着脸色后退。

下一刻，她身前出现了一席绀青色的衣摆。

叶冰裳惊讶地抬头，还未看清来人，她眼前一黑，失去了知觉。

少年抬手，抓住庞大的赤炎蜂。

方才张狂杀人的赤炎蜂，被他握住触须，竟开始惊恐发抖。

澹台烬歪着头，笑了一下。

他慢声低语道："杀谁不好呢，你不该动她。"

他皲裂开的右手，握紧它的触须。

鲜血碰到赤炎蜂，它尖声叽叽怪叫着，顷刻化作一摊恶臭的液体。

澹台烬脸上笑意消失，冷漠地看着地上火红的液体。

他回身，轻轻抱起假山旁的女子。

叶冰裳靠着少年单薄的胸膛。

澹台烬把叶冰裳送到湖边柳树旁放下，拉起她纤细的右手，在她的手腕抹上自己的鲜血。

他不紧不慢做完这一切，这才放心地往回走。

或许他可以回去看看，赵王还在不在。

赵王不是怀念儿时的"温暖"吗？他不介意帮助这位殿下，重温自己曾经的心情。

至于叶夕雾，他淡淡地想，那种情况，或许死了吧。

澹台烬路过慌慌张张逃命的人群，昔日他低眉顺眼，模样怯懦。如今轮到这些高高在上的人，神情慌乱，四处奔逃。

看见一个官员，把自己的夫人推向赤炎蜂，他忍不住嗤笑一声。

有什么作用呢？

果然，赤炎蜂杀了惊恐的夫人以后，不过几秒钟的工夫，将官员也杀了。

澹台烬靠着红色梁柱，看这一片人间地狱。

空气中的血腥味蔓延开来，他愉悦地眯了眯眼，浓烈的血腥气钻到肺部，他呛得咳嗽了两声，嘴角的弧度却高高扬起。

澹台烬透过树影，看见了眉目如谪仙的青衣男子，不知疲倦地提剑保护人群离开王府。

宣王啊。

澹台烬心里转过许多想法。

但下一刻，他唇角的笑滞住，澹台烬怎么也没想到，以为早已被杀死的少女,会出现在不远处。

她的头发散落下来,额间的花钿晕开,小脸上甚至也沾上了几丝嫣红色彩。

很奇怪,看上去半点儿也不显得狼狈。

哪怕在熙熙攘攘的人群间,一眼也能看见她的存在。

少女提着一把剑,剑芒迎着日光,那光芒耀眼温暖得灼人。

她一路走,一路救人。

他听见她焦急地问救下的人:"你看见澹台烬了吗?"

大臣连连摇头。

她接连救下许多人,大家都摆手。

澹台烬冷冷看着她。

他手指触碰过她的地方,再次升起奇怪的滋味,又痒又痛。

少年急促地喘了口气,抬脚踩住一只正在杀人的赤炎蜂。

"去,杀了她!"澹台烬说。

‖ 第十一章 ‖

赤炎蜂在他的脚下不敢挣扎,它觉察到少年身上传来的血肉味道,蕴含着让人垂涎的力量,但是另一种威压感,让它只能匍匐在地。

并且深深恐惧他。

澹台烬松开脚,赤炎蜂朝着苏苏而去。

苏苏身姿轻灵,但是力气不够大,剑虽砍在赤炎蜂身上,但它们的外壳过于坚硬,碰撞出"铮"的一声,她还需要吃力地再补上几剑。

苏苏不明白,为什么周围原本攻击其他人的赤炎蜂,突然全部掉头朝她扑来。

现在的赤炎蜂,早已不是才放出来的模样。

杀过不少人的它们,身形巨大可怖,锋锐的口器,令人胆寒。

一只她勉强能应对,可是突然五六只围攻她,苏苏不得不开始狼狈地闪躲。

若她还是仙体,掐一个诀便可解决这些怪物,可惜她现在是凡人之躯,转眼便危险横生。

她先前救过的人,见她陷入可怕的困境,吓得撒腿就跑。

澹台烬眼睛微眯,嗤之以鼻。

这就是炎凉的世态,不堪的人心。他试图在苏苏脸上找到愤怒,可是什么都没有。

少女粉白的披风已经掉落在地,她袄裙上也沾满了泥。

然而她的眼睛依旧干净澄澈,她甚至没有去看那些逃跑的人,专心致志对付着眼前的怪物。

澹台烬眼中蒙上一片荫翳。

为什么她不生气？那些背叛者，不是该死吗？一种难以控制的怨恨之感在心里升起。

从他把叶夕雾抱出山贼窝以后，她就变了不少。以前的叶夕雾，自大残暴，令人生厌。

现在这个，却完全不同。

她像山涧流下来的水，轻快澄净，却斩不断、击不碎，光看着她，骨子里的阴暗，便开始一点点啃噬他的骨头，让他战栗。

现在，她已经没了利用价值。

这个愚蠢的女人，想把结春蚕下到叶冰裳身上。

澹台烬当时本想让叶夕雾和那个脑满肠肥的男人受这份苦，但想到她的身份，他干脆自己吞了另一剂药。

果然，他顺利摆脱了皇宫那个地方。

既然她那日没被山贼杀死，便今天吧。

叶啸之女死在宣王府，不是个很好的结局吗？

澹台烬看了眼自己的手背，狰狞的青筋清晰可见，血液流动，让他的心脏都开始亢奋。

苏苏的剑已经被赤炎蜂的外壳震落，她堪堪避开攻击，不得不往密林深处逃去。

她试图借由林木间的缝隙，来挡住赤炎蜂庞大的身躯。

可惜它们横冲直撞，毫不畏死，把树木撞倒，跟了上去。

澹台烬从转角走出来，他冷冷看了一眼她消失的方向，朝王府外面走去。

苏苏闷头狂跑。

她不用看也知道自己如今多狼狈，几只庞大的赤炎蜂追在她身后。她不敢把这些怪物往凡人堆里带，只好往偏僻的树林跑。

赤炎蜂指甲盖大小的时候，倒是很可爱。

但是任何东西，当它变得巨大的时候，就狰狞可怖了。

它们的眼睛像灯笼，里面流转着暗红色的光，口器还长着锯齿。

叶夕雾的身体娇弱，苏苏好几次差点被石头绊倒在地。

她咬紧牙关，根本不敢停下来。

但是它们依旧很快追上了她。

苏苏已经没了剑，她借力树干翻滚，避过一击。

下一刻，另一只赤炎蜂试图撕碎她的身体。

苏苏心中一紧。

手腕上的镯子光芒乍现。

"小主人！"

赤炎蜂被定住。

苏苏激动得想哭："勾玉！"它可算醒在了关键时候，再晚点，她就一命呜呼了。

勾玉也很震惊："凡间怎么会有这种妖物？"而且一群都在追它的小主人。很不正常啊。

勾玉语速飞快道："我暂时定住了它们，小主人快跑。"

苏苏也不废话，掉头就跑。

勾玉指挥道："前面有个坑，小主人，你跳进去，用积雪和落叶盖住自己，遮住气味。赤炎蜂眼神不好，往往靠气味找人。"

果然，不远处有个坑，苏苏毫不犹豫地往里面一跳。

她也不顾脏不脏、冷不冷，飞快用积雪和枯枝盖住自己。

勾玉愧疚道："对不起小主人，我不能帮你用灵力杀了它们。"

它的灵力丝毫不敢浪费，否则将来便无法带着苏苏穿越回五百年后了。

苏苏一边快速掩埋自己，一边乐观地安慰它："谢谢勾玉，我没事。"

那些赤炎蜂慢许多拍追上来，失去了她的踪影和味道，很是茫然，乱转了好几圈，飞远了。

苏苏吸取上次的教训，许久没敢动弹，直到勾玉说："小主人，它们离开了。"

苏苏这才扒开积雪，从坑里爬出来。

她手脚冰凉僵硬，呼呼喘着气。

勾玉只觉醒了片刻，又敛住光芒，再次进入休眠状态。

积雪化在苏苏脖子里，她冷得瑟瑟发抖，折了段树枝撑住身体，吃力地往外走。

还没找到澹台烬呢。

将军府的人，可不会在这种场合拼死寻他。

他死，和她自己死，都是任务失败，没有什么区别。

只希望少年魔王命硬些，别被喽啰妖物杀了。

短时间内，宣王府便成了人间炼狱。

澹台烬走出宣王府，还没找到叶啸，突然被几个紫衣侍卫按住。

他眸中一暗，却挣脱不开。

紫衣侍卫们掳了人，往另一处掠去。

华丽的轿子上雕刻着九头鸟，脸色难看的赵王，头发凌乱坐在里面。

赵王气急败坏地对一个白衣男子道："虞卿，这小野种就是那个大周的战俘，你要问什么，就问吧！"

白衣男子握着折扇，笑吟吟一拱手："多谢殿下。"

赵王摆摆手，惊恐感还没消退。

如果不是他的门客虞卿反应及时，带人护着他撤退，他就要被那些鬼玩意儿穿透脑袋了。

他可不是萧凛，有出神入化的武功。那种情况动作慢点，绝对跑不掉。

尽管如此，还是死了一群侍卫，这才逃出来。

这损失让赵王心疼得不行。

"质子，在下虞卿，冒昧把质子请过来，想问质子几个问题。"

澹台烬敛住阴冷的神色，看着虞卿道："你问吧。"

虞卿笑盈盈道："如果在下没猜错，这赤炎蜂，是从你们周国皇宫流出来的吧？"

澹台烬困惑地道："虞先生说的，我一概不知。"

少年垂眸，声音轻轻的："我六岁就来了大夏为质，今天也是第一次看见这些怪物。"

虞卿审视地打量着身材单薄的少年。

"那么在下能否知道，质子是如何从宣王府中逃出的呢？"

"我一直躲着，后来跟着宋大人的家眷逃出来。"

虞卿皱眉。

眼前的少年脸上还带着几分畏惧之色，他的话也毫无漏洞。难道这个周国质子，真是一颗没用的废子？对周国皇室那些腌臜事，一概不知吗？

赵王突然站起来，一脚踹在澹台烬肩膀上。

澹台烬肩膀一阵钝痛。

"敬酒不吃吃罚酒，知道什么，立刻全部告诉本王。别以为本王不知道，你们周国，已经准备向我大夏开战。你一个废物东西，本王碾死你，比碾死一只蝼蚁还容易。"

赵王抬脚，暴虐地踩住澹台烬撑在地上的手指。

赵王武功不行，施刑和虐待人，却很有一套。他脚下一用力，少年骨节响动，竟是生生被他踩碎了指骨。

虞卿挑眉，倒也没说话。

这时候，哪怕澹台烬是无辜的，但是赵王损失那么大，如此狼狈，必定要找人撒气。

澹台烬的脸，紧贴着雪地。

赵王踩碎他手指的那一刻，他闷哼一声，眸中黑雾森森。

澹台烬痛恨自己这具身体，如此无力。

他生来血肉奇特，邪物怕他，他一滴血，便可以杀死怪物。

然而他自幼不能习武，根骨奇差，连赵王这种渣滓，都打不过。

倘若还在宣王府中，他动动手指，就可以让赤炎蜂杀死赵王一行人，让赵王肠穿肚烂，不得好死。

然而此刻，他弱小得真如赵王口中的蝼蚁。

赵王需要发泄，一想到那些可怕阴暗的东西，是从周国出来的，他阴森森地看着足下的少年，怪笑了一声。

这小杂种，还是周国皇子呢。

然而只配匍匐在他的脚下。

"本王看质子这些年过得不错，今日在宴席上，气度不凡。本王险些不认得你，质子是个忘了旧情的人，本王可不是。"

赵王双腿分开，撩开衣袍。

"质子想走，也简单，本王帮你回忆一下，幼时的质子，是什么模样。

"跪着爬过去，本王今日便放你回将军府。

"否则……"他诡谲笑道，"六弟的府上死了人，可不关本王的事。"

虞卿叹了口气，怜悯地看着地上的少年。

澹台烬面无表情。

过了许久，他从地上爬起来。

赵王笑道："就是应该这样，质子从小到大，都是个识时务的人。你可要记得，以前不听话，你那奶娘伺候本王的手下们，生生去了半条命。"

澹台烬垂下头，指尖惨白，眼里结了两块阴暗的冰。

那些令人作呕的记忆，又开始不受控制地浮现在脑海里。

挣扎、哭喊、哀求……伴随着肆意的笑声。

他像地上的一摊烂泥，赤红着双眼看他们作恶。

无用的反抗……

澹台烬闭了闭眼，正要动。

一个雪球，猛然狠狠砸在赵王脸上。

所有人都没反应过来。

赵王被砸得后退一步，脸上碎了一摊雪，他脸色难看，阴沉地朝一旁看过去。

澹台烬也抬起头。

雪光尽头，一个全身狼狈的姑娘，愤怒得快要燃烧起来。

她拄着树枝，像握着天底下最锋锐的宝剑，毫不遮掩地对上赵王的目光，气得脸色涨红。

"赵！王！"苏苏咬牙道。

‖ 第十二章 ‖

赵王长这么大，从未被人打过脸。

"叶夕雾，你竟然对本王动手！"萧慎很快认出了她是谁，脸色都快扭曲了。

赵王性子暴虐记仇，先前还对苏苏的容貌感兴趣，此刻恨不得折磨死她。

她竟敢打他！

他要让一群人打死这个不知天高地厚的女人！

"来人……"

站在一旁的虞卿，也十分意外。他跟着赵王这么多年，自然也识得苏苏的身份。

虞卿饶有兴趣地看一眼苏苏，拦住赵王。

他面上忧虑地规劝道："殿下息怒，她是叶啸唯一的嫡女。"

赵王俨然快要失去理智，他眸光阴毒："本王今日要她死！"

苏苏怕他才有鬼。

破壳而出这些年来，苏苏怕过许多事，她怕人间正道沧桑，怕稚童老人挨饿，怕同门灰飞烟灭。

但她唯独不怕这世间渣滓！

她听得清清楚楚，赵王对澹台烬和他的奶娘做了什么。她第一次能理解，为何每个身怀邪骨的人，最终都会成魔。

若身处地狱，善良和软弱不可以保护自己，自己便化作刀刃，又有何不可？

别说澹台烬，她听见那些话，都想杀了这个赵王。

苏苏抿紧嘴唇，弯腰扶起地上的澹台烬。

出乎意料，少年的体温比她的还冷。

他漆黑的瞳，直直看着她，此刻倒映着她的模样。少年的双眼幽深，看不出情绪。

苏苏看见了方才那一幕，不知道怎么安慰他，干脆轻轻给他拍身上的积雪。

她小声在他耳边说："放心吧，赵王不敢杀我们，我爹就在不远处。"

澹台烬仍是定定看着她，半晌垂下眼睛。

"嗯。"

他声音又低又哑,苏苏只当他被羞辱,情绪不好。

她冷笑地看着赵王:"萧慎,我称你一声王爷,你还真当自己可以随意践踏我叶家之人!别说是你,就算换作萧凛,也得掂量掂量。

"我叶家忠君爱国,忠的可不是你这样的人,我爹爹征战沙场二十年,也不是为了让叶家受你这份折辱!澹台烬是我夫君,你辱他,等同辱我。你无故辱我,还不许我反抗?"

赵王脸色已经黑如锅底。

虞卿心里有几分幸灾乐祸,他轻咳了一声,帮着添了把火:"望王爷三思。"

今日这件事,本就是赵王动手在先,而且叶三小姐这副狼狈的模样,不知道的,还以为是他们弄的。

大夏兵权都在叶啸手中,谁人不知?大夏十余年安稳,全靠叶啸。

要是唯一的嫡女出了事,叶啸气性上来,真的反了,萧慎想做皇帝都没的做。

皇帝尚且忌惮叶家,萧慎但凡聪明点,就知道叶夕雾不能动。

没看六殿下萧凛虽然也不喜叶夕雾,可是从来都只对她视而不见吗?

虞卿见赵王依旧咽不下这口气,低声道:"王爷,即便你要教训她,也不能在明面上,咱们改日找机会。"

赵王被拉住,理智总算回笼,他挤出一个笑:"误会而已。"脸上被砸的地方,拉扯着痛。

赵王目光阴恻恻的。

苏苏道:"自然是误会。"下次还敢!她早晚找机会抽赵王这个大混蛋。

看着苏苏和澹台烬离开,赵王捂住通红的脸,气得狠狠踹了一脚轿子。

"叶夕雾!本王不会放过你!"

苏苏心里也没底。

她其实不确定叶啸走没走,叶大将军这个便宜爹爹,常年征战在外,鲜少关怀几个子女。

原主记忆里,叶啸用兵如神,一杆长枪舞得虎虎生风。

然而比起关注娇弱的女儿,他更热衷训练资质不凡的长子。

苏苏带着澹台烬走了没多远,看见了脸色难看的叶啸。

她松了口气,好在虎毒不食子,叶大将军没有丢下她。

叶啸皱着眉:"夕雾,你去了哪里?"

"爹爹,我被人群撞开,与你们走散了,幸好逃了出来。"苏苏说。

叶啸上下打量她一番,心中还在为宴会上的事诧异。

夕雾确实学过剑术,可她今天的表现,就算是长子,也比不上她。如果不是小女儿，恐怕他今天得葬身宣王府。

然而这里不是问话的好地方，想到里面那些怪物，叶啸说："先回去。"

他心里沉甸甸的，妖物现世，恐怕大夏十余年安稳不再。

要变天了。

春桃见了苏苏，红着眼眶道："小姐，奴婢以为你出事了，呜呜呜……吓死奴婢了……"

苏苏好笑又感动："放心吧，你家小姐福大命大，不会这么容易死的。"

喜喜哽咽着，捧来暖炉和披风，把苏苏围得严严实实。

苏苏实在狼狈，白嫩的手上全是划痕，看上去触目惊心。

方才只顾着逃命，没觉得疼，冷到麻木。现在暖和下来，才觉得一阵刺痛。

周身暖和，她好受不少。

澹台烬在角落，沉默不语。

从离开赵王以后，他就分外安静。

少年连往日的柔弱可怜都不再伪装，脸部线条冰冷，一如外面十二月的冬雪。

不知道他心里是屈辱更多，还是憎恨更多。

苏苏看向澹台烬的手。

他的指骨被赵王踩碎，无力地垂着，血肉乌青发紫。

未来惊天动地的大人物，这一年，只能在人间万般苦楚中沉浮。

苏苏憎恶他未来的所作所为，然而想到冷宫中疯掉的妇人，心情难免有些复杂。

她在心里一遍遍念清心咒。

让自己不要同情他，不要去想他过往遭遇了些什么。

马蹄嗒嗒声中，苏苏突然意识到一个问题，魔王到底是怎么觉醒的？

过去镜看不到前因后果，那么，澹台烬是被人杀死，还是意外死亡？总不可能是自己不想活了吧！

一想到最后一种可能……看着少年阴郁的侧脸，苏苏整个人都不好了。

澹台烬脸上没有疼痛之色，显得十分麻木。

他冷冷地想，叶夕雾之所以帮他，一定是觉得他丢了叶家的脸。

她中了结春蚕，无论如何都得保住他的命。

他等着叶夕雾同他算账。

就像以前一样，嘲讽他是个没用的废物。

如他所料，少女果然倾身过来。

但她并没有骂他，反而犹豫地解下腰间的玉，系在他身上，说道："这个给你，赵王见了它，总会忌惮些。"

　　这是叶三小姐出生那年，皇帝御赐的，彼时叶大将军还在沙场，叶三小姐才出生便没了母亲。

　　皇帝可怜她，赐了这样一块玉。

　　也是身份的象征。

　　苏苏说："赵王再如何阴毒，几十年后不过照样一捧黄沙。说不定命差劲点，活不到那时候。你现在或许不能做什么，但一定要活得比他久，再久一点。过往只是过往，人活着，要永远向前看。"

　　她干巴巴地安慰道，希望澹台烬无论如何，得想开点。

　　他想不开，三界众生都会陷入炼狱。

　　澹台烬抿紧了唇，苏苏靠过来那一瞬，他身体下意识绷紧，想离她远一点。

　　少女馨香，弥散在整个马车内，让人无处可逃。

　　他的手指无意碰到了那块色泽莹润的玉。

　　分不清是暖是凉。

　　从澹台烬的角度看过去，少女脸上脏兮兮的，墨发散落下来，被化掉的雪打湿。

　　她毫不在意地擦擦脸蛋，手上全是伤痕，因为手背白皙，血痕显得非常狰狞。

　　她为什么会受伤，澹台烬再清楚不过。

　　他盯着她的发旋，心中萦绕着无尽的嘲讽。

　　多么愚蠢。

　　这样蠢的人，也难怪运气会这般好，还能活着回来。

　　他想像以前一样，装出柔善可怜的模样，说些对她感恩戴德的话。

　　这都是他最擅长的。

　　可是今日，他嘴唇动了动，眼里依旧是冷的，一如骨子里的凉薄。

　　澹台烬放弃般闭上眼，索性不再看她。

　　苏苏休息了两天，总算修养回元气。

　　澹台烬依旧被关在东苑，天愈发冷，苏苏让人给他送两床被子去。只等府中二公子和三公子再次出门，就真相大白了。

　　想到他那双手，她狠下心，没让大夫去治。

　　立场不同，不能有多余的同情心。

　　这跟豢养奴隶没什么两样，不管残不残，只要活着就可以。偶尔苏苏心里也会不太自在，随后一想到那些灵位，绵绵不绝的尸山，整个人又可以了。

苏苏担心那日自己斩杀赤炎蜂，会让叶啸起疑，于是在心中早早打好草稿，等着叶啸叫她过去问话。

谁知道叶啸根本没有回家，这两日都在外面。

府里情势莫名紧张起来，一种惶恐的氛围，包围了大夏皇城，早晨吃饭的时候，杜姨娘说："将军两日没回家了，那怪物，当真像外面传的那样厉害？"

叶岚音说："姨娘问三妹妹，三妹妹不是见过吗？"她看向苏苏，脸色不好，还在为自己嫁妆失窃的事恼恨。

苏苏点头："确实厉害，所以这段时间，大家少出门。"

杜姨娘道："我听说，那东西是从周国流传出来的，周国培养那些怪物，会不会又想……"

想开战。

十多年前，周国惨败，送来皇子澹台烬为质。

如今的周国，不同往日，休养生息，兵强马壮，水草丰美，而大夏冰雪覆盖。周国本就对大夏虎视眈眈，周国突然攻打边境不无可能。

杜姨娘这番话，让众人都有些忧虑。

毕竟若真要打仗，叶家的男人，会第一个上战场。

老夫人不悦地打断杜姨娘："内宅不要妄议。"

总不能还未开战，就闹得人心惶惶。

这样微妙的局势下，最直接的影响，便是府中对澹台烬的议论。

下午春桃焦急地道："三小姐，那些下人说质子是灾星，还说周国如果和大夏开战，将军会第一个斩下质子的首级，这是真的吗？"

春桃很担心，在小丫头看来，质子是小姐的夫君，她怕这样的事发生。

苏苏写字的手顿了顿。

她第一次体悟到，有人想安稳活着都这样难。

连苏苏这种不懂凡间战争的人都明白，两国开战，澹台烬一定会成为众矢之的。

对于周国来说，他是颗被抛弃十多年的弃子；对于大夏来说，他是个毫无尊严的俘虏。

她如果不想办法救他，就一定要在他出事之前，想办法抽出邪骨。

‖ 第十三章 ‖

苏苏之前对抽邪骨的事情，毫无头绪，赤炎蜂一事，倒是给了她启发。

上一次仙魔大战，距今已经过了不知道多少年。

仙尊们陨落无数，但是妖魔被尽数镇压在荒渊，封印在结界里面。

自此人间安稳。

修真者功成身退，元气大伤。每过百年，仙山才会收资质极佳的弟子。

苏苏来之前，问过爹爹——

"我可以去找五百年前的爹爹求助吗？"

青衣仙尊叹了口气："不可，五百年前我在闭关，恐怕几十年后，才会出关。"

"那我可以去找娘亲吗？"对此，苏苏很期待，她没见过自己的娘亲。

青衣仙尊难得沉默："你寻不到她。"

苏苏再追问，爹爹却不愿多讲了，神色带上一丝哀愁。

爹娘都找不到，苏苏也不能寄希望于同门。

一来这时候仙山关闭，修真者不会来凡间招弟子，苏苏根本去不了仙山；二来她即便说了实话，有人愿意相信她，但他们也没有抽取邪骨的办法。

如果有，五百年后何至于陨落呢？

苏苏唯一的希望，在镇压荒渊的那只神龟上。

神龟活了数万年，兴许只有它知道抽出邪骨的办法。

神龟沉眠于荒渊，但如今既然有妖魔从荒渊里逃出来，神龟必定苏醒！

她只要到达荒渊，便可以知道方法了。

苏苏按捺住心中的激动，毕竟邪魔跑出来，并不是好事，这意味着，封印松动，连邪魔们都觉察到，他们的魔神即将苏醒。

尽管他们现在还找不到澹台烬。

五百年后三界动荡，说不定就是从此刻开始的。

封印松动，神龟醒来，是抽出邪骨的希望，也意味着危险开始。

如此，更不能让澹台烬在这时候死亡，他一死，邪骨苏醒，到时候邪魔冲破荒渊，就没她什么事了。

苏苏想了想，喊来管家："你可否帮我买些符纸和朱砂来？"

管家很诧异："三小姐，你要这些东西做什么？"

"妖物现世，府里备着辟邪的东西，总是好的。"苏苏道，"记住，符纸要百年以上的桃木制成，朱砂要猛兽之血。"

苏苏没灵力，但好在学过画符。

管家很为难，见苏苏坚持，他只好点点头："我帮小姐去找找。"

他一走，小乞丐来禀报："小姐，三公子又去了赌坊！"

苏苏给他一锭银子："谢谢你。"

她戴上面纱，带着春桃去了小乞丐口中的赌坊。

苏苏在对面的茶楼里坐了一会儿，果然见三公子叶哲云同尚书公子勾肩搭背出来。

两个人脸上的笑容分外灿烂。

赌坊老板模样的人送走了他们,过了好一会儿,苏苏叮嘱春桃留在原地,这才出去。

她找到赌坊外面招揽生意的小哥,歉意地说:"烦请小哥通传一声,我来替叶三公子偿还剩下的赌债,你看看这些够不够?"

她拿出几锭金子。

小哥诧异地说:"姑娘,三公子的赌债,前几日不是已经还清了吗?"

苏苏心里了然,想到莲姨娘估算的失窃财物价格,又道:"我以为前段时间叶三公子的六千两银子,不够还给贵坊呢。"

小哥挠挠头,很是不解:"三公子只欠了五千两银子,前段时日已经还清。"

"这样啊,是我记错了,那我不叨扰了。"

苏苏本来还不确定东西是二公子还是三公子拿走的,现在倒是明白了,是叶哲云。

六七千两银子的东西,她那三哥也不知道换了多少钱。

看他毫不心虚的模样,想来不知道后果多严重。或许,他知道后果,但是觉得一切有澹台烬帮他扛。

春桃也明白过来,愤愤道:"三公子太过分了,连老夫人的玉观音都拿走!还栽赃给了质子。幸好小姐查清了事实,不然质子得受不少罪。"

"打断手吗?"苏苏想起上次的话。

春桃摇头:"不一定,但如果是质子,莲姨娘一定不会放过他。"

莲姨娘看着和善,但下人们都知道她佛口蛇心。

春桃问:"小姐,现在怎么办?"

"先回府吧。"

苏苏才到将军府,喜喜急忙迎出来:"三小姐,你可算回来了,老夫人发现玉观音不见了,气得心口疼,莲姨娘挨了训,为了安抚老夫人,要拿质子出气呢!"

苏苏也知道这件事瞒不了多久,连忙和喜喜去厅堂。

但是这回心里有数,她半点儿也不着急。

又是上回那个场面,只不过这次老夫人和二公子、三公子都在。叶储风低眉顺眼坐在椅子上,努力减少存在感;叶哲云则吃着葡萄,幸灾乐祸地看着澹台烬。

老夫人捂住心口,对澹台烬道:"你若是不把玉观音找回来,将军府容不得你!"

苏苏连忙搀扶住老夫人:"祖母,您消消气。"

她也知道玉观音对老夫人的重要性，要说多值钱倒是不至于，但是那东西是通慧方丈圆寂前亲自赠予老夫人的，意义非凡。

莲姨娘道："三小姐，你也看见了，质子做了此等腌臜事，总得负责。"

苏苏帮老夫人顺着气，有些想笑："那依莲姨娘看，偷了玉观音和二姐姐嫁妆的人，该如何惩处呢？"

莲姨娘叹了口气道："质子只要说出玉观音的下落，那便从轻处罚，打三十板子吧。"

三十板子，好一个仁慈，若是身子弱，就去了半条命。

叶哲云嬉皮笑脸道："三妹妹，姨娘已经十分仁慈，你不会舍不得吧？"

此话一出，澹台烬看向苏苏。

苏苏支着下巴道："三哥说什么呢，我当然不会舍不得。"

澹台烬抿了抿唇，眼神骤然沉了下去。

莲姨娘说："质子，你还是快些说出玉观音的下落吧。"

澹台烬冷冷地说："不知道。"

叶哲云咬着葡萄，煽风点火道："敬酒不吃吃罚酒，祖母、姨娘，是不是应当从重处……"

澹台烬看向叶哲云，漆黑的瞳，仿佛深不见底的旋涡。叶哲云难得心里一怵，讪讪闭嘴，没再添油加醋。

莲姨娘见老夫人阴沉着脸，连忙道："来人，把质子……"

"等等！"苏苏说。

莲姨娘不悦道："三小姐，上次妾身信任你，这才拖了那么久，这次你不会还要包庇质子吧？"

她心里十分不满，叶夕雾是老夫人的心尖儿，老夫人自然不会责备，老夫人只会指着自己骂。

"我当然不会包庇谁。"苏苏笑着说，"姨娘，你说得对，犯了错的人，必须狠狠惩处。"

苏苏苦恼地说："三十板子啊，也不知道受不受得住。"

莲姨娘心里撇撇嘴。

这种丧门星，死了说不定还好些，也就叶夕雾不知道检点，招惹了这么个玩意儿回来。

"三小姐说笑了，家有家法。"

苏苏了悟地点头："既然莲姨娘都觉得没事，那就把三哥拖出去吧。"

此言一出，全场皆惊。

莲姨娘震惊道："你说什么？"叶哲云可是她的儿子！

苏苏说："拿走东西的是三哥，他全部拿去还了赌债，莲姨娘，不会换作三哥，你就要包庇了吧？"

叶哲云脸色大变，站起来："叶夕雾，你可不要胡说八道，东西就是那个野种拿的，和我有什么关系？"

"这简单，夕雾也怕冤枉了三哥，不如三哥坐着，祖母派一个人，去如意赌坊问问。三哥一个月月钱不过几十两银子，事情很容易真相大白。"

老夫人脸色难看，揉着眉心抬手："赵福，派人去问问。"

莲姨娘见叶哲云脸色煞白，瞬间明白了是怎么回事。

她的镇定全部消失，扑通一声跪了下来，膝行至老夫人面前："老夫人，三公子年轻气盛，只是一时糊涂，求您网开一面放过他吧。"

叶哲云也扑通一声跪下了："祖母，都是李尚书家公子带我去的，我再也不敢了！"

老夫人跺了跺拐杖："莲姨娘，你教出来的好儿子啊！"

莲姨娘抽泣道："三公子会把玉观音找回来，妾身也愿意补上二小姐的嫁妆。"

苏苏眨眨眼，提醒道："家有家法，不过，既然犯错的人是三哥，那就从轻处罚，打三十板子，便罢了。"

莲姨娘脸都要绿了，开始磕头："使不得啊，三公子自幼身体弱，三十板子，会要了三公子的命。"

她现在后悔莫及，提起三十板子的事。

叶哲云的双腿也开始颤抖："祖母，祖母，我知错了。"

苏苏捻起一颗葡萄："莲姨娘，你不是说三十板子没事吗？怎么澹台烬受得，三哥受不得，这是什么道理？"

莲姨娘流着泪厉声道："三小姐，妾跟你无冤无仇，你何故如此对三公子？"

"可是澹台烬又招谁惹谁了呢？"苏苏毫不退让。

老夫人盯着莲姨娘，说："够了！"

"莲姨娘在自己院子里好好反省两个月，赵福去把玉观音赎回来，至于叶哲云这个不孝的混账，去祠堂里跪两天，不许任何人给他送吃的！"

这样的惩罚，让莲姨娘松了口气。虽然这样冰冷的天气，跪两天很难熬，但是儿子总算没有受别的苦楚。

老夫人到底念着叶哲云是她的亲孙，只让叶哲云反省。

苏苏震惊地看向老夫人，老夫人神色疲惫，让人扶她离开。

竟然就……这样？

换作澹台烬，今天会丢半条命。

是叶哲云，竟然就只跪两天。

她一直相信的，似乎摇摇欲坠。爹爹明明说，世间虽有不平事，可是只要我们愿意捍卫，总会有个好结果。

苏苏到了人间才发现，原来人和人之间，同人不同命，生来就不公平。

她握拳看向澹台烬，没想到少年分外平静，略显讥诮地勾了勾唇。

仿佛这种结果，早在他的意料之中。

成了习惯。

他知道，他生来和别人就是不同的。

夜半，叶哲云一个人待在祠堂。

他躺在莲姨娘偷偷让下人送来的被衾里，辗转难以入睡。

这么冷！他怎么睡得着！

拿玉观音之前，叶哲云就想过，推给澹台烬就好了。都怪叶夕雾，凭空插一脚，不然他怎么会遭这样的罪？

他心中恨恨，随即又嘲讽地想，还不是不能把他怎么样。

骤然，风雪停了，呼呼的风声消失了，一瞬十分安静。

叶哲云起先没注意，直到窗棂上飞进来一只通体漆黑的乌鸦。

乌鸦用红色的眼珠子，森然盯视着他。

叶哲云被它看得毛骨悚然，扔了个苹果打它："滚！"

乌鸦飞走了。

奇怪，大冬天，怎么会有红色眼睛的乌鸦，让人鸡皮疙瘩都起来了！

随即，窗户猛然被撞开。

一群红眼乌鸦飞进来，疯了般啄食叶哲云的身体。

叶哲云惨叫一声，往门外爬去："救命！救命！爹……"

他跌跌撞撞，全身是血。

跑出祠堂，摔倒在廊下。

视线里，出现一双男人的靴子，叶哲云惊恐地喊："救命，快赶走这些怪物……"

"哈啊，真可怜。"来人叹息般，轻声怜悯地说。

等三公子全身是血地晕了过去，少年逆着光影，露出苍白的唇。

他眼尾泛红，带着同情之色。

随即弯起眼睛，不可抑制地低笑起来，仿佛看见愉悦至极的景象。

红眼乌鸦还在争先恐后啄食叶哲云。

澹台烬觉察不对劲，转头，便看见了一个穿着粉衣披风的少女。

少女拎着一盏灯，站在风雪中，抿唇看着他。

他收起脸上的笑容，黑瞳变得冷沉。

乌鸦们四散而逃。

‖ 第十四章 ‖

"你在做什么？"苏苏听见自己颤抖的声音。

廊下的少年冷冷弯唇："你不是都看到了吗？"他虽然在笑，可是声音里没有笑意，反而用冰冷戒备的眼神看着苏苏。

似乎在斟酌苏苏看见了多少。

苏苏全看见了，以至于现在的心情惊恐又复杂。

她提灯的手微微发抖，白日里叶哲云被轻轻惩处，苏苏当时虽震惊，但什么都没说。

毕竟老夫人庇佑叶哲云，同时，老夫人也庇佑过原主，对于老夫人来说，他们是孙子孙女，但澹台烬只是个外人，偏心无可厚非。

人非圣人，苏苏扪心自问，就算在自己心中，爹爹和同门也比其他人重要。

她不怪老夫人，但也不会轻易放过叶哲云这个混账。

一想到他此刻应该在扬扬得意逃过一劫，而澹台烬被关在东苑那么久，苏苏决定给他一个教训。

她夜半醒来，打算去祠堂，吓吓叶哲云，让他明白做了亏心事，半夜需怕鬼敲门。

没想到看见了眼前这一幕，再来晚半步，叶哲云会被啄食到只剩一具骨架。

红眼乌鸦四散开去，苏苏惊疑不定：魔王竟然这时候就觉醒了？

难道过去镜显示有误？明明说他只是个凡人啊！

她的心脏扑通狂跳，深深吸了口气。

好不容易混乱的头脑冷静下来，苏苏才看清眼前的景象，叶哲云趴在地上，生死不知。

而衣衫单薄的澹台烬，站在寒冷的夜风里，似乎没有要过来弄死她的打算。

咦？

她仔细一看，才发现澹台烬沉着脸，心情很糟糕的模样。

他嘴唇苍白，如果不是刚刚险些见他杀了人，此刻还以为他是无辜迷茫闯进祠堂的。

没有血瞳，也没有魔纹，怎么看都只是一个凡人。

再一想到刚刚那些红瞳乌鸦，都是连化形都做不到的低等妖物，苏苏明白过来——

原来还没觉醒啊，依旧是个凡人。

她松了口气，紧绷的身体也随之放松。

苏苏走过去。

澹台烬用漆黑的瞳，紧紧盯着苏苏。他并不后悔今晚来杀叶哲云，唯一后悔的，便是不够谨慎，被苏苏看见自己驱使妖物这件事。

都被她看见了啊……

他的袖中默默滑出一把匕首。

苏苏反应迅速，足尖一挑，那把匕首从澹台烬的手中脱落，落在雪地上。

少年阴森森看着自己。

苏苏："……"原来不仅没觉醒，还很弱。

苏苏彻底放心，走过去三两下把澹台烬捆起来。

他的手被苏苏的披风带子反剪住，声音很低，却带着满满不甘的恶意："要么杀了我，要么我将来杀了你！"

苏苏哼了一声，拍了拍他的脸："老实点吧你。"

他别开头，用一双冷漠的眼看着苏苏。

苍冷的白雪，少年乌黑的瞳，看上去怪可怕的。

但无论怎样看，一想到他被一招撂倒，苏苏就想笑。

她没憋住，扑哧笑出声。

澹台烬冷冷盯着她。

她还在笑："不好意思啊……"

见过他呼风唤雨，手指都不用抬就杀人，如今澹台烬被她的披风捆住，想把她碎尸万段，却没有爪牙的模样，让人莫名愉悦。

苏苏不再理他，去看叶哲云的伤势。

她扶起叶哲云，探了探鼻息，还好只是晕了过去。

叶哲云身上流的血多，看着可怖，实际上都是皮外伤，甚至血已经止住了，他晕过去，更大的原因是被吓的。

澹台烬是想慢慢折磨死他，但没有来得及。

叶哲云虽混账，却也罪不至死。

苏苏把祠堂里的被子抱出来，扔在叶哲云身上，可别没被澹台烬杀死，被冻死了。

她不再管叶哲云，就这样，给叶哲云一个教训。

少去欺辱人，万一欺辱到一个比自己还坏的人呢？

她忙活一阵，轻轻喘着气。

回眸便看见，澹台烬不知道什么时候，盘腿坐在廊下，用嘲讽的目光看着她。

明明和之前是同一副面孔，苏苏生生从现在的少年身上看见了几分冷冰的残虐感。

她突然意识到，眼前这个人，不但不脆弱，还热衷于用残忍的手段杀人。

他报复心极强，性格也极端。

叶哲云陷害他，他便要叶哲云的命。

苏苏见他柔弱感不再，适应力良好，问他："你自己走，还是我把你拖回去？"

他嗓音冰冷沙哑："你不喊人？"

"我喊什么人？哦，你怕我告诉爹爹呀。"苏苏在他面前蹲下，瞬间明白过来澹台烬的顾虑。

前两日宣王府的事，让整个大夏国草木皆兵。

皇上开始召集世间的除妖师和道士，大肆搜捕出逃的赤炎蜂和隐匿在大夏国内的妖物。

如果这时候澹台烬被发现会驱使妖物，一定逃不过死的下场。

澹台烬沉默不言，冷冷看着苏苏。他目光像吐着信子的毒蛇，不怀好意。

苏苏毫不怀疑，他现在一定在想，如何在被人发现之前，悄无声息弄死自己。

可惜，世上一切阴谋诡计，在绝对的实力面前都无效。

正如五百年后，修真界无论如何都杀不死魔王；五百年前，还未觉醒的澹台烬，也不能把苏苏怎么样。

苏苏自然不会把澹台烬的事情说出去，不但如此，她暂时还得保护好他，然而理由不能告诉他。

她下意识摇摇头说："我当然不会说出去，我还中了结春蚕，所以不会让你死。"

他薄唇翕动，冷冷吐字："不知羞耻。"

苏苏也反应过来，那个药需要她做什么。她的脸蛋微微发红，毕竟作为修真界才成年的姑娘，把交合说得这样理所当然，有点儿尴尬。

但总之，她不会和魔物发生关系就对了。

她略微气恼地瞪着他说："你要不要走？不走你就待在这里吧！"和叶哲云待在祠堂，天一亮，都不用苏苏出卖，他就可以从容赴死了。

澹台烬扫了眼她绯红的脸蛋，移开目光，站了起来。

看着少年走在前面的身影，苏苏松了口气。

好在不管经历了什么，少年魔王依旧想要活下去。

苏苏撇撇嘴：活下去，为祸苍生。

叶哲云一大早被发现身上带血躺在祠堂外面。

春桃道："小姐，到处都在传，三公子说自己看见了妖孽，莲姨娘都快哭晕过去了，说要等将军回府，让道士来看看呢。"

果然，下午叶啸回来，也听说了这件诡异的事。

比起天资聪颖的长子，叶啸很是看不上叶哲云这种纨绔，但府里出现妖孽，无疑挑动了叶啸敏感的神经。

叶啸问叶哲云："你真看见了？"

叶哲云发着烧，要死不活地点头道："爹，我发誓，我没骗人。那些乌鸦眼睛都是血红的，还会发光！您看儿子，儿子身上全是伤……"

叶啸皱眉，说："闭嘴，让人去找个道士，或者除妖师，声势小些。"

外面风风雨雨，声势太大，对叶啸也不好。

叶哲云全身都痛，后怕道："我、我还看见了一个驱使妖物的人。"

叶啸更加严肃，能驱使妖物，显然比妖物还要棘手。

苏苏闻言，也提起心来，不会真被叶哲云看见了吧？

她悄悄看一眼澹台烬，少年面色平静，镇定自如。

"他……很可怕……好像是一团黑影，比房梁还高，声音阴森森的，长着血盆大口！"叶哲云哆嗦着说。

澹台烬讥讽地弯了弯唇。

苏苏："……"

这个牛吹得不错，果然非常叶哲云。她都想捂住叶哲云的嘴，都这副模样了，还胡说八道，不尴尬吗？

没多久，府里来了个白须白发的道士。

道士看上去仙风道骨，先给将军和老夫人见了礼，又问："公子是在何处看见的妖物？"

"在祠堂！"老夫人说。

道士点点头："贫道去看看。"

老夫人连忙道："慈鸿真人，这边请。"

苏苏凡人之躯，看不出道士的道行，她其实还挺好奇凡人道士如何抓妖孽的。

慈鸿来到祠堂，叶家亲眷都紧张地跟了上去。

谁都怕将军府真有妖孽，危害到自己的命。叶哲云说得那样夸张，现在人心惶惶。

慈鸿拿出一个罗盘，围绕祠堂绕了两圈，语气沉重道："贵府的确存在妖物。"

苏苏心中怀疑，老道士真会捉妖吗？

慈鸿说："给贫道准备黑狗血、朱砂，还有染了三公子血的衣物来。"

连忙有人去办，没多久，道士开始作法。

澹台烬靠着雪枝，冷冷看着慈鸿。

大冬天，叶哲云穿过的衣物猛然烧起来。

灰烬飞向天空。

"看来这妖孽，道行不浅，还藏在府中。"慈鸿道，"现在贫道要找出这个人。麻烦诸位上前来。"

首先是老夫人，手心被画了一个繁复的符号。

道长摇摇头。

其次是叶啸和几位公子，然后轮到了叶岚音和苏苏。

二小姐叶岚音紧张得直咽口水。

苏苏伸出手，老道在她手心画了个符号，摇摇头。

说实话，苏苏没见过这么庄严的仪式，修真之道，至繁至简。

轮到了澹台烬，苏苏看过去。

澹台烬伸出手，嗓音清润："劳烦道长好好看看。"

慈鸿依法画符。

澹台烬偏头，无辜笑道："道长可是看出什么了？"

慈鸿依旧宝相庄严，摇摇头。

澹台烬收回手，眼里满是讥讽。

慈鸿越排查，额上的冷汗越多。

到了晚上，喜喜突然来禀报说："道长找到妖孽了！"

"在哪里？"春桃连忙问。

"后山，据说是将军以前猎回来的一只花斑豹作恶！"

春桃松了口气，露出笑容："找到了就好。"

苏苏趴在案桌上，无言以对。

她轻轻磨牙，以为是道友，还想拜托慈鸿帮忙送封信给神龟，没想到慈鸿是神棍。

真正的邪物，此刻正倚在窗前，看着窗外盛开的梅花。

灯下他眉眼隽秀，红唇凉薄。

苏苏心想，今晚得把他绑起来！

这两日都是这样过的。

偶尔她半夜醒来，觉得后脑勺凉凉的，一睁眼便看见一双带着血雾的瞳，冷冷盯着她。

什么是天生邪骨？数万年才会诞生一个这样的存在。

那便意味着，无论如何，他一定会走向血腥的路。杀人和凌虐，是刻在骨子里的东西。

无法被感化，只能被剔除，谁都无法扭转。

没过两日，宣王府也出事了。

大夏朝廷上下人心惶惶。

据说，六殿下那位倾国倾城的侧妃娘娘，在两日前陷入昏迷，如何也唤不醒。

苏苏想到那位温柔的病美人庶姐，也有些为她担心。

夜半，苏苏梦中不安，突然惊醒。

她猛然看向床下，果然，少年不见踪影，地上只有一团凌乱的绳索。

第十五章

宣王府中，萧凛抱着身着紫衣罗裙的女子，问榻边的人："裳儿如何？"

白衣男子折扇一合，笑眯眯道："情况自然是不妙，我说师兄，你这宣王做得够倒霉，才迁府，先是赤炎蜂围攻，后是你的侧妃被魇魔缠上，流年不利啊。"

萧凛没有动怒，温声道："虞卿，我在和你说正事，怎样把裳儿从梦魇中拉出来？"

虞卿啧了一声："师兄，你也太高估我了，要知道，当年在不照山，你学剑道，我学除妖，你剑道继承了老头的精髓，我除妖却学得不怎么好。我这次从赵王府里赶过来，可是冒着生命危险在帮你啊。"赵王恐怕无论如何都想不到，他奉为座上宾的门客，是宣王萧凛的师弟。

萧凛叹息一声："师父的储物玉给你。"

虞卿忙道："当真？"

萧凛也不废话，取下腰间一块看起来普通的玉，扔给虞卿。虞卿手忙脚乱接住，喜笑颜开道："哎呀，师兄的妃子出事，虞卿帮忙义不容辞。"

说罢，虞卿收好玉，敛住玩笑之色："魇魔不同于小妖物，我现在甚至找不到它藏于何处。以我的道行，没法收服这种邪物，但是，想唤醒侧妃倒不是没有办法。"

"侧妃之所以醒不过来，是因为迷失在梦境之中。只要在规定时间内，将她唤醒，便无碍。"

"但是，要进入魇魔的梦境，首先得勘破自己的梦境，才能拯救别人。倘若无法唤醒她，进入梦境者，也会死在梦中。如此，师兄可愿一试？"

萧凛毫不犹豫点头："好。"

虞卿上下打量萧凛一眼："你真喜欢这位侧妃？竟然把老头的至宝给了我，还愿意冒险救她。还是说，你天生的正义感和责任心作祟，今日不管换了谁，你都愿意救？"

萧凛认真思索着虞卿的话，道："不是有时间限制吗？少说废话。"

虞卿哈哈大笑："原来你也会动怒啊，这侧妃生得确实不错，难怪温和如玉的师兄会动恻隐之心。话说回来，你当真那么讨厌叶家的三小姐？我看那姑娘挺有趣的，你是没看到，她上次胆敢揍赵王。"

玩笑归玩笑，虞卿得了宝物，开始迅返布阵。

"侧妃脖子上有条红线，等红线移到耳后，无人可救。所以你要在红线蔓延之前，将她唤醒。"虞卿沉声叮嘱道，"切记，魇魔的梦魇中，一花一世界，均是由人内心最害怕最渴望的东西构成。不管发生什么，师兄都要坚守本心，只有走出自己的梦境，才能进入你侧妃的梦境，把她带回来。"

萧凛握着剑，肃然点头："我明白。"

虞卿双手飞速结印，闭眼念诀，额上渗出细汗。

折扇悬空而开——

"进！"

与此同时，宣王府十里处的郊外，一个黑衣少年走在树林中。

树林黑雾环绕，少年踩在积雪上，嘎吱作响。

他伸出手，苍白的指尖，已经被黑雾包裹。他握住那片黑雾，黑雾在他掌中挣扎。

澹台烬舔了舔唇，一种饥饿感，从胃部升起。

黑雾似乎觉察到什么，争先恐后从他指尖逃出去。树林深处，一双比灯笼还大的眼睛出现，空气中回荡着它的声音。

"岂有此理！"区区凡人，竟然妄图吞食它的魔气。

澹台烬可惜地看着魔气消失，他对上空中那双恐怖的眼，淡淡道："把她放了。"

魇魔森然道："你在和我谈条件？你拿什么来换？"

它声音浑厚，振聋发聩，暗红色的眼睛，打量着面前看上去瘦弱不堪的人类少年。

眼前的男子身上，有一种令它垂涎的气息。魇魔从荒渊的缝隙中逃出来，本就饥肠辘辘，如果不是因为它只能在梦境中杀人，早就扑过去把澹台烬吞噬了。

澹台烬偏头："条件？你以为我在和你谈条件？"他捂住半边脸，像听到什么笑话般，低声笑起来。

魇魔垂涎地说:"把你的灵魂给我,我就放了那个女人。"
澹台烬弯唇,轻声说:"好啊,来取。"
魇魔的雾气,转眼就包裹住了他。
苏苏赶过来,刚好看见这一幕,头皮都要炸了,扑上去拽住他。
"澹台烬!"
澹台烬站在黑雾中回头。
他不耐烦说:"放开。"
苏苏抓住他:"你疯了?进入这怪物的梦里,你怎么出来?"
藏书阁的图书上有记载,魇魔由欲望和执念而生,心中欲望沟壑越深,越难走出梦境。
只有内心纯洁无瑕,意志坚定的人,才能不被魇魔诱惑。
澹台烬是魔王,魔王怎么可能无欲无求?澹台烬这行为,说好点,是为美人折腰,说难听点,就是找死。
主要是他死便死了,有本事就不要复活啊,魇魔根本吞噬不了邪骨,澹台烬的肉身倘若真的葬身在魇魔的梦境中,三界众生得跟着玩完。
澹台烬看着抓住自己的那双细白的手。
苏苏一面避开雾气,一面试图把他拽出去。
她脸憋得通红,见澹台烬眼中淡漠,忍不住怒骂道:"叶冰裳再好再漂亮也是别人的妻子。你这个神经病!"
澹台烬冷声说:"她是我的。"
"去你的!"苏苏恨不得一剑戳死他一了百了。
澹台烬低眸看着苏苏,她始终不愿松手,黑雾擦过少女细嫩的肌肤,她的脸色越来越白。
他看着她与自己紧紧相握的那只手,柔软又坚韧。落在他眼中,碍眼极了。
见魇魔铁了心要吞噬它未来的主子,苏苏动了火气。
"重灵开光,紫意玄雷,给我劈!"她袖中飞出一张匆忙画好的符。
黄符中窜出一条手臂粗的紫色雷电,朝着魇魔劈去。
魇魔没能吞噬澹台烬,很恼火,还多了个搅局的凡人女娃娃。
紫雷劈开雾气,魇魔分外恼怒,片刻后,又迅速重聚,阴森笑道:"都入梦来吧。"
澹台烬黑瞳看着苏苏,那只玉白的小手,依旧握住自己的手指。
她的眼睛黑白分明,唇几乎咬出了血,瞪着他,一副快被他气死的模样。
连骂人都这样富有朝气啊。
澹台烬突然很烦躁。

黑气侵蚀苏苏前，他冷声说："滚。"

他把她的手指掰开。

苏苏被推出黑雾，她跌坐在地上，被澹台烬硬生生掰开的手指疼得要命。澹台烬是真不在乎会不会掰断她的手指。

魇魔的眼睛猛然凑到她面前。

"来得正好，一个都别走！"它嗅了嗅苏苏的脖颈，贪婪地喟叹。

铺天盖地的黑气，转眼包围了苏苏。

苏苏醒来时，一个青衣男人脸色沉重地看着她。

她惊讶地道："爹爹？"

青衣仙尊点头："苏苏，澹台烬死在梦魇中，你的任务失败了，勾玉把你送回了五百年后，魔神已然觉醒。"

"怎么可能……"苏苏喃喃道。

仙尊叹息："许是天命如此吧。"他眼里划过一丝悲伤，扶起苏苏。

"魔神的手下，已经包围了衡阳仙山。苏苏，你随扶崖走。"

"爹，那你呢？"

仙尊摸摸她的头发，道："爹与衡阳共存。"

话音刚落，一个浑身鲜血的弟子闯进来，哭得悲切："掌门，扶崖师兄……他……他……"

苏苏抬起眼睛，宗门之外，一个白袍的少年，仙剑深深插入大地，他闭着眼睛，以捍卫的姿态盘坐在宗门前，身体开始寸寸消散。

苏苏跌跌撞撞朝他奔过去："扶崖！"

扶崖消失的身体，融入守山大阵，加固了衡阳宗的结界。

她的眼泪不知不觉流了满面。

身边的同门说："都怪黎师妹，唯一的机会给了她，她却让宗门变成这样。扶崖师弟为了帮她谢罪，竟以身殉道……"

"该死的是她。"

"对，该是她！不该是扶崖师弟！"

苏苏没能抱住那具消散的身体。

恍惚中，少年还未完全消散的灵魂似乎睁开眼，冲她苍白地笑了笑。

"师姐，还能看见你……真好……"

不，不该是这样的。

同门说得没错，是她没能把握住最后的机会，死的不该是扶崖，应该是自己。

三界毁了，扶崖死了，爹爹也会为了衡阳宗殉道……

苏苏捡起扶崖的剑。

剑气如虹，映照出少女如花似玉的脸，她满脸泪痕，朱砂灼灼。

有人在她耳边叹息道：对，也如扶崖一般，殉道好了。

至少可以让衡阳宗多留存片刻。

她抬起冰冷的剑，让剑凌空，刺向自己……

剑避开苏苏的身体，刺入身后的黑雾，苏苏叱道："我信你个鬼！"

黑雾尖叫起来——"不可能！不可能！"

黑雾被剑气划破，转瞬消失无踪。

苏苏擦干净脸蛋上的泪。

她灵台一只火红小巧的灵鸟，骄傲地叫了一声。

幻境顷刻破灭。

苏苏松了口气。

大道至纯，无欲则刚，无惧则明澈。

然而，现在去哪里寻澹台烬和叶冰裳呢？

刚这样想，身体猛然被人推了一下。

"姚医女，你还在发什么呆？！娘娘快生了，产婆让你准备的剪刀和热水呢？"一个绯衣丫鬟，狠狠瞪着苏苏。

苏苏看向自己的手，少女的手不见，取而代之的是一双带着褶皱泛黄的手。

她竟变成一个中年妇人，还是一名医女！

眼看丫鬟的脸色越来越差，苏苏下意识道："稍等，我立刻送过去。"

丫鬟说："你再这样心思恍惚，倘若柔妃娘娘或者小殿下出了事，皇上定不会放过你！"

苏苏道："是，是！"

不知道什么时候，苏苏左手边，出现一盆热水和剪刀。

她心中虽然疑惑，却利索地拿起东西，跟着丫鬟走。

丫鬟合掌，碎碎念："老天保佑，娘娘一定要顺利诞下一个小皇子！"

天上雷声轰鸣，将天穹震得嗡嗡作响。

苏苏抬头，看见天边黑云聚集，像一团挥之不散的邪气，到处萦绕着一股不祥的气息。

屋檐下的燕子，被惊得飞来飞去。

宫殿之上，天穹的颜色，几乎快压抑成了墨汁。

一个身着明黄色龙袍的男人，脸色焦急地等在外面。

苏苏抱着热水盆，心惊肉跳。

这到底是什么情况?

第十六章

只能走一步看一步。

苏苏进到屋内,看见几个产婆围着一个穿亵衣的女子。

女子模样美丽,额上全是汗水,脸色痛苦。

"娘娘!你坚持住!"

产婆们也是满头大汗,苏苏手中的热水,不知道什么时候被人接过去。

她被挤出人堆外,只能看着事态发展。

"这可怎么办?"一个产婆焦急道,"柔妃娘娘早上发作,这都傍晚了,还没生出来。"

床上的柔妃早没了力气,嘴里含着参片,她坚持着用了会儿力,最后还是昏迷了过去。

鲜血顺着她光裸的腿,蜿蜒流下。

纵然苏苏没见过生孩子,也能猜到,这种情况下,昏过去意味着什么。

果然,产婆们脸色都白了。

有人迅速做出决定:"去告知皇上情况……如今,保大还是保小……"

没一会儿,外面传来皇帝震怒的声音。

"混账东西,没用的废物,给朕保住柔妃,要是柔妃出了什么事,你们都给朕陪葬!"

苏苏看向柔妃高高隆起的肚子。

心知这孩子恐怕保不住了。

然而出乎意料,正当医女和产婆们要动手的时候,柔妃醒了过来,她双眼迷离,嘴里喃喃道:"皇儿……我的皇儿……"

柔妃潸然泪下:"求你们,保住我的孩子!"

所有人神情悲恸,苏苏心里也一阵难过。

皇帝下令,自然只会保柔妃。

突然,产婆惊喜道:"娘娘,用力!我看见孩子的头了!"

柔妃嘴唇哆嗦着,咬牙!

产婆喜道:"孩子出……"

下一刻,产婆们突然一声尖叫。

苏苏心里有种不好的预感。

这样大的响动,让在外面等候的皇帝踹门而入。

皇帝定睛看去，只见被鲜血晕开的床榻上，一个男婴躺在血泊里。

他睁开乌溜溜的眼睛，手中拽着柔妃的肠子。

男婴似乎好奇手中是什么物什，温热，柔韧，扯不断。

他张开嘴巴，露出森冷乳白的牙齿，咬了咬。

而床上的柔妃，大睁着眼睛，已然咽气。

产婆和医女颤抖着跪了一地。

"皇上……皇上……这……"

这小怪物生出来没有啼哭过一声，还长了牙齿！指甲更是穿破了柔妃的肚皮！

苏苏几乎瞬间明白了这是谁——竟是澹台烬！

她万万没想到，阴差阳错，到了澹台烬的梦境中，还见到了他出生的这一幕。

小魔物感知到自己被放弃，于是果断杀了母亲，想要出生。

皇帝看着柔妃的尸体，突然拎起男婴，将他狠狠摔在墙上。

"怪物，你这个怪物，去死！"

地上的男婴被这样摔，却没断气，大口大口的血从他嘴里吐出来。他咿咿呀呀，吹起血泡泡，竟快活地咧起嘴。

这副天真又无辜的邪物模样，骇人至极，产婆尖叫一声，吓晕了过去。

澹台烬嘴角沾着血，漆黑的瞳，对上苏苏的眼睛。

苏苏和男婴四目相对那一刻，空间一阵扭转。

等到再站稳的时候，有人小声在她耳边道："也是苦了你，那小孽障还要你去收尸，扔在冷宫那么多天，尸体都臭了吧……"

言语间，宫女已经离开，苏苏独自站在一扇宫门外。

她犹豫片刻，推开门，看见枯草旁，丢弃着一个破破烂烂、沾满血污的襁褓。

原来柔妃毙逝以后，澹台烬被人扔在了这里。看样子，已经好几天了。

苏苏走过去。

她知道，这显然是了解魔神过去最好的机会。

襁褓中，"小魔物"十分狼狈。

襁褓沾满泥巴草屑，他露在外面的胳膊，全是蚊虫叮咬的痕迹。

还有擦伤，摔伤，一张脸脏得看不清模样。

没人给他换尿片，襁褓里弥散出来一股臭味。

澹台烬死死抱着一只死去的灰老鼠，眼睛紧闭着。

老鼠血，一半沾在他的嘴上。

苏苏总算知道，他一口母乳也没喝，到底是怎样活下来的。

老鼠想吃他，反而被他捉住，当作食物。

他小小的身体在颤抖，抱着死老鼠，像是抱住这个世界唯一的希望。

那只老鼠已经发臭了，澹台烬依旧舍不得扔。

男婴仿佛明白，没有人养他，没有人会照顾他。

他伤得很重，此刻嘴唇发乌。

苏苏的心情难以形容。

短短时间，她见证他的残忍，又见证了他的可怜和脆弱。

这种矛盾的心态，从她穿越到五百年前起，就一直存在。

如果有选择，让她在童年就杀了他，苏苏知道，自己一定会动手。

然而邪骨只要存在，魔神便永生不灭。

杀不杀由不得她选择。

她蹲下去，正要把他拎起来，外面传来细碎的脚步声。

苏苏连忙躲起来。

只见那日的绯衣宫女，红着眼睛走进来，抱起澹台烬，泣不成声："我可怜的娘娘，小殿下……小殿下……"

宫女哀泣着哭了许久，最终咬唇，抱走了孩子。

苏苏若有所思，这大抵是柔妃最忠心的宫女，一面憎恨澹台烬害死柔妃，另一面念及这是柔妃最后的血脉，柔妃宁愿自己死，也要保住孩子，这才把澹台烬捡了回去。

苏苏刚想跟上去，下一刻，头晕目眩。

她认命地想，又要强制换场景了。

苏苏再醒来时，一个四五岁大的孩童，跪在地上。

宫女说："来呀，再学一声。"

男童歪头，乖巧叫起来："汪！"

宫女们捂着唇笑。

有人扔出去一串糖葫芦："喏，捡吧。"

男童飞快跑过去，把糖葫芦捡起来，低头咬在嘴里，也不在乎上面的泥。

绯衣宫女怒气冲冲出现："你们在做什么！"

宫女们瘪嘴，四散开去。

绯衣宫女含泪拉起男童，怒其不争道："殿下，你怎可这样？咱们虽然失势，可你是主子，你竟然学畜生叫，还给奴仆们下跪！"

澹台烬抬起小脸，乖巧地道："兰安姑姑，她们说我学狗叫，就给我吃的。"

他咬碎嘴里的糖渣，把糖衣咬得咯吱响。

兰安愤怒道："殿下，你知不知道，什么叫自尊？！"

澹台烬疑惑道："什么是自尊？"

他瞳孔漆黑，脸上没有半点屈辱之色。兰安心里一惊，猛然明白，眼前的男童，天生缺乏羞耻心。

兰安嘴唇翕动："就是……她们在耍你的意思……"

"是吗？"澹台烬偏头，藏起眸中天真，冷静地问，"不是要给我吃的？"

兰安："不是。"

澹台烬咽下嘴里的糖渣，舔了舔唇："这样啊……"

苏苏此刻作为一只小奶猫，站在假山上，沉默地看着这一切。

过了两日，湖里发现一具宫女的尸体。

正好是让澹台烬学狗叫的宫女。

她身体发胀，尸体浮起来，丑陋可怖。

苏苏用猫爪子抱住脑袋，这到底是什么见鬼的梦魇啊！

兰安拉着烛光下的小男孩，颤抖着唇："殿下，是、是你做的吗？"

澹台烬歪头："我做什么了？"

"殿……殿下……"

"为什么三皇子和五皇子，有人伺候，有书念，我没有？"男童打断她，睁着天真的眼睛问。

兰安苦涩道："因为咱们无权无势，没有依仗。"

澹台烬沉思片刻，冷漠道："他们也没有依仗的话，是不是我和他们就一样了？"只要他们也没了母亲，大家就都平等了。

兰安捂住唇，大惊失色地后退两步。

"你！"

澹台烬说："你在怕我？"

兰安勉强笑道："殿下误会了。"

男童低下头，眼中茫然不解。

苏苏万万没想到，兰安走后，她会被澹台烬捉住。

男孩的手瘦骨嶙峋，他拎住她的后颈，作为小奶猫，苏苏毛都要炸了。

"我发现你了。"他说。

下一刻，澹台烬松开手，把她摁到一个小鱼干前。

"吃。"他命令道。

苏苏心想，我傻了我才吃。

然而附身的小奶猫，已经凭着本能，不受控制地舔起小鱼干。

苏苏在心里一边流泪一边绝望。

没多久，她的猫身抽搐着，没了气。

澹台烬平静地把小猫埋了。

苏苏身体被迫离开，这一次，她似乎附身在了一座雕像中，无法动弹。

雷雨夜，门被人推开。

兰安把小男孩推了进来，崩溃大哭道："我错了，我不该救你，不该求皇上念旧情，留你一命。你不是柔妃娘娘的孩子，你是个怪物！"

"兰安姑姑？"

"闭嘴！"兰安歇斯底里，"你竟然试图……鸩杀三殿下！"

"他没吃。"澹台烬想了想，露出一个乖巧的笑容。"他不是没吃吗？姑姑别生气。"

"那是因为我阻止了他！"兰安颤抖着唇道，"我教不了你，从此以后，你自生自灭吧。"

澹台烬笑容消失，抬眸："你也要背叛我了吗？"

兰安没回答，推开他，消失在雷雨中。

澹台烬盘腿坐在蒲团上。

雷劈开天幕，露出男孩冷静苍白的脸，他动了动脸部的肌肉，试图露出一个天真无辜的可怜表情。

下一刻，他又恢复成冷漠的模样。

俯视着他冷漠的样子，苏苏猛然意识到，他半点也不在乎。他甚至可能在想，兰安背叛了他，也该死。

原来所谓天生邪骨，竟是这样的。生来嗜血暴戾，为了生存不择手段。

他缺乏同情心、怜悯心，不明白什么叫作羞耻。

或许……苏苏出神地想，他并不懂爱和感情是什么，天生凉薄。

这才是为何，爹爹说身怀邪骨，永远不会被感化。

兰安对他那么好，养育他，他看向兰安的眼神却冷淡且毫不在意。

兰安不要他，他没有不舍，只有被惹怒的不悦，漆黑的瞳显得十分沉郁。

闪电照亮屋子，澹台烬冷不丁看见高台之上，有一尊琉璃神女像。

琉璃明澈通透，神女长发及腰，裙裾层层叠叠，眉间一点朱砂。

她执着剑，显得勇敢又圣洁。

他一眨不眨盯着琉璃神女看了许久。

苏苏毛骨悚然。

随后，他竟然开始往高台上攀爬，爬到一半，他摔了下去，被木屑划出三寸长的血痕。

他面无表情爬起来，继续朝她靠近。

苏苏都快尖叫了：你不要过来啊！

反复几回，最后，她终于被澹台烬握在了手中。

他用沾满鲜血的手，轻轻抚摸她的脸颊。

稚弱的嗓音低声道："好漂亮。"

长发朱砂。

执剑的勇敢圣洁的神女，在黑暗被闪电划破后，惊艳得不可方物。

他看着掌心的琉璃神女，用沾满鲜血的手，着迷地在她身上涂满自己的血。

苏苏感受着他冰冷的手指，整个人都不好了。神经病啊！

所以她现在的身体，到底是个什么？

‖ 第十七章 ‖

那天以后，兰安再也没有回来过。

苏苏被摆在周国的偏殿里，每日傍晚，澹台烬会回来睡觉。

他睡在地面上，有时候看着窗外的月光，有时候睁着漆黑的眼珠子，一眨不眨看着她，却再也没有触碰她，反而把她放得远远的。

如果不是那日他说漂亮，苏苏甚至觉得，他极度讨厌自己。

最让苏苏难受的是，小破孩任由他的血沾满她全身，完全没有擦一擦的打算。

不知道是故意的，还是忘记了。

好在苏苏现在无知无觉，只盼着赶快恢复人身，把澹台烬踢出梦境。

虽然待在梦里，可以了解更多关于邪骨的事。

但在现实中，倘若天亮了，苏苏还未唤醒澹台烬和叶冰裳，他们几个就都得死在梦里。

被困在琉璃中，苏苏非常焦急。

然而她不是梦境主人，澹台烬的灵魂并非她能掌控，自己只能像一片漂在水里的浮叶，随着梦境的发展走。

不知道时间过了多久，一个小男孩的声音，满怀恶意在门外响起。

"对，扔进去，弄死那个小孽种。"

"咦，等等，那是什么？"

门被人推开，苏苏看见一个七八岁大的锦衣男童走进来。

他拿起案桌上的"苏苏"，喃喃道："这是什么，好漂亮……"

苏苏现在对"漂亮"两个字，半点好感都没有，这个小孩不会也来涂一遍血吧？澹台王室一家子疯子吗？

男童小心翼翼捧起她,催促道:"小全子,打水来。"

他把澹台烬涂在苏苏身上的血洗去,眼里的光越来越亮。

"小全子,你认得她吗?"世上真有这般模样的少女吗?光一个琉璃雕像轮廓,就让人移不开眼。

比他母妃都好看许多倍。

小全子摇头,不安道:"三殿下,咱们快走吧。他……他就快回来了。"

澹台明朗这才想起正事,脸上阴狠起来。

"哼,东西扔进去,咱们走。这东西本殿下带走了,肯定是孽种去其他地方偷的。"

"是。"太监连忙把竹篓往破旧的宫殿中一扔。

苏苏看见,竹篓里密密麻麻爬出毒蛇和蝎子。

而澹台烬的确马上就要回来了。

苏苏有点着急,澹台烬不能死在梦境里。她有心想挣脱如今的处境,然而澹台明朗已经带着她走远了。

苏苏惴惴不安。

小魔物不会真被害死了吧?

梦魇制造的是恐惧。

苏苏恐惧仙门没落,怕同门陨落。而澹台烬……恐惧的是什么呢?

她被澹台明朗带走,到了一处富丽堂皇的宫殿。

苏苏一看就知道,这位皇子十分受宠。

住的穿的,比澹台烬好太多倍。同皇子比起来,澹台烬更像个小叫花子。

月亮升起来的时候,外面传来一阵响动。

宫殿门被推开,黄昏下,一个小小瘦弱的影子出现在门口:"澹台明朗,我的东西,还给我。"

澹台明朗愤怒道:"谁放这个小畜生进来的?!"

澹台烬不语,手中拽着一条毒蛇,朝澹台明朗走过去。

澹台明朗到底是个小孩,吓得后退了一步,呵斥周围的人:"狗奴才!都死了吗?还不拦住他?!"

太监们捉住澹台烬,毒蛇也被抢走丢开。

苏苏看见,小孩被按在地上。

澹台明朗走过去,恼怒地抬脚踩住澹台烬的脸:"你不过一个野种,野种什么都不会有!你要这个?"

澹台明朗拿起琉璃像。

澹台烬的黑瞳,安安静静,落在兄长手中的琉璃像上,专注得像个容易被吸引注意力的单纯小孩。

"好啊，那就还给你。"澹台明朗突然松开了手。

苏苏最后的余光，看见地上的小孩，被太监们死死按住，他眼尾泛着红，冷冷盯着琉璃像。

琉璃碎在澹台烬眼前。

那一瞬变得很漫长，苏苏甚至看见澹台烬瞳孔收缩，随即空气似乎都安静了下来。

苏苏寄身的神像碎裂，她的灵魂终于能够出来。

还未来得及欣喜，下一刻，空间一阵扭曲，她失去了知觉。

澹台烬眨了眨眼，又眨了眨眼。

他表情还算平静，没有丝毫愤怒之色。

在太监和澹台明朗的嘲笑声中，澹台烬突然伸出手，捡起碎在眼前的琉璃碎片，面无表情吞了下去。

锋锐的碎片划破他的喉咙，他维持着匍匐在地的姿势，哑着嗓音低声笑。

梦境之外，黑色的雾气惊骇地四处逃窜。

却一缕都没跑掉，尽数被吸入地上乌发红唇的男童身体里，澹台烬身体抽搐片刻，眸中漆黑。

镜像中人物惨叫着，被无形的力量撕碎，

澹台烬站起来，梦境在他的身后，寸寸碎裂。

苏苏发现自己光着后背，趴在床上。

背上火辣辣地疼。

她动了动手指，发现能支配身体了。之前在医女、宫女、小猫、琉璃像的身体中，她仿佛被捆住手脚，只能眼睁睁看着事情发展。

与其说进入了澹台烬梦境，不如说像个看客。

然而此刻，她有种自己活过来了的感觉。

一个埋怨的女声说："红豆，让你别往皇上面前凑，这不，挨皇后娘娘的训了吧。这十来鞭下去，你背上留疤怎么办，以后如何嫁人？"

苏苏："这又是什么地方？澹台烬呢？"

女子却并没有给她解释的打算："我还要去承乾宫当值，一会儿紫璎来给你上药，你好好养着，别想不开。"

苏苏点头。

等宫女模样的人一走，苏苏连忙从床上爬起来，去照镜子。

梦境怪诞，且变幻莫测，她现在又到了哪里？

镜子里，映照出苏苏现在的身体，是个十六七岁的妙龄少女，似乎叫红豆。

只不过背上的伤痕，看着委实吓人。

门被人推开，苏苏还来不及穿上衣裳，裸露的后背正对着门外进来的人。

是个穿紫衣服的女子，女子猝不及防看见她光裸的背，愣了片刻，随即脸上染上尴尬的红晕。

少女垂眸，移开目光，抱拳低声道："抱歉，在下不是故意的。"

苏苏不确定地喊："紫璎？"

女子点头，依旧没抬头，准备守礼地关上门。

苏苏说："等等！请你帮我上药吧，我够不到。"

女子沉默片刻，摇头："既如此，我帮……红豆找人来上药。"

苏苏隐约感觉到，眼前的人和其他人不同。

眼前的少女，怎么看怎么违和，像个谦和的君子，一种熟悉感扑面而来。

这么明显的个人特色，就算是角色扮演，也完全不贴合啊。

苏苏有个大胆的猜测——

苏苏试探地喊："宣王殿下？"

萧凛抬眼看她，触及她的背，礼貌移开目光："抱歉，你是？"

苏苏连忙忍住痛把衣裳拉好，高兴地跑过去："我是叶夕雾！"

终于看见一个能带给她安全感的正常人了！

苏苏简直不要太感动。

在上一个梦境中，她感觉自己快要被玩废了，担惊受怕又惊悚。

萧凛问："你怎么会在这里？"

"说来话长，总之我不是自愿进来的。王爷，你知道这是哪里吗？"

"这是冰裳的梦境，六年后的夏国。"萧凛皱起眉头，烦恼地揉了揉眉心。

苏苏十分惊讶。

这证明，澹台烬也从梦里走出来了，所以她才会来到下一个梦境。

没想到会是叶冰裳的梦。她在这里，那澹台烬呢？

"王爷，你唤醒她了吗？"

萧凛摇头，他苦笑着说："冰裳不愿意醒过来。"

什么？萧凛竟然无法唤醒叶冰裳？

这一定是苏苏经历过的，最尴尬的梦。

她看着莲池亭中妖娆娇笑的女人，有点儿想扶额。

身边的萧凛倒是分外平静。

"就是你看到的这样。"萧凛已经在梦境中待了一段时间，从起初的惊讶、难为情，到现在变得平静淡然。

叶冰裳梦境中的时间，是六年后的大夏国。

苏苏和澹台烬的梦，都是噩梦。

然而叶冰裳的梦，说是美梦也不为过。

在这里，萧凛已经登基，成为皇帝，册封叶冰裳为皇后。两人琴瑟和鸣，民间对善良温婉的皇后，特别拥护。

然而前段时间，美梦出现变故——

梦中的萧凛，把叶夕雾也收进了后宫。

苏苏顿时也很无语。

这什么奇葩梦境，叶冰裳的恐惧竟然是这个？怕自己，抑或说怕原主叶夕雾，抢走她的夫君？

此刻"叶夕雾"正坐在"萧凛"腿上，娇笑着喂他吃葡萄。

苏苏咳了一声，严肃着小脸，对身边的萧凛说："宣王殿下，那个不是我，你明白的吧？"

萧凛垂眸："嗯，我知道，梦境皆是虚幻。"

两个人达成共识，姑且就没有那么尴尬了。好歹现在是一条线上的蚂蚱，再不想办法走出梦境，现实中天一亮，大家都得完蛋。

"殿下，你试过唤醒她吗？"

"才来的时候，我跟她说过，这是一场梦境，但是冰裳认为，我在胡言乱语。"

对于苏苏他们来说，这个梦境虚假，他们才踏进来，可是对于叶冰裳来说，她已经真实地在这里生活了五年，且和"萧凛"有了一个小皇子。

不愿意离开也能理解。

看着萧凛头疼的模样，苏苏想了想："殿下，我有个办法，不知道行不行？"

‖ 第十八章 ‖

苏苏说："魇魔布置梦境，不外乎两种，一种为噩梦，需要克服心中的恐惧，消除执念与胆怯。倘若深陷梦中，便会被引导自戕。"

"另一种，则是美梦。让人沉溺于美梦中，不愿苏醒，越陷越深，叶冰裳现在就是这种情况。"

萧凛颔首。

苏苏便继续道："想要唤醒一场美梦，需要让她觉得，这不再是一个美梦，而是一个需要她逃离的噩梦。但是这种办法比较残忍，所以你好好考虑一下。"

萧凛挥了下手，空中出现一只蝴蝶。

蝴蝶大半身子都被染成了红色，只有翅膀还剩下原本的白色。

"时间不多了，"萧凛看着蝴蝶说，"等蝴蝶彻底变成红色，天就亮了。按照你说的做，结束这个梦境吧。"

苏苏看了眼那只虚幻的蝶，显然是除妖师给他引路的东西，没想到萧凛还认识除妖师。

萧凛玲珑心窍，领会了苏苏的意思，无须苏苏出主意，他说："晚上我伪装成刺客，带着信物去刺杀冰裳。我在这里已经有一段时间，现在的身份是皇帝的婢女。"

说到"婢女"两个字，萧凛似乎有几分无奈，但他性情温和，情绪调整得也快。

"我会佯装失手，暴露身份，让她以为是皇帝要杀她。"

苏苏点头，她的意思也是这个。叶冰裳不愿意走，肯定是认为，梦中的皇帝"萧凛"还爱她，会回到她的身边。

要让叶冰裳离开梦境，需要让她难过死心。

苏苏忍不住好奇问道："殿下，你现在，真的是个女人吗？"

别怪她怀疑。

萧凛看上去太"高"了，而且他举手投足，都和这张明丽的脸蛋不符合。苏苏怀疑他男扮女装。

萧凛见她一双眼睛好奇地看着自己。

那双眼里，完全不见昔日的爱慕之色，反倒有些莞尔调皮。

萧凛的心情突然有些复杂，他如实说："我附身的确然是个女子。"

这也是没办法的事，毕竟在别人梦里，不能选择自己的身份。如果可以，萧凛更想附身和自己长得一模一样的"皇帝"，直接告诉叶冰裳，让她梦醒就好。

苏苏点头，表示理解。

她还附身了小猫和医女呢，更是乱七八糟。

天一黑，萧凛换上了夜行衣。

他这具身体高高瘦瘦，脸一蒙，是个很飒的剑客"姑娘"。

苏苏也利落换好衣服："我和你一起去，发生什么事，我还能接应。"

"可是你受伤了。"

苏苏动了动脊背，认真地说："不疼了！毕竟这是别人的身体，我感觉不到多少疼痛。"

听她这样说，萧凛点头。梦境变幻莫测，这种时候，有个同伴，比没有好。

他一转身，苏苏疼得龇牙咧嘴。

她捂住背，连忙跟了上去。

这种时候可不能拖后腿。

到皇后的宫殿前，萧凛突然转身，苏苏疑惑道："怎么了？"

萧凛说："三姑娘，你疼得这样厉害，就不要逞强了。"

苏苏摇头："不疼，真不疼，不信我给你来一套……"

萧凛轻轻叹息一声："既然如此，你在宫殿外面，给我放哨，倘若出现什么意外，你及时通知我。可否？"

他语气虽温和，却也不容反驳。苏苏仿佛又看见了五百年前的大师兄，说有师兄一日在，便不会叫小师妹去拼命。

后来他真的为了守护他们陨落。

苏苏揉揉眼眶，说："好。"

萧凛悄无声息往叶冰裳宫中去。

苏苏不解，她哪里露了破绽呢？

一低头，她看见月光下自己的影子，明白了漏洞在哪。萧凛心细如发，苏苏实在没想到他连刚刚自己捂住背这个细节都注意到了。

还好萧凛是个君子，没有拆穿她让她尴尬。

苏苏认命地蹲在草垛中，集中精神放哨。

她本以为，梦境充满漏洞，计划应该很好成功才对。然而看见一个人影走过来，苏苏警铃大作。

来人身高颀长，脸颊瘦削，微微凹陷。

他脸上敷了很厚一层粉，显得唇色格外红，整个人透着一股阴柔之气。

苏苏对这个人有印象！

在现实中，他是西厂厂督加春！叶啸经常讽刺，说他是个阉贼奸臣！

可是一个厂督，怎么会半夜出现在这里？

想到还在里面的萧凛，苏苏心中一咯噔。刚要给萧凛传递消息，加春狭长的眼，便看了过来。

苏苏暗道不好，她反应迅敏，轻巧一躲，正好避开加春的掌风。

苏苏身后的树颤了颤，竟隐隐有要倒的趋势。

加春功夫高强，苏苏受了伤，心知不是他的对手，她当机立断，把手中的几颗小石子打在窗前，通知萧凛情况有变。

加春抓住这个破绽，化掌为爪，扣住了苏苏肩膀。

她反腿一踢，灵巧得像只蜻蜓，翩然从他的掌下滑了过去。

本来以为这个虚晃的动作逃不掉，没曾想眼前的厂督对敌经验似乎并不丰富，下意识避开她回击那一瞬，竟被她挣脱开来。

厂督眼睛微微一眯，动了杀意。

这次他不再抓人，干脆一支袖箭冲苏苏射了过去。

苏苏躲闪不及，眼睁睁看着那只袖箭朝自己肩膀而来。

下一刻，一只手握住袖箭。

苏苏看过去，黑衣的萧凛，不知道什么时候从宫殿中退出来，握住了袖箭，护住自己。

苏苏松了口气。

"赶紧走！"

"想走？"阴柔又沉冷的声音响起，下一刻，加春勾起一个恶意的笑容，拍了拍手掌。

许多影子，悄无声息出现在月光下。

加春看了眼苏苏，说："抓起来。"

苏苏被捆得严严实实，扔在地上。

好在萧凛最后关头逃出了包围，他本要救苏苏，苏苏果断把他推开了。他如果留下，两个人都走不了。

萧凛在外面想办法破除梦境，总比一起身陷囹圄好。

桌子前，加春在喝茶。

他的嗓音带着独有的尖利，只不过他低声讲话时，不太明显："说吧，你们打算对皇后做什么？"

苏苏怒瞪着他。

他拎起苏苏，握住她的脖子，面无表情地说："你们想杀她？"

八九不离十，不过也不是真杀就对了，只是吓唬。

苏苏喘不过气，干脆一口咬在他的虎口上。

加春没松手，任她咬着。

就在她觉得自己快憋死的时候，加春突然松开手，苏苏滑落在他的脚边，剧烈咳嗽。

在她的视线里，是一双绣着云纹的靴子。

苏苏缓过气，忍无可忍，直接点破他的身份："澹台烬！再不唤醒她，我们都出不去。"

眼前的"加春"，似乎听见了什么笑话。

"不，是你们出不去。"

只要他想，这种阴邪的地方，他就能出去。

听他这样说，苏苏也就能确信，眼前的人是澹台烬无疑，而且不知什么时候，他也认出了自己和萧凛。

而且听他的意思，是打算把自己和萧凛困在梦境中，他带着叶冰裳出去。

这到底是个什么糟心的情况？

苏苏和萧凛成了同盟，澹台烬打算困死他们。

苏苏背后的伤还没好，被绳子勒得特别疼。她忍不住蜷缩起身体，试图减缓痛苦。

澹台烬没看她，用指节敲了敲桌子，几个人影进来。

"去，找出另一个刺客，杀了。"

命令完，那几人迅速消失。

随即那双靴子慢慢走到她的面前，他停了许久。苏苏甚至在想，他下一个动作是不是亲自动手把她也杀了？

她的下巴被人抬起。

眼前出现一张放大的、惨白的脸。

"他抛弃了你，你不生气吗？"澹台烬阴阳怪气道。

苏苏被他掐住腮帮子，冷笑道："总比你这个变态好。"

说出这句话，她明显感觉到澹台烬周身的气氛变得冰冷。

"我不如他？"他的声音低得仿佛听不清，片刻后，又扯了扯唇，"不会。"

他淡淡地说："你看着吧。"

苏苏被他抱起来，绳子勒得苏苏闷哼一声。抱着她的人脚步一顿，过了一会儿，他拿了把刀子过来，把绳子割开，留了一截，捆住她的手。

随即是苏苏的衣裳。他用刀子，直接划破了苏苏背后的衣服。

"澹台烬！你干什么？"

澹台烬打量着她背上交错的伤痕，血已经粘住了衣服。她似乎觉得在他面前露出肌肤分外耻辱，脸都气红了。

澹台烬握住那把刀，打量她血淋淋的脊背。

苏苏趁他出神，暗中默念咒语。

一张黄符飞速出现在空中，她斥道："定！"

黄符定在澹台烬脸上那一瞬，苏苏翻身而起。

她跨坐在他身上，狠狠掐住他的脖子："想杀我？你以为附身加春就了不起吗？你这个笨蛋，还不是不会对敌！"

他冷冷看着她，黑眸中染上一丝薄怒，手中的药瓶，一瞬间让他觉得极其耻辱。

好在这个姿势她也看不见他另一只手中的东西。

他想捏碎这个东西，可惜已经动不了。

少女凑近的眼分外璀璨，似乎在嘲笑他方才的失神。

她琥珀色的眼睛，明亮到快要燃烧。因为偷袭成功的得意，让她两只眼睛弯成了漂亮的月牙。

苏苏以牙还牙，咬牙切齿地掐澹台烬，打算掐个爽。

他脸色变红，呼吸急促，一眨不眨看着她。

没吭声，也不求饶。

忍到极限的时候，他胸膛剧烈起伏，眼睛依旧死死盯着她，不肯移开一秒。

苏苏接触到他的眼神，莫名起了一层鸡皮疙瘩，想到这个疯子大抵不怕疼。她也不掐他了，干脆夺过他的匕首，用来对着他。

还好黄符本就克制邪物，竟然随苏苏到了梦境中，不然这次恐怕凶多吉少。

苏苏拍他的脸，道："喂，吭声，定住了你而已，又没不让你说话。"

"我要杀了你。"他冷声说。

她笑着说："好啊，你来。"

他不讲话了，眉眼阴郁。

苏苏敏锐觉察到他很生气，可这疯子不是一向心理素质特别好吗？澹台明朗踩他的脸，他都不生气，现在又是在气什么？

‖ 第十九章 ‖

苏苏也懒得探究他为什么生气，有人质在手，一切就好办多了。

但是不能一直定着澹台烬，定身符的效果只有半个时辰，等时间一过，完蛋的就是自己和萧凛。

苏苏从他身上下来，开始翻找"加春"的东西。

澹台烬动不了，就用阴冷的眼神一直看着她。

果不其然，"加春"这种身份，什么阴毒的药都有。苏苏拿起一瓶绝命散和一瓶临时散功药，捏开澹台烬的嘴，给他喂了进去。

"解药我收着，你也看见自己吃了什么，一会儿我把符咒打开，你带我们走出梦境。"她哼道，"别耍花招，不想死就少干损人不利己的事。"

澹台烬不吭声。

苏苏把符咒揭开，她经历过澹台烬的梦境，知道这人挺惜命的。小时候靠着死老鼠都想活下去，一定不会甘心死在一个梦境中。

"走，和我一起去找萧凛。"她戳了戳他。

果然，澹台烬动了。

他的确不想死，一时的失神造成了如今不利的后果，既然已成定局，他不动声色，开始在心中盘算其他办法。

萧凛看见苏苏和澹台烬的时候，十分意外："三小姐？你没事吧。"

苏苏摇头："没事。"

"他……"萧凛皱眉看向"加春"。

苏苏道："他是澹台烬，之前有些误会，大家没有认出来，现在误会解开，澹台烬决定和我们齐心协力，一起出去，对吧？"

她胡说八道，又威胁地戳戳澹台烬。

澹台烬冷笑一声："对。"

萧凛说："原来是质子。"

萧凛倒是没有想到，苏苏和澹台烬竟然都在梦境中。他对澹台烬倒是没有恶意，萧凛到底不是萧慎，澹台烬自幼在宫里生活就不容易，萧凛偶尔看见，还会帮他一把。

"王爷，现在情况怎么样了？"苏苏问道。

"其实昨晚，我已经成功了。刺杀的时候故意失手，让冰裳看见了'皇帝'的信物，她知道了我是'皇帝'派来的人。"

萧凛此话一出，苏苏十分意外。

既然成功了，为什么叶冰裳依旧不愿走？难道他们猜错了，她最执着的，并不是萧凛的爱吗？

萧凛说："看来这个办法行不通。"

苏苏想起什么，笑眯眯看向澹台烬："你的办法呢？"

澹台烬睨她一眼，也扯起嘴角笑了："当然比你们的有用。"

许是他用着"加春"的身体，苏苏怎么看都觉得他的笑容不怀好意。

然而白蝴蝶只剩下一点没有变红，证明现实世界已经快到黎明，再想别的办法俨然来不及了，他们只能相信澹台烬。

澹台烬慢条斯理踱步到御花园。

宫女追着一个小男孩喊："太子殿下，你慢一点儿，别摔着了！"

男孩穿着锦袍，看上去三四岁的模样，虎头虎脑的，玉雪可爱，追着花园里的蝴蝶跑。

萧凛看见小男孩，有几分失神。毕竟这是梦境中，叶冰裳和"他"的孩子。

小男孩追着蝴蝶，最后，突然撞到澹台烬腿上。

他摔倒在地，眼中蓄了一泡泪。

澹台烬低眸，不动声色打量他。

随后，在所有人惊骇的目光中，他单手拎起了小男孩。

宫女看见澹台烬的动作，扑通一声跪下："加春大人，太子不是故意的，请让奴婢带太子回去。"

小男孩在空中蹬着腿，也意识到来者不善，吓得哇哇直哭。

苏苏终于知道澹台烬想做什么了："你要杀了这个孩子？"

澹台烬冷冷地说："你们不是想出去吗？反正他都是假的，杀了又有什么关系。"

说着，他把小孩往萧凛怀里一扔，萧凛下意识接住，小太子在萧凛怀里颤抖，看也不敢看澹台烬。

"既然是你的种，自己动手吧。"

萧凛低头看怀里的小太子，小太子害怕地抱住他。

萧凛下意识道："不可。"

小太子不断抽泣，看上去可怜极了。

苏苏也觉得头疼，问澹台烬："没有别的办法了吗？"

澹台烬靠着假山，居高临下看着她："就这个办法，怎么？下不了手？"

见苏苏和萧凛都不动，澹台烬冷声道："妇人之仁！"

在澹台烬看来，这十分可笑，世上怎么会有人因为别人，宁肯放弃自己的生命？

他走过去，掐住小太子的脖子。

孩子被他举在空中，澹台烬面无表情，手不断收紧。

萧凛皱眉，却也知道澹台烬说得没错，这个孩子是假的，甚至是魔魔的魔气幻化而来，如果再犹豫，所有人都会葬身这里。

澹台烬手一使力，原本脸色发绀的孩子，化作黑烟，消散在空中。

苏苏看一眼澹台烬，他顶着加春的脸，显得十分冷漠。

杀了魔魔梦境中的小太子，几个人往叶冰裳宫殿中去。

萧凛沉默地走在前面，显然梦境小太子的消失，让他心情沉重。

苏苏靠近澹台烬，刚想说话，澹台烬率先冷淡地开口："怎么？要怪我心狠手辣，无情无义？"

苏苏十分诧异，她摇摇头，小声说："没有，我只是想谢谢你。"

如果不是澹台烬，她和萧凛不一定能下决心破梦境。

澹台烬看她一眼，道："既然这样，解药给我，我不做别的，肯定带你们出去。"

苏苏想了想，从兜里拿出一个瓶子，递给他。

澹台烬没想到她会这样轻易给自己。他想，愚不可及，等他吃了解药，他定会……

然而解药入口，他才觉得不对。

红色的糖豆在嘴里化开。

苏苏笑着仰起头，问他："甜不甜？"

"你要我？"

他的唇被糖豆染红，惨白的脸扭曲了一瞬，苏苏忍俊不禁，摇头："我没说给你的是解药，再说了，出去梦境以后，你身上的毒自动就解了。既然不痛不痒，你就暂且忍忍吧。"

见澹台烬眸色冷凉，牙齿咬着糖豆，一副想杀人的模样，苏苏压住笑意说："别吐出来啊，吐出来影响你的形象。"

他恼恨抬手，把糖豆一扔，苏苏轻松接住瓶子。

她跑到前面去，欢快地道："王爷，你要吃糖吗？"

好东西就要大家分享。

萧凛失笑，他耳力好，自然听见了苏苏和澹台烬的对话，虽然不知道他们之前发生了什么，但这样的三姑娘，并不讨人厌，反倒十分可爱。

连带着方才被迫杀掉梦境小太子的压抑也消失了。

"不必，谢谢三姑娘。"

到达叶冰裳宫殿前，澹台烬想了想，拿出一纸空的诏书，丢给萧凛。

"写，废后诏书。"

萧凛抬眼望去，上面竟然真有"皇帝"玺印。

看来澹台烬早有离开的打算，即便不与他们一起，他也能找到叶冰裳，脱离梦境。

萧凛心中升起警惕，澹台烬此人心智和才华不低，又杀伐果决。倘若某天他顺利回到了周国，便是夏国的劲敌。

萧凛垂下眼睛，亲笔写了一纸废后诏书。

叶冰裳在缝小太子的衣衫。

她望着窗外的海棠，有几分出神。

身旁的宫女愤愤道："娘娘，皇上昨夜又歇在了那贱蹄子宫里，您才是正宫，皇上如今却待您越发冷淡，奴婢们瞧着，心里都不是滋味儿。"

手上的针刺破指头，叶冰裳将手指含在嘴里，垂下目光。

"娘娘！"宫女慌张道。

"无碍。"叶冰裳脸色苍白，勉强笑道，"切记，以后不可这样说皇上。皇上九五之尊，雷霆雨露，均为君恩。"

手指上的血在丝绸上晕开，宫女给她处理伤口，嘀咕道："娘娘您就是太善良了，一点脾气都没有。"

叶冰裳盯着那一处血渍，没有讲话。

昨夜被刺杀的事，她没有对任何人说。"萧凛"的那块令牌，至今在她的妆匣中躺着。

她嘴角含着笑，继续为儿子做衣裳。

宫女笑道："等太子长大，他一定能懂娘娘的苦心，加倍孝顺娘娘。"

话音刚落，一个宫女连滚带爬进来。

"皇、皇后娘娘……太子殿下他……被人杀了！"

话音一落，叶冰裳脸色大变，她扔下手中衣物，怔然道："你说什么？"

"奴婢亲眼所见，就在御花园中……"

叶冰裳拎起裙子跑出去，就对上了澹台烬一行人。

宫女颤抖着说："就、就是他们……"

澹台烬看一眼叶冰裳，干脆利落道："念。"

一个小太监摊开圣旨，把废后诏书读出来。

叶冰裳腿脚一软，脸色苍白，萧凛的脚动了动，到底按捺住，没有安慰她。

被废后，夫君变心，儿子死了……对于任何一个女人来说，都是天大的噩梦。

叶冰裳闭了闭眼，睫毛不停颤动。苏苏一直看着她，生怕叶冰裳想不开寻死，然而叶冰裳比自己想象的，坚强得多。

她接了诏书，含泪轻声道："妾……遵旨。"

苏苏心里觉得怪怪的。

自己见扶崖身死道消，宗门岌岌可危，险些崩溃，想化作守山大阵守护宗门。可是叶冰裳受了这么大的打击，竟然还能平静接旨。

仿佛一个千依百顺的女人，不论"皇帝"对她做了什么，她都可以接受。

苏苏先前没遇见过这样柔顺的女人，她心想，如果自己的孩子被伤害，不说别的，她就算是死，也要打爆那人的狗头。

红色的蝶飞到他们面前，如今，只有翅尖一点没被染红，天快亮了。

萧凛扶起叶冰裳，温声道："冰裳，醒醒，这都是梦，全是假的。"

叶冰裳推开他，摇头道："不，不是梦，是真的。"

萧凛皱眉。

苏苏总觉得哪里不对，一回头："澹台烬呢？"

萧凛也看到，原本在不远处看着的澹台烬，不知道什么时候不见了。

苏苏也管不了澹台烬，跑到叶冰裳面前："你醒醒，再不愿意走，大家都得死在这里。这样的情况，你为什么还愿意留在虚假的梦境里？只要离开，什么都会好起来，宣王殿下在现实中等你！"

叶冰裳咬唇不语。

六年来，她是大夏国最受爱戴的皇后，这怎么可能是一场梦呢？

夫君爱她，她还有可爱的皇儿。虽然小太子出事了，可是……万一陛下回心转意，他们还会有孩子的。

叶冰裳摇摆不定，苏苏急坏了。

眼见蝴蝶身上最后一点白被染红，别说苏苏，萧凛脸色也沉重下来。

难道所有人，都要被困在梦境中了吗？

下一刻，一团猖狂大笑的黑雾出现在叶冰裳身后。

时间到了，魇魔来收取最后的果实。

它的雾气刚刚触碰到叶冰裳，一个肤色惨白的男子，凭空出现在魇魔身后。

澹台烬的手，穿破魇魔心脏的位置，握住一颗黑色的魔丹。

苏苏眼睁睁看着，魔丹离体，魇魔身上的黑气，争先恐后朝澹台烬涌去。

他不躲不闪，竟然全盘接收。

澹台烬打量着刚到手的魔丹，弯了弯唇。

苏苏心中一惊。

原来他非要进梦境，不仅是为了心上人，还为了这颗魔丹，怪不得会这样配合，原来是为了引出魇魔本体。

魇魔不是普通魔物，它的魔丹不弱，澹台烬要的，是无上的力量。他从小便不能习武，被人凌辱，他想享受杀人和欺负人的快感，但他自身的实力并不够。

他竟然从还是个凡人开始，便是个修炼疯子！

倘若有人告诉他，你一死，封印就会解封，他定毫不犹豫就去死了。

苏苏整个人都不太好了。

她反应很快，扑过去："给我！"

澹台烬冷冷看着她，这次早有预防，后退几步，梦境碎裂。

苏苏最后余光看到的，便是他毫不犹豫吞下了那颗魔丹。

她简直气得想捶墙，还是被他吃了！吃了！吃了！

给我吐出来啊！喂！

魇魔一死，黑雾肆虐，苏苏碰不到他，被弹出了梦境。

树林中，天光大亮。

树枝被苏苏昨夜的奔雷符劈开，空气中弥散着一股焦味。

苏苏从地上爬起来，看见了另一边晕倒的澹台烬。

她摸摸背，离开了"红豆"的身体，伤痕不见，半点儿都不疼了。

苏苏抓住澹台烬的衣服，咬牙道："混账，你给我醒过来！"

身下脸色苍白的少年，在她的摇晃下，幽幽转醒。

他睫毛又长又黑，染了清晨的水汽，显出几分脆弱无辜，完全没有梦境中那副疯狗气质。

苏苏晃他:"魔丹呢,你真吃了?吐出来啊你这个变态!"

澹台烬摸了摸被她触碰到的肌肤,非常奇怪的感觉,少女靠得太近了,身上的冷香缠绕着他,让他很不舒服,那种窒闷感又来了。

他抬起手,对……杀了她,他应该杀了她。他有预感,如果不杀了她,未来她一定会坏自己的事。

想到如今得了魇魔的力量,他眸中冷然,抬起手,黑雾出现在指尖。

然而黑雾在他指尖凝聚一瞬,还未成形,便瞬间消散。

苏苏自然看见了这一幕:"欸?"

澹台烬脸色一僵。

怎么会这样,他明明吞了魇魔的力量,怎么还是个没用的废物?

苏苏也蒙了,不管是修仙还是修魔,的确可以夺舍他人的力量,变成自身力量。

这种方法纵然进步飞速,可却是歪门邪道,鲜少有人会选择,因为渡劫时会遭天谴。

因果循环,生生不息。只有疯狂的魔修,才会不惜代价,不怕因果,踏上这条路。

苏苏原本也怕他吞了魇魔的魔丹,变得像梦中那般肆无忌惮,然而黑雾在他手中,还未凝聚,便偃旗息鼓。

苏苏看着身下少年阴郁的眼睛,突然有点儿想笑。

这……

身怀邪骨,纵然天生就有无上的力量,可这股力量是封印的,未觉醒的魔神,不能修炼、不能习武、没有灵根,看上去非常无用。

澹台烬走歪门邪道,但是他不知道,自己身体里早已有世上最强悍的邪骨。

他本就是数万年来,最强大的存在。魇魔的力量,汇入他的身体,如同水珠入海,半点儿波澜都不会起。

只要邪骨一日不觉醒,他就没办法变成恐怖的魔神,夺取再多的魔丹都没用。

苏苏露出一个明快的笑容,她掐住他的脸蛋:"质子,想杀我是不是?你倒是动手啊!"

他握住她的手腕,恼怒的情绪,隔着清晨的薄雾,苏苏都能感觉到。

她偏不松手,用自己沾满泥的小脏手,在他脸上疯狂揉,边揉边抱怨:"让你非要进梦境!让你惦记别人的妻子!让你觊觎坏东西的魔丹!"

澹台烬眼神都快杀了她。

少年哑声说:"叶夕雾!从我身上滚下去!"

苏苏一巴掌按在他的额上:"你说我就要听吗?我昨天说不要进梦境,你怎么不听，你知不知道，我们差点在魔魔的梦境中消失了！"

他冷冰冰道："你自己要跟上来的，我即便死了，又关你什么事？"

苏苏揉他脸的动作顿住。

她松开手，脸上的笑淡去，扶着树站起来，也不再说话，往树林外走。

澹台烬看着她的背影，抿紧唇。

苏苏倒没有生气，只是突然觉得，她和澹台烬计较是非对错挺无聊的，一个生来就无法辨别好坏的人，本就无法指望什么。

清晨怪冷的，她抱紧胳膊，身后的脚步声，让她知道，澹台烬跟在后面。

失踪一夜，她得赶紧回府。

叶冰裳和萧凛，想必现在也已经醒来了。这次不是没有收获，好歹看见了澹台烬的一段过去，也知道了他无法夺舍力量。

澹台烬走在苏苏身后，心情糟糕极了，这具无能的身体，让他有种毁灭一切的冲动。

太阳初升，前面的少女身着金色的襦裙，阳光照在她裙摆的金线上，流光溢彩。

她抱住胳膊，似乎有点儿冷。腰身纤细，墨发上还狼狈地沾着草叶。

他直直盯着她，她却一次都没回头看他。

他莫名抬手，摸了摸自己被弄脏的脸，眼瞳漆黑。

等他再找几颗魔丹，或者仙丹，他一定要让她消失！

回府前，苏苏在街上看见一个眼熟的人影。

白衣男子低着头，脚步匆匆。

叶储风？

他怎么在外面。

苏苏猛然想起前段时间小乞丐的话——

"二公子每日清晨出门，在一处宅院，待到黄昏才会离开……"

还有他身上那股熟悉的味道，到底是什么呢？

苏苏想了想，跟了上去。

第三卷

绝情坏种

第二十章

苏苏跟着叶储风，到了一处安静的院落。

如小乞丐所说，院子里面开了漂亮的红梅，枝丫探出府邸，延伸至府外，看上去十分清雅。

叶储风看见院落，加快脚步，关上了门。

苏苏嗅了嗅，她似乎又闻到了那股若有若无的味道。

门被关上，她绕着院落环视一圈，捋起袖子，往上攀爬。坐在墙上时，她才看见澹台烬正看着自己。

苏苏这才想起他："你跟着我做什么？"

澹台烬一双漆黑的瞳望着院落，没有讲话。

苏苏循着他的目光看过去，难不成这个院子，有什么让澹台烬垂涎的邪物？

她看他一眼："我警告你，不许过来！"

魇魔的事，害得她的小命都差点交待在那里，一波未平一波又起，万一澹台烬还要搞事情，她头都大。

然而她的警告完全无效，自从那夜看见澹台烬用乌鸦杀人，他装都懒得再装，本性暴露无遗。

澹台烬翻上院落的墙，直接跳下去。

苏苏脑仁都疼，她连忙跟上。

院子里如果真藏着什么东西，她那个文弱的二哥，估计危险。

可惜她现在的身体里没有灵力，管家买来朱砂和符纸以后，她统共就画好两张可以用的符，一张奔雷符，一张定身符，全交待在魇魔那里了。

越靠近屋子，奇怪的香味越浓郁。

院落很大，叶储风径直走向了主屋，澹台烬往右而去，推开了右边的屋子。

他们动作很轻，没有奴仆，也就没人发现他们。

隔壁传来苏苏二哥的声音。

"翩娘，抱歉，今日我来晚了些。"

另一个娇俏的嗓音笑着说："无碍，是府上发生什么事了吗？"

叶储风："出府时遇见了大哥，他同我说了会儿话。"

"你大哥同你说什么？"女子娇滴滴问，"让你好好念书，或者跟着他习武？难不成这天底下成大事者，只有武将和书呆子吗？"

"自然不是，"叶储风的声音很无奈，"只不过科举考试即将开始，大哥叮嘱了几句。"

女子不高兴地说："你要考试，是不是就不来看我了？"

叶储风连忙摇头："自然不会，你才是最重要的。你若不喜欢，我便不考了。"

女子笑声如脆铃："你可真是个傻子。"

苏苏琢磨，她二哥哥文采斐然，在读书一行，的确很有造诣。也因此，叶储风经常被文不成武不就的叶哲云针对。

叶家四个男丁，老大擅武稳重，老二习文内向，只有老三不成器，吃喝嫖赌样样都沾。至于四弟还小，有些刁蛮，但说不准长大后是什么性子。

苏苏万万没想到，她热爱读书的二哥哥，竟然会为了一个女子，不考科举。倘若让祖母知道，打断他的腿都算轻的，他可没有莲姨娘这种娘亲为他求情。

隔壁传来一声娇呼，随即是打闹的声音。

冬日的院子分外冷清，像一个小世界，声音便也听得清楚。

什么东西被拂在地上，女子清脆的笑声更响亮。

苏苏听见了粗喘声，随即是女子咿咿呀呀的呻吟。似欢愉，似痛苦。

澹台烬眼中浮现出一股厌恶。

苏苏脸上露出茫然之色，她自灵泉诞生之初，就鲜少有人给她科普两性知识。

也不能指望衡阳掌门一个正派男人给小闺女讲这些。

男女调和，阴阳双修，她倒是在藏书阁中看过。

可惜以修炼为主的书籍，大抵都是晦涩正经的文字，教科书级别的修炼模板。

苏苏记得，小时候有一次大师兄带自己去后山捉灵兽。

时逢春季，那两只灵兽，一雌一雄，耳鬓厮磨。

扎着两个流苏丸子头的小女孩苏苏，循着声音，好奇地看过去。

"大师兄！这里有两只！"

公冶寂无御剑过来，看清林木中场景，如白玉般的脸瞬间红了个透。

他捂住小姑娘的眼睛："非礼勿视！"

随即带着苏苏，慌忙御剑而逃。苏苏还是第一次见大师兄跑得那么快，耳朵都红透了。

自那以后，大师兄鲜少去后山，捉灵兽的事，渐渐落在了小师弟扶崖身上。

苏苏后面回过味，才明白灵兽大抵是在交合。

但是人类表达爱意的方式，和灵兽可太不一样了，因此当空中的香气越来越浓郁，苏苏完全没往这方面联想。

反而灵光一闪，她终于知道了哪里不对劲！

媚香！

这竟然是狐族独特的媚香！里面那个女子，竟然是只狐妖！

她二哥啊！

听她二哥喘得痛苦，不会正在被狐妖戕害吧？

苏苏刚要往外跑，去救她二哥，胳膊被澹台烬握住。他神色古怪："你做什么？"

苏苏压低声音："你别拉着我，隔壁是一只狐妖，我二哥肯定出事了。"

"出事？"他轻声咀嚼着这两个字。

澹台烬盯着她，突然恶意一笑："不尽然，你现在闯进去，你二哥才是想死的心都有了。"

苏苏不解地看着他。

澹台烬从袖中拿出一把峨眉刺，只不过这峨眉刺模样很奇怪，比寻常的武器小得多，以至于他藏在袖中，也没人发现。

不知道那峨眉刺是用什么做的，也不见他如何使力，墙如同纸一般，轻而易举被戳出一个洞来。

澹台烬回头看见一双清澈的眼睛，心中邪意肆虐。

"好好看清楚。"

苏苏趴到洞前，定睛看过去。

只见书桌上的笔墨纸砚落了一地，叶储风抱着一个女子。

女子双眸迷离，红唇开合，修长的脖子高高仰起，像娇弱无依的菟丝花。

而她文弱的二哥一反常态，如痴如狂，像是疯狂的野兽。

"翾娘……翾娘，我心悦你……"

澹台烬冷笑地看着苏苏。

期盼她面红耳赤，下一秒大惊失色地转过来。

她那双明澈如琉璃的眼睛，染上污秽之色，一定很精彩。

可是前面的少女趴在洞前看了好一会儿，半晌镇定地把那个洞堵上。

她仰头，就对上了澹台烬冰冷恶意的眼睛。

苏苏奇怪地说："你看我做什么？"

澹台烬盯了她半晌，隔壁的淫词浪语还在继续，可少女面不改色，黑白分明的眼睛，像是黑暗中盛开的圣洁的花。

仿佛在她眼中，这是再正常不过的事。

澹台烬冷冷道："不知羞耻。"仿佛羞辱她能让他奇怪的感受减少一点。

苏苏不以为然，一本正经给他科普："自上古洪荒以来，不论妖魔、仙神还是凡人，阴阳交合，子嗣绵延，都是再正常不过的事。三界生灵，得以生生不息。"

所以有什么好羞耻的？

她早知道凡间对女子更为严苛，普通凡人看见这一幕，估计羞愤欲死。

苏苏一瞬间领悟了澹台烬的想法，这魔物竟然想看自己羞愤欲死？

她瞪着他，就算害羞，也是对着心爱的男子害羞。对着个冰冷无情的邪物，她疯了才捂脸害羞。

明明是他自己天生缺乏羞耻心。

苏苏伸出手："把你的峨眉刺借我用一下。"

"你想做什么？"

苏苏认真说："我去戳死隔壁的坏狐妖。"

她可不是在观摩叶储风和狐妖活色生香，而是在看狐妖是否害人。

苏苏知道，有些妖修炼不易，也不害人，这种妖是好妖。但有些妖物会害人，迷人心智，吸食精气。

里面的黄衫狐妖，便是后者。

叶储风的精气甚至阳寿，狐妖都在掠夺。她不是一只好妖。

照这个速度下去，不出三个月，叶家就可以给叶储风收尸了。

澹台烬冷冷地说："不借。"

不自量力。

里面那只狐妖，一看就道行不浅，她即便拿着峨眉刺，也讨不着好。虽然不知道叶夕雾何时会这么多乱七八糟的东西，但是就凭她，绝不是狐妖的对手。

苏苏心里其实也知道，自己恐怕奈何不了狐妖，贸然惊动她，万一她伤害叶储风，那才得不偿失。

她也就是看不下去狐妖吸食叶储风的精气，才想借到峨眉刺先救人。

如今看来，还是从长计议比较好。

苏苏悄声走出门，冲澹台烬挥了挥手，做口型："走呀——"趁狐妖没有觉察他们两个。

澹台烬看着面前的墙，神色莫测。

苏苏知道，恐怕他打起了狐妖内丹的主意。

她拽住他的袖子，拉着他往外走。

得了魔丹，还想要妖丹，也不怕日后天道八十一道劫雷，把他劈成飞灰。

两人一同站在阳光下，苏苏松了口气。

路过宣王府，苏苏说："也不知道叶冰裳醒来没有。"

澹台烬看着那块牌匾，漆黑的瞳无比专注。

苏苏觉得，他对叶冰裳还真是特别。如果让叶冰裳在小时候就感化他，说不定他后来不会变成魔神。

然而凡人寿命短短数十载，他的躯体老去死去，邪骨依旧是深入灵魂的东西，他会重复天煞孤星的命运，在下一世，仍然会苏醒。

所以还是抽出邪骨最可靠了。

苏苏突然问："她知道你喜欢她吗？"

澹台烬低眸，对上苏苏好奇的眼睛，他抿唇："不知。"

苏苏问："你一定要她吗？"

他不答，然而黑瞳幽冷，苏苏便明白了答案。

他心中并无世俗观念，也没有是非，别说叶冰裳已经嫁给了萧凛，就算叶冰裳孩子满地跑，澹台烬心中依旧没有那个概念。

如同小时候，他疑惑地问兰安，羞耻是什么？

越长大，他越会伪装，跟着别人学习应有的表情。然而灵魂里，他依旧是自私冷漠的少年魔神。

和他讲道理没有用，他甚至潜意识认为，叶冰裳属于他，即便放在宣王府，也只是"寄养"。

等他一有能力，就会拿回自己的东西。

苏苏挡住他看宣王府的视线，一字一顿道："不可以！"

她明明白白告诉他："你也知道，你真要和她在一起，只有一个条件。

"除非我和宣王都死掉。

"当然，即便宣王死了，她爱的也不一定是你。所以，你还是死了这条心吧。"

澹台烬收回视线，看着眼前的苏苏。

他黑瞳森冷，突然一笑。

似嘲讽，也似毫不在意。

就连苏苏也不知道，本来想逼他知难而退的，但在未来某一日，竟会一语成谶。

澹台烬要何物，就算踏着天下人的尸骨，也不在乎。

更别提，萧凛与她。

然而这个道理，她明白得太晚了。

没过两天，便进入了一月。

大夏国的一月，依旧银装素裹，冰天雪地。

苏苏开始悄悄找除妖师和道士。

那只黄衣狐狸有些道行，从荒渊缝隙中逃出来的妖，普通除妖师对付不了。

因为悬赏金开得很高，府中陆陆续续有除妖师和道士前来。

然而苏苏一看，很是失望。

这些人和先前来府中跳大神的道士，没什么两样，除了能说会道，没什么真本事。

偶尔有两个不错的，却远远比不上狐妖。

苏苏很焦急，也不知道叶储风能撑多久。恰好今日黄昏，遇见了叶储风，他唇色苍白，见了苏苏，他礼节性行了一礼，打算离开。

眼前的男子气质儒雅，看上去沉默寡言，与同狐妖在一起时，判若两人。

苏苏没有直接劝他，反而道："二哥，最近府中不太平，祖母打算去临远观求平安符。大哥随爹爹在军营，三哥在养伤，四弟年龄还小，所以，祖母让你带兵随行。"

叶储风愣了愣，心中讶然。

只因在叶府，他毫无存在感，不论好事坏事，皆与他不沾边。

这次叶老夫人怎么会想到他？

想到院落中那个姑娘，叶储风感到十分为难。

那个娇滴滴的姑娘，他去晚了些，她都会发脾气，若陪着祖母去道观，不知道要多少时日。

苏苏倒也没撒谎，叶老夫人确实担心妖物现世，叶啸沙场悍勇，但是妖魔之力，再神勇的凡人，也无法对抗，所以打算去道观求符。

苏苏只不过恳求老夫人把随行的人，加上叶储风罢了。

老夫人下令，叶储风不得不走。

能拖一天是一天，苏苏心想，好歹等她找到靠谱的除妖师。不然还没有对策，叶储风提前油尽灯枯就完了。

等老夫人和叶储风一走，苏苏想起魔魔梦境中那只引路的蝴蝶。

萧凛肯定认识靠谱的除妖师。

她眼睛一亮，给萧凛写了一封信。

"春桃，你把这封信，送到宣王府上。"

春桃十分为难："小姐，你还喜欢宣王殿下啊……"

"说什么呢，这次是正经事。"

"可是小姐，宣王还住宫中的时候，你经常送香帕、糕点、书信，全部被宣王殿下拒之门外。殿下之前还说，凡是小姐让人带过去的东西，统统烧掉。"

苏苏也没想到，原主有这么多不堪的过往。

"这样，你把这封信送给大姐姐，就说是家书。"

只要叶冰裳看见，萧凛便应该知道了。他是大夏嫡皇子，定会重视妖物作恶一事。

这回春桃收了信，郑重点头："小姐放心，奴婢一定送到。"

苏苏百无聊赖，干脆画符。今后要遇到的事不少，能准备一些是一些。上次在魇魔的梦境中，多亏那张符纸，苏苏再次领会到，有力量自保的重要性。

管家找来的朱砂和符纸并不多，苏苏不敢浪费，摆了引灵的阵法，用毛笔蘸了朱砂，开始画符。

灵力不够，她失败了一次又一次，朱砂落下，符纸无风自燃。

她也不气馁，并不为失败而低落，重复画符的动作。

注意到一道视线落在自己身上，苏苏回头，就看见澹台烬，他背后是皑皑大雪，少年眉宇清冷，不知道在那里看了自己多久。

这两日苏苏鲜少看见他，也不知道他又做什么坏事去了。

她也有自己要忙的事，譬如狐妖，譬如想办法接触镇守荒渊的神龟。

他出现以后，苏苏嗅到空气中浅淡的血腥气。

她心里不太开心，但也知道，很难阻止。

苏苏想了想，干脆说："你想学画符吗？"

闻言，澹台烬皱眉。

苏苏在心里数数，果不其然，数到五，他走了过来。

上次的梦境，倒是让苏苏了解他不少。他没有怜悯心和感情，但他喜欢力量和杀伐。

他会仰着脸，认真问兰安许多问题。

那时候的小魔物，甚至称得上虚心。

后来兰安不要他，也不知道他是怎么学会伪装和示弱的。

两人相对而坐，苏苏说："你看好啦！"

她蘸了朱砂，一笔一画，极为流畅，落在符纸上。因为是个简单符咒，这次很快完成，朱砂微微发亮，符纸也并未燃毁。

"你要试试吗？"

澹台烬接过毛笔，他极为聪颖，只倒着看了一遍，落笔却丝毫不差。

然而朱砂并未发亮，反而透着一股暗黑的光泽。

符咒在他面前燃起，灰烬散落在空气中。他放下笔，抿了抿唇角，眼里冷了不少。

苏苏愣了愣，想来仙与魔，本质就不同。

他的力量本就来源于黑暗，用仙咒自然行不通。即便她教他的，并不是攻击符咒。

这可能就是他固执想要力量的缘由。

苏苏想了想，把自己刚刚画好的符咒放在他的掌心。

"第一次画符，是比较难。但是符咒，你也可以使用，要试试吗？"

澹台烬看着掌心的符咒，再看看眼前笑吟吟的少女。

"嗯。"

她把咒语教给他。

澹台烬在心中默念一遍，黑瞳一眨不眨看着面前的苏苏。他见过她符纸的威力。奔雷符若是打在人身上，会没命。

她难道不知道他并不是什么好人吗？

刚刚得知的消息，让他心中发冷，讨厌这个世上的一切东西。他几乎是满怀歹毒，使用了这张符咒。

然而符咒在他的掌心，却并没有变成一道紫雷。

暖光散开，符咒变成一幅美丽的画卷，山顶的雪，白色的翎鸟，瀑布和落叶，日光与蜿蜒的藤蔓……

兔子羞怯地围着他，土拨鼠好奇地探出头。

溪水从他手上流过，涤去血腥味。

他看见老人和孩子在树下纳凉，蓝天白云，苍茫人间。

他怔住。

幻景之外，少女明眸带笑望着他。

她眉间蹭上一点朱砂。

他盯着她，手指蜷了蜷，因他一动，画卷顷刻破碎。

‖ 第二十一章 ‖

苏苏问道："好看吗？"

这个小法术是她小时候，向往外面的世界，掌门拿来哄她的，让她轻而易举可以看见万物生长的美丽，免得顽皮跑到宗门外去。

原本并不需要以符咒为媒介，然而苏苏现在没有灵力，做什么都得依靠外物辅助。

澹台烬没有吭声。

他皱紧眉头，冷冷看她一眼，符也不学了，径自起身往外走。等他的背影消失在大雪中，苏苏低声道："莫名其妙。"

澹台烬不学就不学吧，他走了，她才好画攻击性符咒。

画几十张符，才勉强成了两三张。苏苏收好符咒，春桃也回来了。小丫头眼睛亮亮的："小姐，奴婢已经把信交给大小姐了。"

苏苏点头，那现在就等宣王殿下的回音了。

叶冰裳打开苏苏的书信。

丫鬟小慧道："娘娘，三小姐竟然还往府上送东西，真是不知廉耻。您的身体还没养好，这东西给奴婢吧，奴婢拿去烧了！"

叶冰裳摇摇头："三妹妹在信中说的是正事。"

小慧："正事？三小姐谎话连篇，依奴婢看，她肯定是想寻个由头见王爷。您千万不能相信她。"

"可……万一是真的呢？"

小慧恨铁不成钢："三小姐那个样子，怎么可能会把心思放在正事上。王爷不上她的当，她这才想从您这里入手。"

叶冰裳脸色苍白，捂着唇咳嗽起来。

自从上次离开魇魔梦境，她的身体就一直不太好。萧凛心疼她，还特地从宫中请了太医来为她医治。

她纤长的玉指掩唇，黛眉微蹙，反倒增添了几分病弱的美丽。

叶冰裳垂下睫毛："不论如何，这封信得给王爷，不然就成我的不是了。小慧，你把三姑娘的信，送到王爷那里去吧。"

小慧不情不愿地接过书信，刚要说什么，眼睛亮了亮。

对啊，这是三姑娘的东西，只要交给王爷的人，说是三姑娘带来的，这封信自然就会和以往一样，被处理掉。

王爷不可能会看见。

小慧福至心灵，也不再打扰侧妃，福了福身："奴婢这就去。"

她走远了，叶冰裳轻轻支起下巴，看着窗外的雪景，睫毛落下一片阴影。

苏苏始终没能等到萧凛的消息。

而明日，就是叶储风和老夫人回来的日子。苏苏如果想做什么，最好赶在叶储风回府之前。

苏苏让人赶制出一柄桃木剑，割破手指，在上面加了好几道仙法。

虽然她没有了灵力，但是聊胜于无。

狐妖逃出荒渊，应该受了重伤，这才靠吸食人的精气疗伤，自己并不是完全没有机会。

苏苏知道这事有风险,所以她特地提前画好传送符,万一打不过狐妖,她可以跑嘛。

她做好准备以后,苏苏问春桃:"澹台烬呢?"

春桃道:"奴婢没看见。"

喜喜说:"早晨质子好似出门了,现在还没回来.'

苏苏很惊讶:"你们知道他去哪里了吗?"

她这几日沉溺于做武器无法自拔,根本就没注意澹台烬的动向。

喜喜:"奴婢也不清楚,小姐要不问问管家?"

"算了,我有事,先出门。万一澹台烬回来,你们让侍卫看住他,别让他再出门了。"

魔丹被他吞吃就算了,倘若澹台烬还要打妖丹的主意,真让人头疼。

苏苏独自出门。

她挑的正午,虽是冬日,阳光却正盛。这个时间,多少能克制妖物。

因着装备齐全,她换上简练的衣裳,背上桃木剑,袖子里揣了一堆乱七八糟的符纸。

有些有用,有些非常鸡肋。

她身上还有一个从道士那里买的银铃法器,坠在腰间,丁零作响。

萧凛坐在马车上,从她身边路过时,险些没认出她。

少女头发高高束起,周身挂满了奇怪的东西。

倒是一张迎着阳光的脸,分外有朝气,从骨子里投出灿烂的味道。

萧凛以前见她,三小姐是一只恨不得所有人都看她的花蝴蝶,如今的三小姐,倒是变了不少。

她不再拘泥于皮相衣着,反倒十分吸引人。

尽管她穿得奇奇怪怪,可是一双灵动的眼睛和漂亮的脸蛋,让街上不少公子驻足看过来。

她自己却没有注意,专心想着什么的样子。

萧凛想起今日朝堂上的那件事,澹台烬恐怕……萧凛心中有几分叹息。

"三姑娘。"他开口道。

苏苏回头,就看见了马车上的萧凛,她完全没想到,会在去对付狐妖之前遇见他。

她心中燃起希望,很是高兴:"王爷。"

萧凛道:"三姑娘怎么在这里?"

他算是一问就问到了重点,苏苏连忙小声把狐妖的事情,和他说了一遍。

萧凛本想和她说质子的事……

如今听到狐妖，他神色愈发凝重。

"三姑娘怎么先前不与我说？"萧凛语气略微责备，一个闺阁姑娘擅自去降妖，她到底知不知道危险。

苏苏愣了愣，她明明让春桃送了信去宣王府中，可是宣王竟然完全不知道。

她心中掠过一个惊讶的猜测，但是到底没有说出口。毕竟叶冰裳不愿自己和萧凛接触，情有可原。

苏苏说："是我不好，王爷，如今你知道了，可有熟识的除妖师吗？"

萧凛说："你且等等。"

他招来一个侍从，低声说了几句话。侍从点头离开。

随后萧凛带着苏苏上了一个茶楼，没多久，一个白衣男子赶过来。

"萧凛，你把老子当什么人了，隔三岔五就有破事，跟你说，老子是赵王的人！赵王的人！"

苏苏惊讶地看着虞卿。

虞卿看上去斯文温柔，没想到开口这样暴躁。她先前就在赵王身边看见过虞卿，没想到这人私下和宣王竟有往来。

虞卿慢半拍注意到苏苏，脸色一僵。

萧凛给他倒了杯茶，仿佛完全没听到他刚刚骂自己的话，温和道："师弟，请坐。让三姑娘给你讲讲情况。"

苏苏干巴巴重复了一遍狐妖的事。

虞卿挑眉："狐妖？书本里吸人精气那种？"

说来他虽然学除妖，然而在此之前，人间的妖物，全部被封印在深渊之下，所以虞卿相当于学了空气。

上回入侵魔的梦境，还是虞卿第一次和真正的妖魔交手。

萧凛："你能对付吗？"

"行不行，得试试才知道。等我回去准备几日……"

苏苏连忙说："不行。"

叶储风明日就要回来，万一狐妖率先动手，她二哥就没了。

萧凛对虞卿道："我也赞同今日去，狐妖现世多一日，百姓便多几分危险。"

虞卿跷着腿："这回有什么好处？"

萧凛扔给他一把通体黑色的匕首。

虞卿眼睛一亮，收起匕首，依旧臭着脸哼道："走吧，带路。"

"三姑娘给我们指条路就好，别怕，你回府去吧。"萧凛说，除妖一事，去的人在精不在多，否则去再多人，都没有帮助。

苏苏知道，"大师兄"出于好心，责任心和保护欲很重。

可是依她所见，眼前这个除妖师虞卿，虽然有点本事，可是对敌经验并不丰富，他们就这样过去，容易吃亏。

她坚持要跟上。

"要么我不告诉你们地方，自己去；要么你们带上我。"

萧凛皱眉。

虞卿笑道："我同意你去。"

最后一行人来到狐妖的院落。

红梅依旧开得灼灼，香味却淡了不少。三人提高警惕，进入院落，却没有发现狐妖踪影。

虞卿突然说："城里近日有不少人失踪。"

他语气轻松，几人心里却很沉重，尤其是苏苏，她猜那些人，大概率是狐妖掳走的。

没有叶储风的供给，狐妖抓了其他人。

"现在去哪里找她？"萧凛问。

虞卿从袖中拿出一个罗盘，罗盘指针疯狂旋转。虞卿咋舌："乖乖，还是个大妖啊……"

最后罗盘停下来。

虞卿说："跟着罗盘的方向走。"

同一时间，窗前的少年，黑瞳注视着他们离开。

他身后的黑衣人，犹疑地问："殿下？"

澹台烬说："我知道了。"

"那您准备什么时候动身回周国，夫人在渡口等您。事不宜迟，属下建议您今晚就走，"黑衣人语气激动，"晚了恐怕来不及，您留在这里会有危险。"

澹台烬盯着苏苏等人的背影，嘲讽呢喃道："不自量力。"

黑衣人没听懂："殿下，您可是还有什么放不下的事情？"

"没有，"澹台烬冷声说，"今晚就走。"

黑衣人很是高兴："属下卧薪尝胆十四年，终于等到殿下了。"

澹台烬也弯了弯唇。

烈日当空，难得在冬日有这样好的天气。只可惜，夏国的百姓，也就只有这几天好日子过了。

不知道战神叶啸的血，是不是比普通人的血要热？溅在脸上，又是怎样一种感觉？

他手指抵着额，低低笑出声。

脸上轻蔑，却又自厌。

苏苏觉得，带个除妖师的确方便。如果自己只身前来，还真找不到狐妖。
此时，三人屏息蹲在竹林外。
一个精巧的竹屋里，传来阵阵香气。
苏苏低声提醒道："是媚香，少吸一些。"
狐妖的媚香吸多了，会迷人心智的。
虞卿倒了三颗药丸出来，分给大家。苏苏吃下去，发现果然闻不到浓郁的媚香了。
虞卿凭空从储物玉中拿出红线。
一头递给萧凛，萧凛会意，点点头。
虞卿脚步轻巧，开始围着竹屋布置红线。
苏苏有些惊讶，虞卿竟然在布阵，还是威力不小的落魂阵。
所谓落魂阵，地阵十二，其形正方，云主四角，冲敌难当，其体莫测，动用无穷，独立不可，配之於阳。
虞卿以步计算，布置得极为精准。
苏苏没想到五百年前，虞卿没有拜入仙门，竟然也会这个阵法。
只可惜，他们人不够，统共三个，无法主四角。
虞卿绕回来，让苏苏握住另一头。
他自己踏入阵中，手上掐诀，几柄银色小剑凌空出现在他身后。
"灭！"
小剑飞速朝着竹屋飞去。
下一刻，竹屋炸开，毫无所觉的黄衣女翻滚出来。
她衣衫不整，意识到了危险，眯眼看向众人。
她的身侧，几个男子赤裸着，双目呆滞，脸上潮红。还有两个，已然断了气息。
还有人不死心地去摸妖狐，凑过去吻她："美人，美人……"
狐妖一脚踹开他，冲虞卿道："怎么，小哥也想和奴家颠鸾倒凤？"
萧凛皱眉别开头。
倒是虞卿，一眨不眨地盯着她，啧啧有声："果然是狐妖……"
身材有料啊。
狐妖声线妖娆，但看上去，却分外清纯。
她跺了跺脚，娇滴滴往虞卿怀里靠，抱怨道："你刚刚弄疼人家了。"
虞卿弯唇："那在下可得给美人好好赔个不是……"

他张开双手，欲接住妖狐。

手指抬起那一瞬，苏苏和萧凛明白他的意思，同时收网。

红线亮起，飞速凝聚成网，朝狐妖而去。

落魂阵起了作用，让她无法动弹，红线将她紧紧裹在里面。狐妖的笑消失，冷声道："敬酒不吃吃罚酒！"

苏苏心道不好，冲虞卿喊："快让开。"

虞卿反应迅速，往地上一扑。

只见妖狐身后，凭空生出七条黄色尾巴。

红线不知道什么时候开始寸寸断裂。

苏苏把虞卿拉起来："你这红线不是缚妖线吗？"

虞卿险些被狐妖尾巴抽到，呸出一嘴泥："老子哪来的缚妖线，那是仙山的牛鼻子们才有的东西。"

苏苏凝噎："……"看到七尾妖狐时，她也很绝望，这可怎么打？

妖狐看向苏苏，道："原来还有个小丫头。敢暗算我，我生气了哦。"

她的尾巴疯长，冲着几人抽过来，苏苏带着虞卿后退，避开了妖狐攻击。

她祭出桃木剑。

袖中的符冲着妖狐而去，三张黄符散发着耀眼的光。妖狐嗤道："这个倒是有点本事……"

可惜，不是仙体，又能奈她何？

奔雷符朝着妖狐劈过去。

妖狐用爪子生生挡了这一击，转瞬皮开肉绽。

另外两道，把她的尾巴劈得焦黑，空气中隐隐传来肉香。桃木剑困着她，让她只能不停躲避。

萧凛拿出一条金色的绳子，套住狐妖的手脚，将她捆在树上。

趁着这个时间，虞卿也开始不要钱似的，掏出储物玉中的东西朝狐妖扔。

狐妖被劈头盖脸砸了一通，爪子和肩膀开始流血，脸都气红了。她吸食这么久的精气，几乎全搭在了这里！

她怒斥一声，挣脱开绳索冲着苏苏扑过来。

萧凛拔剑出鞘，对上了狐妖的利爪。

他剑术卓绝，区区凡人，竟和妖狐打了好几个回合。

虞卿拉着苏苏："看什么看，愣着做什么，还不赶紧跑。"

"萧凛还……"

"他自己知道跑！"虞卿说罢，率先逃命。

苏苏也知道，倘若是四尾或五尾狐，他们今日还有胜算，七尾便只能暂且逃命。

她跟着虞卿跑。

没多久，萧凛也追了上来。

妖狐被惹怒，不愿放过他们，飞身追来。

而此刻，前面竟然是一个沼泽，虞卿都想骂娘了："这运气太背了吧！"

妖狐哈哈大笑。

妖狐把玩着自己的头发："既然如此，奴家倒是可以给你们一个有趣的死法。"

她抬起尾巴，三人被她打落沼泽。

妖狐横躺在岸上，七条尾巴晃荡，看他们沉下去。

她看向萧凛："可惜了，如此好看的男子，竟不能与你春风一度。"

萧凛面不改色，稳住身子，尽量不沉那么快。

虞卿就不太镇定了，疯狂骂狐妖。

"你这种臭男人，我可不喜欢。"狐妖美目一眨，"反正你们都快死了，让我看看，你们喜欢什么样的类型，奴家来满足你们一番。"

她伸长尾巴，落在虞卿身上。

虞卿咒骂声停，看着狐妖，渐渐出现迷恋之色。

狐妖摸摸自己的脸，娇笑道："哦，原来喜欢娇俏活泼的女子啊。"

她转向萧凛，萧凛沉着脸。

狐妖的尾巴扫过："这女子倒是挺美，她是你的妻子？可你的心中，责任感和保护欲占了太多，她的地位，可不够呢。"

她的尾巴落在苏苏的脸颊上。

片刻后，狐妖笑起来："有趣，有趣，你竟还没有心上人。这样纯粹的人啊，我许久没有见过了……可惜，你今日注定死在这里。"

苏苏感觉自己在不断下沉，沼泽很快到了她的下巴处。

她咬牙，试图凝神用仙术御风。

倘若成功，他们三个倒是有生机。

狐妖百无聊赖，变成叶冰裳逗萧凛玩。萧凛神色渐渐温柔不少，狐妖声线也变得温柔，竟成了叶冰裳的声音。

狐妖得意地看一眼苏苏，苏苏试图叫醒萧凛，可惜没用。

渐渐地，苏苏觉得自己快不能呼吸了。早知道从荒渊跑出来的竟然是七尾狐，打死她都不来！叶储风招惹了个什么大妖啊！

她手指艰难地动了动，御风诀！快啊！

狐妖玩得尽兴，突然"咦"了一声。

彼时，太阳落下去了。

竹林中，渐渐走出一个黑衣少年，他墨发红唇，缓步走过来。

苏苏瞪大眼睛——

澹台烬！

狐妖看着他，露出一个笑容。

"真好看，"她捂住自己肩上的伤，舔舔唇，"你来帮我疗伤吧。"

澹台烬弯唇："好啊。"

他嗓音低哑，勾得狐妖蠢蠢欲动。

"让我来看看，你心悦的，又是谁呢？"

她步伐妖娆，一步步朝着澹台烬走过去。

狐尾触到澹台烬脸颊前，被少年抬手拽住。

狐妖娇笑一声，欲看他心中所爱。

片刻后，狐妖的笑不见，转而露出疑惑之色："你……"

少年冷冷道："怎么样，看见了吗？"

狐妖讳莫如深地看澹台烬一眼。

"怎么可能……"

在少年袖中的峨眉刺滑出之前，狐妖娇笑道："我可不陪你玩了，喏，他们可快要死了，三个人你只来得及救一个。后会有期！"

狐妖睚眦必报，想到把自己劈得皮开肉绽的紫訾，飞身离开之前，她冲苏苏弯唇一笑，一滴精血弹入苏苏眉心——

那个令她好奇的少年，就由这个纯白的姑娘，来试试味道吧。

狐妖变成一只黄色小狐狸，转瞬消失在丛林中。

澹台烬走向沼泽。

如狐妖所说，三个人都情况垂危，沼泽快要没顶，萧凛和虞卿被狐妖弄晕了。

少年靠着沼泽坐下。

苏苏闭气，一双漂亮的眼睛看着他。

澹台烬完全没有拉他们的打算，苏苏猜，他依旧想要狐妖的内丹。也许，他一直跟着他们，准备螳螂捕蝉，黄雀在后。

可惜看见是七尾狐妖，他临时收了手。

苏苏嘴巴陷在沼泽里，不能讲话，只好冲他眨眼——

好歹你做个人，拉一个出去吧！

澹台烬黑瞳凝视着她，依旧没动。

苏苏干脆闭上眼，她之所以不太慌，其实是袖中还有一张撒手锏传送符，然而传送符也需要灵气驱动。

她刚刚攒够了灵力，可以带同伴离开了。

澹台烬不救便不救。

传送符飞到空中，沼泽中的萧凛和虞卿慢慢消失，然而半晌后，苏苏还在沼泽里。

苏苏一惊。

怎么回事，为什么她不能被传走？

突然，她想到狐妖走前弹入自己眉心的精血！

她现在沾上了妖气，传送符却不传妖物！

想到这里，苏苏再次看向澹台烬。

少年眸中含着讥诮之色，好整以暇地打量她。

苏苏心想，她打死也不求他，因为她知道，求了也没用，大不了她唤醒勾玉。

这点骨气还是有的，除非苏苏自己想死，不然谁都不可以弄死她！

少女一言不发，安安静静，任由沼泽将自己吞没。

澹台烬眼中的笑意渐渐消失，染上冷淡的恼怒之色。

太阳落下，天快黑了。这是他离开夏国的最后时限。

澹台烬冷冷地看着苏苏的发顶，转身就走。

可真是令人生厌，牺牲自己去救别人，宁死也不求他。

他走了好几步，身后突然传出来响动。

狼狈的少女被一股力量从沼泽中推出来。

她趴在地上，不断咳嗽。苏苏十分惊喜，这种时刻，御风竟然成功了？！

人的潜力果然无穷。

然而一抬头，看见澹台烬，她诧异地说：" 你竟然还没走？"

她沉了那么久，以为他早离开了。

澹台烬脸色一变，他冷笑着，用峨眉刺抵着她的颈部，说：" 你都没死，我怎么能走。"

‖ 第二十二章 ‖

苏苏见识过峨眉刺的锋利，她微微抬起头，避免肌肤被划破。

"我现在很累，不想和你打。" 苏苏说，" 狐妖说不定会回来，你确定要待在这里？"

说罢，她想推开峨眉刺。

澹台烬刚要说什么，却见苏苏眸色一变，神情有几分呆滞。

她眨了眨眼，原本干净的眼睛，此刻瞳孔竟泛起些微妖异的紫色。

澹台烬骤然想起狐妖离开前，弹入苏苏眉心的那一点精血。

那到底是什么东西？

他对未知向来警觉，刚准备制住她，发现手中的峨眉刺被苏苏握住。

下一刻，他冰冷的手背上，贴上来一张脏兮兮的小脸。

白雪反射的光，让澹台烬看清她的眸光。

她清澈的眼睛里，此刻倒映着他的模样。

苏苏专注地看着他，眸中温柔欢喜而虔诚。

澹台烬冷笑道："中了妖术，真是恶心。"

千年的七尾狐，精血能是什么东西，想也知道。

澹台烬不想同苏苏耗，既然她醒着，杀她几乎成了不可能。

已经入夜，既然拿不到狐妖的妖丹，他就应当赶紧离开，再不走就来不及了。

至于苏苏，她会怎么样，完全不在他的考虑范围内。

他才要起身，手中的峨眉刺被少女夺走，下一刻，苏苏把他扑倒在地。

少女按住他的肩膀，浅紫色的瞳漾出笑意。

她反手用峨眉刺抵住他，低声在他耳边道："澹台烬，你这么弱呀？还是说，你对我毫无防备？"

澹台烬冷声道："你找死。"

他黑瞳幽深，一条花斑小蛇出现在她的身后，澹台烬冷笑一声。

小蛇悄无声息，朝着苏苏扑过来。

澹台烬冷眼看着，既然不清醒，那就去死吧。他唇角扯出一个快意的笑，不论是谁，濒死惊恐的时候，都会丑恶不堪，她也一定不例外。

苏苏似乎没有注意到身后的毒蛇，她按住少年肩膀，紫眸中，笑意愈发浓郁。

她猝不及防捧住他的脸颊，低下头去。

脸上被柔软一触的时候，澹台烬还来不及收敛神色中的恶意。

苏苏背后的小蛇却猛然僵住，没人控制它，它狼狈地从枝干上落下来，不明白为什么冬眠的自己会出现在这里，逃命似的往洞穴跑。

苏苏趴在澹台烬胸膛上，突然笑出声。

她笑声清脆，在一月的冬夜里，让竹林似乎都温暖起来。

澹台烬脸色难看极了。

他眸中杀意肆虐，她突然紧紧抱住他的脖子，整个人蜷缩在他的怀里。

"你弱也没关系，以后我保护你。"

"滚！"他反手掐住她的脖子，恨不得就此掐死她。

少女紫眸光华流转，明明是妖异的颜色，到了她脸上，却并不邪恶，反而凭空多了几分绮丽。

苏苏的下巴抵在他的肩上。

声音又轻又温柔，冬夜静谧，倘若仔细听，还能听出几分羞赧。

"不滚，我喜欢你。"

"闭嘴！"澹台烬几乎要把唇抿成一条直线，他手下用了力，打算把她从自己身上扯下来。

他心里从来没有这么多骂一个人的词语，淫荡无耻！自甘下贱！荒淫肮脏……

她就和那只狐妖一样脏！

不过一滴精血，就变成这种模样。

苏苏的脖子都要被他掐断了，她勉强仰起头，有点儿无奈。

偏偏她忍不住想笑。

现在两个人身上都沾着沼泽上的泥，她的手撑在澹台烬胸膛上，微喘着气，抱怨道："喂，你再掐，我真的死啦。"

脖子上的手顿了顿，她看见澹台烬嘴角浮现出一丝冷笑。

苏苏的手，轻轻放在他脸上——

她亲过的地方。

"澹台烬，你别喜欢叶冰裳了，你喜欢我吧。"她笑起来，有点儿不好意思，然而小姑娘鼓起勇气，红着脸说，"她不爱你，都是别人的妻子啦。我会很爱你的，我以后不让你吃苦，也不让人欺负你，还给你生很多个孩子，你说好不好？"

下一刻，她被少年从身上掀开。

他唇色苍白，不知道是气的还是恨的。

"你做梦！"

苏苏揉揉撞痛的手肘，按住心口，觉得这突如其来的爱意太过澎湃，她完全克制不住。

她好像从来没有这样喜欢过一个人，飞蛾扑火般，想朝他靠近。

然而她还未过去，几枚冷冰冰的箭朝她飞来，苏苏防范危险的本能还在，连忙后退几步，跌坐在雪地上。

只见竹林中，陆陆续续出现好几个黑衣影子。

他们跪在澹台烬面前："殿下，属下来迟。"

为首的人瞥了一眼苏苏："这人要杀了吗？"

澹台烬低眸，冷淡地看着苏苏。

少女脸上茫然，带着几分委屈看他。

他心中怒意翻腾："带走！"

黑衣人惊讶道："殿下？"他们是回周国，怎么可以带一个陌生的少女一同离开？

澹台烬冷冷弯唇，说："她是叶啸唯一的嫡女，带上，必要时候，杀了她，震慑叶啸。"

"殿下英明。"

双拳难敌四手，这群黑衣人武功高强，苏苏很快被绑了起来。

狐妖精血消散，她眸中的浅紫色一点点淡去，最后晕了过去。

等一行人消失在丛林中，黄衣狐妖迈步走出来。

她舔着自己的爪子，口吐人言："真是有趣。"

她那滴精血，会让人真心认为，眼前人是挚爱，还带有淫邪作用。然而那丫头竟然只是亲亲他，还欢喜告白，说要保护他。

这样简单又炽烈的爱，换作任何一个人，纵然是短暂的假象，恐怕都会心动。

可惜了，她对着的是那个黑衣少年。

叶冰裳看见落在院子中的萧凛，连忙跑过去，道："王爷，你怎么了？"

萧凛睁开眼睛。

空中有细微响动，萧凛抬手，把叶冰裳护在身后。

下一刻，虞卿从空中掉下来。

虞卿砸了个严严实实，直接痛醒了。

他"嗷"一声："小爷的腰！"

叶冰裳见他从空中落下来，吓了一跳，轻轻拉着萧凛的衣服，不安道："王爷，这是怎么回事？"

萧凛愧疚道："抱歉，下朝之时，遇见了些事，害你担忧了。"

叶冰裳轻柔一笑："侍卫长跟妾身说了，王爷平安就好。"

她看向虞卿："这位是？"

萧凛也不瞒她："我以前学武的师弟，虞卿。"

虞卿好不容易稳住了龇牙咧嘴的神态，折扇一开，又恢复成翩翩公子的模样。

两人相互见了礼。

"虞卿，你去大堂等等我。"萧凛说。

虞卿知道，萧凛有事要说。他这个侧妃娇滴滴的，上回魔魔的事，把她吓得不轻，想来萧凛怕吓到她，准备私下和自己讨论七尾狐妖。

虞卿一离开，萧凛对叶冰裳道："来。"

他牵了她的手，到亭中坐下。

天幕变成墨蓝色，府中的灯笼还亮着。

萧凛从怀中拿出一个锦盒，温柔道："打开看看。"

叶冰裳打开，锦盒中跳出一只小巧可爱的小木鸟，然而小木鸟，竟然扑棱着翅膀，飞了起来。

边飞边歌唱。

叶冰裳愣住，惊讶地看向萧凛。

萧凛相貌性情，都如谪仙，实在难以想象，他会有这样的心思，专门讨好她。

萧凛说："前几日在宫中，看见九妹妹有这些精巧的小玩意儿，她说女孩子都喜欢。所以我也去寻了一只来，你喜欢吗？"

叶冰裳笑着点头。

萧凛在她额上一吻："抱歉，自娶了你，很少陪着你。"

"王爷的心意，妾身都明白，"叶冰裳轻声道，"妾身要的不多，能和王爷长相守足矣。"

她嫁的是文韬武略的丈夫，自然不可能终日困在后院。

而且萧凛的后院，没有通房，也没有侍妾，皇城不知道多少女子，羡慕叶冰裳。

"裳儿，"犹豫片刻，萧凛还是叮嘱道，"近日少出门，倘若想出去，让暗卫陪着。"

"发生什么事了吗？"

"周国皇帝驾崩了，现在登基的，是周国三皇子。"

叶冰裳瞪大眼睛。

萧凛道："新皇野心勃勃，在边境屯兵。没多久，恐怕要打仗了。"

虞卿喝了口茶，咋舌道："终于肯来应付我这个孤家寡人了，你再不来，老子要坐到油尽灯枯了。"

"让师弟久等了。"

"行了行了，别来那一套，你那侧妃睡了？"

萧凛点头。

虞卿举起手："话说回来，我们不是在沼泽里吗，怎么回到了你府上？我险些以为，今天得死在那里。"

"不是你带我们回来的？"萧凛问。

"我哪有那本事！"

那是谁，就不言而喻了。虞卿说："叶三小姐怎么不见了？"

萧凛摇头，脸色凝重。

虞卿："许是逃脱了，她都有本事送走我们，自己肯定也离开了。"

萧凛依旧不放心，让人去悄悄打探，叶三小姐是否已经回府。

"七尾狐怎么办？我先说，我对付不了，谁爱去谁去，我再也不去！"

"自然不会再让你去，"萧凛说，"现在能对付狐跃的，只有一个人。师弟，还得劳烦你，去寻季师叔。"

虞卿磨牙道："季老头都归隐了，我去哪里找？"

萧凛喝了口茶，温和一笑。

"可是，蓉师妹不是喜欢你吗？她总能带你找到她爹。"

虞卿"呸"了一声："老子才不去见那个小辣椒。"

好不容易躲开，跑到皇城给师兄的对家皇子当门客，多有排面啊，他才不想和野丫头满山跑抓野鸡。

萧凛挑眉，不再勉强他。

师弟的毛病，蓉师妹打两顿就好了。两顿不行，多打几顿总能好。

虞卿说："真要打仗了？"

萧凛点头。

"周国这新皇，倒是有胆色。可是澹台烬不是还在我朝为质吗？新皇不怕我们杀了他弟弟？"

"帝王家本就无情。"萧凛说。

"也是，听说周国的皇子和公主，都要被新皇杀光了。"

"父皇今日，已派人去捉拿质子。"

虞卿跷着腿，想起险些从赵王裆下钻过去的少年，说："这人挺惨的，也没什么能力。赵王讨厌他讨厌得要命，估计未来这斩下头颅之事，赵王恨不得亲自动手。"

"不，父皇没有找到他。"萧凛郑重说，"师弟，不能轻敌，澹台烬是个狠角色。"

"你是说，他提前跑了？"虞卿神色古怪，见鬼一样。周国那边的消息，明明今日才传来，澹台烬的消息，竟然比他们还快。

萧凛点头，今日本来想和苏苏说，没想到来不及。她知道这个消息，不知是什么感受。

"他能从夏国逃出去？一个从小在冷宫长大的质子，他哪来的势力？"

萧凛道："我也不知。"

所以，这才是那个人可怕的地方。

冬夜，渡口的风很大。

苏苏被绑住，醒过来的时候，眼前一片黑暗，身边的人立刻推了她一把："老实点。"

是个女子的声音。

苏苏回忆起狐妖精血入体后发生的事，有几分生无可恋。她咬牙，可恶的七尾狐！

她竟然和澹台烬告白，还亲了他！

现在想起当时热烈喜欢澹台烬的感觉，简直毛骨悚然！

更严重的后果，就是她现在被五花大绑，眼睛也被蒙住，连到了哪里都不知道。

苏苏听到风声，觉得他们现在处于一个风口，女子推着她往前走。

走了不知道多远，一行人停了下来。

周围扑簌簌跪下，激动地喊："殿下！"

苏苏不知道被谁踢了一脚，被迫跪下。她沉住气，虽然不太清楚发生了什么事，但显然，现在的情况很不好。

苏苏努力减少存在感。

熟悉的脚步声踏在雪上，有人道："殿下，夫人在等你。"

没多久，一个女声唤道："殿下！"

她似乎逆风走来，声音被吹得零零碎碎。

"这么多年，你受苦了。"

澹台烬说："没事。"

女子看向被蒙着眼睛的苏苏："她是……"

苏苏听见澹台烬冷漠的声音："叶啸的嫡女。"

女子喃喃道："竟然是那老贼的女儿，这可是一份大礼。"

随即想起什么，女子复杂地说："妾听说，殿下貌似和叶三小姐成婚了？倘若真把她带回周国，她一定活不了，不论死在谁手中，都无可避免。"

"死得其所就好。"澹台烬说。

苏苏看不见他的表情，只觉得他的声音比冬夜的风还冷。她叹了口气，好在狐妖精血给的感觉不过一时，否则她要是真青睐他，不知道该多难过。

她还算冷静，分析自己的情况。

这么多人恭敬地喊澹台烬殿下，肯定不是夏国的人，难道……是周国的人。

周国的人想做什么？

很快，苏苏被带上船，她心中沉了沉，明白过来。

澹台烬恐怕是要回周国，但她作为敌国大将军的女儿，可不能跟着去！

还有，那个稳重的女声，又是谁？

"殿下，要把叶三小姐关在哪里？"

澹台烬脚步顿住，回头看苏苏。

少女脸颊的肌肤瓷白，眼上一条黑色缎带，反而衬得她沉静不少。

她唇色红润，看上去倒不是被吓坏的模样，真是怎么看怎么讨人厌。

他坐在椅子上，冷冷看了她几秒钟。

属下见澹台烬半晌不讲话，不得不重复问一遍。

"殿下，三小姐……"

"随便，"他厌烦开口，"问我做什么。"

苏苏意识到船快开了，在别人把她拉走之前，开口道："澹台烬，我先前说的话，你别当真，我也不知道我怎么了。"

他神情冷淡，一言不发。

苏苏没听见他讲话，心道，是她想多了，都知道狐妖擅迷人心智，他应该也不会在意。

跨过门槛那一刻。

澹台烬突然冷声开口："把她扔在仓库，最脏、最冷、最臭那间。"

‖ 第二十三章 ‖

苏苏被扔进仓库前，囊中最后两张符纸和定魂钉，甚至腰间的铃铛，都被搜走了。

这艘船是澹台烬回周国的船，再脏的地方，也脏不到哪里去。

然而的确非常冷。

冬夜的寒风刮进来，像穿过了人的骨头，带来刺痛。

苏苏没办法弄掉眼睛上的黑布，只好挪动着，蹲到几个木桶后面，挡住冷风。

船已经开了。

仓库离上层很远，从水浪声可以听出，今夜风很大。

苏苏哆嗦着，觉得自己快冻僵了。

澹台烬把她扔来这里，当然不会管她死活。

确认了四周没人，苏苏一笑。

"重火，焚！"

最后一张符纸，从她领口飘出来，还好没人搜这里。

周围被点亮，瞬间温暖起来。一簇火围着苏苏，在她周身飞了几圈，最后烧断了绑住她手脚的绳子。

苏苏松了口气，这就是出门多做准备的好处。

靠天靠地，不如靠自己。

她把冻僵的手靠近火光，很快手指变得灵活柔软起来。苏苏呵出一口气，起身拍了拍身上的泥。

她自然不可能随澹台烬去周国，然而趁这个时间，她去荒渊倒是不错。

以前碍于叶三小姐的身份不能出远门，现在不失为一个好机会。

苏苏打算出去查探一番，找机会下船。

没想到她才走到门边，外面传来脚步声。

苏苏连忙回到原地，用黑布把眼睛一蒙，用绳子绑住自己，只不过没再打结。

她手指一动，围绕着她的火光熄灭。

有人推门走了进来。

脚步声很轻，夹杂着外面风雪的气息，最后在苏苏身边停了下来。

一声低低的叹息响起。

"饿了吗？吃点东西吧。"

苏苏听出来，是那个"夫人"。

女子放下食盒，递了饭菜到苏苏唇边。苏苏别开头："你是谁？"

女子说："放心，我暂时不会害你。你对殿下还有用，到达周国之前，我不会让你死的。"

"周国发生了什么事？"

女子顿了顿："这个我不能告诉你。"

冷风灌进来，女子拢了拢狐裘，苏苏感觉到她在打量自己。

"我听说殿下在夏国有心悦之人，是个善良的姑娘，给了他不少帮助。那个人，不是叶三小姐吧？"

苏苏心想，确实不是。

原主对澹台烬，从来没有好脸色。眼前的人，似乎很了解和关心澹台烬。

见苏苏不说话，女子一板一眼道："你虽是殿下的妻子，可你侮辱践踏殿下，纵然你不是叶啸的女儿，也难逃一死。"

"你是在为他鸣不平？"苏苏说，"我就是这么恶毒，当然比不上你家殿下的心上人。你想看到我后悔莫及，大概率是不可能的。倘若夫人不愿意告诉我大夏和周国的情况，夫人还是请回吧。"

苏苏笑了笑："我没吃东西的胃口，这位夫人你也看见了，我身上这么脏，仓库还冷，你要是真同情我，怕我死掉，不如给我找些厚实的衣服过来。"

对方见她这样顽劣，毫无悔改之意，不愉道："果然是叶啸那个老匹夫的女儿！既然殿下让你待在这里，你就好好赎罪吧。"

她起身离开。

等她一走，苏苏把绳子和黑布扔掉，地上食盒里的饭菜看起来倒还不错。

苏苏虽然饿，但是不敢吃他们拿来的东西。

可惜了，没有看见这个"夫人"是谁。

苏苏捂着肚子撇嘴。

对方也不知道是来做什么的，来看澹台烬在大夏被迫娶了怎样恶毒的女人吗？还是单纯奚落自己，让自己为以前虐待澹台烬而忏悔？

不管为什么，苏苏都不买账。

她轻盈翻出仓库，猫着身子，观察情况。

苏苏行动的时候万分小心，她看得出来，澹台烬的人虽然不多，可是武艺高强，能以一敌十。

连打扫的小婢女，步伐看上去都十分轻盈，显然也会武功。

苏苏不敢去上层，只好在中层逡巡。

她饿得厉害，跟着一个婢女找到厨房，又躲了许久，等船上的人睡熟，苏苏才挑了点能吃的东西吃。

厨房的火折子苏苏拿了几个，用油布包着，以备不时之需，她的神火咒没了，说不定之后火折子能用上。

苏苏想找武器，然而澹台烬的人，并不会把这些东西乱放。她只好退出来，去船尾看看。

宽阔的河道，大雪覆盖了两岸，船行中央，离岸上的距离很远。

苏苏计算了下距离，失落地发现，自己现在不能御剑，根本过不去。如果用游的，她还没上岸，就会被冻死在水中。

她很头疼，这可怎么跑？

都怪七尾狐。

也不知道二哥回去后，七尾狐还会不会找他。这次捉妖，简直偷鸡不成蚀把米。

不能飞，不能游，苏苏只能退回仓库。

天快亮了，如果被人发现她跑出来，大事不妙。

她泄气地缩在角落，心想，只能等船过弯道，离岸边最近的时候，她试试跳水逃生。

女子缓步走过来，闻到空气中的血腥气，她皱紧眉头："怎么回事？"

"夫人，奴婢早上给殿下送衣裳，"侍女神色惊恐，"可是看见，殿下他……"

后面的话，她不敢说出来。

"夫人"说："你走吧。"

侍女行了个礼，心中惊惧，脚步踉跄离开。

夫人犹豫片刻，推开门，就看见盘腿坐着的澹台烬。

他面前有一只巨大的笼子，笼子里面关了一只体形庞大的狼妖。狼妖被铁链锁住，动弹不得，正在压抑地嘶吼。

外面的天幕是苍灰色，水上漫起浅浅的烟雾。

少年乌发红唇，伸手掏出了狼妖的内丹，狼妖抽搐几下，没了气息。

澹台烬吞了内丹，没有抬头，用帕子擦自己的手："你来了，随便坐。"

他的手指冰冷修长，骨节分明，鲜血被一点点拭去，指尖泛着白。

在他身前，这样的铁笼有好几个。

甚至有一具带血的骨架，白骨森寒。饶是以前也看过这样的场景，夫人心中依旧觉得一阵作呕。

澹台烬摊开手，一团黑气在他掌心聚集，他眸中浮现出亮光，然而，不过片刻，黑气消散。

他眼里的笑意消失不见，变得冰冷。

"还是不够啊。"

夫人看着狼妖尸体，忍不住劝道："殿下，既然此法不可行，不若另寻别的办法。"

"别的办法？"澹台烬慢慢咀嚼这几个字，说道，"不能习武，根骨奇差，出生便伤了肺腑，不知道能活几年。兰安姑姑，你说还有什么办法？"

他说着说着，盖住半边脸，笑起来。

"瞧你，脸色那么难看做什么？兰安姑姑，你莫不是也怕我？觉得这个办法丧尽天良。"

女子一张温婉的脸苍白，宛然是当年，"抛弃"澹台烬离开的兰安。

兰安连忙说："殿下，兰安当然不会怕你。你做什么，我都会帮你。"

"只要殿下需要，别说几只祸害人的妖孽，便是大妖，夜影们也会给殿下找来。"

澹台烬满意地点头，用帕子擦手指，他的手指冰冷修长，骨节分明，鲜血拭去，衬得如玉的指尖愈发苍白。

"我当然相信兰安姑姑，你证明了自己的忠诚，我当然不会亏待你。你也不用为他们可惜。"他说，"世间万物，同样污浊。没有能力自保的妖，早晚是这个下场。我不过送他们走一程罢了。"

"殿下说得是。"

澹台烬看着自己的手："当然，我也和他们一样，吸纳了那么多内丹，脏得无可救药。"

兰安心中难过又悲哀。

这么多年，她偶尔也会质疑自己当初的决定，然而开弓没有回头箭。她既然选择养大一个恶魔,就不可能真的眼睁睁看他去死。

她的命是柔妃的,娘娘想让他活下去,兰安便一定会做到。

本来太医说,小殿下活不过十岁,然而他靠着妖魔内丹,如今已经及冠。哪怕是一条错的路,也不得不走下去。

兰安只能盼着澹台烬强大,再强大一些,冷血无情也好,自私自利也罢,无论如何,都要活下去。

兰安看着澹台烬俊美的侧颜,突然说:"船行两天,今天已经是第三天了。我听说,殿下在大夏国时,与叶三姑娘相处得并不好。"

澹台烬擦拭手指的动作顿了顿:"你想说什么?"

"兰安想说,这些年叶三姑娘对殿下做的事,足以让殿下把她千刀万剐。然而,殿下关了她两天,扔在仓库,什么也没做。"

空气陷入诡谲的静谧。

澹台烬说:"可笑,兰安,你该不会认为我对她产生了感情吧?"

兰安没说话。

虽然这是个荒谬的猜测,兰安却忍不住往这方面想。

她养育过眼前这个少年,是世界上最了解他的人。

他会用一双漆黑的瞳,不解地问她:"什么是生?什么是死?倘若有轮回,死即是生。我不过送它们往生,兰安姑姑,你为什么哭?"

澹台烬生来残忍而不自知。

他幼时捉住蝴蝶,一点点收紧手,看它的翅膀粉碎。

澹台烬不杀那只污染他食物的蝶,最后蝴蝶失去翅膀,奄奄一息浸泡在污水之中,不知道是一夜中的哪个时辰,慢慢没了气息。

兰安走进去时,男童咬着被污染的食物,天真乖巧地指着蝴蝶说:"你瞧,我学会宽恕了。"

然而那是宽恕吗?

不,那是更加轻蔑而嘲弄的残忍。兰安不知道跟他说过多少次不可以、不正确,这样做会被人当作怪物。

他若有所思,渐渐懂得,用更聪明虚伪的方式,以达到目的。

兰安两日前看见苏苏时,认为她最后会成为那只蝴蝶,苍白地在某个夜晚,以痛苦的姿态,消失在人世间。

然而那姑娘,依旧活得好好的。

她清晨去仓库,看见叶三姑娘蜷缩在角落,双臂抱住自己,小脸脏兮兮的,睡得香甜。

船开了整整两天,都快驶出大夏国境了,澹台烬没有杀她,也没有折辱。

他捉住了蝴蝶,却只不过放置"它",甚至不太敢去触碰"它"的"翅膀"。

叶夕雾的出现,让他的残忍暂停。然而对于兰安来说,这不是个好消息。

从周国皇帝驾崩那一刻,等待澹台烬的,会是无尽的杀戮,他不该在这种时候有感情。

澹台烬皱眉说:"我真是厌恶你这个想法。"

他按住胸腔,掌下的心脏,不疾不徐地跳动着,一拍一拍,冷硬又无情。

兰安为什么会有这种可笑的揣测,真是愚不可及。

"明日,船过嘉峪关,"他微笑起来,"我让你看一出好戏。"

我证明给你看,我不喜欢她。

‖ 第二十四章 ‖

澹台烬这样一说,兰安难免想多了些。

她心事重重回到房间,尽管有心理准备,可是看见澹台烬吞吃内丹那一幕,她依旧有种无力感。

婢女过来给她揉太阳穴:"夫人,你又不舒服了吗?"

兰安哑声说:"我最近,常常想起月空宜。"

婢女愣了愣,没敢接话。

她是兰安的心腹,跟了兰安也有十多年,看着荆兰安从一个宫廷女官,变成夷月族的族长夫人。

当年澹台烬作为战败国周国的质子,被送去大夏。兰安知道,倘若真如此,殿下定活不下去。

她表面与澹台烬断绝关系,不再管他,祈求周国皇帝放她出宫。

一路颠沛流离,她到达了夷月族的地盘,兰安当时年轻貌美,一手回针绣,美誉天下。

她教夷月族人纺织、养蚕、腌制食物,后来顺利嫁给了夷月族族长月空宜。

月空宜十分宠爱兰安,婚后夫妻二人琴瑟和鸣。

可惜——

婢女低下头。

兰安夫人,亲手害了自己的夫君,接管了夷月族的势力。

这么多年,夷月族的族长,已经从月空宜,变成了荆兰安。夷月族擅毒、蛊,族人骁勇善战,荆兰安暗地里开通贸易,练兵养兵,训练出夜影神卫。

鲜有人知晓,荆兰安的执念,在于那个拯救她于水火的柔妃。

那个教她一切,庇佑她长大的温柔女人。

柔妃死了，支撑荆兰安往前走的，便是柔妃的孩子。

荆兰安对澹台烬视如己出，澹台烬在夏国为质这些年，她训练出血鸦，让澹台烬可与她通信。

他们暗中策反周国朝臣，只待澹台烬长大，羽翼丰满，便可回到周国。

没想到周国皇帝暴毙，三皇子澹台明朗登基，澹台烬被迫提前回到周国。

兰安夫人偶尔会提到死去的夫君月空宜，然而婢女知道，并不需要自己答话。

当年一个六岁孩童，和一个十八岁女子，他们一步步走到今天，都不会是柔善之流。

不知道兰安夫人是否后悔，然而月空宜死了，即便她后悔，也来不及。

"你出去吧，我一个人待一会儿。"

婢女离开了，荆兰安拿出一个平安锁。

孩童用的平安锁，憨态可爱。

荆兰安抚上自己的脸，她已经不再年轻了。时光无情流逝，养大一个小邪魔的人，自己最后也会慢慢腐烂。

她闭上眼，轻轻叹了口气。

是报应。

逃不开的报应。

船行第三日，已经要靠近嘉峪关。

荆兰安出门，看见澹台烬坐在船头，他身着玄色大氅，肤色很白，近乎病态。

少年嘴唇薄红，正低着头，专注地擦拭手中一把锋锐的弩箭。那弩箭很小，看起来十分袖珍。

荆兰安过来，澹台烬也没理她，他的大氅被狂风吹起，他将弩箭对准水面，手指松开那一瞬，箭矢射出，水面泛起鲜红的颜色。

血在水中晕开。

荆兰安见水下形状奇怪，问道："殿下杀死的，是条什么鱼？"

澹台烬微笑："姑姑猜呢？"

荆兰安心想，毕竟不是海，只是河道，总不可能是鲸之类的，然而以那体形，却并不像一条小鱼。

她正思索，身后的婢女尖叫一声："是……漆双！"

荆兰安定睛一看，果然，水面上浮起来的，竟然是个人。

有些眼熟，应该是随行来大夏接澹台烬的随从。

"嘘，安静。"澹台烬说。

婢女战战兢兢，扑通一声跪下："殿下饶命，殿下饶命。"

澹台烬没有理婢女，他看着那团晕开的血，渐渐成了浅红色。

"兰安姑姑，日后夜影神卫的人，隔一段时间，排查一次。"

澹台烬笑着说，他咳嗽一声，擦了擦嘴角的血。

荆兰安惊骇不已："殿下！"

她反应过来："那只狼妖有问题？"

漆双捉的狼妖全身带毒，澹台烬吞了剧毒的内丹，昨夜便开始腹中疼痛。天亮时，他让人把漆双捉住，扔进水中，自己靠在船舷，细细擦拭弓箭。

"殿下，你怎么样？"

澹台烬不以为意，他说："还行。"

活也活不长，死也死不了。反正从小都是这样过来的，周国国君都摔不死他，他的命，本来就顽强到不正常。

荆兰安连忙让人给澹台烬解毒。

苏苏被推出来的时候，正好看见这一幕，澹台烬嘴角带着血，把玩一柄弩箭。她脸上的黑布被揭开，总算看见了荆兰安。

苏苏一愣，这人好眼熟。

她仔细一回想，自己在澹台烬的梦境中见过这个人，是抛弃澹台烬的那个宫女，不，兴许是女官。

一个教澹台烬做好人，却失败的女人。

荆兰安没有梦境中年轻，现在的她，约莫三十岁，但因保养得宜，眼尾只有浅浅的细纹。

荆兰安见到苏苏，神色复杂。

苏苏一出来，兰安忍不住看向澹台烬。

澹台烬接住旁人递来的帕子，他边擦嘴角的血，边盯着苏苏。

"叶夕雾，我给你一个离开的机会。"

苏苏顶着一张小脏脸，面无表情看着他："谢谢，是说我现在可以走了吗？"

他说："你可以试试。"

他举起了弩箭，对准苏苏。

苏苏："我觉得我暂时不太想试，我还是改天再试。"

澹台烬手端得很稳，他扔掉带血的帕子，说："叶啸恐怕没有告诉你，嘉峪关的驻守将领，不久前已经变成叶清宇。你大哥愚蠢死板，所以这个决定，就交到你手中。当然，这并不代表你不蠢。"

他说人蠢的时候，眸中讥诮。

苏苏面前，被递来纸笔。

"给你大哥写信，如果他放行，你可以离开。如果不放，冰水中长眠，想来也是个不错的死法。"

苏苏脸色一变，她没想到，大哥竟然驻守嘉峪关。叶清宇如果放行澹台烬，回去就是叛国之罪。

叶清宇绝对活不了！

如果不写信，澹台烬恐怕会直接杀了自己。

澹台烬要她选择，是她死，还是叶清宇死。

他虽然在笑，眼神却分外冷漠，比之前还要冷得多，仿佛一头莫名被触怒的狮子，为了捍卫自己的领地，势要生生咬死她。

苏苏不明白，为什么几天没见，他的态度突然如比极端。

兰安眸中微闪，神情复杂。

以他们的势力，其实耗费一番工夫，可以渡过嘉峪关，毕竟一个小小的关口，还难不倒夷月族的士兵。

然而殿下却要弄似的，让叶三姑娘做决定。

这本就是个为难人的残忍选择，要么自己死，要么哥哥死。

大部分人，都没有那么伟大。

那么——殿下其实是不可救药地想看叶三姑娘为了自保，放弃自己的兄长。

他似乎希望看见叶三姑娘卑劣不堪。

兰安脸色古怪，她再次看向澹台烬。

少年黑黢黢的瞳，落在苏苏身上。

似乎从苏苏一出来，他就一直在看她，冰冷而嘲弄地、厌恶而不耐烦地排斥着那个狼狈的姑娘。

然而……即便厌恶一个人，也不可能达到这样高的关注度。

比擦拭冷兵器、虐杀妖物取内丹，都要狂热。

相反，苏苏显得平静多了。她一开始比较茫然，随即紧紧皱起眉头，用一种"你疯了"的表情看着澹台烬。

"一盏茶后，叶小姐写不好的话，就砍了她那没月的双手，给叶清宇送过去。"

苏苏受到这样的威胁，同时，一柄冷锐的刀，横在她的手腕上方。

勾玉觉察到危险，在这种情况下微微震动，似乎要强行开启。

苏苏按住手腕上的玉镯，在心中安抚勾玉——

"别怕，还不到那种糟糕的地步。"

勾玉知道，苏苏不会通过伤害大哥来保命，它怕小主人真的为了保护一个凡人，连命都不要。

苏苏说："我们赌一把。"

河道上的风，把她狼狈的衣衫吹得摆动起来。她顿了顿，拿起了笔。

不远处的澹台烬，手指交握抵住下颚，神色轻蔑。

苏苏看他一眼，提笔开始写。

那柄刀移开些许，片刻后，苏苏写好。士兵拿起纸张，递给澹台烬。

他接过纸张，但嘴角的笑，只维持了一瞬，随即肉眼可见地冷了下来。

荆兰安看见他的手捏住纸张。

苏苏笑盈盈的。彼时清晨，水面泛起一层氤氲的雾气。

荆兰安下意识瞥了眼澹台烬手中的纸，竟是一张画。

画上，一个女子轮廓的人，用剑把男子串起来。

下面是几个大字——

"是不是很得意，总有一天，我戳死你信不信！"

荆兰安仿佛第一天认识苏苏，惊愕地看过去。

澹台烬的反应比她剧烈多了。

他举起弩，冲苏苏射过去。

苏苏飞快后退，双手张开，维持平衡。

她手中不知道什么时候抓了一把药粉，靠近她的人都被她一扬手药晕。

荆兰安认出来，那竟然是他们夷月族的药粉，叶三姑娘什么时候跑出来偷的？

苏苏脱下脚上的绣花鞋，冲澹台烬扔过去。

"少恶心人，想让我害我大哥，你做梦来得比较快！"

苏苏珍珠般白皙可爱的脚趾踩在船上，她跑得飞快，等澹台烬接住那只鞋子，她已经坐在了船舷上。

她低头一看，冬日的水，看上去能冻死人，离岸边太远，仿佛看不见希望。

不容她犹豫，身后"咻"地传来箭矢破空声。

在澹台烬的弩箭射过来的同时，苏苏毫不犹豫一头扎进河水。

水冷得苏苏闷哼一声。

周围接二连三，响起利箭划破空气的声音，带着鸣镝般的锋利，势要将她留下。

她忍住冷和惊惧，不敢回头，也不敢看澹台烬有多愤怒，灵活地闪躲着弩箭，不管不顾往前游。

她如一尾悍不畏死的小鱼，头也不回，越游越远。

十支弩箭连发，全部没入水中。

澹台烬面无表情，眼见她越来越远，连衣角都消失在视线中，他死死咬住唇角，咬得嘴唇泛白，最后狠狠笑了一声。

弓弩被他抬手扔进水中，溅起一圈圈水花。

地上掉落一只精巧的薄荷色绣花鞋，在船上分外显眼。

澹台烬踩住那只鞋子，一言不发走进了船舱。

阴郁的神色，让所有人退避三舍。

这一切发生得猝不及防。

苏苏最后那个笑容，带着不屑、讨厌的神色，看向澹台烬。身后是辽阔的河水，她画了幅画，骂完就跑。

弩箭也不能威逼她回头。

荆兰安伫立在船上许久，看着苏苏消失的方向。

这么冷的天，叶三姑娘大概率活不下去。她选择了大哥叶清宇，放弃了自己，还顺便羞辱了一番殿下。

饶是荆兰安和苏苏是敌对阵营，也不得不承认，她耀眼极了。

像没人能躲开的光。

那么漂亮。

第二十五章

苏苏也不知道自己游了多久。

河水冰冷，细碎的冰凌划破她的肌肤，僵硬麻木的肢体感觉不到疼痛。

她朝着前方游动，速度越来越慢，却不敢停下来。

猝不及防呛了口水，慌乱间，苏苏抓住一块漂流的木头，她半边身子趴在上面，另半边身子浸没在水中，无力地随着木头漂浮。

天上又开始下起了雪，雪花落在她的脸颊上。

苏苏合上眼，一根手指头都动不了，疲惫地睡了过去。

有人轻柔地抱起她，随即，身子变得暖洋洋的。

不知道过去了多久，苏苏再有意识时，听见了街头的叫卖声、敲锣声，还有孩子们欢呼的笑声。

她睁开眼睛，发现自己躺在柔软的床上。

旁边是一扇低矮的窗户，屋里的炭火烧得噼啪作响。

苏苏从床上坐起来，一眼就看见了坐在桌子旁的两个男人。

"宣王殿下，虞卿？"

虞卿闻言，挑眉："你醒了啊，感觉怎么样？"

苏苏说："你们怎么会在这里？"

虞卿打开折扇，示意苏苏看萧凛。

"这事你要问我师兄，他不放心你，生怕你被狐妖杀了，逼着我一路追踪过来。我俩在江上划了好几天的船，结果看见你抱着一块木头晕了过去。也是你运气好，再晚点，恐怕就冻死了。"

苏苏真诚地说："谢谢你们。"

萧凛道："三姑娘，你别听虞卿胡说，我们的命是你救的，该道谢的是我和虞卿才对。于情于理，我们也应当保证你的安全。"

虞卿问："你怎么会在河里？"

苏苏回答他："澹台烬想让我给大哥写信，放他们过嘉峪关，我跳河逃跑了。"

虞卿啧啧称奇："你这夫君可真厉害。"倒不是贬义，虞卿真心觉得，那人心思深沉，忍辱负重多年，挺厉害的。

之前自己和赵王都没看出来这是个狠角色。

苏苏连忙问："我大哥怎么样，他没出事吧？"

萧凛给苏苏倒了一杯暖茶，说道："你睡了两天，澹台烬的船，已经过了嘉峪关。叶小将军中了毒，被送回皇城治疗。"

见苏苏脸色苍白，萧凛安慰道："放心，不是伤及性命的毒药，回到皇城，很快就会没事。"

苏苏松了口气，那就好，至少不用叛国，叶清宇的命是保住了。

她喝完茶，萧凛又体贴地给她点了吃的。

苏苏饿得不行，端着碗开始吃。

虞卿饶有兴致地看着她："以前听说叶三小姐目中无人，嚣张跋扈，为什么你和传言差别那么大？"

他们捡到叶三小姐的时候，她都快冻成一个小冰人了，一个女孩子，竟然有胆子往冬日的河水中跳，这份勇气多少男人都比不上。

苏苏笑着说："我也听说赵王的门客虞先生性情温和，是个儒雅君子。虞先生，你和传言，也有不小的差距。"

所以传言不可信。

虞卿脸色一黑，哼了一声。

萧凛看着苏苏，嘴角忍不住浮现一丝笑意。

苏苏说："还有一事，那只七尾狐妖怎么办？"

萧凛说："我已经想办法联系我的师叔，他应当有对策。"

苏苏虽有不安，却也知道，只能这样。她必须前往荒渊找神龟，七尾狐的事，只能寄希望在萧凛的师叔身上。

以自己现在的水平，留下也没办法打败狐妖。

等苏苏吃完饭，萧凛说："叶三姑娘，这里是清水镇，离皇城有五日路程，等你休息好了，我们就回去吧。放心，澹台烬的事，父皇明察秋毫，大将军忠心义胆，祸不及你家人。"

苏苏连忙道："我还有事，暂时不能回去。宣王殿下，你和虞先生可否转告我父亲和祖母，说我一切安好，办完事就回家？"

"三姑娘，你有何事，可是我能帮上忙的？"

他白衣墨发，神情认真，是真的想报答苏苏先前的救命之恩。

苏苏心中温暖，来这个世界前，父亲就说过，可能会遇上故人，让苏苏从容待之。

苏苏的大师兄叫作公冶寂无，是人间一个贵族子弟。他十二岁拜入仙门，以凡人之躯，修炼至化神期，才三百余岁，是当之无愧的天才。

如果她没推算错，萧凛一定是大师兄的前世。

可是，"前世"两个字，却并不让人愉快。因为一个人只有死亡，灵魂不灭，才能转世。

见苏苏愣愣盯着萧凛看，虞卿说："喂，小丫头，看什么呢，还对我师兄念念不忘啊？"

萧凛低声斥责道："虞卿！"

虞卿说："行行行，我嘴贱，我闭嘴。"

苏苏连忙摆手："宣王殿下，你别误会，我刚刚想事情，有些出神。以前是我不懂事，今后不会了。"

萧凛颔首，笑意温柔："我知道的，三姑娘……和以前不太一样了。虞卿口无遮拦，三姑娘莫与他计较。"

苏苏吃饱喝足，这才发现自己身上的衣服也换了。

虞卿说："是客栈老板的女儿为你换的，放心，我们可不敢占你便宜。"

苏苏有了力气，又生龙活虎。

苏苏也没和萧凛过分客气，她现在的确需要帮助，她说："我要去一个很远的地方，可能得很长一段时间才回来。宣王殿下方便的话，可否借我一些银子，我修书一封，让春桃给你送过去。"

萧凛从怀里拿出几张银票，苏苏一看，好家伙，得有几千两。

苏苏只拿了一张："这样就够了，殿下，虞先生，保重。"

尽管她也希望，这条扭转命运的路上，能有人与她同行，但苏苏知道，并不可能。

萧凛还没有成为公冶寂无，他是大夏皇子，两国即将交战，他有身为皇子的使命。而苏苏背负的使命，让她注定要走一条孤独的路。

她冲他们挥挥手，下了客栈的楼梯。

虞卿看着她洒脱的背影，调侃道："师兄，这丫头多有生命力，还怪可爱的，当初如果她是这个模样，你会娶她吗？"

萧凛皱眉道："慎言。"

不会有什么如果。

他们的视线里，少女买了一匹枣红小马，消失在风雪之中。

"我们有多久没回故乡了？"荆兰安伸手接住雪花，神情有几分恍惚。

渡过嘉峪关后五日，他们终于到了周国的边境。

再往周国走，气候会越来越温暖。

雪花在荆兰安掌心融化，这大抵是他们见到的最后一场雪了。

澹台烬问："姑姑想念周国？"

"谈不上想念，但是落叶归根，每个人生来就有自己的根，重回故土，十分感慨。"荆兰安道，"说起来，殿下先前问我要了一份结春蚕，但是结春蚕的解药并不好配置，族中圣女前几日，用仅剩的雪莲花瓣，配置出了一份解药，殿下可否需要？"

澹台烬接过来，瓷瓶温暖，他下意识摩挲片刻，随后说："用不着。"

他抬手，把解药扔进河水中。

"殿下可有兴致对弈一局？"

澹台烬说："可。"

他掀开大氅衣摆，坐在荆兰安对面。

荆兰安执黑子，他执白子。

"殿下，姑姑鲜少过问你在大夏的事，当年我派刘氏去照顾你，后来我听说，刘氏疯了。"荆兰安落下一子，"她可有保护好你？"

白子落下，带着杀伐之气，想起冷宫中那个疯掉的奶娘，澹台烬神色不变："你怀疑是我逼疯她的？"

荆兰安沉默半晌："当然不是。"

澹台烬把玩着一颗棋子，冷不丁扔出一个爆炸性的消息："你怀疑得没有错。她起先没疯，还想着保护好我，盼我有一天能回到周国，继续当皇子，她便能苦尽甘来。

"多么可怜的想法，明明深处炼狱，却还盼着有一日能逃离出去。冷宫的日子太漫长了，她终于意识到，这想法愚蠢。

"大夏的五皇子，喜好娈童。"澹台烬冷静说出这句话的时候，荆兰安脸色一变。

"殿……殿下。"

澹台烬落下棋子，清脆一声响，他撑着下巴回忆："刘氏在我饭菜里面加了点料，可惜，那一顿太丰盛了，丰盛得我承受不起，我把饭菜给她吃了，带她去了折桂苑。"

"姑姑，你恐怕不知道折桂苑是什么地方，宫中腌臢的老太监，就在那里生活。"澹台烬怜悯地弯起唇，说，"刘氏进去后，回来便疯了。"

荆兰安闭上眼睛，悲哀地说："殿下，是我不好。"

澹台烬摇头，他落下最后一子。

"你输了。"

荆兰安看向棋盘，都说观棋如人生，落子便能看出一个人的性格。澹台烬手中的棋子杀伐果决，且他完全不在意兵卒的死活。

他的棋子死得多。

但他是赢的人。

澹台烬没了来第二局的兴致，他兀自起身，回了船舱。

荆兰安把棋子一颗颗捡入棋盒，纵然养育过澹台烬，她却完全不懂他。

比如苏苏的事，她跳河以后，荆兰安以为澹台烬会派人追捕，或者救她，然而这么多天过去，他无动于衷。

这份冷漠，让荆兰安的指尖泛起几分凉意。

天色将暗，水面上隐隐出现另一艘船的影子。

荆兰安站在船头，看向那艘船，有人低声说："夫人，是接应的人。"

荆兰安说："这几日劳顿，让殿下好好休息一番，吩咐下去，今晚厨房准备丰盛些。我前几日买的名伶呢？"

没多久，一个妖娆美丽的女子，柔柔匍匐在荆兰安脚下。

荆兰安道："听说你还未经人事，但是该会的，应当都会。好好伺候殿下，让他高兴些。"

惜琴羞涩又期待道："是。"

她见过殿下，那般好看，连自己都自愧不如。想到能陪伴那样的男子，她的心跳都加快了几分。

惜琴袅袅婷婷走后，丫鬟出现在荆兰安身侧。

"殿下会用吗？"

荆兰安说："无所谓。"

她的手指点了点心口的位置："这里没有人，什么都是无所谓的。"

但倘若心中有人。

荆兰安心想，也许，她可以盼着，事情不要如此令人绝望。

惜琴推开房间。

黑衣少年盘腿坐在榻上。他闭着眼，黑色的睫毛如漆黑鸦羽。

见有人进来，他睁开眼。

惜琴阅人无数，但是第一次被一个人的眼神，看得双腿微微发软。

她有点儿害怕，却更加倾慕眼前的男子。

惜琴跪下，膝行朝他靠近。

她红唇微微颤抖，吐露出令人怜惜的话语："夫人让奴来伺候殿下就寝。"

澹台烬说："兰安让你来的？"

"是。"惜琴的手，解开腰带，忍住心中悸动，褪去衣衫。

女子的肌肤接触到冰冷的空气。

她的身材很好，皮肤也白，拥有一具能勾引任何男人的身体。

惜琴以为会在澹台烬眼中看到浓烈的情欲，然而他无悲无喜，看她仿佛在看一摊死肉。

她极力引诱他，忍不住去看他有没有反应。

然而少年平静如斯，他薄唇微勾："怎么？很诧异？"

惜琴慌张之中，连忙跪下。

她难免怀疑，对着女子美妙胴体不会有感觉的殿下，是不是……

澹台烬抬起手，鲜血落到惜琴肩膀处，一只黑色的蛊虫，从女子身上爬了出来。

惜琴看见蠕动的虫子，想尖叫，却发现自己喉咙发不出任何声音。

"一夜朝阳。"澹台烬捏住蛊虫，叹道，"真令人伤心，兰安想让我死得快活些。"

他嘴上说着伤心，眼中却并无半点难过。

一只赤炎蜂，从惜琴头颅中飞过，她瞪大眼睛，直直倒了下去。

到死都不知道，发生了什么。

澹台烬面无表情，从尸体旁走过去。

冷宫十四年，他什么没有见过？

澹台烬没和任何人说过，世间万般，在他眼中不过枯石草木、黄土骷髅。一摊死肉而已，他连动容都做不到。

未来，也不会为任何一具肉体难以自控。

第二十六章

今夜如果是夏季，周国边境的江上，理应有一轮明亮的月亮。

可惜，还未开春，空气中依旧无言弥散着冷寒。

雪花时不时飘进来，落在澹台烬脸上。
他抬手拂去，走进去坐在孤零零的高座之上。
弓弩先前已被扔进了江水中，他的身边，几只红眼赤炎蜂蓄势待发。
它们长到了半人大，眼睛猩红，翅膀震动声让人的耳膜分外煎熬。
几个随从跪在澹台烬脚边，瑟瑟发抖。
澹台烬的心情却仿佛很不错。
"琴师呢？让他来弹奏一曲。"
很快，一个白衣服琴师进来，在古琴前坐下："殿下想听什么？"
澹台烬说："喜庆些的。"
琴师苍白着脸颔首，开始奏乐。
没过多久，荆兰安出现在殿内。她一身白色狐裘，手中捧着一个暖炉。
"殿下召见，可是有什么要紧事？"
澹台烬打量着她，说："荆兰安，你老了，也开始学着其他人犯糊涂。"
荆兰安发间夹杂着几根银丝，眼尾的细纹也在诉说着早已不是十四年前。
她不再年轻，开始苍老。
荆兰安听见这样的话，还算平静："殿下为什么突然这样说？"
澹台烬说："漆双送来的狼妖，内丹含剧毒，可惜，毒不死我。我暂且当你识人不清，心力交瘁之下，难免失误。毕竟是你告诉我，一个正常人，应当学会往好处想，学会宽恕。"
他觉得好笑，便弯起唇角："可是今晚的名伶，身上被种下'一夜朝阳'，你荆兰安，会犯两次错误吗？"
荆兰安沉默不语。
"你想杀我，可是为什么呢？"琴声中，他的语调透着一丝困惑。澹台烬如儿时一般，以一种求知而谦逊的态度问，"你是后悔当年杀了月空宜，还是又想起了我母亲被开膛破肚？"
荆兰安摇摇头："殿下，你什么都不懂。"
"我也不需懂，"澹台烬说，"你和刘氏不一样，我会给你一个痛快。"
琴师手下弹错了一个音。
澹台烬一笑，懒懒靠在座位上，面露遗憾之色："兰安姑姑，永别了。"
赤炎蜂朝着荆兰安飞过去。
荆兰安没有动，赤炎蜂却撞在一处透明屏障上，无法前行一步。
一个绛紫锦袍的男子，哈哈大笑，走入殿堂。
"小孽种，你竟真的连荆兰安都杀。荆兰安也是妇人之仁，想让你在希冀中有个舒服的死法。"

他腰间琅玉作响，模样英武，眉眼间戾气很重。

澹台烬脸上的笑意消失，道出来人名字："澹台明朗。"

"没想到你还记得孤，"澹台明朗说，"也对，在大夏生活得猪狗不如的你，肯定恨不得生啖孤的血肉。然而事实证明，怪物终究是怪物。看看，最后连荆兰安也一同背叛了你。"

荆兰安低着头，看不出什么表情。

澹台烬冷笑一声，手指点着座椅，漆黑的血鸦冲进来。

澹台明朗丝毫不慌忙，说："孽种，孤知道你和常人不同，听孤母妃说，你杀了柔妃，才能降世。你以为孤今日来，会没有准备吗？荆兰安早把你的弱点透露给孤，你就等死吧。"

他身边跟着的几个道士模样的人站出来。

为首的老道说："布阵。"

道士们迅速分坐于八角，每人手中拿了一枚铜色铃铛。老道士祭出符咒的同时，其余道士摇响铃铛。

老道手捧一个正方玉盒，符咒围绕玉盒飞舞，老道嘴里念念有词。

赤炎蜂和血鸦被铃铛定住，飞入玉盒中，化作黑烟。

老道士知道澹台烬是凡人之躯，他们的道法无用，所以也不对付澹台烬，只让他能驱使的邪物一一消散。

血鸦凄厉地叫着，澹台烬冷下眉目，周围出现好几个黑衣随从。

"殿下。"

澹台烬毫不犹豫："走。"

血鸦大片大片飞入，像一个墨色的旋涡，趁它们拖住时间，澹台烬试图冲出去。

澹台明朗："来人。"

不知什么时候，无数剑客包围船舱。

澹台烬身边的人且战且退，护送他到了甲板，已经只剩两三个。

澹台明朗亲自拿着剑，将这些忠心的残兵斩杀。

士兵们的鲜血溅在澹台烬身上，他的脸色苍白。澹台明朗踹他一脚，澹台烬摔倒在地。

"没用的孽种，"澹台明朗的脚，踩在黑衣少年的肩膀上，"一个无法习武的废物，不靠别人，你能成什么事？"

澹台烬嘴角流下鲜血，低低咳嗽两声。

澹台明朗用靴子挑起他的下巴。

"我杀大皇兄的时候，他可比你有骨气多了，膝盖骨被打碎，也不愿跪下。

"老二的双手被搅碎，嘴巴也被缝上，死不瞑目。

"孤听说，你娘柔妃，是当年名动天下的淮州第一美人。瞧瞧你这赢弱废物的模样，倒不如真做个公主，以色侍人。"

澹台明朗带来的人哈哈大笑起来。

荆兰安追出来，倚靠在门口，看见这一幕，闭了闭眼。

夜晚的小雪扑簌簌落下，河上的明灯亮起。

有人殷勤地搬来座椅，澹台明朗也不急，施施然坐下。

"来人，挑断这废物的脚筋。"

澹台烬剧烈挣扎起来，他被人按住，澹台烬抬起头，微红的眼睛看向荆兰安："姑姑，我是你养大的，我发誓不会再杀你，你救救我，好不好？"

他抿住苍白的唇，雪肤乌发，脆弱可怜极了。

荆兰安嘴唇一颤。

澹台烬说："我没有母妃，是你用羊奶把我喂大的，在我心里，你就是我的娘亲。"

荆兰安别开头。

澹台明朗哈哈大笑，似乎澹台烬想活命的丑态取悦到了他。他说："愣住做什么，动手。"

一名剑客手起剑落，澹台烬脚筋被挑断。

澹台烬闷哼一声，明白今日无论如何，荆兰安也不会再帮自己，他脸上的脆弱消失不见，手指狠狠扣住地板。

明白骗不到荆兰安，他不再装出半分柔弱，脸上只剩森寒的阴狠。

"手筋。"澹台明朗命令道。

剑客提起剑，精准地挑断了澹台烬的手筋。

地上匍匐的少年，这次一声不吭，用胳膊支撑，朝着船舷爬去。他红着眼尾，仿佛感知不到疼痛，只想活下去。

澹台烬看着白浪翻涌的河水，突然想起，那一日跳下河的苏苏。

冬雪落在他的发上，这种时候，他却低低笑出声。

也不知她死了没有。

澹台明朗好整以暇，对着脸色难看的荆兰安说："听说这孽种，出生就从没哭过。前几日，孤得了一样宝物，叫玄冰针。刺入人的眼睛，那人不但会瞎，一直恸哭，寒气入体后，身体还会脆得像冰一样。"

他说着，有人呈上"玄冰针"。

"按住他，孤亲自剜了他的眼。"他起身，踩住澹台烬的胸口。

澹台烬的目光是冷的，他冷冷扫过荆兰安，最后落在澹台明朗身上。他咳出一口血，血染红他的唇，他张开嘴，接住外面飘进来的雪花。

雪化在他的口中，澹台烬开始放声大笑。

他的嗓音低哑，一旁站着的道士们遍体发寒。

澹台明朗莫名有些恼怒，一松手，玄冰针射入澹台烬左眼，地上的少年身体抽搐一下，嘴角依旧维持着夸张大笑的弧度。

鲜血汩汩，从澹台烬的左眼涌出。

他下意识抬手，想捂住失明的左眼，然而手筋被挑断，他无法再抬起来。

雪花落在少年脸上，澹台烬颤抖着，低声笑。

道士们不知道为何，心有不安。一个生来不会流泪的人，被断手筋和脚筋，弄成废人，玄冰针刺入眼睛，他只流血，并不落泪。

要么心如磐石，要么是个疯子。

黑衣少年如恶鬼，全身浴血，竟还在冷冷微笑。

仿佛在无声讽刺先前澹台明朗说他不若投身成公主的话语。

澹台明朗神色阴狠，拿起另一根玄冰针。

他抬起手，正要废了澹台烬的双目，下一刻，身子剧痛，滑落在地。

"你！"澹台明朗回头，看见泪流满面的荆兰安。

荆兰安说："夷月夜影何在！"

一群悄无声息的影子，不知什么时候轻盈落在船上。

"保护殿下离开！"

夜影卫开始杀澹台明朗的人，剑客们慌忙举剑迎战。

澹台明朗嘴唇泛着黑，森然地看着荆兰安，厉声说："胆敢背叛我，你不怕你儿子死了吗？"

荆兰安目光空洞绝望，一言不发，去扶地上的澹台烬："我对不起你，殿下。"

船体轰动，老道们不知道使出什么法子，将澹台明朗转瞬到了另一艘船上。澹台明朗要气疯了，被手下护住以后，他说："炸死他们！"

荆兰安从袖中拿出一个平安锁，放在澹台烬怀里。

她无声落泪："我这一生，做了许多错事。这个平安锁，是控制天下夜影卫的令牌，可保护殿下离开，也是夷月族的族长之令。"

澹台烬左眼的鲜血，流满了半张脸。

荆兰安说："荆兰安是个罪人，我对不起娘娘，对不起月空宜，也对不起你。最对不起的，还是我的儿子……"

"你有儿子？"澹台烬轻声问，内心满是嘲讽。

"月空宜死去两个月后，我发现自己怀了孕，我本来想流掉他，后来还是把他生了下来。他生来体弱，大抵活不过十岁，于是他八岁的时候，我给他吃了长生花，把他冰冻起来，送往了天山。"荆兰安流着泪，"澹台明朗手中，有能让他醒来并长大的药。"

澹台烬微笑地看着兰安："所以你背叛了我。"

荆兰安跪下，磕了一个响头。

"荆兰安不奢求原谅，只盼若有朝一日，殿下生出恻隐之心，念在这些年相互扶持，夷月族族人为你战死，能放过我儿。"

澹台烬不语，他望着浓黑压抑的天空，看吧，这就是天下的母亲，多么可笑的伟大。

船爆炸的最后一刻，荆兰安抽泣说——

"他叫月扶崖。"

河上船只燃起，长命锁发出月华般的光，白光吞没了澹台烬。

雪花纷纷扬扬，这艘战船，终是没能回到故土。

苏苏牵着小枣红马，拿起水囊想喝水，发现里面空空荡荡。

她叹了口气。

荒渊在极北之巅，她赶路三日，有时候路过镇子，有时候不得不经过荒山野岭。

凡人之躯，无法御剑飞行，也无法驱策灵兽，苏苏愈发领略到去荒渊的艰难。

她已经在山林中走了一天，连带着小马都十分疲惫。

苏苏摸摸它的头，让它停下来吃草，她自己看着空荡荡的水囊发愁。

好渴。

不知道附近有没有溪流，她站起来，拴好马，打算去找找。

山林中积雪未融化，苏苏还没找到溪流，反倒听见了几个孩童的声音。

"那个乞丐还在那里吗？"

"对，他全身是血。"

"我觉得他不像乞丐，他的衣服很好。"

"好了，别说了，你们答应过，要替阿黄报仇，难道现在要退缩吗？"有个男童愤愤道，"阿黄舔了他的血，就被毒死了，我不管，我们要打死这个人。"

"可他是个大人。"

男童说："我早就观察过，他动不了。"

有个小女孩摆手摇头："我不去，我要回家。"

说着，她匆匆往回跑，路过苏苏时，小女孩瞪大眼睛，随即慌忙低下头，朝一个方向跑了。

苏苏见她的穿着，知道大概是附近村庄的小孩。

她竟然遇到一群孩子要谋害人。

她循声走过去,果然看见一群窝在树后的孩子,有三四个男孩,每个人手中拿了棍子,朝一团漆黑的人影靠近。

那人趴在地上,无声无息。

积雪将他的身子盖去四分之一,有人用石头砸了他一下,他一动不动。

"打他!"

男孩们全都冲上去,棍子落下前,苏苏拧住一个男孩的耳朵。

"干坏事,你们爹娘知道吗?"

男孩嗷嗷直叫,所有人吓了一跳。

苏苏笑眯眯看着他们:"你们的小狗想吃人家,结果被毒死,你们竟然还想打人。"

男孩捂住耳朵:"你、你是哪里来的?"

苏苏一身藕色衣裙,为了赶路,衣裳十分简洁。可她眉眼灵动,菱唇娇嫩,顾盼神飞,山村里的男孩子,哪里见过这样的颜色。

偏她还出现得猝不及防,几个男孩瞪大眼睛看她。

半晌,有人结结巴巴问:"你、你是妖精吗?"

苏苏一笑,五指成爪,惊讶地说:"啊呀,被你猜对了,我好几日没吃你们这样的童子,把我饿坏了。"

她作势要追,几个男孩棍棒一扔,哇啊啊大叫着逃跑了。

等他们跑远,苏苏才走到那个毫无声息的人面前。

黑色大氅盖住他的身子,那人墨发散乱,看不见模样,鲜血把雪地染红了。

苏苏连忙蹲下,把他翻过来,打算看他还有没有气息。

第四卷

神器換眼

‖ 第二十七章 ‖

澹台烬其实醒着,早在一只黄狗接近他时,他就不再昏迷。

后来黄狗被他的血毒死,一群小孩靠了过来。

他悄无声息地趴着,心里冷冷地想,等他们过来,哪怕同归于尽,他也要想办法弄死他们。

他身上很痛,玄冰针还在他的左眼中,鲜血凝结,寒气往身体里钻。他的脸半埋在雪地里,却不愿意睡过去。

睡过去,可能就再也睁不开眼睛了。

即便要死,他也要看着自己是怎么死的。

然而他没想到,听见了熟悉的声音。

少女从林中跃出来,拎着小孩们的耳朵,将他们赶走。

他被废掉的身体,僵硬了一瞬。

如果让澹台烬选择,他此刻最不愿意见到的人,就是苏苏。他本以为,即便她活着,等两人再见面时,他也当是高高在上的王,可以随意凌辱折磨她,决定她的生死。

却没想过,会是这样一种情况。

他的手筋和脚筋尽断,左眼被刺瞎,成了一个彻底的废人。

她脚步轻巧地走过来,澹台烬心里一瞬掠过很多想法。

天知道他多么憎恶眼前这种情况,在苏苏将他翻过来之前,澹台烬甚至想恶狠狠出声让她滚。

可惜他什么都没能说出来,安静地任由她翻了过来。

四目相对,澹台烬看见,少女脸上的担忧慢慢散去,变成一种生无可恋的表情。

澹台烬哑着嗓音,冷冷地说:"你想笑就笑吧。"

苏苏也没想到,前几日不可一世,要追杀自己的人,此刻会这样狼狈地出现在面前。

澹台烬半边脸全是血，从左眼眼眶中流出来，鲜血已然干涸，他那只眼睛的眼珠蒙上了一层灰翳。

他鸦黑的睫毛上沾着几粒雪花，四肢无力地垂下，苏苏眼睛转过去，看见他的手腕和脚腕上，均有一道刺眼的伤口。

怪不得小孩都知道他被废，完全动不了，敢来欺负他。

澹台烬看她不但没笑，反而细细打量自己的伤口，一种类似难堪的情绪，猛地涌了上来："觉得很恶心，碍了你的眼？还是你没见过废人，需要看个清楚？"

苏苏见他神色扭曲，阴毒地看着自己，糟心极了，她一巴掌拍他头上："闭嘴，就你话多。"

她放下澹台烬，转身就走，走出老远，还感觉身后的目光如影随形，盯着自己。

苏苏也懒得管他是怎么想的，没有回头。

她找到自己的枣红马，牵着它走回来时，澹台烬完好的那只眼睛，正望着乌沉沉的天空。

天色暗沉，快要天黑了。

他阴恻恻的表情，简直比天空还要难看。

苏苏这时候倒是有几分想笑了，她的脚步声重新回来，澹台烬冷声说："不是走了吗，你回来做什么？！"

苏苏嘟囔道："明明想要人救你，就不能说两句好听的话吗？"

澹台烬不讲话了。

苏苏想起来，以前在府中面对下人们，他挺会装的。但不知道从什么时候开始，在面对自己时，澹台烬嘴巴上仿佛抹了毒。

苏苏蹲下，吸了口气，用力抱起他。

她一来一回，气喘吁吁，怀里暖得不可思议。澹台烬的身体靠在少女稚弱的身上，闻到了她发间的香味。

他别过头去，觉得这种味道像淡淡的"合欢花"，他冷嗤，这女人连身上的香都这样淫乱。

苏苏不知他心里的想法，否则铁定把他扔了，直接在雪地里挖个坑埋了。

少年沉得她步子踉跄，费尽九牛二虎之力，苏苏勉强把他弄到马背上。

觉察她会救自己，澹台烬出乎意料地安静了下来。

苏苏哼了一声，如果不是去过他的梦境，她铁定会被他欺骗，以为他真不怕死。

天地生万物，这世上兴许没有人比澹台烬还想要活着。

"你身上的伤怎么回事？你不是和兰安夫人回周国了吗？谁把你伤成这样？"

澹台烬言简意赅地说:"澹台明朗。"

他没有抬眸,视线落在马蹄上,哑着语调问:"你为什么救我?"

苏苏牵着马儿,故意呛他:"谁知道呢,或许是像你说的,我没见过废人,想瞧个热闹。"

他冷笑了一声:"掉下淮河,你竟然没死。"

苏苏用一根树枝敲了敲他的肩膀,不满地说:"我要是死了,你今日也该死了。"

"你救不了我,我眼睛里有玄冰针。"

苏苏脚步一顿,轻轻蹙眉。

她自然知道玄冰针是个什么东西,这玩意儿是邪物,而且是一个慢慢折磨人的邪物。

听说玄冰针入眼,人会恸哭不止,疼痛欲死。还有人因为受不了这种漫长的折磨,选择自戕。

可是澹台烬眼睛里一滴泪也没有,甚至从他的神色并不见有多疼,苏苏先前也没往玄冰针的方向想。

如今知道了,苏苏心里一沉。

她还没去荒渊,自然不能让澹台烬死。可是被玄冰针刺入的眼睛,已经坏死,如果想救他,得在寒气入体前,为他换一只眼睛。

马蹄落在雪地上,嘎吱作响。

苏苏说:"天快黑了,既然看见小孩,附近肯定有村子,一会儿我们找一家人投宿。冬日寒冷,不能在丛林中过夜。你这个样子,可能会吓到普通人,我到时候告诉他们,你是我哥哥,我们遭遇土匪,掉落山林,一定会有好心的人收留我们。"

澹台烬不吭声,他还在想着自己眼睛的事。

果然如苏苏所说,很快他们到了一个村落。苏苏上前去敲门,一只警惕的眼睛,从门缝里观察他们。

"你们走吧,我们这里不收留陌生人。"

苏苏把理由解释了一遍,可主人家不为所动。

苏苏没办法,只好去敲下一户人家,没想到接连几家,都是这种情况。

澹台烬说:"村子里不对劲。"

苏苏说:"你从哪里看出来的?"

"村里没有一户人家点灯,到了晚上,也没听见家养牲畜的叫声。你去敲门时,他们很害怕,都从门缝往外看。这个村庄附近,不是有山匪,就是有妖怪。"澹台烬冷静地说。

苏苏有点佩服他,估计骨子里都疼得颤抖了,还不忘提高警惕观察周围的环境。

她知道澹台烬说得有道理,于是敲下一户人家时,她率先说:"我们不是坏人,也不是妖怪。我是路过村庄的除妖师,你能收留我们一晚上吗?"

听见"除妖师"三个字,这次主人家总算开始犹豫。

半晌后,苍老的声音依旧拒绝了他们:"你们走吧。"

苏苏很失望,正要离开,一个稚嫩的女孩嗓音说:"爷爷,让他们进来吧,我看见了,这个姐姐很厉害。"

眼前的木门,徐徐打开。

两位老人,还有一个小女孩,脸上带着不安和忐忑,看着苏苏和澹台烬。

眼前的小女孩,竟然是黄昏时遇见的那个。

老太婆冲苏苏招手:"快进来。"

等人进来后,她赶紧关好了门。

小女孩躲在老人身后,拉着爷爷的衣角,露出一双眼睛打量马背上的澹台烬。

因为澹台烬受了重伤,两位老人帮着苏苏,把他安排在一间空房间内。

村里的房子简陋,唯一能睡的地方是土炕。

房间里除了一张木桌,就只有两只小木凳。

好在山里人什么都缺,就是不缺柴火,女孩端着烧红的炭盆走进来,屋子很快变得暖洋洋的,冬日的严寒被驱散。

老太爷点好蜡烛。

苏苏把澹台烬安置在炕上,她忙拿出一锭银子,给老太婆。

"我和哥哥住在这里,叨扰了。"

老太婆看见这么大一锭银子,连连摆手。

"使不得使不得,姑娘你也看见了,我们这里房子简陋,你和这位郎君不嫌弃就好。"

苏苏坚持把银子给她:"对我们来说,能有个栖身之所,就是幸事。外面那么冷,我们要是找不到住的地方,恐怕明日就生病了,我兄长受了重伤,恐怕还得麻烦你们几日,婆婆就收着吧。"

推谢几回,老人最后还是收下了银子。

老太婆端了盆热水,拿了干净的布过来,苏苏连忙道谢。

小女孩一直倚在门口看,欲言又止,被老太婆拉走了。

苏苏知道村里有古怪,但是也没急着问他们,毕竟现在已经深夜,问出来也做不了什么。

当务之急,是给澹台烬处理触目惊心的伤口。

她将帕子在热水中浸湿，擦去他脸上的血痕，澹台烬黑瞳幽幽看着她。少女手指拂过他的脸颊，他下意识想侧开头，却生生忍住了。

　　她的指腹很软。

　　与身上疼痛的感觉不同，她触过的肌肤，带来一种古怪的感觉。

　　如果他手脚完好，此刻一定冷冷把她的手拍开。

　　可惜他如今什么都做不了。

　　苏苏又处理他的手腕、脚踝，她擦去血污，用干净的布条把他的伤口包扎好。

　　她学过剑，看得出下手的人角度刁钻，不仅废了澹台烬的手足，还故意让他极度痛苦。

　　知道他恐怕疼得生不如死，她下手也轻柔了些。

　　澹台烬抿紧了唇。

　　烛光下的少女垂着眼，小扇子一般的光影垂落在眼睑上，她很是认真地说："我们没有药，所以你暂且忍忍，天亮以后，我会进山帮你找药。"

　　澹台烬说："你真想帮我，就把那个小女孩抓过来。"

　　苏苏疑惑地说："抓过来做什么？"

　　澹台烬弯唇看着她，笑容透露着一丝嘲讽："你说呢？"

　　苏苏看见他阴毒的笑容就明白了，他竟然想要那个孩子的眼睛。澹台烬自己也明白，他得尽快换眼。

　　看不上老人的眼，他要年轻有活力的眼睛。

　　苏苏说："你想也别想，人家收留我们，你竟然打这种主意！"

　　澹台烬说："人不为己，天诛地灭。"

　　苏苏知道他性格偏激，懒得和他讲道理，她掐住他的脸："停止你恶毒的想法，你要真敢这样做，我会让你知道'后悔'两个字怎么写。"

　　澹台烬冷冷盯着她，眼神似乎要洞穿她每一根骨头。

　　苏苏松开手："我知道玄冰针是什么，它暂时不会伤及你的性命，我们还有时间。"

　　他闭上眼，显然不相信苏苏的话。

　　她也不需要澹台烬相信自己，反正他目前这个样子，要害人大有难度。

　　屋里只有一张炕，给了澹台烬，苏苏只好去椅子上坐着，她赶了几日的路，疲惫得不行，用被子裹住自己，趴在桌子上睡着了。

　　等她均匀的呼吸声响起，澹台烬睁开眼睛，侧过头看她。

　　烛火摇曳，少女唇珠微嘟，睡得很不安稳。

　　苏苏一大早醒来，全身都疼，趴着睡了一晚，她脖子都快断了。

澹台烬醒着。

他完好的那只眼睛，看向窗外，不知道在想什么。

没一会儿，老人端了两碗米粥进来。

米粥很稀，没有配菜，苏苏笑着道谢。老人点点头，局促地出去了。

苏苏也不委屈自己，几口喝完，这才喂澹台烬。

和能活下去挂钩的事，澹台烬都很配合，苏苏喂，他便张嘴。

明明两人都出身高贵，可是此刻谁也不嫌弃这碗稀得几乎看不见米粒的粥。苏苏把碗拿出去洗了，再回来时，发现门口站着昨天那个小女孩。

澹台烬也是醒着的，正看着小女孩。

苏苏想起他昨日的话，连忙把小女孩挡在身后，问她："你有什么事吗？"

小女孩咬唇："你真的是除妖师吗？"

苏苏点头。

虽然不完全是，但是总比人间许多除妖师强不少。

小女孩说："那你能帮我救回我的姐姐吗？"

苏苏说："你姐姐出什么事了？"

"镇上员外家有个公子，突然有一天性情大变。每过一段时间，就来村里抢走一个年轻女子，我姐姐就被掳走了。"小女孩说着说着，便落了泪，"我好想姐姐，村里人都说，那个公子变成妖怪，已经把姐姐杀了。"

苏苏连忙给她擦泪："既然你们收留了我，我答应你，一定帮你打探你姐姐的消息。"

"真的吗？"

"嗯。"

老太婆走出来，忧心忡忡地说："姑娘，你真的可以帮我们吗？"

苏苏说："婆婆可否和我说说具体情况？"

老人说："离这里不远，是沼光镇，沼光镇最有钱的人是王员外。以前王员外家的公子乐善好施，一年前却突然性格大变，说要纳妾。一开始村里的姑娘很高兴，没想到，每隔两个月，他就要纳一次妾。

"被接走的女子，再也没有回来，她们的亲人也找不到她们。村里人觉得古怪，去闹过，结果闹事的人，第二天被发现死在村口。

"再也没有人愿意'嫁'给王公子，他便说，要是看上的女子不愿嫁给他，第二日一家人都会死。有人不愿照做，结果第二日，果然都死了。

"两个月前，他看上了我的孙女小悠，小悠为了我们和小玲，上了花轿。"老人眼眶含着泪，"如果姑娘真能找到小悠，老身给姑娘跪下了。"

苏苏连忙扶起她："我会尽力的。"

人变成妖？除了夺舍，苏苏想不到其他原因。能夺舍肉体的妖，肯定不好对付。

老人说："村里人说，王公子已经变成妖怪了。今日到了时间，他恐怕又会来村里抢新娘，所以昨夜你们敲门，村里人都不愿收留你们。"

苏苏回头看澹台烬，却见他也一脸若有所思。

对上苏苏目光那一瞬，他突然露出一个笑容，对老人说："放心，我妹妹肯定会帮你们的，毕竟那个王公子，需要一个新娘，还有谁比她更适合代替村里人出嫁呢？"

苏苏咬牙切齿地笑："是啊是啊，即便我不行，我哥也可以，他打扮一下，比女人还漂亮呢。"

第二十八章

事情就这样定了下来。

等老人一走，苏苏关上门，问澹台烬："你又想搞什么事情？"

"不是你要帮村里的人吗？怎么成了我搞事情。"

"你对那个王公子很好奇？"苏苏猜测道，"你想要他的眼睛吗？"

澹台烬笑看她一眼："你说是就是。"

他这样讲，苏苏反而不确定了。毕竟就她所知，被玄冰针弄瞎的眼，寒气会渗透眼眶，普通的眼睛换进去，顶多维持一个月，便会腐烂。

凡人的眼不行，妖物的眼浊气重，就更不行了。

澹台烬这么积极，苏苏很难不怀疑他打着什么坏主意。

澹台烬说："王公子的人，晚上会来村庄接新娘。到时候你扮成新娘，坐上喜轿，我们去王员外府上看看。"

苏苏没好气道："依我看，我进去王员外府里容易，可你现在，手筋脚筋都断了，你不如扮成新娘，反正新娘只用坐着，还有人搀扶。"

苏苏以为他要生气，没想到澹台烬沉思片刻，淡淡道："可，我扮。"

苏苏真的无语了。

她活了一百来年，从来没见过澹台烬这样的人，他像生于峭壁之上的毒草，拼尽全力想活下去，能屈能伸。

苏苏本来觉得，他是故意推自己进火坑，没想到他是真的不在意这些事。

尊严、外人的目光，对于澹台烬来说，都不值一提。

一切不能杀死他的东西，都在铸就他，让他更强大。

苏苏愈发肯定他有阴谋。

她想阻止他，然而看到他蒙了一层灰翳的左眼，又头疼起来。她如果是仙体，的确有办法为他医治，可她现在只是个凡人，颇有些束手无策。

澹台烬虽然诡计多端，但她总不能阻止他自己拼命想活下去。

苏苏说："好，我帮你。你扮成新娘，我悄悄跟在花轿后面，想办法入府。我们先说好，只除害人的妖怪，不伤害普通人。"

澹台烬看她一眼，说："我对普通人没兴趣。"

苏苏心想，昨晚你还想要小女孩的眼睛呢。

知道他们要去除妖，老太婆连忙说："王公子挑中的人，家里会提前几日出现喜服。今晚要出嫁的，是村东老陈家的雁雁，雁雁已经哭了好几日，姑娘和郎君若真能帮我们，我们整个村子感激不尽。"

澹台烬对苏苏说："去陈雁雁家。"

苏苏牵来枣红马，扶他上马。

他虽伤了手足，然而能端正坐好，尽管面色苍白，他却很快振作起来。

苏苏不禁多看了他几眼，玄冰针入体，手筋脚筋全断，他却面不改色，修真界都少有人有这种毅力。

他纵然不修魔，修仙恐怕也会有大造化。

两人在老太婆的带领下，来到陈雁雁家。

陈父听说以后，又惊又喜，不可置信，当场要给澹台烬和苏苏下跪。

一脸菜色的陈雁雁，眼睛里也燃起希望，给苏苏行礼："你、你真的要代替我出嫁吗？"

苏苏憋住笑，指指澹台烬："不是我，是他。"

陈雁雁抬起头，看见马背上坐着一个清隽的少年。她从来没有看过这样好看的人，怔怔盯着澹台烬。

直到他垂眸冷冷一扫，陈雁雁慌忙低下头，红了脸。

"小女子多谢郎君。"

澹台烬漫不经心应道："嗯，你嫁衣给我。"

他生得太好，好到这样荒谬的替嫁，竟然没人反对。村里众人在他面前，像不起眼的杂草，而澹台烬是熠熠生辉的存在。

村民们甚至下意识将他当作了那个厉害的除妖师，没人敢质疑。

陈雁雁听话地捧来了嫁衣，还有一套头面。

"王公子的花轿，会在今夜子时来接人。"

苏苏忖度，子时……正常人娶妻纳妾，绝不可能挑这样不吉利的时辰。深夜阴气重，怪不得村民们都怀疑王公子已经变成妖怪。

陈雁雁担忧地说："万一事情败露，你们会出事吗？"

澹台烬似笑非笑地看着陈雁雁，陈雁雁被他看得脸红，咬唇绞着手指。
　　苏苏见澹台烬笑意之下，阴冷的目光打量着陈雁雁的眼睛，她干脆一把捂住澹台烬的眼睛，对陈雁雁说："陈姑娘，你且安心，我们先生捉妖很厉害，一定不会出事。"
　　陈雁雁看见苏苏，扑通跳着的心，变得有几分黯然。
　　苏苏着藕色罗裙，束腰把腰肢衬得纤细无比，她容颜美丽，远非陈雁雁可比。
　　陈雁雁控制不住自卑和羞恼，连忙敛起心思，逃也似的，离开房间。
　　苏苏松开手："你答应过我的，不伤害普通人。"
　　澹台烬嗤笑一声："我说过的话，你竟然也信，我可不是你的心上人萧凛，我想反悔，便反悔了。"
　　他抬眼看她，故意激她发怒，反驳自己的话。
　　可是眼前少女想了想，认同地点头："对，还好你提醒，我差点就相信你了，之后我会保持警惕的。"
　　他漆黑的右眼渐冷，也觉得自己有些莫名其妙，干脆抿紧了唇，专注正事："给我换衣服。"
　　苏苏说："我去找小玲的爷爷给你穿。"
　　澹台烬靠在床沿上，幽幽冷笑了一声。
　　苏苏想起被他的血弄死的小狗，顿觉不好。她抖开嫁衣："还是我来吧。"
　　她给他脱去外面的衣裳和裤子，只留下雪白的亵衣。
　　他看着清瘦，实则宽肩窄腰。
　　苏苏不敢乱看，将嫁衣给他披上。王公子委实没有什么诚意，送来的嫁衣放在寻常女子身上，明显偏大。
　　穿在澹台烬身上，却显得小。
　　苏苏给他系衣结的时候，感觉很紧。
　　他低眸看她，少女为了系上这套难搞的嫁衣，几乎将头靠在了他的胸前。
　　澹台烬不耐烦地催促："动作快点。"
　　苏苏道："就快好了。"
　　澹台烬很高，这套嫁衣明显短了许多，好在如今他只能坐着，也不能站起来，这点问题倒是无伤大雅。
　　苏苏替他穿好，抬眸一看，忍不住笑。
　　确实很漂亮，澹台烬眉眼本就精致清隽，穿上女子的衣裳毫不违和。只不过他骨骼宽，显得肩膀也宽阔，胸前过分平坦。
　　苏苏说："你这样怪怪的，要不我给你找两个馒头？"
　　澹台烬黑眸一扫她胸前，嘲讽道："我看倒是不必，你这样的，都没人怀疑你是男子，我自然也不容易暴露。"

苏苏反应过来他说什么，小脸气得通红。

然她的脸皮无论如何也没有他的厚，而且……叶夕雾的胸，的确不大，小巧玲珑的，可爱有余，性感不足。

这也是叶夕雾常常恼恨叶冰裳的缘由之一。

女人之间，比容貌比身材比夫君，能比的都比。叶夕雾发现自己样样不如叶冰裳，都快有心理阴影了。

苏苏说："我这样怎么了，和你又没什么关系，你再看，剩下一只眼睛也别要了。"

他翘起唇，依旧是讥讽的弧度。

苏苏心里生着气。

她到底是个女孩，女孩嘛，对容貌身材，自是多少会有几分在意。

世界动乱的五百年后，她是三界第一美人，她的仙体和叶夕雾完全不同，她比叶夕雾高，双腿纤长，小灵鸟百岁成年，成年前她都是个小女孩的形貌，成年那天，她化作了比例完美的绝色美人。

神魔一顾，万年不忘。

以前不觉得多稀奇，现在变成一个凡人小女孩，才知道人间这些臭男人，个个都喜欢好颜色，苏苏很鄙夷。

以一个女孩的审美，她依旧觉得自己这具身体很好，眼睛圆圆的，皮肤很白，可爱极了，不比谁差。

是他们眼瞎。

想起梦魇中，澹台烬曾说琉璃神女漂亮，苏苏心想，也不知道变态眼中的漂亮，到底长成什么样。

苏苏摇摇头，反正和她也没什么关系。

苏苏拿起妆匣，给澹台烬上妆。

他皮肤本就白，无须任何脂粉。因为气恼，苏苏故意把他苍白的唇涂得很红。她坏心眼地心想，魔神就要血盆大口，才符合身份。

见苏苏无意识嘟着嘴，不太高兴的样子，澹台烬无声弯起唇。

苏苏化完一抬眸，发现他在笑。

他完好的那只黑眸里笑意氤氲，他上了妆，穿着女子嫁裳，略清冷的眉眼，浅浅一笑，竟然也生出几分颠倒众生的滋味来。

她是个心胸宽广的姑娘，真心赞美道："你这样真好看。"

怪不得后世的魔神不愿露脸，这种模样，恐怕不够威武和凶恶。

澹台烬的笑容只一瞬，又迅速冷了下去。

他移开眼："晚上别拖我后腿。"

苏苏不屑道："谁拖谁的后腿还不一定呢，谁拖后腿是王八！"

苏苏不会新娘发髻，澹台烬的头发，由陈雁雁的娘来梳。

陈母手巧，出来的时候，她恍恍惚惚，嘴里嘀咕着："一个男人，怎生得这般好……"

苏苏在外面画符，村民给她取来黑狗血，这种东西用得好，会有出其不意的效果。

可恨的是澹台烬先前在船上把她搜罗来的宝贝都拿走了，不然她也有底气些。

苏苏的容貌也不差，陈母给她把头发盘起来，脸上涂了些锅灰，尽量让苏苏看起来不打眼。

苏苏仰起小脸，很是配合。

她收拾完，去看澹台烬。

他盘坐在床上，听见声音睁开眼。

苏苏看着他，美则美矣，可是美人胸膛宽阔平坦，王公子一摸恐怕就会发现端倪，也不知道四肢没法动的澹台烬，哪来的自信。

"快子时了。"

澹台烬"嗯"一声。

"你这样能动吗？新娘完全不能走，迎亲队会不会起疑？"

澹台烬淡淡地说："村里的女人都不愿意嫁给王公子，陈家父母怕一家被杀，给女儿下了迷药送上花轿，合情合理。"

原来澹台烬打的是这样的主意，假装一个被下药强行送走的新娘。

苏苏见他有主意，便不再担心。

两个人待在陈雁雁的房间里，真正的陈雁雁去邻居家里藏了起来，天色全黑，越靠近子时，空气中的阴气越重。

终于，一阵唢呐声遥遥响起。

外面陈家父母不安的声音响起："姑娘，郎君，王公子的迎亲队要来了。"

澹台烬命令道："进来扶我。"

陈家父母推门而入，把他扶起来。

三人一同出去，等在屋外，苏苏找了个柴垛，猫腰躲起来，暗暗观察。

没过多久，迎亲队到达陈家。

陈父陈母手心全是汗，把佯装昏迷的澹台烬放进花轿。

苏苏本来以为迎亲队会检查，然而出乎意料，接到人后，他们直接抬起花轿就离开了，仿佛不怕村里人使诈。

这样一来，苏苏心里警惕了些。

王公子的人这般自信，要么他没有脑子，要么实力强横。

苏苏觉得，敢如此张狂作恶，后者的概率比较大，这个妖怪恐怕不好对付。

花轿队伍在唢呐吹奏声中往前走，轿夫们看着前方，面无表情。

黑暗中，这种喜庆分外诡异。

苏苏等他们走了一小会儿，敛住气息，纵身悄悄尾随着他们。

轿夫们脚程很快，没多久，就出了村子，到达镇上。

让苏苏惊讶的是，家家户户，竟然都挂起了红灯笼。她原以为王公子作恶，只针对村里，如今看来，镇上的人也都知晓，而且迫于王公子的淫威，家家户户都换上了红灯笼。

虽亮着灯，街上却空无一人，家家户户门窗紧闭。

迎亲队抬着花轿，进入了一处大宅。

苏苏一看匾额，知道到了王员外家中。

澹台烬随着花轿一同消失不见，苏苏不可能光明正大跟着进去，她只好围着宅子打量。

她找到一个僻静处，准备翻墙过去。

没想到才碰到墙壁，苏苏就被一股无形的力量弹开，摔在地上。

她吃痛地站起来，心里有个猜测。

果然，手轻轻触上去，苏苏摸到一层透明的结界。

完了完了，苏苏心想。

会布置结界的妖物，肯定是大妖。她有办法打破结界，可是结界被破，定会惊动妖怪。

但如果不打破结界，澹台烬一个人在里面，不会出什么事吧？

澹台烬端坐在喜床上。

迎亲的婆子，把他送到这里，便关上了门。

窗户合上，可是这样的夜晚，不该半点风声也听不见。

澹台烬弄掉自己的盖头，打量房间。

年少的他什么都偷学，对什么都好奇，眼下一看，发现这个房间大有玄机。

红烛在地面凄凄燃着，床并不靠着墙。空中煞气弥散，澹台烬微微眯眼，竟然是一个地煞阵。

他不会破阵，但也不慌张。

他倒要看看，那位王公子，是何方神圣。

一个沉重的脚步声走过来，推开门又合上门。

来人转过身，澹台烬就看见了一身喜服的王公子。

他的眼睛极为空洞，表情却是笑着的，只不过笑容极其僵硬，像一具没有思想的傀儡。

"你为什么没有盖头？"王公子说，他声音嘶哑，让人毛骨悚然。

澹台烬弯唇一笑："老子不需要那个。"

王公子低着头，说："也好，免了繁文缛节。"

他木讷地脱去自己的衣服，朝着澹台烬走过来。澹台烬再次肯定，这个王公子已经失去了自己的思维。

自己的声音是低沉男音，然而王公子毫无反应，只顾交合，而且依王公子抢处女的目的来看，他恐怕是要取女子元阴。

只有妖物，才会用这种修炼方式，然而澹台烬在王公子身上，没有感受到妖物气息。

王公子一走近，澹台烬怀里的平安锁嗡鸣震动。

澹台烬观察了一眼周围，发现苏苏没跟上。他嘴角露出一抹残忍的笑容，很好。

他的眼睛要痛死了。

等他换了这个王公子的眼睛和手筋脚筋，他想杀谁就杀谁，凡人和妖物的眼睛管不了多久，但那又如何？世上的人那么多，总有取之不尽的眼睛。

苏苏为结界头疼，勾玉醒来，说道："小主人，我们试试从地下进入。"

勾玉存世已有数万年，尽管灵力不足，可是阅历十分丰富。

苏苏点头，从袖中取出一张遁地符咒。

符咒一亮，她整个人消失，可是下一刻，又被弹了出来。

勾玉说："这妖怪的结界，竟然绵延于地底，看来遁地也行不通。"

苏苏开始着急："澹台烬还在里面，他不会出事吧？"

勾玉说："他是魔神之魂，妖物应该会怕他几分。"

苏苏说："可他四肢不能动，妖物怕他，但凡人能轻易一棍子敲死他。"

勾玉语塞，它时常休眠，偶尔醒来，也不知道这么神奇的"设定"。

苏苏和勾玉两个正要商量新的对策，没想到眼前结界波动，下一秒，竟然化作虚无。

勾玉说："结界破了！"

苏苏心知，澹台烬肯定搞了什么大动作，妖怪连结界都不维持，开始专心对付澹台烬。

念及此，她赶紧飞身进入王员外府邸。

"勾玉，我会自己应对，你休眠吧。"

王员外府邸有一个湖，苏苏走过湖边，嗅到空气中一股奇怪的味道，却见大火绵延之处，一个赤着双足的少年走出来。

他穿着大红嫁衣，墨发散开，左眼空空荡荡，鲜血不断涌出。

他捂住那只眼睛，神色冰冷，另一只手拎着什么。

他的正对面，竟然是一棵桃树，明明不到二月，满树桃花却开得旺盛。

桃花灼灼，在夜色中极为绮丽。

更为震撼的是，这棵桃树，树身竟然有一间小屋子粗，苏苏刚刚在外面被结界拦住看不见，此刻进来看到，桃树高耸入云，无风自动。

澹台烬与桃树对峙，把手中东西一扔。

竟是那王公子的皮囊。

只不过，皮囊早已腐朽，被树妖吸干了灵髓。

澹台烬万万没想到，他本来打着王公子眼睛的主意，结果王公子早就是个死人。

他想要妖物的眼睛，结果妖物是一棵树。

一棵树，哪来的眼。

不过也不是没有收获，树妖的筋千丝万缕，他随便抽了几缕，填入他的筋，他便重新可以活动。

只不过他生生剜出自己的眼，才发现王公子死了良久，如今眼眶空荡，一直流血。

澹台烬撕下一缕衣衫，蒙住眼睛。

树妖枝条疯长，朝他抽过来。

触到他的血的枝条迅速枯萎，然而这么大棵树，即便枯萎不少，其他地方依旧枝繁叶茂。

树妖忌惮他，又想杀了他。

它暴怒，枝条如狂风暴雨地抽向澹台烬。

澹台烬心中一沉，也知道这一身血，恐怕都不够填这么疯长的树，他狼狈地闪躲，被树枝抽中，跌落在地。

一个柔软的身体抱住他，带着他闪躲。

"你做了什么？"苏苏觉察他全身妖气四溢，不可思议道，"这么会儿工夫，你竟然用了妖怪的东西？"

空中桃花扑簌簌落下，竟是想结成一张网，将他们困在里面。

苏苏发现无处可逃，偏偏澹台烬怕她丢下自己，此刻狠狠抱紧她。

苏苏："松开！"

澹台烬说:"想办法,不然一起死。"

苏苏去掰他的手臂:"我不会抛下你。"

澹台烬收紧手臂,黑眸幽冷,笃定道:"你会!"一路走来,所有人都在抛弃他,他逼她与自己共生。

澹台烬圈紧了她的腰肢,眼中的血蹭上了少女娇嫩的脸蛋。

苏苏顾不及擦脸上的血,袖中黄符飞出,保护着他们,不被桃花侵蚀。

澹台烬低眸看她,少女很冷静,她并不因他的卑劣行为而愤怒,反而真的在尽力保护他。

她接住抽向他的枝条,疼得闷哼一声。

他手一顿,疑惑地皱眉。

很快,桃花收成一个茧,将他们吞并。

第二十九章

两人一同被困在桃花茧中。

苏苏无奈地说:"这下你该放开了吧?"

腰间的手下意识一紧,然后缓缓松开,苏苏抬起头,打量着这个巨大的茧。

她知道兰安背叛了澹台烬,兰安在最艰苦的时候,选择把澹台烬养大,还忍辱负重多年,只为匡扶澹台烬上位。

没想到世上最后一个关心他的人,朝夕间,也把他抛弃了。

被兰安背叛过,澹台烬永远不会轻易相信任何人。

苏苏也不需要他的信任,有那个心思和天生邪物计较高尚品格,不如想想如何脱身。

桃树的花瓣有腐蚀性,苏苏的黄符主水,化作一层透明的水膜,将两个人包裹在里面,暂时接触不到桃花。

但水膜总有破裂的时候,那时候就是他们两个的死期了。

苏苏说:"你比我先进王员外府上,知道桃树妖是什么情况吗?"

澹台烬看一眼她通红的手掌,说:"桃树把王公子吸干了,只留下一具皮囊,作为任由它支配的傀儡。它用王公子的身体,与女子交合,夺取元阴。"

苏苏心中一沉,如果是这样,那被夺来的女子,就凶多吉少了。

上一次神魔大战后,几乎所有妖物都被封印。后来修炼成人形的妖怪,要么法力低微,要么小心翼翼做妖。

这棵桃树大得不正常,不可能是一直生长在镇子里的东西,它极有可能是从荒渊中逃出来的。

这些蛰伏在人间的妖物，都在默默等下一任魔神觉醒，到那时候会是妖魔界的狂欢。

还好它们谁都不知道这少年是谁。

苏苏不动声色地看一眼澹台烬，他恰好抬起头，对上苏苏的目光，他倒是坦荡，没有丝毫抱住她进桃花茧的不好意思。

这人真是……

她默默往后靠，离他远一点。

桃花茧统共就那么大，两人挤在一起，他比她高，骨架也比苏苏大太多，就像苏苏靠在他怀里一样。

澹台烬的体温依旧很低。

他唇上的胭脂不知道什么时候被擦去，薄唇苍白。

师叔说，这样的唇，最为无情。

苏苏看见他被布覆住的眼，在不断流血："你眼睛怎么了？"

澹台烬捂住流血的眼，语气森然说："王公子是个死人，他的眼睛没法用。"

苏苏不知道是好气还是好笑，所以他动手剜他自己的眼睛，也是毫不含糊，如此果决。

苏苏说："树妖也不会有眼睛给你，它灵体的眼睛，只是比照凡人幻化，实际没有眼睛。你打算怎么办？"

他另一只漆黑的瞳，无声看着苏苏。

苏苏瞪他一眼："我才不把眼睛给你。"

澹台烬面无表情。

苏苏娓娓道来："世上倒有些灵物，可以化作人眼，只不过没有人眼好用，譬如息壤、天髓灵魄……"

她顿了顿，没有说下去，因为这些至宝，无法融入魔神的身体。

水膜开始泛起一层层波纹，澹台烬说："先从桃花茧出去。"

苏苏说："五行相克，树妖怕火，我用重火咒试试。"

澹台烬冷笑一声。

苏苏疑惑看过去："怎么了？"

"我从房间出来之前，桃树长在最里面的院子里，我破了地煞阵，点燃了房子，就是想烧死它。可是如今，树妖移到了湖边。"澹台烬说，"它会随着根茎跑，如果我没猜错，这个镇子的地底下，全是它的根茎，它想移到何处，就能移到何处。"

苏苏想了想那个场面，一整个镇子，地下全是桃树的根，瞬间毛骨悚然。

怪不得她方才没法通过遁地进来，这样一想，可能陈雁雁所在的村庄，地底下也有树妖根茎，所以它杀人才这样猖狂。

如果不是桃树妖不够耳聪目明，她和澹台烬之前就会被发现。

再往恐怖里想，可能一整个镇子的年轻女子，都已经沦为树妖的花肥。

如果今日不铲除树妖，它的根蔓延到何处，何处便会沦为它的杀戮场。

水膜震动，快要破了。

破裂那一瞬，桃花花瓣纷飞，带着无尽的杀意，袭向两人。

澹台烬抬起手，满手的鲜血触碰到桃花，花瓣层层变黑，剥落开来。

澹台烬对苏苏说："愣着做什么，出去！"

苏苏从被他破开的洞中，旋身飞出，她反应很快，解下腰间藏着的软鞭子，劈开桃花茧，鞭子缠住澹台烬的腰身，把他也带了出来。

两人逃脱出桃花茧，苏苏定睛去看桃树，果然，如澹台烬所说，原本靠近湖的桃树，此刻已经到了湖对面，它紧贴着府中的湖，远离了大火。它的根茎随时可以从湖中汲取水分灭火。

桃树不如其他的妖聪明，但它参天的树干，看着触目惊心。

苏苏觉得后背一凉，她回头，发现之前成了一具皮囊的王公子，不知道什么时候重新站了起来。

王公子身后站着王员外，还有一群仆从模样的人，此刻所有傀儡都低着头，手中拿着刀具朝他们劈砍而来。

桃树竟然控制人来杀死他们。

细看之下，每个人脖子上似乎都连接着桃树的根茎。

澹台烬眼睛一眯，大片血鸦从空中飞来，血鸦拦住傀儡人，苏苏松了口气。

"我有个办法，"苏苏说，"桃树怕火，所以它靠近水，被你吓到之后，根茎基本都浸没在水中。然而水导雷，我布阵引雷，劈毁桃树，但是……"

澹台烬明白她的意思："你怕桃树离开阵眼，逃跑出去？"

苏苏点头。

布阵需要时间，定身符咒对付这种妖物，起不到作用。

澹台烬说："我能拖住它，你去布阵。"

苏苏对此表示怀疑，然而她知道，得罪桃树最狠的是澹台烬，他抽取树的几丝精魄，续上筋，还用大火烧了桃树一部分根基，只要澹台烬不出镇子，桃树必定杀他。

苏苏说："你小心。"

她身姿轻盈，足尖点着空中张狂的树枝，开始以桃树和湖为中心布阵。

澹台烬缓步走向树妖。

他在树妖面前，看上去十分渺小，他一靠近，树妖愤怒地狂舞枝干，枝干抽在他身上，他闷哼一声。

原来被打中就是这种滋味啊，他心想。

下一次枝干抽过来时，澹台烬猛地伸手握住枝干。

他掌心全是眼眶里的血，澹台烬冷冷一笑，直接把枝干刺入自己的手臂。

桃树触到他的血，疯狂发着颤，想缩回去。

澹台烬却死死抓住它，桃树小片小片开始枯萎，动弹不得，树妖见澹台烬不愿松手，它干脆吸澹台烬的血。

一个凡人，能有多少血？

澹台烬一笑："来。"

他发了狠，死死盯着桃树，不但不退，反而一步步走近，不容许桃树收回枝干，朝树根靠。

布阵的苏苏见漫天桃花狂舞，她心一抖，加快速度。

澹台烬在做什么？

她终于布阵完成那一刻，还未来得及欢喜，跑过去找澹台烬，就见桃树中央裂开一个大洞，枝干裹住澹台烬，将他整个人吞了进去。

苏苏伸手去抓他，却来不及。

树干闭合，桃树抖了几下，竟缓缓睁开一双幻化的眼，看着苏苏。

苏苏心道不好，澹台烬的血，虽为妖魔克星，然而也是它们的养料，只不过大部分妖魔承受不起。

桃树一点点消化，几乎枯萎了半棵树，竟汲取了不少力量。

桃树也是又惊又喜，这时候用火撵它，它也不跑了，反而垂涎地看着苏苏："处子之身，为我所用吧。"

但它也知道，这个小姑娘身手很好，还有符咒，不敢轻敌。

苏苏躲避着它的树干，想到澹台烬被他吞了，这时候不敢引雷，只能用火烧它的枝干。

桃树大笑着，毫不在意："现在我可不怕火。"

果然，重火才燃起，便有一道黑雾，让火幽幽熄灭。

苏苏气得不行："澹台烬，你是妖怪卧底吗？"

现在这妖物吸了血，连火都不怕了。

她还不敢轻易引雷，怕劈死桃树中的澹台烬。漫天的枝干，在桃树神智上升以后，突然有了章法，苏苏躲不过，被桃树根茎缚住双腿。

她挣扎两下，发现挣脱不开。

桃树本想杀她，然而这妖物在化形之前，借助王公子作恶，知道女子身体和元阴的美妙，也成了个色胚。

苏苏比王公子捉来的任何女子都漂亮，桃树一犹豫，竟也舍不得杀。

桃树凌空束起她，愉快地说："等我有了身体，便和你欢好。"

苏苏双手也被缚住。

她心中愤然，怎么所有的妖物都是一个德行，荒淫不堪。

说起来，澹台烬算得上妖魔始祖，估计一觉醒，也和这些玩意儿是一路货色。

桃树不再搭理苏苏，更急着汲取澹台烬的力量。

苏苏见开放的桃花越发娇艳，怕澹台烬撑不住，须臾之间，她心一横，想动用引雷咒。

勾玉突然说："咦？"

它这次不是被唤醒的，而是道："小主人，先别急，桃树里有好东西。"

苏苏说："好东西？"

勾玉发出柔和的光亮，说："对，里面有个破碎的神器。"

苏苏这回吃惊不已，却也有几分了然，当年诸神为了镇压妖魔，神器碎裂，散落四处。

修仙界后来只找到了其中之一的过去镜，既然神器散落，落在荒渊也有可能。

桃树得了机缘，携神器出逃荒渊，到了镇子，开始猖狂作恶，这才能在短短时间内长得这么可怕，连澹台烬的血都不管用。

苏苏说："澹台烬在树干里，他会不会也感知到了有神器，故意进去的？"

勾玉道："极有可能。"

苏苏想起上回梦魇的事："他还真是为了力量无所不用其极。"

勾玉说："但是他拿到神器，也没办法使用。"

苏苏点头。

所以这样一个追求力量的疯子，该夸他厉害还是叹他凄惨？他懵懂追寻，以为自己是个废物，想让自己强大起来，却没人告诉他，他究竟是什么，该如何修炼，去往何方。

兴许每个让三界动乱的魔神，起初都是这样跌跌撞撞，迷茫又痴狂，后来成为让所有人恐惧的存在。

三言两语间，桃树果然也发现了端倪。

它无法"消化"体内这个弱小的人，慌张地想将澹台烬扔出去，然而已经晚了，开得灼灼的桃花，开始凋零。

桃树震颤着，连苏苏也顾不得抓住，痛苦不堪。

勾玉说："澹台烬拿到神器了！小主人，我感知到了，那个神器，叫作倾世花。"

苏苏想起来，古籍记载，倾世花可主命运，共三片花瓣，花生三色。

碧绿为生，是为纯善；红为力量，是无上大道；紫色掌死，是悲苦与邪恶。

倾世花连神的命运都能掌控，可救神，可杀神。

勾玉不安地说："绿色花瓣早就被人用了，我们得进去，不管残破的倾世花留下了哪片花瓣，澹台烬都不能用。"

苏苏闻言，不再犹豫。

趁桃树打开树洞想扔出澹台烬，她飞身钻了进去。

入眼是一片漆黑，苏苏从怀里拿出一颗照明用的小明珠，整个树洞骤然有了光。

苏苏摸索着往前走，树干中有水的滴答声。

在尽头，一个红衣墨发的少年靠着树干，闭着眼睛。

他掌中握着一片紫色的花瓣，花瓣在树干中幽幽散发着光，澹台烬的容颜，在这样的光下，带上几分邪戾之气。

勾玉崩溃地说："是主死的花瓣……而且花瓣已经开始认主了。"

苏苏紧紧抿住唇，也明白事情的严重性。

她在他面前蹲下，放下明珠，烦恼地说："明明比谁都想活下去，可为了力量，连死亡也不畏惧。"

如果她不阻止，澹台烬融合了紫色倾世花，会成为一个没有理智、放大心中邪恶的杀人疯子。

她掰开他的手，拿起那片代表着死亡和邪恶的命运花。

勾玉说："小主人！"

苏苏笑着宽慰它："我早给自己看过相，既然是必死之局，倾世花不过让前路更清晰罢了。"

勾玉有些想落泪："你想自己用倾世花，可你当凡人这一世，命运会很悲惨的，或许死无全尸……"

苏苏说："我承诺了这次要救他。"

骗人很不好，即便是骗一个坏人。若他真用了紫色倾世花，注定万劫不复。

至少她可以试着控制倾世花，让自己不作恶。

紫色花瓣在苏苏掌心旋转，似乎感知到了更加纯洁的灵魂，它旋转速度飞快，没入苏苏身体。

还有一小部分力量，进入了澹台烬的身体。

勾玉知道苏苏要做什么，慢慢隐去光芒，陷入沉寂。

苏苏捧起澹台烬的脸，低头，菱唇印上少年冰冷的唇。

第三十章

明珠照亮他们周围的角落。

倾世花一旦被唤醒，无法摧毁，也无法逆转。只能在仪式未完成时，强行变更主人。

苏苏灵魂是仙体，神器自然更亲近她。

倾世花如今认她为主，苏苏闭上眼，将澹台烬体内小部分倾世花的力量带出来。

紫光从澹台烬的身体没入苏苏的身体。

世间百态，紫色倾世花最是悲苦、怨愤和难过。

昏迷的澹台烬，喉结动了动。

他的确是故意让树妖把他吞进来的，这树妖愚蠢，一激怒就不管不顾。澹台烬顺藤摸瓜，把树妖的倾世花抢在了手中。

澹台烬并不认识这是什么，然而倾世花一碰到他的血，开始剧烈颤动，他要扔掉已经来不及，脑海一痛，失去了知觉。

无边的黑暗与恐惧之中，他依稀回到了儿时的大夏宫廷。

他靠坐在假山后面，看敌国皇后给小皇子擦汗。

那个女人神情温柔，眼里是他没有见过的光。

澹台烬听见皇后问："凛儿，今日学了什么？"

粉雕玉琢的萧凛抱拳道："回母后，今日太傅教导治水之道，刘将军教儿臣骑射。"

皇后笑道："我儿尚且年幼，太傅和将军教导的东西，凛儿能懂吗？"

萧凛点头："纸上得来终觉浅，太傅说，早早学会道理，便可早早践行。"

皇后身侧的嬷嬷道："皇后娘娘怕殿下辛苦，给殿下温了汤，一直等在这里。"

宫女拿来食盒。

香气飘散，澹台烬灰扑扑的小身影，坐在假山后，冷冷看着他们。他腹中饥饿，记不起几顿没吃东西了。

澹台烬抬起有破洞的靴子，碾死泥地中的蚂蚁，盯着皇后看。

他原本，也有娘亲的。

可是他的娘亲活，他便要死。他选择了出生，懵懂的时候就已经杀了娘亲。

澹台烬看着萧凛，手下不禁捏紧了草叶，他常常听见宫人议论——

六殿下是如何厉害，七岁能吟诗，十二岁的四殿下都打不过他；

六殿下仁心宽厚，善良温和，宫女冲撞了他，他反倒宽慰宫女；

皇帝最喜爱六殿下，还亲自教他写字。将来六殿下最有可能继承大统，他会是个明君，娶天底下最好看的妻子，被万民爱戴……

六殿下，萧凛。

他有最好的母亲，最尊贵的身份，习武天才，文采超然，最好的未来。

澹台烬靠着假山，黑黢黢的眼珠没有光彩。

皇后和萧凛不知道走了多久，一个布衣女子寻过来，刘氏看着假山后面的澹台烬，幽幽地说："你看见了吧，殿下，原本你也该这样活着的。他是大夏的六皇子，而你是周国的六皇子。可他是天上的云，你成了地下的泥。

"本来这一切，都该是你的。"

澹台烬疑惑地问："该是我的？"

刘氏激动地说："对！所以，有一天你一定要回到周国，拿回属于你的一切。权势、力量、美人，所有属于萧凛的，全部都属于你，包括他的国土。待你君临天下，他们不过是你足下的蝼蚁。"

澹台烬沉默许久，最后露出一个笑容："都会是我的。"

然而后来十四年，萧凛是萧凛，他依旧只是自己，冷宫里那个人人可以欺辱的澹台烬。

一只见不得光，萧凛如果乐意，抬脚就能踩死的蝼蚁。

可惜，作为一个善良正直的人，萧凛不但没有踩死他，反而时常帮他。

澹台烬想，换个身份，他会帮萧凛吗？

不、不会的，他清楚地知道，有个声音在幽幽地说，你会折磨死他，充满快意地杀了他。

世界光怪陆离，他有些喘不过气。

冷宫夏热冬冷，缺衣少食。

刘氏尖刻的嗓音不断提醒他，去抢，去夺，不能这么没用，是你的，全是你的！

紫色倾世花的力量，在他身体中散开。

心中暴虐滋生，澹台烬手指渐渐收紧。

然而就在这时，有人撬开他的唇，唇上一片温软。

他手指动了动，横生的暴虐停滞，生出几分茫然的滋味来。

他不知道发生了什么，所有的感觉，都聚集在唇上一点。

他忘了刘氏，忘了萧凛和皇后，忘了追逐的权力。

此刻，只有一种感觉清晰。

澹台烬喉结微动，意识尚不清醒，但他想捉住这种滋味。

很暖，还带着清甜的味道，像他曾孤单坐在宫殿处，看人间一场大雨之下，娇弱又倔强的花,一点点盛开。

　　他看得目不转睛,想过去揉碎它,可是最后,他居于宫殿之上,动也未动。
　　那约莫是他难得有的害怕滋味,渴切,又觉得恐惧。
　　想抓住,最后连靠近都不敢。
　　唇上的感觉更加热烈,甚至压过了隐隐的恐惧,他几乎凭着本能,热烈回应,盼她给予更多。
　　然而还未彻底采撷,额上点上来一根纤细的手指,澹台烬闷哼一声,没了意识。
　　苏苏直接把他戳晕了,她摸摸自己微肿的唇,有点儿恼怒,邪物果真是邪物。
　　她在吮倾世花,可他在做什么?
　　她把澹台烬拽住自己衣角的手指掰开,盘腿坐在他身侧。
　　澹台烬需要一只眼睛才能活,而今神器入体,她的眼,可以明澈不腐朽。
　　能让他不用丧心病狂夺取凡人和妖怪的眼睛。
　　勾玉不愿醒来,许是怕哭,它看着苏苏长大,护佑苏苏平安一百年,舍不得苏苏受苦。
　　苏苏倒是很平静。
　　所谓大道,不可能慷他人之慨。谁的眼睛不是眼睛呢,她要救人,那就自己来。
　　她解开澹台烬蒙眼的布,血浸湿布条。
　　苏苏低声说:"今日救你,来日荒渊归来,我也会杀你。"
　　少年闭着眼,无声无息。
　　她纤细的手指,拂过他的眼眶,苏苏捂住自己的左眼,疼得想哭。
　　这条孤独的路,一月苍冷的人间,不论如何她都要走下去。

　　澹台烬醒来的时候,发现他还在桃树妖的树体中,腿上躺着一颗小脑袋。
　　苏苏墨发散开,唇色苍白,倒在他的怀里。
　　他抬手,触上左眼,发现眼睛竟然好了,而手中那个充满力量的奇怪物什,已凭空消失。
　　难道那个东西,化作了他现在的左眼?
　　他皱眉,捏住怀里人尖细的下巴:"醒醒。"
　　苏苏长长的睫毛一颤,虚弱地睁开眼。
　　她双眼缓了缓才聚焦,左眼一抹紫色微不可察地散去,她眨眨眼睛,觉得有些干涩。
　　倾世花化作的眼,依旧漂亮,让人看不出真假。可是这只眼宛如琉璃玉石,并不能视物。

倘若遮住右眼，她的世界便是一片黑暗。

树体内有轰隆隆的响声，还伴有滴答水声，树妖失去神器，变得不堪一击。

澹台烬说："先出去。"

苏苏点头，她扶着桃树内壁，努力想站起来，然而方才以凡人之躯强行转化神器，以致她现在全身没有力气。

滑落下去之前，澹台烬一言不发扶住她。

红衣少年神色冰冷，把她背起来。

苏苏不讲话，他便也懒得说话，背她一同走出去。

桃树内壁虽宽，却也还好，一段不长的路，苏苏的胳膊软软搭在他的肩头。

澹台烬跨出桃树，回头再看，桃树妖只剩下枝干。失去倾世花，桃树无法在冬日开出桃花，也无法再自由移动，正惊恐地看着他们。

澹台烬冷冷一笑，示意背上的少女："引雷毁了这东西。"

苏苏打起精神，催动阵法，以桃树为中心，玄雷劈下。一道道大腿粗的紫雷，劈得桃树妖哀号。

它没了倾世花，便没了自由移动的能力。

澹台烬背着苏苏，站在很远的地方，看桃树被劈了半个时辰，方轰然倒下。

澹台烬要走，苏苏虚弱开口："我们还要找小悠。"

澹台烬说："是你答应的，不是我。"

苏苏无力地靠在他的肩头。

澹台烬背着苏苏，快要走出府了，又突然走回来，再次靠近桃树妖，树妖已经被劈焦。

"看了别后悔。"他冷淡地说。

苏苏睁开眼睛，悲伤地看着桃树下女子们的尸骸。

她们的身体被桃树枝干贯穿，已经成了桃树的养分。

桃树长到这么大，杀了无数人，妙龄女子们的尸骸，和王公子一样，只剩下一具可怖的皮囊。

那么多人，甚至分不清谁是小悠。

苏苏说："我们走吧。"

澹台烬"嗯"了声，离开王员外府邸。

天还没亮，街上依旧挂着红彤彤的灯笼，风吹起灯笼，影子摇曳，有几分森然可怖。

造成这一切的罪魁祸首，已经变成一堆枯木。

红衣少年赤着脚，背上背着少女。

他神情冷漠，走在阴森的街道，脸上半点惊怖之色都没有。

澹台烬说："你进来之时，看见我手中的东西了吗？"

苏苏故作不知，有气无力说："什么东西？我被树妖吞进来的时候，看见你昏迷了过去，我刚走过来，也没了意识。"

澹台烬便不再开口，他抬起头，看整个镇子被黑云笼罩，浓烈的妖气触目惊心。

他背着苏苏走了一会儿，灯下两人影子交叠，澹台烬颇有几分心烦意乱，心头升起些许漠不关心的冷酷，他冷声开口："念在你今日帮我杀树妖，我送你回村子，你今后好自为之。"

身后半晌没有传来应答，他微微别过头去看。

少女垂着头，不知道什么时候，已经趴在他的肩上睡着了。

没多久，天就亮了。

陈雁雁一宿没睡，生怕替嫁一事败露，等不到天亮，自己一家人就会死去。

公鸡第一声打鸣，陈雁雁见自己安好，深深舒了口气。

陈家父母知道得救了，也感激涕零。

陈雁雁看着镜子里的自己，忍不住摸了摸脸。

她虽不美，可却是在少女最好的年龄，举手投足间有着别样的吸引力。

陈雁雁换了身干净的碎花衣裳，扎着两个麻花辫，到村口去了。

林中泛起白茫茫的雾气，陈雁雁心头紧张，想到那个惊为天人的男子，她一面自惭形秽，一面又心怀憧憬。

她呆呆坐在村口大石上，直到林中传来脚步声，陈雁雁连忙跳下石头，果然看见了那个红衣少年。

他昨日绾的女子发髻早已拆掉，一头漆黑的墨发，一如瞳色。

喜服被划破，他毫不在意，陈雁雁的心怦怦跳，竟从他的冷漠中，看出几分令人神往的滋味来。

她迎上前去，讷讷道："我……你、你们没事吧？"

澹台烬背着苏苏，看也不看她，往村里面走。

陈雁雁亦步亦趋跟在他身后："小女子多谢恩公救命之恩。"

饶是苏苏睡得再沉，这会儿也被吵醒了。

她揉揉眼睛，看见身侧的陈雁雁，陈雁雁见她醒来，惊慌地低下头。

苏苏问她："陈姑娘，你们没事吧？"

陈雁雁摇头，苏苏拍拍澹台烬的肩膀："我好多了，谢谢你，放我下来吧。"

澹台烬也不多话，让她自己下来走。

陈雁雁看着苏苏，心里有几分忌妒。

王公子在陈雁雁心中极为可怕，昨日之前，她甚至萌生了死也不上花轿的念头，如果不是她娘苦苦哀求，陈雁雁恐怕早已寻了短见。

但是……澹台烬既然平安回来，王公子肯定已经死了。

他庇护了自己。

陈雁雁手指攥紧衣服，同苏苏讲话："叶姑娘，那个王公子，已经被你们铲除了吗？"

苏苏点头，她给陈雁雁大致说了下树妖的事。

陈雁雁说："竟然是桃树妖，它死了，村里的姐妹便不用再担惊受怕……"

澹台烬回头，淡淡打量一眼陈雁雁。

陈雁雁瞬间觉察到他的目光，脸颊红透。

澹台烬黑眸微冷，嘴角露出一个诡异的笑容。

他们二人之间的氛围，苏苏没有看见，眼眶中的倾世花，依旧不适应。她先前急着救人，却忘了另一件重要的事，应当向树妖问进入荒渊的办法。

让苏苏心情更加沉重的是，小悠死了，小玲和爷爷奶奶肯定很伤心。

苏苏想着心事，走在两个人前面，她衣着不如陈雁雁干净，盘好的发散落下来，小脸脏兮兮的，在清晨的雾气中抱着双臂取暖。

陈雁雁突然有了几分底气，她抬眸去看澹台烬，却见他的黑瞳落在前面的苏苏身上，神情无悲无喜。

心中的嫉恨像一条盘踞的毒蛇，陈雁雁没再开口，回家去了。

村长得知桃树妖被杀，又是悲愤，又是欣慰。

他的女儿，也被树妖捉走了。

这一日，村里失去闺女的，纷纷去镇上王员外府中找孩子的尸骸。

小玲红着眼眶，要给苏苏磕头。

苏苏拉住她，摸摸她的头发："小悠为了保护你们而死，你过得好，就是小悠最大的心愿，小玲要随着姐姐的那份，一同活下去。"

小玲抽泣着，点点头。

她凑近苏苏耳边，抱住苏苏的脖子，突然小声说："叶姮姐，你要小心陈雁雁。"

第三十一章

小玲的话让苏苏多留了一个心眼。

可是接下来几天，苏苏很少看见陈雁雁。

偶尔看见陈雁雁，陈雁雁挎着一个篮子，上山挖草药，一切看上去都很正常。

村民们对树妖的事情心有余悸,希望苏苏多留两日。苏苏答应下来,打算等两日再辞行。

苏苏白天会去镇上,巡查有没有遗漏的小妖。

还真被她逮住几个神智未开的妖物,它们懵懵懂懂,被桃树吸引而来,苏苏挨个捉住检查,发现它们身上没有业障,未害过人。

她便用符化了水,喂给它们喝。

妖物们"叽咕叽咕"吞了符水,身上冒出一股浊气。

苏苏把它们拎到山林间,嘱咐道:"好好修炼,不许害人,万物平等,有一天妖也可能成正神。"

小妖精们懵懂点头,跑远了。

勾玉不放心倾世花在苏苏体内,偶尔会醒过来看看情况,它见苏苏放跑小妖,说道:"如果清池真人看见,定又要骂你。"

五百年后,修真界的人太仇视妖魔,清池是衡阳宗的执法长老,最是铁面无私,刻板严厉。

清池认为所有妖魔都该死。

苏苏靠坐在树下休息,轻声说:"我也希望清池师伯骂我,如今想起来,仿佛是很久以前的事情。"

勾玉不说话了。

清池杀妖最是积极,他的大徒弟葬身在"万仙冢"里,清池杀妖是为报仇。可后来,他被魔神的左护法杀了。悲哀的是,清池在那左护法手上,只撑了不到十招。

清池的死,在妖魔界成了一个笑话,也间接反映出来,五百年后在澹台烬的带领下,妖魔有多猖獗。

一个正道长老,魂灯灭了之后,连一缕魂魄都没留下。

勾玉不小心提起令人难过的过往,连忙装死:"我休眠了。"

经它这样一闹,苏苏忍不住回想,她小时候被捉去魔宫时,看见过澹台烬的左护法。

左护法是个男子,戴着面具,手上一支白骨做成的骨笛。

右护法却不在。

苏苏没见过右护法,听说魔神的右护法是个红衣妖娆女子,她修为高深,手段狠辣,却对澹台烬忠心耿耿。

苏苏庆幸他们如今不在澹台烬身侧,不然她的任务恐怕没法完成。

镇上只剩下小妖,且都不是荒渊镇压的大妖,苏苏没办法从他们口中得知荒渊的消息。

她有几分失望，只好接下来再找找看，有没有能领她去荒渊的妖魔了。

天色暗下来，苏苏回头看一眼镇上快要散去的妖气，回村子去了。

小玲坐在院子里洗菜，抬头看见挎着篮子回来的陈雁雁。

小玲盯着陈雁雁的布鞋，上面沾了不少泥。她跨过小玲家院子时，朝院子里面看，对上小玲探究的目光，陈雁雁不自然地别开头，离开了。

以前小玲会欢喜地喊一声雁雁姐，但是最近，小玲觉得如鲠在喉。

小玲看着陈雁雁走路的姿势，她腰肢不知道什么时候细了不少。不久前还是个什么都不懂的村里少女，如今的陈雁雁，走起路来却颇有风姿。

腰轻扭，莲步轻移。

小玲盯着陈雁雁的脸，不知道是不是自己的错觉，她觉得陈雁雁皮肤细腻了不少，以前风吹日晒的痕迹，仿佛顷刻之间淡去。

陈雁雁不太一样了，小玲心想。

女孩坐在家门口，等着苏苏回来。她知道叶姐姐白天要去镇上找妖怪，傍晚才会回来。

看见苏苏身影时，小玲用力挥挥手："叶姐姐。"

苏苏笑道："我回来啦。"

小玲也露出一个笑容。

"澹台烬呢？"

小玲摇摇头："他早上出去了，一直没回来。"

苏苏找了一圈，没找到人，也没有办法。

镇上妖物已经清除，苏苏打算明日就向村长辞行。听说她要离开，小玲很舍不得。

澹台烬一夜未归，天蒙蒙亮时，屋门被人推开，响起轻轻的脚步声。

苏苏枕着桃木剑，手指一动，没有睁开眼。

来人似乎在看她，过了一会儿，朝苏苏伸出手。

苏苏猛然捉住那只手，她睁开眼，回头问："你做什么？"

来人是陈雁雁，被苏苏捉住手，陈雁雁也不心慌，她说："我看叶姑娘的被子没盖严实，想帮姑娘盖上被子。"

苏苏之前听过小玲的话，心中对陈雁雁很警觉："你为什么会来小玲家里？"

陈雁雁说："小玲说你要离开了，村长让我来请你过去吃饭，乡亲们想感谢你。"

她答得滴水不漏，表情露出几丝痛色："叶姑娘，你捏痛我了。"

苏苏松开手："我知道了，我会去见村长的。"

等陈雁雁出去，苏苏穿戴好衣裳，陈雁雁还在院子里。

陈雁雁说："我和你一起去村长家。"

苏苏点头，她抱着小木剑，跟在陈雁雁身后，悄悄打量她，也发觉陈雁雁变了不少。但是到底哪里变了，苏苏说不上来。

仔细一想，似乎是气质。

人还是那个人，可是又好像完全不同，陈雁雁漂亮了不少。

两人一前一后，走到村里岔路时，草丛中突然蹿出一条毒蛇，朝苏苏咬过来。

苏苏反应很快，木剑刺入小蛇身体。

陈雁雁尖叫一声，撞到苏苏身上，苏苏发现自己有一瞬竟然动不了，脸颊一疼，像是被树枝划破了一道小口子。

她捂住脸，推开陈雁雁。

陈雁雁微笑着看向苏苏，脸上诡异。

苏苏想说话，然而她竟然没法开口，她眼睛里失去光彩，渐渐变得木讷。

陈雁雁说："跟我走。"

苏苏跟在她身后。

只不过这一次，两人没去村长家，陈雁雁带着苏苏上了山。

走过曲曲折折的小路，陈雁雁来到一处石壁。

她伸手触碰石壁，神奇的是，她整个人顷刻穿越了石壁，消失不见。

苏苏跟在她身后，低着头，也穿过了石壁。

石壁里面是逼仄的通道，明明是清晨，里面却没有半点光。陈雁雁也不需要火把，很自然地前行。

当一扇恢宏的门出现在眼前，苏苏终于明白了这是哪里。

竟然是一处地下墓穴。

石门上刻着繁复的花纹，陈雁雁把血滴在花纹上，带着苏苏一起进去。

苏苏的心怦怦跳，面上还是一副被控制的模样。

她猜，这里会有她想找到的大妖。

如果不是不能做多余的动作，苏苏都想摸摸自己的荷包定心。

墓室里，有一具红木棺材，只不过棺材空空，里面什么都没有。

珠玉帘子后，有一个石座，石座后的人影，模糊不清。

"我把她带来了，"陈雁雁对着帘子后面的人欢喜地说，"你答应我的事情，作数吗？"

"当然，"帘子后的人笑起来，声音娇媚动听，"我会让你变得比她漂亮，你难道没看出来，最近你的腰肢细了，脸也漂亮不少了吗？"

陈雁雁点头，犹疑半晌，她说："可是，他真的会喜欢我吗？"

女子捂住唇，咯咯直笑："这有何难，等她死了，我给你换上她的脸，你便可以和你的心上人在一起。"

陈雁雁说："可是……她救了我们村子的人。"

女子好似听见了什么笑话："不是你召唤我而来的吗？你忌妒她，她比你漂亮，她有能力保护自己。你以前喜欢的村夫，看不上你，看上了那个叫小悠的女孩。小悠被迫嫁给王公子的时候，你多高兴呀，只是不敢叫人知道，还忍住窃喜为她落了两滴泪。

"但你没想到，王公子下一个新娘，竟然是你。你害怕极了，好在你被救了，救你那人，宛如谪仙，可他也看不上你。

"他比那个村夫厉害多了，你这辈子都没见过这样的人，你心里呀，恨不得将叶姑娘抽筋剥皮，将她碾碎踩在脚下，自己代替她。"女子咯咯笑，"你当真不要她的容颜吗？那你和她一起回去便是。"

陈雁雁被她说中心事，阴沉着脸，这回也不说别的了："请你帮我。"

女子早料到如此："你且上前来。"

陈雁雁走进珠帘中。

女子说："放松身体，我对你做什么，你都不要抗拒，我这是在帮你。"

陈雁雁看着女子，脸上露出迷醉的笑容。

女子抬起手，覆在陈雁雁脸上。

没过多久，陈雁雁倒下去。

女子看着地上变成一具干尸的陈雁雁，咯咯笑起来："凡人呐，如此愚蠢，我说什么，你就信什么，真是丑恶。"

她一挥手，珠帘自动向两边拉开。

苏苏终于看见了里面的场景，石座之上，一个脸色青灰的男子，一动不动地坐在石座上，他怀里蜷缩着一个美丽的黄衣女子。

苏苏早在她出声前就认出了她。

冤家路窄，竟然是那只七尾狐翩娘。

翩娘脸色红润，从男子怀里走出来，走到苏苏面前："我等这一天，已经太久了。不枉我在你体内留下心头血。"

"本以为是那个奇怪的人会融合倾世花，没想到是你。"翩娘喃喃道，"世上最后一片倾世花，是什么颜色的？"

苏苏情不自禁回答道："紫色。"

翩娘有几分失望："竟不是绿色，但也没关系，只要是神器，就可以帮助他醒来。他睡了太久，我等不及了。"

苏苏悄悄看一眼石座上的人，他穿着一身盔甲，隐隐有化作僵尸的潜质。

苏苏突然明白了翩娘想做什么，世间有龙脉、灵脉，与之相对，也有妖脉。

翩娘的爱人死了，她把爱人放在妖脉中，希望他借由尸气死而复生。

　　然而僵尸分为白僵、绿僵、毛僵、飞僵、游尸、伏尸、不化骨。只有成为不化骨的僵尸，才有自己的意识，和人无异，与强大的妖魔比肩。

　　翩娘以狐妖之体，到处吸食人的精气，渡给男子。

　　倘若真结合了倾世花的灵力，男子不但可以醒过来，甚至可能会成为旱魃！

　　旱魃出世，又是人间劫难。

　　狐妖走过来，如之前对付陈雁雁一样，要吸干苏苏。

　　狐妖抬起手，还未发功，身后悄无声息出现十二柄桃木小剑，刺入她的身体。等她反应过来时已经来不及，就地一滚，被四柄小剑灼伤。

　　狐妖匍匐在地，怒而抬眸："你没中招！"

　　苏苏拿出袖中黄符，木讷之色不见，笑盈盈看着她："我脸上难道写着'傻'吗？"

　　狐妖说："我杀陈雁雁，你竟不救她！"

　　苏苏纳闷地说："你在想什么啊？"

　　修道修心，修的是善，问心无愧，而不是修愚蠢，陈雁雁想她死，她自然不会再救陈雁雁。

　　本来人追求力量，就是为了让自己随心，可以活得肆意，否则不分寒暑地苦修，难道是为了让自己不快活吗？

　　狐妖快被她气得吐血，她飞身而起，手化作爪子，要取苏苏性命。

　　苏苏以前怕她，如今神器在体内，虽然不是个好神器，却能帮她不少。她心想，这次又准备好了传送符咒，大不了打不过再跑嘛！

　　苏苏偷袭成功，狐妖伤了元气，恨她恨得咬牙切齿，拼尽全力要杀了苏苏。

　　苏苏靠着桃木小剑和神器，勉强和狐妖打了个平手。

　　狐妖被她击退，突然妖艳一笑。

　　石座上一动不动的男子，抬起银色的眼睛。他笨重地拿起身侧的剑，朝苏苏砍来。

　　苏苏一看他的眼睛是银色的，就知道不好，这男子也不知道被狐妖渡了多少精气，竟然修为这样高，比狐妖还高一等。

　　僵尸一剑下去，地上裂痕深深。

　　这是要变旱魃的节奏啊！

　　苏苏闪躲得吃力，数千年的僵尸，早已刀枪不入，苏苏带着神血的剑落在它身上，只是冒起浅浅轻烟。

　　狐妖怒喝道："姜饶，杀了她！"

　　僵尸眼里银光一闪，苏苏连忙后退，谁知天上落下一个玄铁笼子，将苏苏牢牢困在里面。

狐妖哈哈大笑:"你以为我没有准备吗?专门为臭道士准备的东西,如今让你试试。"

地上妖阵大开,势要让苏苏在笼中化作一摊脓血。

狐妖踱步过来,利爪在空中几乎形成寒芒,要杀死苏苏。

一支袖箭带着鸣镝声,刺破狐妖手掌。狐妖惨叫着,被钉在石座上。

苏苏回头看去,澹台烬举着袖箭,神色冷漠。

澹台烬隔着笼子看她一眼,突然弯唇道:"你也有今天。"

苏苏抓住笼子,抬头看他。

狐妖被先后算计,疼得抽搐,她想拔出箭,箭上却沾着澹台烬的血,她的叫声终于变成狐狸叫,身后七条尾巴散开。

澹台烬身后,数十个夜影卫走出来,包围了狐妖。

其中有一人捧着一颗珠子,跪在澹台烬身前。

澹台烬拿起珠子,微笑起来:"冥罗珠啊。"

狐妖脸色大变,先前她受伤都没有这样急,此刻却陡然慌了神:"不要!"

她再也顾不及自己的手,拔出利箭,朝着澹台烬飞扑而来。

澹台烬说:"不自量力。"

夜影卫袖中齐齐飞出缚妖线,这次的缚妖线,可比虞卿的水货厉害多了,把狐妖捆得严严实实。

狐妖被他逼得化作原形,竟然不惜催动内丹,强行挣破缚妖线,想带着僵尸姜饶离开。

苏苏看过去,墓穴的阵眼失去冥罗珠镇压,之前刀枪不入的姜饶,合上了银色的眼眸。

苏苏以前听过,冥罗珠是至宝,可以保证人的尸身不朽。失去了冥罗珠,还没有成为不化骨的姜饶,必定会慢慢腐烂。

澹台烬饶有兴致地看着这一出好戏,薄唇轻启:"杀了那僵尸。"

夜影卫领命而去。

狐妖悲鸣一声,不管不顾要保护姜饶。

她的三条尾巴被斩断,依旧挡在姜饶身前,然而澹台烬有备而来,怎会让她逃脱。

狐妖的爪子被斩断,她嘴角流着血,依旧不愿离开。

她竟是拼死也要护着没了意识的姜饶。

苏苏怔然看着狐妖。

澹台烬轻轻叹息一声,苏苏毛骨悚然,她忍不住说:"够了,你虐杀她有意思吗？"

澹台烬低眸，冷冷扫她一眼。

苏苏说："你明明可以给他们一个痛快。"

"痛快？"他低声说，"我为什么要给他们一个痛快？"

他走过来，抬起苏苏的下巴："你也是阶下囚，一会儿有你求我的时候，现在老实闭上嘴。"

苏苏拍开他的手。

澹台烬收回手，看着自己通红的手背，他冷声说："把那狐狸剩下的尾巴也砍了。"

夜影卫正要动手，一人连滚带爬跑进来，挡在妖狐前面。

"质……殿下，"来人脸色惨白道，"求你放她一条生路。"

苏苏不可思议地开口："二哥！"

来人面容憔悴，风尘仆仆。原本如玉温和的脸颊，带着疲倦和悲哀，挡在血淋淋的狐妖前面，不是叶储风又是谁？

叶储风一撩衣袍，清泪落下，朝澹台烬磕了个头。

"求你。"

‖ 第三十二章 ‖

"二哥，你知道自己在做什么吗？"苏苏焦急地说。

如今夏、周两国交战，叶储风作为将军之子，竟然对着敌人跪拜哀求，不但折了他读书人的风骨，这是连叶家也不顾了！

叶储风没有起身，他的眼泪湿了衣襟。

他比苏苏更清楚这样做的后果，他知道身后的狐妖害了很多人，他一度想，就这样断了这份孽缘。

可是当狐妖的尾巴一条条被斩断，眼看要被澹台烬生生凌虐至死时，他再也忍不住，跌跌撞撞跑了出来。

叶储风衣衫褴褛，不远千里追寻一个妖精。他不敢看笼中小妹，他比谁都清醒，却又比谁都绝望。

身后狐妖叫得凄厉，血染透他的衣襟。他曾经那么喜欢和珍视她，连她哭泣都觉得疼惜。叶储风清泪流下，再次木然磕了一个头："求殿下饶她一命。"

澹台烬说："叶二公子是个聪明人，有所求，便要有所付出，她能不能活，取决于你能付出什么？"

叶储风说："在下身无长技，此生愿为殿下赴汤蹈火，万死不辞。"

叶储风避开苏苏震惊的目光，闭了闭眼："只恳求殿下一件事，莫让……属下对付叶家。"

澹台烬说："对付叶家还轮不到你。"

他拿出一个玉盒，对叶储风命令说："手伸出来。"

叶储风接住玉盒，一只通体碧色的虫子，从玉盒中钻出来，钻进叶储风身体里。

叶储风唇色惨白，身体微微发抖，他忍住了，一声不吭。

虫子消失不见，澹台烬冷声说："记住你今日的誓言，若有背叛，万虫噬心。"

叶储风捂住心口，默默抱起地上血淋淋的狐妖。

狐妖叫翩然，此时成了一只黄色的小狐狸，身后三尾被斩断，汩汩流着血。

澹台烬抽出夜影卫的剑。

剑的寒芒映在他的脸上，他微笑起来："叶储风，见过血吗？"

苏苏抿紧了唇，她当然知道澹台烬这样问，不是单纯问叶储风有没有见过血，而是问他有没有杀过人。

叶储风摇头。

"这样啊，"澹台烬说，"那第一件事，便是杀了这只尸妖吧。"

澹台烬把剑扔到叶储风脚边，叶储风不可置信地抬眸："殿下！"

狐妖在他怀中挣扎，叶储风脸色惨白。

今日若当着翩然的面，杀了僵尸姜饶，翩然会恨死他。

澹台烬不语，似笑非笑看着叶储风。他眸中冰冷，任谁也不会觉得他在开玩笑。

叶储风垂眸，僵硬着身子，捡起了那把剑。

原本安静的翩然尖啸着，一口咬在叶储风手臂上。

叶储风不为所动，手起刀落，斩向姜饶。

没了冥罗珠的姜饶，不过是一具无法动弹的普通尸体，他的头咕噜噜滚下来，甚至一滴血都没有。

狐妖眼中流出憎恨的泪水，生生咬下了叶储风一块肉。

叶储风抱紧它，眸中空得荒芜。

苏苏眼里泛起了泪花，她不知道该恨叶储风，还是该可怜他。他抛弃一切以身饲妖，妖物却深深恨上了他。

叶府四个公子，本就叶储风过得最不好。

苏苏本来还盼，叶储风离了狐妖，能金榜题名，自此不再受府中人冷眼。可他向澹台烬跪下那一刻，他此生注定万劫不复。

澹台烬仿若完全感受不到他们的痛苦，他把玩着冥罗珠，说："我身边不要废物，去沧州，证明你的本事，有人会告诉你，我需要你做什么。你做得好，这只孽畜就活得好；你若不济，春日来临前，我还缺一件狐裘。"

夜影卫拿走叶储风手中奄奄一息的狐妖。

叶储风全身是血，分不清是他的还是狐妖的。他悲凉一笑，看着狐妖。

狐妖却不看他，死死盯着姜饶的头颅，嘴里大口大口吐血。

叶储风收回视线，说："属下领命。"

离开之前，他朝着澹台烬深深一拜："三妹妹年幼不懂事，以前多有得罪，望主人宽宥，放过她。"

澹台烬意味不明地说："自然。"

叶储风走到笼子前，对苏苏说："小妹，叶储风不忠不孝不义，此后世上再无叶储风。"

他解下腰间的玉，放在苏苏掌心。这是代表叶家男儿身份的玉佩，每个叶家子孙都有。

苏苏咬住唇，把玉扔回他身上，心里伤心又复杂："你滚吧，我的二哥已经死了！"

玉碎在地上，叶储风红着眼眶，没有回头。

苏苏看着叶储风的背影，叶储风这一走，来日估计就是幕后对付大夏和叶府的敌人。他才华斐然，以后必定是指向叶家的利刃。

等人走了，苏苏捂住胸口，低低咳嗽。

她嘴巴里全是血腥气，和七尾狐还有姜饶打斗，她也受了伤。

夜影卫捏着狐妖的脖子，请示澹台烬："殿下，怎么处理这妖孽？"

澹台烬看着苏苏，漫不经心地回答夜影卫说："找个地方关起来，不弄死就行。如果叶储风没用，直接杀了，剥皮煲汤。"

狐妖被带走。

澹台烬的手触上玄铁笼子，蹲下看苏苏。

少女蜷缩在笼子里，狠狠瞪他一眼。

他神色冷淡，与她对望。

苏苏说："你这几日消失不见，就是为了联系你的手下？"

澹台烬说："是。"

"你早就发现了七尾狐？"

"是。"

"你也知道叶储风跟来了？"

"没错。"

苏苏说："你故意骗我救你？"

澹台烬没说话了。

不，只有这个，在他意料之外。长命锁结下的传送阵法，最终地点只有荆兰安知道，连夜影卫也用了几日才找到他。

他不说话，却伸出手，触碰到苏苏嘴角的血迹。

苏苏一怔，连忙后退几步："你想做什么？"

可惜她身后也是笼子，整个人被困在玄铁之中，无处可逃。

就在这时，夜影卫拿来一把钥匙："殿下，这是从尸妖身上找到的，应该是打开玄铁笼的钥匙。"

澹台烬接过来，笼子的钥匙也是以玄铁锻造的，看得出狐妖为了姜饶的安全，花了不少心思。

他试探性把钥匙放进锁孔，苏苏一眨不眨盯着锁。

"咔嗒"一声，笼子开了，然而下一刻，他反手一拧，笼子重新锁死。

澹台烬甚至多拧了几圈，似乎要把玄铁笼子锁得更死。他看着笼中无力反抗的少女，眼睛里带着奇异的光。

他起身，对夜影卫说："带走。"

苏苏面无表情，还好她没什么期待，此刻都不必走程序，直接在心里狠狠咒骂他。

她暗暗试了一下自己的逃跑符咒，发现没有反应，这个笼子为了困住道士，下了一番工夫，她在笼子里根本没法跑。

除非澹台烬打开笼子。

苏苏被带到了一处宅院。

澹台烬如今不是什么好身份，他的兄长成了周国皇帝，而他自己是大夏逃犯，不管是周国还是大夏，都不会放过他。

苏苏听见一大群人在隔壁谈论事情。

"澹台明朗……妖物……偷袭……胜了，宣王……甘蕤郡……出征……大夏皇帝……"

苏苏听不真切，她根据零零碎碎的信息推测。

大概是澹台明朗豢养的妖物，偷袭了大夏国边境，并且因为出其不意，打了一场胜仗，而萧凛亲自出征，前往甘蕤郡迎战。

如果萧凛前往战场，证明这一场战役叶啸打不过，不得不向朝廷求救。

苏苏心里有几分沉重。

讨论声渐渐变小。

澹台烬推门进来，他换下之前农家的衣服，穿一件黑色云纹的衣袍，整个人看起来精致华贵。

他坐在案前。

侍女们在旁边给他温酒，苏苏看过去，这些侍女的发饰和衣裳都十分特别，大概率是夷月族的女子。

没一会儿，房间里传来阵阵酒的暖香。

这会儿还未开春，寒意料峭。

澹台烬撑着下巴，漫不经心饮酒，对笼子里的苏苏视而不见。

他的心情很放松，苏苏猜，这个宅院是夷月族的地盘。

一旁伺候的，还有个长了两撇小胡子、贼眉鼠眼的男人，男人谄媚说："殿下，可要传歌舞？"

这人叫羊暨，是夷月族在边境的领事。他舌灿莲花，最擅长交际和阿谀讨好，也擅长做生意。

大周风气奢靡，喜丝竹，好乐律。羊暨先前没有接触过澹台烬，对他的背景不甚清楚，如今知道他是新主子，便把澹台烬当作最尊贵的大周皇子对待，因此早早准备好助兴歌舞。

澹台烬神色古怪，却也没拒绝："传。"

苏苏心想，装得挺像那么回事的，不知道还真以为他是在周国长大的皇子。

过了一会儿，婀娜的女子们鱼贯而入。

明明是冬日，舞姬们穿得却极为单薄，薄如蝉翼的白色纱衣，长长的水袖，腰肢若隐若现，美丽极了。

女子们朝着案前的澹台烬行礼，乐师奏乐，她们翩翩起舞。

苏苏蹲在角落，看了一会儿，她还受着伤，心口隐隐作痛。这样的场面，不适合她现在的状态，她无力靠着笼子，昏昏欲睡。

羊暨跟着乐曲打节拍，看着舞姬们，一副陶醉之色。

澹台烬撑着下巴，眼睛从舞姬们身上移开。透过舞姬们白色的衣裙，他在看笼子里的少女。

白纱之后，苏苏抱住膝盖，合上眼睛。

明明都这种地步了，可她的脸上依旧没有屈辱之色，不求饶，也不害怕，甚至依旧不把他放在眼里。

澹台烬饮下杯中酒，有几分烦闷。

羊暨并未觉察澹台烬的异样，偶尔还兴致勃勃给澹台烬讲几个夷月族的风俗。这些澹台烬听得颇入神，毕竟日后可能有用。

第二日，苏苏发起了烧。

最先是一个夷月族侍女发现的，她如常去给笼中少女送吃的，却发现她身体状况不太好。

侍女连忙去告知澹台烬。

彼时澹台烬和羊暨在院子中用膳。

羊暨闻言，嘿嘿笑道："殿下，小人一直没问，那姑娘是哪家女子？"

羊暨心想，他完全摸不准苏苏的身份。

关在笼子里，脏兮兮的，又一副没精神的模样，看上去殿下十分讨厌她。

他让她吃饭，却不让她疗伤。

说讨厌吧，哪有把讨厌的人放在身边关着的道理？难不成看她日日受苦，心中才舒坦？

澹台烬没理羊暨，问侍女说："病了？"

侍女说："是。"

羊暨道："殿下，要请巫医来看看吗？"

澹台烬冷淡说："不必，她并非什么贵客。"

羊暨脑子转得快，说："这女子可是之前做了什么让殿下不快的事，开罪了殿下？"

澹台烬说："差不多。"

今日依旧叫了歌舞，边境气候转暖，院子里竟开出三两朵花儿。澹台烬一言不发喝着酒，视线落在舞姬们身上，突然说："去问她，愿不愿意过来给我跳舞助兴，若跳得好，便给她治病。"

他虽然没说这个"她"指的是谁，但大家心中明了。

羊暨忖度，这又是个什么意思？

他这个万事通，一时也猜不到澹台殿下的心思。

没一会儿，侍女回禀说："那位姑娘同意了，只不过……"

"什么？"

"那位姑娘需要换一身衣裳。"

澹台烬弯了弯唇，他把钥匙扔给婢女，说："找人看住她，不许跑了，她要是跑了，便用你们点天灯。"

他说"点天灯"三个字时，语调十分温柔，婢女身子一颤，领命离开。

苏苏洗澡换好衣服，脸颊潮红，她看向镜子中的自己，一副病得不轻的模样。

她揉揉脸，让自己状态清醒一些。脑子里混混沌沌，她本体不会生病，这还是她难得生病的时候。

大夏贵族女子，诗词歌赋，音律舞蹈，样样都有涉猎。但叶夕雾会跳舞，苏苏却不会，那点儿记忆，根本不顶用。

她穿好夷月族舞姬的衣裳，心中隐约能猜到几分澹台烬的心思。

他在归还之前原主和自己给的折辱。舞姬身份低贱，澹台烬要她给他跳舞，想看她低头，和叶储风一样，向他臣服。

他想看她讨好他。

澹台烬先前的地位极度卑微，不管在冷宫，还是在叶府，都没人给他好脸色看。一旦翻身，他用这种方式，才能纾解心中郁气。

非要解释这种心态的话，苏苏觉得，大抵是扭曲到变态了。

毕竟澹台烬骨子里专横、暴虐、猜疑、谨慎，以别人的痛苦为快乐，别人不痛苦，他就制造几分痛苦。

苏苏系上腰带，把传送黄符塞进胸部，心里松了口气。

不会有人检查这个地方。

她笑眼弯弯，走之前，就成全一下那个可恨又卑懦的少年吧。

胡乱给他跳一下，在他心情最好的时候，她要他眼睁睁看着自己逃跑，不知道他会不会被气得吐血。

‖ 第三十三章 ‖

出门前，苏苏想了想，还是觉得心里不踏实。把黄符拿了出来，她盯着黄符看了一会儿，小变态脾气怪，还多疑，她不能轻敌。

传送符是她的底牌，一定要保护好。

苏苏在里面磨蹭良久，走出去被人拦住。

侍女冷冰冰说："姑娘留步，请让我等先行检查。"

她并没有征求苏苏同意的意思，苏苏格挡住她的手腕："澹台烬让你检查的？"

侍女面无表情道："殿下说姑娘诡计多端，磨平了爪牙再送过去。"

她检查得很仔细，从苏苏腰间搜出一包药粉。

侍女嗅了嗅，诧异地看一眼苏苏，说道："我族的迷香。"

苏苏冲她尴尬一笑。

侍女的手再往下，零零碎碎搜罗出一些小玩意儿，最后连苏苏的头发都不放过，取下苏苏头上的簪子，说："这些都是利器，姑娘跳舞，绑丝带就够了。"

说着，她招了招手，另一个侍女给苏苏发上简单绑了条白色丝带。

看到苏苏手中勾玉化作的手镯时，婢女要取下镯子。

可勾玉化形，刚好贴合苏苏手腕。

苏苏说："这个是小时候戴上去的，取不下来，你总不能让我砍掉手吧，没有手怎么跳舞?"

　　侍女试了一会儿,发现确实如苏苏所说,又见镯子光滑,应该没有任何机关,只好放弃。

　　苏苏捂着自己被弄疼的手腕,忍不住说:"你们殿下那么怕死,就不该把我放出来!"

　　侍女不为所动,说:"你随我去前院。"

　　苏苏拎着自己的白色水袖,跟上她。

　　趁侍女没注意,苏苏在侍女腰侧凌空一抓,一张符纸悄无声息滑进苏苏袖中。

　　苏苏唇角一弯,藏好符纸。

　　以前父亲游历天下,见过人间的戏法。

　　山中岁月无聊,他便拿这些新奇的东西哄苏苏。

　　苏苏看得津津有味,凡人聪明,没有灵力,却有一颗智慧的脑袋。

　　侍女无论如何也不会想到,苏苏故意格挡那一下,把东西藏到了侍女身上。

　　快到庭院时,侍女问苏苏:"你要什么样的乐曲?"

　　苏苏不在意地说:"随意。"

　　侍女皱眉,心道这人真狂妄,难道任何调子,她都能跟上节拍吗?

　　来到一个庭院前,侍女说:"殿下,人带来了。"

　　羊暨给澹台烬倒酒。

　　他是个圆滑的人,看出澹台烬喜欢听他讲夷月族的蛊毒,便挑着这些说给澹台烬听。

　　羊暨清楚,澹台烬在边境待不了多久,部署好就会动身回周国。

　　外面已经开始打仗,澹台烬野心勃勃,势必要争这天下。

　　羊暨讨好他有好处,若澹台烬胜了,他便是皇帝的亲信;若败了,夷月族也可以藏起来,另谋出路。

　　夷月族本就惯会隐藏,多少年来,朝代更迭,山川变幻,只有夷月族顽强地延续着。

　　等澹台烬带着军队离开,羊暨便会摇身一变,成为一个普通的奸猾富商。

　　澹台烬拿起酒杯,听见侍女通报,他动作一顿,朝门口看去。

　　羊暨也朝门口看去。

　　夷月族的舞姬风姿容貌均是上等,殿下为何执着让一个阶下囚来献舞?

　　很快,羊暨看见了那个"阶下囚"。

　　少女穿着夷月族的白色舞衣,不知道谁给她找的衣裳,偏大。

　　束腰将她纤细腰肢勾勒出来,领口松散。

比起那些成熟妩媚、身段勾魂的舞姬，这就是个略青涩的小姑娘。

白色丝带垂在她脑后，缀着几颗简单的珍珠。

羊曁第一眼的感觉，便是这少女很干净，干净到带着几分清冷纯洁。

羊曁没看出苏苏有多特别，要说美人，澹台烬自己的容貌便数一数二，堪称惊艳。

眼前少女的脸蛋虽长得不错，皮肤也比其他人白，然而到底不是多么惊艳的相貌。

可羊曁发现，她一走进来，澹台烬的身体绷直了些，黑黢黢的眼珠一眨不眨盯着她。

殿下的手指握成拳，不自觉抵住唇，看着那少女。

是一个代表厌恶和嘲弄的动作，但羊曁竟生生看出几丝期待。

羊曁受他感染，情不自禁变得期待起来，心道，难道这少女舞跳得特别好？

除了他们，院中几个侍奉的仆人，也悄悄打量苏苏。

大家都在期待着少女来一场"惊世一舞"。

苏苏走进来，好险没被自己长长的水袖绊倒摔跤。

因为不会跳舞，她勉强绷住了脸，做出高贵冷艳的表情，眸光对上手背抵着唇的澹台烬。

四目相对，澹台烬死死盯着她，指着一旁的舞姬说："没她们跳得好的话，就拉出去砍了。"

"没的商量吗？"苏苏问。

澹台烬翘起唇："一无是处的人，没有资格活着。"

苏苏觉得他就差把狞笑摆在脸上。

刻意拿她和舞姬做比较，他心思昭然若揭。很好，那她也就不客气了。

乐师开始奏乐，是一首轻快的乐曲。苏苏在仙山之上，偶尔听人抚琴，倒是通晓乐律。

她依着原主的记忆，抖开水袖。

澹台烬靠坐在椅子上，用一种嘲弄的眼神，看她跳舞。

她身姿灵巧，身上白纱层层叠叠散开，有种炫目圣洁的美丽。

短时间内，竟然没一个人看出她不会跳舞。

羊曁小胡子一动一动，觉得这舞蹈挺新奇的，以前没见过。

苏苏琢磨着，跳舞大概率和舞剑差不多。

她足尖轻点，跟着拍子柔软旋转。

不动声色朝着澹台烬靠近。

很快，羊曁脸上露出一丝疑惑，怎么觉得，这不像是舞蹈，像是胡闹呢？

但殿下没说话，他便不敢吭声。

羊暨看一眼澹台烬，殿下还在看着那少女。

苏苏舞衣裙摆旋成一朵盛放的花，她分心想，一会儿就用水袖，卷起案上温着的酒，全砸这变态脸上。

然而人算不如天算。

她要去卷那壶酒的时候，才发现不好。

跳舞和修炼可完全不是一回事。

她旋了不知道多少下，又发着烧，停下来以后脑袋晕乎乎，辨不清东南西北。

她的袖子拂过那壶酒，没卷起来，人却站不稳，向后倒去。

羊暨见她扑过来，以为她要行刺，连忙说："殿下小心！"

不光是羊暨，连澹台烬嘴角的嘲讽都僵住。

他看着眼前白纱飘飞，少女脸颊潮红，跌跌撞撞，就要虚弱倒下。

在羊暨慌张的目光下，澹台烬瞳孔微缩，竟听不见羊暨在说什么。

他心中只剩下一个念头，她怎么了？动作几乎来不及过脑子，抓住了她的衣袖，接住了少女，她最后倒在他的怀里。

两人滚作一团，少女发上的丝带，缠上他的手指。她身上的香，猝不及防便侵蚀了周围的空气。

她的白色裙摆覆盖住他的黑色大氅，少女像一只辨不清方向的蝶，晕头转向落进他的怀里。

羊暨傻眼了，"保护殿下"几个字，就这样卡在了喉咙里。

澹台烬被她扑倒在地，对上她惊讶的眼睛，他看着少女凑近的脸，表情空白。

苏苏也没想到会这样。

她趴在他身上，身下的少年墨发红唇，神情阴鸷苍白，眸中却透着几分茫然。

在他反应过来之前，苏苏冲他一笑。

"不好意思啊。"

既然你自己送上门，我就不客气了。

她用水袖狠狠勒住澹台烬的脖子，果然，他脸上的茫然之色瞬间消失不见，变得暴怒。

苏苏收紧水袖，她下手稳准狠，把他苍白的脸色瞬间勒成泛着红晕的桃花色。

澹台烬眼尾带着瑰丽的红，眸中却似带着冰碴，表情已经不能用暴怒来形容。苏苏觉得，如果此刻放开他，他一定会抽出旁边的剑，把她千刀万剐。

苏苏冲他一笑，朗声说："白眼狼，让你利用我！"

澹台烬神情阴狠，一言不发，死死握住她的手腕，总不能真让她把他勒死了。

这变故是谁也没想到的，羊暨连忙说："妖女，放开殿下。"

苏苏带着澹台烬一同站起来，她知道人质是个不管不顾的疯子，干脆勒紧了水袖，刻意不让他说话。

苏苏对羊暨说："你才是妖孽，七尾狐被你们关在哪里？不说我就杀了他。"

羊暨看一眼澹台烬的脸色，见他被勒得一个字都说不出来，就知道苏苏下了狠手。

羊暨连忙说："把妖狐带过来。"

没多久，有人拎着一个玄铁笼子，里面蜷缩着一只黄色狐狸。

苏苏问它："荒渊在哪里？"

她其实没抱多大希望，狐妖毕竟和自己也有仇，但只有大妖才知道去荒渊的路，每次见到大妖，话都来不及说就开打，苏苏不想再去找其他妖怪了。

狐妖身上透着浓重的死气。

听到"荒渊"二次，她耳尖动了动，抬起了头。所有妖物中，狐妖应当是智商最高的，她看看苏苏，又看一眼澹台烬，突然沙哑着嗓音说："你带我一起走，我带你去荒渊。"

苏苏迟疑，她虽然想去荒渊，可是狐妖杀了那么多人，她不能与虎谋皮，放走狐妖。

狐妖像是知道她在想什么："我不逃，我如今只想死，你可以带我走，杀了我。"

在澹台烬手里，她求死都做不到。

苏苏说："好。"

她挟持着澹台烬，让人把笼子打开。

羊暨几乎不敢去看殿下的脸色，太可怕了。但是澹台烬在苏苏手中，只能她说什么，他们便做什么。

狐妖浑身是血，走到苏苏身边。

苏苏问她："你有办法掩盖自己身上的妖气吗？"

狐妖说："可以。"

苏苏点头："你抓住我。"

狐妖抓住苏苏的裙摆，她不知道被澹台烬喂了什么，现在竟然连化形都做不到。

苏苏松开澹台烬，把他往羊暨那边一推。

顷刻间，少年回身死死拽住她的衣裳。

苏苏抬眸，便看见他红透的眼尾，还有对她恨之入骨的目光。他的嗓子被她勒伤，一个字都说不出来。

苏苏弯起眼睛，动了动唇："再见啦。"小变态，谁要陪你玩。

传送符咒启动，苏苏拎起狐妖，消失在白光之中。澹台烬紧紧拽着她的袖子，生生扯下一块轻纱来，却只能眼看着她眉眼弯弯，消失在自己面前。

他被弹出阵法，周围婢女看他可怕的脸色，早已跪了一地。

羊暨觍着脸走过去，尴尬笑道："嘿嘿，殿下无事便好。"

澹台烬狠狠一脚踹在他身上。

蠢货！竟然放跑她，怎么可以放了她！

他拔出剑，竟当场砍向羊暨。

这副疯魔的模样，羊暨何曾见过，他跪下："殿下饶命，殿下饶命。"

一个玄色衣裳的夜影卫出来，抱拳跪在澹台烬面前。

澹台烬平复了下呼吸，清醒过来，扔掉佩剑。

他扯出一个和善歉意的笑，扶起羊暨。

羊暨两股战战，看着澹台烬无害歉意的笑脸，第一次觉得，先前认为夷月族可以全身而退的自己，是多么天真。

澹台烬看着苏苏消失的方向，手指抚上自己脖子上的勒痕。

这辈子，别让他再遇见她，否则！

寒来暑往，没多久，中原的大地已经开了春。

极北之地却依旧林立着座座冰山。

一个紫衣少女裹紧披风，抱着怀里的狐狸，从空中往下看。

雪鹄张开翅膀，滑落下去，它抖了抖翎毛，让苏苏和狐妖下去。

苏苏摸摸它的头："谢谢你了。"

雪鹄蹭蹭她的手，缩小体形，飞向空中。

苏苏看着它飞远，她也没想到，那一日逃走以后，会遇见这只雪鹄。

她对它有印象，它是被神器和桃树妖吸引来的傻狍子之一。

她先前放走了它，还给它喂了符水，雪鹄再遇见她，便送了她一路。

怀里的翾然言辞尖刻道："你倒是人缘不错。"

苏苏没理她："荒渊入口在哪？"

"没有入口，但是十年前，出现了缺口。"

它们这些被封印的妖魔，就是从缺口中跑出来的。

翾然说："我告诉你怎么从缺口进出，你就杀了我吧。"

苏苏心情复杂地看着她："你……"

翾然眼睛中带着自嘲："姜饶死了，我吸人精气又有什么用。青丘还在的时候，姥姥就说过，凡是走上魔修之路，吸食精气，早晚会死在雷劫之下。"

"你明知是一条不归路,还是走了下去。你可知,即便姜饶变成旱魃,你也不能与他在一起。"

翩然不说话。

她当然知道,可是爱一个人,哪怕只有朝夕,朝生夕死,也义无反顾。

苏苏想起叶储风:"我二哥还在等你。"

翩然说:"他杀了姜饶,我恨他。"她垂下头,苏苏也没办法从一只狐狸脸上看出情绪。

苏苏不知道翩然有没有爱过她二哥,也不知道叶储风得知翩然死去,会是怎样一种心情。

翩然眼睛望着雪山:"小丫头,你会引业火吗?"

苏苏犹疑片刻,点头。

翩然说:"你进荒渊以后,送我一场业火吧。如果你再见到叶储风,替我告诉他,我从来没有爱过他,他也没有爱过我,万般种种,只是因为他中了我的媚术。"

苏苏愣了愣。

翩然在说谎,纵然是七尾狐,也只能迷人心智,不能让人产生"爱"的感觉。

爱与情欲,本就是两种东西,法术并不是无所不能。二哥爱着翩然,又傻又蠢,不管不顾,真真切切在爱翩然。

苏苏明白了什么,摸摸翩然的头:"好。"

翩然边哭边笑说:"业火烧完一切,我就可以清清白白去找姜饶了,你附耳过来……"

按照翩然讲的办法,冰山脚下,空中一条黑色裂缝缓缓打开。

翩然走向和苏苏相反的方向,那里烧着很小一簇业火,然而一簇就够了,够让翩然魂飞魄散。

第五卷

凉薄暴君

第三十四章

等到看不见翩然的身影,苏苏踏入裂缝中。

天旋地转,她来不及反应,从空中掉落下去。

不知道过了多久,苏苏砸在地上,闷哼一声。

她从地上爬起来,疼得哭笑不得。妖狐竟然最后还摆她一道,许是先前积了怨,故意让苏苏吃些苦头,不告诉她进入荒渊会不断下坠。

所在之处像是墓地,空中飘着灰烬一般的东西,天上竟然有一轮蓝色的月亮。

苏苏纳罕地盯着那月亮看了一会儿,勾玉说:"那是妖月,只有荒渊才有。"

苏苏说:"你怎么醒来了?"

勾玉道:"你要去找神龟,我不放心。尽量少挨到空中的灰烬,这些都是浊气化成的,你如今凡人之躯,碰多了会短寿。"

说完才想起紫色倾世花在苏苏体内,这话当白说。这一世的命运注定,只是不知道会是怎么个死法。

苏苏抬眼看去,荒渊入口满是荒凉。

杂草丛生,地上的泥土泛着腥臭腐烂的味道。蛇虫鼠蚁爬来爬去,还有几只蝙蝠躲在树上,用猩红的眼睛看着苏苏。

勾玉说:"它们都是低等妖物,不用理它们,我们去找神龟前辈就好。"

苏苏点头,拨开杂草往里走。

"前辈会在哪里?"

勾玉沉吟片刻,说道:"距离上一次神魔大战,已经过了数万年。神龟有上古玄武血统,他镇守荒渊也已有万年,说不定意识早已融入荒渊。他是世上最后一个神。"

神繁衍本就困难,上古血脉更是寥寥无几,凡人修真,为了追求无上大道成神。

可是那些神族血统的天神们,早已为了三界安稳,全部战死。付出惨重的代价,把上一任魔神和大妖灭杀。

其后修真者，遵循他们的吩咐，陆陆续续往荒渊封印别的妖魔。如今，新的少年魔神即将觉醒，天神和凡人，已经没有能压制新魔神的了。

勾玉心中有几分悲凉，说道："苏苏，你一定要成功。"

苏苏说："我知道。"

她拿出一个火折子照亮："我还希望衡阳宗的弟子，有一天能自由下山历练，人间也不必易子而食。"

勾玉说："最后一个神族血脉，独守荒渊，已经忍受了万年孤独。他的意识，说不定已经化作荒渊的一棵树或一簇草丛，你多留意。"

苏苏说："七尾狐这些妖怪逃出荒渊，也不知道前辈是否知晓。"

勾玉叹息着说："他即便知晓，也没办法走出荒渊去捉逃出的妖物。"

毕竟成千上万的妖魔，还镇压在荒渊。

两人一边说着话，苏苏一边四处观察。

荒渊像一个巨大的坟地，张着阴森森的嘴。

四处没有办法辨别方向，一如无穷无尽的蛮荒之地。苏苏所过之处，竟然看见几具白骨。

勾玉说："当初丢进荒渊封印的小妖，如今可能已经长成大妖，而当初的大妖，也必定老死在荒渊中。"

但是妖物放浪形骸，说不定还会在荒渊中生小妖魔。有些妖怪繁衍能力弱，有些繁衍能力强。

勾玉对那些放浪的妖怪缄口不言，怕教坏了自家小孩苏苏。

但庆幸的是，魔神没有留下后嗣，不然世界乱了套。勾玉猥琐地想，也有可能魔神不太行呢。史册记载的魔神，性残忍，喜杀伐，没听说喜欢睡女人，连澹台烬也不例外。

就是不知道他和那个传闻中美艳的右护法有没有一腿。

苏苏突然说："有声音。"

无须勾玉嘱咐，她立刻找地方躲了起来。

旁边就是几具骨架，苏苏把它们往外面推了推，屏住呼吸，躲在黑色的岩石后面。

细碎的脚步声传来，苏苏悄悄看过去，眼前几条蛇正围着一个冰棺。

人身蛇尾的女子，围着冰棺打转，愤怒地说："让你们去寻裂缝，你们就寻来了这么个东西，一群没用的废物！"

小蛇嗞嗞吐着信子："蚁女息怒，我等才看见裂缝，这个东西就从天而降。把我们砸晕了，等我们醒过来，缝隙就不见了。"

叫作"蚁女"的蛇妖怒气翻涌，打量着冰棺："这是人类，你们竟被一个人类小孩砸晕了，我好不容易凝出来的无界玉，就砸在了你们这几个蠢物手中。"

她万分窝火，最后勉强平息怒气，舔唇道："算了，好久没有吃过人类，就把他吃了。"

说着，她的手触上棺材，试着掀开。

然而一缕金光弹出，蚬女"嘶"的一声收回手，她的手被灼烧得一片血红。

她惊疑不定地看着小孩，这回眼里多了几分兴味。

"弱水凝成的冰棺。"

听见这话，勾玉也很惊讶："神魔大战，弱水曾一度流向凡间，可是这么些年，按理说已经少存于世，渐渐消失，也不知是谁收集了弱水，还想办法做成冰棺。"

苏苏："弱水凝成的冰棺，有什么作用？"

勾玉说："保证身体不朽，维持生命。不说别的，凝成冰棺的过程，就很困难，冰棺里的人，一定很受重视。"

苏苏举一反三："和冥罗珠差不多的作用啊。"

勾玉："这倒不是，冥罗珠只能保证尸身不朽，可是弱水冰棺能修复身体，比冥罗珠有用多了。"

苏苏和勾玉讲着话，那只蛇妖手中发出褐色的光，试着融化冰棺。

勾玉看出她的想法，说："你想救那个小孩的话，最好偷偷来，蛇妖一时半会儿不可能融掉弱水，等她离开，小蛇看守时，你再把人带走。"

苏苏："好。"

果然，如勾玉所说，蛇妖折腾了一会儿，离开了。

只剩下小蛇守着冰棺。

密密麻麻的蛇，看上去挺恶心的。

苏苏揉了揉手臂上的鸡皮疙瘩，撕下裙角，咬破手指画了两张符。

融合了倾世花以后的血肉，比猛兽朱砂还好用。

苏苏掐了个诀："去！"

符咒化作一只眼神锋锐的鹰，冲进蛇堆里，鹰本就是蛇的克星，它们慌张了一瞬，才发现这只"巨大的鹰"不吃它们，爪子抓住冰棺，飞速跑了。

鹰飞到苏苏面前，她把另一张符贴上冰棺，顾不及看冰棺中小孩的样貌，连人带冰棺飞速缩小。

苏苏把冰棺揣进袖中，拔腿就跑。

勾玉说："跑快些，那些蛇追上来了。"

苏苏不敢回头，这时候很想念她的翅膀。

她在荒渊拔足跑，后面跟了一群密密麻麻的蛇。

好在那些低等的妖物，智商不够，苏苏使了几个障眼法，它们便追不上了。

苏苏才要松口气，肩上却突然被人拍了一掌。

她来不及反应，就倒飞出去，口中哇地吐出一口血。

虵女扭着身子，阴狠地看着苏苏。

勾玉说："完了完了，打了小的，来了老的。"

苏苏擦去嘴角血迹，顾不得和勾玉说话，爬起来又要跑。

就这么一掌，她感觉自己肩膀都要碎了，如果不是有倾世花，她刚刚便会一命呜呼。

勾玉急中生智："苏苏，要不把冰棺丢给她，咱们跑吧。"

苏苏说："丢给她我们也跑不了。"蛇妖不会放过她。

她这时候有些怀念澹台烬，那变态对付妖怪很有一套，却打不过自己，简直杀妖利器。

虵女身躯疯长，很快，一条青纹巨蟒拦住苏苏的去路。

虵女眯起眼睛："你身上为什么会有那个贱人的味道？"

她吐着信子，感知空气中的味道。

苏苏不动声色后退，想起曾没入自己眉心的心头血："你说翩然吗？"

蛇妖说："你认识那个贱人？"

苏苏心道，原来是翩然的仇人。也难怪，都在荒渊，抬头不见低头见。

可是蛇妖明显比七尾狐厉害多了，苏苏在蛇妖手中，一招过不了。

苏苏眼珠子一转："对，认识，我和那只七尾狐是仇人。"

蛇妖果然没急着杀她，表情古怪："七尾狐？那贱人不是九尾狐吗？"

过了片刻，蛇妖哈哈哈笑道："原来是这样，翩然这贱人强行穿过裂缝，自断两尾，毁去数千年道行。你还活着，那她肯定死了。"

苏苏愣了愣，翩然竟然原本是九尾狐？

联想到方才蛇妖让小蛇去探路的话，她明白过来，妖魔想穿过裂缝，几乎要付出巨大代价，数千年乃至万年道行都会毁于一旦。

蛇妖以前应该不是翩然的对手，可是逃出去的翩然，十分虚弱，连凡人都打不过。

也难怪蛇妖不敢自己逃出去，只敢观望。

蛇妖吐着信子："你是她的仇人，可我依旧要吃了你。"

说罢，她的蛇尾甩了过来，苏苏早有准备，险险避开，拔腿就跑。

苏苏慌不择路，也顾不及看前面是何处，左支右绌地闪避。

蛇妖不紧不慢地玩弄着她，她手一抬，苏苏凌空而起，脖子被狠狠掐住。

虵女笑着，手指收紧。

"小小凡人，妄图和我斗。"

苏苏袖中冰棺掉落在地，变成原本大小，她身上的血滴在冰棺上。

虺女享受着杀戮的快感，没有注意到，弱水冰棺一颤，竟有融化的趋势。

勾玉见事情严重，本想破釜沉舟，没想到，冰棺突然飞旋出去，将虺女击退。

虺女惨叫一声，弱水全融化在她身上。

她变成一条巨蟒，在地上翻滚。

苏苏掉落下来，一个脸色苍白的小孩，茫然地看着她。

苏苏忍住痛，见小孩手软脚软的模样，在他面前蹲下："来，姐姐背你跑。"

小孩湿漉漉的眼睛看了看她，张开手臂，趴在她的背上。

苏苏忍住喉中的血腥味，背着小孩跌跌撞撞地跑。

小孩安安静静趴在她背上，还回头看了眼蛇妖，他抿唇说："妖怪又追上来了。"

小孩见她跑得这么辛苦，说道："你放下我，我自己走吧。"

苏苏说："你要真想帮我，留意一下该往哪边跑。"

小孩愣了愣，最后犹豫说："左边好像有一处宗庙。"

苏苏死马当活马医，干脆往左边跑。

虺女追上来，一看宗庙，脸色大变，她不甘地看着苏苏和小孩，咬牙离开了。

苏苏跑进宗庙，小孩回头看，说："妖怪没有跟上来。"

勾玉惊喜地说："苏苏，你看那边。"

只见一处荒芜的蒲团之上，一个白发男子，闭眼坐着。

他身上没有妖气，周围泛着白色的柔光，周身带着空灵圣洁的气息。觉察到自己的结界波动，男子缓缓睁开眼睛。

那是怎样一双眼啊，孤独苍凉，既冷漠，又悲悯。

一眼万年，苏苏仿佛从他的眼中，看到缓缓流逝的岁月。

想到他明明是神，却独守荒渊，与数万妖魔，共同留在永远见不到阳光的地方，苏苏鼻子酸酸的。

苏苏放下小孩，规规矩矩磕了个头。

"前辈，晚辈黎苏苏，不得已闯入此地，惊扰了您，请您原谅。"

男子银色眼眸看着她，没有怪罪的意思，反而眼中带着几丝欣慰："你终于来了。"

苏苏诧异地抬眸，身后小孩也十分茫然。

男子没说话，然而下一刻，小孩晕过去。

男子对苏苏说："你且上前来。"

苏苏连忙过去，走近才发现，男子身躯已近透明。他抬起手，手指点在苏苏眉心。

正是苏苏本体朱砂的位置。

"吾名稷泽。"他温柔地说。

苏苏身上被蛇妖弄出来的内伤,缓缓痊愈。她睁着黑白分明的眼睛,一眨不眨看着稷泽。

他银色的眼眸带着笑,竟轻轻摸了摸她的头发。

"小友甚是坚强。"

苏苏被世上最后一个神夸了,难得露出孩子气的一面,手足无措,又露出一个羞赧的笑。

连勾玉都纳罕:"苏苏你竟然会害羞的啊!"

稷泽垂眸说:"九天勾玉,难得。"

勾玉这下也不好意思了,多少年,没人知道它到底是个啥。稷泽一下叫出它的名字,它觉得脸烧得慌。

稷泽没有点破勾玉那点心思,他的语调轻缓而温和,对苏苏说:"吾守在荒渊太久,神力渐渐消失,荒渊开始出现裂缝。这个世界,即将妖魔横行。"

苏苏说:"晚辈便是为此而来,父亲和长老们希望苏苏改变五百年前的一切,抽出邪骨,阻止魔神觉醒,还请前辈指点方法。"

稷泽说:"抽出邪骨并非那么容易,付出什么代价你都不在乎吗?"

苏苏郑重点头。

稷泽银色的眸,清亮而干净,他没说鼓励的话,也没讲丧气的话,只包容地说:"既然如此,小友去试试吧。"

他摊开手,里面是一颗泛着金色光芒的珠子。

珠子从稷泽的手中,飞到苏苏手里。

勾玉细细辨认:"这是……灭魂珠泪,我听说,灭魂珠泪,可以化作九枚神钉,钉入邪魔体内。但是从未有人见过灭魂珠泪。"

"神陨落前,才可以化出灭魂珠泪。"

苏苏抬起头,讷讷说道:"您……您……"

稷泽微笑道:"吾将陨落。"

他的语气从容平和,苏苏和勾玉却都不知道该说什么好。

好半晌,勾玉小声问:"灭魂珠泪,如何才能变成灭魂钉,消灭邪骨呢?"

这事谁也没有干过,谁都没有经验啊。

稷泽看着苏苏。

"世上抽出邪骨的唯一方法,便是打开魔神的心,让珠泪化作九枚神钉,一枚一枚,钉在他的心上。"

苏苏磕磕巴巴、不可思议地说:"打、打开他的心?"

不会吧,不是她理解的那个意思吧?!

稷泽微笑说:"小友聪颖,定能领悟吾之意。荒渊封印,三年之内必破,小友只有三年时间,将神钉钉入他的心脏。"

"然……"稷泽看着她,轻声说,"世间少有人知,魔神并无情丝。"

苏苏握紧手中神钉。

这下勾玉也惊呆了。

苏苏还想说什么,稷泽却已经重新闭上眼,白发神祇,身躯逐渐透明,消失在空中。

‖ 第三十五章 ‖

苏苏握着灭魂珠泪,神珠在她手中散发柔和的光晕,一如它即将消散的主人。

微风拂过荒渊,苏苏从门口往外看,蓝色的月敛住妖异的色彩,神力一层层覆盖住荒渊。

所过之处,白骨弥散,金色的封印在荒渊每一寸土地亮起。

妖怪们惊异地探出头,发出嚎叫。

勾玉说:"稷泽要消失了,他早已撑不住,万年的消耗,让他无法守住荒渊,无能为力看着妖怪出逃。他在陨落前,散去神魂,为荒渊加固封印。如他所说,这个封印,顶多只有三年。"

三年后,失去神的镇守,魔神一旦觉醒,妖怪们冲出荒渊,天下将大乱。

白色的光点落在苏苏手中,她被一阵轻柔的力度托起。

勾玉:"稷泽要送你和小孩出荒渊。"

果然,如勾玉所说,苏苏看着荒渊的景象越来越远,那轮蓝色的妖月,渐渐黯淡。

金色的印记闪烁,觉察神之陨落,无数荒渊的妖怪试着出逃。

包括妣女,她脸上一喜,也想冲出荒渊缝隙。

一股金色的神力,不容反抗地在整个荒渊荡开,所有妖怪动弹不得。

只有苏苏身上的神力是温和的,她昏迷前所看到的,是荒渊离她越来越远,她落入缝隙之中。

稷泽的神力包裹住她,挡住缝隙中的罡风,把她送出荒渊。

缝隙发出金光,慢慢合上。

荒渊之外,是极北天山。

冰雪覆盖,一眼望过去,尽是白色。

缝隙里的罡风太猛烈，苏苏无知无觉躺在冰面上。

勾玉说："小主人，快醒醒！"

苏苏眼睫毛颤了颤，睁开眼。

入目的景色，让她明白已经出了荒渊。身边躺着一个冰凉的小身体。

是苏苏从蛇妖手中救下的小孩。

小孩脸色苍白，手紧紧攥住自己的衣摆，还没醒过来。

勾玉："荒渊缝隙的罡风太猛烈，他身子不好，纵有稷泽护着，也觉得难受。"

苏苏把他扶起来，现在才有时间看这孩子。

他长得粉嫩可爱，脸上一股纯稚之气。

苏苏打量着孩子，忍不住说："比澹台烬小时候可爱多了。"

勾玉赞同附和："可不是嘛。"

澹台烬小时候笑起来都阴森森的，偶尔的纯真，却是在杀人的时候，让人头皮发麻。

"再可爱也是个麻烦，他的身体一看就知道出了毛病，才会用弱水冰棺封住，阴差阳错掉入荒渊，没想到被强行唤醒。"勾玉说，"你如今要去找澹台烬，这小孩怎么办？"

苏苏说："先带他出天山，看看有没有能收养他的人家。"

勾玉观察着孩子，说："难，除非有奇遇，不然以他的体质活不下去。天生体弱，被天材地宝吊着命，如今他失去依仗，不知道能活多久。"

苏苏捏捏孩子小脸，说道："生命本就应该是一个绝地反击的故事。"

倘若能在疾风劲雨中长大，他未来必定比所有人都顽强。

这样的世道，谁活着是一件容易的事呢？

勾玉觉得这孩子有几分眼熟，又想不起哪里眼熟。

想不出个所以然，它索性也不再想。

"小主人，我休眠了。"这次醒来太久，它得赶紧阻止损耗，消耗一丝一毫的灵力，都可能导致苏苏回不了五百年后。

苏苏："好。"

天山太冷了，苏苏连忙以血画符，变出一只大鹏鸟，她把孩子放上去，自己也坐了上去。

大鹏驮着二人飞出天山，苏苏的血没法再维持，只好让大鹏鸟降落在附近。

她背起昏迷的孩子，继续往外走。

天山脚下，是一条蜿蜒的山路，泉水从山上流下，越往外走，越发暖和。

丛林中叽叽喳喳的麻雀，跳出来好奇地看着他们。

苏苏走了没多久，便出了汗。

明明天山冰冷，外面怎么这么热？

男孩便是这时候醒来的，小松鼠探出头，嘴里塞满了松子，躲在树上看他们。

他纤长的睫毛眨了眨，意识到有人在背着自己走。

少女轻轻喘着气，额上渗出些许汗珠，花瓣一般的唇，粉粉的。

他愣愣看向少女的侧颜。

她用紫色的丝带，束起两个花苞发髻，紫色流苏垂落在鬓间，显得娇俏可爱。

少女身子软软的，男孩骤然记起娘说男女四岁不同席，有几分羞赧，悄悄收回了自己搭在她肩膀上的手。

苏苏觉察到背上的动静，笑着说："你醒来啦？"

男孩看她一眼，又悄悄看她一眼，细声细气地说："嗯，谢谢你救了我。我很重，你这样很累，把我放下来吧，我自己可以走。"

苏苏越发觉得他乖巧，她依言放下他："我叫叶夕雾，你叫什么名字？"

男孩犹豫片刻，低声说："我叫小山。"

这名字一听就不像大名，看着小山局促的模样，苏苏也不拆穿他。

能用得起弱水冰棺的孩子，身上穿的是玉蚕丝织就的小锦袍，怎么也不可能取"小山"这样的名字。

也不知道是哪家金尊玉贵的孩子，沦落到这个地步。

如勾玉所说，乱世中，太过娇贵的人，根本活不下来。

苏苏热得够呛，放下小山以后，连忙把披风解开扔掉。

小山的脸更红了。

苏苏说："小山，你也看见了，你的冰棺被融化掉，我没办法给你找弱水重铸，你以后打算怎么办？"

她还是决定问问小山的想法。

小山看着她，低下头，小声问："我可以跟着你吗？"

苏苏有几分意外，摇摇头说："我有事要做，很危险，不能带上你。"

小山指尖泛着白，说道："好的。"

他也知道自己是个麻烦。

若他不依不饶，苏苏还能狠下心，可这孩子太过乖巧，苏苏心里升起一阵罪恶感。

好在她明白，如今不能意气用事。若落在澹台烬手中，翩然都想寻死，更别说这么个脆弱的小孩了。

两人走了一阵，林中突然传出脚步声。

紧接着，是一个粗犷汉子的声音："这什么破世道。周国军队都快抢到俺们村里来了，要不是老子会打猎，早饿死了。"

另一个声音说:"听说他们已经打到禹州,不知道大夏还能在那群周国蛮子手下撑多久。"

汉子粗声粗气说:"周国换了皇帝,你不知道吗?"

"什么?换了皇帝?"

"前两天的事,听说之前那个周国皇帝,被他弟弟弄死了,现在尸首还挂在边境漠河。"汉子道。

另一人很高兴:"之前那个周国皇帝澹台明朗豢养妖怪,搞得民不聊生,现在换了皇帝,新帝总不如之前的澹台明朗残暴吧?!"

汉子嗤笑说:"你道新帝是多么仁慈的人,听说他捉到他哥哥,也不急着登基,先把澹台明朗绑在旗杆上,澹台明朗生生挨了三日,才最终咽气。有人说,新帝不急着登基,是要打下大夏再登基。"

另一人不可置信地说:"可……澹台明朗不是养了妖怪吗?漠河一战,他豢养的妖怪,身躯有一座小山高,连叶大将军都输了,怎么会被新帝杀了?"

百姓就想过安稳日子,显然周国新帝的残忍狠辣,比旧帝还可怖,实在让人惊骇到难以接受。

汉子闷声闷气道:"那谁知道,妖怪到底是妖怪,你当是什么猫猫狗狗?"

两个猎户继续向前走,迎面遇上苏苏和小山。

猎户们一惊,面面相觑。

这破山林里,怎么会有漂亮少女和小孩?难道……

还不等他们脸色大变,苏苏出声问:'请问二位大哥,你们口中的周国新帝,是叫澹台烬吗?"

见她语气和善,身上也没有妖媚的感觉。

先前那个汉子胆子大些,回答道:"我们也不知道新帝叫什么。"

苏苏听他们谈论,就知道如今情况不太妙。

再加上这天气热得不像话,根本就不像她才进入荒渊时的三月初。

"大哥,如今是几月了?"

猎户回答说:"七月了,姑娘,你和这小孩,怎么在山林中?"

苏苏说:"本是进山寻药,没想到在山林里待着许久,什么药都没找着。"

汉子说:"我们这里也不安稳了,周国打了过来,全靠宣王殿下守着城门。姑娘,你别找什么药了,还是早早回家,和你家人赶紧离开吧。"

这两个倒是好人。

苏苏道:"我知道了,这就带着弟弟赶回去。刚刚听你们说……叶大将军兵败漠河,是怎么回事?"

猎户沉沉叹了口气,说:"周国旧帝养了一只吊睛白额虎,那妖怪身子有半座小山高。两军还没交手，叶大将军的军队就被吊睛白额虎击溃了。士兵们散的散，逃的逃，还没打，就已然输了。"

"漠河失守，如今已经落在周国手上。"

苏苏连忙问："叶大将军没事吧？"

"听说受了重伤，至今昏迷不醒。咱们宣王殿下，正代替叶大将军守在禹州。"

苏苏心里十分沉重。

她万万没想到，明明自己进入荒渊三日不到，可外面已然过了三个多月。

看来荒渊的时间和人间的时间流速不同，一出来，竟大局变迁，成了如此糟糕的局面。唯一的好处，可能就是荒渊的奇怪，让她身上的结春蚕并未发作。

如今澹台烬杀了澹台明朗，还对上了萧凛的夏军。

父亲受伤，大哥在嘉峪关中了毒，二哥投靠澹台烬，没有一个好消息。

转眼间，人间已然七月份。

苏苏向两名猎户道了谢，带着小山往前走。

"到了山脚下，我们就得分别了。"苏苏对小山说，"姐姐要去禹州，禹州在打仗，不能带着你，我到时候会为你找一户好人家。"

小山失落地看着地面。

都是这样，父亲悄无声息离开了他，母亲也很少来看他，后来说要去很远的地方，现在……眼前的少女，也要离他而去。

小山说："姐姐珍重。"

他已习惯别离，也不知道这副身体，能活到何年何夕，姐姐看上去也不是常人，她去做大事，必定不能带着他的。

苏苏纵然心中记挂着禹州，见他这副小可怜的模样，也有几分于心不忍。

她摘下一片竹叶，滴血在竹叶上，让竹叶变成一只翠绿的小鸟。

她把翠鸟放在小山掌心。

"别难过，这个送给你。"

翠鸟乖巧地蹭蹭小山，小山抿住唇角，眼睛里流露出星星点点的惊喜。

"真的给我吗？"

苏苏笑着说："嗯。"

小山小心翼翼道："它会一直陪着我吗？"

苏苏摇头。

一片竹叶，消耗的灵力并不多，是她借由倾世花的力量变化而成的生灵。

若她死了，小灵鸟便会变回竹叶。

小山见她摇头，愣了愣，低声坚定地说："我会好好珍惜它的。"

小灵鸟啾啾叫一声，飞到小山肩膀上。

漠河城中，黑衣少年靠在王座之上。

他懒懒坐着，身前趴着一只吊睛白额虎。他冷眼睨着殿内被绑着的大臣，大臣被迫跪下。

"逆贼，你弑君，不配为新君！"

"我等今日就算死了，也不会臣服于你。"

"如此折辱周帝，狼心狗肺，必定不得好死。"

他们人数众多，好歹是澹台明朗在周国的心腹，又跟了澹台明朗那么多年，此刻，谁也不会服从以"歪门邪道"上位的澹台烬。

外面，澹台明朗还被钉在旗杆上呢，从古至今，还没见过那么惨的皇帝。

眼前这小畜生，根本就不是人。

文人本就重风骨，倘若他们臣服于这逆贼，千古之后，史书将如何写？

想到此，他们越发来劲，仿佛多骂澹台烬一句，心中就畅快一些。

此起彼伏的骂声在殿内吵作一团。

夷月族的几个将领，看着澹台烬，冷汗涔涔流下。

第三十六章

他们骂得起劲，文臣们本就擅言辞，翻来覆去地骂澹台烬，都不带重样的。

王座上的澹台烬，认认真真，洗耳恭听。

他并未劝阻这些文臣，也没下令杀了他们。文臣们一看，顿时有了底气，澹台烬还没登基，不被大家承认，他就是个乱臣贼子。

想成为帝王的人，谁不要名声，澹台烬肯定不敢拿他们这些老臣怎么样。

六岁为质，如今和异族人、妖物为伍，澹台烬根本就不配当周国皇帝！

羊暨进来时，看到的就是这样的局面。

澹台烬倚坐在王座上，群臣愤骂，已经骂到"断子绝孙，不得好死"。闹哄哄的，不知道这里是漠河城主府的话，还以为是某个菜市场。

羊暨看一眼澹台烬，小胡子惊恐地抽了抽。

他小声问旁边的廿白羽："怎么回事，这群老头不想活了？殿下竟然没生气？"

目前这样的情况，两国交战，总不能把满朝文武都杀光，可他们这样骂澹台烬，殿下必定不会放过他们。

廿白羽是夷月族夜影卫首领，如今转到明处，他低声道："殿下听他们骂了一个时辰了。"

一旁的叶储风看着地面，一言不发。

又骂了一盏茶工夫，有人词穷，殿内声音渐渐小了下去。

终于，澹台烬动了。

他打了个哈欠，问大臣们："骂完了？"

他声音平静，不比下面任何一个义愤填膺的人的声音大，大臣们越发来劲："今日我等就算折在这里，也不会认你这个狗贼做新君。"

另一个有骨气的臣子附和："对，狗贼，要杀便杀，我关某绝不会为你效命。"

谁知，听见这话，王座上那人抵住额头，低声笑起来。

"你们以为，我把你们叫来，是想招降？"澹台烬古怪地说。

难道不是吗？

澹台烬拍了拍手掌："端上来。"

侍从拿了一个木桶进来，所有人面面相觑，不懂澹台烬这是何意。

"我这样的狗贼，不喜杀戮。"澹台烬说，"诸位骂了这么久，想必也饿了。见你们对先帝如此忠诚，我好生感动，便成全你们，把先帝的遗体，还予尔等保管。"

羊暨有种不祥的预感，他看向廿白羽，廿白羽想到什么，低下头，没有讲话。

侍从们拿出小碗，依次从木桶中，盛了一小碗肉汤。

澹台烬轻笑道："替我这个乱臣贼子，好好款待诸位大人。"

侍从们捏住臣子们的下巴，喂食了肉汤。有人看着碗里的肉，终于反应过来，惊骇大叫："这是先帝的肉！"

澹台烬竟然把澹台明朗煮了，让臣子们分食。

所有人脸色大变，拼命挣扎，然而一群文人，哪里挣扎得过夷月族刺客。很快，殿内响起接二连三的干呕声。

澹台烬疑惑地说："你们如此拥戴的人，现在在你们身体中，你们可以永远为他效忠，为何没人高兴？"

羊暨听见他温柔的声线，鸡皮疙瘩都要起来了。

澹台烬认真想了想，恍然道："啊，这样吧，诸位不高兴，想来是并未尽兴。给不高兴的大人，多加一碗肉汤。"

此话一出，满座没人敢吭声。

却见有人目露惊恐，扯出一个笑容："高兴，老臣高兴。殿……不，多谢陛下恩赐。"

他连滚带爬，露出僵硬的笑容："有陛下守护我大周，我大周必定流芳百世，福泽绵延。"

澹台烬哈哈大笑。

有了一个开头的人，面如土色的臣子们，纷纷笑起来。

一时之间，君笑，臣也笑。

先前那个骂澹台烬骂得最厉害的关大人，难以接受自己食用先帝的肉的事实，站起来，撞向柱子。

澹台烬饶有兴致地看着，等关大人头破血流地倒下，澹台烬敛住笑容，目光变得阴郁起来。

这回没一个人敢骂他，都战战兢兢地跪着。澹台烬打量关大人许久，最后轻声说："把他的遗体，还予他的家人吧。"

众人脸色煞白。

谁都明白他的意思，这绝非恩赐。关大人一死，他的家人便也要遭殃。

有骨气的几个臣子，脊背一下佝偻下去。

哪怕斩杀他们，也比目前的情况好得多。啖先帝之肉，他们的声名早已污秽。不管愿不愿意，今日从大殿中出去，他们和澹台烬便是一丘之貉。

再没人反抗，一一匍匐下去。

等被降服的大臣们被拖出去，羊暨面对着澹台烬，腿都要软了。

亏他还以为，自己能全身而退，现在看来，跟了澹台烬，就算烂成一摊腐肉，生了蛆虫，也不敢生出半分背叛之心。

他磕磕巴巴汇报说："小人统计过了，漠、漠河粮草，还可够三个月食用大军，不不，够大军食用三个月……澹台明朗留下的妖怪……妖怪……"

澹台烬扫他一眼，羊暨腿一软，差点就要跪下，甘白羽面无表情扶住他。

澹台烬歪头，说："你怕我？"

羊暨说："小人不敢，小人不敢。"

澹台烬露出一个腼腆的笑容："羊暨先生莫怕，他们吃的不是澹台明朗的肉，只是变质的猪肉。"

"猪肉？"羊暨下意识看向甘白羽和叶储风。

叶储风没什么反应，甘白羽却微不可查地点头，羊暨松了口气，胃里翻江倒海的感觉，总算淡了些。

澹台烬轻声细语说："你看，兵不血刃，也不必杀人，他们这辈子，都不能打着澹台明朗的名头倒戈对付我了。"

羊暨一想，竟然还真是！

纵然是猪肉，依旧不能让羊暨对澹台烬的恐惧减少半分。他勉强平复情绪，继续汇报军营情况。

澹台烬漫不经心地听着，垂眸看向自己白皙如玉的手指。

心想，荆兰安说得没错，即便心中不以为然，可他必须伪装成和别人一样。

他一点点揣摩，学着别人的举止，至少从表面上来看，他学得不错。

周国旧帝死后五日，满朝文武都投效了新君。
　　苏苏坐在酒楼中，听到这个消息时，忍不住喃喃道："他做了什么？"
　　没人会这么顺利吧？！
　　改朝换代，谋朝篡位，怎么会如此顺风顺水？
　　这件事半点风声都没传出来，苏苏百思不得其解。一对中年夫妻坐在她对面，提醒她道："姑娘……"
　　苏苏抬头，反应过来，说道："大叔、大娘，希望你们好好照顾小山。"
　　面前老实的夫妻连忙点头，慈祥地说："姑娘放心，我们没有孩子，会把小山当亲儿子看待，不会亏了他。"
　　男人附和："我们会带着小山远离这个地方，漠河和禹州都不安全，这些年我和夫人存了些家底，离了禹州，也能过得很好。"
　　苏苏点头："我和小山说几句话可以吗？"
　　夫妻俩善解人意地出去了，女人频频回头看小山，看得出来，她十分喜欢小山。
　　苏苏说："你喜欢他们吗？"
　　小山清澈的眼珠子看着苏苏，点头说："喜欢。"
　　苏苏叹了口气，摸摸他的头："拿你怎么办才好啊。"
　　这般乖，明明不想走，可是从不表露半分。
　　苏苏实在怜惜他，她已经许久没有这般怜惜一个人。可她真的得走了，那对夫妻是好人，家底也殷实，小山跟着他们，比跟着自己好。
　　苏苏轻轻握住小山的手腕。
　　男孩脉搏虚弱，几乎不像活人。那对夫妻再好，也不能帮小山续命。
　　她在自己手腕上划破一条口子，递到小山唇边。
　　小山看她一眼，像前两日一样，轻轻吮着她的血。倾世花改造后的少女身体，血液并无腥气，反而带着浅浅的花香和无上神力，小山知道，她想让自己能多活几年。
　　他不敢用力，唇瓣若有似无挨着她的手腕。
　　少女柔软肌肤，浅淡好闻的香气，让他有几分手足无措。
　　他干燥的唇触上去，忍住了面红耳赤。
　　还是忍不住悄悄看她。
　　她笑盈盈看着他："怎么啦？"
　　小山仓促松开她的手。
　　"谢谢。"
　　他从不肯喊苏苏姐姐，苏苏也不在意，这孩子乖巧早熟，心里有自己的想法。

"今后好好生活，倘若有机缘，一定要抓住。小山，做个坚强的人，希望有一日，我们再遇。"

小山闷声道："嗯，我会的。"

我答应你。

苏苏点点头，打算离开，小山抿着唇角，手指轻轻勾住苏苏的袖子。

他把一个拇指大小的玉盒放在苏苏掌中。

苏苏低眸一看，一条白色的小虫睡在玉盒中。

小山说："我、我只有这个，送给你，你不要怕它，也不要嫌弃它。你带着它，就不会中毒。"

他生怕苏苏不要，仓皇后退几步："我找他们去了。"

还不待苏苏说话，他跑到外面，牵起夫妻中女人的手。

女人喜得眉开眼笑，苏苏心情复杂地收好玉盒，远远看着他们带小山坐上马车离开。

马车上。

女人说："别看了，你姐姐走远了。"

小山低声说："她不是我姐姐。"

女人听不清他说什么："你肩上这只鸟，是怎么回事？"

说着，她要去抓。

小山把鸟儿护在掌心，抿唇说："请、请不要碰它。"

女人捂嘴笑着嗔道："这孩子，娘又不抢你的。"

小山沉默着。

他很想说，他不是孩子了，虽然看上去还是六七岁的身体，可他已经十二岁。

他是个少年了，他也记得自己的娘亲，娘亲叫荆兰安。

他是夷月族少主，月扶崖。

漠河已经是炎炎盛夏，苏苏换上一身轻便的衣衫，在城中观察情况。

事实上，她也不知道具体怎么办。稷泽说魔神没有情丝，那就注定是个冷心冷情的人。

史册记载，没有情丝，后来可以长出，但过程艰辛，要教会一个人爱与恨、痛与甜。

人的感情，是世上最复杂的事。

据苏苏目前了解的情况来看，澹台烬只对叶冰裳有感觉，念念不忘，或许这个人选，叶冰裳最合适。

然而叶冰裳已经嫁给萧凛,夫妻琴瑟和鸣,这都叫什么事啊。

抽取邪骨俨然变成地狱难度,难怪稷泽只是包容笑笑,不鼓励她,也不打击她。这本身就是一件绝望的事。

她还在想办法,街道一阵骚乱,人群奔跑起来。

一个女子被人群挤倒,摔在苏苏脚边,苏苏连忙扶起她:"发生什么事了?"

女子急急道:"周国旧帝养的那只战虎,每隔几日都要挑个女子去侍奉,那可是妖怪,没人活着回来!姑娘,你赶快跑吧。"

果然,不远处,一列士兵目光犀利,看向人群中。

苏苏先前听猎户说过,澹台明朗有一只小山高的虎妖,可以帮助他打仗。

澹台烬杀了澹台明朗,他估计舍不得杀这只虎妖,便继续养着,让虎妖为他打仗。

毕竟凡人怎么打得过厉害的精怪,苏苏轻轻磨牙,就不能指望澹台烬有什么是非观。

眼见士兵越来越近,苏苏也没有躲的意思,吃女子的虎妖是不是?看她不打爆它的头!

虎妖本就是叶老爹的威胁,她要到澹台烬身边去,顺便就把虎妖解决了。

依苏苏看,纵然澹台烬要当皇帝,目前这个局面也是最好的,他若真灭了夏国,必定是个无法无天的暴君。

她心念一动,士兵把她捉住的时候,她象征性地挣扎了一下,就被带走了。

苏苏被捉走之后,并没有直接被送到虎妖身边,嬷嬷眯着眼睛打量她一番,最后苏苏被关进了一个房间。

房间里,还有五名女子。

女子们脸色苍白,还有两个垂泪的。见苏苏被推进来,她们看了一眼,又绝望地低下头。

有个脸色难看的女子说:"芸儿,不行,我们不能坐以待毙,再不想办法,我们一定会死的。"

赵芸儿面容憔悴,说:"能有什么办法,澹台明朗留着我们,不就是为了今晚。我之前就听爹说,他找到一只沉睡的大妖,等着唤醒。"

燕婉说:"可是澹台明朗已经死了,漠河现在是他弟弟做主,我们……说不定有机会。"

燕婉看看赵芸儿美丽娇艳的脸:"对!芸儿,你这么漂亮,今晚我们还有个机会,仪式开始前,新帝会传召我们,只要他……他看上了你,我们就不用去唤醒大妖了。"

赵芸儿一怔,眼里多出几分希冀。

苏苏万万没想到，除了虎妖，澹台明玥还想唤醒别的大妖。

澹台烬比澹台明朗更渴望力量，既然有这个机会，他必定要将妖物唤醒，不管是掏出内丹自己吞了，还是驱使妖物打仗，都是澹台烬会干出来的事。

澹台皇室都是疯子。

然而眼前几个姑娘，显然都不了解新帝。因为这群勇者姑娘，决定要去勾引澹台烬了。

‖ 第三十七章 ‖

苏苏是新来的，衣着寒酸，几个打扮贵气的姑娘显然不打算带她一起去勾引新帝。

着青色衣裙的燕婉说："芸儿，先前我打听过，新帝身边并无姬妾，他年少气盛，不可能见了美人毫无反应，只要我们抓住机会，就不会被送去献祭给妖怪。"

无疑，几个人中，赵芸儿最美。

她一身粉色襦裙，在人群中最为亮眼，哪怕是哀愁的神色，也无损她的美丽。

赵芸儿点头，同意了燕婉的主意。

燕婉眸中闪过一丝不甘，恨不得自己上，可是燕婉相貌平平无奇。性命攸关，她只能积极地为赵芸儿出谋划策。

"芸儿，到时候你一定要救姐妹们，帮大家说说好话。"可别自己得了宠，忘记了她们。

赵芸儿郑重道："当然，我不会让你们出事的。"

另外几个姑娘，也感激涕零，连声道谢。赵芸儿脸上带着红霞，她一个未出阁的姑娘，此刻要去勾引新帝，很是不好意思。

场面一时很热闹，大家仿佛都在幻想，新帝迷上赵芸儿，然后放了她们的场景。

从头到尾，没人搭理苏苏。

她们无声地排挤着苏苏。

苏苏穿的并非襦裙，而是一身轻便的红色衣衫，袖口扎紧，露出纤细白皙的手腕，裙子也十分利落。

大夏尚武，苏苏这身打扮，像个普通武夫的女儿。偏偏苏苏生得唇红齿白，一双清澈的眼睛温润如玉，比起赵芸儿也不差。

当然，正因为长得好，苏苏才没被丢去喂虎妖，反而加入了这个"美人阵营"。

从她们的话里，苏苏推测出来，这几个竟然都是之前漠河官员家的小姐。

那个粉衣裳的赵芸儿，正是漠河前将领赵兴之女。

严格来说，赵兴还是苏苏爹爹叶啸的手下，前不久死在战场，漠河失守，被澹台明朗占领后，他的女儿成了澹台明朗的俘虏。

澹台明朗好色，留着几人不杀，有两个打算：一来兴致起了，可以玩玩美人；二来即便不感兴趣，也可以用她们献祭，唤醒漠河中的大妖。

可惜，澹台明朗还没来得及实行计划，就被澹台烬杀了。他一死，赵芸儿和其他几位将领家的小姐，便成为澹台烬的俘虏。

澹台烬打算今晚继续澹台明朗的计划，让赵芸儿等人献祭。

她们讨论得火热，真要去送死，苏苏头疼地提醒道："新帝性子残暴，不会比澹台明朗和善，美人计对他行不通。"

她不提醒还好，一说话像是捅了马蜂窝。

燕婉当即道："你怎么知道行不通？你知道自己要去献祭，却半点儿都不慌张，该不会想自己去勾引新帝吧？"

连赵芸儿的脸色都难看起来，毕竟苏苏容貌摆在那里，如果真要争，还真说不定新帝会看上谁。

其他几个女子也说："就是，你知道赵小姐是谁吗？你若安分点，她得了宠，说不定还会给你求情。"

苏苏严肃了几分，对赵芸儿说："你父亲为漠河战死，你难道真的甘愿待在敌国皇帝身边？"

赵芸儿警惕地说："你不必策反我，燕婉说得没错，大家都是为了活下去，你也不例外，这是我的机会，我也是为了救姐妹们。"

所有人感动得不行，同仇敌忾看着苏苏。

苏苏说："好吧，我认输。"

那你们就去试试，既然劝不动，也没必要劝。

这回她们连讲计划都避开苏苏，生怕苏苏听了去，苏苏也懒得理他们，削自己藏起来的桃木小剑。

英雄之女，还当真不一定有骨气。

天色暗下来，嬷嬷来到院中。

嬷嬷面无表情说："你们几个，换上衣服，跟我来。"

侍从递上几身白色衣裙。

苏苏一看，好家伙，衣裙上用金线绣着祭祀纹路，竟真是人祭要穿的衣裙。白色祭祀裙子看上去纯洁又漂亮，几个姑娘对视一眼，纷纷惊讶能穿这么好的裙子。

苏苏被嬷嬷推了一把："她们都换了，你在发什么呆？"

苏苏心想,这漂亮衣裙的金线一亮,就是死期到了。在嬷嬷不满的瞪视下,苏苏只好换上了白色衣裙。

看着亭亭玉立的俘虏姑娘们,嬷嬷满意地点点头。

"再说一遍规矩,一会儿要带你们去漠河河畔,为首的人执玉镜,其后的人分别捧金簪、花枝、朝露、明灯、塘泥。玉镜呈给陛下,不许出差错,若你们做得好,说不定还会被赦免,但若做不好,哼……"

几人颤了颤。

东西一拿来,众人默认让赵芸儿捧玉镜。毕竟只有捧玉镜的人,才有接触澹台烬的机会。其余的人等赵芸儿一拿走镜子,纷纷抢自己要拿的东西。

燕婉心满意足拿到了金簪。

到了最后,苏苏只有一抔塘泥。

她也不生气,把塘泥端起来。

是有点臭。

上了马车后,众人自发嫌弃地离苏苏远点。

苏苏抱着自己的泥巴,毫不在意。无知者无惧,都被人当祭品了,哪还会纠结拿的东西美不美。

除了玉镜,其余东西分别属金、木、水、火、土,单单五行,无法唤醒大妖,需要鲜血才行。

她们穿上祭祀服装,还指望澹台烬大发慈悲放过她们,以为自己是叶冰裳吗?

马车一路摇摇晃晃,赵芸儿借着玉镜,时不时打量自己的发髻有没有散乱。

苏苏闭着眼睛,靠在马车角落,思考一会儿怎么阻止妖怪现世。

几个躁动的姑娘虽都不和她讲话,这时候却忍不住看她。

少女白衣白裙,发上系了两条缎带,垂落到肩上。她睫毛又卷又长,月光透进来,身上的金线流转着圣洁的光芒。

几个姑娘愣愣看着她,少女坐得端端正正。不得不承认,六个人中,只有她把庄严的祭祀服穿出了神圣的感觉。

哪怕是捧着玉镜的赵芸儿,也没有这一分灵气。

赵芸儿也意识到了,她咬唇,忍不住挺直了脊背。

苏苏浑然不知道这一切,不知道马车晃了多久,有人说:"到了。"

女子逐次下马车。

为首是赵芸儿,苏苏走在最后。

她端着自己的泥巴,悄悄打量周围。

七月夏夜,天上的月光如流水倾泻下来,把浩瀚的漠河变成波光闪闪的碎银。

不远处便是丛林,蝉鸣声、蛙叫声,不绝于耳。

侍从们执着宫灯,站在河畔。

灯光明亮处,黑衣少年阴鸷冷漠的脸,分外清晰。

苏苏心想,上次走的时候,差点把澹台烬勒死,倘若让他发现自己,估计直接完蛋。

她垂着头,走在最后面,庆幸自己是捧泥巴的。

泥巴好啊,泥巴真可爱。

几个道士模样的人,站在澹台烬身边。

"陛下,明灯一亮,到时候河水必分,吾等和陛下踏水而下,必能找到那只沉睡千年的妖怪。"

澹台烬含笑道:"孤自然信任诸位。"

他目光灼灼,盯着水面。

这下连苏苏都不免好奇,漠河里到底有一只什么妖,澹台烬非得弄出来不可。

不是大妖他估计看不上,若是大妖,出来估计就要帮他为非作歹。

带上六个祭品,他这是要让那妖怪认他为主。

赵芸儿离澹台烬最近,此刻怔怔看着俊美不凡的少年,心跳怦怦加快。

新帝竟如此年轻好看。

她捧着镜子,想到接下来要做的事,有几分羞怯,少了几分害怕和排斥。

赵芸儿其实也是犹豫过的,毕竟父亲被周国蛮子杀死,她也恨澹台明朗将自己变成俘虏。

可是燕婉说得对,她们一群弱女子,又能做什么呢,只能明哲保身罢了。

澹台烬并非澹台明朗,他和自己没有仇怨,想活下去并不可耻,谁叫萧凛殿下如今也没办法救出她们。

澹台烬觉察有人打量他,他回头,为首的姑娘对上他的目光,红着脸低头。

他心中冷嗤,一个个扫视过去,落在最后一个少女身上。

她低着头,看不清脸,一副懦弱害怕的模样。

他收回视线,倚靠着座椅,等待月光照到漠河正中央。

终于,漠河在月光的照射下,宛如一块明镜,道人说:"陛下,时机正好。"

澹台烬颔首。

侍从说:"呈玉镜。"

赵芸儿深吸一口气,颤巍巍走过去,半跪下,将玉镜呈给座椅上的黑衣帝王。

他指尖苍白,要接过镜子,赵芸儿一咬牙,斜斜倒下去,堪堪可怜兮兮地拽到帝王黑色的衣袍。

澹台烬面不改色，从她手中接过镜子。

对倚靠着他腿的女子视而不见，赵芸儿又是失落，又是庆幸，他不生气，已经是个很好的开端。

"小女子不是故意的，请陛下恕罪。"

澹台烬把玩着镜子，黑黢黢的眸看着她，把她看得忐忑之时，温柔一笑："孤恕你无罪，你可愿为孤开路？"

赵芸儿愣愣看着他。

澹台烬神情脆弱而失落，似乎为赵芸儿的犹豫心寒。

病弱温柔的少年轻轻一抿唇。

赵芸儿连忙说："小女子愿意！愿意！"

澹台烬滴了一滴血到镜子上，淡淡说："那就去吧。"

赵芸儿再次接过镜子，有几分后悔，她是来勾他的，她害怕死亡。

澹台烬温柔抚过她的发，哑声道："别怕，孤就在你身后，护着你呢。"

赵芸儿脸色通红，点头站起来，将镜子对准湖面。

苏苏："……"

就怕猪队友，她看向燕婉，指望燕婉给力点，叫回来晕头转向的赵芸儿，然而燕婉握紧手中的金簪，眸中又恨又羡慕。

苏苏无言以对，她扎紧袖口，决定一会儿打爆这群傻狗的头。

月光从镜中反射到湖面上，几个道士齐齐念咒，摇响手中铜铃。

神奇的一幕出现，河面分水而来，竟出现一条向下的道路。

澹台烬身边的羊暨一喜："殿……陛下，澹台明朗没找错地方。"

澹台烬从座椅上站起来，黑眸中多了几丝亢奋，他呼吸急促，盯着河面。

道士们吞了避水珠，澹台烬、廿白羽、叶储风都吞了下去。

赵芸儿几人不管愿不愿意，纷纷吞了一颗珠子。

赵芸儿惶恐地看着河水大分，她顿时后悔，想扔掉镜子，又怕身后的澹台烬生气。她正要后退几步，远离河面，河里却突然传来一股吸力，把赵芸儿拽了进去。

血色在水中漾开，那条模糊的路越发清晰。

人祭女子们脸色大变。

然而每人身后出现一只赤炎蜂，逼着女子们往前走。

这会儿谁也想不起勾引澹台烬的主意了。他上一秒还在温柔安慰赵芸儿，下一秒竟骗她举着镜子去死。

有人小声啜泣起来。

澹台烬手指抵着唇，笑道："嘘，吵就杀了。"

再没人敢发出声音，挨个走入水下阶梯，每人身后跟了一个道士。

苏苏低着头，走在人群后面。她身后没有道士，一股檀香味传来，苏苏头皮一紧，明白自己身后是澹台烬。

她规规矩矩走着，不动声色。

澹台烬走了几步，起初盯着湖下，然而一股奇怪的感觉迫使他转开目光，看着前面人祭少女的后脑勺。

他直直盯了两秒，但只看到她小巧莹白的耳垂。

少女高度堪堪到他的肩膀，他眯了眯眼，有种想把她掰转过来的冲动。

然而一股臭塘泥的味道，让他嫌恶地皱眉。

身边廿白羽低声道："陛下，到达河底了。"

河底本就不深，道士们摸出明珠，一瞬照亮水底。

一只沉睡的八爪蛟，趴在河底。

蛟有上古神龙之血脉，尽管浅薄得可忽略不计，但若是蛟走正道，修炼数万年，也有可能修炼飞升。

然而，蛟本应该只有两爪，眼前的蛟却畸形生出八爪。

它通体灰褐色，并不漂亮，蜷缩抱着一个蚌壳，沉睡在湖底。

苏苏本打算伺机杀了这大妖，此刻却微微睁大了眼。

蛟身上并无妖气，这蛟竟然是修仙的！

蛟身上萦绕着一股幽幽的气息，像是怨气，怨气变化形状，缠着蛟，竟然生出形状！

这股红色怨气成了形，想占领沉睡的蛟的躯体。

苏苏明白过来，刚刚杀人的，并非蛟，而是这股汇集数年的怨气。

而现在，澹台烬打的主意，就是把她们都杀了，献祭给怨气，让怨气足够强大，侵入蛟的身体，成为妖蛟，供他驱使。

苏苏不动声色退后一步，靠近澹台烬。

她捏了捏小拳头，啊，好气。

杀人养怨气，把人家修仙的蛟变成妖蛟，亏他想得出来。

道士说："五行法阵。"

女子们被推到不同方位，道士来推苏苏的时候，她突然一转头，抱住身后的澹台烬，手中泥巴糊在澹台烬黑色的衣袍上。

她动作灵敏，别说只擅长法术的道士，连廿白羽都没反应过来。

少女掐着嗓子嘤嘤道："呜呜呜陛下人家好怕……"

塘泥从澹台烬身上滑落，他眼神阴冷，语调轻柔地说："廿白羽，杀了这个玩意儿。"

甘白羽二话不说，一刀砍过来。

却见怀里少女突然抬起头，趁他说话，一颗药丸塞进他嘴里。澹台烬看见一张带笑的脸。

"我又回来啦！你高兴吗？"

‖ 第三十八章 ‖

澹台烬想吐出药丸，却已经来不及，苏苏的手指在他喉间一点，他咽了下去。

看清怀中人，澹台烬原本冷静的脸色，瞬间阴沉得可怕。

苏苏得手便跑。

少女的笑脸上一刻还在眼前，下一刻已离开很远。

塘泥从澹台烬身上掉落，他看向苏苏，露出一个扭曲的笑容："叶、夕、雾！"

甘白羽自然也认得苏苏，上次为陛下献舞，差点没勒死陛下的姑娘。

甘白羽厉声道："妖女，你给陛下吃了什么？！"看着苏苏的目光，宛如在看一个死人。

澹台烬扶住河底石头，试图吐出药丸，没有成功。

这显然也是澹台烬想问的，他胃里一阵恶心，直勾勾看着苏苏。

苏苏说："当然是穿肠毒药，不赶紧治就容易死。我劝你们还是快带澹台烬回去治吧，再晚点儿他毒发身亡怎么办？"

为什么大家都喜欢喊她妖女，比起她，他们分明更像妖孽。

听她说是毒药，澹台烬脸色更难看："要你们这群废物东西有何用，一个女人都防不住！"

甘白羽自知守护不力，二话不说双膝跪下。

澹台烬看一眼身边的道士："抓住她！"

老道闻言，祭出一面噬魂幡，噬魂幡在水底漾出黑色光晕，道士口中念念有词，噬魂幡飞向苏苏。

苏苏看见噬魂幡的时候，眸光也沉了下来："妖道，你们竟然用活人来祭旗！"

老道得意一笑。

噬魂幡上怨气重重，一经祭出，蛟头顶的怨气感知到同类，不断翻腾，很是兴奋。

那噬魂幡一过来，猛然变大，苏苏没法躲，抽出符纸生生迎了一掌。

符纸碎在掌心。

噬魂幡不依不饶，在空中打了个旋，再次要攻向苏苏。

苏苏躲闪得很吃力，她的符纸尽数破碎，最后被噬魂幡打在肩膀，摔在地上。

这东西本就是难得的魔器，也不知道老道士杀了多少人，才有这么重的怨气。

噬魂幡围着苏苏盘旋，巨大幡下，少女脸色苍白。

老道见到苏苏的符纸，知道这少女不简单，恐怕是他的克星。他拿出铃铛，当即决定斩草除根，杀了苏苏。

叶储风皱眉，刚要出声求澹台烬放过苏苏。

下一刻，老道的铃铛被人握住。

握住铃铛那只手修长苍白。

老道抬头："陛下？"

澹台烬面无表情抹掉身上的泥，怒声朝老道士说："孤让你捉住她，不是杀了她！"

老道士喏喏应一声，刚要收回噬魂幡，却见地上的少女趁着他和澹台烬说话，胆大包天，伸手握住了噬魂幡。

噬魂幡被凡人握住，黑气浓郁，苏苏不肯松手，噬魂幡里传出巨大的吸力，试图把苏苏的灵魂吸进去。

勾玉惊骇地醒过来："小主人，你做什么？快松手。"

苏苏抿住唇瓣，看着黑色的噬魂幡，在心中回答勾玉："噬魂幡吞噬了无数凡人灵魂，今日若不杀了老道，必成大患。"

勾玉看一眼噬魂幡的颜色，心中也是一沉。知道苏苏立场坚定，只好叮嘱道："你要小心。"

老道士为难地回头看澹台烬："她不松手，噬魂幡早晚会把她吞噬掉，贫道也没办法。"

澹台烬神色阴鸷："叶夕雾，给我松手！"

苏苏不理他，双手紧握噬魂幡，用神血凌空画符。

老道士心中有种不祥预感，连忙请示澹台烬："陛下！不能这样下去，那女子想毁了噬魂幡，噬魂幡一毁，就没法唤醒妖蛟。我们必须杀了她。"

澹台烬眼眸漆黑，抿唇不语，他握住道士铃铛的手紧了紧。

那边苏苏已经画符完毕，她抬眼看向老道士："让你这个妖道也尝尝被收魂的滋味。"

她松开手，一个金色印记出现在噬魂幡上。

噬魂幡脱离她的手，飞速在空中旋转，苏苏弯起唇，朗声道："收！"

少女眼眸清亮，噬魂幡笼罩住老道士，老道士说："这不可能！这不可能！"

他跟着澹台明朗三年，献祭了那么多个的灵魂，才能驱动这噬魂幡，这少女怎么能驱动？！

老道士要逃，然而他没有神血，也没有倾世花，哪里能逃掉。

苏苏手指翻花，指挥着噬魂幡攻击老道，老道士发出声声惨叫。澹台烬离得近，噬魂幡的气劲把他的脸划出一道口子。

廿白羽眼疾手快，连忙把澹台烬拉开，这才免去噬魂幡攻击。

澹台烬抬眸看向苏苏。

少女穿着祭祀的裙子，身上金线泛着流光。

不知道是不是因为在河底，她的瞳孔竟带着几分瑰丽庄重的紫。

像神女般的圣洁无情，执着要杀了妖道，一眼都不曾看向他。

澹台烬捂住脸上的伤口，如果不是廿白羽反应快，刚刚他也会受重伤。他垂下眼眸，自语道："你总是和我作对……"

老道士倒在血泊中，噬魂幡失去现有主人，旋转几圈落了下来。

打爆了妖道的狗头，苏苏眨了眨眼睛，眸中出现快活的笑意。她捂住疼痛的胸口，她现在体内有倾世花，不到既定的时候，其他人很难弄死她。

老道一死，仪式很难进行。

蛟就很难变成妖蛟了。

然而下一刻，澹台烬笑出声，他漫不经心擦掉脸上的血迹，面无表情说："全杀了。"

苏苏愣了愣，看向澹台烬，他并不看她，盯着蛟上方的怨气，不知道在想什么。

廿白羽闪身到道士们身后，手起刀落，鲜血喷溅出来。小道士们连叫都来不及叫，便人头落地。

短短数分钟，道士全部倒下。

鲜血在河中，并没有晕开，反而全部被怨气吸收。

廿白羽和其他几个夜影卫拎着刀子，走向燕婉等人。

苏苏拦住他，说："住手！"

然而她能拦住他们杀一个姑娘，却不能拦住别的。

很快，其余几个少女瞪大眼睛，没了气息。

花枝等物什染上她们的血，怨气穿行其中，越来越大。

燕婉看一眼冷冰冰的少年帝王，这回知道谁才是救星，她拽住苏苏的衣摆，抽泣道："姑娘救我！"

苏苏拦住廿白羽，对燕婉说："还不快跑。"

道士全都死了，若燕婉再出事，怨气会越来越壮大。等壮大到一定地步，就能夺舍蛟的身体。

燕婉咬牙，掉头就跑，想循着来时的路离开，几个夜影卫悄无声息出现在燕婉前方。

燕婉吓得退回苏苏身边。

苏苏咬牙，拽住她避开甘白羽的刀锋。

刀气削掉燕婉的一缕头发，她吓得哭都不敢哭出声。

夜影卫把她们包围。

澹台烬扔了把匕首进来，他含笑温柔地说："只差一个人的怨气了，你们二人，死一个便可。"

他虽在笑，却没一个人觉得他心情好。

苏苏看他一眼，想找机会带着燕婉突围出去。澹台烬疯起来简直连自己人都杀。

然而身后的燕婉一动，竟是捡起地上的匕首，直直朝着苏苏刺过去。

燕婉不会武，苏苏轻易打落了她手中的匕首。

"为什么？"苏苏问她。

燕婉怨恨地看着她，不说话。

燕婉想活着，她是个聪明人，看出来澹台烬认识苏苏。苏苏会武自己不会，而这种两者活一个的选择，显然就是为了偏袒苏苏提出来的。

如果苏苏想杀自己，自己反抗都做不到，燕婉只好先发制人。

澹台烬嗤笑一声。

不知道在嘲讽燕婉还是苏苏。

苏苏沉默不语，说寒心倒不至于，燕婉是什么人，之前在那个房间，基本就清楚了。

她自私，狡诈。

一条金线悄无声息出现，捆住苏苏和燕婉。在苏苏还没反应过来的时候，金线扯着她们后退。

苏苏撞进一个滚烫的怀抱，来人猝不及防接住她，又忙不迭羞恼地推开她。

苏苏站稳，打量好半晌才反应过来："庞大人？"

竟然是庞宜之。

庞宜之瞪她一眼，哼了一声，

庞宜之身后，还站着一个天青色锦袍的人，赫然是萧凛。

虞卿看着飞过来的燕婉，一脚踹开，燕婉在地上滚了好几圈，痛得脸色扭曲。

虞卿笑道："哟哟哟，我不是故意的，只是姑娘你太过恩将仇报，在下怕帮了你，被姑娘捅一刀子。在下一介文弱书生，可撑不住姑娘的一刀。"

燕婉听见这话，顿时面红耳赤，脸色红了又白，知道这群人看见了自己刚刚做的事。

苏苏扑哧一笑。

萧凛说:"叶三姑娘,你没事吧?"

苏苏摇摇头。

澹台烬睐眼看向他们:"你们找死。"

萧凛从容说:"鹿死谁手还不一定。"

萧凛身后,走出一个面色温柔的女子,苏苏扯掉自己身上的金线,发现竟然是叶冰裳。

叶冰裳一走出来,几个人的目光都落在了她身上。

她局促地看一眼澹台烬,又看看苏苏:"三妹妹。"

苏苏冲她点点头,算是打过招呼。

澹台烬看向叶冰裳,微微皱了皱眉。

叶冰裳对澹台烬说:"质子,漠河之蛟与你无仇无怨,你何必执着将它妖化,唤醒它呢?"

澹台烬没有说话。面对叶冰裳的指责,也不见他生气,倒是出乎意料的好脾气。

少年本就生得一副好相貌,他不讲话只抿唇的模样,看上去无辜又可怜。

仿佛大家都是坏人,要来围攻他。

叶冰裳低低叹息一声,想到质子过往也不易,责备的话便说不出口。

她从袖中拿出一片白色鳞甲模样的东西。

一见到散发着光芒的鳞甲,勾玉整个惊呼出声:"怎么可能!"

苏苏问:"怎么了?"

勾玉活得久了,向来稳重,从来不曾这样失态,苏苏情不自禁盯着那片鳞甲。

鳞甲散发着夺目的光芒,一看便知不是凡物。

"那是什么?"苏苏好奇地问。

她在藏书阁看过许多书,包括不少神器的模样,可是独独没有见过这样的鳞甲。

它有两个巴掌大,比玉色都莹润,光芒耀眼,上面金色的纹路若隐若现。

勾玉低声说:"不可能,不可能的……"

见苏苏目不转睛盯着鳞甲,勾玉回过神,含糊其词道:"一种神……妖兽的护心鳞。"

苏苏:"看起来很厉害,一定是很厉害的妖兽护心鳞。"

勾玉:"算是吧。"

苏苏听说,护心鳞这种东西,大部分妖兽宁愿死了,将护心鳞化作飞灰,也不会轻易留下来。

所以关于护心鳞，大部分人了解得特别少。

但是，苏苏奇怪地想，叶冰裳一个凡人，怎么会有这种万年难得一遇的宝物呢？上次的魇魔，是否也是因为这片护心鳞才缠上叶冰裳？

护心鳞在叶冰裳手中闪烁，她微微一笑，对萧凛道："王爷，在蛟怀里那个蚌中。"

萧凛点头，也露出一丝微笑。

澹台烬眸色晦暗不明，看了眼蛟怀中的蚌壳，比起庞大的蛟身，那个蚌实在太不起眼了，渺小平凡得可怜。

然而能让萧凛找过来，肯定不同凡响。

苏苏左右看看，问庞宜之："宣王这次是来找什么的？"

庞宜之看她一眼，爱答不理地哼一声。

苏苏知道这位暗恋叶冰裳的大人不喜自己，也不再去打扰他。

反倒是庞宜之见她要走开，嘴巴不受控制地说："里面有克制妖物的舍利子。"

苏苏惊讶地看着他。

庞宜之别开头："反正那东西，能对付澹台烬的虎妖。"

澹台烬和萧凛，双方不谋而合来到漠河中，一个想要妖蛟，一个想要舍利子。

气氛一时间非常紧张。

见苏苏看着自己，庞宜之嘴角上翘，把叶冰裳找自己，让自己带她来漠河找萧凛的事，交代得清清楚楚。

庞宜之和苏苏低声说着话，怕被周国的人听见，靠得很近。

苏苏觉察一道冰冷的目光盯着自己，她下意识看向澹台烬，却见他分明是看着叶冰裳的。

感觉错了？苏苏撇撇嘴。

‖ 第三十九章 ‖

萧凛带着亲卫过来，除此之外，还有一个衣衫褴褛的老头。

老头嘿嘿对着澹台烬笑道："小子，你坏事做尽，还想亵渎仙灵，化出妖蛟，也不怕孽障缠身，死于非命！"

苏苏看见澹台烬嘴角冷冷扯了扯。

她觉得，如果不是因为叶冰裳在这里，澹台烬定会嘲讽出声。叶冰裳柔柔弱弱往那儿一站，澹台烬便收敛起了张狂，没有反驳。

虞卿说："季师叔，你和那疯子说那么多做什么，周国几年前就开始豢养妖物，他舍得放弃妖蛟才怪。那些妖道都被他杀了，现在我们过去，打得他哭爹喊……"

老头往虞卿头上一拍:"一天到晚打打打,也不动动脑子,不知道你是怎么给人当门客的。"

澹台烬带来的道士死了,可他的夜影卫和河岸上的士兵是吃素的吗?

如今漠河是澹台烬的地盘,他们这群人偷偷溜过来,本就处在下风,还过去打,不被人家反杀就算好了。

萧凛自然不是虞卿,明白目前是什么局势。

萧凛对澹台烬说:"怨气献祭不够,你无法唤醒妖蛟。若你不肯放弃,等怨气壮大不受控制,所有人都得死。"

怨气无形,如果有了神智,不再觊觎蛟的躯体,跑到外面肆意杀人,到时候谁都控制不了。

庞宜之也说:"澹台烬,野心不等同杀戮,你若堂堂正正率兵与大夏打仗,我还敬你是个男人,靠妖物算什么本事!"

澹台烬看一眼苏苏,又冷冷看向庞宜之:"说完了吗?说完就都去死吧。"

他没去找这些人,他们反倒自投罗网。

澹台烬一抬手,身后数十个士兵拔出佩剑,竟全部自刎。

季师叔脸色大变:"不好,他要强行唤醒妖蛟。"

果然,怨气兴奋地穿行过士兵的身体,颜色变成血一般的鲜红。它发出狂妄的笑声,要钻进蛟的身体。

澹台烬拿出一面镜子,和方才赵芸儿捧的玉镜一模一样。

镜子照在蛟身上,眼看要连同蛟和珠蚌一同收进去。

季师叔大喊道:"裳丫头!"

叶冰裳犹豫了一下,咬唇扔出手中护心鳞,护心鳞保护住蛟,抵抗着镜子血祭的力量。

澹台烬不耐烦地皱起眉,蛟可不比别的妖兽,真若唤醒,三日之内他便可驭蛟而上,踏平大夏。

光芒大盛之下,沉睡的蛟竟然缓缓睁开了眼睛。

蛟不知修炼了多少年,它眸子一黑一红,黑色的眼珠中,隐隐有仙纹出现。

勾玉紧张地说:"小主人,它要醒过来了,可能是仙蛟,可能是魔蛟。如果它两只眼睛变成红色,就是澹台烬的东西了。"

天下大乱,然后三界动荡。

苏苏问:"我该怎么阻止?"

勾玉说:"蛟自愿沉睡在冰冷的漠河河底,过去肯定发生了什么让它无法承受的事。进到它的记忆中,告诉它不能成魔,让它醒来,但是这个办法很危险……"

勾玉看着蛟另一只血光氤氲的眼:"你进去,将不再有自己的记忆,或许会变成它遥远记忆中的一块石头，一只飞禽。"

一旦没了记忆，发生什么将无法预料。

苏苏叹了口气："也没有更好的办法了。"

她上前一步，庞宜之拉住她："叶三小姐，你做什么？"

苏苏莞尔一笑，故意说："去送死呀。"

庞宜之看着她明媚的笑容，结结巴巴说："不、不可理喻。"

苏苏问勾玉："他怎么脸红了？"

勾玉："……不知道。"

苏苏不再看这个琢磨不透的庞大人，按照勾玉的指示，走进叶冰裳的护心鳞光芒下。

转眼间，她消失在白光之中。

苏苏动作太快，季师叔瞠目结舌，吹胡子瞪眼道："这胆大包天的丫头！"

说归说，但是澹台烬杀了那么多人献祭，目前也就剩这个办法可以阻止蛟妖化。

澹台烬脸色一沉，显然也想到了什么："廿白羽。"

廿白羽接过他手中玉镜，澹台烬二话不说，走进玉镜的红光之中。

他和苏苏目的相反，是为了让蛟成魔。

叶冰裳看着空中飞旋的护心鳞，脸色苍白，下意识想将护心鳞收回来，然而发现护心鳞不受自己控制，她呼吸一滞，想到里面的叶夕雾……

叶冰裳咬牙，也迈入白光之中。

一只手连忙握住她："冰裳……"

叶冰裳没法解释，哀哀回眸看萧凛一眼："对、对不起，殿下。"

萧凛轻叹一声，却没松手，白光把他们一同吞没。

季师叔面无表情，问虞卿："你去不去？"

虞卿把头摇成拨浪鼓："不去！"

师叔侄话还没说完，就见身侧一个身影也跑了进去。

季师叔："这个庞宜之又是什么毛病，进去捣什么乱？"

虞卿挑眉："许是心上人进去了，怕她出事吧。"

季师叔气得揪自己的小胡子："一群不要命的家伙！"

蛟之过往，又叫般若浮生！他们以为那地方这么好进吗，当心一个个出来都忘记现世，变得痴呆！

虞卿一算："叶三小姐算我们的人对吧，那我们的人进去了四个，澹台烬那边就一个，我们胜算大！"

他这样一说，对面的廿白羽皱起眉。

虞卿坏笑一声："季老头，快快快，布置结界，不能再让澹台烬的人进去了！"

季师叔会意，连忙扔出身上的宝贝，把玉镜和对抗怨气的护心鳞罩住。

廿白羽气得脸色一沉："陛下……你们！"

虞卿："哈哈哈。"

季师叔："嘿嘿！"

廿白羽只恨自己这边没了道士和除妖师，没办法对付这两个无赖。

空中两物相争，所有人都紧张地盯着它们。

连季师叔心里也没底，只存在于传说中的般若浮生里，到底会发生什么？

"她还要不要脸？"

"她若要脸，就该自请下堂。也不想想，咱们上清仙境，哪是她一个蚌妖该待的地方。据说她来自人间漠河，漠河你知道是什么地方吗，那黑水又脏又臭，看一眼能恶心到几日心绪不定。"

"这话可说得不对，人家死皮赖脸嫁给了冥夜真君，真君现在是上清之主，我们得称她一声主子呢。"

这讽刺的话引来一阵嘲笑。

"谁人不知，真君厌她至极。成亲快百年，连她的院子都从没去过，真君为了圣女娶她，这百年真君在外寻天材地宝，就是为了让圣女醒来，我听说，过几日圣女就要醒了，到时候哪有蚌妖的立足之地。"

勾玉变成玉镯，跟着苏苏进入般若浮生中，听到这些，它沉沉叹了口气。

原来漠河河底那只妖，竟来自万年前的上清仙境。

万年前的蛟，只离化龙一步之遥，仙蛟实力强悍，屡次领着仙兵对战魔族。后来成了上清仙境的主人，他名冥夜。

约莫百年前，冥夜遭暗算，圣女为他挡过一劫，二人跌落人间漠河，被蚌族小公主桑酒捡到。

桑酒救了他们，然而冥夜活了过来，圣女却命悬一线。蚌族提出要求：冥夜娶桑酒，他们便用宝物救圣女。

冥夜同意了。

桑酒嫁去上清百年，冥夜从不肯多看她一眼。

不只是冥夜，整个上清都厌恶桑酒，在所有人看来，漠河蚌族贪得无厌，胁迫真君。

蚌族明明也修仙，可是因为修为不高，性子怠懒，桑酒在上清被称作"蚌妖"。

百年时光里，她极其卑微，自己的道侣在为沉睡的圣女找天材地宝，她守着一个竹屋被人窃窃嘲笑。

今日依旧是如此,"桑酒"抱着洗好的鲛纱,又听见她们的奚落。

"桑酒"着一身粉色鲛绡,两只白皙娇嫩的玉足光着,脚踝系了一个铃铛。

她模样纯真,然而这身打扮在众小仙看来却极为轻浮。

众女故意放大声音,羞辱"桑酒",勾玉一阵担忧。

它没想到,般若浮生中,苏苏竟是蚌妖的身份。

这身份说坏不坏,总比一条鲤鱼一块石头强,可是说好也不好。

桑酒处境糟糕,比起上清仙境的众人,她修为低下,常被欺负。

她爱蛟龙冥夜,冥夜却厌恶她。

最糟糕的是,那位圣女快要醒来了。

但凡苏苏运气好点,取代般若浮生中的圣女,唤醒蛟的难度,岂止低好几个级别。

勾玉看着和叶夕雾模样八分像的"桑酒",心里无比惆怅。

般若浮生便是这样,苏苏不记得自己是黎苏苏,现在只当自己是"桑酒"。

勾玉哪怕跟了进来,也没法讲话,没法提醒她,它现在就只是普通玉镯,急也没用。

苏苏顿住脚步,众女以为她要像以往般,落寞垂泪,没想到她突然回头,哼道:"你们既然知道我是主子,就该闭上嘴巴。冥夜就算不爱我,我也是上清女主人。"

说罢,她将手中木盆一泼,湿漉漉的鲛纱飞出来,罩在嘴碎的小仙身上。

她们尖叫起来,撕破鲛纱以后,怒不可遏:"你……你!"

苏苏做了个鬼脸:"我我我,我虽然打不过你们,但是冥夜最重规矩,你们敢向我动手,明日便会被逐出上清!"

几个人气得脸色发红,苏苏不管她们,抱着木盆,鲛纱也不要了,往竹屋中去。

进了屋,她脸上的笑才黯淡下来,坐在桌边发呆,一直到月亮出来的时候。

她换上一身庄重的碎金色衣裙,规规矩矩穿好鞋,拎着琉璃灯盏出了门。

上清仙境烟雾常年不散,她挥袖拂开雾气,朝着那个熟悉又陌生的宫殿走去。

越靠近,心中酸涩的感觉越强烈。

待看见那处灯火通明的时候,她揉揉心口,轻叹了口气。

她们说……圣女要醒了。

她醒来,冥夜会更加讨厌自己。

苏苏心里十分难受,因为这个认知,她的自尊让她想掉头就走,然而想想漠河下的父王和子民,她没办法掉头回去。

她拎着灯盏上前,小仙婢见了她,屈身行礼,动作很恭敬,神色却不是那么回事。

在上清仙境，桑酒仿佛是最肮脏的存在，若不是冥夜治下森严，又重规矩，恐怕她活不到今天。

她却总因为这些，对他心存希冀。

仙婢说："真君说了，公主来了可直接进去。"

苏苏颔首，不去探究仙婢语气，拎着灯盏走了进去。

玄色百鸟屏风后，一个盘腿坐着的影子隐约可见。

见了他，苏苏的心跳情不自禁加快，心里生出几分期待又欢喜的滋味来。

然而她想到自己是来做什么的，泄气地垂下肩膀，恭恭敬敬跪下："求真君，借舍利子给蚌族一用。"

漠河每隔十年会涨水，河底动荡，虾兵蟹将死伤无数。

也难怪嘴碎的仙子会说漠河又脏又臭，因为这是现状，现状如此，凄凉又悲哀。

他再厌恶自己，十年时间一到，苏苏依旧得厚着脸皮来借舍利子，帮助漠河平息水患。

屏风后的男人，缓缓睁开眼。

他语调清冷，甚至带着几分冷漠："今日不可，舍利子九日之后借给你。"

苏苏有点儿急："可是，明日漠河便涨水，没有舍利子会出事的。"

对方语气依旧毫无波澜："天欢将醒，需要舍利子净化浊气。"

听到"天欢"这个名字，苏苏嘴里发苦，若是以往便罢了，自己争不过天欢圣女，也不敢争。

但今日不行，她拿不到舍利子，便不会离开。

她抿唇，抬起头来："冥夜，我求求你，把舍利子借给我，我一用完，立刻还给你。"

男人冷冰冰看着她："都多久了，还是如此没有规矩。"

他话音一落，苏苏被他布置的阵法玄光打中肩膀，闷哼一声。

男人从屏风后，看见着金色裙子的少女抬起脸，她笑着擦去嘴角的血迹，几近顽劣地说："不能叫冥夜，那就叫夫君，你今日就算打死我，我也要拿到舍利子。"

去他的天欢圣女，今日拿不到舍利，她去和天欢同归于尽。

她从地上起来，绕过屏风，再不讲究什么破规矩，盯着那人。

看见男子模样的那一刻，勾玉不可思议地瞪大眼，谁来告诉它，眼前这个和澹台烬八分像的男人是谁？！

不会吧，不会真是它想的那样吧。

澹台烬在般若浮生中替代的竟然是仙蛟本体，一念成佛还是一念成魔，岂不是全由他做决定！

勾玉好绝望，这么逆天还搞什么啊！

它说不了话，绝望之中，又突然生出一个想法，澹台烬如今替代了仙蛟，那么是不是能够感悟仙蛟的感情？

澹台烬没有情丝，仙蛟却有，祸兮福所倚，福兮祸所伏。说不定这次般若浮生，能让苏苏顺利抽去邪骨。

勾玉心中一喜，顿时不再绝望，成不成就靠这回了。

另一边，冥夜漆黑的瞳孔映照出苏苏此刻的模样。

苏苏说："我知道你讨厌我，舍利子给我，我立刻走。"

冥夜无动于衷地看着她："桑酒，别以为本君不会杀你。"

苏苏心想，你会，你当然会了。

苏苏从怀里摸出一颗粉色珍珠，那粉珍珠漂亮至极，几乎有半个巴掌大。

要干坏事，苏苏紧张地舔舔唇角："我知道，你为天欢找灵髓受伤了，你明日还要领兵去杀魔魇。我不会伤害你的，我只是想要舍利子。"

说罢，苏苏捏碎了粉珍珠。

珍珠化作齑粉，穿过法阵，尽数落在男子身上。

苏苏虽修为不济，可是百年来，她就精心养出了这么一颗珍珠，定住受伤的真君一时半刻还是能做到的。

也怪冥夜次次为了天欢拼命，才会受伤回来。而上清的人，大多看不起苏苏，把她当作蝼蚁，包括冥夜，都不会防备她，才给了她可乘之机。

苏苏爬到冥夜榻上。

他冰冷的黑瞳看过来，以为她会怕，毕竟百年来，他一生气，她下一刻就会退却。

然而这次她并不，她脸蛋通红，低语道："我不是故意的，得罪了。"

她解开他的衣裳，露出男子宽阔结实的胸膛。

苏苏细白的手指点在他的心口，他呼吸明显急促了几分，纯粹是气的。

"今日你若拿走舍利子让天欢出事，就永远别回上清仙境，上清之人，见你必诛杀。"

她睫毛一颤，抬起湿漉漉的眼睛看他。

泪水要掉不掉，嘴上却倔强地说："不回来就不回来，反正天欢醒了，你恨不得杀了我。"

冥夜眸中沉沉，不语。

苏苏取出舍利子，金色的舍利子甫落在她的掌心，就被她用贝壳妥帖藏好。

她盘腿坐在他对面，揉揉眼睛，轻声说："一百年了，我第一次离你这么近。
"你现在恨不得杀了我，那也好，反正我以后也不喜欢你了。
"我在上清，人人把我当妖怪。"她泪珠子吧嗒掉，垂着头不让他看见，"可我在漠河，也是个公主呢。"
她抬起头，目光灼灼，畏怯又大胆地看着他。
"你不要我了，那我也没什么好怕的。"
勾玉看到这里，内心十分无语。
不是吧小主人要做什么？！

第六卷

般若浮生

第四十章

对于般若浮生，勾玉也知道得不多。

《仙魔传》记载，蛇修炼数千年变成蛟，蛟苦修万年飞作龙。

冥夜便是这样的例子，从一条小黑蛇，苦修成蛟，得了仙缘，又实力强悍，成了上清仙境的主人。

本来，若再过数千年，他的本体便可成真神。

然而不知何故，神魔大战后，他把自己封印在了般若浮生中。

般若浮生——

燃烧自己的修为和精血，只为构筑一场梦，一遍又一遍地经历轮回，见到记忆中的故人。

冥夜耗尽修为，沉浸在般若浮生中近万年，从当年险些成神的大能，变成如今漠河河底一条不起眼的蛟，实在令人唏嘘。

般若浮生中，是冥夜真实的一辈子，全是他经历过的记忆。即便有人进入般若浮生，取代其中的人，所有的大事依旧会发生，并不会因此改变。

例如，苏苏成了桑酒，今夜来找澹台烬抢舍利子。

证明当年，桑酒同样来找过冥夜抢舍利子，还成功了。

所有的事情或许会有微小的不同，但几乎都会按照冥夜的记忆发展，结局亦然。

蚌公主桑酒性格绵软柔和，擅歌舞，穿鲛纱，当年破釜沉舟抢走舍利子，心中其实无比绝望。

至于苏苏……

勾玉心想，等小主人醒过来，今夜之事，恐怕会成为她一辈子都不想回忆起的黑点。

勾玉看一眼"冥夜"，默默封闭了自己的五感。

它是个成熟的九天勾玉了，明白般若浮生中的东西，不过是仙蛟的记忆，大梦一场。

蚌公主的感情和绝望感染了苏苏，但这不是现实，醒来应该就好了。

月明如水，苏苏紧张地靠近眼前的人。
结界之外，上清的夜美如画境，终年不散的雾装点着窗户。
少女衣衫散落，颈上玉珠熠熠生辉。
她今夜来，就没想过活下去。
苏苏撕下男子玄袍上的一块布，蒙住自己的眼睛。
看不见他如神祇一般冰冷的神色，便不会畏怯，也不会停下。
眼前一片漆黑，她大着胆子，抚上他的眉眼。
像梦中那样，他的肌肤微凉，像沾上了上清不食人间烟火的雾气。她的手指向下，在他的唇上停下。
她怯怯捧住他的脸，几乎哆嗦着，吻上男子的唇。
双唇相触，感受在黑暗中无比放大，她不知道自己此刻在他眼中是什么样的。或许很不堪，少女娇躯轻轻颤动着，脚趾都紧张得蜷缩了起来。
她的肌肤泛出一阵粉晕，他一定觉得自己很不要脸。
但是蚌族小公主从救他那一天开始，就已经一无所有了。
男子一动不动，气息乱了几分。
苏苏想，他这样冷静的人，此刻都乱了气息，想必很生气。气得今夜以后就要杀了她，等天欢醒来，他就可以毫无负担地和天欢在一起了。
天欢不是自己，不会像自己这般蠢，修炼缓慢；也不会如自己这般狼狈，她定是整个上清推崇的女主人。
她绝望又心慌地轻轻咬他。从唇上，一路咬到喉结。
冥夜的唇是凉的，一如他的心。
她小声在他耳边说："我恨你，我恨死你了。"
然而少女赌气般的话语，带着她自己都不知道的几分渴盼。她一面说着恨他的话，一面笨拙地吻他。
她的吻是甜的，也是小心翼翼的，生怕弄伤了他。
他是上清的真君，也是东部仙域的守护者，所有人都觉得他理当无坚不摧，只有倾慕他的少女，把他当成妥帖珍藏的宝贝。
两人气息交织躺在床上。
她黑色丝布覆盖住双眼，心一横往下探寻。
感受到他的身体灼热时，苏苏吓了一跳，她的手腕被人勉强握住。
"滚出去！"他声音沙哑道。
怒意澎湃，连带着上清外面的雾气翻腾。

她懵懵懂懂，原本泪湿了眼角，此刻反应过来，却开始情不自禁微笑。

"冥夜，你没有那么讨厌我啊？"

冥夜冷道："粉珍珠还有不到半个时辰便失效，到时候我会亲自杀了你。"

她没有生气，反倒开开心心地把小脑袋枕在他的肩头。

"死在你手上也挺不错的。但是冥夜，我怕疼，你别用三叉戟杀我，也别用真火烧，虽然听说人间的烤河蚌味道还不错。最好不要弄碎我的蚌壳儿，蚌族碎了蚌壳，比人类碎骨都疼呢。"

那人沉默着。

"你不说话，我就当你答应了。"

她话音才落，外面传来细碎声响，仙婢道："启禀真君，瑶池有异动。"

苏苏连忙捂住冥夜的唇，仙婢得不到回音，不敢贸然进来，只能离开。

等她走了，苏苏才松了口气。

她耳朵贴着冥夜胸膛，明显感觉到仙婢说"瑶池"二字时，他心跳快了许多。

苏苏喃喃道："天欢要醒了。"

她解开眼上布帛，就在冥夜以为她要离开的时候，她突然附身，吻上他的唇。

蚌公主身上无一不软，她不着片缕，手指解开他的发，白皙修长的手指陷入他发中，与他抵死亲吻。

他手指总算能动，死死抓住她的肩膀，瞬间在她的肩上掐出一个青紫的印子。

"恬不知耻！"

她轻笑，把小脸埋入他的脖子中。

他手下一用力，听到错骨的声音。她闷哼一声，去咬他的脖子，但她舍不得下重口，只轻轻咬。

爱惜他，敬重他，又可怜地靠近着他。

她的泪掉进他的发中，他看不见。

短短数个时辰的相处，她用去精心养了百年的粉珍珠，碎了半边肩胛骨。

苏苏从床上爬起来，她光着脚丫，从他身边跨过去，回眸那一瞬，白色鲛纱顷刻妥帖变成衣裙穿在她的身上。

足踝铃铛作响。

她抱住贝壳，温柔含笑叮嘱："冥夜，我走了，明日领兵出战，你要小心。"

走之前，她还记得他重规矩，小心把鞋穿好。

她踩在那套碎金衣裙上："你别怪我不穿这个，这是天欢的尺寸，我穿着，本就大了。"

上清无人在意她，又怎么会有人专门为她裁衣裳呢？

小蚌精越走越远，消失在白色雾气中。

冥夜闭上眼，许久，他睁开黑眸，用力擦了擦唇。

他从床上坐起来，穿好衣衫，有心想去教训不知天高地厚的蚌公主。可是瑶池天光大盛，他皱起眉头，最后朝着瑶池而去。

苏苏坐在漠河河畔。

一个身披竹纹鲛绡的男子踏浪而来，他伸出手，苏苏把舍利子放在他的掌心。

漠河波浪翻滚，隐隐能看见里面死的河虾。

苏苏垂下头，轻声说："哥哥，父王如何了？"

本要离开的男子回头，笑道："你还有脸提父王，不是心中只有你那个薄情寡义的仙君吗？"

苏苏低下头："对不起。"

勾玉麻木地看着眼前庞宜之的脸，所以到底多少人进了般若浮生？接下来还有什么惊喜等着它？

男子走了好几步，见少女还孤零零坐在河畔，他踏水走回来，伸手罩住她的发顶，疑惑之中，带着几分怒不可遏之色。

"你嫁给冥夜，他连凡间的浊气都不曾帮你祛除？一百年过去，你修为竟毫无长进，桑酒，你在上清过的到底是什么日子？！"

每过十年，桑酒会让人送来舍利子，这还是桑佑百年来第一次见她。本以为小妹早已消去妖胎，没想到她和百年前毫无二致！

苏苏说："没人欺负我。"

但也没人理她，没人在乎她，没人愿意和她说话。

桑佑讥讽道："在漠河无法无天，到了他身边，倒是半点爪牙都不敢伸。他知道你为了他做出什么蠢事吗？"

苏苏提高声音："哥！"

桑佑："呵，也对，你要一力承担。看看这黑水翻涌的漠河，都是因为他那个丧门星，才会变成如此模样。桑酒，你还不了，也没法替他还！"

苏苏轻声说："哥哥，他日后，要成神的。"

桑佑脸皮子动了动，要笑不笑看了她一眼，但这次没再继续反驳。

这世上的神啊，多少年才会成就一个？

神魔大战将临，倘若魔物猖獗，不仅是漠河，连人间都保不住。

桑佑只能生气地说："你滚回上清吧，父王不会想看到你。"

苏苏勉强一笑，点点头："那我走了。"

桑佑并不知道她无处可去，她回头看去时，滔天黑浪，在舍利子的金光下平复下来。

苏苏放下心，她在人间晃荡许久，最后在一个小竹林住下来。

小竹林离上清仙境很远，是一个小地仙庇佑的住所。

她替小地仙涤净泉水，让泉水变得甘美，作为交换，小地仙收留她，让她在竹林中修炼。

苏苏知道，她强夺舍利子，冥夜一定不会放过自己，说不定什么时候就追来了。

可她住了第一个秋天，第二个秋天，到了人间第三个夏天，冥夜依旧没有找来。

也不曾听说上清仙境丢了一个仙妃。

这三年，槐花成了精，小蘑菇能变成一个男童四处跑，连泉水下的蝴蝶都扑扇着翅膀聊上清八卦。

他们说——

"天欢圣女醒来了，冥夜真君亲自给圣女护法，涤清她沉睡百年的浊气！"

那夜苏苏呆呆看了一晚月亮，涤泉水的时候走了神，被小地仙骂得狗血淋头。

"天欢圣女生日宴上，冥夜真君赠送了她本命法器，锦雾流线裙。听说那法器是云锦织就，薄雾为线，很是美丽，可运用天地灵气护体，邪魔不侵。"

苏苏用鲛绡盖住眼睛，告诉自己不能忌妒。

"听说等神魔大战后，冥夜真君便要迎娶天欢圣女。"

"真的假的？"

"当然是真的，天欢父亲对冥夜真君有恩，而冥夜真君照顾了圣女将近千年，他二人在一起，不是理所应当？"

没人提起苏苏，冥夜也从不对外面说起她，所以除了上清，竟没人知道，冥夜早娶过一个道侣。

这夜苏苏没发呆，快三年，她早学会无视他二人的传闻。

她勤勤恳恳涤过泉水，舀起来尝了尝，发现滋味不错。

没多久，神魔大战开始了。

人间动荡，小地仙打包好自己的宝贝，对苏苏说："我劝你走吧，这里也不太平了。好多神都陨落了，看见昨日的金光没，那是神器碎裂的光。我们能找地方躲起来就躲起来，这等战役，不是我们能参与的。"

苏苏问："你说……神陨落了？那仙君们会有事吗？"

小地仙说："覆巢之下无完卵，仙君当然也躲不掉。那个上清仙境的战神，冥夜你听说过没，听说他掉进弱水，生死不知。他都打不过魔神，咱们还是快跑吧。"

苏苏愣住:"你说谁?"

还不待小地仙回答,她已经跑出门外。

‖ 第四十一章 ‖

河蚌居于浅水,没有任何一只河蚌,可以在深海中生存,更别谈万妖不生的弱水。

苏苏跳下弱水的时候,蚌壳开始溶解。

她生来妖胎,蚌壳边缘带着浅浅美丽的粉色,然而粉色融在弱水中,像一滴滴痛苦的泪。

她那夜对冥夜说:我怕疼,你别让我的蚌壳碎了,会比凡人碎骨还疼呢。

可真当她的蚌壳一点点溶解时,她一滴泪水都没掉,睁大眼睛寻那个玄色身影。

蚌壳越来越薄,她幼嫩的斧足不小心碰到弱水,疼得她颤抖不止。

她依旧向下,不管不顾地向下。

数万年的蛟,他强大俊美,可修炼孤单,他其实什么都不曾有。他性子孤冷,总是一个人,掉下弱水,也没人立刻来寻他。

尽管修仙,可冥夜生来也是妖身,在弱水中三日,哪有不疼的?

她不清楚人有多少根骨头,碎裂成什么样,才疼得说不出话。

她抱住那个玄色身影时,蚌壳只剩下很薄一层。她张开蚌壳叼住他,带他一同往上游去。

弱水中什么都没有,没有藻,没有鱼,也没人看见蚌公主一直哭,边哭还边带他上去。

其实苏苏并不爱哭,正如桑佑说的,她小时候是漠河无法无天的小公主。

认识冥夜,她才开始有了源源不断的眼泪。

那时候她还并不懂,喜欢上一个不太好的男人,才会过得这样辛苦,眼眶里永远带着泪水。

小蚌精瘫在冥夜身边,她的斧足全是血。

她的壳已近透明,但凡来一个凡人,轻轻一敲她的壳,便会破碎。

她心满意足地一口叼住冥夜的衣裳带他走。

他守护着苍生,苍生却忘了战神。但是她会永远记得他,她记住了他战斗的模样,永生不会背弃他。

她回到竹林,小地仙和蘑菇妖全都跑了。

竹林满目疮痍,苏苏身后蜿蜒出血痕,把冥夜放在庆上以后,她挪去水缸,把身子浸泡在里面。

她不知道自己睡了多久。

可能七日，可能半个月，苏苏终于睁开眼。

床上的冥夜却依旧没有醒来，他连化作原形养伤都做不到，无知无觉躺在床上。

魔神一击，谁也受不住，她无比庆幸，冥夜没有立刻陨落，纵是掉入弱水，也总是好的。

她把自己这几日养出来的灵气渡给他，然而二人灵力天差地别，这样做不过杯水车薪。

苏苏也不气馁，她抱他去泉水修养。

冥夜修为深厚，在灵气充裕的地方，他能自己慢慢恢复。

他在人间灵泉中沉睡了七年，苏苏一直陪着他，得空便去寻恢复身体的灵药，回来有时候为他唱歌，有时候为他束发。

虽然他不说话，没有醒来，黑色眸子紧紧闭着，但是对于苏苏来说，这是最高兴的七年。

神魔大战还在持续，他们偏居一隅，没人来打扰，直到第七年，他醒来了。

那是一个清晨，她采了露水，来喂他喝，看见男子睁着漆黑的瞳，无悲无喜地看向树林的方向。

苏苏手一抖，荷叶上的露水险些全洒掉。

她知道因为舍利子一事，他依然讨厌自己，她连忙掐了个诀，化作一个清秀的十六七岁少年。

苏苏笑着走过去，尽量自然地说："你终于醒来啦。"

冥夜毫无反应。

苏苏愣住，她化作的清秀小少年跑到他身边，他也没有半点儿反应。

苏苏伸手，在他眼前挥了挥，他眼睛都不曾眨一下。

她心一沉，重伤和弱水影响了冥夜的身体，他现在五感尽失。

失去了听觉、嗅觉、味觉和视觉，甚至痛觉。

担忧的同时，她又松了口气，变回了自己。

她把荷叶递到他唇边，温柔道："喝。"

冥夜醒来，世界便空洞得可怕。他警惕地握住来人的手腕，发现入手纤细，柔软得不像话。

他捏得很用力，但她却并不生气，反倒轻轻拍了拍他的手背，示意他别怕。

她拉起他的手，在他手心上写——

"我不会伤害你，只是喂你喝水。"

他没有五感，却能开启灵识，妖身本就不比人，因此他感受到了掌心拂过的痒。

冥夜想起沉睡这几年，似乎一直有人在他身边，有时候她的手指穿过他的发，为他细细清洗。

他松开那只手，喝了荷叶中的露。

冥夜走出灵泉，却无法辨别方向，一只小手拽住他的袖子，扯着他朝一处去。

他沉默地跟着她。

一个没有五感的真君，比一个普通凡人都不如。

他深知自己还需要养伤。

可身边这个人是谁？

骨架那般小，想必是女子。

他第一个便想起天欢，可是天欢居于上清，这里不像仙境，他不动声色，用了几日摸清自己身处一个清幽的小竹林。

不是天欢，他倏地想起了那只蚌精。

那只灵力低微的蚌精，生于漠河，她不像是能把他从弱水中捞出来的人，她没那个本事。

而且她……那般顽劣。

冥夜对蚌族没有半点好感，他也讨厌那只六根不净的小蚌精。

猜不到她的身份，他便不知道该用什么态度对她。

可她十分快乐，知道他能简单感知事物，有时候牵他出去，让他触摸林中的花。

她柔软的手指点在他掌心——

"很香，等你好起来，就能闻到。"

有时候她去偷人家马蜂的花蜜，被蜇得嘤嘤直哭。

他虽看不见，听不到，但她不让他拉手，他便知道她被蜇了包。

下一回，花蜜会做成灵露，若无其事喂他喝下。

他心中有股奇怪的感觉，绵绵密密，让人心中窒闷。她下一次出门时，他握住她的手："别去了。"

她顿了顿，下意识抽回自己的手。

在冥夜以为她离开之际，他脸上被轻轻柔柔一碰。

很轻很浅，轻到让人几乎无法察觉。

她果然没出去，在院子里织布。

冥夜弯唇，这么乖……

养伤养久了，他偶尔也会想起仙雾弥漫的上清，还没有结束的神魔大战。

也不知道上清如何，没了他，天欢能否守住仙域？

但他更多的时候，是想起她。

他知道她会趴在窗枢上，大胆看他。他盘腿坐着，窗外的风吹进来，带来她发上的香味，她一无所知，还以为自己瞒得很好。

他藏住眼底的笑意，也当作不知，专心修炼。

她有时候会故意往他面前凑，因为冥夜看不见，起初时常撞在她身上。他反应敏捷，总能撞到她以后及时接住她。

可是次数多了，冥夜有什么不懂的。

他觉得这坏习惯太恶劣，干脆避开她。

那几日，她十分失落，在他窗前趴一会儿便离开了。

冥夜顿了顿。

在苏苏失落的不知道多少天，有一日，冥夜再次撞到了她。

唇恰巧撞到她的额上。

她呆呆看着他，听他用清冷的嗓音说："抱歉。"

她捂住脸蛋："没、没关系。"

蚌公主脸蛋通红跑出竹林，在清泉里滚了好几圈。

冥夜盘腿坐下，轻轻碰了碰自己冰冷的唇。

苏苏用心照顾着他，并不知道冥夜五感在缓缓恢复。冥夜渐渐能听到声音，闻到竹子清香，看见朦胧的颜色。

所以她并不清楚，她上山去寻药以后，冥夜在某一个清晨，睁开眼睛，看见了寻来的天欢。

苏苏用竹篓背着灵药回来的时候，小竹林已然空无一人。

她愣了许久，竹篓中一头小狼跟着探出头。

苏苏里里外外跑了好几遍，连灵泉也去了，可是毫无气息。

小狼看着她跑，回来的路上，他就听这个姑娘一直念叨她家真君，可是到了地方，只看见茫然的少女，四处找寻。

后来她寻累了，坐在树下，小狼本以为她会哭，没想到她十分平静，把它抱出来："本来看你是只灵兽，想给仙君补补身体，算你运气好，给你治好了伤，你便回家吧。"

她给他后腿包了个半点用都没有的结，拍拍他，让他离开。

他"嗷呜"一声，犹豫了下，跟在她身后。

她回头吓唬他："别以为蚌不吃肉，我跟你说，我超爱吃肉的。"

他怔怔看着她。

苏苏踹一脚旁边的竹子，愤愤说："好吧，我确实不爱吃肉。"

她在竹林等了三日，冥夜始终没有回来。

她抱着小狼站起来："他不会回来了，我该去漠河了。"

她把灵草全部留给小狼，摸摸它的头。"神魔大战之后，到处都不安全，我听小地仙说，找个山洞藏着安全，你带着这些东西去找找看，得了机缘说不定还能化形。"

小狼看她一眼，转头跑了。

苏苏只身回了漠河，又一个十年到了，她得保证漠河的安全。

神魔大战如今快要结束。

听说魔神死了，而其余妖魔，也即将被封印到荒渊。对于三界来说，这是个好消息。

好在漠河不比仙境，神魔双方，谁也看不上，此次也得以幸免。

她现在灵力不比以前，紧赶慢赶到漠河，已是半个月之后。

漠河被仙兵围了起来。

仙兵中有好几个熟面孔，苏苏认出他们，是上清的仙兵。

漠河没有涨水，河上蔓延着一阵死气。

苏苏愣了许久，跌跌撞撞冲进去。

旁人不认得苏苏，但上清的人，全都认识她，一犹豫，便没人拦。

苏苏蹲下捡起一株死去的珊瑚。

这是漠河王宫里，自己小时候的玩具。她踉跄着步子往前，看见无数鱼虾的尸体。

直到……

她看见了一个巨大的蚌壳。

那蚌横在河岸，岁月在它浅金色的蚌壳上，刻下浅浅纹路，它曾经结实又漂亮，如今只剩下一具空壳。

苏苏想抱起它，却发现抱不住它。

她像个做错了事情的孩子，抽泣着喊父王。

仙兵们面面相觑。

一个穿着战甲的女仙走出来，捂唇笑道："瞧瞧，老妖怪死了，人间的小妖怪哭得多伤心。"

另一个同样装扮的女仙也笑道："妖到底是妖，没有大是大非观。区区漠河，竟胆大包天，私藏魔物，死不足惜。"

"没有实力，还敢自封为王！"女仙抚摸着手中的白绫，"连天欢圣女的锦雾绫百招都接不住，枉这老妖怪修炼了数千年。"

苏苏放下蚌壳，她木然地听着这些熟悉的声音，也不问他们为什么，纵身跳入漠河之中。

女仙嫌恶地说："这么脏的水，她也敢跳，不愧是这种地方出来的。"

另一个道："我们需要抓她吗？圣女没有交代过是否抓她？"

"抓住吧，好不容易圣女找到了真君，总不能让她捣乱。"

她们说着，却不愿自己下去，让仙兵下漠河找人。

苏苏走在漠河河底，水波漾漾，她明白，漠河从此涨不涨水，都没什么关系了。

河王宫被毁，东西东倒西歪，她的宫殿坍塌，父王最喜欢的明珠，碎成几片。

她咳出一口血，木然向前，在自己宫殿废墟下挖掘，挖出一颗漂亮的白色珍珠。

她手指拂过，珍珠把河王宫被毁、父王被杀之前的景象，尽数呈现在眼前。景象如流光，看完，她闭上眼。

河里的生灵，在河中大多不会流泪，分不清眼尾泛着磷光的，是泪水还是河水。

神魔大战中，众神牺牲，剩余仙人开始抓捕剩余的妖魔。

上清仙境也参与这次抓捕，他们来到漠河，见水汽浑浊，妖气弥散，便开始捉河中精怪。

蚌王怒而阻止。

仙兵们十分犹豫："漠河到底是桑酒仙妃的家，还是去问问圣女，该如何处理。"

然而天欢只派了两个拿着她法器的女仙过来。

她们传达圣女的话："天子犯法与庶民同罪，若蚌王包庇妖孽，绝不姑息。"

苏苏捡起珍珠，她想，她第一次这么恨一个人。

天欢她哪怕再问问，再问问也好。

再问问她便知道，这肮脏的漠河、冲天的妖气，全都是拜她和冥夜所赐。

哥哥说得没错，自己就不该在百年前，救下这两个人。

她从来没有恨过冥夜，他喜欢天欢，她不怪他。他冷落她百年、他三年不曾记起她，竹林不告而别，从来都不是她恨他的理由。

然而今日，她恍惚想起那年夏天，她听见蝴蝶小妖们羡慕地说——

"冥夜真君用世上最美的云锦和薄雾，为圣女做了本命法器，可庇佑她邪魔不侵。多余的云锦，还为她做成了锦雾绫。"

他为天欢做了世上最好看的灵器。

那灵器，后来穿透了苏苏最在意的人的身躯。

她在漠河捡到他,在漠河中爱上他,可是也在今日的漠河,开始恨天欢,连同恨他。

七年的守护,像个笑话。

无数河蚌死去,它们的躯体中珍珠爆出,河底到处都是染血的珍珠。

苏苏一粒粒捡起。

她要去杀了天欢。

‖ 第四十二章 ‖

想杀了天欢并不容易,跳下弱水以后,苏苏的身本早已孱弱不堪。

蚌王宫存留于世数千年,以前他们实力并不是很弱。

苏苏捡起所有的珍珠,往王宫里面走。

深水处是美丽的蓝色,眼前的蚌王宫,却弥散着挥之不去的黑气。

她潜入江底,拨开江底的水草,一块无字碑映入眼中。

苏苏把无字碑推倒,江底猛地一阵摇晃。她从地上爬起来,恍若未觉,向下挖掘。

定水印,安静地躺在坑底。

苏苏捧起定水印。

小时候见到它时,它发着幽幽的紫光。漠河水清澈,鱼虾游来游去,蚌王道:"桑佑、桑酒,这是定水印,我们蚌族生来妖身,因为有了这等神器,漠河才安稳昌盛,我们的修炼,也能更加顺利。"

有定水印,漠河是干净的仙河,但若没有定水印,便是黑水翻滚的妖河。

苏苏把定水印翻过来,原本完整的定水印,中间空了一块。

它的神芯不见了。

苏苏的眼泪掉落在定水印上,神印发着黯淡的微光,似乎在安慰她。

神器也觉察到了她冷,发出暖黄的光,照亮漆黑的海域。

这一幕却无疑是往蚌公主心上插刀子。神器没有责怪她,她却永远无法原谅自己。

百年前,漠河上空魔气翻滚,她亲眼看着白袍云纹的冥夜,护住身后的人间。

他保护的区域,也有身后的漠河。

蚌公主在浅水中悄悄探出眼睛,看见空中仙君衣袍翻滚,寸步不让。

那时候魔神刚好醒来,无数大妖作乱,蚌公主整日担心妖魔会打到漠河来,然而那个白色的影子,自始至终护卫着漠河。

她不认识他,她仰起头一直看着他。

后来妖魔和他都走远了,她趴在清水里,蚌壳一张一张,晒着太阳。
　　过了几日,一个着浅蓝衣衫的女子,跟跄跑至漠河,苏苏不认得她,但她认出了女子身旁闭着眼睛的男子。
　　是保护他们的仙君。
　　女子嘴角在流血,感受到周围仙气波动,她眼睛一亮:"此处是否有仙友?还请仙友救我二人性命。"
　　那是蚌公主第一次见到天欢。
　　天欢一袭浅蓝留仙裙,漂亮极了。
　　觉察到越来越浓重的魔气,蚌公主犹豫片刻,蚌壳一张,带着他二人,藏入漠河之中。
　　他们身上被下了追踪的印记,蚌公主把他们藏好,自己回身引开魔军。
　　她化作人形,在漠河中游得很快,魔军跟丢了以后,蚌公主立刻回去,没想到河底光芒大盛。
　　蚌公主一惊,连忙跑过去,却见定水印的神芯,没入沉睡中的冥夜身体中那一幕。
　　"不要。"她跑到冥夜身边,却已经来不及。
　　蚌公主摇晃冥夜:"还给我,醒醒,把神芯还给我。"
　　冥夜周身带着浅浅的白光,无知无觉,而天欢躺在地面,也陷入昏迷。
　　蚌公主万万想不到,天欢会带着冥夜走出藏身之地,来到无字碑旁。
　　冥夜体质特殊,竟阴差阳错吞噬了定水印的神芯。
　　蚌公主不知该怪谁。
　　冥夜不是故意吞噬神芯,知情的天欢圣女昏迷不醒。
　　她带他们回家,希望保护这个不眠不休为人间战斗了三个月的仙君,没想到却害了蚌族。
　　失去神芯,漠河动荡,惊动了整个蚌王宫。
　　蚌王愤怒赶来,抬手便要杀了冥夜二人。
　　她想起天上那个不肯后退半步的影子,第一次跪下求父王。
　　是她犯了错,她不该带着冥夜和天欢回家。
　　蚌公主生来便可净化水源,她忍住撕心裂肺的痛苦,剃去自己灵髓,让漠河安静下来。
　　整个漠河白光弥散,桑佑又气又心痛。
　　即便这样,她的灵髓也只能保护漠河十年。
　　蚌公主蜷缩在蚌里,低声呢喃:"别杀他,他不是故意的,他一直在保护人间。"

蚌王沉默许久，在桑佑都以为蚌王会杀了冥夜之时，他沉沉叹了口气。

神芯已经融入冥夜身体，杀了他都无济于事。

桑酒为了帮他赎罪，剃去灵髓，此生无缘大道。得了神芯的冥夜，今后倒是修炼顺遂，可能成神。

蚌王自然也看见过，冥夜为了漠河和身后的凡人，与大妖战斗那一幕。

蚌族不能杀冥夜，他们不能屠戮一名战士。

蚌王守着蚌壳中虚弱的女儿，忍住痛惜，冷冷说道："你要救他可以，他来自上清，今后或许会成为神君，我要他以神君之力，护我漠河万年安然。上清有仙器舍利子，每隔十年，你借舍利子回来，平复河域，做得到的话，我会放了他们。"

蚌公主点点头。

蚌王摸摸她的头发，说："去无字碑前跪着吧，直到他来迎娶你。"

她在无字碑前跪了许久，亲自把没了神芯的定水印埋入碑下。

河中鱼虾来找蚌公主，看见她跪在无字碑前，脸色苍白。

因为救人，她弄丢了定水印；

为了让冥夜仙君活下去，她没了灵髓，再无缘大道；

父亲胁迫冥夜娶她，她的夫君今后注定不会爱她；

她不能告诉冥夜这一切，没办法告诉他这几日漠河死了多少生灵。大道艰难，只有不亏不欠的人，才能心胸坦荡走下去。

冥夜必须成神，才能万年守护漠河。

这一场爱情，从最初开始，她就是牺牲品。蚌王知道，桑酒自己也知道。

蚌王忍住心痛，把女儿推出去，期盼冥夜身边，有小公主的一席之地。

他成了神，哪怕帮一把没有灵髓的小公主，偶尔替她清走浊气，都是好的。

然而他们蚌族算好一切，却没算到，冥夜冷心冷情，百年时间，半点儿也不爱蚌公主。

"大公无私"的天欢圣女，最后以漠河都是妖物为由，让仙兵屠戮了漠河。

为了救他和天欢，桑酒失去了灵髓，失去了身为蚌族公主的尊严，最后还失去了家人和蚌王宫。

她趴在漠河里看他，那时便胆怯又真挚地喜欢他，但从来没有想过去他身边。

定水印神芯，把他们的命运绑在了一起。

倘若一开始便有人告诉她，救冥夜和天欢会万劫不复，她一定会任由他们死在漠河旁。

她恨透了自己，也恨透了他们。

苏苏把沾了血的珍珠，一颗颗放进定水印神芯缺失的地方。

定水印吞没了所有本命珍珠。

一整条漠河，大半蚌族的珍珠，全部填入定水印中，暗淡的定水印发出强烈的白光，河水水波变得清澈又温柔。
　　苏苏把定水印放进怀中，走出蚌王宫。
　　蚌王宫外面，站着惊疑不定的仙兵，他们早知漠河水浊，底下暗流涌动，可方才有一刻，河水分明变得无比清澈平和。
　　恍惚不过一瞬，他们看见了蚌公主。
　　仙兵要动手捉她，她平静说："不必，我和你们回上清。漠河包庇妖物，我亲自向天欢圣女请罪。"
　　两个仙子见到她，神色轻蔑。
　　回到上清时，她看向主殿。
　　薄雾轻拢，恍若仙境。
　　女仙讥笑道："怎么，你还痴心妄想呢，百年时间，还不够你看清？比起天欢圣女，你什么都不是。"
　　苏苏看着自己的手掌，低声说："你说得对，我什么都不是。"
　　可惜这个道理，她用了一百年才看清。
　　她曾经多么希望有一天，冥夜试着了解自己，如自己了解他般，去看看漠河，知道她的子民并不坏，但他讨厌"挟恩图报"逼他娶小蚌精的蚌族。
　　她盼冥夜会爱上她，这样即便他飞升，也会记得庇佑蚌族，可冥夜不爱她，她空守百年孤独。
　　她小心翼翼、用尽一切力量保护他，灵髓没了，蚌壳快碎了，到了最后，她在漠河下面抱着父王的尸骸哀泣，他高高在上，依旧守在天欢身边。
　　她捧着一颗真心来，到头来，她什么都不是。
　　她的蚌王宫、父王、游鱼和珊瑚，都粉碎在了肮脏的河水里。
　　苏苏摸了摸怀里的定水印。
　　它紧挨着她的心。
　　可心中的真君死去，就死在今日，死在她的记忆里。

　　邬宫的烟云常年不散。
　　青衣中年男子笑着看向冥夜。
　　冥夜道："恭喜师父归来，冥夜守护上清千年，不辱使命，今全数还予师父。"
　　天昊说："冥夜，你做得很好，没有你便没有今日的上清。想我当年遇见你时，你还是一条小黑蛇，如今却已是威名赫赫的战神了。"
　　冥夜垂眸，无波无澜行了个礼。
　　天昊："我入莽苍前，将天欢托付于你。可我听说，百年前天欢陷入沉睡，你娶了一个小蚌精,可有这么回事?"

冥夜顿了顿,说:"是。"

天昊挥挥手:"你们既然没有结契,一个小蚌精而已,上不得台面,打发回凡间吧。天欢自幼与你感情好,别伤了她的心。"

冥夜皱眉,还不待他说话,瑶池迸发出一阵白光。

那白光虽是神器发出,却带着攻击毁灭的力量,瑶池被水吞没,那水转瞬便漫到殿前。

冥夜心中一沉,也顾不得和天昊多说:"弟子去看看。"

转瞬,他的身影便消失在大殿之中。

冥夜出现在瑶池,一个女仙口吐鲜血,惊恐地看着他:"真君,真君救我,桑酒她疯了,她要杀了我们,还要杀了天欢圣女。"

冥夜冷着眉目走进殿内。

整个瑶池被水淹了,仙婢四散而逃,天欢被抽了仙髓,胸口破了一个大洞,漂浮在水中。

粉白衣裙的姑娘,盘腿坐在水面上。

定水印飘浮在空中,冥夜抬手,轻而易举夺下定水印,怒道:"桑酒,你在做什么?"

她睁开眼睛。

以往漂亮清澈的双眸,此刻泛着妖异的红色。

纵然没了定水印,她依旧固执地要杀了天欢。

冥夜一道玄光打在她的肩膀,她闷哼一声,倒飞出去。

冥夜抱起瑶池水中的天欢,发现怀里人已经没了气息。他冷冷看向苏苏:"关起来,等我亲自审问!"

苏苏被赶来的仙兵捉住,她从水波中爬起来,看见他焦急地抱着天欢消失在瑶池中。

她心想,来得可真快啊。

可惜,天欢已经死了,他再心痛也没有用。

她目光空洞躺在瑶池中。

定水印被强行开启,用一次就废了,但是杀了天欢,便无比值得。天欢死前,瞪大眼睛不甘地看着她。

苏苏想,原来圣女也会害怕死亡。

和他们人间的小精怪没有差别,谁又会比谁高贵呢?

苏苏任由自己沉下瑶池。还好,现在的她不怕。

她被人铐起来,关进上清的地牢。

苏苏从没想过，上清也会有这样的地方。水滴声不绝于耳，周围漆黑安静。这里不分日夜，苏苏也不知道她被关了多久。

有人走进地牢。

她抱住膝盖，安安静静看着他。

那人开口说："天欢醒了，但她失去了灵髓。"

苏苏起先不太开心，听到最后，咧嘴一笑。

冥夜往前走了两步，苏苏嗓音沙哑道："你别过来！"

他顿住步子，声音依旧如十二月冰雪般清冷："我现在放你出去，你向天欢道歉。我知道神魔大战之后，你被邪气入侵，不是故意要杀她。"

苏苏笑了一下。

他沉默地过来，想抱起她。

然而还没碰到她，小蚌精一巴掌扇在他的脸上："冥夜，你清醒了吗？我是故意要杀她的。可惜，我没什么能力，没来得及毁了她的魂魄。"

他捏住她的手腕，一字一句固执地冷冷道："不，是邪魔入体，你是被控制的。"

她入怀，他才发现，她那样轻。昔日柔软的身体，此刻瘦得几乎只剩下骨头。仿佛阳光一晒，都能将她化去。

冥夜情不自禁将她抱紧一分。

在她耳边低声重复："记住，你不是故意杀天欢，道个歉，就不会有事。"

她笑开，笑声越来越大，他的脸色却逐渐苍白。

‖ 第四十三章 ‖

冥夜抱着桑酒，站在黑暗之中。

他突然不敢抱她走到阳光下，不想看见她此刻的目光。

最后冥夜还是一个人走出了地牢，他明白，桑酒不会道歉。

仙婢见他脸色苍白，惴惴不安地看着他，说道："真君，天欢圣女在哭。"

冥夜说："知道了。"

他迈步走向天昊宫。

还未靠近，果然听见一阵痛苦的低泣声。

神有神髓，仙有灵髓，妖魔有魔根。

毁了灵根，不亚于剔骨之痛，天欢活过来，天昊这几日一直用镇痛的药将养着，依旧不能缓解天欢的痛苦。

她一旦醒来，便痛得哭泣不止。

冥夜一走进去，天欢便拽住他的袖子，低泣道："冥夜，我好疼，我好疼啊。"

天昊愤怒地说:"那蚌精敢伤天欢,害得天欢如此痛苦,我要她魂飞魄散,偿我女儿今日之苦。"

冥夜冷声说:"我不允!"

他闭了闭眼:"师父,我说过了,桑酒邪魔入体,才会被控制伤了天欢。天欢既然已经醒来,便不要再追究此事。"

天昊说:"你竟然还护着那蚌精!难不成你也觉得天欢有错,她奉令清剿妖魔,有何不对?这几日你自己也去看过,漠河妖气横生,天欢并未冤枉蚌族。"

冥夜说:"蚌族居于漠河,数千年来从未害人。"

天昊冷笑道:"你是要包庇蚌精到底了?天欢失去了灵髓,要我放过蚌精,绝无可能!除非,把那蚌精的灵髓换给天欢。"

冥夜平静地说:"天欢失去灵髓,不知弟子的灵髓,够不够赔?"

天昊一愣。

冥夜的灵髓,那是多少人都梦寐以求的东西!

冥夜道:"我把灵髓给天欢,这件事当作没有发生过。上清自此还给师父,恩情也一并还给师父。天昊尊者,三界诛杀令只有一枚,你还是别浪费在小蚌精身上比较好。"

说罢,他便要动手抽灵髓。

天欢死死拽住他的袖子,不可置信地看着他:"冥夜,你知道自己在做什么吗?你竟然为了那个蚌精……"

冥夜道:"百年前,她就已经是我的仙妃,我的妻子。"

天欢惨然一笑:"事到如今,我不得不告诉你真相。蚌族早在百年前,就和妖魔勾结。你说桑酒被妖魔控制,旁人不信,我倒是信的,只不过不是控制,她是心甘情愿为妖魔做一切。"

冥夜冷冷看着她。

天欢说:"你道她为何明明看见了你留下的消息,却不愿在竹林中等你。因为她那时和一只狼妖在一起。魔神手下大将,少睢你想必认得,你若去查便知道,那几日桑酒都和少睢在一起。"

天欢泪眼蒙眬地看着他:"冥夜,你还不明白吗?桑酒不爱你了,她和少睢厮混那么久,整个漠河都带着妖气。你又何必为了她,弃上清于不顾呢!"

冥夜拳头握紧,死死抿唇,他的目光向来冷清,此刻却前所未有地犀利起来:"住嘴!"

天欢抽泣着摇头:"就连你也不知道,漠河的妖气从何而来,魔神一死,除了少睢,谁还会有这么浓重的妖气?你不懂女子的心,你冷落桑酒百年,纵然她从前再喜欢你,可是如今除了恨,还能剩下什么。"

冥夜指尖苍白。

他在竹林留下暗语,让桑酒等他七日,可他第七日回去找她,却没有找到桑酒。反倒看见林中弥散着浓烈妖气……

桑酒从前见到他便欢喜,可如今,她连他靠近都不愿意。

冥夜冷冷地说:"我不信,天欢圣女既然不愿意要我的灵髓,我自会想办法补偿你。你们若真不肯放过桑酒,我也无法时时刻刻阻拦,但希望天昊尊者明白,冥夜千年来,也不是白白做这个真君。"

他话音刚落,仙兵匆匆来报——

"真君,地牢中的蚌精不见了!"

此话一出,冥夜脸色大变。

他眸中冰冷,几乎下一瞬,就出现在了地牢中。

果真如仙兵所说,地牢空空如也。

空中弥散着一股很浅的妖气,那么熟悉,暴怒和恐慌几乎让他失去理智,眨眼间,他循着妖气追到百里之外。

苏苏蜷缩在巨大狼妖的背上。

少睢声音轻和:"累了就睡一觉,我不会让他们杀了你。"

苏苏低声道:"我不怕他们杀了我。"

少睢说:"我进入上清,定瞒不过冥夜,过不了多久,他就会追上来。我来此并非毫无胜算,你别怕,我定能带你离开,只不过,如今妖魔境况不太好,接下来你跟着我恐怕得受点罪了。"

苏苏问:"你为什么要救我?"

少睢道:"你救了我。"

苏苏凄凉笑道:"我也救了别人,可他们害死了父王。"

少睢叹息一声:"桑酒,善良无罪。"

苏苏睁着血红的眸子,看着天空喃喃问他:"我现在成妖了吗?"

少睢温柔地笑着说:"你是仙。"

眼泪顺着眼角,无声滑落到少睢背上。她仓皇去擦:"抱歉,我不是故意的。"

少睢说:"没有关系。"

他带着她跑过金色的田野,苏苏才发现,人间已经十月,是秋天了。

如少睢所说,他们并没有走出多远,墨发白衣的仙君,便手握仙器,在前方等着他们。

少睢把苏苏放下来。

苏苏看着面前的男子,她以为冥夜会生气,毕竟三界谁人不知,冥夜真君最重规矩，他道心稳固，眼里容不下妖孽。

她也做好了今日死在这里的打算。

苏苏明明知道，少雎带自己走不远，她还是爬上了他的背。

这约莫是她这辈子最自私的一回。

她心想，死在美丽的人间，总比死在羽暗的地牢好。她已经准备好了面对冥夜的怒火，然而面前神色清冷的仙君，仿佛没有看见少雎的存在，努力扯了一个笑容，对她伸出手："过来。"

冥夜说："桑酒，我知道是他胁迫你，你和我回去，我不会为难他。"

百年来，苏苏从未见冥夜对自己笑过。

最多的时候，他总是冷着眉眼，斥责她没有半点儿规矩。

倘若是以前，她在梦里都盼着今日这一幕，白衣仙君朝她伸出手，带她回上清。

可今日，苏苏用红色的瞳看着他，道："冥夜仙君，我是个妖精，不是你定的规矩吗？妖精不能去上清。"

冥夜冷静地说："你不是，变成妖瞳，并不意味着成了妖，被人控制也会出现妖瞳。你不想去上清，那就不去上清。"

苏苏说道："我杀了人，天欢，还有几个叫不出名字的仙子。"

冥夜依旧十分冷静，他笃定地说："她们不会死。"

只要魂魄不散，他就能救回她们。她也不会有业障。她能做回蚌族小公主，继续修仙，只要她同他回去。

苏苏呢喃道："你真是疯了，冥夜。"

他固执地看着她。

苏苏把手放在他的掌心，冥夜愣住，欢喜之色才出现在眼底，她轻声问："我和你回去，你能杀了天欢吗？"

苏苏感觉握住自己的那只手僵住。

她慢慢地说："杀了她，碾碎她的魂魄，让她永世不得超生。还有那几个仙子，我听说仙子的肉身化作齑粉，沉入河中，能保证河水百年清澈。冥夜，你能杀几个？"

她看着他慢慢白了脸色，想抽回自己的手。

冥夜却不肯放手，他倏地收紧手指，下一刻，一道冷光打在他的手上，他闷哼一声，手指反而收得更紧。

少雎从一头巨狼化作人形，担忧地看着苏苏。

苏苏对冥夜说："放开我吧，冥夜，一百年了，就当我欠你和天欢的，我是一个妖怪，不该妄想仙境主人。我们蚌族贪得无厌还愚蠢，明明高攀不起你们，偏往你们身边凑。你看,我如今知道错了,我再也不来碍你的眼。"

冥夜心里痛意难当。

他很想说,不是这样的,是他生生错过了百年。

苏苏说:"最初就是我错了,我不该遇见你,不该妄想不属于自己的一切,如今漠河水淹,蚌族身死,仙君就当高抬贵手,念在蚌族桑酒当年年少无知,要么放过我,要么杀了我。"

冥夜脸色惨白。

苏苏看向少睢:"我们走吧。"

少睢点头,他们没走出多远,苏苏听见身后低哑的嗓音:"所以,你后悔,爱上他了?"

他问得艰难,似乎她回答是,比在他心上剜刀子还难受。

苏苏没有回头,她轻声说:"冥夜,爱谁不比爱你好呢?"

她的珍珠和眼泪,爱情与天真,尽数葬在了这一百年。可付出的代价太大了,大到她心中只剩下悲哀。

苏苏没有回头,也看不见冥夜踉踉跄跄追上来,依旧想留下她。

他握不住三叉戟,碰不到她的衣摆。

邪魔不惧的仙君,却害怕她回头,更怕她不回头。

他没法放她走,也没办法杀了她。

他跟了许久,看狼妖带她跑过人间秋天的田野,跑过山花烂漫的草地,跑过人间干净的瀑布和小溪。

他们越走越远,最后消失不见。

他一个人站在原地,拦住他的,并不是那只狼妖,也不是她说,冥夜,爱谁不比爱你好呢。

而是她被妥帖放在溪水中,难得露出的那个笑容,让他止住了脚步。

他不敢上前,第一次真切明白,桑酒不爱他了。

冥夜没有回到上清。

他回到了那个荒芜的小竹林,不知道哪一天,小地仙搬回来了。他战战兢兢看着冥夜:"真、真君。"

冥夜颔首。

以前看不见,如今闭上眼,都觉得这一处熟悉。

他待了一会儿,觉得待不下去,便离开了。

小地仙安顿好蘑菇精和蝴蝶精,嘟囔道:"真是奇怪的人。"

对于冥夜来说,一段感情,并不能占据他的一生。从灵识开启之时,每一个妖精的梦想，便是成神。

他们躲过天地法则的无情，渐渐能够点石成金，凝水成冰，不到万不得已，没有任何一个人会半途而废。

冥夜的修炼，比所有人都孤单。

他功德加身，天道都钟爱他。

这时候，他已经快要成神。他独自开辟了洞府，没日没夜修炼。

蛟化龙，只差一步。

世上还剩下的神何其少，他若真成了神，便是百废待兴后的希望。

冥夜的洞府上方，常常能听见传说中的龙吟。

天昊前来拜访，他说："天欢没了灵髓，今后修炼大道无比艰难。我答应你不发三界诛杀令，你若真的成神，便护佑天欢。"

冥夜可有可无地点头，收下三界诛杀令。

天昊艳羡地看着他额间若隐若现的神纹，没有多说，离开了。

所有人都以为，冥夜快要成神，然而只有他自己知道，额间神纹日益黯淡。

蛟只有两爪，他化出原形，却有八爪。

他的道，开始离开他。

那天晚上，他第一次试着去追寻蚌公主的行踪。

他派出去的纸鹤扑扇着翅膀，回来说："她和狼妖在不化之巅，找新生石。"

冥夜平静地点点头。

"新生石"，常常是为了要出生的小妖准备，他沉默许久，额间神纹愈发黯淡。

冥夜忘记自己活了多少年，也没人告诉他，为什么身体会出现这样的变化。

他把自己洞府中的新生石系在纸鹤身上，纸鹤要飞走时，他又冷冷地捉住它。

那一刻，他第一次生出要杀了狼妖的想法。

纸鹤惶恐地看着他额间的神纹变黑，他低眸，声如脆玉："抱歉。"

神纹重新变回圣洁的白色。

新生石到底没让纸鹤带出去。

开春的时候，他恍然想起，桑酒已经离开他三年，他的纸鹤飞回来，叽叽喳喳地说。

"蚌公主过得不错。

"她没有像仙君你期盼的那样不开心。

"仙君，仙君，你没办法去接她。

"他们找到了好多新生石。"

他抬手，毁去纸鹤，空中一瞬安静下来。

他心里却安静不下来。

这三年，天欢来过两次，他从不见她。

纸屑碎在空中，最后一只纸鹤笨拙地搬来一小块蜜糖。不知道纸鹤去哪里偷的，都快被蜇成筛子了。

他抬起手，看了它许久，把它放走了。

纸鹤越飞越远，最后也离开了他。

冥夜知道，这样下去不行。他功德加身，按理早该飞升渡劫，然而上空安安静静，劫雷并不降临，他便明白，他的劫不在此处。

他知道，他或许永远都无法飞升。

他踏出洞府，第一次想去看看蚌公主。

不为飞升，只是想远远看一眼她。仙的生命太漫长，桑酒的出现，对他来说，短得像昙花一现。

不过一个小姑娘的爱情，他心想，多么短暂而廉价，因为一只狼妖，便头也不回地离开了他。

第四十四章

苏苏身边水声滴答，每一个缸中都养着许多小河蚌。

她精心培育它们，勤勤恳恳换水，天气好时，给每一只蚌擦擦蚌壳，带它们出去晒晒太阳。

河蚌嘴巴一张一张，没有开启神智。她收集了三年残魂，让当年没有消失的残魂，全部都有了寄居之地。

失去定水印，没有神的庇佑，蚌族很难恢复到过去的光景。

这几年，她跟着少睢踏遍山川，依旧找不到让父王复活的办法，蚌王的灵魂散去，无法追寻。蚌族少主桑佑失踪，杳无音讯。新培育的河蚌们懵懵懂懂，都是还没有开化的妖精。

苏苏看着它们，忍不住露出一个笑容。

只要还有希望，那就总是好的。

闲暇时她会出去寻找山清水秀的地方，一点点净化水质。失去灵髓，她的灵力永远停留在百年前，无法长进半步。

天下鲜少有人知道，蚌公主出生时也是个天才。她出生便有净化河流的能力，她努力了三年，总算暂时清理干净一条河流。

她看着天边的晚霞，知道自己该离开了。

昨日妖怪们又在劝少睢娶妻，开枝散叶。

她从迁西河赶回来，恰好看见那一幕。妖族大能几乎都被抓进荒渊，如果不趁早繁衍后代，说不定什么时候就灭族了。

妖比人还要害怕孤独，他们留存于世百年乃至千年，最怕世间连自己来过的证据都没有。

少睢笑得温和，没有同意，也没有拒绝。

大家都知道少睢在等什么，苏苏也知道。所以她该离开了，她用一百多年的时间，死心塌地爱一个人，早已一无所有。

苏苏把幼蚌装进乾坤袋中，去与少睢辞行。

少睢在练兵，闻言顿了顿："你要离开了？"

苏苏笑着说："是啊，叨扰了你这么些年，真是不好意思。"

她摸出几颗粉珍珠，递给少睢："这是我闲暇时养的，磨碎用在身上可以缓解疼痛。"

神魔大战结束后，少睢的境况不好，他是妖，需要躲躲藏藏地生活，他的部下也常常受伤。

蚌公主过去怕疼，鲜少养珍珠，在冥夜身边时，百年方养出一颗。

她离开冥夜后，日日夜夜养珠，不再怕疼，三年就用鲜血养出好几颗血珍珠。

少睢说："你若想找天欢报仇，不必急在此刻。他们有上清仙境作为后盾，我们现在不是对手。"

苏苏笑着摇摇头："你误会了，少睢。我早就想明白，不会去找天欢了。蚌族百废待兴，我只想带着族人重新生活，我和你游历迁西时，看见那里有一处河流，水比漠河清澈，虽然灵气不充沛，但慢慢修炼，蚌族总能重新化作人形。父王若是还在，也希望我领着族人们重新开始。"

少睢动了动唇，发现自己没有阻止她离开的理由。

他沉默着，一路送她到不化之巅下面。勾玉悄悄看一眼萧凛模样的少睢，心想，若真回到了现世，这情况不知道多尴尬呢。

叶冰裳成了天欢，但天欢喜欢上清之主、如今实力最强悍的冥夜；

萧凛没有记忆，成了狼妖，照顾了苏苏三年。

他虽性子温和，可对苏苏的一腔喜爱，连不化之巅的小妖们都看得出来。

勾玉就说，般若浮生不能乱进，这下好了吧，几个人出去，这段记忆或许会成为所有人的黑历史。

少睢看着蚌公主回头，露出一个灿烂的笑容，她用力朝他挥挥手："少睢，你回去吧！我不再沉浸于过去，以后会好好生活。"

少睢笑了笑，说好。

"或许有一日，你看见某个溪流中的小河蚌，他们是我的族人呢。"

少睢垂下眼睛，依旧说好。

苏苏叹了口气："少睢，我要去重新开始生活了，你也要好好的。"

于是，少睢看着蚌公主步伐轻盈，她迎着晚霞，一步步离开不化之巅。

她的眼中充满快活和希望，那么她口中的迁西河，一定是个好地方。

三年前，蚌公主蜷缩在他的背上，低声说："我不要死，我要活着，他们都还活着，我凭什么去死呢？我要蚌族绵延万年，我要他们付出代价，我要好好生活。"

少睢目送她走远。

他没有追上去，也没有说过多道别的话语。连他自己都说不准，什么时候他或许也会被抓进荒渊，没有未来。

桑酒能放下过去，带着族人离开，总是好的。

如他所说，若干年后再重逢，兴许会有一堆生机勃勃的小河蚌，晒着太阳在水中吐泡泡。

公主长大，远离了过往的伤痛，成了女王。

苏苏来到迁西河，把小河蚌们都放了下去。

水流和缓，清澈见底，众河蚌适应了一下，挪动斧足缓缓游远。

苏苏心满意足看着他们，等他们游远，她也跳下去，化作一只蚌壳粉白的蚌。

她在浅浅的河流中晒着太阳，闭上眼睛修炼。

她已经不是河中小仙子，道心七零八碎，早已半妖化。可她的内心，几年来从未这般平静。

如果可以，她宁愿成为一个没有灵智的河蚌，就这样生活。她宁愿自己没有爱过任何人。日出的时候，跑出来修炼，像以前一样，看看天空。

只是永远不要再看见为他们而战的仙君了。

这段日子，罕见平和。

她每日清点一遍游远的小河蚌，轻轻把它们捉回来，不厌其烦巡逻着迁西河。祖祖辈辈便是这样，一代代传承下去的。

直到半个月后，苏苏收到了一个意外的东西，她嘴角的笑淡了下去。

这是她第一次收到和桑佑有关的东西。

却是半枚蚌壳。

她手指发凉，呆呆看着那半枚蚌壳，心中慢半拍地出现难以承受的钝痛。

桑佑的蚌壳，被人生生斩下一半。

苏苏知道这种痛苦，她跳下弱水时，品尝过蚌壳受损的痛苦，碎骨之痛，不外如是。

而今桑佑的蚌壳出现在这里,她不敢想发生了什么。

蚌壳一闪,出现一个地名。

苏苏坐在河底,水波轻轻涌动,游鱼轻吻她的脸颊。

第二日,她安顿好小河蚌们,拜托这一处的地仙照看,送了一颗自己的粉珍珠给他,自己前往梵乾秘境。

梵乾秘境里面,早已荒芜,只有伸手看不见五指的漆黑,这是一个绝望孤单、被世间遗弃的地方。

这个秘境没有仙人传承,只会慢慢腐蚀人的心智。

想从里面救出一个人,没人知道会付出什么代价。

现在桑佑在里面。

苏苏不知道哥哥为什么会在梵乾秘境里,但她一定要救他出来。

她现在没了神器定水印,只有几颗傍身的粉珍珠,苏苏知道远远不够,但蚌族人丁凋零,梵乾秘境危险,她只能自己来救桑佑。

她踏入梵乾秘境那一刻,两个人影的身形慢慢显现出来。

天昊笑着说:"女儿,你说得果然不错,只要跟蚌精说她哥哥在这里面,她一定会进去。"

天欢闭了闭眼:"父亲,慎言。"

天昊点头:"有些时候,为父的确不如你想得周到。这蚌精一死,冥夜说不定不日便可飞升成神,到时候只要他肯帮你,别说灵髓,你不够纯粹的水灵根,也会变得精纯。"

这件事是天欢心中的隐痛,她压下语调,不悦地说:"父亲别提此事了!"

天昊不以为然,天欢生下来时便是水火双灵根,这样的资质不坏,可两灵根相冲,注定不可成就大道。

世上只有两样东西可助天欢淬炼灵根,一样是火阳鼎,一样是定水印。

火阳鼎在神族,定水印反倒机缘巧合被人间的蚌族得到,成了漠河镇河之宝。

天欢灵巧聪明,狠心把自己弄成重伤,好不容易在蚌族找到定水印,没想到神器定水印不识好歹,神芯反倒钻进冥夜的身体。

天昊被困在梵乾秘境,无法脱身。

他找了千年办法,终于知道怎么脱离梵乾秘境,便是由一个修为不弱的人,代替自己被困在梵乾秘境。

"蚌族可真蠢,那蚌妖桑佑,真信了我们会放过他的妹妹,自愿入梵乾秘境代替我。"天昊摇头说,"只可惜妖就是妖,他修为还不够,多亏你聪明,找来冥夜相助,为父才得以脱身。"

天欢冷下神色:"我都说了,这件事永远不要提起,不能让冥夜知道!"

她心中隐隐对天昊有了怒气，都怪天昊，不然自己也不至于做这些事。那日自己就差跪下来求冥夜，说父亲只有这一次出秘境的机会，他才肯离开竹林。

天欢让女仙折返回去，悄悄把他给蚌妖的话抹掉。

天欢心中升起无力感，她也不想做这些事情。可她生来灵根不够纯粹，注定无法飞升，也无法长久陪着冥夜。

她没想过害任何人，是小蚌精抢了自己的位置，非要嫁给冥夜。

而冥夜明明不懂男女之情……竟然也对蚌精上了心。

明明是自己的东西，她不过沉睡百年，就快被人抢走。天欢如何能甘心？

一步错，步步错，她现在听到天昊提起这些事，就一阵心惊肉跳，恨不得让父亲闭上嘴巴。

但天欢也明白，蚌族已然没落，只要桑酒一死，这些事情，谁也不可能知道。

天欢总觉得心中惴惴不安，见父亲还想等在这里，伺机拿走小蚌精的灵髓，她低声说："够了！她出不出得来，是她的造化，我们走吧。"

她觉得不安，就如同心里压了一块沉甸甸的石头。

苏苏紧贴着秘境壁，冷冷地看着他们离开。

她还没有彻底踏入秘境，他们的秘密不是永远没人知道，至少现在她听到了。原来所有的一切，一开始就是一场从淤泥中生出来的阴谋。

想到桑佑为了自己，进入梵乾秘境，她几乎把嘴唇咬出了血，眼睛里恨意弥漫。

天欢，天昊！

冥夜是不是也为帮凶？

她猛地睁开眼，已然成了妖瞳。

眼前魑魅魍魉围绕过来。

然而苏苏看见的，却是百年前的场景。

她那时趴在河底，仰慕地看着白衣仙君为他们战斗。倏地画面一转，到了百年之后。

老蚌王被打得魂飞魄散，只留下一个空荡荡的蚌壳。

无数蚌妖凄厉地大叫，河水翻滚，生灵涂炭。

哥哥被打成重伤捉走，一步步走进秘境之中。

她救不了他们任何一个人，眼泪从蚌公主的眸中流下。她颤抖地看着眼前的景象，跌跌撞撞上前去。

她抱住父王的蚌壳，妖瞳熠熠，一时分不清今夕何夕，大哭道："父王，我错了，是我错了，我不该喜欢他。

"我再也不会爱冥夜了!

"是我不好,该死的人是我,是我瞎了眼,我害了整个蚌族!"

冥夜进了秘境,便听见这一番话,一双妖瞳的蚌公主,说后悔爱过他。

他身体僵硬地看着她,直到一把匕首狠狠刺过来。

她泪流满面,似乎要把整整百年的痛哭出来。

冥夜抬起的手,缓缓放下。

匕首刺入他的肩膀,他沉默地握住那把匕首,过了许久,后知后觉那处传来绵绵密密的疼痛。

却不知道,是哪个地方更痛。

‖ 第四十五章 ‖

那个时候的冥夜,并不怎么懂桑洒的恨。

他被匕首刺穿肩膀,坚固的道心并不足以让他痛苦万分。仙躯何其强大,他抬手眨眼间便抹去了匕首带来的印记。

看着蚌公主的妖瞳,他沉默许久,说:"我不会让你有事。"

他伸出手指,点在她的眉心。

蚌公主蒙眬的眼睛,逐渐清明。他本以为她的情绪会平复,然而当她看清他那一瞬,她眼中翻滚的是更加刻骨的恨意。

她拍开他的手,声音又轻又冷:"是你啊。"

高高在上的冥夜仙君有几分无措,他手指颤了颤,像从前教育仙界小辈那样说:"即便出现妖瞳,也并非不可挽救,只要道心坚定,依旧可以走正道。"

蚌公主闻言,如听见什么笑话般,哈哈大笑。

"道心?道心!你竟然同我谈道心。"她推开他,边笑眼里边涌出泪来,"我百年前的道心是你,可你不爱我,嫌我卑贱。我后来放弃你了,我的道心是蚌族的未来,可蚌族没了,我的父王死了。"

她咻咻笑道:"我被上清的仙叫了百年妖精,如今我终于堕魔,你竟然同我谈道心。"

冥夜脸色惨白,嘴唇动了动,一个字都说不出来。

蚌公主笑完,冷冷看着他,额上浮现红色魔纹。

苏苏转身便要再往秘境里面走,却被冥夜拉住。

仙君语调冷清:"你要救谁?"

苏苏回头笑道:"我哥哥桑佑,仙君,一百年了,你恐怕从来都不知道我还有个哥哥吧?"

冥夜不语，他其实是知道的。

和小蚌精相处那几年，他就开始试着慢慢了解她，小蚌精爱笑又爱哭，胆大包天，在他面前却小心翼翼，像个孩子。

她喜欢甜，爱泡在溪水中，人缘很好，蝴蝶和花妖都喜欢她。

关于她的点点滴滴，他都知道，即便是看不太起蚌族，后来也试着想要了解他们。

可是诛魔令下，蚌族没了。

冥夜垂眸说："我进去。"

他神色无喜无悲，走在蚌公主前面，先她一步走入秘境。

苏苏还想进去时，发现自己被结界困住。

不知道过了多久，冥夜带着一只伤痕累累的河蚌出来。

"哥哥！"苏苏小心接住化作原形的桑佑。

桑佑伤得太重，几乎全身修为都散去。

她连忙带着桑佑离开，没有看身后的冥夜一眼。

冥夜的唇角流出鲜血，额间的白色神纹全部变黑。

他看着她带桑佑越走越远，他跟了几步，倒在秘境前。冥夜的一半元神，永远留在了秘境。

冥夜倒在秘境出口，想起很久之前，桑酒的眼里只有他。

他受了伤回来，谁都发现不了，可是第二日窗边总会出现安魂的灵药。

他自然看不上这些东西，冷冷吩咐仙婢拿出去扔了。

而这次，蚌公主再也没有回头。

十二月时，冥夜听说人间出了一个魔女。

她杀人修炼，也杀妖，还杀了几个上清的仙，生生吞吃他们的灵魂。

修魔并不需要灵髓，魔女修为增长迅速，等到上清的女仙魂魄被她捏碎，天欢再也坐不住。

她来到洞府，哀哀求道："冥夜，所有人都看见了，那个魔修，是桑酒。你说过会永远守护上清的。"

冥夜睁开眼睛。

他走出洞府，循着气息找过去。

冥夜亲眼见到桑酒杀人，她墨发飞舞，一双妖瞳弥散着快意，见他来了，她也知道不是他的对手，恼怒地想要离开。

冥夜闭了闭眼，说："你杀了二百三十四人。"

苏苏嘲讽地问："这次仙君还能替我洗清孽障，让我走回正道吗？"神魔大战结束，现在她却成了被杀戮支配的妖魔。

冥夜沉默着。

三叉戟出现在他手中，蚌公主被他困在仙器中时，冥夜说："我会把你关在忘尘山。"

顿了顿，他说："我亲自看守你。"

不管百年、千年、还是万年。

她闻言，在仙器中剧烈挣扎起来，不惜死在仙器中，也要毁了仙器。

冥夜手一颤，几乎下意识地开启了仙器。

她逃窜无踪。

他在月下站了许久，第一次意识到，再也没有回头路可走。

她如是，他亦然。

那之后，魔女越发猖獗，她四处找寻破碎的神器，最后听说绿色倾世花都被她用掉。

除此之外，她还找到了火阳鼎。

所有人都知道，魔女桑酒早晚会死在天雷之下，但她不管不顾，早已疯魔。

除了镇守荒渊的稷泽，世间再无神。没人治得了她，最接近神的人，是冥夜。

他却开始闭关，不闻不问。

外界开始传，桑酒曾是冥夜之妻。昔日的冥夜真君，也渐渐声名狼藉起来。

第五十年，劫雷没有把魔女劈死。

她全身鲜血淋漓，跑到上清，杀了天欢圣女和天昊尊者。

蚌公主用火阳鼎，就在上清空中，烧了天欢七七四十九天。

最后那一日，所有人都看见了天欢一开始怒骂痛斥，后来哭着求饶，再后来，一点点被烧作飞灰。桑酒抱着火阳鼎，走过上清，上清寸草不生。

仙人逃窜，自此再无上清仙境。

狼妖少雎在山顶怜悯地望着她，她脚步没停，眼里满是杀戮的快意。

她一步步，走到冥夜仙君的洞府外。

少雎追上去："桑酒，停下吧，你不是这样的人。你这般下去，会被天雷劈死，永远不能转世，没有来生。"

桑酒挥开他，她魔纹妖异，几乎一度控制不住自己杀了少雎。

上空突然劫雷滚滚。

少雎一惊，下意识以为是要劈桑酒的天雷，没想到紫雷萦绕洞府不去，竟然是冥夜要成神的劫雷！

三界震惊，所有人都惊骇地看着劫雷。

他们大喜，冥夜神君要渡劫了，若渡劫成功，就可以杀了魔女桑酒。

洞府的门打开，五十年不曾现世的仙君，缓缓走了出来。

他从前便是不苟言笑冷硬的模样，如今白色衣袍更加圣洁。

他径自走向蚌公主。

二人一红衣，一白衣。

见到冥夜，所有修仙者都有了底气。

"仙君，不，神君，杀了这个魔女！"

"对，她不得好死，杀了她！"

在众人的呼喝声中，冥夜却伸出手，轻轻抚上蚌公主的脸颊。

苏苏愣住。

冥夜说："不管你信不信，我知道竹林中的那七年。"

知道你曾经小心翼翼，胆怯又不顾一切地爱我。

你也肯定不信，那个印在你额间的吻，不是无意，是刻意。

蚌公主冷笑道："那又如何。"

劫雷翻滚。

冥夜看着她，说："桑酒，你曾问我，能不能洗清罪孽，让你走正道，我现在回答你，可以。"

冥夜突然笑了，整整一百六十年，他第一次露出这么无奈的笑容。

"以吾神髓，换你魔骨。"

从此以后，你功德加身，我来承受所有的罪孽。你干干净净，做小仙子也好，愿意成神也罢，都无所谓了。

劫雷落下时，三界灰暗无光，只有一处亮着。

他们看见，冥夜仙君紧紧抱着魔女，要借劫雷，偷龙转凤，把神髓换给她。一旦成功，他自己便会死在劫雷之下。

冥夜额间的神纹黯淡，他死死扣住怀里的人，不让她挣脱，他低声说："有件事情我一直想同你说，桑酒，我是第一次做人丈夫，不懂得疼你。这些年来，也没有为你做过什么，更不曾送你一束花、一颗宝石。"

他怀里的蚌公主，眼泪无声流下。

"等我开始懂了，你什么都不想要了。我没保护好你，我很抱歉。"他摸摸怀里人的脸颊，摸到一手泪，他顿了顿，声音温柔地说，"桑酒，你不是妖，是仙。"

是你的丈夫不够好，让你成了妖，堕为魔。

劫雷一道道劈下。

蚌公主压抑的哭声，没人能听见："可我不爱你了，早就不爱你了。"

冥夜的神纹彻底消失，平静地说："我知道。"

"你不知道。"她低声说。

手中火阳鼎落下，蚌公主大口大口鲜血吐出来。

冥夜想要接住她，却发现她的身体软得像一摊水。

蚌公主看着大惊失色的冥夜，轻声说："你什么都不知道，冥夜。"

她看着天空中的劫雷，冥夜失去一半元神，早已不可能成神。他强行渡劫，只为把一部分神髓给她。他有多少，便给她多少。

可是很久之前，早在她跳下弱水的时候，她就没了保护自己的躯壳，她早该死了。

或许更早，她遇见他，就是个错误。

她杀了那么多人，天道的雷劈下来，她早就支离破碎，靠着绿色倾世花，她撑到了现在。

也仅仅只够走到这里罢了。

蚌公主的身体，一点点消散。

她的神色并不痛苦，手伸向虚空，反而轻轻笑开，真诚而快乐地说："父王，你来接我了。"

冥夜碰到她手指的那一瞬，蚌公主化作飞灰，消失在天地间。

一枚小巧粉白的蚌壳落下来，轻易便摔成碎片。

勾玉凝聚在苏苏的手腕上，眼看着苏苏就要脱离般若浮生，勾玉反应过来，大声说："快，小主人，般若浮生要结束了！"

苏苏必须做点什么。

这影响着若干年后漠河下的蛟，是正是邪。

苏苏终于不受桑酒的情绪控制，她深吸一口气，眼疾手快地从即将消散的桑酒脖子上，拽下那颗白色珍珠，扔到碎片中。

碎片里，滚出一颗白色珍珠。

勾玉看着天翻地覆的般若浮生，连忙说："我们快走。"

走之前，勾玉回头，看见泪流满面的"冥夜"突然神色扭曲。

是澹台烬意识觉醒了，澹台烬意识一觉醒，神情痛苦的冥夜，瞬间变成不可置信的表情。

他顿了顿，冷冷地说："废物东西，为了一个女人，竟然舍弃无上力量。"

或许他也是刚反应过来，冥夜的决定关乎千年后漠河中的蛟。

般若浮生坍塌前，澹台烬漫不经心擦去脸上属于冥夜的泪水，冷笑说："成魔有何不可，有了无上力量，还怕寻不回一个女人？"

勾玉看他自言自语。

这就真的很过分了。

下一秒,般若浮生坍塌。勾玉跟着苏苏走这一遭,隐隐明白了般若浮生是怎么回事——

原来并不是他们选择成为记忆中的人,而是记忆中的人,选择成为他们。

桑酒希望自己如苏苏一般勇敢坚定,不为情爱绊住步伐,守护族人,她选择让苏苏来成为自己;

冥夜一开始不懂感情,他觉察进入般若浮生的澹台烬没有情丝,选择让澹台烬成为自己,想看同样不懂感情的澹台烬会如何抉择,结果最后澹台家的小疯子,心中只憧憬力量;

少睢心中大义温柔,即便为了妖族,也会选择让责任心同样强的萧凛成为自己;

桑佑嘴巴毒心肠软,自然最贴近莫名其妙进来的庞宜之。

至于天欢……

勾玉想,它到了现在依旧不了解,天欢到底想要什么。

这是它唯一看不透的人。

而叶冰裳进来,到底又是想要什么呢?

虽然知道天欢和叶冰裳不是同一个人,正如苏苏也永远不会是桑酒,勾玉还是暗暗对叶冰裳警惕起来。

般若浮生外,虞卿、季师叔、廿白羽和叶储风,都抬头看着空中两样东西的光芒争执不下。

几个人陆陆续续跑出般若浮生。

勾玉调侃自家小姑娘说:"怎么样,小主人,感觉如何?"

苏苏心想,在般若浮生中,蚌公主的泪水太多了,哭得她脑仁疼,她揉揉酸涩的眼睛,一场不好的爱情,可真是令人难过。

心里似乎还残留着桑酒绝望的感情。

她回答勾玉:"感觉不太好,即便我以后爱上一个人,一定也不能像桑酒这样卑微。"

君若无情我便休。她首先是苏苏,然后才是爱别人的苏苏。

有人值得被爱,有人真的活该。

第七卷

缱绻情怀

‖ 第四十六章 ‖

苏苏出来后不久,萧凛、叶冰裳,还有庞宜之也陆陆续续出来。

同苏苏一样,般若浮生结束那一刻,所有人都恢复了自己的意识,以至于大家的脸色都不太好。

庞宜之看着苏苏,嘴巴动了动,什么都没能说出来。

属于桑佑的记忆里,桑酒救了他,他去迁西河,成了新的蚌王,妹妹则一个人背负了蚌族的仇恨,魂飞魄散。

他后来赶到冥夜的洞府,却晚了一步,不说桑酒,连冥夜也不见了。

萧凛紧紧抿着唇,现在的他的感受最为复杂,作为少雎,他在记忆中喜欢上蚌公主。

少雎的感情并不浓烈,像一坛陈年老酒,时光绵长,却从未消失。除了萧凛,世上再无人懂他的心事。

叶冰裳脸色发白,她并不蠢,自然明白般若浮生中的天欢,干的都不是什么好事。

她身体晃了晃,萧凛扶住她。

叶冰裳泪盈于睫,轻声说:"殿下。"

萧凛叹了口气,拍拍她的脊背安慰说:"没事了。"

叶冰裳摇摇头,她走到苏苏面前,谦卑行了一礼:"三妹妹,是我不好,在般若浮生中,我也不能控制天欢的行为。三妹妹能原谅我吗?"

此言一出,所有人都看向苏苏。

眼前这张脸代入天欢,着实让人生气。般若浮生太过共情,苏苏实在很难对她有好脸色。

苏苏狐疑地看着叶冰裳。

叶冰裳看上去十分自责,她落落大方地道歉,不仅苏苏没想到,连勾玉都没想到。

勾玉喃喃道:"难道是我猜错了?"

不管天欢做了什么，叶冰裳有一点说得对，她确实不是天欢，苏苏没有理由怪她。

所有人都看着，苏苏平静地说："大姐姐说笑了，我当然不会怪大姐姐。"

叶冰裳看她一眼，见她没有如桑酒一般当着众人的面又疯又闹，恨不得过来掐死自己，眼神也多了几分微妙。

三妹妹……真的在成长呢。

萧凛轻轻叹了口气，明白自己不是少睢，苏苏也不是桑酒。

他移开视线，握住叶冰裳的手。叶冰裳的手冰凉，萧凛给她输了点内力进去。

叶冰裳抬头看他，萧凛没有过分关注苏苏，叶冰裳松了口气。

现在她也不敢强行收回护心鳞，只得忍住担忧，安安静静站在萧凛身边。

廿白羽死死皱紧眉头："为什么你们出来了，陛下却没有出来？"

他忠心耿耿，看到这种情况十分焦急。

季师叔还故意刺激他，幸灾乐祸地说："说不定已经死在般若浮生中了，恶人自有天收。"

廿白羽冷冷看他一眼，就要拔刀。

叶储风上前一步，阻止廿白羽说："玉镜和护心鳞还在空中，陛下不会有事。"

季师叔已经夸张地躲在萧凛身后，廿白羽哼了一声，抬头看向空中玉镜。

勾玉问："小主人，你走的时候，丢给冥夜的东西是什么？是桑酒从前为冥夜做的一切吗？"

苏苏抬头看着流光溢彩的护心鳞，摇摇头。

她想了想，说道："是一个傻瓜的初心。"

成不成，就看那颗珍珠了。

冥夜的记忆，最为漫长。

桑酒死后，没人能寻到他。有人说他渡过劫雷，飞升离开。有人说他死在了劫雷之中。

妖女桑酒渐渐被人淡忘，可是最后记得她的，是曾经最讨厌她的人。

冥夜没有崩溃，相反，从那天开始，他十分冷静。

他捡起破碎的蚌壳和白色珍珠，带着它们四处寻访高人。

桑酒能重新培养幼蚌，他说不定也可以复活桑酒。

澹台烬想要魔蛟，抬步跟上他。

然而上古大能已然消逝，天地间留下最厉害的人，冥夜算其一。他自己尚且不能救桑酒，又哪里能指望别人救桑酒呢？

他走了很多年，额间神纹早已不见，他靠着数万年修为，带着小蚌壳穿行三界。

当能找的人都找过以后，他们都对他摇摇头。

后来有一天，冥夜遇到一个垂垂老矣的仙人。

仙人坐在树下，等着坐化。

雨下得特别大，冥夜沉默过去，为仙人化出一处草棚。

仙人睁开眼睛，看看他，又看看他怀里破碎的蚌壳。

"我有办法帮你修补它。"

冥夜绝望太久，本已不抱期望，闻言嘴唇颤了颤："我该怎么做？"

仙人说："万物相生相克，你首先得明白，她的蚌壳为何而碎。蚌这种妖，修炼时首先锻造壳来保护自己。但是你手中的妖蚌，她的壳被弱水溶解脆弱不堪，最后才会支离破碎。因弱水而起，想要恢复，就要寻到息壤，消除弱水带来的影响。"

仙人摇头说："然而即便蚌壳恢复，她也回不来，魂飞魄散，可悲可怜。"

冥夜手指颤得厉害，弱水？

桑酒一个蚌妖，怎么会入弱水？没人比他更清楚。

他本以为自己机缘巧合出了弱水，桑酒恰好捡到他。但曾经，竟是桑酒跳入万物不生的弱水之中，边哭边寻他。

蚌壳溶解时，她该多痛？

澹台烬盘腿坐在雨中，看见那个废物脸色惨白。

他不耐烦地说："你还要留在这里多久？既然已经找不到她，放弃便是。只要你愿意，这天下权势、力量，足以让你肆意而为。"

冥夜并没有理他，起身离开。

好在般若浮生即将坍塌，时间流速很快。

澹台烬冷眼看着冥夜，第一个十年，那人寻到息壤，把破碎的蚌壳粘起来。他第一次看见清冷的仙君笑，他眉目柔和，轻轻摸小蚌壳，天气清朗时，还带她晒太阳。

一如她没死一般。

他给她找鲛绡，为她做衣裳。收集琳琅美玉，仿佛要弥补百年时光。

一个人自说自话，看起来可笑又凄凉。

没多久，他看见河中出生的幼蚌，带着空荡荡的小蚌壳，他去了迁西。

迁西河欣欣向荣，冥夜沉默许久，时常在桑佑没发现的时候过来，清理河水，开辟河道，帮助小河蚌开启神智。

他不厌其烦做这件事，不知道做了多少年。

后来桑酒当年养的河蚌全部开了神智，开始修炼，他再次无处可去，他抱着小蚌壳，想带她回家看看。

漠河的水又脏又凉。

冥夜跳下漠河，看着蚌王宫一片荒芜。河水暗流汹涌。

昔日白衣纤尘不染的仙君，此刻却不嫌这处肮脏。他扶起坍塌的石柱，寻到了桑酒的房间。

冥夜捡到了许多她小时候的玩具，各种各样漂亮的珊瑚。他神色温柔起来。

直到他找到蚌王宫遗留的珍珠，看到百年前的场景。

他看见蚌公主是如何救他，他吞下神芯以后，她跪在石碑前，一下又一下朝着蚌王磕头。

他看见她从蚌王宫欢喜出嫁，眼中带着浓浓的忐忑和期待。

然而接她的只是一个小仙官。

小仙官拉扯着嗓子说："真君说了，既然桑酒公主执意要嫁他，还请仙妃自己走去上清。"

他看见她的脸色变得苍白难堪，但她行了个礼，没有过分难过，自己朝着上清走去。

她的身影渐渐消失，手中珍珠也恢复沉寂。

后来的故事，他都知道。

知道她是怎样孤单又被欺辱地度过百年。

冥夜眼眶通红，怆然泪下。

澹台烬眸光一闪，知道冥夜知道真相以后，执念恐怕已经入骨，说道："既然仙界寻不到她，何不入魔。上穷碧落下黄泉，你怎知她不在妖魔道等你？"

眼看着冥夜因为他的一席话，漆黑的眼珠慢慢变红。

澹台烬走过去："对，没错。那些神仙欺辱她，而你当仙君的时候，总是冷落她，她一定是讨厌成仙，才不想回来。"

他满意地看着冥夜嘴唇变黑，眼睛渐渐变得冰冷。

澹台烬弯唇："叶夕雾，等孤出去再收拾你。这般若浮生，终究还是我赢了。"

话音刚落，冥夜袖中落下一颗小小的珍珠。

珍珠并不亮眼，甚至有几分黯淡。

冥夜下意识接住了它。

它是桑酒脖子上的那颗珠子。

蚌公主喜欢用珍珠留下记忆，那么这颗珍珠里的记忆，又是什么呢？

冥夜红色冰冷的眼，怔怔看着它。

珍珠在他的掌心温柔地飞旋，蚌公主最后留给他的礼物，清晰地出现在空中——

那是很多年前，少女清澈的眼睛。

她惊叹地看着空中。

她的眼睛里，映出蓝天和白云，最后，渐渐温柔而清晰的，是一个男人穿着白色铠甲的身姿。

她趴在岸边，一眨不眨看着他，眼睛那么亮，红唇忍不住上扬。

冥夜伸出手，眼中再次隐隐出现泪意，然而他刚碰到她，桑酒似乎有所觉察，回眸一笑。

冥夜愣了许久，便也温柔冲她笑。他眸中的红色褪去，变得干净坚毅。

珍珠化为齑粉。

澹台烬皱眉，他有种不祥的预感。

刚要走过去，般若浮生却开始剧烈震颤，这回是真的立刻要碎裂。

澹台烬瞳孔一缩，冷冷地看向冥夜。

然而冥夜已然不允许他再留在般若浮生中，下一刻，将澹台烬推了出去。

廿白羽连忙上前："陛下，你没事吧。"

澹台烬一擦脸上的血，这血迹还是苏苏先前对付术士，在他脸上留下的。

他眸光阴郁，看一眼苏苏。苏苏看见他，难免有点儿尴尬，毕竟现在两个人直接碰面，谁都忍不住想起纱帐中那一幕。

她也不是故意碰他的身体的，不是没成吗，她也很懊恼的，她悄悄把手背在身后，脏了脏了脏了……

她悄悄一挪步子，半边小脸躲在旁边的季师叔身后。

澹台烬冷冷别开眼睛，皱眉看向空中相争的两样东西。

这回，终于不再是势均力敌。

空中玉镜猛然破碎，萧凛等人俱是一喜，仙蛟最后没有选择入魔！

护心鳞发出阵阵白光，盘桓在蛟身上的怨气不甘地消散。护心鳞飞回叶冰裳手中，叶冰裳双手紧紧握住护心鳞，也松了口气。

勾玉喜道："真的成功了。"

苏苏也很高兴。

那颗珍珠，是桑酒的初心，里面有她最初爱上冥夜的景象。她喜欢庇护天下的大英雄，爱为他们而战的冥夜，而非邪魔。

冥夜再也找不到桑酒，便把自己封印在漠河河底，一遍遍在回忆中看她，每一次，都要经历撕心裂肺的痛苦，与桑酒分离，然而下一次，依旧继续。

直到冥夜死的那天。

仙蛟再也不会化魔，他守着蚌公主的信仰，用他的身躯和舍利子，平定漠河。

苏苏看着干净的河水和冥夜消散的身躯，心里滋味难言。

廿白羽见到这一幕，说道："陛下，今日不宜再留在河底，避水珠快要失去作用，我们得回去。"

回去？

澹台烬眸光冰冷，他不好过，也不会让这些人好过。

‖ 第四十七章 ‖

最先觉察到不对劲的是季师叔。

水波流速越来越快，原本干净的河水，若有若无弥散着一股死气。

季师叔一低头，就看见一具道士尸体的手指动了动。

季师叔脸色一变："不好，快走！死人吸收了怨气，变成尸妖了。"

苏苏愣了愣，也看向道士们的尸体。

果然，原本以为会消散的怨气，此刻被打乱，往道士们的尸体中钻去。

也不知这些妖道修炼了什么法术，他们的身体竟然能容纳怨气，被怨气支配着站了起来。

他们生前本就会一些法术，此刻个个面上都露出诡异的微笑，朝着人群扑过来。

季师叔一拂尘敲在尸妖头上，"嗡"的一声响。

他破口大骂："这玩意儿身体变得比铁砣子还硬！"

季师叔通晓奇门八卦，修炼之途也摸出了些门道，可他和虞卿一样，武力值不行。尸妖速度诡异，几乎飞身过来，抓住了他拿拂尘的手。

季师叔猛地被尸妖扑倒在地，哇哇大叫，想拿符纸都已经来不及。

季师叔想骂人，尸妖的血盆大口就在眼前，他大喊："道友手下留情！都是一家人，一家人！"

道士尸妖哪里记得他是一家人，张嘴就要吃了他。

说时迟那时快，一只白嫩嫩的手拽住尸妖的头发，把它拽开，然后一把桃木剑刺进尸妖的心脏，尸妖倒下。

季师叔看见苏苏，满头大汗，腿都软了："多谢丫头。"

苏苏把他扶起来，焦急地说："先生，你知道如何杀他们吧？"

"知道知道，贫道方才没反应过来，才着了他们的道。"

苏苏说："这是怎么回事？"

季师叔脸色难看："有人用邪物把怨气压进了尸体中，让他们杀人。"

百足之虫死而不僵，怨气盘桓在漠河河底数千年，威力不小。

另一头，虞卿的情况不太好，他左支右绌闪躲着在水下飞奔的尸妖，嘴里骂道:"这都是什么东西?!"

皮糙肉厚,打一下跟没事人似的。

苏苏先前打死了老道,毁了噬魂幡,这会儿也有点吃力。如果不是在水下,此刻估计她早已冷汗涔涔。

尸妖形成得猝不及防,所有人一时间都被尸妖缠住。更为可怕的是,被尸妖杀死的人,转眼也被河底怨气入侵,开始站起来杀人。

苏苏先前用桃木剑杀死的尸妖,竟然也摇摇晃晃站了起来!

这下所有人都知道要完蛋,用不了多久,整个河底都是敌人!

季师叔眼角余光一瞥,看见澹台烬那个小王八羔子在廿白羽的护送下,往岸上去。

少年回头冷冷一笑,笑容中尽是恶意。

尸妖竟然不攻击澹台烬等人,对他们视若无睹。

萧凛眸色微沉,反应很快:"季师叔,澹台烬身上有辟邪的东西!"

季师叔说:"不能让他们走!萧凛,我掩护你,你带着冰丫头把他们留下。那个心狠手辣的小王八羔子肯定有破解之法。"

这些东西要是上了岸,那得杀多少人!

澹台烬若是把它们往大夏国一赶,那就是一支刀枪不入的军队。

萧凛也知道严重性,二话不说,抱着叶冰裳追了上去。

叶冰裳脸色发白,靠在他的怀里,想了想,还是把护心鳞放在了萧凛手中。

萧凛一顿,摸摸她的发。

护心鳞一到萧凛手中,立刻发出耀眼的白光,带着他们转瞬便追上了澹台烬。

廿白羽说:"陛下!"

澹台烬回头,看见萧凛手中的护心鳞,有几分垂涎。他舔舔唇,命令说:"夜影卫何在,把萧凛杀了。"

他周围的几个夜影卫立刻出现,挡住萧凛。

萧凛抬剑迎上,他的武功比夜影卫强不少,此刻有了护心鳞,也不觉吃力。

廿白羽一见,立马也加入夜影卫,萧凛的情况一下子变得糟糕起来。

萧凛带着叶冰裳避开利箭,把护心鳞还予她:"躲好。"

叶冰裳抿唇,连忙催动咒语,用护心鳞去攻击夜影卫。

这种级别的宝物,她运用起来很不熟练,但萧凛本就是高手,只需要夜影卫一点破绽,便可以立刻反杀。

廿白羽退到澹台烬面前:"陛下,我们得先杀了那个女人。"

澹台烬看一眼叶冰裳,皱起眉头。

他几乎下意识说:"不行。"

就这么一会儿工夫，苏苏和季师叔也追了上来，身后乌压压跟着一群尸妖。

季师叔大声喊："萧凛，他们身上带了辟邪灵精，抢过来！"

萧凛会意，在受伤的夜影卫腰间一摸，果然摸出了一块暖黄灵精，他抬手扔给季师叔。

季师叔嘿嘿一笑，把灵精掰成小块，分给周围的人。

苏苏也拿到一块，她松了口气，这玩意儿的确可以辟邪，至少尸妖不会攻击他们。

尸妖追到近前，突然变得迷茫，继续在河底晃悠。

苏苏说："不能让他们出去。"

"这个当然，"季师叔说，"根源肯定在澹台烬身上。"

敌人追上来，廿白羽立刻觉得不妙。灵精被他们拿到一块，尸妖就不再是威胁，加上叶冰裳手中的护心鳞，澹台烬反而成了弱势那一方。

"陛下，我们必须马上离开。"

澹台烬当机立断说："走！"

季师叔嚷道："萧凛，别让他们跑了。"

萧凛长剑一劈，水流猛地晃动。季师叔祭出一张驱水黄符过去助他，黄符在水中带着幽幽的蓝光，转瞬，水流开始变成巨大的漩涡，把即将踏着水梯去岸上的澹台烬和廿白羽重新拉了进去。

然而漩涡越扩越大，不只澹台烬的人，连在中央的萧凛也被卷入其中。

虞卿："……"

苏苏："……"

季师叔很尴尬："萧凛师侄，师叔也不是故意的。"

萧凛不吭声，在天翻地覆的水中，尽量稳住身子。

虞卿说："漩涡扩大了！避水珠很快就要失去作用，我们快走。"

这下大家都不废话，趁着漩涡还没波及自身，连忙往岸上游去。

季师叔知道犯了错，路过叶冰裳时，顺手把她也救了，算作帮萧凛侄儿保护女人。

漩涡中心就剩萧凛与澹台烬，萧凛还能极力稳住身子，澹台烬没有武功，他脸色发白，死亡的恐惧让他的神情带上几分慌乱。

澹台烬抬起头，看见漩涡外的人纷纷上了岸。

他眸色阴毒地看着他们。

夜影卫死的死，残的残，没人能在这时候帮他一把。直到他看见一个白色身影，少女身上的祭祀纹路漂亮神圣，外面天亮了，阳光折射进来，她身上的金纹闪着碎光，朝外面游去。

虞卿等人极力去拉漩涡中的萧凛，萧凛水性不错，运用内力，竟生生破开水流，从漩涡中钻了出去。

虞卿大喜："快走！"

人们一个个离开，苏苏游上去的路上，看见被水流冲昏的叶储风，她抿住唇，把他顺带捞上去。

漩涡不断扩大，加上河底还有一群尸妖，大家拼命飞奔。

苏苏好不容易爬上岸，把叶储风扔在旁边，止不住咳嗽。

幸运的是，他们上岸的地方，离澹台烬的亲兵很远，此刻不用面对敌人的包围。

季师叔瘫在岸上："无量天尊，吓死贫道了。"

见到萧凛上岸，季师叔笑道："嘿嘿，我就知道你小子本事大。"

萧凛无奈一笑。

虞卿突然问："澹台烬呢？"

"漩涡里，"萧凛说，"我的剑气把廿白羽同他分开，现在廿白羽找不到人。"

虞卿问："尸妖怎么办？"

这件事是所有人都担心的，萧凛沉默一会儿，摊开手。

只见他的掌心躺着一块兰花状的辟邪灵精。

那灵精完美无缺，一看就很珍贵。

苏苏愣了愣："这是澹台烬身上的吗？"

萧凛点头。

季师叔喜笑颜开，幸灾乐祸道："那小子想害人，现在没了辟邪灵精，他沉入河底，不说漩涡，那些尸妖就会上来把他生吃了。"

虞卿思考着说："他弄出来的东西，不想死的话，就得自己想办法灭了尸妖。"

萧凛也是这个打算，听见远处窸窸窣窣的脚步声："我们得离开了，澹台烬的人就在对岸，再不走，我们会很危险。"

苏苏看着萧凛手中那块辟邪灵精，有几分好笑，这算不算自作孽不可活？

澹台烬造出杀人的东西，现在自己困在河底。

最要命的是，现在人人恨他恨得咬牙切齿，才不会去救他。

大夏的士兵就在不远处接应，几个人上了马，走了好几步，萧凛顿了顿，还是没忍住回头。

日光倾泻而下，身着祭祀服的少女，正抬眼望着他们。

他握住缰绳的手一紧："叶三小姐，同我们一起回去吧。"

庞宜之看看眉眼干净美丽的少女，也连忙不在意般地说："是啊，你父亲是叶大将军，你随我们回夏国，也理所应当。"

虞卿点头："叶三小姐，赶紧走了。"

就连季师叔也吹了吹胡子："小丫头，你还愣着做什么？那小子是个杀人狂魔，你难不成还想跟着他？"

叶冰裳闻言，眸光晦涩。

她抬起头，柔柔笑道："是啊，三妹妹，大家不会怪你的。"

苏苏看她一眼，对着大家一笑，露出几颗贝齿，少了几分不近人情的清冷，多了几分属于叶夕雾长相的憨态可掬。

"多谢大家，夕雾就不跟大家回夏国了，我还有重要的事要完成。天高路远，日后再会。"

萧凛抿唇，低声说："既然如此，保重。"

苏苏冲他们挥挥手。

庞宜之恨恨地看她一眼，低声咒骂："不识好歹的笨女人！"

季师叔啧啧叹息："小丫头片子。"

虽然都不赞同她留下，但是大家对苏苏没有恶意。她勇敢仗义，屡次救人于危难，在场所有人，几乎都得到过她的帮助，没人会真正讨厌她。

叶冰裳靠在马车上，看外面太阳高高升起，手拽住轿帘。

好半晌，她轻轻闭上眼。

从什么时候开始，三妹妹得到了所有人的尊重呢？去年那个推她下水，还一脸恶毒的叶夕雾，似乎已经离得很远很远。

澹台烬沉入河底。

漠河水深，数千年前屡次涨水，好几次都淹没了附近的城池。

冰冷的水把他包围，他起先还算镇定，可是当看见一只尸妖朝他飞奔而来时，他摸向腰间，瞬间脸色变得极其难看。

夷月族最珍贵的那块辟邪灵精不见了！

尸妖速度飞快，在汹涌的水下也丝毫不受影响。

水下的活人，不知不觉就只剩他一个，求生本能让他竭力开始朝着尸妖反方向游去。

然而另一边，竟然也出现了尸妖。

他抿了抿苍白的唇，难得出现几丝慌乱。他连忙从身上翻找东西，可他身上除了辟邪灵精，早没有能对付这些东西的灵器。

他下水时，和老道布置了这个局。

即便妖蛟锤炼不成，但是能够创造出尸妖也是不错的。这支无坚不摧的军队，可以帮他兵指大夏，然而没想到，这些没有神智的妖物，第一个对付的人是他。

眼见尸妖的手要碰到他。

他神色冰冷，闭了闭眼，倒没有后悔，只是觉得不甘，没有多拉几个垫背的。

他咬牙，想着自己的血可以克制妖物，大不了等尸妖咬伤他，他再弄死这些东西。尽管澹台烬也知道不现实，漠河这么大，他的血一下就散开了，哪里杀得完无穷无尽的尸妖。

下一刻，尸妖被人踹开。

他的衣角被人轻轻拉住，他睁眼，就看见冲他而来的少女。

她破开水，白色衣裙在水下漾开，漂亮得不像话。

少女看他一眼，小手紧紧揪住他的衣服，一副不想和他说话的样子，扯扯他，示意他跟着她离开。

澹台烬从来没想过，这种情况，有人依旧会过来找他。他沉默地看着她，抿唇道："你怎么来了？"

少女咬牙切齿看着他。

"当然是嫁鸡随鸡，嫁狗随狗！小浑蛋。"

‖ 第四十八章 ‖

苏苏虽气他，却明白如今情况不太好。

她连忙把自己的辟邪灵精分给他一半，绕开尸妖往岸上游。

事关生死，澹台烬也不跟她多废话，罕见地沉默下来，跟着她一同往上游。

两个人好不容易上了岸，苏苏躺在岸上喘气，累得一动都不想动。

她已经很久没有休息过，身边的澹台烬不吭声，坐起来拧自己衣服上的水。

避水珠在方才就失去了作用，如果苏苏没有回去，他不被尸妖吃了，也会在水下淹死。

七月份阳光炽烈，很快把他们衣服烤干。

苏苏从地上爬起来，她拍拍手上的灰，刚一动，手腕被人死死握住。

苏苏回头，看见一张阴沉沉的脸："你要去哪里？"

她盯着澹台烬的手，他手指僵硬片刻，握得更紧。

"你给我下了毒，你以为我会让你离开？"

苏苏其实也没想离开，她一看他这副讨债鬼的样子，就忍不住想踹他。

怀里的灭魂珠泪微微一暖，尽管只有一瞬，苏苏却感觉到了。

勾玉忍不住说："咦？"

一人一玉都忍不住炯炯有神地看着澹台烬，澹台烬皱眉，语气更不好："你这么看孤做什么？"

好吧，下一刻灭魂珠泪不再温暖，变得冷冰冰。

苏苏心中难免有几分微妙。

"你别抓着我，我没给你下毒，之前都是骗你的。你看你至今还活蹦乱跳的，好了，放开我。"

澹台烬的手跟铁钳似的，看她一眼："满口谎言！我一放开你，你就跑了。"

"我不跑。"

少年隽秀的眉目带着几分阴郁，十足让人讨厌。

苏苏好言好语，没想到他完全不领情。她干脆不和他说废话，一个过肩摔把他弄趴下，澹台烬闷哼一声，恨恨看着她。

如果不是片刻前才救了他，苏苏仿佛还以为自己是那个对不起他、背叛他的人。

"你是不是要逃跑？"他黑瞳冰冷，哑声问道。

苏苏揉揉自己发青的手腕："和你说人话听不懂吗？我又不欠你的，我都说了我不走，即便我要走，关你屁事！"

她越想越气，干脆在他的腰上狠狠拧一把："下次再把我的手抓青，我弄死你，弄死你，听见了吗？！"

她怕他不够痛，捏住那块薄薄的皮肉，几乎三百六十度拧了一圈。

澹台烬脸色都要青了。

勾玉一直沉默着，此刻忍不住开口："小主人，你还记得稷泽的话吧？灭魂珠泪要他懂情感，才能抽邪骨。"

你这样对他，是不是背道而驰了？

苏苏不可思议地说："你不会让我教他吧，我都想抽死他了！"

说完她扑哧一笑，似乎被什么逗乐了。

勾玉瞥见地上表情阴森森的少年，也有点儿想笑。

苏苏毫不留情，澹台烬的腰绝对乌青了一块，可他能忍，愣是没去捂自己受伤的地方，脸色铁青之后又惨白。

她撑着自己的下巴，笑吟吟地看着他说："记住什么叫以己度人，这次就是教训，你要是再敢让我受伤，我就让你疼十倍。"

他冷笑一声。

苏苏听见阵阵脚步声，她回头一看，果然周国的军队来了，领头的就是那个倒霉的狗腿子羊暨。

羊暨大老远就开始哀哀地号："哎哟，我的陛下，您没事吧！"

他微胖的身子竭力跑在士兵前面，很有喜感，见到澹台烬，就差喜极而泣了。

羊暨殷勤地去扶澹台烬："陛下，哪个不长眼的东西，敢这么对你，属下……"

澹台烬一脚踹在他的屁股上，听见他哪壶不开提哪壶，更加来气："滚，谁让你碰孤！"
　　羊暨讪讪一笑："不碰，不碰。"
　　澹台烬看一眼旁边看笑话的苏苏，黑着脸命令说："把那个女人给孤抓起来！"
　　羊暨立刻收了笑脸，很有狐假虎威的架势："还愣着做什么，都耳聋了吗？陛下让你们把那个女人抓起来！"
　　苏苏对他的忘恩负义叹为观止，难怪兰安姑姑要背叛他，这个要命的性格，恶毒的嘴脸，谁看了不想捅他几刀啊？！
　　夜影卫朝着苏苏走过来，苏苏一看，澹台烬也看着这边，她从他的眼里看出蓄势待发的紧张。
　　澹台烬肌肉绷紧，仿佛她是什么生出翅膀的怪物，下一刻就要从漠河上方飞走。
　　她举起手，诚恳地说："我自己走，不劳驾诸位动手了。"
　　夜影卫没有理她，用一条柔韧的绳子绑住她的手腕。
　　说来也奇怪，那绳子柔韧，一碰到她的手腕，便自动扣成一个环。
　　澹台烬一眨不眨地看着，见苏苏这次似乎真的没有底牌可逃跑，总算露出满意阴毒的微笑。
　　羊暨看着他扭曲的笑容，禀报说："陛下，叶大人和廿大人都找到了，廿大人受了重伤，送回漠河城主府了。"
　　澹台烬皱眉，说："都是一群没用的东西！"
　　羊暨不敢吭声，快半年时间，他也摸准了小暴君的脾气，澹台烬憎恨一切废物，喜欢有能力的人。
　　对待有能力的人，珠宝玉石毫不吝惜，他大方得令人眼红。对待"废物"则冰冷无情，甚至残忍，也从来不念旧情。
　　回去廿白羽肯定得受重罚。
　　羊暨跟人精似的，本着死道友不死贫道的原则，庆幸自己没有跟着下漠河。也不敢为廿白羽求情，这次廿白羽确实做得不好。
　　苏苏回头看一眼漠河，漠河如今水质清澈，如果不是够深，几乎一眼能看到底。
　　冥夜和蚌公主都在河中消散，按理会护佑漠河数万年，可惜澹台烬弄出来一群尸妖。
　　原本道士只有二三十个，后来杀了不少人，现在尸妖保守估计有四五十只。
　　真是一个让人头皮发麻的数字，尸妖吸收了千年怨气，注定不能轻易被杀死。
　　这些东西要是上了岸，凡人铁定遭殃。还是必须想办法让澹台烬消灭这群妖怪，他和老道士创造出来的尸妖，他一定知道怎么消灭。

好在尸妖没有智商，不可能自己爬上漠河，苏苏松了口气。

苏苏觉察有人看自己，她转头就看见了澹台烬。他对上她的眼睛，嫌恶地别过头去，仿佛她是什么脏东西，烫伤了他的眼睛。

"回漠河城主府。"澹台烬吩咐道。

苏苏这次被关在一个密不透风的房间，连窗户都封死了。

她铆足了劲儿四处拉，发现门和窗户纹丝不动，眯起眼睛往外一看，还隐隐能看见几个守在外面的影子，应该是夜影卫。

她晃了晃手腕上的绳子，还真是罪犯待遇。

绳子不是玄铁，看起来十分易断。她盘腿坐在床上，试着挣断，结果绳子上发出幽幽一阵红光，倏地收紧，捆紧苏苏的手腕。

苏苏疼得抽了口气，她连忙放松，不再试图挣断绳子，绳子果然恢复如初，松松垮垮套在她的手腕上。

这是什么东西？

勾玉说："小主人别挣扎，这个东西由喝弱水长大的蚕吐出的丝织就，看上去十分柔软，实际挣脱不断。你越挣扎，它只会收得越紧。"

说完勾玉也疑惑，怎么澹台烬的夷月族也有弱水，之前见到弱水棺材，现在还看见这玩意儿。弱水这种上古的稀罕东西，竟然是批发的？

苏苏听勾玉的话，没再摆弄手中的绳子。

她心中有点儿纳闷，澹台烬是从多久前就开始弄弱水蚕丝了啊，难道就是为了今天捉住她？

她晃了晃手腕，果然觉得自己没什么力气，想跳都跳不高。

勾玉同情地看着她，说道："小主人，我醒来太久，该休眠了，你在澹台烬身边，要多加小心。"

顿了顿，它支支吾吾说："你也看见了，他好像不太想杀你。"

苏苏沉默片刻，干巴巴说："好像是。"

勾玉也干巴巴说："万般皆是修行，你有空试试，给他上点情感课，动之以情，晓之以理，万一他会听呢。"

苏苏继续干巴巴笑一声："哈哈。"

勾玉已经被尴尬得走掉了，玉镯陷入一片安静。

苏苏摸摸自己的脸蛋，她的脸有点儿烫。以前她也不太懂，可是进入过蚌公主的身体，明白情情爱爱这种事，多少会让人为难。

尤其是她之前在纱帐中做的事，简直是一辈子的黑历史。

一想到蚌公主曾经是怎么对冥夜的，她就生无可恋。

如果让她这么对澹台烬，她恐怕会忍不住把他按在地上摩擦，然后杀了，这样恐怕来得比较舒畅。

她摸摸怀里的灭魂珠泪，嘟囔道："我要不还是去找叶冰裳，问问她愿不愿意暂时为了天下苍生哄哄小变态？"

勾玉不理她，它早就是块成熟的勾玉，装死和沉默已经代表了它的态度。

苏苏泄气地说："好吧，他不惹我的话，我不会揍他的。"

"她真的跑不掉？"澹台烬问。

羊暨看一眼玄衣少年，拍拍胸口保证道："陛下放心，弱水里本来万物不生，然而夷月族拥有弱水千年，终于找到两个办法，一是让弱水成冰，二是让弱水成丝。弱水成冰，可保弱水内时间凝滞；弱水化丝，可以封印内力，让人无处可逃。"

澹台烬摩挲着手中的玉扳指，若有所指地说："我记得，夷月族远远不止这点弱水。"

羊暨连忙说："陛下明鉴，属下去夷月族时，弱水就剩那么一点点了，属下绝对没有私藏。听说荆兰安夫人一直也让人看护弱水，后来某一天，弱水几乎用尽。"

澹台烬说："你是说荆兰安把弱水用了？"

"是，正是。"

"她用弱水做什么？"

羊暨战战兢兢说："这个属下就不知道了。"

澹台烬不语，手指一下下敲打着座椅壁，敲得羊暨心慌。他们现在谁都知道小暴君脾气怪异，生怕他拿自己开刀。

尽管羊暨这半年得到的好东西足以让他喜笑颜开，可是伴君如伴虎，跟着澹台烬简直是富贵险中求。

羊暨松了口气："属下告退。"

澹台烬看着他的背影，心想，夷月族的弱水还真可能不是被谁私藏起来了。荆兰安不是有个儿子吗？弱水大概率用在她儿子身上了。

她倒是把那个孩子藏得很好，连羊暨这种族内首领都不知道他们还有个十多岁大的少主。

怎么？是怕他伤害她的孩子吗？

他冷冷笑了一声，荆兰安倒是有自知之明，那孩子确实会威胁到他在夷月族的地位。

想到刚刚让太医来看自己身体中有没有毒，太医们连连摇头，个个都说他没中毒。

这次叶夕雾没撒谎。

他站起来，露出一个阴毒的笑容。

这次被他抓住了，她别想跑，她终于在他手里了！

从哪里开始折磨她好呢？

‖ 第四十九章 ‖

当皇帝不容易，澹台烬还没有登基，堆积的事情已经不少。

他带着人下漠河浪费了快一天，洗漱完草草吃了饭，便开始进行部署。

城中武将几乎都死了，文臣也因为"肉汤宴"全部屈服。

澹台烬手指抵着额，揉了揉太阳穴，压住性子和几个大人一同商量攻打夏国的事。

好不容易忙完，天色已经全黑。

他也没急着休息，来到关押苏苏的院子。澹台烬问夜影卫："她今天在里面做什么？"

夜影卫说："叶姑娘最开始砸窗户，砸完又拉门，发现出不来，就没了动静。"

澹台烬满意地弯了弯唇。

"她吃饭了吗？"

夜影卫低头，看着澹台烬的影子，回答说："没有。"

澹台烬脸色一下子冷了下去，他冷声说："她还想跑，竟然绝食？"

夜影卫一愣，如实说："没有陛下的吩咐，没人敢给叶姑娘送饭。"

澹台烬沉默了一下，吩咐太监道："让人弄些吃的来。"

太监闻言，唯唯诺诺问："陛下，以何礼待那位姑娘？"

这些太监都是澹台明朗从周国皇宫带来的，澹台明朗喜奢侈享受，不仅随身带了伺候人的太监、宫女，还带了琴师、舞女。

现在他们都属于澹台烬。

这大太监才跟澹台烬不久，不明白里面那位的身份。弄些吃的，也分好坏。

澹台烬冷冷看他一眼，直到大太监双腿战战，要立刻跪下，澹台烬方缓缓开口："她一个阶下囚，你说呢？"

大太监连忙说："奴才省得。"

澹台烬推开门前，眼里闪过一丝兴奋，想到什么，他谨慎地吩咐夜影卫："她诡计多端，所有人给孤打起精神，如果让她跑了……"

他语调冷漠，夜影卫却齐刷刷低头。

先前就是在羊曁大人的院子里，这位姑娘带着狐妖逃跑，陛下大怒，杀了不少人。

澹台烬犹豫半晌，才警惕地推开门。

他的目光如鹰隼般，一眼就看见了床上的少女。

屋里烛光亮着，她闭着双眼，盘腿坐在床上。

她纤长的手指搭在膝盖上，整个人并没有夜影卫描述的那样想要逃跑，反而显得十分沉静。

苏苏发髻散开，墨发如流水倾泻而下。

一年过去，她稚嫩的眉眼长开些许，有了几分成熟少女的模样，清丽无双。

她一个人安安静静坐着，没有半点儿沦为阶下囚的慌张。澹台烬不知道那是什么姿势，总之很独特，很漂亮。

他目光阴郁，落在她身上。

苏苏一听到推门声，立刻睁开了眼睛。

澹台烬下意识把门关紧，冷冷看着她。

苏苏有几分好笑，她又不是会法术的仙体，这个情况根本跑不掉。

她下了床，朝他走过去，一面说道："你可算来了，能不能让人给我找一身换洗的衣裳？"

她抬起袖子给他看，自己的祭祀服被河下的石块划破，还沾着些许泥巴。

"站在那里，不许靠近孤！"澹台烬迅速呵斥道。

苏苏脚步一顿，听话地站在离他一丈远的地方："那衣服……"

澹台烬看着她有些微狼狈的祭祀服，说："阶下囚就要有阶下囚的自觉，叶三小姐别忘了自己的身份。"

苏苏愣愣看着他——

我什么身份啊？不是你名义上的妻子吗？

澹台烬顿了顿，补充道："作为叶啸的女儿，你能活多久，就看你有多大的价值。"

明白了，就和叶储风一样。

她想到这件事就来气："我不是二哥，恐怕会让你失望。作为叶啸的女儿，别的没有，就是骨头硬。你要杀我就试试，不要指望我帮你对付我爹和夏国。"

澹台烬说："你是舍不得你爹，还是舍不得你心爱的宣王殿下？"

关萧凛什么事？她瞪着澹台烬，他也冷冷看着她。

苏苏又累又饿，知道澹台烬不会让自己好过，干脆懒得搭理他，她重新坐回床上，闭上眼睛养神。

凡躯一顿不吃饿得慌，她都一天一夜没吃东西了，没工夫陪这个心胸狭隘、莫名其妙的少年吵架。

见她不语，连看他一眼都不想的模样，澹台烬伸手摸了摸自己脸上的伤口。

他恨不得像对待其他人那样，狠狠掐住她的脖子，看她害怕求饶。可他知道苏苏不会，不仅如此，她灵巧的身手让他颇为忌惮，生怕自己再碰到她，会被她捉住当人质。

那种错，他绝对不会再犯第二次！

苏苏觉察他还没走，悄悄把眼睛睁开一条缝，就看见澹台烬冷冷地看着自己。

仿佛想上前一步掐死她，或者想摔门而去，离她无远的。

两相矛盾之下，他一动不动，站在原地。

什么都不给，站在这里做什么？苏苏刚要开口，让他回自己房间去。

门被敲响，大太监领着一个侍女进来，侍女手中端了一碗白粥。

她睁开眼睛，盯着那碗清澈可见碗底的白粥。

也不是，旁边还大发慈悲地放了一叠菜干。

澹台烬也看着那碗白粥，神情古怪。

大太监惴惴不安地想，阶下囚是吃这个没错吧？有的还只有半个窝窝头。

澹台烬看向苏苏，施舍般说："你想吃别的东西也可以，只要你……"

苏苏打断他的话，跑过去端起粥："不用，我就吃这个。"

她走到桌子前，不管他们，径自用勺子喝起来。

苏苏身上带着小山给的白色蛊虫，不怕澹台烬下毒，她现在是百毒不侵的状态。

白粥熬得很香糯，只可惜粥少水多。

苏苏很饿，她就着一叠菜干，心满意足地吃着。

太监和婢女已经退下，屋子里又只剩下她和澹台烬。

澹台烬见她丝毫不抱怨，眼睛里映衬着烛光，十分恬静的模样，他心中浮现出一丝疑惑。

"为什么你不生气？"

苏苏嘴里嚼着一口菜干，愣愣回头看他。

就见到小变态神色不解地看着她。他语气复杂地问："你为什么不难过？我这样对荆兰安，她会难过。"

世上的人，不都讨厌忘恩负义吗？

苏苏两腮微鼓，怀里的珠泪微暖，她瞬间眼睛一亮，咽下嘴里的食物。她声音清脆，解释道："荆兰安会难过，是因为她付出了足够的感情，对你有所期待，所以当你做的事情让她失望，她会伤心。"

澹台烬说："所以你是对我没有期待，也无所图，就随便我怎样对待你，你都无所谓。"

苏苏笑吟吟地说："怎么会，我对你有所图啊。"

他愣了愣，唇角微微上扬，语气多了几分轻蔑："你想要什么？"

苏苏撑着下巴，笑而不语地看他。

许是暖黄的烛光温柔，她唇色晶莹，无端少了昔日的清冷，多了些说不出来的娇俏。

他下意识咬住嘴里的软肉，被她一看，觉得浑身不自在。

澹台烬说："不归顺孤，你休想从孤这里拿走任何赏赐！"

苏苏眼睛一弯，不与他争。

澹台烬呼吸急促一秒，随即别开头，这才用一种春风得意的恶劣语气说："三日后子时，孤让人从漠河中把尸妖捞起来，届时你也去。"

苏苏心里一沉，又想弄死他："你不能把尸妖捞起来，尸妖攻击人不分对象，你即便有辟邪灵精，也不可能分给每个士兵。你用尸妖对付萧凛，杀敌一千，自损八百。"

澹台烬漫不经心地说："那又如何？"

打仗死人，不是很正常吗？死在凡人手里，和死在妖怪手里都是死，又有什么区别？

"况且，谁告诉你，孤要用军队捞尸妖？"他话语里带着一股子嘲讽的味道。

苏苏脸色一变，想通他的打算："你要让城中百姓去打捞尸妖？"

澹台烬看她一眼。

没错，漠河百姓以前也是大夏的人，让他们去捞尸妖，死了就死了。再者，大战之前死一堆大夏人，可以大大挫伤萧凛的士气。

兵不厌诈。

澹台烬带苏苏去，也有利用的心思，她本事的确不错，懂的也多。苏苏过去，有很大作用。

他知道她的性格，在她眼里他是个暴君，那些百姓却无辜，她或许无意间就能找到克制尸妖的办法，让尸妖更顺利地供他驱使。

苏苏突然露出一个好看的笑容，柔声说："你铁了心要这样做的话，我也没有办法，但是我有个主意，能少牺牲一些人。你过来，我告诉你。"

她鲜少用这般温柔的语气与他讲话。

澹台烬愣了愣，盯着她明丽的笑容，少女白色祭祀服散开，他又忆起水下那一幕，她破水而来，裙摆都带着炫目的光晕。

等他略微回神，已经靠近了她。

澹台烬下意识想露出一个嫌恶的表情，她衣裙未换，显得脏兮兮的，说不定还很臭。

可是真的离她近了，她的睫毛像两把小扇子，无辜地轻轻眨了眨。

那个圣洁的少女，变得无害温和起来。

她身上一点儿都不臭……甚至还是带着那股令人不太能接受的……合欢花香。

他抿住唇边，尽量让自己的语调冰冷，与她说正事："什么办法，说。"

"办法就是……"苏苏的手指紧紧扣住碗，在他耳边低声开口。

下一刻，她露出一个厌烦的表情，反手把碗往他头上砸："我还给你想办法，你这么坏这么恶劣，怎么还不遭天打雷劈！"

出乎意料，她的手腕被澹台烬扣住。

他离得很近，把她纤细的手握住，反扣在她的脑后。他低声笑道："你以为我还会上你的当？"

少女被他握住了手腕，弱水绳环不仅锁住了她使用符咒的机会，还令她变得柔弱。

她以前像只活蹦乱跳、张牙舞爪的土拨鼠，现在是一只被他揪住的无力小兔子。

苏苏说："你放开！"

澹台烬掐住她的下巴，警告道："孤的耐性有限，你若再乱来……"

他话音刚落，苏苏用尽全力一脚踢向他的肚子。

澹台烬隽秀漂亮的脸肉眼可见地白了。

也不知道他用了怎样的毅力，没有松开苏苏。

苏苏失去了之前的力气，但灵巧的身手还在，见他还不愿意松手，甚至长腿一迈，格住了她的双腿。

她黑白分明的眼睛冷冷瞪着他，往前一撞，整个人撞他身上。

她的头撞在他的胸膛。

两个人都闷哼一声。

澹台烬咬牙道："你练了铁头功吗？"

结果他一低头，少女双眼迷离，一副快撞晕的模样，无力靠在他的胸膛。

他只觉得全身都疼，疼得他本就精致漂亮的眼睛，染上一丝脆弱的薄红。

澹台烬靠着冰冷的墙面，神色恼怒。

她怎么总是……总是如此对他！

第五十章

苏苏缓了缓，抬起头冲他磨牙道："这就是我给你的答案。"

她一击即退，知道现在自己的力气恐怕还比不过澹台烬，连忙退后，离他远远的。

澹台烬微微佝偻着身子，少年脸色惨白，眼角通红地看着她，咬肌微微鼓起。

苏苏怒气消散大半，憋住笑："要不你还是去看看太医吧。"

澹台烬拂袖而去。

他走路的姿势明显不太对劲，苏苏冲他做了个鬼脸，有几分幸灾乐祸。

大太监紧张地要扶澹台烬，被他推开。

他阴沉着脸，自己站直走了。

大太监回头看一眼，见着白色祭祀服的少女站在烛光下，面带轻蔑看着他们的陛下。大太监心里莫名有种怪怪的感觉，就好像……澹台烬要临幸自己的女人，结果被自己女人打了。

想归想，大太监连忙跟了上去。

苏苏看着眼前的门合上，揉了揉自己的头，心中也很烦躁。

澹台烬丧心病狂要打捞尸妖，这事到底该怎么办？

别的帝王练兵攻城，他倒好，还没成魔神，就成天惦记着用妖怪的力量颠覆大夏。

苏苏自然不希望他真的灭了大夏。

可她心里也明白，澹台烬永远不可能收手。他骨子里的暴戾，会让他剑指大夏，然后把曾经欺辱他的人，一个个折磨杀掉。

他恨夏国，当然，也恨周国。

他不把大夏的人当人看，也不珍惜周国士兵的命，他肆意摆弄他们，来满足自己的快感。

他是个什么都不在乎的疯子。

不，也许比较在意叶冰裳，至少在叶冰裳面前，他乖巧收敛不少。

苏苏想得头疼，想不出什么好主意消灭尸妖。

晚间侍女进来，给她抬了几桶水，帮她洗澡更衣。

苏苏有几分惊讶，她笑着点头："多谢你们。"

侍女匆匆出去，不敢多看她一眼，简直把苏苏当作什么危险人物。

苏苏终于舒舒服服洗了个澡。

她看到新换上的裙子明显愣了愣，这套衣服竟然和祭祀服很像，白色的襦裙上用庄严的金线勾了边，裙摆古老的纹路看起来很是神圣。

她看一眼被自己脱下来的祭祀服，心情很复杂。

一直装死的勾玉，趁机多嘴说了句："他喜欢你穿这种裙子。"

苏苏恼怒道："你还是沉睡吧。"

勾玉暗笑，果真不再讲话。

它如今恢复休养得差不多，醒来也没之前带苏苏穿越后那么吃力了。

一主一仆心知肚明，澹台烬是对苏苏有几分微妙的感情。只不过少年魔神的感情，不知是热河，还是寒冰。

勾玉心想，苏苏一定不能对澹台烬动任何感情，她手握灭魂珠泪，早晚都会对他出手，没有任何感情，以后才不会伤心。

在苏苏这里吃了苦头，澹台烬一连几日没来。

有一次勾玉说："他在外面。"

过了会儿，勾玉说："他走了。"

不知道是路过还是别的什么，澹台烬一直挺忙。苏苏被关着，也不知道外面的情况，澹台烬肯定在为非作歹。

没多久，到了澹台烬让人去捞尸妖的时间。

苏苏也终于得以出门。

天气并不是很好，阴雨绵绵。她抬头一看，今日阴气很重，这个天气把尸妖捞出来，对凡人没有好处，尸妖大概率会杀很多人。

可是对尸妖有好处。

果真是天生的魔神，他保妖不保人。

一个英武严肃的女人，抱着剑打量苏苏。

侍卫喊道："廿大人。"

廿木凝颔首："我会看好她，不会让她跑掉。"

苏苏一听姓廿，就知道这人和廿白羽脱不了干系，多半是廿白羽的妹妹或者姐姐。

廿木凝的剑是桃木剑，苏苏心道，看上去还是个练家子，怪不得澹台烬会让她来看着自己。

她在打量廿木凝，廿木凝也在打量她。

她早就听弟弟白羽说过，有个女人一而再、再而三愚弄陛下。

现在见到了人，廿木凝很难有好脸色。眼前的少女穿着白色留仙裙，漂亮的金色绣边，哪怕在阴天，也无损她的圣洁美丽。

少女抬起黑色长睫，眸中像凝了一汪清澈的水。感知到了廿木凝的不善，她也不笑，清清冷冷的模样，反倒和那身衣裳更搭。

廿木凝粗鲁地推了一下苏苏："老实点，别耍什么花招。陛下让你过去，你最好想出控制尸妖的办法，否则有你好看的。"

苏苏被弱水绳环捆住手腕，如今还真打不过廿木凝，但她向来不吃亏，她险些摔一跤，回头看廿木凝："你喜欢澹台烬？"

廿木凝瞪她一眼："你胡说！"

苏苏笑了笑:"还真是啊。"

甘木凝沉了脸,冷冷一笑:"少在这里跟我耍嘴皮子,你若是想不出办法,就自己去喂尸妖吧。"

甘木凝和甘白羽一样,都是夷月族人,从小就知道自己的使命,辅佐澹台烬成为君王。

她用心学习道法和武功,最近才出山,一身本领终于有了用武之地。

论武功她比不上弟弟甘白羽,一身道法却精纯。

至少在凡人中,她算优秀的那个。

苏苏和她一同来到漠河时,已经有很多人在漠河边打捞。

他们脚上戴着镣铐,神色惊慌,全都是被澹台烬俘虏来的大夏奴隶。

苏苏深吸了口气,看向高台座椅上的少年。

天空下着绵绵小雨,他的头顶用玄色幕帘遮盖,澹台烬懒懒靠在椅背上,看奴隶们捞尸妖。

第一只尸妖被打捞上来时,直接撕裂了一个没法挣扎的奴隶。

他的嘴角带着温和的笑容,看那奴隶身子被撕成两半,尸妖啃了上去。

苏苏看得内心冰冷,甘木凝却没什么反应,把苏苏带到澹台烬面前。

澹台烬看她一眼,嘴角的笑淡了。

他修长的手指抚了抚自己玄色龙袍上的褶皱——

他独独钟爱这个残忍的颜色,连上面的龙纹,都是用银线绣的。说是帝王,他却懒得登基,但说没有野心,他却热衷于攻打城池和杀人。

"你看到了,他们死得多可怜呐,告诉孤,怎么控制尸妖,嗯?"

苏苏面无表情看着他:"没有办法。"

澹台烬低笑一声,嘴角的弧度拉直,喟叹道:"那就可惜了。"

三言两语间,又死了几个奴隶,苏苏紧紧皱着眉头,不得不开口:"我是真的没有办法,寻常尸妖,用桃木和黑狗血就能对付,实在不行,也可以用糯米,但它们不同,它们吸食河底数千年的怨气而生。你可以找高人用灵器杀了它们,但是无法控制!"

澹台烬不咸不淡地说:"是吗?"

他目光越过苏苏,看向漠河,不断有人倒下,好在这几日河底的怨气尽数被四十来只尸妖吸收,死去的人没再变成新的尸妖。

趁着他们杀人,夜影卫和士兵,就把它们赶到玄铁笼子里。

渐渐地,笼子里密密麻麻捉了不少尸妖。

澹台烬看起来很高兴,问苏苏:"你说萧凛的军队,能对付几只?"

苏苏看也不看他。

她手指才一动，就被身后的廿木凝捉住，廿木凝说："别搞花样！"

苏苏抿唇，有几分挫败。

有些时候，她也没办法做到许多事，譬如五百年后看着仙门和凡人在妖魔手下死亡，譬如现在看着凡人死在尸妖手中。

也不知耗费了多久，尸妖全被打捞上来。羊暨从小雨中跑过来，给澹台烬汇报："总共四十二只，跑了一只。"

澹台烬眉梢微动："跑了？"

羊暨说："漠河还通往其他河流，尸妖没有神智，被水流一冲，说不定就跑到其他河去了。"

澹台烬不语，他看看阴沉的天色，厌倦地说："跑了就跑了。"

总归是到处杀人，死几个人而已。

苏苏心跳却猛然加快，会不会……有可能萧凛他们偷偷来捉走一只研究呢？

他们知道澹台烬会用尸妖对付大夏，提前找一只过去，想解决办法也有可能。

澹台烬漆黑的瞳看向她，突然撑起下巴笑了："你觉得萧凛会有办法？"

苏苏一惊，竟然被他猜到自己在想什么。

澹台烬打了个哈欠，漫不经心地说："你可以等着看。"

澹台烬看一眼鲜血染红的土地，饶有兴致地问苏苏："看着这些凡人死，你难过吗？"

苏苏菱唇冷冷吐字："神经病。"

他盖住眼睛，大笑起来。

苏苏觉得，一定是前两天她踢得不够狠。

她明白了，澹台烬估计早就知道自己对尸妖也没办法，前几日就是故意说出来刺激她，还故意带她看这种血腥的场面。

苏苏如果激动，或者为大夏俘虏求饶，都会让他兴奋。

她如今冷着脸的模样，也让他感到愉快。

她深深吸了口气，发现自己做什么都会取悦他，干脆别过头去，眼不见心不烦。

澹台烬也不在意，他确实挺高兴的。

达到了目的，他就带着浩浩荡荡一群人回漠河城。

他坐在镏金马车中，看着走在雨里的苏苏。

今日她没起到半点儿作用，这是惩罚。廿木凝也走在雨里，跟在苏苏身后。

小雨落在苏苏白色的流仙裙上，她的裙子由上好冰丝织就，并不会打湿，晶莹的雨珠划过金色的裙边，熠熠生辉。

廿木凝回头看澹台烬，见陛下正望着前面那个身影，心中突然有几分不是滋味。

甘白羽已经告诉她，那少女叫作叶夕雾，是陛下在大夏的妻子。

她以前常常虐待还是个少年的陛下。可是……以澹台烬的残暴，却并没有杀她。

甘木凝握住剑，冷冷盯着苏苏。确实有几分姿色，可是她的心不在陛下身上，陛下早晚会忍不住杀了她。

苏苏被迫围观一幕血流成河。

勾玉见她情绪平静，松了口气。小主人道心稳固，她的道是一往无前，并不是悲天悯人。

苏苏知道修仙到底是修什么，不为现在的劣势自怨自艾，开始从容考虑以后怎么办。

来人间一趟，她的心智成长不少。

也难怪虽然她年纪小，宗门却依旧坚持让她来。不说别的，但凡来个过分正义的，今日定要和澹台烬拼命，然后拼得一无所有。

苏苏还在想尸妖的事，可惜并没有头绪。

勾玉说："没关系，我们也应该试着相信萧凛，他们都是聪明人，实力也不弱。小主人，别什么都想着一个人扛。"

苏苏点头："你说得对。"

三界是大家的三界，光靠她一个人肯定不行。想想萧凛的聪慧，还有叶冰裳手中的护心鳞，事情肯定不会那样糟糕。

一连几天都在下雨，夜间甚至电闪雷鸣。这个天气适合突袭，然而不知道什么原因，漠河和对面的禹州，双方都按兵不动。

隐隐有一种憋着阴谋的氛围。

某一个夜晚，外面挂了红色喜庆的灯笼，苏苏扒着窗户，朝外探看，向房间外面守着她的甘木凝问道："发生什么事了？"

甘木凝不悦地开口："和你没有关系。"

苏苏侧耳听，听见阵阵丝竹声，今夜难得雨停，前院似乎很热闹。一听就是喜事，澹台烬的喜事，相当于她不妙的事。

他不高兴才能让她高兴，这样推测，她默认今晚没有好事。

甘木凝沉着脸，看向前院。

苏苏不明白发生什么事，她却明白。今日是陛下及冠的生辰，羊暨和一群臣子，在为他庆生。

澹台烬狂妄残暴，没人敢得罪他，这次生辰宴，也在尽力讨好。

羊暨弄得很是豪华，捕捞了尸妖，这次宴会就如同开战前的庆典，鼓舞士气，没多久恐怕就要打仗了。

周国好丝竹管弦，美人歌舞，想都能想到前院多热闹。

如果不是房间里的少女，甘木凝也有机会如甘白羽那样常伴陛下，这让她开心不起来，颇为埋怨苏苏。

里面的苏苏被关着也很无聊，甘木凝好好一个年轻姑娘，话却少得可怜，只有讽刺澹台烬，才能激得她多说两句话，平日里就跟木桩子似的无聊。

苏苏打听不到消息，干脆去盘腿坐着修炼。

这具身体没有灵根，但有了倾世花，哪怕修炼不出什么灵气，修炼心境也是好的。

外面的丝竹渐渐入不了她的耳朵。

守着的甘木凝无趣地看着屋檐下的蚂蚁搬家，她本以为今夜这边会平平淡淡。

没想到夜深以后，数百盏宫灯亮起。

玄色九头鸟车辇缓步而来，车辚辘驶过青色台阶。

微醺的少年撑着额头，坐在车辇上，脸上带着桃花色的薄红，神情带着几分兴奋，看向院子。

甘木凝一怔，想到院子里住着谁，她死死抿紧唇。

她猛然想起，周国皇子及冠，有个荒诞的规矩。

‖ 第五十一章 ‖

这个规矩在甘木凝看来是荒诞的，毕竟夷月族历来保守。

甘木凝眉头不自觉蹙起，看向九头鸟车辇上的少年。

他一撩衣摆，从车上下来。

庭院里种了不少枝繁叶茂的大树，大太监殷勤地小跑跟上他，为他挡住树上偶尔落下的雨珠。

甘木凝行了个礼。

少年华丽的玄色衣袍融入夜色，他身上带着淡淡的酒味，肤色极白，唇色却红得过分。

他在门前站定，脚步微顿，似乎在犹豫什么。

大太监本就是人精，跟了澹台烬几日，开始学会揣测他的想法了。

大太监殷勤地说：“陛下若是担心叶姑娘不明白怎么做，奴才这里有李大人的手札。”

澹台烬说：“拿来。”

太监把袖中的手札递给澹台烬，澹台烬也不打开看，转身离开，命令说："让人把她带到朝阳殿去。"

大太监连忙称是。

他们一行人来的时候，苏苏就有所觉察。她跳下床铺，刚要说话，就看见几个女官进来。

"姑娘，请跟我们走一趟。"

苏苏直觉没什么好事："我不去。"

为首的女官不苟言笑，一张脸上连褶子都是刻板的："姑娘不要敬酒不吃吃罚酒。"

她使眼色，几个膀大腰圆的嬷嬷立刻围住苏苏。

想来知道苏苏什么脾气，明白她不会乖乖听话，早有准备。

苏苏手腕被弱水绳环捆住，如今就是个普通少女，比不过她们的力气。她也不能因为这点小事与她们拼命，只好去看看她们要自己做什么，外面的丝竹声又是怎么回事？

苏苏被嬷嬷们带走，大太监朝着一旁脸色难看的廿木凝小声说："廿大人，更深露重，还是不要站在这里了，好生歇息吧。"

廿木凝抱着木剑，冷声说："陛下让我跟着叶姑娘，这是职责所在。"

"可今夜不必跟。"

廿木凝终于忍不住说："叶夕雾伤害陛下怎么办？"

大太监说："姑娘不必担忧，至少今夜，她会乖乖听话的。"

廿木凝还要反驳，被神出鬼没的廿白羽拉住。

"白羽？"

"廿木凝，服从命令！"

廿木凝吸了口气，点点头，跟着廿白羽走了。

女官和嬷嬷们七弯八绕，绕过曲径通幽的府宅，来到一处院子。最前面的侍女们拎着琉璃灯，在一间屋子前面停下。

苏苏听见哗啦啦的水声。

有人推了苏苏一把："进去。"

苏苏跟跄着进了屋子，屋子里雾气氤氲，她定睛看去，中央竟然是一个很大的池子。

这竟然是一处温泉，两条石头雕刻的鲤鱼嘴中吐出水来，颇有意趣。

刻板的女官走过来，开始往池子里放并蒂莲。

很快，粉白漂亮的并蒂莲，竟然在池中盛放。

女官板着脸走过来，用一种挑剔的眼神看着苏苏。她的眼睛扫过苏苏并不算丰满的胸部和纤细的腰肢，脸上闪过一丝不满。

苏苏被她看得毛骨悚然："你们要做什么？"

女官说："今夜姑娘只需要听话即可。"

苏苏摇头："你们要我做什么？"

女官面无表情看她一眼："一个很简单的仪式而已。"

"什么仪式？"

"姑娘一会儿就知道了。"

她们谈话的时候，另一个婢女往池水中滴了几滴透明的水，很快，室内弥散着一股动人的香气。

苏苏愈发觉得没好事，不是要她洗干净陪澹台烬睡觉吧？

女官见苏苏不配合，想到陛下的命令，倒也没有强行扒她的衣服。左右一个为陛下祈福的少女而已，她愿不愿意，不是由她的意志来决定的。

只是眼前的少女太不听话了。

嬷嬷摇摇头，从袖中拿出一个漂亮精致的纸人。

她递给苏苏："不想进去，就拿着这个。"

苏苏想甩开，可是那个漂亮的纸人一触碰到她的手指，竟然融入她的身体。

苏苏黑白分明的眼睛眨了眨，变得有几分迷茫。

她垂着眼睛，顿时变得乖顺起来。

嬷嬷说："进去，等陛下进来。"

她们似乎并不担心苏苏不听话，替她脱去衣服后便不再管她，纷纷离开。

苏苏觉得自己陷入了一种很神奇的状态，她明明有自己的意识，可是身体开始不自控。

她走入池水中。

温泉没过她洁白的小腿，苏苏倒是没有很害怕，问勾玉："我怎么了？"

勾玉回答说："你中了傀儡术，刚刚的纸片，有魅魔的法力，会让你短时间内听话，让你做什么就做什么？"

"能解开吗？"

勾玉为难道："可以是可以，但是你现在没有法力。"

这样一说，苏苏也很丧气。

手也被捆着，她如今还真的没有别的办法。

勾玉闪了闪，支支吾吾说："这个时间不长，要不你等等，看看澹台烬要你做什么？"

苏苏不疑有他，说"好"。

烛光摇曳，玄色衣袍的少年走了进来。

外面下起了雨，隐隐还能听到风吹动竹林的沙沙声。

澹台烬一眼就看见池中少女，她赤裸的肩膀露在外面，身边的并蒂莲开得灿烂。

少女微合着眼眸，看上去圣洁又漂亮。

他弯起唇，恶劣和毁灭欲在他的眼中过了一圈，隐隐被他压了下去。

他迟疑片刻，想到那个仪式的好处，眸色微凝，解开衣结。

苏苏看着他的衣裳一层层落下，有点儿慌了："喂，勾玉！"

勾玉跑得比谁都快，陷入沉睡，谁喊都不醒。

小主人讨厌澹台烬，可是他们需要澹台烬懂情愫，这就是个好机会，它只能装死。

毕竟……它沉默地想，少年魔神情欲难以挑起，澹台烬顶多嘴上撩逗小主人，不会真干出什么来。

史册记载，上古魔神似乎不钟爱睡女人，甚至有人大胆猜测他不太行。

少年脱光了衣裳，一步步走下池子。

苏苏的眼睫沾上水汽，脸涨得通红，被气得。

她试图让眼神放空，生怕自己看见什么不该看见的东西。

少年掐住她的下巴，手肘撑在池子上，冷冷看着她。

那是一种不怀好意，毒蛇一样的目光。

"欸？竟然有自己的意识吗？"

澹台烬看着眼前一双明亮到快要燃烧的眼睛，他扯了扯唇角，用一种嘲弄的语气道——

"你不也和别人一样？也有赤身裸体，不知廉耻的时候。"

苏苏冷冷瞪着他。

到底是谁天生就不知廉耻？

被她的目光激怒，澹台烬眼里的笑僵硬了片刻，很快又缓和下来。并蒂莲在他们身边漾开，他说："闭上眼睛，我不喜欢你让人讨厌的眼神。"

苏苏虽不情愿，但还是闭上了眼睛。

很奇妙，时光仿佛回到了般若浮生中，那时候她是桑酒，蒙上眼，做了很多羞耻的事。

回来以后简直想抹去那段黑历史。

此刻情景一模一样，看不见，听觉就更加敏锐。只不过主导的人倒转过来，变成澹台烬。

她承认自己此刻有几分害怕，少年的呼吸声近在咫尺，她不知道他究竟会做什么。

没了法术，不能御剑，她也就是个凡人而已。

大家都会脆弱，会对未知感到恐惧。

他冷冷地看了她一会儿，也想起那日在般若浮生中的一切。作为冥夜的他，第一次被别人那样亵渎，情欲一事，在他看来极为脏，令人作呕。

可这次不同，他抿住唇角，不愿意回想那样的感觉。

但是一种近乎报复的心理，让他冷酷地注视着她，欣赏她难得的恐慌。

他面无表情地低垂目光。

池水清澈，什么都看得一清二楚。

并蒂莲簇拥中，眼前的少女像美丽的装饰品。

他目光一寸寸扫过。

天生缺乏的羞耻感，在这时却微微蔓延出来，他难得觉得有一丝奇异。

他抬起嫣红的眼尾，哑声说：“睁开眼睛，向我发誓，永远忠于我。”

苏苏照着做了一遍，果然看见小变态眼里染上浅浅的笑意。

苏苏知道不妙，看着澹台烬，意志开始挣扎。

苏苏第一次意识到澹台烬的报复心有多强——

他竟然把自己曾经在般若浮生中对他做的事，全部做了一遍。那时她身不由己，此刻澹台烬却是故意的。

苏苏死死咬住唇，漂亮的眼睛几乎想杀了他。

澹台烬却并不惧怕她的目光，不为所动。

"你害怕吗？"他笑道，气息不知道是因为兴奋，还是因为什么，全部乱了，"你可以求我。"

苏苏的意志开始挣扎。

他没有什么羞耻心，苏苏却觉得这样极其变态。

水汽氤氲，鲤鱼吐出的水中，似乎也弥散着一种奇妙的香气，让人血液循环加快，心脏跳动剧烈。

她觉得有几分喘不过气来。

难受地看着澹台烬。

他并不命令她，舔了舔唇，微笑说：“求我。”

放了你，或者结束这一切。

她依旧不说话，少年脸上蔓延出几丝红晕，他的呼吸也急促了些。

一卷明黄的纸，突然出现在苏苏眼前。

澹台烬兴许是知道她不会求饶，说：“念。”

苏苏的眼睛看向纸张，竟然是一段祈祷词。这次他用的命令语气。

苏苏总算明白现在是在做什么了——

周国每个皇子及冠,都有这样的仪式。莲浴礼,为皇子祈福。

可他是故意的。

他故意让她用破碎的语调,念祈祷词。

她有心想看看他此刻的模样,然而他重复了一遍,轻轻喘息,冷酷地说:"不许看我,念!"

她断断续续念着祈祷词,脑海中浑浑噩噩的。

也看不见澹台烬是什么表情。

少年的身体离她有一段距离,显得很冷淡,可苏苏知道,并非这么回事。

苏苏双腿都是软的,有那么一刻,她真想掐死他。

‖ 第五十二章 ‖

苏苏念完祈祷词,周围的并蒂莲盛放得更加美丽。

粉白的莲婉约干净。

这一切像场荒诞的梦,苏苏死死咬着唇。

澹台烬轻笑一声,退开了些。

苏苏懵懂,没经历过这些事,但她能感知到他是故意的,他笑着触上她的脸。

苏苏脸色都变了。

澹台烬手指向下,抚上她的唇,苏苏盯着他的手指,生怕他下一秒让她张开嘴。

他有什么做不出来的?他什么都做得出来!

少年气息紊乱,语调也上扬着:"求我,嗯?"

带着几分威胁,还有几分连他自己都说不清楚的欢愉。苏苏深吸了一口气,旁边她褪下的衣服里,一只白色的虫子爬出来。

它很漂亮,身体带着浅白的光芒。

澹台烬没有看见它,苏苏却突然看见了它。她眼睛一亮,是小山送她的蛊虫,它可以解开傀儡术吗?

虫子仿佛听见她所想,真的挪了过来。

它看起来小小的,实际速度很快,转瞬到了苏苏身边,她只觉得身上一麻,她的手指可以动了。

很快,全身也有了知觉。

虫子并不能解开傀儡术。勾玉没骗苏苏,傀儡术维持不了多久,让它延续时间的,是室内的香气,那是夷月族的香,能辅助傀儡术。

虫子可以解一切毒和迷香。

澹台烬不知道它，也没有看见它。

他的语速很快，听起来有几分神经质："你以前看我的目光，像在看地上卑贱的蝼蚁。但是看见了吗，你现在只能在蝼蚁身下求饶。"

"我应该杀了你的，"他喃喃自语道，又低低笑起来，"但你听话一点，我也可以暂时不杀你。我是皇帝……"

他顿了顿，说："以后也会是大夏国的皇帝，只要你不和我作对，像今天这样，我可以……"

"哪样？这样吗？"

一双莲藕似的手臂，狠狠勒住他的脖子。

也好在是在水中，苏苏不必使力，只凭技巧，就让眼前的少年猛然溺入水中。

"咳咳！"

她旋身上岸，捡起自己的衣裙迅速套起来。苏苏手指一勾，把披帛勾到自己手中。澹台烬呛了水，才冒出头，就被她用披帛勒住，拉到岸边。

他墨发湿透，不知道是因为咳嗽还是别的，苍白的肌肤漫上一层绮丽的桃花色。

三分可怜，七分脆弱的病态。

如果不是这人先前的行为，苏苏险些还以为是自己欺负了他。

她跪趴在池子前，对上他寒潭一样的眼睛。

苏苏说："换你了，你要不要求我？"

他冷笑了一声，苏苏便知道了他的答案。她这个角度，能直直看到水下。少年修长的腿微微蜷了蜷，难得配合地贴到了池子边上。

她撇了撇嘴，还好没看见什么脏东西。

"你知道吗，我这个人最讨厌不喜欢的人碰我，趁着你的人还没来，不如……"苏苏凑近他，眉眼清冷愤怒，"我把你那根手指夹了可好？"

少年方才喘息的疯态已不再，他反手拽住披帛，愠怒道："叶夕雾，你好大的胆子。"

苏苏说："你好多的废话！"

她空出一只手，盖住自己过低的衣领。

"不杀你也行，你把尸妖除了。"

"做梦！"

她盯着少年清隽的脸庞许久，猛地凑近他。澹台烬下意识要躲开她，甚至忘了脖子还被苏苏的披帛勒着。

真好笑，她看不见的时候，他肆意亵玩她，声音都兴奋得变调了。可当她审视他，一靠近他，他就想后退。

苏苏怀里的珠泪微烫。

她的心情有点儿微妙，看着冷然的少年嫣红的眼角，突然问："你是不是喜欢我？"

空气陷入一阵诡异的沉默，澹台烬抬起头，嘴角带着嘲弄，仿佛在看什么活体笑话。

他喜欢的明明是叶冰裳。

怀里的珠泪一下子灭了下去，苏苏都觉得是自己自作多情了。

澹台烬冷冷别开眼，看见池子旁的白色蛊虫，他神情若有所思，仿佛认识这蛊虫。

苏苏连忙把小山送给自己的虫子藏起来，她觉得目前的情况很难办，她不能真的杀了他，可她的愤怒难以消除。

她意识到，现在的自己太过弱小，待在澹台烬身边很危险。

澹台烬天天琢磨着攻打城池和杀人，不如把他带离漠河，缓解一下局势。

她越想越觉得目前只能这样做。

"起来，衣服穿好跟我走。"

澹台烬等了一会儿，从池中上来，他并不觉得赤身裸体丢人，每个人来到这世上都是这样的姿态。

苏苏不敢松手，依旧紧紧把"人质"拽在手里。

不可避免地，她看到了他的身体。

少年的躯体过分苍白，许是常年不怎么运动，也不能练武，他没有鼓鼓的肌肉，但他的身体线条漂亮，几乎快比自己这具身体还白。

苏苏极力控制面部表情，在心里回他一句不知羞耻。

澹台烬穿好衣裳，苏苏扯着他往外走。

她如法炮制，想用上次带走狐妖的办法带走澹台烬，不让他说话，让其他人放他们离开。

她推开门，才走到门口，一支透明的箭矢就射进了她的肩膀。

她明明感知到了，可是手上绳子的束缚让她根本没法躲开。

苏苏瞳孔微缩，身体软软倒下，没了意识。

她松开对澹台烬的钳制，澹台烬早有预料地接住她，对着暗处漫不经心地说："够了，真想要她的命吗？"

无数箭矢悄无声息缩了回去。

澹台烬冷冷看了怀里的人几秒，他自然不会在同一个地方摔倒两次。他只是想看看，她是不是真的下不了手杀他。

很明显，他猜对了，虽然并不知道是什么原因。

少年帝王黑色的锦袍散开，他抱着她，一同坐在门槛儿上。

外面还在淅淅沥沥下着雨，天幕漆黑。

澹台烬一动不动，不知道怀里的少女想从他这里得到什么？

他没有刻意去抱苏苏，也没有推开她，任由她靠在自己怀里，抬起眼睛看着外面绵绵密密的雨。

雨中，刻板的女官跑过来，神色惶恐。

"陛下，礼成了吗？"她在澹台烬面前，完全不敢有半点儿刻薄嚣张，显得很是恭顺，带着一众礼仪女官叩首，"上古的神灵，从此会赐您长生，佑您长治不衰。"

他讽刺地笑了笑："是吗？"

可惜，没有礼成。他心想，也没有任何一个上古的神灵会祝福他。

如果这些人知道他出生的代价，肯定会尖叫着晕过去。

羊暨见澹台烬把人抱过来，连忙说："陛下，都准备好了。"

澹台烬说："嗯。"

他把苏苏放进弱水中，如今的弱水，只有很浅的一层，堪堪够淹没苏苏的身体。

她的衣摆不湿，白色衣裙在恍若碎银的弱水中分外绚丽，柔软的脸颊露在外面。

他看了她一会儿，神色冷硬。

一个黑色道袍的老道，朝着澹台烬行礼："陛下放心，万无一失。"

这个老道，竟然是苏苏在河底杀死的那个。

老道年轻时历练得了一件灵器，因此他被收进噬魂幡的时候，堪堪没有被撕碎。

后来澹台烬命人打捞漠河，把噬魂幡也弄了上来。

老道亲眼所见，这个看起来柔弱的少年，把一众恶鬼放出来，面无表情吞了他们，又看向他。

他战战兢兢求饶，说可以为陛下效力。

澹台烬留了他一命。

他也的确想出了一个阴损的主意。老道看一眼弱水中的少女，心中怨毒，若不是这个小丫头，他的百年道行也不至于毁于一旦，现在只能住在噬魂幡中。

勾玉嗅到了危险，醒过来。

其实从傀儡术延长开始，它就隐隐后悔了。于是它灵机一动，放出了万灵蛊。灵力宝贵，只消用一次，苏苏就回不了原来的那个世界。严重的话，它和苏苏甚至会倒退到苏苏还没有出生的时候,那样可能就没有苏苏这个人了。

它害怕小主人消失,也怕三界毁灭,因此希望小主人让澹台烬懂得感情。可是小主人不开心。

此刻它毛骨悚然,它刚想强行唤醒苏苏,下一刻它被浸没在弱水中。

勾玉:"……"

在万物不生的弱水中没办法使用灵力,连蚌公主都只能忍住痛去寻找冥夜。

勾玉现在什么都做不了,除非它也想融在弱水中,然后让小主人永远留在这里。否则它作为玉镯,此刻甚至看不见,听不见。

会发生什么?

澹台烬的掌中是一只白色虫子。

羊暨神情激动:"是我族圣物万灵蛊!属下绝对没有看错,陛下,它怎么会在这里?"

澹台烬端详着蛊虫,漫不经心回答:"捡的。"

羊暨不再问,反而兴奋地解释道:"万灵蛊是所有蛊虫的母蛊,传说它可以解百毒,让人百蛊不侵。"

澹台烬弯起唇笑了笑,羊暨怎么看都觉得他的笑容泛着一丝冷意。

澹台烬收紧手指,果然看见羊暨脸色苍白,一副心痛得不行的模样。

少年顽劣地低声笑起来:"开个玩笑。"

澹台烬张开手,冷眼打量着掌中的虫子。他想,他知道这是谁给苏苏的了。她竟然遇见了那个人,那人也舍得把这种好东西给她,他们是什么关系?

怪不得叶夕雾身上的结春蚕没有发作,原来是这个小东西。

可惜,结春蚕一旦种下至死方休,唯一的解药也被他毁了。即便是万灵蛊,也只能保证不发作,没法把结春蚕解了。

"她还会回来?"少年冷声问。

老道说:"是,贫道不敢欺瞒陛下。"

澹台烬把万灵蛊放进玉盒,扔回苏苏怀里。

羊暨惊讶地道:"陛下?"

少年说:"都出去。"

羊暨连忙出去,老道钻进噬魂幡中,飞入尘封的槐木盒子。密室里就剩澹台烬和苏苏。

天还没亮,外面下了一夜的雨,带着泥土的清新味道。

澹台烬靠坐在弱水旁,密室里黯淡无光。

他确定,再也不会有第二个人或者生灵,看见此刻的自己。

澹台烬从弱水中捞起苏苏的手。

两人都不是妖躯,弱水不会伤害他们,反而如同九天碎银,从她指尖落下去。

他缓缓地把她柔弱的手掌,放在自己的脖子上,呼吸染上一丝颤抖。

少年,不,此刻应该算青年了,只不过他过分苍白脆弱,谁都不会将他当作一名成熟的战士看待。

他竭力咬着唇角,控制急促的呼吸,手按在她纤弱的手指上,模仿她掐自己的动作。

直到喘不过气,他才微微松开了手。

少女白嫩的虎口被他的粗鲁弄得通红,他大口喘息着,喉咙里滚出细微的一声低吟。

他低头去看一无所觉的少女,手指抚摸上她的唇。

"不喜欢?你也没办法。"

青年手指探入少女花瓣般的唇,许久,恶劣而满足地笑了。

梦中光影交错,一个声音一直在喊苏苏。

她喘了口气,像是窒息般,捂住胸口,下意识喊了一句:"勾玉?"

勾玉连忙说:"小主人,我在!"

愧疚如同潮水般淹没勾玉:"是勾玉不好,没有一直监测情况,现在我们在沧州的一个边境小镇上,一个妇人捡到了你,把你带了回来。"

苏苏摸摸玉镯,果然发现自己身处一个陌生的地方,木床斑驳,看起来这一家人并不富裕。

"我们没在漠河城了?"

勾玉说:"从我有意识开始,就已经出现在了这里。"

勾玉把大致情况跟苏苏讲了下,它实在难过:"以后小主人如果不愿意和少年魔神相处,勾玉拼了这条命,也会帮着小主人!"

苏苏反而摇摇头:"不怪你。"

是她太过执拗,爹爹、衡阳宗、三界众生,他们都不能出事。勾玉没有做错,它确实不能妄用灵力,来规避她和澹台烬相处。

抽邪骨不仅是勾玉的任务,也是她的首要任务。她摸摸身上,万灵蛊和灭魂珠泪都还在。

她说:"勾玉,你没做错,继续休眠吧。"

她哪能处处倚靠它,鲁莽地去澹台烬身边,结果被弱水绳环锁住,本就是她想得不周全。

现在弱水绳环不见了,记忆空缺一片,她竟然不知道什么时候离开了漠河,来到了沧州。

沧州紧临禹州，属于大夏的国土。

她昏迷前，萧凛就驻守在禹州。

苏苏推开门，刺眼的阳光照进来。一个头包着花头巾的妇女在院子里铡猪草。

听见开门声，她眼睛一下就亮了。

"姑娘，你醒了！"

她的手在围裙上擦了擦，看着苏苏的目光，像在看一块肥肉。

苏苏一眼就从她身上看见贪欲。

她摸摸耳环，果然发现不见了。

苏苏没有吭声，也没有和妇人计较的意思。

"大娘，现在几月了，禹州和漠河情况如何？"

妇人撇撇嘴，回答说："八月咧，禹州失守，那个周国暴君，据说弄出了一群杀人不眨眼的怪物，我们宣王守了一个月城池，后来不得已退到沧州。"

她语气愤愤，骂骂咧咧说："我们这里也打起来了，可怜我那苦命的儿，在沧州府当兵，不知道什么时候要被小暴君的妖怪吃了。"

苏苏没想到，那支透明的箭矢射入肩膀后，竟然转眼又过了一个月。

澹台烬凭靠尸妖或者别的妖物打下了禹州，萧凛不得不退守沧州。

她神情凝重，第一次认识到，澹台烬远比她想象的心思深沉。他太会欺骗人，以至于现在她回想两个人的相处，竟然分不清什么是真，什么是假。

他杀妖时眼也不眨，可有时候又羸弱得过分。

她的背上出了一层冷汗，生出一阵后怕。

她想，没有足够的实力前，她不能再去他身边。

第八卷

她的恨意

第五十三章

苏苏朝妇人道了谢，就要离开，妇人脸一黑，连忙拦住她。

妇人语气不满道："我救了你，辛辛苦苦把你从荒地背回来，你竟然想这样就走了？"

苏苏说："那大娘想如何？"

妇人打量着她的身段儿，说道："我不管，我救了你的命，你以后就得听我的。我有个儿子，正好没娶媳妇……"

苏苏唇微弯，好笑道："你想让我嫁给你的儿子？"

从勾玉口中，苏苏知道这妇人撒了谎，自己原本就倒在小镇不远处的大树下。妇人发现她时，先是拿了她的耳坠，见取不下来手镯遂放弃。

离开之际，见苏苏貌美，又动了别的念头。

没想到这念头是让苏苏给她做儿媳。

想得倒美，拿了苏苏的耳坠苏苏不与她计较，毕竟妇人给自己提供了两日住所。可就算住最好的客栈，耳坠也够住半个月了，妇人还想要她这个人就过分了。

妇人理所当然道："我儿子是人中龙凤，在沧州也是有头有脸的人物。现在打仗，他能护着你，我劝你最好老老实实的，不然我让邻居也来看看你是如何忘恩负义。"

苏苏对妇人的无耻叹为观止。

她没有把凡人打一顿的心思，于是平静地说："耳坠给你，作为报答。我不可能嫁给你儿子，我已经嫁人了。"

妇人瞪着她："什么耳坠，你别胡说八道，我可没有见过什么耳坠！你竟然嫁人了！"

说罢，她用一种看不洁荡妇的眼神看着苏苏，像是要冲上来把苏苏刷掉一层皮。

苏苏以为她要放弃，举步就走，没想到妇人拽住她的云袖："那就给我儿子当妾！对，当妾！你休想跑。"

这小丫头如此貌美,她那鬼迷心窍的儿子断然不会拒绝。不过一个小狐媚子,自己看得上她是她的福气。

苏苏回头,终于生了气。她眉眼冷锐地看着妇人:"你确定?"

妇人被她的眼神吓得瑟缩一瞬:"有什么不确定的!"

苏苏的左眼流转出浅浅的紫色,院子里的树叶化作利箭朝着妇人飞过来。妇人哪里见过这样诡异的画面,她抱头尖叫——

"妖精,你是妖精!"

苏苏手指一转,树叶跟着妇人追,妇人"哎哟"一声,跌倒在地。

树叶也轻飘飘落在地上。

妇人还没回魂,眼前凑过来一张少女的脸,苏苏笑吟吟道:"大娘,我想通了,给你当儿媳,你说好不好?"

妇人眼睛一翻,晕了过去。

苏苏拍拍手起身,打算离开。不过一个最小的送幻术,连法力都没用,可见妇人心智极为低劣。

她还没走出院子,一个人影担忧地跑过来,扶起妇人,愤怒地看着她:"你对我娘做了什么?"

男子长相不错,可是一对浓眉看上去很凶狠,应该就是妇人口中的"儿子"。

苏苏不语,皱眉看着男子。

男子身上煞气很重,一看就知道杀了不少人。她回头,厉声指责她的男子呆了呆,显然没想到自家院子会出现这么漂亮的少女。

想起娘让人带口信,说给他相中了个媳妇,他看苏苏的眼神瞬间复杂起来。

苏苏说:"你在沧州当兵?"

男子大声说:"正是。"男子叫康亭,还是个守城门的小统领。

苏苏问:"大夏和周国战事如何了?"

康亭怔了怔,眼前少女容貌端丽,凭空生出几分不可亵渎的感觉。她声音温和,看向他的目光却冰冰冷冷。

康亭生气地说:"你打了我娘!今日休想离开。"

苏苏摇头:"我没伤害她。她若不起歹心,拿走我东西之后,还想扣住我这个人,我也不会吓她。"

康亭自然知道自己的娘是什么德行,他眯起眼睛看着苏苏:"你就留下来,给我娘赔罪吧!"

他心思微动,心想娘从哪里找来这么美的姑娘,虽然……不及宣王那位倾国倾城的妃子,可是眼前的少女极为纯粹灵动,比起宣王妃也不遑多让。

苏苏见康亭要和她动手,她眼里冷了冷,下手再不留情。

片刻后,她踩着康亭的背,地上虎背熊腰的男子脸色涨得发红。

"我告诉你!野丫头,我可是宣王妃的直属亲卫,今日你走不出这沧州!"

"宣王妃?"苏苏神色复杂地看一眼地上的人,这人是叶冰裳的亲卫?

康亭以为她怕了:"你伤我娘,王妃一定不会放过你!"

苏苏说:"我真是害怕,可是事情已经发生,要不你带我去见见宣王、王妃,让她帮你娘出口恶气?"

康亭:"……你!"

苏苏踹他一脚:"走吧,去见王妃。"

得来全不费工夫,她都不用想如何去沧州府里面了。

康亭被苏苏胁迫去找叶冰裳之前,心里想过她很多种悲惨的下场,他露出冷笑。

不知天高地厚的野丫头,仗着自己有几分本事,还以为能在沧州府为所欲为。

如今大夏谁人不知,王妃心地善良,手握灵器,庇护着沧州城。谁都不会去探究叶冰裳只是侧妃,如今都默认她是萧凛的妻子,称颂她与萧凛是天作之合。

她的相貌美丽,极为护短,到时候这个野丫头一进去,自己说出少女侮辱他娘亲的事,再把少女说成周国奸细,王妃一定会严惩她!

抱着这样的心思,康亭带苏苏来到了沧州府。

沧州府曲径通幽,丫鬟在替叶冰裳扇扇子。

她坐在树下,柳眉轻轻蹙起,似乎在为什么事情担忧着。

有人来禀报:"王妃,康统领出事了!有个女人打了他和他娘,还很嚣张地让他带她进沧州府。"

叶冰裳讶异道:"什么?"

"那女人就在外面。"

叶冰裳敛起裙裾,皱眉严肃地说:"这样的局势,还有人敢在沧州生事,伤我沧州统领?"

叶冰裳绕过假山,一眼就看见了苏苏。

许久不见,穿着浅金边白色流仙裙的少女,正在看沧州府的湖。

如人所说,她果然挟持着康亭,半点儿害怕都没有,小脸白净,透着淡淡的粉。

澹台烬……没有折磨她。

康亭见了叶冰裳,眼睛里带着一分崇敬的光,随即恭敬唤道:"王妃!"

他盼叶冰裳让人把身后的少女抓起来,为他出口气。

没想到叶冰裳愣了愣,轻轻抿唇,冲他身后的少女柔声道:"三妹妹。"

礼貌之中，还带着几分恭敬。

康亭一下就傻眼了，随即脸色煞白。

三、三妹妹？

都知道叶冰裳是叶大将军的女儿，但是嫡女只有家中三姑娘，那身后的少女岂不是……叶大将军的掌上明珠！

苏苏应她："大姐姐。"

两人对视一眼，叶冰裳突然呵斥康亭："你定是对三妹妹做了什么，惹怒了她。三妹妹的身份，也是你能欺辱的吗？还不道歉！"

"属下、属下给三姑娘赔罪！"康亭不甘不愿地跪下。

一提到身份，沧州府的人看苏苏的眼神变得奇怪起来。

苏苏了然，天下皆知，她现在不仅是叶啸的女儿，还是周国皇帝为质时娶的妻子。

如果现在问大夏子民，最恨谁，最怕谁，无疑都是同一个答案——周国那个恐怖狠辣的皇帝。

暗中的气氛一下子变得紧张起来。

周国和夏国还在打仗呢，澹台烬的军队就在城墙外面，而他的女人，怎么会来到沧州？

苏苏看着叶冰裳，扯了个明艳的笑："大姐姐真客气，我当然不会与你的人计较，他忠心耿耿，嘴里一口一个王妃，我替大姐姐高兴还来不及呢。"

叶冰裳面不改色："三妹妹说笑了，府中将士，都是忠君爱国之人，忠的自然是殿下。"

有时候女孩之间的恶意，三言两语就暗藏锋芒。

苏苏无意在这时候和她争个高下，随意点了点头。开始使用护心鳞的叶冰裳气质有了微妙的改变，她看上去依旧温柔如水，柔柔弱弱，可是总有些地方不一样了。

苏苏说不上来，开始防备这位看着无害的大姐姐。

这时候康亭说："王妃恕罪，属下也无意得罪三小姐，只不过属下回到家中，看见三小姐打了属下的娘亲。我娘她年事已高，体弱多病，救了三小姐，却没想到被三小姐这样对待，属下一时气愤……"

叶冰裳叹了口气，摇摇头看着苏苏。

仿佛在无奈她的跋扈和不懂事，但她也没说苏苏，只对康亭说："我会派人去为你的娘亲诊治，若真有什么，沧州府会一力承担。"

苏苏："……"

真是好大一口锅，叶冰裳越不怪她，越显得自己不懂事。

"大姐姐是我的姐姐,还是这个统领的姐姐?"苏苏疑惑地皱眉,"怎么不听听我怎么说,就妄自定了我的罪,认定是我犯了错?"

苏苏见叶冰裳又要开口,觉得无趣极了。

她和叶冰裳在这里争个什么?战事吃紧,魔神的邪骨也还没抽出。

苏苏道:"大姐姐愿意怎么想便怎么想,此次历练,我学会不少东西,兴许能帮上忙杀妖兵。我是大夏子民,流着将军父亲的血,也想为大夏效力。"

叶冰裳不置可否,让苏苏先去休息。

叶三小姐归来,在沧州府不是什么秘密,很快就传开,包括三小姐欺辱康亭那点事,也人人知道了。

萧凛从城楼回来,就听说了这些事。

他净完手,不知为何,想起般若浮生中委屈巴巴的桑酒。他轻轻叹了口气:"让人去康亭家附近问问,究竟是怎么回事。"

他的人效率很高,没一会儿就回来复命,把事情说了个七七八八。

"康亭那老娘无耻,方圆几里都知道。她拿了三姑娘的首饰,还想强迫三姑娘给她做儿媳妇。"

萧凛冷下眉眼:"康亭按军规处置。"

属下称是。

很快康亭受到惩处的消息,同样传遍沧州府。如果说叶冰裳在沧州得到百姓的拥戴,那么萧凛绝对是大夏的神话。

他做出的决定没有人敢质疑,康亭一定犯了错。

知道这件事的时候,叶冰裳侧躺在床上,手攥紧了床单。

萧凛十分繁忙,按理他应该去问问苏苏周国的情况。可是想了许久,他还是没去。

他承认般若浮生对他有影响,蚌公主的泪在他心里烫出一个洞。然而他生出的情愫并不磊落,为了守住现实,他只能忘记般若浮生,一心一意待冰裳。

他是个坦荡的人,从来没变过。

如果翩然还活着,再看入他的内心,会知道他依旧守着叶冰裳。

苏苏也没找萧凛,对于分寸,她比萧凛还清楚。

毕竟一个谁都不爱的修仙者,不懂还好,一旦懂了人间的弯弯绕绕,她会尽量做得比谁都好。

她写了封信,把自己目前知道对付妖怪的办法全部列出来,打算送给所有将领,最好是也送到叶啸手中——

叶啸伤好,最近也在赶来边境的路上。

澹台烬能驱使的妖怪都是小妖，真正的大妖全部镇压在荒渊之下。而修真者至今没有打开仙门。
　　苏苏知道为什么。
　　修真者大多冷漠，在大妖出世前，他们眼里的朝代更迭很正常，天下能者居之。
　　有小妖作乱，譬如赤炎蜂、血鸦、虎妖，但人间自有除妖师和道士来与之抗衡。
　　除了苏苏和勾玉，谁也不知道魔神即将降临。
　　修真者追求无上和长生，人间的繁华对他们来说只是过眼云烟。不到澹台烬觉醒，他们绝不会管，包括自己的掌门爹爹，五百年前也是个冰冷的修仙者。
　　可是等到魔神觉醒，他们想管，也已经来不及。

　　苏苏才把信鸽放飞，就听见遥远的战鼓声。
　　黑夜里，不知道是谁在说："周国那个暴君的虎妖又过来吃人了！"
　　此话激起所有人的恐慌。
　　自从开战以来，澹台烬的虎妖每隔一段时间就试图来杀人。
　　那老虎也贱，背上驮着澹台烬派来的道士，能吃几个就吃几个，吃完就跑。吃到将领算赚的，吃不到将领吃了小兵也不亏。
　　它的存在，正在一点点瓦解沧州的士气。
　　苏苏跑出去，果然见城楼上燃着火把。
　　一只比沧州城楼还高的虎妖，冲着士兵们咆哮。萧凛不知何时穿上战袍，冷静地对着虎妖射箭。
　　虎妖知道怕他，大嘴一张，叼了几个人就跑。
　　萧凛的剑射过去，身边的除妖师气势凌厉，也冲着老虎一顿打。老虎背上的道士连忙反击。
　　很快老虎夹着尾巴跑了——
　　这次它叼走了十个人。
　　这是近来最少的损失了。让人烦躁的是，对面一群穿着铠甲的尸妖，还在澹台烬身边蓄势待发。
　　萧凛的心态很平稳："让人去检查，城中是否出事。"
　　过了许久，将士来报。
　　"城中无事，只有……"将士顿了顿，"康亭和他老娘都死了。"
　　头被捏得稀碎，死状可怖，一群血鸦在啄食。

第五十四章

康亭一死，萧凛就知道事情不妙。

他部署好守城，天一亮即刻回到府上。果然看见一群士兵围着苏苏的院落。

"妖女，城中从不死人，你一来康亭就死了！"

"就是！你连康亭的母亲都不放过，其心可诛。"

"康统领死无全尸，你必须给个说法！"

这些人都是康亭手下的兵。

萧凛冷声道："都在做什么！"

众人连忙跪下："殿下！"

萧凛还未换下战袍，银白色的战甲极为冷冽，他性格温和宽容，将士们都知道他爱民如子，还是第一次见萧凛动怒。

"昨夜周国攻城，城内出事，你等守卫不力，是为无能；怪罪在一个女子身上，是为懦弱；无视军纪，寻衅生事，是为叛乱！该如何惩处？"

"禀殿下，当处五十军棍！"

"拖下去！"

挑事的士兵们大惊失色，后悔已经来不及。他们被拖走，院子里的门缓缓打开。

萧凛一眼就看见房间内走出来的少女。

苏苏抿了抿唇："我回来，是不是给你们添麻烦了？"

萧凛的手搭在佩剑上，好半响，他轻声说："没有。"

季师叔跟在萧凛身后，乐呵呵调侃说："小丫头，能从那疯子手中跑回来，本事不小啊。"

苏苏好笑地看白胡子老头一眼，心里的压抑散去不少。

苏苏说："我也不知道自己为何会出现在沧州，你们的确应该担心，这是不是澹台烬的阴谋。"

萧凛也严肃了不少，点点头。

季师叔拿出一张信纸，问苏苏："这个是你写的？"

"是。"

季师叔说："办法不错，小丫头师从何人？"

上面有些东西闻所未闻，见所未见，办法之玄妙，让季师叔如痴如醉。

苏苏只好说："一个神秘高人，我也不知道他叫什么。"

季师叔只得扼腕叹息。

萧凛说："多谢三姑娘相助，沧州近来混乱，昨夜康亭出事，可见城中并不安全。三姑娘如果愿意，本王即刻派人送三姑娘回京。"

苏苏想了想，点头说好。

季师叔可惜地摇摇头，显然是盼着苏苏留下来当女中豪杰，帮他们对付澹台烬的军队。

萧凛看苏苏一眼，颔首离开。

季师叔没有急着去追，他凑近苏苏身边，嘿嘿笑道："你这丫头有点意思，看出我那萧凛侄儿心思可能会为你动摇，于是想早早抽身离开？"

苏苏笑眯眯地说："季先生别乱说，夕雾一介弱质女流，留下来也帮不上什么忙，倒不如回京为大夏祈祷，盼我爹爹，宣王殿下和先生得胜归来。"

季师叔神秘地开口："你也别怪裳丫头，凡人讲究嫡庶尊卑，她没出嫁的时候就矮你一头。小丫头你本事大，又是一个小祸水，你回来她自然会不安。"

苏苏没好气说："季师叔倒是什么都懂。"

老头不以为耻，反以为荣："那当然，贫道年轻时候……"

苏苏做了个鬼脸关上门。

季师叔哼一声："臭丫头。"脾气还挺大。

苏苏若有所思：季师叔肯为叶冰裳说话，证明叶冰裳平时为人的确不错。

叶冰裳这个人她看不透，有时候隐隐让她觉得不舒服，可是又说不上来哪里不对劲。

苏苏挠挠头，烦恼地想，澹台烬身边目前不能去，萧凛这里也最好不要待。算来算去，她竟真的只有回上京。

才下了这个决定，萧凛还没来得及送走苏苏，下午叶大将军叶啸就到了。

随行而来的，还有押送粮草的十万大军和赵王。

苏苏一听见这个消息，连忙到沧州府大堂，果然看见一身戎装的叶啸和萧凛在说话。

下座位依次坐着赵王和季师叔。

叶冰裳一身青衣，站在萧凛身后。

苏苏一进来，谈话戛然而止。叶冰裳哀伤地看苏苏一眼，低下头去。

叶大将军就直白多了，噌的一下从座位上站起来。

"叶夕雾，给老子长本事了！擅自跑来边关，知不知道你祖母担心得不得了，看老子今天不收拾你。"

叶啸要过来捉苏苏，苏苏说："爹，你听我解释。"

"解释什么解释！你当你爹不揍人是吧。"

"爹你别追我。"

"孽女你还敢躲！"

父女两个绕着椅子跑，大眼瞪小眼。苏苏面对他，还真有几分心虚，想到祖母，更是愧疚。

她干脆不躲了，心想叶大将军总归也打不死她。

她闭上眼睛，叶大将军瞪着铜铃般的眼，才要落下巴掌，萧凛下意识喊出"叶将军"！

叶啸出手看似重，落下时却只在苏苏脑袋上轻轻拍了拍。

苏苏睁开眼睛，捂着脑袋对叶啸一笑。

叶啸哼一声。

叶冰裳看萧凛一眼，萧凛沉默下来。般若浮生对他的影响还在，他当惯了少睢，见不得苏苏受半点儿委屈。

叶啸对叶冰裳说："下午你也和三丫头一起走，打仗的事，男人顶着，你们两个凑什么热闹。"

叶冰裳从来不忤逆叶啸，犹疑地看着萧凛。

萧凛说："叶大将军说得对，裳儿回去吧。"

叶冰裳点点头："我听殿下的。"

三言两语间，回京的人，就多了一个叶冰裳。苏苏没什么意见，她不太喜欢叶冰裳，也没有盼她出事。

下午萧凛和叶大将军都拨了亲卫，护送苏苏她们回京。

萧凛骑马送她们到关口，叶冰裳掀开车帘，不舍担忧地看着萧凛。

萧凛神色温柔，轻轻摸了摸她的头发："我会平安归来。"

叶冰裳点头，想把护心鳞给萧凛。

萧凛说："你留着它保护自己，我身边有季师叔，不会出事。"

马车走了两日，苏苏和叶冰裳之间，倒也相安无事。

偶尔众人会停下来如厕，到了第三日，遇到一条溪流，叶冰裳表示想去洗漱。

没一会儿，婢女慌慌张张跑过来说："侧王妃不见了！奴、奴婢就一个低头，侧王妃就没了人影。"

事情这么诡异，苏苏也在马车上坐不住了，跑去溪边。

还未凑近，她就闻到一股腥臭味。

苏苏皱眉，她不像带队统领那样在溪水旁找，直接到草丛查看。果然，一大片草地都有被压过的痕迹。

苏苏嗅到空气中的味道，再看那片痕迹，脸色一变。

"是巨蟒！"

此言一出，其他人脸色都白了。

"现在怎么办？"

可能不仅是巨蟒，还是只蟒蛇妖，不然速度不会那么快。

苏苏说："我去追，你们去通知宣王殿下，让他派人来救。"

说完，她沿着那条痕迹，追了上去。

士兵们想追，发现自己跟不上苏苏的速度，只好说："回去禀告殿下！"

这里离沧州不远，快马加鞭一定来得及。

苏苏一路追到一处山洞，她犹豫片刻，从怀里摸出一颗明珠，走了进去。

洞内滴答着水声。

她走了没多远，看见惊骇的一幕，一条花斑巨蟒冲叶冰裳咝咝吐着信子。

叶冰裳被它的尾巴卷着，脸色惨白。

眼看巨蟒要吞了叶冰裳，苏苏来不及犹豫，藏好的符纸飞出去，贴在巨蟒头上，把巨蟒的头灼烧出一阵黑烟，巨蟒痛得身子滚翻，下意识放开了叶冰裳。

苏苏飞身过去接住她："快走。"

叶冰裳腿软，怯怯道："我、我腿没力气。"

苏苏说："我背你！"

她并不恋战，夺了人就跑。巨蟒缓过疼痛，跟在她们背后追。

被蟒蛇追的体验很可怕，它体形庞大，速度也快，蛇会爬树，还会游水，往哪里躲都没用。

跑不过，就只有打。

苏苏放下叶冰裳，说："藏好！"

叶冰裳抿着嘴，忍住恐惧藏到大树后面，苏苏掏出符纸，打算直接收了这条蛇。

但是巨蟒和普通妖物不同。

它开了神智，知道闪躲，皮糙肉厚，苏苏和它僵持了半天，只把蛇皮打出几道伤，好几次差点被它的尾巴扫到。

它藏着自己的七寸，不让苏苏碰到。

苏苏一时拿它没办法。

正僵持，叶冰裳尖叫一声，苏苏回头，就见叶冰裳朝着自己跑过来。

她身后，跟了几条倒三角头的毒蛇。

苏苏皱眉："你用护心鳞！"这一分心，她被蛇尾扫到，闷哼一声掉落在地。

叶冰裳手忙脚乱拿出护心鳞，小蛇们虎视眈眈，却明显忌惮，不敢靠近她了。

叶冰裳惨白着脸，看苏苏一声不吭爬起来接着和蛇妖打。她看看手中鳞片，犹豫片刻，攥紧了护心鳞没说话。

苏苏也没有要她护心鳞的意思，只要叶冰裳不捣乱，情况就不算糟糕。

只不过苏苏是个凡人，凡人总会累，但是蛇妖不会。等她体力耗尽就危险了，希望萧凛赶快过来。

不知道僵持了多久，一只巨大的蜘蛛出现在她们上方。

蜘蛛看看叶冰裳手中的护心鳞，忌惮和垂涎同时在眼中闪过。它很聪明，选择攻击没有护心鳞的苏苏。

叶冰裳率先看见蜘蛛，她下意识想要出口提醒，想起什么，又有几分犹豫。晚了这么一会儿，蜘蛛的丝吐出来，缠在苏苏腰间。

苏苏被隔空吊起来，蟒蛇的血盆大口近在眼前。

苏苏慌乱了片刻，强迫自己镇定下来，腰间几柄小剑飞出，一些打在蛇头上，阻止蛇片刻，另一些割断了自己身上的蛛丝。

她从空中落下来。

结果不经意看见，周围妖物越来越多，开化了神智的小妖都虎视眈眈地盯着她们。

苏苏突然想到什么——是护心鳞！

它们都想要护心鳞，她回头冲叶冰裳喊道："用护心鳞杀了它们。"

叶冰裳拒绝道："我不想杀人。"

苏苏说："是杀妖！"

叶冰裳抿唇："我从来没有做过这样的事。"

"那就给我，让我来！我们快被它们包围了。"叶冰裳没有反应，苏苏难免有些生气了，"赶走它们总会吧！"

这次叶冰裳没有犹豫，开始尝试催动护心鳞。她使用护心鳞完全靠摸索，护心鳞一亮，围住她的小蛇退散开。叶冰裳一喜。

苏苏说："帮我！"

叶冰裳点点头。

护心鳞一亮，苏苏看着眼前的蟒蛇眼睛从黑色变成红色。不仅蟒蛇、蜘蛛，其他妖物也变成躁动的红瞳。

苏苏低咒一声，她反应也快，干脆不再和蟒蛇打，回身拽住叶冰裳。

叶冰裳诧异说："三妹妹？！"

苏苏冷冷道："你不是想和我一起死吗？我来成全你。"

叶冰裳慌乱地说："我不是故意的，我不太会用护心鳞，我只是想帮你打它们。"

她说的是实话，但也很令人愤怒。

苏苏心想，她就不该来救叶冰裳！她倒要看看生死关头，叶冰裳会不会用护心鳞。

红色瞳孔的妖怪们，在魔化状态下，竟然命都不要，疯了般要吞吃她们。

就在这时候，一个白衣的身影执剑过来，凛冽的剑风划破空气，刺入蛇头。

蟒蛇的身子疯狂击打地面。

见萧凛赶来，苏苏松了口气。

身边一声惊呼，叶冰裳的脚踝被蛛丝缠住，红色的蛛丝扯着她，要往蜘蛛口中送去。

萧凛回身拽住她的手："冰裳！"

"殿下！"

萧凛斩断蛛丝，接住叶冰裳，叶冰裳惊魂不定地抱住他，小声呜咽着。

萧凛说："别怕，没事了。"

叶冰裳紧紧抱着他，身边传来一声闷哼，萧凛回头看去，见苏苏被魔化的巨蟒卷起，转瞬消失在丛林。

他脸色一白，迅速做出决定，对叶冰裳说："你拿着护心鳞，一路往北走，季师叔在赶来的路上，他会护着你。"

叶冰裳啜泣道："你要去救三妹妹？殿下，别丢下我！"

萧凛沉声说："冰裳，她救了你！"

叶冰裳闭了闭眼："好，殿下小心。"

她惨白着脸，拿着护心鳞往萧凛说的那条路走。

走了好一会儿，叶冰裳回头，萧凛已经不见身影。

她擦了擦眼泪，说不出心里什么滋味。

叶冰裳死死握紧手中的护心鳞。

她垂眸，缓步走出丛林。护心鳞散发着柔和的光，没有一只妖怪敢靠近她。

另一边，天旋地转以后，苏苏回过头，被巨蟒的尾巴缠住。

魔化的作用下，它跑得很快。

苏苏根本挣脱不开，她回头看去，寂寂夜色中，看不见一个人，只有蛇身上的腥臭味扑鼻。

勾玉心疼坏了，气愤道："咱们就不该救她！"

苏苏没有说话。

这时候最好保存体力，没人救她，她也要试着自救。

这回蟒蛇没有逃回山洞，反而到了一个陡坡之上。

它受了严重的伤，现在没了神智，回身就想吃了苏苏养伤。苏苏体内有神器，对妖怪来说，她的血肉是香甜的。

"小主人，画符对付这个妖怪！"

苏苏似乎动不了。

勾玉觉得哪里怪怪的，可它说不上来。

好在，一道白衣执剑抵住蛇的下颚，萧凛把一颗珠子塞进巨蟒口中。

勾玉认出来，大喜道："小主人，是辟邪灵精。"

果然，蛇身没一会儿就炸裂开来。

萧凛张开手，接住落下的苏苏。

苏苏衣服上都是妖物的血，没了力气，软软落在萧凛怀里。她脸色苍白，一如般若浮生中可怜的桑酒。

萧凛心中歉然，属于少睢的那部分，让他心里隐隐作痛。

"还能走吗？"他问苏苏。

苏苏轻轻合上眼，摇头说："没力气了。"

萧凛默了默，低声道："得罪了。"

他俯身，背起苏苏："我带你出去。"

身后少女咳嗽两声，显然累坏了，头无力地靠在他的肩膀上。

勾玉："小主人？"

苏苏依旧没有应答。

萧凛一手护着背上的少女，一手斩杀追来的妖物。

身后少女突然幽幽地说："多谢殿下赶来救我。"

勾玉大惊，恐惧和不安猛然席卷了它。

一把匕首，突然穿透萧凛的胸膛。

苏苏握住匕首，眼里木然，嘴角弯起。

‖ 第五十五章 ‖

一切发生得猝不及防，勾玉眼睁睁看着苏苏把匕首推进萧凛的胸膛。

匕首穿心而过，萧凛轰然跪下。

他还背着苏苏，一只懵懂的小妖过来，被他挥臂杀死。

勾玉心里发颤，有个可怕的猜想。

"小主人，你醒醒！快醒过来！不要伤害萧凛。"

然而苏苏听不见，她的眼睛里没有色彩，木然得像一潭死水。

鲜血浸没苏苏的手掌。

她眨了眨眼睛，有一瞬间她头疼欲裂。勾玉惶急的声音响在耳畔，苏苏的视线中却只有一片暗黑。

恍惚中，她似乎杀了一只试图伤害自己的妖怪，转瞬血腥味扑鼻。

她从一个人的背上跌落下来。

脑海中迷雾猛然散开，她被遮挡的视线终于看见了东西。空气中弥散着一股可怕的血腥气，却不是妖怪的，而是……

苏苏转过头，看见了嘴角溢出鲜血的男子。

她指尖的血滚烫，像要把她灼伤。

她……杀了萧凛……

心上战栗的恐惧感侵袭了苏苏，她浑身发寒，终于挣脱那股试图控制她的力量，从地上爬起来。

她到底做了什么？

苏苏颤抖地抱起萧凛："对不起，殿下，我……我……"

大颗大颗眼泪从她的眼眶中落下，勾玉艰难地开口："小主人，你中了傀儡术。"

并非那日在池中的傀儡术，而是真正的邪术傀儡术。

勾玉终于想通自己和苏苏为什么过了一个月才醒过来，因为它被浸没在弱水中，看不见也听不见，不知道澹台烬对苏苏做了什么。

这一个月，借由弱水，那个人成功控制了苏苏，给她下了傀儡术，让她杀了萧凛。

别人看不出苏苏被控制，连她自己都不知道。

萧凛被匕首穿心而过的那一刻，苏苏的傀儡术终于得以解开，然而已经晚了。

地上的男子脸色苍白，他的白衣被鲜血浸透。

勾玉第一次见苏苏这么无措，她来这个世界，从来没有哭过，此刻哭得像个无助的孩子。

一只手吃力抬起，触碰到了她的泪水。

苏苏哽咽着低头，看见了一双温柔疲倦的眼睛："我知道……你不是故意的。"

"殿下……"

萧凛咳出一口血。

那时候天幕已经暗下来，丛林中妖物被他执剑杀了个七七八八，剩下的早已逃窜。

月亮出来了，照在萧凛和苏苏身上，不远处山泉叮咚，月光洒下，溪水边的一片土地明亮如洗。

萧凛还剩最后一口气，他脸色苍白地靠着一棵树，一点点把苏苏脸上的泪擦干。

他自小聪慧，电光石火之间，就猜到发生了什么。

苏苏被控制了。

早在之前，她就说过，澹台烬不知道为什么把她放了回来，让他们多加提防。

可是他……没有防她。

他只想带她走出这片丛林，如今看来，做不到了。

少女脸蛋柔软，却冰冷。

她的牙齿在发颤，恐惧和愧疚如大山压倒了她。他突然想起趴在少睢背上哭的桑酒。

那时候她问他，她是不是要变成妖怪了。她那么害怕自己变坏，少睢怎么回答的？

不，你是仙。

萧凛顿了顿，突然笑了一下："别、别怕，我暂时还不会死。"

苏苏抬起泪眼看他。

萧凛说："你可以救我，我不会死。我衣襟里有颗药，你喂我吃下去，我就会慢慢好起来。"

苏苏连忙从他的衣襟里拿出一个瓶子。

果然如萧凛所说，里面有一颗红色药丸。

勾玉震惊地看着那颗药丸，突然明白了萧凛想做什么。它突然难过起来，却也没有阻止这一切。

苏苏脑海中空白一片，萧凛自己拿过那颗药丸吃了。

吃下药丸，他似乎真的好了不少，沉静地看着她，从她乱糟糟的发，移到她红通通的鼻尖。

萧凛眼神很温柔："我没事了，扶我起来，我们走出丛林，好不好？"

苏苏慌张擦干泪水，点头扶起他，她战斗了一天，身上哪里都痛，几乎没有半点儿力气，扶起萧凛的那一刻，差点与他一同摔下去。

她惨白着脸，稳住了脚步。

萧凛嘴角的鲜血还没干，轻声说："对，往前走，月光照亮的那条路。"

苏苏不知道走了多久，她浑浑噩噩，生怕扶着的人体温骤然消失。

萧凛的体温虽然很低，可是他并没有失去呼吸。

越靠近季师叔驻扎的地方，他的体征越来越稳定。

直到后来，他甚至不需要把身体压在苏苏身上，也能站直身子继续走。

有那么一刻，苏苏心存希冀，他吃下的那颗药真的有用，能恢复他致命的伤口，让他好起来。

他突然停下脚步。

男子在月下容颜如谪仙，他白衣沾了血，半点儿无损他的风华。

苏苏问："怎么了？"

萧凛看着她，抿唇说："你先回去，我一会儿再回去。不能让人知道你被控制了。记住，我是被妖怪伤的，那蛇妖太厉害，我一时不敌，受了些轻伤。"

"不，是、是我……"

萧凛安静地注视着她，苏苏的嗓子仿佛被堵住，一个字都说不出来。

她骤然明白了什么，眼睛通红。

萧凛会死，他是骗她的！世上哪里有什么能让人起死回生的药物，绿色倾世花早被桑酒吃了，所有天神都已经陨落，没人救得了萧凛。

他吃了强药续命，却也只有片刻。

萧凛平静地说："自古以来，成王败寇，兵不厌诈，对于周国来说，这确实是最简单的方式。叶三小姐，和你没有半点关系。"

"就当是成全我，"他低声说，"一个将领，理当死在战场。"

他注视着她，苏苏沉默地点点头。

他突然笑起来，笑容带着几分满足："那么别回头，往前走。"

苏苏闭了闭眼，转身往对面走。

萧凛看着她的背影，等她看不见，他的眼里才带上几分温柔的色彩。

这一刻他依旧知道自己是谁。

他想做少雎，可他是萧凛，于是他说："叶三小姐，在下拜托你，如果有朝一日，冰裳与你起冲突，请你无论如何饶她一命。"

少女很听他的话，闻言只顿住步子，没有回头。

她说："好。"

萧凛便没再说话，她一步步走出自己的视线。他方低声说："抱歉。"

其实想说的有很多，比如这个朝代动荡不安，澹台烬连你都舍得利用，你今后怎么办呢？

萧凛抽出胸膛里的匕首，他的胸口没有一滴血，脸色冰冷苍白，像一具尸体的脸。

他没有气息了。

对于苏苏来说，这一夜过得很混乱。

她抱着膝盖，勾玉随她一起沉默。它知道，对于大夏子民来说，萧凛本就是神祇一般的人物。

倘若让别人知道，苏苏杀了萧凛，不管出于什么原因，叶家都会被满门抄斩。

没人会信苏苏中了傀儡术，那种闻所未闻的东西，辩驳起来都是苍白而无力的。

苏苏会被全天下唾弃，她的日子一定不好过。倘若还有个地方能收留她，也只有澹台烬的身边。

可勾玉知道，苏苏从来没有这样恨过一个人。

她过去柔软的心，也在今夜被那把匕首刺穿了。苏苏握着灭魂珠泪，一言不发。

少女苍白的脸在夜色中显得痛苦不堪。

她看着自己的手掌，哑声说："勾玉，我杀了萧凛。"

勾玉说："小主人，这不怪你，你身不由己。"

"不，怪我，"苏苏说，"怪我自大，以为去澹台烬的身边能改变局势，可是却成了如今的局面。"

勾玉也难过得想哭，它比谁都清楚，对于苏苏来说，被傀儡术控制杀了萧凛，比让她自己死掉还难受。

它在心里骂了一万遍澹台烬，却只能散发着暖黄的光晕，一点点温暖苏苏。

少女暗哑的声音流淌在夜色中，勾玉听见她轻声说："我恨他。"

澹台烬尾指红线消失那一刻，老道喜道："陛下！成功了，萧凛死了！"

澹台烬不语，傀儡术消失的那一刻，只能说明一件事——中了傀儡术的少女完成了自己的使命。

青年阴戾的神色，在夜色中显得分外沉静。

他靠坐在雕刻了九头鸟的车辇上，果断下令："进攻沧州！"

蓄势待发的军队浩浩荡荡开始攻城。

羊暨抚摸着自己的胡子，知道沧州守不住了。哪怕叶啸来了又如何？萧凛死了，大夏的战魂从此消失。

论守城和武力，天下无人能胜过萧凛。

更何况陛下还有虎妖和尸妖。

火把照亮夜空，一身玄衣的帝王眯眼看向沧州城墙。

无数士兵攀上云梯，血腥的哀号响彻黑夜。不知道过了多久，有人来报——

"报——陛下，萧凛回来了！"

此言一出，澹台烬怔了怔，抬起眼睛。

果然看见城墙之上，站着一个身穿白色战甲的身影。

萧凛脸色苍白，如一张没有生命的白纸，他的瞳孔也没有色彩，但是身躯像一座大山，伫立在城墙之上。

他僵硬地抬起手,士兵井然有序地放箭。

噬魂幡中的老道冷哼:"吃了尸妖凝出的碧血丹,不过强弩之末,他快化作尸妖了,陛下不必担心。"

羊暨一看,却见陛下原本放松的神情,骤然变得茫然。

澹台烬猛地拿起噬魂幡。青年慌乱地质问老道:"你不是跟孤说,她会回来吗?"

老道愣了许久,才明白澹台烬说的是什么意思——

在他们的计划里,一旦大夏国的人知道是叶夕雾杀了萧凛,那么全天下的人都会唾弃她。

她无处可去,只能回到陛下身边。

然而萧凛最后竟然选择保护苏苏,吃下碧血丹,替她隐瞒一切,挡住全天下的漫骂。

萧凛撑着最后一口气,踏着一寸寸噬心的痛苦,来到战场,指挥士兵作战,就注定——

他护在身后的少女,此后依旧光风霁月,一尘不染。

她再不会回到澹台烬身边了。

‖ 第五十六章 ‖

天边露出了鱼肚白,战鼓声渐渐停歇下来,不知道是谁发出第一声哀鸣。

"宣王死了,沧州要破了——"

沧州城猛然混乱起来,百姓们包袱都来不及收拾,惶惶逃出家门。

大周军队士兵和妖物混杂,他们的青年皇帝可怖残忍,一时间沧州混乱不堪。

马车上的轿帘被掀开,露出一张不可置信的脸。

叶冰裳握住丫鬟小慧的手腕,脸色惨白:"他们说什么?告诉我,是我听错了。"

小慧难过地看着她:"侧王妃。"

小慧看着眼前的叶冰裳,女子眼尾发红,眼里带着难以置信、震惊又悲伤的情绪,她像是猛然失去了魂魄,拽住自己的那只纤纤玉手,不知不觉使了很大力气。

小慧说:"王妃,奴婢的手……"

叶冰裳失魂落魄地放开了她:"怎么可能,殿下怎么会……"

"禀侧王妃,沧州乱了,叶大将军他们守不了多久的城,要不了多久周国大军就会攻进来,属下现在保护你离开!"一个身穿铠甲的统领,脸上沾着鲜血,连忙说道。

统领从混乱的城楼上跑下来，明白如今形势有多糟糕。

宣王殿下守城，一直守到第一缕天光亮起。

殿下穿着白色战甲，脸色已经青灰。萧凛从出生开始，便是大夏的希望，他战斗到了最后一刻，最后握住自己的银剑，和战马一同死在了战场上。

统领远远看见，茫茫天光另一处，九头鸟车辇上的青年帝王，冷冷地注视着萧凛倒下。

小暴君身后，车辇上的旗帜被吹得翻飞，像两片冰冷的羽翼。

尸妖被大夏的士兵和除妖师砍碎，可是周国养精蓄锐的士兵们，如同猛虎，攀上了城楼，势如破竹。

紧随的虎妖咆哮着，朝着城门冲了过来。

那一刻谁都明白，沧州守不住了。

叶冰裳手脚冰凉，眼泪流了满脸，小慧扶着她。车夫很快就位，准备带着她们逃出沧州。

一座被攻破的城，留下来有多危险，所有人都清楚。

放下轿帘之前，叶冰裳看见了长街尽头走过来的少女。

是她三妹妹——

少女金色裙边似乎缀着日光，她的目光冰冷，看着满城百姓慌乱逃窜。少女背着一把剑，她远远盯着倒下的旗帜，安静聆听空气中哀戚的叫喊声，目光像是十二月深潭。

觉察叶冰裳的目光，苏苏抬起头，远远和叶冰裳对视了一眼。

叶冰裳说不上来，然而那一刻自己感受到了冷。

如同一个无情无欲的修者，用没有感情的目光看了自己一眼。可是很快，少女朝着她走过来，那股冷入骨髓的寒意不见了。

苏苏说："沧州要破了，这里很危险，你回上京吧。"

叶冰裳下意识问："你呢？"

苏苏看着她。

叶冰裳抿了抿唇，低声道："难不成你想留下来打仗，可、可你是女人……"

苏苏不语，她拿出自己怀里一张掩藏气息用的符纸，放在叶冰裳的掌心："带着这个，妖怪不会轻易找你，你随张统领他们回去上京。"

叶冰裳还想说什么，苏苏没有理她，返身走向沧州城。

无数人往外逃，只有她一个人往里走。

千万人里，只有她逆流而上。

小慧看着叶冰裳的手死死攥着裙摆，不安地唤了一声："王妃……"

叶冰裳的手松开，怔然说："回上京。"

一柄长枪刺过来，叶啸战了一夜，眼看无法躲开，要生生受了这一下。
银剑折射着日光，与长枪相撞，长剑应声而断。
叶啸被人从地上扶起，看见来人，他额上青筋一跳："三丫头！"
苏苏脸上都是血，扶起叶啸，把他往城内送："爹，都下令撤兵了，你怎么还不走？"
叶啸说："老子怎么办是老子的事，你这个死丫头，不是让你回上京了吗？你是不是要气死你祖母？！"
他仿佛老了很多岁："宣王死在了战场上，爹若好好活着回去，没法交代。"
苏苏抹了把脸上的血，冷静地说："你不能死，大夏已经失去了一个英雄，爹你是大夏战神，只要你活着，澹台烬就不会那么快侵占大夏。"
勾玉以为她会很难过，出乎意料，她振作得很快，她像是一夜长大，整个人变得坚韧起来。
曾经衡阳宗保护她，师兄师弟爱护她，勾玉陪伴她，和她讲修真之道。苏苏天赋很高，受过的挫折也不多。
可是如今，澹台烬的傀儡术下，她亲自杀了萧凛。
勾玉无法窥探她内心的痛苦，但知道这件事的严重性。
大夏六皇子萧凛——
自出生开始，国师就为他批过命，萧凛与龙脉相关。萧凛的陨落，意味着大夏的国运开始衰竭。
如果苏苏和这件事没有关联还好，可是偏偏，事实如此残忍。
那把匕首由她亲自推进萧凛的心脏，萧凛让她不要回头，一直往前走。最后他是靠着怎样的毅力，死在了战场，护住苏苏和整个叶家？
连勾玉的心中都沉甸甸的，如果不是它之前疏忽，小主人也不可能中傀儡术。
苏苏的一番话说通了叶啸，叶啸也是个明白轻重缓急的人，只好暂且随着大军撤退。
苏苏远远看一眼黑压压打过来的大周军队，那里停着尊贵无双的玄色九头鸟车辇，青年就端坐其上，她突然问："爹，有弓箭吗？"
叶啸说："什么？"
苏苏拿过一个士兵的弓箭，锐利的羽箭刺破她的食指，她神情冷淡，挽弓搭箭——
鸣镝声划破长空，迎着朝阳，直直朝着玄衣少年射去。
勾玉大喊道："苏苏！不可以！"

她凝了仙力，弓箭带着浅浅的金色，穿过两军，最后射入澹台烬身后的大周旗帜。

旗帜应声而倒。

甘木凝惊道："陛下小心。"

她连忙飞身而起，带着澹台烬躲开断裂的旗帜。

她抬起头，就看见澹台烬脸色白得吓人。

青年狼狈地抬起头，看向两军交战之处，低声自语道："她想我死？"

甘木凝扶起他，以她不凡的眼力，自然很快明白了这箭是从哪里射出来的。

澹台烬笑了一声，手指抵住唇，语速很快，像在说服自己："无所谓，反正萧凛已经死了。"

萧凛死了，大夏撑不了多久。

大夏皇帝软弱，赵王是个欺软怕硬的窝囊废，十余年的歌舞升平，让大夏养出一堆蠹虫。

萧凛一死，大夏的骨头就折了。

他用轻慢嘲弄的语气说着这句话，甘木凝看着他紧抿的唇，知道陛下心情很是糟糕。

他攻破沧州，并不如预料的那么高兴。

尽管他自己可能也不知道，这种不愉的感觉来自哪里。

甘木凝拔下那支箭，看向沧州城方向，那少女已经不见了。

这一场战争，从七月打到了十一月。

秋意瑟瑟，快到初冬。

苏苏披着披风扶祖母出门的时候，上京的百姓满面愁容。

老夫人语气里也有几分不安，握住苏苏的手："夕雾，你说沘城这次又能撑多久？你爹和哥哥会不会出事？"

苏苏沉默片刻，笑着安慰老夫人："没事的祖母，你要相信爹爹，他戎马半生，打仗经验怎么也比别人足。您日日对着上神祈祷，仙人会保佑爹爹和哥哥的。"

老夫人没讲话。

大家都心知肚明，四个月以来，澹台烬的军队无人可挡，自拿下沧州后，他陆续攻破袁州、川芜阜，甚至上个月远沛城守城的将领直接打开城门投了降。

多么可怕的趋势。

叶啸与苏苏的大哥退回沘城，继续守着城。

如果沘城再让澹台烬攻陷，大夏被灭，便是早晚的事。

苏苏陪着老夫人去上香。

马车一路不疾不徐地行驶，澹台烬的大军压境，让整个上京染上了压抑的氛围。

苏苏靠坐在马车上，恍然觉得时间过得飞快，她来这个世界，竟已经一年了。

去年也是在上香以后，她进入叶夕雾的身体，在山贼手中险险逃走，初见澹台烬。

许是去年的阴影，这回老夫人上香也换了个寺庙。

苏苏才下马车，听见寺庙的钟声响在耳边，经久不绝。

灰衣小和尚在撞钟。

老夫人进去上香，苏苏在台阶下等她。

一个宫装少女苍白着脸走下台阶，看见苏苏那一刻，她猛然瞪大了眼睛，怒气冲冲跑过来："叶夕雾！"

苏苏诧异地看着她，觉得有些面熟。

还是身后的春桃提醒道："九公主怎么在这里？"

原来是九公主。

九公主看见苏苏，跟看见杀父仇人一样，拽住苏苏的披风领口："叶夕雾，你是不是和本公主有仇？！"

苏苏拍开她的手。

"有话好好讲，再对我动手，我也不会和你客气。"

九公主神色憔悴，声色俱厉道："都怪你引狼入室，让澹台烬顺利回了周国当皇帝。你这个蠢货还管不住他的心，不然……不然本公主也不至于……"

苏苏问："你不至于什么？"

九公主跺脚，恨声说："父皇也不会让本公主和澹台烬和亲！"

这话一出，别说是苏苏意想不到，春桃都瞪大了眼。

自古以来，打仗打不赢的时候，就只能求和。自萧凛死后，大夏节节败退，皇上想讲和，竟然还打算把九公主嫁给澹台烬。

"你也知道……本宫之前是怎么对他的，"九公主小脸苍白，"他一定会折磨死本宫。"

没错，以前把澹台烬当成狗逗弄的，除了赵王，就是眼高于顶的九公主。

若她真落到澹台烬手里，绝对没有好下场。

"本宫不管，你……你得给我想办法！"

"这是你父皇的决定，关我什么事？"苏苏说。

"你这个不争气的女人，亏你还是他的妻子！"

苏苏面无表情说："你说得对，我就是不争气。"

"你！"

苏苏走了两步，见九公主怕得脸色惨白，想起她是萧凛最疼爱的妹妹，她叹了口气，说："九公主放心，他不会同意的。"

九公主诧异地看着她："什、什么？"

苏苏心想，因为他要的是叶冰裳啊。

‖ 第五十七章 ‖

春桃忧心忡忡地看着九公主的背影。

"皇上怎么会做出这种决定？小姐，你说质子……不，澹台陛下会同意吗？"

在春桃心里，澹台烬依旧是三小姐的夫君。三小姐的夫君，怎么能娶九公主呢？

春桃嘟囔道："太荒唐了。"

苏苏说："还有更荒唐的。"

春桃诧异地说："小姐说什么？"

苏苏摸摸她的头。

春桃嘟着嘴："小姐出一趟门，回来变了好多。"

"哪里变了？"

"小姐以前很爱笑，说话的语气也欢快。"春桃用手指着自己的眼睛，"小姐这次回来以后，眼睛里都没有笑意了。"

特别是提起澹台陛下时，她黑白分明的眼睛里像是结了一层寒冰。

苏苏愣了愣，随即轻轻笑开："你看错了。"

她心里暗自警醒，连春桃都能看出自己的情绪，这可不是一件好事。杀了萧凛让她耿耿于怀，连道心都受了影响。

可是苏苏的任务更加宏大，她理应保持清醒。

邪骨，邪骨才是最重要的。

还剩两年，倘若两年内邪骨不抽出来，荒渊中的大妖倾巢而出，这世界就乱了。

让澹台烬懂爱恨。

苏苏若有所思。

老夫人没一会儿就出来了，她手腕戴着佛珠，忧思不散。苏苏上前搀扶她，她的脸上更是难过："我的夕雾这么好，日后可怎么办？"

"祖母别担心，我没事。"

苏苏在上京的身份十分尴尬，以前和澹台烬成过亲，这就足够让上京的夫人、小姐们看她的眼神有异。

像九公主说的那般，现在外面都在传，澹台烬用叶三小姐做跳板，离开皇宫，这才回到了周国。

苏苏被强行加上一层罪名。如今叶啸和叶清宇还在打仗，没人敢动苏苏。

苏苏心想，如果不是萧凛，她会受到天下人的唾骂。

毕竟大家都清楚，大夏落败，是早晚的事。

曾经大夏的十余年辉煌，落下帷幕。

果然没多久，传来大夏皇帝求和的消息。

夏国请求休战，愿意送上珠宝玉器，年年上贡，还愿送九公主和亲。

第一场冬雪落下的时候，使者奔赴战场，向澹台烬说明去意。

没多久，周国送了份回礼——

是使者的头颅。

使者瞪大眼睛，神情惊恐。

看见头颅那一瞬，大夏皇帝险些气晕了过去。

苏苏窝在房间写信，她如今的身份不受待见，便鲜少出门。她不会兵法，只好把所有克制妖物的办法写在纸上，寄给父兄。

有一句话澹台烬倒是说得没错，萧凛死了，大夏的脊梁就断了。

现在满朝文臣几乎都想着求和。

叶啸知道朝中情况以后，心凉了一半。

主战派最后只剩下叶家。

叶啸苦苦撑着，到了一月，上京雪满枝头时，周国大军压境，打到了嘉峪关。

嘉峪关，是苏苏当年跳江保护叶清宇的地方——

然而这次，叶清宇死了。

"小将军身中数十箭，卒入嘉峪河。"

消息传回来的时候，老夫人当场晕了过去。苏苏眼眶一热，心中也有说不出的难过。

没多久叶清宇的遗体就被运了回来。

叶岚音去年年末已经嫁了人，叶哲云目上次被血鸦惊吓后，染了重病。叶家如今只剩一个四少爷和苏苏。

苏苏牵着弟弟，见到扶柩回京的小兵。

也见到了棺材中的青年将军。

他身上的箭孔开始腐烂，身上全是刀伤，苏苏身边的弟弟惊恐地看着棺材中的叶清宇，一时不敢认。

苏苏说："过去磕头，带大哥回家。"

小胖子被她拉着，哭哭啼啼走完流程。
　　他们把叶清宇带回了家。
　　春桃惊慌跑进来："小姐，现在外面都在说，皇上又派使者去求和了！"
　　苏苏闻言，心中有种不好的预感，回头看春桃。
　　"这次澹台陛下同意了，只不过……只不过周国要嘉峪关以内的十座城池，以及……叶家流放。还、还有……"
　　苏苏见春桃难以启齿的模样，平静地说："还有什么直接说吧，总不会比叶家流放更糟糕。"
　　春桃脸色难看地说："澹台陛下要皇上把宣王的遗孀送过去，也、也就是大姑娘。"
　　苏苏早知道有这么一天，擦了擦春桃脸上的泪："我知道了。"
　　"小姐，质子他……他何时对大姑娘……"澹台烬这一要求，所有人都震惊了，他没有要九公主，反而要求夏国把叶冰裳送过去。
　　对于大夏来说，可谓奇耻大辱。宣王的遗孀倘若真送给了他，夏国的脸就等于被丢在地上踩。
　　苏苏抿唇，没有回答春桃的话。
　　"皇上同意了吗？"
　　"奴婢不知道。"
　　苏苏没再说什么，春桃本以为三小姐会很激动。就像以前，一旦和大姑娘扯上关系，三小姐的情绪都不会好。
　　可是三小姐十分平静，仿佛早就预料到了这一天。

　　苏苏进屋，把祖母扶起来。
　　一年时间，昔日雍容华贵的叶老夫人，变得苍老不堪。
　　苏苏亲自为老夫人梳发，发现老人家头上已经半数是银丝。皱纹爬上她的眼角，让她整个人瞬间垮了下去。
　　老夫人消息灵通，大夏皇帝派人求和的事，她肯定早就知道了。
　　如今长孙死了，叶家逐渐倾颓，连皇帝都有放弃他们叶家保住大夏的想法。
　　苏苏拿起梳子，还没梳几下，被老人握住了手。
　　"他要大丫头，就是把你放在火上烤。"老夫人含泪说。
　　苏苏摇摇头，没说话。
　　"叶家百年家业，没想到会败在今朝。我了解皇帝，他最后一定会同意。夕雾，随我去看看你哥哥，然后遣散了家奴吧。"
　　苏苏轻声说："好。"

她陪老夫人祭奠了叶清宇，叶清宇下葬匆匆。苏苏清楚，再不下葬，连个体面的棺椁或许都没有了。

　　大夏一旦成为附属小国，叶家也就不复存在。

　　叶啸曾杀了无数周国人，这些人中，有将军，有王爷。他年轻时是周国子民的噩梦，所以大夏一旦同意投降，把叶家交出去，就是最好的诚意。

　　这样的行为固然令人心寒，可是如果不这样做，大夏被灭只是早晚的事。

　　苏苏垂下眼睛，叶家没了。

　　他成功了，当年冬日手被冻得生疮的少年，如今立于万人之上。

　　他也得到了最想要的那个人。

　　羊暨喜滋滋捧着求和文书进来时，玄衣少年倚在榻上擦拭一柄弓。

　　"陛下，那个窝囊废果然同意了！"

　　澹台烬嘴角弯出一个讽刺的弧度。

　　羊暨看一眼旁边神情淡淡的叶储风，开口说："大夏皇帝同意把叶家大姑娘送来，不日叶家也会被流放。传来消息，叶啸已经被召回京。"

　　叶储风袖中手指颤了颤。

　　澹台烬放下弓箭，抬起黑黢黢的眼，说："别的消息……"

　　"哦哦，陛下放心，叶大姑娘这半年来深居简出，听说这个消息，她没有想不开。"

　　澹台烬依旧看着他，不太满意的模样。

　　羊暨摸不着头脑，小心翼翼问："难道……陛下还想知道别的消息？"

　　澹台烬的弓砸出去："滚！"

　　羊暨冷不丁被弓砸住脚，原地跳了两下："陛下，属下知错，属下这就滚。"

　　羊暨逃也似的跑出宫殿。

　　心想，不对啊他错在哪里了？！不是按照陛下的要求办事了吗？

　　起先知道陛下想要萧凛的女人的时候，羊暨也非常震惊。然而澹台皇室嘛，什么重口味喜好没出现过，想想这不算什么，羊暨瞬间释然。

　　而且那个叶冰裳，羊暨见过，生得那叫一个如花似玉，说话温温柔柔的，陛下会喜欢她也不奇怪。

　　所以他为什么会挨打？

　　脑袋转了几圈，羊暨突然想起一个几乎快被自己遗忘的人。

　　那个半年前挽弓搭箭，差点一箭射死陛下的少女。

　　羊暨打了个哆嗦："不、不会吧？"

　　想要叶冰裳没什么问题，但是如果对一个时时刻刻想杀了他的人念念不忘，那才要命!
羊暨嘀咕道:"所以到底是喜欢谁?"

血鸦飞入大殿内,周国温暖如春,血鸦抖了抖黑色翅膀,"嘎"地叫了一声,落在澹台烬的袖子上。
澹台烬凝视着它,好半晌,他捏起乌鸦,冷冷开口:"闭嘴,孤不会喜欢一个想杀孤的女人,只是还没凌辱够她。"
乌鸦:"嘎!"
乌鸦歪头看他一眼,扇着翅膀飞走了。

叶家大宅转眼空空荡荡,春桃和喜喜哭着不肯走,苏苏把叶夕雾以前的首饰悄悄塞进她们的包裹,用鞭子把她们赶走了。
几日前,官兵便驻守在外面,下人可以走,叶家的人却一个都走不掉。
叶家小胖子还不知道发生了什么事,窝在云姨娘怀中,惬意地吃着东西。
云姨娘抱着儿子,脸上也没有焦急之色。
其余几个姨娘都讨好地看着云姨娘,云姨娘脸上带着若有若无的笑意,半点儿都没有大祸临头的慌张。
看见苏苏和老夫人的时候,她脸上的惬意才收敛了些。
苏苏扶着老夫人,瞥她一眼,没吭声。
云姨娘是叶冰裳的亲娘,现在外面谁人不知大夏皇帝对叶冰裳的心意。都说红颜祸水,可是做了这个祸水,连带着家人也鸡犬升天。
云姨娘从前谨小慎微,现在隐约的傲气从她的身上散发出来。
如果不是知道叶家即将被流放,还以为叶家要升官发财了。在外人看来,叶冰裳成为大周皇后指日可待,也难怪云姨娘半点儿不慌。
苏苏看不上这样的人,却也懒得和她置气。
她现在更愁的是如何安顿祖母,老夫人年纪大了,又没有家仆照顾,别人能挨得住流放到柳州那种苦寒之地,老夫人却不一定熬得住。
而且流放可不是坐马车过去,而是走过去。
老夫人看云姨娘一眼,平静地说:"云姨娘,老身想见见大丫头。"

第五十八章

老夫人积威还在,云姨娘只好应了一声。
她倒真有办法,没多久,叶冰裳袅袅婷婷出现在了叶府门口。

大夏官兵不敢放叶家的人出去，却没有一个人敢拦住叶冰裳。

叶冰裳一身缟素走进来，屈膝给叶老夫人行了个礼。

她下巴尖尖，有几分西子娇美的病弱感，这病色凭空为她添了几分风情。

老夫人冷冷看着她，眼里没有半点儿温情。

"都出去！夕雾和冰裳留下。"

云姨娘担忧地看女儿一眼，叶冰裳点点头，她这才抱着四公子出去了。

老夫人闭了闭眼："大丫头，老身不知道你什么时候和澹台陛下有牵扯。这么些年，老身扪心自问，不曾亏待过你。你是个有本事的人，老身不盼你飞黄腾达以后照顾弟弟妹妹，只求你一件事。"

叶冰裳抿了抿唇，腰板笔直："祖母言重了。"

"云姨娘和小四你自会照顾，无须老婆子多说。三丫头年少不懂事，曾经得罪澹台陛下，柳州乃苦寒之地，三丫头还不到十八岁，过去柳州这辈子都毁了。老婆子觍着脸，望你和周国陛下求求情，求他放过三丫头。"老夫人悲哀地说，"不管是让她嫁给平民也好，留在上京做个普通人也罢，别让她去柳州。"

柳州是什么地方，到处都是饥民。

吃不饱穿不暖，最为可怕的是，一个如花似玉的小姑娘，到了那种地方会遭受什么，谁也预料不到。

苏苏也从来没想过，到了这时候，叶老夫人竟还盼着保全自己。

她眼眶里酸酸的，握住自己的那只手，像是风干的橘子皮。

祖母老了，但祖母也曾是将门虎女。她这辈子应该都没低头求过谁，如今却低下头来，求自己的庶孙女。

叶冰裳看一眼老夫人，又看看苏苏，淡淡开口说："冰裳会尽力的。"

老夫人点点头，竟要起身给她行礼。

苏苏拉住老人。

"夕雾？"

苏苏说："不用了，我陪祖母去柳州。大姐姐，祝你前程似锦，早日成为皇后。"

苏苏眼神明澈，轻轻看叶冰裳一眼，叶冰裳突然有几分被冒犯和看穿的不悦。

"三妹妹，祖母也是为你好，你怎么还是不懂事……"

"我一直这么不懂事，你若真有心，也有那个能力的话，求他放过祖母吧。祖母拿不动剑，撼动不了他的江山。"

叶冰裳不语。

苏苏不再看她，笑着说："走吧祖母，夕雾给你保证，这辈子就任性最后一回。"

她们走远，叶冰裳死死攥紧帕子。

一月末，叶冰裳被封为昭华郡主，前往周国和亲。

过几日，叶家被流放。

男丁和女人分开走，被送往柳州。

苏苏离开那天，许多百姓来为他们送行。凡是大夏子民，都知道叶家出过怎样的英雄。

然而他们也只能以悲戚的眼神看着她们。

叶家的倾颓换来战火不朝上京蔓延。至此，夏国成为周国的附属国。叶将军的神话不复存在。

叶家所有人的手上和脚上均戴着镣铐。

莲姨娘容颜憔悴，她的儿子战死那一刻，这个女人仿佛被抽空所有的精力，成为行尸走肉。

苏苏放眼望去，还有几个自己都不认识的小姑娘，小的才五六岁，在娘亲怀里哭。

连旁支都受到了牵连。

人群中，没有云姨娘，她被叶冰裳接走了，一同接到周国去。不知道叶冰裳是没有尝试，还是被拒绝了，叶老夫人并没有被赦免。

出了上京，官兵们粗鲁地推着女眷："快走，磨蹭什么！"

有的作威作福惯了，还想拿出鞭子抽人。

旁边的官兵劝道："叶大将军保护了多少人，想想你的老娘！"

那人愣了愣，倒也没再催。

老夫人身体不好，走了没多久就倒下，苏苏接住她，一言不发把老人背在自己背上。

她的身上带着柄剑，官兵本来想收，后来不知道谁说："算了，她是叶家唯一嫡系，也不知道能在柳州活多久。"

苏苏看着灰沉沉的天空，听着镣铐的声音，第一次感受到人间朝代更替的苍凉。

勾玉担忧地看着她，事情演变得如此糟糕，真的会有转机吗？

投降文书和叶冰裳一起被送往周国。

叶冰裳到达周国那天，被盛装打扮过。陪伴的嬷嬷讨好地说："姑娘穿这一身，可真是富贵，都知道周国陛下后宫无人，姑娘过去，定是荣宠无限。"

叶冰裳轻声道："别这样说。"

"只不过，姑娘先前那身晦气的衣裳可不能再穿，陛下看见生气就不妙了。"毕竟叶冰裳嫁过人，她前夫君还是享誉天下的宣王，穿那身衣裳不吉利。澹台陛下的性子本就捉摸不定，叶冰裳最好藏起自己的过往。

叶冰裳点头："我知道了。"

她眉眼间带着几分惆怅，让人怜惜。嬷嬷想到，这也是个可怜人。

叶冰裳随着上百箱珠宝玉器去周国，说是给叶冰裳的陪嫁，其实谁都知道，这是投降送来的财物。

抵达周国皇宫那一日，叶冰裳掀开轿帘，就看见了车辇上的玄衣青年。

他头上戴着金色玉冠，穿的是玄色龙袍，银线勾勒衣袍，显出几分张狂的味道。

澹台烬打量着她，叶冰裳随着众人朝他行礼。

叶冰裳心中有几分紧张，年少时种下善良的种子，在此刻生根发芽、开花结果。澹台烬并不是她首选的人，但他最后成为胜利者，站在了最高的地方。

也不知道这个名声不太好的帝王，会不会像萧凛一般珍惜、保护她？

澹台烬走下车辇，亲自扶起她。

叶冰裳受宠若惊地抬眸，看见一张俊美到堪称绝色的脸，她这才意识到，这个年轻残暴的帝王，生得这样好。

感受着他冰冷的掌心，叶冰裳的心怦怦跳："陛下，妾身斗胆，求陛下赦免娘亲。"

澹台烬扶起她，笑着说："裳儿开心就好。"

叶冰裳也没想到他会这么爽朗好说话，一时间有几分意外。

她正要揣摩他的态度，澹台烬已经收回了手，语调温和地说："迎郡主进玉芙宫。"

此话一出，羊暨立刻朝着廿白羽挤眉弄眼。

廿白羽脸色不变。

叶冰裳来之前，他们打了个赌，赌陛下会不会临幸这位"和亲的郡主"。羊暨赌会，廿白羽说不会。

玉芙宫是以前贵妃住的地方，意味着无限荣宠，澹台烬亲自来接人，并且把人安置在那里，足以看出他对叶冰裳的重视。

羊暨乐呵呵地想，今夜过后，宫里就要多一位妃子了。

夜深下来，外面的太监过来请示澹台烬今夜歇在哪里。

"昭华郡主"来了，年轻气盛的帝王自然有了去处。

连澹台烬自己都是这样以为的。

他心里期盼这一刻期盼了很多年。

当年叶冰裳出嫁时他的不快，到了现在，尽数化作尘烟。

年少时，那个美丽动人，笑着扶起他为他上药，悄悄为他求平安符的女子，在记忆里依旧鲜活。

他天生难以共情，对人的善意从来没有感觉，可那是他第一次感受到心动的滋味，眼睛愣愣看着她，移不开目光。

现在人离得不远，他伸手就能够到，甚至做什么都可以。

他走了几步，心里生出一种可怕的烦躁感。

他拿出了噬魂幡，放出噬魂幡中的老道。

老道如今怕他怕得要命，战战兢兢问："陛下有何事？"

澹台烬冷冷地说："你曾给澹台明朗画过一种传送阵。"

老道："是、是……"

"给孤弄一个。"

老道说："可是画阵需要大量陛下的血，陛下身体尊贵……"

话还没说完，眼前的人伸出手："取血。"

老道只好开始画符。

他没说完，不仅要消耗澹台烬的血，还要消耗自己的功力。他好不容易养出几丝功力，现在全用在这上面了，想想就心疼得不行。

可他不敢拒绝澹台烬。

阵法画好。

老道说："陛下站在法阵内，心里想着要去的地方即可。"

因为取血过多，玄衣青年脸色苍白。澹台烬顿了顿，命令说："廿白羽，廿木凝。"

廿白羽姐弟悄无声息出现，还带着几个夜影卫。

澹台烬收了噬魂幡，带着廿家姐弟踏入阵中，很快，几人都消失不见。

去柳州的夜晚，天气冷得要命。

如今沦为阶下囚的叶家女眷，衣衫单薄。即便是夜晚，她们依旧需要赶路。

廿木凝起先并不知道陛下要带他们去哪里，直到她看见那个少女——

背着老人的少女。

苏苏嘴唇干裂，头发和衣裙也乱了。她的外衣披在老人身上，鞋子沾满泥巴。

甚至一张小脸脏兮兮的。

但她的眼睛干净明亮到耀眼。在这样绝望的环境，廿木凝看见她还笑着和背上的老人说着什么。

老人毫无光彩的脸上，多了几分柔和。

不知道为什么，甘木凝突然觉得揪心。

叶家满门忠烈，如今落到这样的下场，她下意识悄悄看向陛下。

他的眼睛里没有半分白天面对叶冰裳时的爽朗，反而带着几分病态的阴郁，盯着苏苏。

澹台烬手指下意识放在唇边，重重咬了一下。

甘木凝恍惚觉得，陛下的目光像黏腻的蜘蛛丝，落在苏苏身上，想靠近，又害怕着什么。

澹台烬看了一会儿，迈步走过去。

押送叶家女人的士兵们并没有发现他，等发现的时候，脖子上已经被夜影卫抵上一把刀。

苏苏停下脚步，抬眼看着缓步过来的黑衣青年。

他用嘲讽的眼神看她。

她往上托了托祖母，老夫人的视力在夜里不太好，沙哑着嗓音问："怎么了？"

苏苏温柔地安慰她说："没事，来了个讨厌的人。"

澹台烬脸色一下子沉下来："叶夕雾，你现在不过一个阶下囚。"

对，她不过一个卑贱的阶下囚！怎么敢、敢还用那种厌恶的眼神看他？

苏苏说："陛下有何贵干？"

"孤给你最后一个机会，"他看她一眼，说道，"你求孤，就可以不用去柳州。"

苏苏看他明明连靠近自己都不敢，怕自己弄死他，又非要用这种高高在上的语气说话。她心里很烦，可是苏苏明白，纵然这一路细心照顾着老夫人，老夫人的身体依旧越来越差，只怕还没到柳州，老夫人就会死。

她小心放开老夫人，老夫人用力拽住她的手，厉声说："夕雾！"

"祖母，没事。"

苏苏往前走。

澹台烬这才看见，她的手腕和脚腕都被铁链磨得发红，他紧紧抿了下嘴角，听见她说："借一步说话。"

他回过神，已经随她站在远离叶家人的地方。

面前的少女用手背擦擦脸蛋，抬头问他："你想让我怎么求你？"

怎、怎么求？

他愣了愣，怀疑自己听错了。

少女面无表情摇摇头："你没听错，我输了，只要你放过我的祖母，答应给她找个地方治病养老。我怎么求你都可以，跪下、磕头、哀求？还是陛下喜欢别的方式？"

他紧盯着她，下意识道："想让我放过叶老夫人，你未免太瞧得起你自己。"

少女看着他的眼睛："哦，那算了。"

她转身就走，手臂被人拽住。他拽得那么紧，苏苏下意识又想揍他。

苏苏回头，看见澹台烬冷着一张脸，神色紧绷，用很快的语调说："急什么，孤在考虑！"

他说得那么快，恍然间苏苏还以为他怕自己就这样走了。

"那你考虑好了吗？"

澹台烬神色森冷，威胁地说："你如果不听话，孤还是会杀了她。"

苏苏点头。

他表情放松了些，眼里竟隐隐有几分心满意足的笑意："跟孤去周国。"

见苏苏安静地看着他，他补充说："为奴为婢！"

苏苏怀里的灭魂珠泪开始发烫。

已经不再是发热，而是发烫。

她盯着他，直到他忍不住率先转过头去。

苏苏突然点头说："可以。"

‖ 第五十九章 ‖

苏苏回到老夫人身边，把事情跟老夫人讲了一遍。

苏苏担心老夫人会拒绝，毕竟对于将门出身的女人来说，有时候尊严比性命重要。

果然，老夫人听完以后，沉着脸摇头："我宁愿死在柳州，也不让你去他身边。"

老夫人颤抖的手抚上苏苏的脸："傻丫头，你前两年不懂事，他睚眦必报，怎么会放过你，你去周国还有活路吗？折辱人的手段祖母见多了，不是你受得住的。祖母年龄大了，也活够了，你别管祖母，找机会跑去柳州吧。"

苏苏愣了愣，眼眶酸酸的。

她握住那只枯槁的手，低声在老夫人耳边说："别担心，我不会有事。"

苏苏露出一个狡黠的笑容："他在和我交换条件，而不是把我抓走。"

闻言，老夫人微怔，也意识到什么。

她审视的目光扫过树下的澹台烬，心里有个荒诞的想法。

可是……倘若真是她想的那样，澹台烬为什么会问夏帝要叶冰裳呢？

苏苏见老夫人被自己劝动了，俯身背起她。

澹台烬那边，老道的传送法阵也已经画好。

甘白羽说:"叶姑娘,我来背老夫人吧。"

苏苏摇头:"不用。"

甘木凝的心情有几分微妙,她之前不待见苏苏,可是现在一对比,她更不待见玉芙宫里的叶冰裳。

同样是叶家姑娘,一个守着老夫人,甘愿去柳州那种苦寒之地。

另一个夫君还没死半年,就愿在杀了宣王的人身旁承欢。来了就算了,还摆出一副哀愁可怜的脸,仿佛谁强迫了她。

法阵扭曲之后,苏苏再睁开眼,已经身处周国皇宫。

那法阵不完善,也并非正统仙术,令人头晕目眩。老夫人受不住,昏了过去。

澹台烬手中黑色的旗帜在空中旋转,苏苏抬眸看着噬魂幡,眼里冷了冷。

勾玉说:"还是那块噬魂幡!老道的魂魄没有散,上次你中傀儡术多半是他搞的鬼。"

苏苏也猜到了。

这老道修炼邪术,以前澹台明朗供养他,用不少人命和妖的内丹帮他堆砌修为,活得年岁久了,会傀儡术不足为奇。

甘木凝说:"叶三姑娘,把叶老夫人交给我吧。"

苏苏欲说什么,顿了顿,把昏迷的祖母交给她:"拜托姑娘,我祖母身子不好,请姑娘找个大夫为祖母诊治。"

甘木凝面无表情点头,带着叶老夫人消失在原地。

苏苏知道,他们会救祖母,为祖母看病。但与此同时,老夫人也必定是澹台烬用来威胁苏苏的软肋。

等苏苏收回目光,发现澹台烬已经不见了。

一个婢女说:"陛下说,姑娘把自己收拾干净,就去承乾殿。"

天色已经完全黑下来,苏苏沐浴完后,婢女拿来了一套宫女的衣裳。

勾玉愤愤哼了一声。

如果不是知道灭魂珠泪有了反应,澹台烬已经有了别样的感情,它会真的以为澹台烬要把苏苏当作宫女使唤,一报当初"叶夕雾"给他的侮辱。

苏苏换上粉白的宫女装,婢女过来搜身。

因为前车之鉴,这次搜得很认真,苏苏身上的利器、符纸,全部被收走。

苏苏也没有要小心眼,毕竟她清楚这次回来的目的——

把灭魂珠泪变成灭魂钉,钉入澹台烬的心脏。

她需要他动情。

不管是快乐的,还是愤怒、悲伤的,当一种情绪达到极致,她就会有机会。

苏苏揣测,当他的情感最浓烈的那一刻,灭魂珠泪会滚烫到融化,最后变成九枚钉子，届时就可以抽出邪骨。

众人对待苏苏如临大敌，苏苏无辜地看着她们，心中有几分好笑。

搜完身，确保苏苏的无害，苏苏这才被引入承乾殿。

周国皇宫喜奢侈，苏苏抬头看着夜色下的琉璃灯盏，踏入承乾殿内。

一个老太监迎出来，用刻薄的眼神打量一遍苏苏。

苏苏规规矩矩站着，老太监一时半会儿挑不出错，于是尖着嗓音道："来了周国，你便不是叶家三小姐，做好自己本分的事，好好侍奉陛下。"

苏苏说："是。"

老太监揣摩着陛下让他出来时那个眼神，又道："陛下已经睡下，从今儿个开始，你进去守夜。"

苏苏："是。"

老太监开始讲一些注意事项，苏苏面上沉静，其实并没有怎么听，她不是来讨好澹台烬的，没必要听这些。

见"驯服"了苏苏，老太监满意地点点头，让苏苏进去。

苏苏拎着琉璃宫灯，踏入承乾殿。

澹台烬偏爱黑色，龙床是黑色帐幔，这种颜色运用得好，比明黄色更加绚丽。

苏苏看不清帐幔之后的人，她一眼看见了龙床旁的脚踏处有个简陋的地铺。

苏苏猜到他什么心思，一年前她睡在床上，澹台烬睡床下，一年后反过来了而已。

她放下宫灯，神色自然地躺了上去。

有什么关系，再差也不会比去柳州的路上差。前几日想睡都只能席地而睡，现在被子香软厚实，比之前好多了。

她枕着纤细的手臂，没管床上的人睡没睡，径自闭上眼睛。

鞭子破空声突兀传来，苏苏的身体反应很快，下意识滚了一圈，避开鞭子。

黑色帐幔打开，玄衣青年赤脚走了下来。

半年不见，他眼角眉梢的气质更加冷锐，到底是上过战场的人，虽然和从前一样精致漂亮，但平添不少肃杀之气。

"叶夕雾，知道怎么做人奴婢吗？"

她怀里的灭魂珠泪一烫。

苏苏怪异地看他一眼，突然怀疑，他生气该不是因为她彻底忽视他？她进来后先踹他几脚或许都能让他满意些。

她利落地从地上爬起来："我伺候你更衣？"

澹台烬不语，半晌，他张开手臂，冷冷睨着她。

苏苏明白了他的意思，走过去为他解衣带。苏苏知道澹台烬在看她，她没有抬眸，像给鸡拔毛一样粗鲁地脱他的衣裳。

脱到只剩亵衣时，她的指甲刮过他的胸膛，澹台烬轻轻颤了颤。

"失手，抱歉。裤子要我帮忙吗？"

"你该自称奴婢。"

"哦，裤子要奴婢帮忙吗？"

"滚！"

苏苏冷淡看他一眼，松开手。

她拿起宫灯，就要出去。

青年握住她的手，冷声道："你在生孤的气？"

苏苏顿住脚步，澹台烬继续说："你在为萧凛的事情耿耿于怀，你因为他，想要杀了我？"

说到最后一句话时，他的语调变高，握住她的手紧了紧。

苏苏回头，澹台烬不悦地抿着唇，眼睛一眨不眨地看着她，等她的答案。

苏苏说道："是。"

他的脸色顿时冷漠下来，仿佛要扑过来掐死她。

苏苏说："宣王是个好人，即便他要死，也应该死在战场上，而不是中下三烂的招数。"

"成王败寇，兵不厌诈。"澹台烬冷声开口。

苏苏盯着他，突然笑了笑，像是在怀念什么："殿下也那样说，所以没什么耿耿于怀的。松手，不是让我滚吗？当了帝王，出尔反尔可不好。"

澹台烬的脸色更难看，好半晌，松开了她的手。

他摩挲着自己的手指，脸色阴沉朝外看了一眼。

苏苏打开门，一只巨大的老虎用身子堵住殿门。

是那只贱贱的虎妖。

这只老虎可以变大变小，跟了澹台烬以后，伙食显然相当好，皮毛油光水滑，威胁地张大嘴看着苏苏。

逼她回去。

苏苏扯住它的虎须，面无表情拔了一根。

老虎痛得嗷一声，差点一口咬上去，它忌惮地看了一眼殿内，最后只敢一爪子把苏苏推回去。

苏苏又趁机拔了它一根虎须。

老虎："……"

苏苏走回去，床上那人冷冰冰道："不是走了吗，又回来做什么？孤可不像你的殿下，是个好人。你再来招惹孤，孤不介意让你尝尝……"

苏苏没有理会他的阴阳怪气,她掀开玄色帐幔,一眼看见了屈腿坐着的青年。

许是没有想到她这么大胆,澹台烬脸上的讥讽之色还没收住。

在苏苏猛然凑近他的脸时,他的表情一僵,漆黑的瞳凝住。她凑得那样近,仿佛再往前一点,唇就要碰到他的脸。

"你……"澹台烬下意识地要后退一步。

他才说了一个字,双手突然被苏苏捆住。

苏苏用两根结实的虎须把他的双手捆起来。

这一切发生在电光火石之间,等澹台烬恼怒地要喊夜影卫进来时,猛然被苏苏压在了床上,她单手捂住他的唇,支着下巴看他。

"嘘,别说话,不然弄死你。"她厌烦地说,"要么睡觉,要么我把你打一顿,你再睡觉。"

少女纤长的腿散漫搭在他的腿上。

一头青丝倾泻而下,落在他半赤裸的胸膛上。

苏苏盯着他,不知道是怕死还是别的什么,他最后没吭声。

他的脖子渐渐染上了红色。

眼睛却还是冷冷地看着苏苏。

苏苏心里不是不生气,提到萧凛她就恨不得把他千刀万剐,可是现在不是时机。她很清楚,什么为重。

她心想,不能杀,别的倒是可以。

于是她伸出手,在他的腰上狠狠拧了一把。

澹台烬闷哼一声,眼睛里泛出水色。

连眼尾也带上浅浅的桃花色,他动了动手,可惜虎须太牢实,比绳子都柔韧。澹台烬微微蜷缩起身子,似乎很难熬。

见他这模样,苏苏心里的气总算出了一部分。

只有勾玉觉得不对劲,它狐疑地看了眼澹台烬。

青年的胸膛上一层汗水,手指蜷紧。

不太像是痛……

对于他这样的人来说,挨打曾是家常便饭,什么痛没有经历过?怎么会被苏苏狠狠拧一下就变成这样?

可是他垂着眼眸,勾玉也不知道他是什么情绪。

第九卷 诱他动情

‖ 第六十章 ‖

两人僵持了一会儿，苏苏捂他的嘴捂累了，怕澹台烬把夜影卫叫进来，她干脆扯下一块帐子上的布料，粗鲁地塞进他的嘴里。

苏苏的腿压在虎须上，那老虎成了精，连虎须都带着妖气，比寻常绳子锋锐，没一会儿，澹台烬的手腕就被磨破了皮。

他身体颤了颤，咬紧牙关。

苏苏看了一眼，完全没有同情他的想法，故意用膝盖往下压了压——

她恶向胆边生，心道，嵌入肉里才好。

大冬天的，并不热，可澹台烬的身上出了汗水。

许是疼得狠了，他的身子一直在颤抖。

苏苏起先还有精力看着他，可她去柳州的路上，背着老夫人长途跋涉，这会儿娇嫩的脚底都起了泡，整个人疲惫不堪，便靠在澹台烬的肩膀上。

青年突然抬起眼睛。

苏苏睡了，勾玉却没有。

因为上次的傀儡术，一旦苏苏和澹台烬相处，勾玉便万分警醒，于是它愣愣地看着澹台烬微红的眼睛。

他的额上也有一层汗水。

澹台烬的唇微微干涩，他看了眼肩膀上的少女，呼吸急促。

他的嘴被堵住，勾玉紧张地看着他，生怕他对苏苏不测。可是出乎意料，他什么都没做，维持着这个姿势，喘息地看着黑色帐幔。

勾玉想吞一口唾沫——如果它有的话。

它还是觉得哪里不对劲，可是这种情况此前还真没遇到过。澹台烬看起来很难受，可是又不像难受。

它疑惑地看着，澹台烬漆黑的瞳盯着帐幔，好半晌，澹台烬急促的呼吸才平复了些。

他的眸光变化莫测，最后合上眼睛。

这回真的什么都探究不到了，没有办法，勾玉为了节省灵力，只能再次陷入沉眠。

第一缕天光亮起的时候，澹台烬睁开眼睛。

缩小的虎妖探头探脑走进来。

它喷了口气，澹台烬手腕上的虎须悄无声息脱落。澹台烬无情推开身上的少女，走下床去。

苏苏被他推醒，一睁眼看见太监们进来给澹台烬穿衣裳。

看见澹台烬手腕上深可见骨的伤口，有人倒抽一口凉气，手一抖，扯到了澹台烬的发丝。

苏苏听见他温和含笑的嗓音："拖出去。"

"陛下饶命，陛下饶命。"

苏苏愣了愣，慢半拍才反应过来，因为一根头发，澹台烬要杀人。

她正要说话，殿外有太监通报。

"昭华郡主来给陛下见礼。"

听见叶冰裳的声音，苏苏靠在黑色帐幔内，没再出声。

澹台烬顿了顿："让她进来。"

叶冰裳穿了一身藕色衣衫，裙摆绣了精致盛开的梅花。她今日的妆容也颇为用心，额间半朵娇艳欲滴的红梅，衬得她本就倾城的容貌更加美丽。

若不是因为般若浮生，苏苏对她不喜，这会儿也会觉得她赏心悦目，楚楚可怜。

这个女人身上有种别样的魅力，连勾玉都感觉到了。

勾玉喃喃说："奇怪，也不是没有见过比她更好看的人，小主人你的真身就比她好看一万倍，可是总觉得她很吸引人。"

苏苏说："难道是因为气质？"

勾玉想不通："大概是吧。"

叶冰裳来见礼，算走程序。毕竟作为夏国送给澹台烬的"礼物"，她默认是他的女人，理当有个名分。

本来昨夜澹台烬按理应当歇在她的宫中，第二日给个名分，可是澹台烬并没有去。

叶冰裳脸上没有哀怨之色，她礼貌地给澹台烬见了礼，皱眉说："妾身看见外面的小太监受杖责，实在可怜。不知他犯了什么错，陛下可否宽恕他？"

澹台烬说："一点小事，既然你为他求情，便算了吧。"

他看了眼身边的大太监，大太监心领神会，出去办事了。

叶冰裳露出浅浅的笑意:"陛下宽厚。"

澹台烬也笑了。

勾玉不平道:"对叶冰裳就有求必应,对小主人就要等价交换。"

苏苏摸摸它,半点儿也不生气。

澹台烬似乎忘了帐子里还有个苏苏,或许是不想叶冰裳发现苏苏的存在,他半眼也没往帐内看。

叶冰裳十分懂分寸,见礼以后从容告退。

没多久澹台烬也走出门去。

顶着周国君主的身份,他现在得上朝。

苏苏从帐子里跳下来,往门口走,她想去看看老夫人被安置在哪里。出门遇见老虎,老虎惊恐地看她一眼,用爪子捂住虎须。

很快它反应过来这样太掉价,爪子放下,转身变大,用屁股堵住门,不许苏苏出去。

苏苏咬破手指,凌空画了个符咒。

空中出现一支冰凌形状的武器,在空中旋转。勾玉同情地看了眼不怎么聪明的贱老虎,下一刻,冰锥刺进老虎的屁股。

它痛苦地嗷出声,夹着尾巴头也不回地跑了。

苏苏走出去。

突然明白澹台烬为什么宁愿折腾尸妖来打仗,也不怎么动用老虎。这家伙看起来吓人,实际是个没有智商的草包。

也就只有澹台明朗喜欢它威武的外表,用来充门面。澹台烬不太看得上这虎妖。

苏苏穿着宫女服,反倒是方便。

澹台烬至今没有举行登基大典,周国一直处于战乱,百废待兴,宫里生面孔也多。

她四处看,竟然没人拦她。

转过一处假山,苏苏看见一个鬼鬼祟祟的身影,是个宫女——

恍然见到她的侧脸,苏苏觉得十分眼熟。

那个宫女一转头,也看见了苏苏,她瞪大眼睛,连忙用袖子挡住脸,就要慌张离开。

现在没有弱水束缚,苏苏想留一个人十分简单。

她飞身过去,拍了拍"她"的肩膀,低声道:"庞大人,我认出你了。"

"宫女"放下袖子,露出一张通红的脸。

庞宜之羞愤欲死,他恐怕也万万想不到混入周国皇宫,会撞见苏苏,还是在他穿女装的时候。

毒舌的庞大人穿上女装分外违和。

他没有澹台烬那种精致的容颜，文人的清高也使他没法拉下面子，走路的姿势很不自然。

苏苏心想，他这样没被发现简直是个奇迹。

"庞大人，你来周国做什么？"

闻言，庞宜之眸光冷了几分，方才的窘迫散去。他握拳道："澹台狗贼强迫宣王妃，对她来说，这简直是折辱！我来带她逃走。"

苏苏愣了愣，想起这位大人曾为叶冰裳画过画像，想必也倾慕叶冰裳。

庞大人是先前除了叶家之外的另一个主战派，苏苏对他很有好感。

她摇摇头，提醒道："澹台烬心思深沉，远非你看到的这样简单。你能混入皇宫就不容易，更别提带走叶冰裳，他不会容许别人动他的人。"

庞宜之看她一眼，眼睛里带着浓重的愧疚之色。

"叶……叶三姑娘，抱歉，得知你被流放柳州，在下没有第一时间去救你。在下答应过宣王，护宣王妃安全。"他低声说道，"宣王留下了一支暗卫，名潜龙卫，潜龙卫有实力救走宣王妃。"

苏苏闻言，没有很吃惊。毕竟萧凛的身份地位在那里，他是个聪明剔透的人，手中不可能没有底牌。

这支暗卫，一定很厉害，看庞宜之轻而易举出现在这里就知道了。

可惜，萧凛留下它给叶冰裳，却没有预料到他的妻子没用到半年，就去了澹台烬身边。

听庞宜之的说辞，叶冰裳想来也不知道萧凛还留了这么厉害的东西。

苏苏说："你有没有想过，叶冰裳是自愿留在周国皇宫的？"

庞宜之说："这不可能！"

他谴责地看了苏苏一眼，叶大姑娘何等人物，现在内心痛苦还来不及，估计一直在想办法保住贞洁，怎么会甘愿留在那个暴君身边！

苏苏就知道他不会信，她不再劝，点点头："那你自己小心。"

庞宜之见她要走，出声道："你要和我一起走吗？"

苏苏回头，笑了下："我还有事要办，多谢庞大人好意，山高路远，大人珍重。"

庞宜之追了两步，遥遥看着她走远。

他握紧拳头，折身寻叶冰裳去了。

苏苏自然没能见到老夫人，甘木凝带来老夫人的书信。

书信只有四个字——"安好，勿念。"

苏苏松了口气。

廿木凝冷冷地说："只要叶三小姐安分，老夫人自然无事。"

顿了顿，她补充说："不要让昭华郡主看见你，她会不高兴。她不高兴，陛下也会不高兴。"

苏苏笑看了她一眼："好啊。"

廿木凝不吭声了，知道的明白澹台烬拿苏苏当宫女撒气，不知道的还以为金屋藏娇。

苏苏也没别的地方去，干脆盘腿在承乾殿修炼。

天色擦黑时，澹台烬回来了。

他深深看她一眼，开口问："今日去了哪里？"

苏苏说："想看看祖母，就随意逛了逛。"

"哦？看见什么了？"

苏苏看他一眼："金子堆砌的宫殿，到处都是钱。"

他抿唇，眼里的狐疑散了不少，嘴角轻轻一勾。

"孤突然想到，要你做什么了。"

苏苏愣了愣："什么？"

"过来。"澹台烬看她一眼，示意她跟上。

苏苏跟着他走进承乾殿旁边的小书房。

这个小书房是历代周国皇帝临时用来批阅奏折的地方，如今桌上没有奏折，只有一叠成色上好的符纸，还有研磨好的朱砂。

"教孤画符。"他命令说。

苏苏不语。

澹台烬沉下脸："你不愿意？"

苏苏说："你有老道士，他也会。"

澹台烬威胁地开口："叶老夫人。"

苏苏磨磨蹭蹭过去了，她在桌案前坐下，问他："想学什么？"

她知道澹台烬是个好学的人，却并不怕他学会这些。

毕竟她修仙术，而澹台烬天生邪骨，他只能修魔。魔和仙的修炼法则不共通，他根本使不出来仙术。

澹台烬说："皆可。"

苏苏想了想，提笔画了个符咒，她笑着递给他，问道："要试试吗？"

澹台烬看她一眼，说："你试给孤看。"

苏苏立刻说："这张符没有画好，重新来。"

她正要毁去符咒，手腕被人握住，澹台烬冷声道："试给孤看！不然让叶老夫人试。"
　　苏苏瞪着他："真没画好。"
　　他脸上森然，显然认为苏苏会害他。
　　苏苏说："我试就我试！"
　　她犹疑地拿起符咒，看澹台烬一眼，在他警惕的目光下，她咬牙一念。
　　澹台烬漆黑的瞳孔中，符咒消散，苏苏的衣衫散落一地。
　　她消失不见，衣衫下探出一只巴掌大的粉红色小兔子。
　　小兔子恹恹趴在宫女装上。
　　澹台烬足足愣了许久，随后他面无表情拎起兔子的耳朵。
　　巴掌大的粉兔子恼怒看他一眼。
　　他直勾勾看着她，突然弯起唇。
　　他眼里带着浅浅的笑意，嘴上恶劣地说："拿根胡萝卜进来。"
　　小粉兔蹬着腿，在他掌下挣扎。
　　澹台烬往椅子上一坐，把小粉兔放在腿上。
　　没一会儿，小太监拿了根胡萝卜进来。他无意间看见陛下掌中的兔子，被萌得心肝颤，这小兔子毛茸茸的，竟然还是粉色的！
　　小太监低下头，连忙退出去。
　　澹台烬拿起胡萝卜，抵到苏苏嘴边："吃。"
　　小粉兔抗拒地转开头，身上的毛松软岔开。
　　他摸到一手软绵绵的毛，像嵌在棉花堆里一样舒服。澹台烬说："孤让你吃。"
　　谁要吃胡萝卜！
　　粉兔子想跑，却跑不掉。
　　她急得挠他，最后却是两只小爪子搭在他的掌心，拼命挠，半点儿伤口都没有。
　　他捏了捏粉嫩嫩的爪子，漫不经心地说："吃了胡萝卜，孤许你一个条件。"
　　粉兔子抬起圆溜溜的眼睛看他。
　　澹台烬看她一眼，平静地说："真的。"
　　粉兔子没动，用一种看神经病的目光看着他，一口咬在他的手上。
　　澹台烬才要说什么，粉兔子消失，腿上一重，多了一个赤裸的少女。
　　少女眸光冷清，和方才软萌的形象完全不同。也正如此，更加显得难以接近，惊心动魄。
　　手指下一片温软，澹台烬低头，发现自己修长的手指还在她的口中。
　　澹台烬顿了顿，并没有从她的嘴里抽出手指。

下一刻，少女意识到唇间的手指，愠怒看着他。

狠狠扇了他一巴掌。

他脸转过去，腿上赤裸的少女不见了。她抬起手，捡起地上的衣衫，等澹台烬再转过头，她已经用衣裙裹好自己。

"变态！"她冷声说。

澹台烬抿唇，他的手指还是湿润的，破天荒没有辩驳。

正在这时，外面有人急切道："禀陛下，宫里发现刺客。"

苏苏一愣，瞬间想到白天遇见的庞宜之，她心中有种不祥的预感。该不会庞宜之被发现了吧？

澹台烬抬起她的下巴，打量她，声音淡淡地问："你在紧张？"

‖ 第六十一章 ‖

自从傀儡术的事，苏苏便知道他心思深沉，不确定他在试探还是随口一说。苏苏很快调整好表情，抬眸看着他。

"是挺紧张的，我怕我失手杀了你，祖母被连累。"

澹台烬看了她一会儿，少女黑白分明的眼睛坦荡地看着他，确实没在意外面的动静。

他松开手，问守在外面的廿白羽："人抓到了吗？"

廿白羽说："禀陛下，已经抓获。"

澹台烬嘴角一弯，眸光森然。

苏苏心里惴惴，面上却不敢表露出来。

澹台烬回头看了她一眼，走出门审问犯人去了。

勾玉说："小主人别慌，有可能他们捉住的不是庞大人。"

苏苏点头。

她在殿内踱步两圈，发现确实什么也做不了。

祖母在澹台烬手中，她就不可以冒险。如果被捉住的人不是庞宜之，她贸然出去，反而会害了他。

苏苏最后回到承乾殿，盖上被子合上眼睛假寐。

过了一个多时辰，空气中传来浓烈的血腥气。

她猛然睁开眼睛，发现面前站着一个人。

她对上澹台烬漆黑的眼睛，他专注地看着她，手上全是血。

他意味不明道："你睡得倒是安稳，就半点不担心？"

苏苏注意到，他的眼中很是兴奋，衣角上也沾了血。

他想要伸手触碰她的脸，微笑着说："想不想知道那人都说了什么？"

苏苏坐起来，拍开他的手："你就不能洗了手再回来吗？"

澹台烬愣了愣。

苏苏起身，没有接他的话，走到殿门口，对门口守着的太监说："打一盆清水来。"

太监摸不准她的身份，见陛下没有驳斥，只好连忙去办。

没一会儿水就端了过来。

苏苏拧干绢帕的水，对澹台烬说："手。"

他抿唇看她，苏苏从他的眼里看见几分疑惑。她没和他废话，执起青年满是鲜血的手，给他细细擦手上的血。

澹台烬脸上满满的恶意变成茫然，看着她一头青丝，放缓了呼吸。

少女洗得很认真，给他擦干净手上的血迹，带着他的手一同浸没在水中。冬日把手泡在温水里很是舒服。

她垂着长睫，不满地说："别满手是血就碰人，很不礼貌，没人会高兴。"

澹台烬手指微微蜷缩了一下。

苏苏心中冷笑，现在知道不好意思了？

面上却没有表现出来，苏苏用另一张干净的绢帕把他的手指擦干净。

苏苏抬起眼睛，问他："你刚刚要和我说什么？"

澹台烬抽回手："没什么。"

"哦，那我去睡觉了。"她重新盖好被子，只露出一张粉白的小脸在外面。

过了一会儿，她睁开眼睛，问道："我明天可以去看看祖母吗？"

她大眼睛湿漉漉的，让澹台烬一下联想到傍晚那只小粉兔。

"可以"两个字含在唇间，他心里一紧，想到她层出不穷的手段，他说："什么时候听话，什么时候再去。"

她无趣地撇了撇嘴，翻身背对着他。

澹台烬盯着她的后脑勺，怔怔看了眼自己的手。

苏苏鲜少对他有好态度，他下意识要往阴谋的地方想，可是想了许久，只记得少女指尖温软的感觉。

寝殿一下子安静下来。

苏苏心里吁了口气，做戏做全套，她没敢看澹台烬现在是什么表情。

她问勾玉："他身上的血不会都是庞大人的血吧？"

勾玉说："小主人，我觉得他诈你的。"

苏苏："我也觉得，还好我反应快，刚刚没露馅儿吧？"

勾玉："没有，特别自然，一点儿都不紧张好奇。"

苏苏："那就好。"

勾玉顿了顿，慢吞吞说："我感觉，他刚刚挺高兴的。"

苏苏没吭声，嘴角弯了弯。

她握住灭魂珠泪，珠泪的温度像要生生把她烫伤。

后半夜苏苏迷迷糊糊睡了过去，天将明时，她觉察有人在看自己，睁开眼睛却发现殿内空荡荡，澹台烬已经出去了。

刚刚的感觉仿佛是错觉。

老虎不知道逃到了哪里去，苏苏才要出门，一个黄衣舞姬和绿衣舞姬突然凭空出现在承乾殿内。

黄衣舞姬脸色苍白，绿衣舞姬扶着"她"。

熟悉的场景让苏苏一下来了精神，她压低嗓音道："庞大人！"

黄衣舞姬抬起头，果然是庞宜之。

舞姬的衣裙比宫女服妩媚多了，苏苏感觉到庞宜之懊恼得不行。他看了苏苏两眼，飞快别开头，耳朵红得快滴血。

倒是旁边扶着他的"绿衣女子"道："叶三小姐，没有吓到你吧？"

她出声嗓音低沉，显然是个男子。

只不过这个男子的扮相比庞大人成功多了，看起来身段玲珑有致。

苏苏心想，这个恐怕就是庞宜之口中的潜龙卫。

这样的暗卫很难培养，他们大多会武会毒，眼前的潜龙卫大抵还会易容术。

他们是隐身进来的，潜龙卫实力果然不同小觑。

想到这里，苏苏眸光黯然。倘若萧凛活着，手上有潜龙卫，他不一定会输给澹台烬。

苏苏说："你们怎么会在这里？昨晚宫里说有刺客，澹台烬发现你们了吗？"

庞宜之意识到这不是羞窘的时候，开口道："我也不知道澹台烬为什么知道我们的人在宫里。周国舞姬乐师众多，潜龙卫按理不该被发现。好在来之前，季道长给了我们一个灵器，可以掩藏气息。"

他摊开手，手中是一个漂亮的银环。

怪不得他们可以短暂隐身，也是靠着这个，庞宜之和绿衣装扮的潜龙卫才没被发现。

"你受伤了吗？"苏苏问庞宜之。

庞宜之摇摇头，神情却带着几分沉肃："可是其他潜龙卫暴露了，现在宫里固若金汤，我们出不去了。"

原来昨晚澹台烬身上的血是其他潜龙卫的。

暗卫忠心，他们不可能出卖庞大人。有了银环，庞大人暂时不会被发现，可是要怎么离开，确实是个问题。

　　庞宜之说："进来之前，我们和别的潜龙卫说好，倘若五日没有出去，他们便想办法来接应我们，只要届时周国皇宫守卫松散些，我们就能想办法出去。叶三小姐，我们需要你的帮助。"

　　"你们不怕我说出去？"

　　庞宜之愣了愣，低声说："我知道你不会。"

　　不仅他知道，连季师叔、死去的宣王也知道，所以他们走投无路才会找苏苏求助。

　　苏苏诧异他们对自己无条件的信任，心中有几分温暖。

　　她问："离五日之期还有几日？"

　　庞宜之说："三日。"

　　苏苏想了想："好，三日后这个时辰，我想办法制造承乾殿的混乱，到时候驻守的夜影卫都会赶过来，你们能避开宫中的普通侍卫吗？"

　　绿衣男子说："没有问题，多谢姑娘。"

　　苏苏想了想，还是忍不住问庞宜之："叶冰裳答应和你们走了吗？"

　　庞宜之一愣，点点头："她答应了，可是这次出了状况，她的宫外戒备森严，我们无法这次带走她。"

　　苏苏没想到叶冰裳会同意，她心想，难道是自己把人想得太坏了吗？

　　"庞大人你们这几日在宫里小心。"

　　苏苏推开窗户，银环一闪，绿衣男子带着庞宜之离开了。

　　庞宜之忍不住回头看，绿衣说："大人？"

　　庞宜之摇头："没事。"

　　他本来有很多事情想问，比如苏苏为什么会住在承乾殿，澹台烬有没有对她不好？

　　可是他的身份不容许他这样做。

　　他搞砸了这件事，甚至还需要一个弱女子帮他们做掩护。

　　庞宜之心里突然翻涌着难以言说的难过。

　　想到楚楚可怜的叶冰裳，他咬咬牙，没关系，有机会他们还会回来。不管是叶家大姑娘还是三姑娘，总能都离开的。

　　见到庞宜之，苏苏就明白，昨晚澹台烬果然是在诈自己。

　　如庞宜之所说，宫里这两天果然戒备森严，苏苏有时候走在外面，勾玉都要给她报备暗中隐藏在附近的人。

"屋檐后面，有一群拿着弓箭的人，那弓箭小主人也见过，是上次让你昏迷的弓箭。"

苏苏说："是弱水？"

"对。"

上次苏苏就是被弱水射入肩膀，才失去意识，中了傀儡术。

夷月族果然是擅长武器和毒术的高手，上古神族坐拥弱水河数万年，从来没想过用弱水来做什么。

可是弱水流向人间后，凡人们只用了千年，就学会用弱水做武器，承载傀儡术。

幸亏澹台烬手中的弱水并不多，不然后果难以预料。

苏苏转了几圈，发现庞宜之他们的处境果然不妙。

澹台烬是个逮着人就杀的疯子，他们惊动了他，澹台烬不找到人不会罢休。

庞宜之他们得以喘息隐藏，有个原因。

宫里出了另一件事——

据说周国八皇子没死。

民间开始拥戴八皇子为帝。

澹台烬帝位不稳，在大夏为质十四年，少有人服他。突然出现一个八皇子，就足够民间动荡，只不过澹台烬的铁血手段，没多少人敢置喙。

可是八皇子的存在始终是个隐患。

澹台烬这几日不仅要搜罗庞宜之他们，还要宫内宫外找出八皇子来杀掉。

他往往很晚才回来，那时候苏苏都睡下了。

说是来给他当奴婢，可是苏苏什么都没干，他并未说什么。

苏苏这两天都在思考一个问题，该怎么在第三日晚上，把夜影卫都吸引过来呢？

不容她思考太久，已经到了第三日。

最后一缕天光落下去。

苏苏捋起袖子，往御膳房去。

勾玉疑惑道："小主人你要做什么？"

苏苏笑了笑，回答它："给澹台烬做饭。"

"你会做饭？"

苏苏摇头。

"那你……"

"就是因为不会，所以才要做给他吃。"

"万一他不吃呢？"

苏苏摸出灭魂珠泪。

珠泪变得十分明亮，里面像是有一汪水在流动，仿佛再加把劲，它就可以变成九枚钉子。

勾玉震惊地看着它："什么时候变化的？"

苏苏说："几日前的晚上。"

勾玉回想那晚发生了什么，好像是小主人给澹台烬擦手上的血。它留意到，这几日回来，澹台烬身上都不再有血迹。

它的心跳隐隐加快。

苏苏捡起一个辣椒，说："所以，他会吃的。"

澹台烬在昭和殿内让老道士看八皇子的行踪，想起什么，淡淡问老太监。

"她人呢？"

老太监知道陛下问的什么。

这几日他让人监视着承乾殿中那位姑娘，不多管束她，却始终在等着她的背叛和逃离，时不时就要让人汇报她的行踪。

"姑娘去了御膳房。"老太监回答。

"去那里做什么？"

老太监顿了顿，不确定道："貌似……是给陛下做晚膳。"

澹台烬以为自己听错了，猛然回头，道："你说什么？"

老太监看不出陛下的情绪，惴惴不安地重复了一遍。

第六十二章

澹台烬平静地说："知道了，继续说八皇子的事。"

大臣们你一言我一语，争论开来。

先前澹台明朗登基，几乎杀光了所有皇子，连公主都没能逃过一劫，八皇子是唯一漏网之鱼。

他今年十七岁，聪明伶俐，本来是澹台明朗的劲敌，金蝉脱壳以后逃脱，澹台明朗当时并没有觉察。

直到最近，皇城突然出现一支起义军，开始大肆宣扬澹台烬的帝位名不正言不顺，以及澹台烬在漠河杀人的残暴。

对于百姓来说，君主之名正不正不重要，可倘若君主残暴、与妖怪为伍，便令人惊恐了。

还未及冠的八皇子野心勃勃。

他羽翼未丰，只好带着部下东躲西藏。在澹台烬眼中，八皇子只是一只不痛不痒的小跳蚤。

可是某些时候，跳蚤捉不出来，也颇令人烦躁。

有人建议用怀柔方法，树立明君形象，承诺八皇子现身必定不杀他。有人提议挨家挨户搜罗盘查，把八皇子的势力清除。还有提起让澹台烬注意一下自己名声的。

澹台烬不想听他们争论，笑盈盈说："叶储风，你去找人，找到直接剁了喂狗。"

他把噬魂幡扔出去，叶储风稳稳接住。

"是，陛下。"

既然搜罗不出来，八皇子肯定用了什么特殊的办法，以邪克邪刚好。

澹台烬说："还有什么事？"

臣子们面面相觑。

"没有就散了。"澹台烬说，他一撩衣袍站起来，往承乾宫去了。

也没人敢拦他，只好看着年轻的帝王走远。

苏苏在宫女的指导下，勉强做好三道菜。

趁人不注意，她将画好的符融进去。

勾玉问："这是什么？"

苏苏说："澹台烬前几日让我教他画符，我悄悄藏起两张符纸。"

"你给他下药了？"

"算是，"苏苏道，"会让他难受些，引起夜影卫注意就行。"

只有澹台烬的安危能把夜影卫调过来，这不是什么好主意，但是对于苏苏来说只有这个办法。

宫女们帮着她把菜端出去。

进入大殿之前，试菜的太监已经准备好，苏苏面色坦荡，看着太监用银筷吃下一块东西。

太监脸色变得古怪，咀嚼的动作僵住。

这菜虽然不至于难吃，可是的确味道偏怪，十分甜，半点儿也不好吃。

苏苏笑眯眯地道："无毒的话，我可以过去了吗？"

"姑娘请。"

太监没有拦她，苏苏只说给陛下加几道菜，只要没有毒，其实无伤大雅。

这几日大家都看出来了，陛下若真是讨厌她，定不会留她在宫里。

这位未来不知道会是什么身份，还是不要得罪为好。

苏苏顺利进去，才发现澹台烬已经回来了。他坐在桌案前看书，没有抬头。

她心里有点儿意外，却又明白这是情理之中。

她做了什么澹台烬都会知道，这不足为奇。

苏苏凑近一看，澹台烬还真在看书。

那本书叫作《启义》，苏苏有印象，讲的是人间伦常。

这种书一般用作少年的启蒙书，细细讲述人间的伦理、情谊，朋友的生死之交，夫妻的至亲至爱，对老人的敬重，对孩子的爱护。

不是什么高深的东西，但他看得颇为认真。

苏苏突然想起，他天生没有感情，连伦常都是跟着别人学的。这才能在发生什么以后，做出反应。

听见苏苏进来，澹台烬抬起头。

他盖上书，半点儿也没有不好意思，走到席位坐下。

澹台烬一眼就辨认出不一样的那三道菜，他阻止了为他布菜和再次试毒的宫人，夹起一筷子菜，问苏苏："你做的？"

苏苏点点头。

"为什么？不是很讨厌我吗？"

苏苏说："我想见祖母。"

澹台烬看她一眼："过来吃了。"

苏苏早知道会这样，她从容地走过去，接过澹台烬的筷子，把食物放进嘴里。

澹台烬一眨不眨盯着她，苏苏咽下去。

"没毒。"她说。

澹台烬不再说话，重新拿起一双筷子，开始吃饭。

苏苏想了想，干脆和他一起吃。

澹台烬见了也没呵斥她，平静地用膳。

苏苏看见他吃饭的动作很规矩，什么菜都不多吃，但是什么菜都不挑。

连苏苏做的三道菜，他都每样吃了几筷子，甚至没有露出异样的表情。别的帝王是怕被人揣摩了喜好，澹台烬没有这种顾虑，他本来就对任何东西都没有偏爱。

苏苏期待地说："我可以去见祖母了吗？"

他抬眼，问道："你是在讨好孤？"

苏苏咬牙说："是呀。"

澹台烬淡淡说："没有感觉出来。"

苏苏说："那我教你画符。"

澹台烬看她一眼，说："孤有道士。"

苏苏盯着他，起身就走。

澹台烬突然说："你就这点耐心？"

见苏苏没有回头，两个人的关系又要降到冰点，澹台烬默了默，说道："你帮孤追踪，孤让你见叶老夫人。"

少女立刻欢喜回头："真的吗？"

澹台烬看着她的笑脸，轻轻抿唇："嗯，过来。"

苏苏跑回去："你要追踪谁。"

澹台烬目光深深看着她，见她脸上没有异样，于是薄唇动了动："八皇子。"

苏苏说："你的弟弟吗？"

"对。"

"我可以试试，但是不一定能行。"

两人回到承乾殿，苏苏看了眼天色，在心里默默计算时间。

她盘腿坐在桌案前，澹台烬漆黑的瞳看着她。

少女的手腕微微一转，桌上的银铃不断作响。苏苏怀着装神棍的心情，故意把仪式弄得很复杂，看上去有模有样，其实只是在摇铃铛玩。

别说追踪一个人，连追踪一只小狗都做不到。

她眯着眼睛，时不时看一眼银铃，偶尔看一眼澹台烬。知道他什么都不懂，苏苏放心大胆地糊弄他。

青年黑色的眸安安静静落在她的脸上。

时间久了，苏苏有几分心虚，但她没有表现出来，等着澹台烬吃下去的东西发作。

好半晌，他轻声问："你在耍孤，好玩吗？"

青年声色温柔，苏苏听得鸡皮疙瘩都起来了。她对上一双冷静淡漠的眼，心想时间明明到了啊，澹台烬为什么还不发作？

难道符咒失去了效力，不应该啊？

以前执法长老用这个仙术惩戒过苏苏，那时候她是仙体尚且有用，怎么会在一个凡人这里失灵？

就在下一刻，澹台烬动了动，脸色微变。

苏苏看见他抿紧了唇，抬眸冷冷看她。

她故作不懂，问道："你怎么了？"

澹台烬说："菜里有什么？"

苏苏皱眉，脸上气愤："你怀疑我给你下药？我自己也吃了，为什么我没事。"

澹台烬不语，他的额上沁出一层冷汗，审视着她。

苏苏说："如果你不舒服，我给你叫御医。"

她的手腕猛然被人握住。

"不许去。"

她看见青年苍白的手指上，皮肤微红。

苏苏坏心眼地想，痒坏了吧？这种痒会让人挠心挠肝地难受，一旦伸手去挠，还会越来越难忍。

"解了，不然孤不会轻易放过你。"

苏苏蹲下，轻声问："你要杀了我呀？"

青年抬起眼睛，水润的眼睛竟然显得十分纯粹。他嗓音沙哑，几乎从喉咙里挤出来一个字："会。"

苏苏说："真的不是我，你到底怎么了？"

她的心中暗自惊奇，自己小时候中了这法术，痒起来的时候会边哭边笑，向执法师叔求饶。上蹿下跳也缓解不了这种难受，她甚至恨不得上树去蹭蹭。

可是澹台烬的表现太平静了。

如果不是他浑身在冒汗，苏苏甚至会以为符咒失灵了。

她故意去摸他的额头，指甲划过他的额上："你额头好烫，不会这几日坏事干多了生病了吧？可不要讳疾忌医。"

指甲在青年漂亮的脸上划出一道红痕。

他呼吸急促起来。

苏苏心想，这样你都还受得了不发作的话，她就回去重新修炼。

下一刻，腰间一紧，她被人死死抱住。

嵌入腰间的手惨白，颤抖地握住她的腰肢，青年咬牙切齿颤声说："我知道是你，你这个……"

苏苏知道他此刻必定想骂人，可他的嘴唇颤动半天，什么骂她的话都说不出来。

"我要杀了你，一定会杀了你。"他哆嗦着唇，言语含糊道。

苏苏竟然从他颤抖的嗓音里听出一丝委屈。

她的眼睛里流露出一抹恶意，尝试推开他："喂，你难受别拖着我呀，你放开我，我去给你找御医。"

青年的手抱得更加紧。

他似乎变成了童年的苏苏，只不过苏苏上蹿下跳想用脊背蹭蹭树干，而澹台烬把苏苏当作了那树干。

腰间的力道紧得让她疼。

苏苏皱眉，掐了他一把，试图让他松开手。澹台烬闷哼一声，嗓音都变了调。

369

苏苏意识到不好，中了法术的人一旦有痛感刺激，只会雪上加霜。

她想用力推开他，唇上一疼，她被人咬了一口。

巨大的扑力带动苏苏，让她倒在榻上。

身上的青年像是发了狂，覆上她的唇。

他压得那么紧，苏苏唇齿间滚烫，她愣愣抬起眼，看见一双痛苦难受的眼睛。

仿佛带着哀求，透露着几分可怜。

有一瞬，她险些被这双眼睛迷惑，她拽住他的衣领，试图把他扯开。

唇上滚烫。

他不愿走。苏苏很生气，这是让他觉得痒和难受的法术，又不是让他发情的东西，这样算怎么回事。

她凌空画了个符咒，强行把他扯开。

才要跑出去找夜影卫，脚踝被人握住。

他抬起眼睛，眸中带着三分憎恨，七分她看不清楚的东西。

"帮我……我很难受……"

苏苏说："我帮你喊人。"

"不，不要他们……就你……唔……"他咬了咬唇，唇上被他咬出两个血印，后面的字眼变得模糊。

苏苏说："什么？"

他微微痉挛着，总算把话说清楚："你来，否则孤杀了叶老夫人！"

苏苏险些被他气笑。

她面无表情看了他一会儿，问："你需要我做什么？"

地上的青年死死握着她的脚踝，痛苦地闷哼。

"打我，"他哆嗦着，"打我。"

苏苏说："你说的哦。"

"嗯……哼嗯。"

苏苏看着他潮红的脸，心头一转，发现此刻的确是个好时机。她眨眨眼，轻声凑近他的耳边："事后你不会怪我吧？"

"不，不会……"

她摇头："我不信。"

他的唇几乎被咬出了血，眼里无法维持清醒。

苏苏触上他的眼睛，叹息说："可是你看起来好可怜啊。"

他的身体一颤。

苏苏一脚狠狠踹在他的肩上，揉揉手腕："所以我还是成全你吧。"

想想萧凛，她恨不得打死他！

青年蜷缩匍匐在地上，手指颤了颤，他舔舔唇，没有吱声。

‖ 第六十三章 ‖

苏苏揍完了人，跑到门口大喊："来人，陛下受伤了！"

夜色被惊动，宫灯亮起之前，无数幽幽暗影已经飞入宫殿。

为首的便是廿白羽和廿木凝，苏苏退到一旁，夜影卫们一个个现身。

廿木凝一眼看见了倒在血泊中的青年，险些惊呼出声。

陛下全身都是血，玄色衣衫微微凌乱，甚至脸上也有一道伤口，身体微微颤动着。

廿木凝要去扶他，手被人挥开。

然后她看着年轻的小皇帝手肘撑起身子坐了起来，澹台烬狭长的眼睛抬起来，皮肤透着不正常的苍白。

他的视线在殿内逡巡一圈，很快看见了始作俑者。

着粉白衣裙的苏苏站在门口，神色淡淡地看着他，仿佛什么都没发生过。

他抿唇冷冷盯着她，额角的鲜血直往下淌。

太监被小皇帝脸上的青紫和血吓住，连忙去叫太医。

澹台烬想说话，但是发现自己的嗓子像被什么堵住，一个字都说不出来。

法术的作用还没过，他依旧痒得难受，别说碰笔写字，就算旁人碰他一下都难受得要命。

澹台烬看苏苏一眼，不愿回味刚刚的感受，他冷冷闭上眼睛。

玄衣青年黑色长睫闭合，唇色淡粉。

他长得本就漂亮禁欲，冷漠的模样像是坠入凡尘的仙子。

廿木凝微微恍惚。

苏苏看着外面的无边夜色，一大半夜影卫都被吸引了过来，澹台烬也没心思指挥夜影卫去抓人，希望庞大人他们能顺利跑掉。

太医过来以后，法术已经消退，折腾了好半天，澹台烬的伤口总算止住了血。

他疲倦不堪，沉沉睡去。

勾玉担忧地说："小主人，你这么对他，等他醒来，会责罚你吗？"

苏苏说："不知道。"

夜影卫把澹台烬的安危看得最重，现在几乎全部守在殿外。

苏苏也担心这事收不了场。

她倒不怕澹台烬对自己发火，只怕叶老夫人受到牵连。

廿木凝走过来，冷冷地问苏苏："是谁弄伤了陛下？"

他们明明就守在外面，澹台烬身上也有许多法宝，他性子警醒，八皇子尚且在逃，陛下不可能会这么轻易中招。

廿木凝想到什么，眸色一沉，声色俱厉地看着苏苏："陛下最恨背叛。"

苏苏很想说，他求我做的。

然而廿木凝根本不需要听她说什么，她冷声道："抓起来！"

廿白羽说："木凝！"

廿木凝生气地说："陛下肯定是为这个妖女所害，如果真有歹人，为何陛下受了伤，这个妖女却无事！"

廿白羽说："那也要等陛下醒过来再说。"

廿木凝动了气："抓起来，后果我一力承担！"

廿白羽见阻止不了姐姐，皱眉看一眼苏苏，也没再说话。事实上，他也觉得叶三小姐有问题。

苏苏被关了起来。

她来人间，还是第一次进地牢。

老鼠吱吱地叫，地牢潮湿阴暗。苏苏盘腿坐着，倒也不觉得难熬。

澹台烬不会找到什么证据，可这件事注定和苏苏脱不了干系。

勾玉："勾玉陪着小主人，小主人别怕。"

苏苏笑道："不怕，我和澹台烬的关系不破不立，他一直对我有警惕，这样算不上坏事。"

如果他的情感是讨厌，那么极致的讨厌变成恨，也不失为另一种办法。

如果……是爱。

当一个男人的底线开始一降再降，他的心就会被撬开。

"咦，珠泪隐隐有了钉子的形状！"

苏苏一看，果然看见珠泪中，朦胧并排着九枚金色的钉子，隐隐有了雏形。

天牢很暗，阳光透不进来，好在珠泪是暖的，勾玉也会自发温暖苏苏的身体。

没人给她送饭，也没人来审讯她。

苏苏猜，澹台烬大概还没有醒来。

周围是不是有人在痛苦地低叹，苏苏算着时间，估计外面已经天亮了。

澹台烬没来，廿木凝来了。

"廿大人？"

"昨晚的事情是不是你做的？"

苏苏说："是我，但是当时情况特殊，我也是逼不得已。廿大人不妨问问陛下？"

甘木凝脸色不太好。

苏苏揣测到发生了什么事："怎么了？"

甘木凝意味不明地看她一眼，说道："昭华郡主昨夜就来照顾陛下，衣不解带照顾到现在。"

外面已经午时了。

想起叶冰裳就是昭华郡主，苏苏慢吞吞"哦"了一声。

甘木凝说："陛下和在她用午膳，完全没有提起你。"

苏苏笑了笑："甘大人想说什么？"

甘木凝抿唇："你真的不会伤害陛下？"

苏苏愣了愣："不会。"

不，她会。

甘木凝打开牢房，冷冰冰说："出来。"

苏苏诧异地看着她，甘木凝走在她前面，语气不善地说："比起你，我更讨厌那位昭华郡主。"

苏苏说："可是甘大人不是说，我出现在昭华郡主面前，她会伤心吗？"

甘木凝说："我和宣王交过手，他是个举世无双的英雄。他这样的人，尚且不能被昭华郡主深爱，昭华郡主不可能真心对陛下。"

所以在甘木凝心中，叶冰裳的威胁忾比苏苏更大。

毕竟软刀子比起硬刀子捅人，更加防不胜防。

苏苏跟着甘木凝走出来，外面下起小雨。

一月末的雨透着一股寒意。

午时已经过了，回到承乾殿，苏苏还没踏进去，便听见了念书的声音。

叶冰裳语调轻软，在念一则民间故事。

吴侬软语传来，显得很是温情。

甘木凝推了苏苏一把："进去。"

苏苏踉跄一下，怀疑她是故意的，冷面姑娘想看自己和叶冰裳撕起来。

苏苏最近揣摩了下甘木凝，发现她现在眼里只有澹台烬的安危，不见了过去的几分爱慕，还真变成忠心属下了。

包括叶储风，现在也对澹台烬忠心耿耿，如果不是知道少年魔神无法动用妖力，苏苏会怀疑澹台烬给他们换了个脑子。

她跌入大殿太过显眼，叶冰裳念书的声音中止，诧异地望过来。

她美眸睁大，半晌不可置信地出声："三妹妹！"

苏苏站直身子，假笑着给她打招呼："大姐姐。"

"你、你怎么会……"叶冰裳的话还没说完，另一道冷冰冰的声音响起。

"谁让你进来的，滚出去！"

苏苏看一眼澹台烬，他抵住唇，咳嗽几声，目光阴郁地看着她。苏苏一下子想起昨晚，他蜷缩匍匐在她脚下，让她打他的模样。

反差太大了，好吧，他估计是真的恨不得掐死她。

其实苏苏并不在意他是否和叶冰裳有什么。

如果叶冰裳能教会澹台烬爱，不失为一件好事。

她想通以后，面色平静，看也不看他们，说："你们继续，我这就滚出去。"

在她即将踏出门槛儿的时候，身后的青年淡淡地说。

"来人，把叶老夫人请过来。"

苏苏脚步一顿，她猛然回头，澹台烬目光漠然地看着她，仿佛她今日若敢踏出这个门，他就砍了叶老夫人。

苏苏心想，不是澹台烬让她滚的吗？现在她要走了，他却用祖母威胁她！

澹台烬说："叶三小姐没什么要解释的吗？"

苏苏说："我做错了什么，为什么要解释？"

澹台烬冷笑一声，咬牙道："叶三小姐胆子不小，本事也大，也不知道庞宜之会不会感激你。滚回牢里待着，什么时候孤找到了人，什么时候你再出来！"

玄衣青年面色森然，隐隐含着几分可怕的怒意，他竟然真的知道庞宜之的存在！

也确定是她故意引来夜影卫，放走了人。

或许往更深层次想，他想要萧凛的潜龙卫，精心布局，可是昨夜被苏苏毁了。

叶冰裳的目光停留在苏苏的宫女装上，不忍地开口："陛下……怎么这样对三妹妹，三妹妹曾经也是不懂事，陛下难不成至今还记恨她？她珠玉般被疼爱长大，哪里会伺候人？"

澹台烬看向叶冰裳，语调柔和不少，完全没了方才的冰冷阴郁："她和你不一样，她罪不可恕，孤知你善良，不必为她说话。"

苏苏看也不看他们，踏出承乾殿。

甘木凝看向她，苏苏说："被赶出来了，让你继续把我关着。"

甘木凝皱眉："你没认错？"

她就是希望苏苏服个软，没承想苏苏不仅不服软，还和陛下呛声。

苏苏又回到了牢房，这回甘木凝不敢把她放出去了。

她饿得昏昏沉沉，也不知道时间过了多久。

终于一个小宫女走进来，让她吃饭。

苏苏拿起筷子，顿了顿，一口没吃，神情恹恹地躺了回去。

勾玉紧张地说:"小主人你怎么了?"

凡人的身体,一顿不吃饿得慌。

苏苏安抚它:"别担心,我不会有事。"

勾玉怕极了,灭魂珠泪还没有变成钉子,它总怕少年魔神杀了小主人。饿死也是死啊!

苏苏说:"他不会让我死的。"

不然也不会让人给她送饭。

如果她服软吃了,才有可怕后果,澹台烬那么冷漠的心肠,怕她坏事,会一直关着她。

放走庞宜之,是他无法容忍的。

但她不能一直在牢里关着,因为自从进了牢房,灭魂珠泪就一动不动,也不发热了。

她得出去,不管是让他爱她,还是恨她,她都得出去。

苏苏露出一个微笑,没错,她故意背叛他。

她需要九枚灭魂钉。

也需要他此刻的愤怒,知道生气总是好事,如果到了现在,半点儿感情都没有,才是让人绝望的一件事。

她撑到傍晚,勾玉说:"外面雨停了。"

苏苏舔舔干涩的唇,她昏昏欲睡,再也撑不住,枕着自己的手臂晕了过去。

夜里,脚步声响起,有人打开了牢房的门,扶起了她。

他的玄色衣袍带着冬夜和雨的冷意,苏苏无意识地蜷缩在他的怀里,颤了颤。

他紧紧拥着她。

"孤早晚会杀了你!"

她毫无反应。

澹台烬捏住她的下巴,自己喝了口温水,覆上她的唇,给她渡过去。

少女无意识吞咽,温水顺着她漂亮白皙的脖颈流下。

他离开她的唇,露出浅浅的嘲讽之意。

嘲讽完了,又如法炮制喂了几口水。

少女干燥的唇总算看起来好了些。

澹台烬脸上的青紫还没褪去,他埋首在她的颈窝,许久没有说话。

老鼠吱吱从旁边过去,被澹台烬一脚踹开。

他抱起苏苏,一声不吭走出牢房。

青年太瘦了,他的背影像一枝挺拔的竹。

勾玉没说话，呆呆看着。这种情况它也不懂，不敢吭声，也不敢问。

一面说着要杀她，一面去吻她，它都看见了。吻比喂水的时间还长，小主人如果醒着，一定会生气得揍人。

它第一次相信，少年魔神是真的舍不得杀了小主人。

‖ 第六十四章 ‖

苏苏有意识时，外面已经天亮了。

身下床铺松软，哪怕没有睁开眼睛，也知道已经离开了地牢。

一看，她果然已经回到了承乾殿。

手腕上有被束缚的感觉，她望过去，发现纤细的手腕上有一条透明的绳环，一直扣在龙床上。

苏苏："……"

勾玉说："别挣扎了，是弱水。"

于是苏苏从容躺好，床上只有她一个人，澹台烬不知道去了哪里。

勾玉："昨晚他把你抱回来，像个神经病一样面色不善地盯了你很久，最后用弱水绳环把你捆起来了。"

苏苏垂下眼睑，抿唇道："我很讨厌这个。"

上次就是因为弱水绳环，她什么也做不了，才被下了傀儡术，害死萧凛。

勾玉知道她的心结，也不好安慰。

放跑庞宜之，简直是触碰澹台烬的逆鳞，更别提苏苏为了让庞宜之离开，还把澹台烬打了一顿。

主仆俩没说话，过了一会儿，一个小宫女端着餐碟进来："奴婢伺候姑娘用膳。"

苏苏道："没胃口。"

小宫女板着脸："陛下说了，姑娘什么时候吃饭，叶老夫人也什么时候吃饭。"

苏苏只好说："拿过来吧。"

宫女要喂她，被她拒绝了。苏苏自己坐起来，小口喝粥，她两日没吃饭，粥熬得松软香糯。

小宫女悄悄看一眼苏苏。

这位没有名分，甚至都在传陛下讨厌她，总有一天会用尽手段折磨她。

可是这么久以来，这位半点儿事都没有。

喝粥的少女脸色苍白，她眸色清清冷冷，本身长相里又有几分软糯，倒是挺可人。

宫女心想，挺漂亮的。

和昭华郡主不一样的美，她没有昭华郡主那种柔弱绝色的风姿，眼前少女的气质像一场春雨，或者说这几日华音宫外盛开的那几枝梅。正因为眸光带着几分淡然的清冷，才更想让人看见她笑。

直到苏苏喝完了粥，小宫女才发现自己有几分失神。

她连忙接过苏苏手中的东西，告退了。

苏苏开始想办法，澹台烬既然想用叶老夫人来威胁她，那么不吃饭这一套显然不行。

勾玉自从上次犯了错，现在决定什么都不瞒着苏苏，于是向苏苏告状："小主人，你昏迷的时候，澹台烬亲你了。"

它顿了顿，害臊地补充："很久。"

苏苏摸摸唇，说："知道了。"

勾玉见她不生气，有几分诧异。苏苏有了几分改变，这改变是从萧凛死去那天开始的。

她从前会救澹台烬，会同情他的遭遇，会害怕自己的道心不够坚定。

可是现在她有了自己的主意，完成任务的心坚定不少。

勾玉叹了口气，以前它生怕小主人倔强，不肯为了任务妥协。现在发现她经历了不好的事情，懂得圆滑妥协了，它又莫名难受。

天下苍生，压在这样稚弱的肩膀上，多么沉重。

苏苏并没有生闷气，反而很平静地闭上眼睛休憩。

宫人们站得很远，也不知道暗处有没有夜影卫。

平时澹台烬回来的时间过了，他依旧没有回来。苏苏又睡了一觉，才听见有人进来。

宫女加了几盏宫灯，房间一下亮堂起来。

苏苏休息了一天，她本来就是个生机勃勃的人，元气又恢复得差不多。

她坐起身子，看见太监在给青年皇帝更衣。

澹台烬张开双臂，比他矮一头的太监战战兢兢给他脱去外面烦琐的玄色龙纹外袍。

他身材清瘦，许是年少时过得并不好，长高了个子，身体却依旧带着几分瘦骨嶙峋的味道。

加上狭长阴郁的眼睛，破坏了本来浓烈的少年感。

让他像一条咝咝吐着信子的蛇。

对上苏苏的眼睛，他很快沉下脸，用看杀父仇人的眼神看她。

如果不是信任勾玉，苏苏会觉得那句——

"你昏迷的时候，澹台烬亲你了"是个玩笑。

不是玩笑，那此刻他的表情就有些好笑了。

弱水绳环不算短，至少在龙床范围内，苏苏行动自如。她神色平静，没有惶恐之色，墨发散下来，垂到纤腰的地方。

苏苏盘腿坐好，一副要跟他谈谈的模样。

宫人们退去殿外，澹台烬走过来。他冷着脸，彻底无视了她，和衣躺在外面。龙床很大，苏苏被束缚在里面，她挪过来，也不说话，就垂眸看着他。

青年鸦黑长睫微不可查颤了颤。

苏苏唇角弯了弯。

果然没过多久，他忍无可忍睁开眼："滚下去！"

苏苏说："手被绑着，没有办法滚下去。你给我解开，我立刻就下去。"

澹台烬说："你是不是真当孤不会惩罚你？"

苏苏说："你怎么会这样想，我一直以为你会惩罚我。可你没有，你为什么没有？"

琉璃灯盏下，少女困惑地看着他。

他身体僵住，冷冷转动脖子，背对着她："你还有用。"

"有什么用？"苏苏十分疑惑，"叶家没了，夏国成了你的附属国，你也知道，我不会像我二哥那样听话。如果你需要懂法术的人，老道士也可以。你怀疑是我坏你的事，你应该杀了我。"

"而不是现在这样。"苏苏说，"澹台烬，《启义》第三章第二节你看过，它讲什么，你还记得吗？"

他没动，漆黑的瞳像幽冷鬼火。

讲的是情。

身后少女的嗓音像是穿堂风，在他耳边喃喃拂过："你喜欢我啊……"

他的手指猛然抓紧床单，恼怒而起，死死扣住她的脖子，把人反压在床上。

澹台烬煞气冲天地说："闭嘴！"

少女被弱水捆着，没有挣扎，明透的眸安静地看着他。他全身紧绷，有种被拆穿的恼怒。

她抬起手，似乎要扇他一巴掌。他没有躲，没想到她的手只是轻轻摸了摸他的脸。

澹台烬全身鸡皮疙瘩都起来了，被她触碰过的地方似乎在发热，他扣住她的手腕，冷冷地说："别试图做什么，弱水束缚下，你就是个废物！"

身下少女却突然笑了，她像是发现什么好玩的事。

"你还怕我？"

他死死抿住唇，没有吱声。

苏苏心里大致有了数，怀里的灭魂珠泪感应到魔神的情绪，已经在替他回答。

少女轻声道："澹台烬，你给我解开这个吧，不舒服。"

她的态度好得出奇，青年微微垂下眼尾，森然打量她。

仿佛她的阴谋诡计下一刻会全部迸发出来，又会把他打得浑身都是鲜血。

"我保证不跑，也不坏你的事，我陪着你，你说好不好？"

"陪着我？"他愣住，下意识低声重复了一遍。

少女笑开，她眉眼里的纯稚之色消减不少，眸中像是开着灼灼的花，她点头："嗯，陪着你，我本来就是你的夫人啊。"

"不，没有人会陪着我。"他似乎从难言的情绪中回过神来，怔然的神色猛然变得阴狠，他狞笑道，"这次你又要帮谁，庞宜之跑了，嗯？难不成你觉得八皇子可怜，他比我更适合当皇帝，你又要帮他是不是？！

"先是萧凛，后来是庞宜之，你永远都不会帮我，你心里明明讨厌我。你这个该死的骗子！"澹台烬愤愤道。

苏苏："……"

勾玉说："……他脑子挺清醒的。"

虽然是舍不得杀小主人，可是看看青年蓦然变得狂躁的黑眸，就知道小主人偷鸡不成蚀把米。

苏苏以为，凡人的感情像是柔软的水。当一个人喜欢她，她态度软和些，澹台烬就多少会听她的话。

然而此刻，苏苏生无可恋地看着眼前像个神经病一样的男人，发现自己大错特错。

他黑色的睫颤着，薄唇毫无血色，最初看她像看杀父仇人，现在简直把她当成灭九族的仇人了！

知道他恐怕在"脑补"自己想害他，苏苏也不冲他笑了，冷下脸抬起腿一脚踹向他。

他只顾着表情狰狞，没注意到她的腿，被她踢了一脚，澹台烬闷哼一声。

但是恐怖愤怒的神色从他脸上消失了，偏瘦的青年垂下眼眸，冷静了下来。

他用一种睥睨的眼神看着她。

"孤是皇帝。"他突然说。

苏苏没懂他是什么意思。

澹台烬说："想要什么都可以，叶夕雾，你不过一个物件。"

哦，原来过了这么久，他才反应过来要反驳苏苏先前说他喜欢自己的话。

苏苏冷冷看着他，心想，去你的物件！

少女不笑的时候，那种疏冷圣洁感又回来了。

他一眨不眨看着她，喉结动了动。

苏苏有种不好的预感。

青年突然俯身压上来，他的唇落在她的颈窝，声音含糊又故作冰冷，坚定地重复道："孤想要什么都可以！"

不知道这句话是想要给她洗脑，还是说服他自己。

苏苏没想到谈个话谈崩成这样。

她死死拽他的头发："滚！滚开！"

他的手揉弄着她的身子，呼吸也快了几分。苏苏生生扯下他几根头发，对方发量可观，只闷哼了一声，管也没管，来吻她的唇。

她偏开头，躲来躲去，比打架都累。

"你个智障，不喜欢我你还碰我，你发情就抱着这个棉被亲，它也是个物件儿！"

澹台烬的头皮被她扯得生疼。

"你像个疯子。"他恼怒地说。

苏苏反唇相讥，冷冷道："疯子也好意思说别人疯子！"

然而他孱弱归孱弱，却到底是个男人，苏苏被弱水束缚没法跑下龙床。

"不许动，不然孤杀了你祖母！"

"呸，你这么不要脸，怎么不去死！"

苏苏感受着他的身体滚烫，他的脸上被她挠出伤，依旧不肯放弃。

就在这时候，殿外有人战战兢兢禀报："陛下，昭华郡主身子不适，吐血了。"

男人的动作猛然停下来。

他的眸中情欲氤氲，还在喘气。

可是宫女的话像一盆冷水，猛然让他冷静下来。

他看一眼被压在身下的少女，少女冷冷瞪他一眼。他一言不发地从她身上起来，穿衣出门。

他走出殿门，凉飕飕的夜风吹在脸上，总算清醒了几分。

廿白羽诧异地看着澹台烬脸上的伤："陛下？"

澹台烬冷冷看他一眼。

廿白羽低下头，不敢说话了。

澹台烬又变回冷漠的模样，边走边问过来通报的宫婢："昭华郡主怎么了，叫太医了吗？"

小宫婢红着眼睛："陛下救救郡主吧，太医诊治过，说郡主忧思过度，积郁成疾，再这样下去，恐怕活不了三年。"

澹台烬皱眉:"怎么会这样?"

小宫婢惶恐地颤抖着身子。

"说!"

"已经很久了,宫里到处都在传,说昭华郡主的过去,也说……陛下不喜她,到了现在也没给郡主名分,要她过来,只是……为了折辱死去的宣王。"

第六十五章

叶冰裳虚弱地躺在床上。

周国的冬日比起夏国要温暖些,她的脸上却没有半点儿血色。

小慧愤愤地说:"小姐,别听那些嘴碎的人乱说。陛下宫里只有你一个人,不喜欢你还能喜欢谁呢?小姐是为了家国大义才来周国的,他们什么都不懂,当心陛下知道以后掌他们的嘴。"

叶冰裳咳嗽两声:"小慧,我没事。你去睡吧,夜深了,陛下想必不会过来了。"

小慧刚要说话,发现殿内琉璃宫灯次第亮起。

"小姐,陛下过来了!"小慧惊喜地说。

叶冰裳一怔,抬眸望去,果然看见玄衣青年缓步走入殿中。

小慧低声说:"陛下是在乎小姐的。"两国停战以后,澹台烬什么都没要,只向周国要了叶冰裳。

现在这么晚了,一听说叶冰裳身子不好,他立刻就赶了过来。

宫女接过澹台烬的披风,叶冰裳撑起身子要行礼。

澹台烬说:"不必,你好好休息。"

太医紧跟在他身后赶了过来,把叶冰裳的病情重复一遍。澹台烬面无表情听着,好半晌,才风轻云淡地说:"嚼舌根的都杀了。"

小慧身子一颤,万万没想到陛下会直接杀人。

叶冰裳的脸色也白了白,许是害怕吓到她,青年的黑瞳里带上几分温柔:"别怕,孤不会伤害你。"

叶冰裳低声说:"妾信陛下。"

她黯然地看着他,似是非常难以启齿,好半晌才下定决心问:"陛下是否……真的嫌弃妾身?"

澹台烬温柔地说:"不会,孤知道你的过去,也感激你过去的善意。孤若真是介意,便不会要你来。"

叶冰裳眸中含泪,锦被中的手握住青年的手掌。

"可是他们说得确实不错，妾身早该在宣王死去那一刻就悬梁自尽。妾身丢了夏国的脸，也让陛下蒙羞，妾身无颜在周国。"

澹台烬笑了笑："死人说的话，怎么能当真呢？"

叶冰裳红着眼圈看他。

她本就楚楚可怜，澹台烬沉默片刻，看着她的眼睛，心里生出浅浅的悸动，一如几年前。他的神色忍不住柔和了些，说："睡吧，孤今晚守着你。"

叶冰裳咬着唇瓣，无声往里面挪了挪。

给澹台烬留出了一个位置。

澹台烬默然，和衣躺了上去。

叶冰裳宫里的婢女也十分懂事，见状连忙退下。

小慧脸上止不住带上喜色，她就说，小姐生得这么美，陛下怎么会一直不碰她。今夜过后，小姐必定有个名分，就不会连宫人都欺辱她了。

小慧也忙跟着人退下。

宫人只留下了两盏昏黄宫灯，澹台烬睁着眼睛，漆黑的瞳看着叶冰裳。

他生来缺乏感情，跟着荆兰安学习伦常，然而模仿到底是模仿，大多数时候他的内心冷得像十月寒潭。

可是只有对着眼前的女子，他的心中才会剥茧抽丝般生出几分复杂感情。

叶冰裳苍白的脸上带着一抹红霞，她垂着眸子，依旧是淡如菊的气质，手指微微颤抖来脱澹台烬的衣裳。

"多谢陛下，给妾身安身立命的地方。"

她才脱去青年的外衫，便被对方握住手。叶冰裳抬起眼睛，澹台烬笑着说："你身子不适，不必如此。睡吧。"

叶冰裳嘴唇颤了颤，顺从地点点头，睡下去。

澹台烬背对着她，脸上的笑消失不见，染上几分阴郁。

他神色冷淡，心情平静如常。

澹台烬年少时就怀疑过自己是否有问题，他处在肮脏的夏宫后宫，十一二岁就明白世间情事。

不仅男女之间那档子事，连男人和男人之间的腌臜他也见过。

正常男性会在岁数合适时梦遗，可他没有。

也有女官觊觎他的容貌来引诱过他，他那时候才十三岁，是个低贱孱弱的质子，也不知道自己能驱使邪物。

女官用了药物，猴急地扑上来。

女官丰腴的身体对他来说像是一团肥腻的肉，令他作呕。

女官的手在他身上摸索，半晌，身下面色潮红的小少年毫无反应，像个木头桩子。

女官提起裙子狠狠啐了口，踢了他一脚。

他闷不吭声抱紧自己，听她说着侮辱的话语。

恶心感迟钝地泛了上来。少年护住自己的头，他的胳膊下，漆黑的瞳一眨不眨。

手指微微动了动。

女官惊恐地瞪大眼，想要叫，却叫不出声。

她看着少年从地上慢吞吞站起来，捡起衣裳穿好，面无表情盯着她。一条黑蛇死死勒住她的脖子。

很快，她倒在地上，没了声息。

少年看着自己的手，若有所思。

对于澹台烬来说，这些年来，发生过很多事情。除了死亡，没有什么能令他畏惧，之所以记忆深刻，是因为那是他第一次发现自己能唤出妖物杀人。

尽管是条神智懵懂的小蛇。

女官死得很难看。

等人发现的时候，她的尸身上还有苍蝇在飞。

能唤出妖物，我应该害怕，澹台烬心想。可是他努力想做出一副恐惧的样子，眼底却忍不住带着几分邪恶的笑意。

这样杀人……真简单。

只要有力量，他可以当妖，甚至当魔。他想当什么都可以。

换作任何一个男人，年少时知道自己的身体不同常人，恐怕心里都会难受得不行。可是澹台烬并没有，他很快地接受了这个现实。

正如澹台明朗要剜他的眼，他瞎眼之后也很平静。

不管是眼睛或是其他地方，对他来说都不过一个摆件。

可是，他黑黢黢的瞳看着跳动的烛火，枕着自己的手臂。身后明明就睡着自己的"心上人"，他依旧心如止水。

明明片刻前，他在承乾殿……

澹台烬抬起手，冷冷摸了摸自己脸上被挠出来的伤口。

苏苏紧闭着双眼，脸色难看。

勾玉说："小主人，你怎么了？"

苏苏说："人有三急。"

于是勾玉也跟着她一起急："澹台烬还没回来，这可怎么办？"

苏苏咬牙说："我真是恨不得弄死他。"

"要不小主人你喊人。"

苏苏虽然能用呼吸吐纳来推迟身体的反应,可是凡人之躯,不便的地方有很多。她强撑了一会儿,喊进来宫女。

宫女为难道:"奴婢解不开姑娘手中的绳子。"

"澹台烬呢?!"

宫女听到这个名字十分惶恐,见苏苏愤怒地直呼陛下名字,宫女害怕地看她一眼:"陛下在昭华郡主宫中。"

苏苏说:"那廿木凝!请你把廿木凝叫过来!"

廿木凝没一会儿就进来了。

眉眼和廿白羽一样冷漠的女人看她一眼,皱眉不耐烦道:"叶三姑娘又有什么事?"

"解开弱水绳环。"

"不行。"

床上的少女生无可恋地说:"如果你想让我尿在澹台烬的床上,你可以继续看着。"

廿木凝愣了愣,半晌说:"粗鄙之语!"

苏苏:"……"

说归说,廿木凝也意识到苏苏此刻的尴尬。她是修过道法的人,也不会背叛澹台烬,自然知道弱水绳环怎么解。

她做了个繁复的手势,嘴唇翕动,把床头的绳环解开,苏苏蹦蹦跳跳地跑了。

没一会儿,苏苏回来,长吁一口气躺回床上,做人真难。

廿木凝给她把弱水绳环系回去。

苏苏没有反对,看着廿木凝冷着脸离开了。

廿木凝一走,苏苏唇角露出一个笑容。

勾玉说:"小主人,快解。"

只见苏苏纤长的手指掐了几个诀,竟然和方才廿木凝掐的一模一样。

她嘴里念念有词,试了几次,不一会儿,弱水绳环解开。

虽然在仙界资历浅,可是苏苏学东西很聪颖。

手诀她看一遍就能记住,至于口诀,根据廿木凝的嘴唇翕动,能推测出来。

苏苏解开绳环,重新躺回去。

外面这么晚,她出去也做不了什么,倒是明日看看情况再说。

没有了束缚,苏苏心里踏实了些。

勾玉叹一声,明白澹台烬为什么如此忌惮小主人,比起他们,她的确是很强大的存在。

天亮以后，一道谕旨传遍整个皇宫。

太监捧着玄色谕旨，笑盈盈谄媚地对叶冰裳说："恭喜夫人，贺喜夫人。"

叶冰裳从地上起来，烟波如含着一汪春水，柔声道谢。

周国和大夏的封妃制度不同。

后妃等级从高到低分别是"皇后、夫人、昭仪、婕妤、容华、美人"。

天没亮澹台烬就走了。

随后圣旨到来，叶冰裳本以为顶多一个昭仪，没想到澹台烬会直接封自己为"昭华夫人"，地位仅在皇后之下。

她拿着圣旨，一时间心情有几分复杂。

以前不太看好的少年，一朝成了她今后的倚仗，这种转变让人心头滋味难言。

这种时候，她不可避免地想到了萧凛。

如果萧凛登基，给她的恐怕也是如此。

外面都在说澹台烬是个暴君，他残忍冷漠，可是对着叶冰裳，他的眉眼总是温和的，连声音也带着几分少年清朗的味道。

小慧高兴地说："这下可好了，没人再敢欺负小姐。不，是夫人，瞧奴婢这嘴，小姐是夫人了。"

叶冰裳眉间拢着一抹轻愁，苦笑了下，没有说话。

都以为澹台烬昨夜临幸了她，可实际上青年连衣角都是冷的。

她怔怔看了半夜，突然有几分想念萧凛。

叶冰裳心中落寞不安。

这些东西来得太快了，以至于她觉得非常不真实。她自然是真心对待过萧凛的，可是总不能真随萧凛去死。

如今的青年帝王，比萧凛权重，比萧凛心狠。她伤感之余，却也知道这个人的脾气并不会像萧凛那样好。

尽管……叶冰裳觉察出来，澹台烬似乎在模仿萧凛对待自己。

他笑起来嘴角的弧度，都和萧凛很像。

这些没有让叶冰裳觉得安心，反而心里沉了沉。她想起宫里还有个从小就不喜自己的三妹妹，更是高兴不起来。

她望着宫中莲池，捏紧了自己的袖子。

澹台烬撑住下巴，懒洋洋地看底下跪着的人。

"叶储风，这都几日了，你给孤说，没有找到人。"

叶储风沉默不语，低下头去："属下无能。"

"不,你不是无能,"澹台烬哂笑道,"你是不忠,一条不忠的狗,实在让孤心烦。"

叶储风肩膀颤了颤。

"你以为孤真的信任你,嗯?"

叶储风身后的噬魂幡中,老道的魂魄飘出来,他身上煞气很重,笑道:"禀陛下,已经找到庞宜之的下落。他们竟然藏在老太婆的院子里!"

老道口中的"老太婆",是叶老夫人,苏苏的祖母。

"我们的人已经把院子包围了,那老婆子还是不愿意交出人。"

澹台烬嘲讽地说了句:"不愧是将门出来的女人。"

叶储风脸色苍白,磕头说:"求陛下饶了祖……叶老夫人。"

澹台烬正要说话,廿白羽突然说:"谁?!"

他长剑飞出,窗外一个身影灵巧躲开。

叶储风道:"三妹妹……"

‖ 第六十六章 ‖

苏苏也没想到出来会听见这个。

祖母竟然把庞宜之藏起来,她心里一沉。老太太是个倔强的人,她不同于身怀任务的自己,老太太心中有家国荣辱。

对叶老夫人来说,萧凛是英雄,庞宜之也是夏国重臣,澹台烬反倒是那个反贼。

老太太绝不可能自己交出庞宜之。

而澹台烬……

苏苏对上澹台烬冷漠的眼:"你会伤害祖母吗?"

澹台烬说:"交出贼人,她可以安享晚年,如果负隅顽抗,孤不会放过她。"

苏苏明白他动了杀心,她说:"让我去劝祖母!她年纪大了,不会和你作对!"

澹台烬直起身子,淡淡开口:"孤不信任你。"

放她去,她有那个本事带着叶老夫人逃跑,说不定还会带着庞宜之跑。

苏苏见没谈拢,二话不说就朝外跑。

澹台烬眸色一沉。

噬魂幡中黑雾翻滚,苏苏脚下玄色阵法一亮,手脚被束缚住。

她神情凌厉,咬破舌尖。

"掠阵,破!"

黑雾一散,少女轻盈的身姿三两下消失在假山后。

澹台烬站起来，愤怒地追上去。

"给孤抓回来！"

不能让她走，她若带叶老夫人走了。就不会再回来。她不贪恋他的权势，不喜欢他这个人，不畏惧他的威胁，他没有什么能留住她！

廿白羽等人也没想到叶三小姐眨眼之间就破了老道的阵法。

包括老道自己都目瞪口呆。

澹台烬已经追了出去。

廿白羽轻功很好，转眼追上苏苏。她会法术却不太会武功，想画传送的阵法却没有时间。

苏苏躲开廿白羽一掌，她跑不过廿白羽，被他拦住去路。

澹台烬堪堪赶来，他的目光像鹰隼一般盯着她。

他喘着粗气说："你若敢跑，孤先杀叶储风！"

苏苏也很生气："杀呗，他早就不是叶家的人了。"

叶储风垂下头，脸色苍白。

十二支桃木剑骤然出现在空中，苏苏低咒一声，翻滚着躲开。果然廿木凝也加入了战局。

苏苏一用法术，廿木凝很快就能化解。

苏苏的法术本就不具备攻击性，打廿白羽很吃力。

他姐弟二人心有灵犀，苏苏很快落了下风。

见苏苏打不过，澹台烬握紧的拳头总算松了些。

苏苏环绕一圈，锁定全场最弱的那个人。

她目光明亮，故意吃了廿白羽一掌，朝着澹台烬飞去。

澹台烬下意识地要接住她，老道连忙提醒："陛下，小妖女诳你的！"

澹台烬想起上次的事，脸色沉了沉："叶夕雾！"

苏苏见他看穿，只好半路生生折腰，轻飘飘旋转落下来。

廿木凝抬手："去！"

她手上飞出一个手环，手环在空中瞬间变成无数个银环。苏苏一看便知道这东西是个灵器，她不敢硬扛，把靠近自己的银环踢飞。

老道出谋划策说："陛下，只要用了噬魂幡，那妖女……"

他还没说完，澹台烬回头，狠狠盯着他："你找死！"

老道认他为主，战战兢兢不敢说话。

谁曾想变故突生，其中一个银环飞出，有人惊呼道："夫人！"

苏苏回头看去，就见自己踢出去的银环打中一个绯衣女子。

正是叶冰裳。

叶冰裳捂住胸口，脸色苍白地倒下。小慧连忙扶住她。

苏苏茫然片刻，明白闯了祸，被廿白羽擒住时也没挣扎。

澹台烬脸色难看，他抱起奄奄一息的叶冰裳，冷冷看苏苏一眼："她若是出了什么事，孤会慢慢和你算账。"

苏苏没想到自己险些杀了人，她脸色苍白地站在原地。

萧凛的死是她的心结，她修仙道，杀无辜的人是罪孽，更何况萧凛求过她不要伤害叶冰裳。

她害怕再有人因为自己而死。

勾玉在她的脑海里疑惑地说："小主人，勾玉一直有帮你留意，你踢出去的银环不可能打中人。"

怎么会如此凑巧，打中了叶冰裳？

苏苏愣了愣："什么？"

勾玉不可能骗她，既然身为灵器的银环本身打不中人，那么只能证明有一样东西控制了银环。

能控制银环的……是仙器！

苏苏猛然想起叶冰裳身上的护心鳞。

脑海里的迷雾仿佛突然被拨开，她终于知道为什么长久以来总觉得叶冰裳不对劲。

原主这个大姐姐显然不简单，叶冰裳故意控制银环打中她自己！

苏苏能想到，勾玉自然也想到了。

勾玉生气地说："亏我们以前还觉得她是个好人。"

如果不是勾玉注意到了，别说澹台烬，恐怕连苏苏都会以为是自己伤了叶冰裳，从而愧疚不已。

苏苏低声说："或许，她曾经是个好人。"

是什么时候态度开始变化的呢？苏苏想起最早在魇魔梦境中，叶冰裳不愿离开梦里的萧凛，那时候叶冰裳在梦中做了好几年皇后，还有个儿子。

苏苏猛然抬起眼。

她以前确实是个好人，看着小慧担忧的目光，叶冰裳这样想。

护心鳞保护着她的心脉，她脸色惨白，性命却无虞。

太医们匆匆来诊治，叶冰裳的目光落在外面的玄衣帝王身上，澹台烬神色冰冷，不知道在想什么。

叶冰裳心想，他会怎么罚三妹妹呢？

三妹妹上蹿下跳与澹台烬作对，他定不会轻饶三妹妹。

叶冰裳虚弱地捂住唇咳了咳。她也曾经是个好人，她为上京穷苦的百姓送过银钱，替孩子们办过书院，她礼让下人，刻苦努力，救助小动物。没有半分瞧不起曾经是质子的澹台烬。

可是好人……也会害怕。

她在魇魔的梦中，是个好皇后。最后丈夫变心，儿子死了，她的心慢慢化作灰烬。

从小祖母就偏疼三妹妹和大哥，她要的一切，都是自己苦心经营得来的。

可偏偏三妹妹要同她抢！

三妹妹明明什么都有啊，显赫的身世，众人的疼爱。而自己想要什么都要付出万倍努力。

叶夕雾像压在她头上让她喘不过气的乌云。总有一天，会像桑酒抢走天欢的一切般，抢走自己的一切。

叶冰裳放下手，露出一个安慰的笑意："陛下别担心，妾身没事。"

太医说："夫人未伤及心脉，好好休养定能恢复。"

澹台烬颔首："你好好休息。"

玄衣青年眸中冷怒，拂袖走了。

小慧哼了一声，幸灾乐祸道："三小姐在众目睽睽之下伤了夫人，陛下定不会饶了她！"

叶冰裳手指按在自己的唇上："不可这样说，三妹妹不是故意的。"

"夫人！"

叶冰裳脸色苍白地冲她摇摇头。

承乾殿焚着香，澹台烬走进来时，粉衣少女抱住膝盖坐在榻上。

她想事情想得出神，身前一杯热茶把她的眼睫熏得微微湿润。

听见他的脚步声，苏苏头也没回，说道："别指望我会去给她道歉，现在弱水绳环困不住我，再靠近我，我随时把你打一顿。"

澹台烬说："你以为孤会让你道歉？"

"不会吗？"少女抬起头。

苏苏以为会看见盛怒的脸，没曾想澹台烬十分平静，看她一眼，说："孤知道她是故意的。"

这话一出口，不仅苏苏，连勾玉也惊呆了。

澹台烬皱眉："这般看孤做什么？"

苏苏说："你知道还说她出事就找我？"

澹台烬说："不管她是不是故意的，你都不能伤她。"

苏苏用一种惊奇的眼神看着他。

青年丝毫没有发觉正常人不会是他这样的反应，他饮了口热茶，朦胧雾气中，他墨发红唇，像只苍瘦无害的小鹿。

苏苏却平白觉出几分冷意。

勾玉哆嗦了一下，说出她的心声："这就是天生邪骨吗……"

没有情丝，没有真正的感情。他模仿着正常人的情感，心里却是冷漠的，明明看穿了一切，却照着应有的情绪在扮演。

在他心里叶冰裳是喜欢的人，所以他学着萧凛保护叶冰裳一样保护她。

澹台烬甚至并不觉得自己有病。

苏苏脑海里飞速转动，那叶冰裳岂不是白受了这一下？

她心情好了不少，突然捧起他的脸，对待小孩子一样，商量着说："喂，陛下，你放过我祖母吧。我以后每天教你画苍生符，就是以前你也可以使用的那个，也不揍你了，还帮你找八皇子，你看怎么样？"

他的脸颊在少女柔软的手掌中。

澹台烬不适应地拿下她的手，别开眼睛，冷冷陈述道："你会跑。"

"不会不会！真的不会！我保证。"

"呵。"

"当我求求你，她年纪大了，不会妨碍你什么的。"

她眸中变得哀伤，怔然说："大哥战死，爹爹被流放，我只剩祖母了。"

他看了她许久，似乎在分辨她的话是真是假。

半晌，苏苏听见他说："孤给你一个机会，让你见叶老夫人。但是庞宜之，孤必诛杀。"

苏苏抬眸看他。

澹台烬说："这是皇权。"

所以，不能再往后退。庞宜之手中有潜龙卫，那些人在宫里一天，他就会害怕自己某天醒过来，头颅滚在地上。

卧榻之侧，岂容他人酣睡。

苏苏只好点头。

青年站起来："走吧。"

苏苏连忙跟上他，出门之前，澹台烬脚步顿了顿，苏苏生怕他反悔："怎么了？"

"你方才说的，记住了。"

"什么？"苏苏一时间没有反应过来。

他眸中微冷，看了她一眼，提醒道："苍生符。"

少女认真点头:"嗯嗯,只要你保护好祖母,教你苍生符,不揍你,我也不跑,还帮你找八皇子。"

　　他的唇角动了动,率先走在前面。

　　甘木凝警惕地看着苏苏,生怕她出手杀了澹台烬。

　　苏苏跟着澹台烬,来到一处幽静的小院。

　　此刻小院外面被重兵围住。

　　不仅如此,勾玉说:"远处有人架着弱水箭,庞大人跑不掉。"

　　澹台烬是真的要围杀庞宜之。

　　苏苏心里很难受,这一年来,她看着故人一个个死去,大道不过分看重生死,可是真到了那一刻,孰能无情。

　　苏苏百思不得其解,庞宜之既然有潜龙卫,为什么会狼狈躲藏在这里呢?

　　他从周国皇宫出逃那晚,到底发生了什么?

　　不待苏苏想明白,她看见一个拄着拐杖、精神矍铄的老人。

　　"祖母!"

　　"夕雾!"

　　叶老夫人站在小院门口,横着拐杖,不许澹台烬手下的兵进去。

　　这些兵先前被叶储风阻止,才没闯进院子,此刻澹台烬来了,没接到命令他们自然不敢轻举妄动。

　　苏苏走过去,轻声说:"祖母,让开吧。"

　　你纵然在他脚下碎成了泥,也没有用。

　　叶老夫人一言不发,用拐杖重重打了她的手臂一下。

　　苏苏没有躲。

　　澹台烬冷眼看着。

　　叶老夫人:"如果你和大丫头一样倾心这个贼子,你就滚出去,别再叫我祖母。"

　　苏苏红着眼眶不讲话。

　　叶老夫人颤抖着手,心里一阵难过。

　　她何尝不知道三丫头是什么人,当初叶家流放,全家只剩苏苏一个人执剑保护一家妇孺。

　　苏苏背着自己,从京城走到万州。

　　周国和夏国打仗那半年,叶啸说过,也是三丫头厮杀着把叶啸救回来,还替萧凛守卫了许久城池。

　　如果不是叶啸强行送她回来,她可能还在战场。

　　三丫头的心,从来不可能在一个男人身上。她骨子里是叶家的魂,不屈、顽强、正直。

老夫人怎么会不明白，但凡有一点儿办法，她的夕雾也必定会救庞宜之。

只是三丫头不想看着自己也死在这里。

老夫人的身躯突然佝偻下去，苏苏扶住她，有那么一刻她也希望自己单纯只是叶夕雾，拿起剑誓死也要带着庞宜之和潜龙卫离开。

可她是黎苏苏。

她若踏错，不仅是祖母，还有三界万物，都会万劫不复。

老夫人枯槁的手抱住她，轻轻摸了摸她的头发。

苏苏的鼻子骤然酸酸的。

庞宜之从屋子里出来。

他已经换上男装，拱手道："三姑娘。"

苏苏颔首。

他脸色苍白，看起来受了伤，愧疚地说："是在下连累了三姑娘和老夫人。"

庞宜之也知道自己今日躲不掉，或许他来周国找叶冰裳那一刻，就没有打算活着回去。

庞宜之看着苏苏，似乎想开口说什么："在下……你……"

许久，他挺直脊背，低叹着笑笑："算了。"

苏苏不懂他没说出口的是什么，这个傲骨铮铮的状元郎，深深看她一眼，被廿白羽擒住。

风飒飒吹动院子里的翠竹。

周国的春季快要来了。

苏苏得知庞宜之的死讯，是在三月初。

据说澹台烬什么也没审问出来，庞大人是自缢的，他齿间藏了毒，尸身得以保全，死得分外祥和。

苏苏猜得没有错，他早就为这一天做好了打算。

夏国颓败，青山埋忠骨，作为主战派，庞大人是有气节的人。

澹台烬并没有找到潜龙卫，这支神秘的卫队骤然消失。

澹台烬气急败坏亲自出去找人，一走就是一个月，祖母的居所也被澹台烬换了地方，苏苏不知道她在哪里。

周国开了春，宫里一派锦绣景象。傍晚老虎妖趾高气扬地走进来，捉了几只蛤蟆扔在苏苏睡觉的小榻上。

苏苏追着它，把它打得满头包。

这货记吃不记打，隔三岔五就想报仇，偏偏智商不达标，总是挨揍。

它吃过人，身上有浓重的妖气，苏苏打起它来毫不手软。

一人一虎追了小半个皇宫。

老虎慌不择路，逃回到承乾殿里。

没想到世上它最怕的那个人回来了。

澹台烬才穿上衣袍，虎妖就逃命似的蹿进来，跌入他沐浴的池子，水花溅得老高。

澹台烬笑了。

老虎抖了抖，从池子里爬起来，吓得抱住两只爪子疯狂作揖，朝慢半步追进来的少女身后躲。

苏苏看见澹台烬时，也愣了愣。

眼前的贱虎缩小到只剩巴掌大，眼泪汪汪直哆嗦。她无情地拎起它，一脚把它踹飞。

迷你虎妖感激地看她一眼，顺从地伸展四肢，倒飞出去。

一个月不见，本就瘦弱的澹台烬多了几分苍白的感觉。

这段时间他凶神恶煞到处找潜龙卫，结果连个影子都找不着，心情糟糕可见一斑。

苏苏在宫里都听说，他大动干戈，在宫外杀了不少人。

澹台烬没有找到潜龙卫，证明他的夜影卫某种程度上，不如萧凛的潜龙卫。

苏苏心里颇有几分幸灾乐祸。

蛤蟆从门口跳出去，澹台烬不咸不淡地说："让老道士把虎妖扔进炎火炉。"

这下老虎不死也得脱层皮，苏苏知道他心情糟糕，不太想过去。

这段时间她在宫中过得挺快活，因为没有特定身份，宫人不敢让她做事，却也不敢轻慢她。

澹台烬一回来，殿内的空气都要沉冷不少。

苏苏的床铺被弄脏，她认命地问宫女要了一套干净的，重新铺床。

青年帝王的头发散下来，坐在龙床上看她。

突然开口问："潜龙卫在你手中？"

苏苏铺床的动作停下来，她抬起头："如果真在我手中，我想，你今夜恐怕会完蛋。"

他盯了她一会儿，突然说道："你过来。"

苏苏疑惑地走过去："怎么了？"

"孤上次让你见了叶老夫人。"青年漆黑的瞳一眨不眨看着她，说。

苏苏点头，所以呢？

"所以，"他抿了抿唇，不悦地说，"你该兑现自己的承诺。"

苏苏当然记得自己说过什么话:"找八皇子的事,我当然不会骗你,但是追溯一个人需要他的贴身物品。他以前在宫中住过,你派人去找,找到拿给我,我来想想办法。"

苏苏说完就要走回去,手腕突然被拽住。

她还搂着一个枕头:"还有什么事?"

他抿着唇,眉眼间的不悦半点儿没有减少。漆黑的眸子像漂亮的黑曜石,闪着冰冷的光泽,有几分被愚弄的不高兴。

勾玉小声提醒苏苏:"你还说,教他画苍生符。"

噢对,是有这么回事。

然而苏苏看不惯这个人,故意装作不解说:"还有别的事吗?"

澹台烬见她半点儿也回想不起来的模样,不得不说:"苍生符。"

苏苏笑开:"我差点忘啦,你要现在看吗?"

青年帝王说:"嗯。"

她逼着他自己开口提醒,澹台烬的表情已经恨不得掐死她。

"魏喜,拿朱砂符纸来。"

没一会儿,朱砂符纸出现在苏苏手中。

她没兴趣在这件事上耍他,只想赶紧画完睡觉。她以前教过澹台烬画"苍生符",就是将世间美好以虚幻的形式呈现在他的眼前。

让他须臾之间看遍天下众生。

这是静心的符咒。

苏苏画好之后递给他,说道:"还记得法诀吗?"

澹台烬没说话,符纸到他手中那一刻,无风自燃。幽蓝色的光照亮他的脸,澹台烬眼前,少女困倦地看着他。

"好了吗?静下心我就去睡觉啦。"

澹台烬掐住她的下巴:"你要孤!"

苏苏莫名其妙,拍开他的手:"你又发什么疯?!"

澹台烬说:"孤什么也没看见。"

苏苏愣了愣:"这不可能。"

他简直在质疑自己的学艺水平,苏苏见他的神色也不像在说谎,她蘸了朱砂,重新画了一次。

这次苏苏自己试给他看,她看见山河呈现在眼前,人间一片祥和,百鸟鸣叫,彩云漫天。

"你看,明明可以。"她伸手,捞了一朵虚化的云彩,苍生符顷刻化作虚无。

澹台烬皱眉看着她。

看不见，他依旧什么都看不见。上次他也可以看到，然而这次符咒散去，依旧只有眼前头簪粉樱的少女。

"孤看不到。"

苏苏来了气，她觉得澹台烬在"碰瓷"。他的人被萧凛的潜龙卫虐了，回宫心情不好，就逮着她愚弄。

她当即撂挑子不干："你自己和自己玩吧！"

她才要走开，澹台烬下意识地想拉她。

苏苏头也没回，空中烛火飞过去，灼伤澹台烬的指尖，他收回手："你！"

勾玉冷不丁说："他没撒谎，小主人，是你没有学好苍生符。"

勾玉娓娓道来："你爹爹以前用苍生符哄你玩的时候，并没有告诉你，这种符咒，只对心怀苍生的人有用。澹台烬以前能看见，是因为他心里只有权力和天下。"

苏苏也没想到会是这样。

"而现在，"勾玉沉默片刻，"苍生符燃尽，只有你在他眼前。"

他看不见苍生。

少年魔神心里的情感不再纯粹了。

苏苏回头，看见青年手指一片通红。他漆黑的眼睛死死盯着她，愤怒里带着几分他自己都不明白的情感。

苏苏知道，这是个好机会。

她走回去："是我学艺不精，对不起。"

他握住拳头，就要对他冷嘲热讽。

少女突然捧起他的脸，在他脸上吧唧亲了一口，她漫不经心地说："赔罪！"

脸上蜻蜓点水的柔软让他整个人僵住。

反应过来，他咬牙拽住她的领口："你……"

"不知廉耻？"苏苏接话道。

两个人靠得极近，近得澹台烬能看清眼前少女的眼睫，他抿紧了唇，什么话都说不出来。

苏苏说："那你开心了吗？"

他依旧不语，从牙齿中挤出一句："孤要的是苍生符。"

苏苏眉眼带着几分浅浅的无奈："苍生符可能没有了，给你亲一下，你就忘了这回事，你干不干？"

澹台烬冷冷盯着她。

仿佛她是个一文不值的笑话。

苏苏说："好吧，那我想办法，给你弄来苍生符。"

她打算拽开他的手离开。

澹台烬不肯松手,固执又僵硬地拽住她。他从她眼里看出几分戏谑,一直没动。

就在苏苏以为这个情况会僵持下去的时候,澹台烬突然按住她的后脑勺,低下头。

他闭着眼,唇是冷的、微微哆嗦。

苏苏眼中的笑意缓缓晕开。

第十卷 六枚神钉

‖ 第六十七章 ‖

烛火跳动,"噼啪"轻轻一声响,玄衣青年睁开眼。

少女清亮的眼睛闭着,长睫在暖光下投出浅浅的影子。明明不到花期,空气中似乎弥散着合欢花的香味。

澹台烬像是突然触摸到鸩毒,如梦初醒。

苏苏猛然被他推开,她揉揉肩膀,抬眸看过去。

澹台烬脸色变幻莫测,他反应过来自己做了什么,如今再也没有粉饰的机会,也容不得他辩驳。

苏苏没说话,悄悄看着他。

这种时候她还挺期待澹台烬会怎么辩解,他天生缺失感情,或许他自己都不知道方才的动情意味着什么。

果然,苏苏很快看见澹台烬眼里蔓上一层寒冰。

他冷冷地说:"你勾引孤。"

苏苏:"……"她就没有见过倒扣一口锅扣得这么自然的人。

"我给你选择了。"苏苏咬牙切齿说,"澹台烬你失心疯吗?"

澹台烬垂着眼睛,摸了摸自己唇,许是上面残留的感觉让他不舒服,他很快掩饰性地放下手。

不知道是说给她听还是给自己听:"孤没有任何感觉,你这些招数根本不会有用。孤不会让你见你祖母,也不会放你出去,你死了这条心吧。"

苏苏面无表情看着他,抬脚就要下床,这么喜欢自己表演,你就一个人玩个够吧。

"站住!"他立刻说,"你要去哪里?"

苏苏说:"既然我这些招数完全没有作用,就不浪费时间了。放手,我要去睡觉,你不睡觉我要睡。"

苏苏躺上自己的小榻,闭上眼睛。

没一会儿,她听见床上窸窸窣窣的声音。

勾玉说："澹台烬过来了。"

她的小榻离龙床本就不远，澹台烬不知道犯什么病，至今没有给她安排住处。别人自然不敢管澹台烬的事，苏苏至今只能住在他的宫殿。

勾玉继续打报告说："他在看你。"

苏苏当然知道，他靠得那么近，眼神像黏腻的蜘蛛丝，让人浑身不舒服，她又不是真睡着了，自然会有感觉。

他靠过来，却不说话。

场面一时间安静下来。

对于苏苏来说，这种让人窒息的眼神，实在让人受不了。她装睡都装得毛骨悚然，苏苏睁开眼："你到底想做什么？"

玄衣青年斜坐在她的榻边，她睁眼让他微微不自在，目光瞬间错开。

青年清隽的侧脸，在琉璃灯盏下分外精致。

他的皮肤很白，薄唇透着诡异的红。

一个男人漂亮成这副模样也是不容易。

他用不情愿的语调说："孤承认，并不是完全没有作用，孤没有那么讨厌你。"

苏苏枕着自己柔软的手臂，打了个哈欠看他。

她的眼睛里泛出一层薄薄的水光，他用余光看她一眼，恩赐般说："你告诉孤，你到底想要什么？"

澹台烬像个在吝啬斟酌的商人，警惕而渴望地看着苏苏。

好似她手中有他特别垂涎的东西，可这东西轻而易举就能让他万劫不复。他一面恐惧着苏苏可能带来的可怕后果，一面又控制不住朝她靠近。

他神情紧绷等着答案。

苏苏心想：我要你的命啊。

然而不可能这么说，眼前的男人本就是吝啬而自私的惊弓之鸟，她无害的时候，他都可以想象出一百多种她的恶毒目的。

更谈何让他知道她是来取他狗命的！

别看这男人现在渴切地盯着她，以他邪骨的劣根性，知晓真相的下一刻可能就是掐死她。

于是苏苏眨了眨眼，说："我要当皇后。"

人间女子，不都是这样追求的，包括叶冰裳。

果然，听了这个理由，澹台烬的神色瞬间变得讥讽起来："你想当皇后？"

他夸张的讥讽之色像是看见一只猫跳进火里捞鱼。

不管是带大他的乳娘，还是荆兰安，都告诫过他那个位置的重要性。

对于一国之君来说，皇后甚至能决定一个朝代的安稳。

巩固政权、稳定民心，甚至两国邦交，皇后都起着特别重要的作用。

澹台烬性情冷酷，并不需要靠着皇后来镇压朝臣。

可是他若想问鼎九州，皇后就一定不能是夏国的人。夏国已经衰败，而再往北边走，就是水草丰美、擅长巫术的什荼国。

甚至再等几年，仙门大开，他还可以找个有灵根的皇后，借由她往仙门走。

毕竟他见过更加广袤的世界。

对于其他人来说，般若浮生是难以忘怀的感情。可是对于澹台烬来说，他看见了仙蛟冥夜强大的力量。

一剑可劈山，一手可摘月。

定水印、舍利子……这世上数也数不清的宝贝，滂沱的力量，他都有机会去得到。

冥夜蠢，他可不蠢，若是那样的力量给他，他才不会管什么桑酒和天欢。

什么狗屁的爱情，哪里比得上强大的力量。

而此刻，睡在榻上不耐烦的少女，竟然张口就要他皇后的位置？

他是疯了才会答应她。

卧薪尝胆十四年，他才得到现在的一切，他难道真的那么蠢，直接分给这个曾经折辱他的女人？

从此无法轻易拿下北面疆土，得不到传说中不老的巫术，也无法入仙门。

而是和眼前的少女……做一对平凡夫妻。

普普通通老去，死去？

甚至这个他看不透、捉不到的少女，还随时有可能捅他一刀。

苏苏不知道他在想什么，脸色一会儿狰狞，一会儿怔然，就好像她要的不是皇后之位，而是他的命。

好半晌，他抿了抿唇说："不行，你不能当皇后，孤可以给你其他封位。"

苏苏愤怒抬腿，一脚踹在他的肩上："滚吧，鬼才要当你的小妾。"

澹台烬没有防她，被她踹中肩膀，愤怒回头道："叶夕雾！"

苏苏说："喊什么喊，听见了。你要是喜欢找小妾，明天贴张皇榜，凑够三宫六院都没问题。噢我差点忘了，你已经许出了一个夫人之位。"

少女像看脏东西一样看着他："想必这就是你的喜好，给每个人许个夫人之位。滚吧，谈不拢就别打扰我睡觉。"

他脸色铁青，咬牙道："你不过一个没落朝臣的女儿。"

既然还不肯滚，苏苏抬脚，这回更加不客气，踩在他的脸上，一字一顿告诉他："那也比你高贵。"

澹台烬握住少女的玉足:"叶夕雾,你别不识好歹。"
她抬手结印,袖中飘出这几日画的对付虎妖的黄符。
空中蹿出火舌,瞬间烧焦了澹台烬的衣领。
少女已经转身,理都不理他。

开春以后,宫里渐渐热闹起来。
澹台烬下早朝回来,看见无数婢女在采摘杏花。
她们着红衫,拎着红色篮子,一看便知道有人吩咐这样做。
魏喜上前解释道:"陛下,开春了,过段时日就是我们大周的祈福日。向天神们祈祷,庇佑我朝风调雨顺、国泰民安。昭华夫人这几日都在准备,采最好最干净的杏花,送去占星台。"
杏花落在澹台烬手中,他轻嗤道:"向神祈祷?"
魏喜没听出他话里的嘲讽之意,白色杏花之后,走出来一个纤弱漂亮的身影。
看见澹台烬,她的眼睛里流露出温柔的笑意。
"陛下回来了?"
正是叶冰裳。
澹台烬点点头,他敛去眼睛里的嘲讽,温声问道:"冰裳身子如何了?"
叶冰裳福了福,轻声说:"妾的身体已大好,恕妾斗胆,擅自准备祈福仪式。妾身知道陛下不会记挂这样的小事,陛下才成为大周君主,民心所向不可或缺。"
这样的感觉对于澹台烬来说十分久违。
毕竟除了荆兰安,没人会站在他的利益上帮他安排这些。澹台烬说:"孤怎么会怪你。"
叶冰裳露出一个三分羞怯的笑。
她本就生得好,站在盛开的杏花之间,这一笑更是美得柔弱清丽。
连魏喜公公脸上都露出几分浅浅的赞叹。
叶冰裳抬眸,以为会在玄衣帝王眼中看见惊艳迷恋之色,没想到他的神色依旧温和含笑。
没有过分疏冷,却也并不狂热。
她的面色没有显露出来,心里却生起浅浅疑惑。
为什么?
为什么对澹台烬没用?
不,也并不是没用,至少小暴君对她比对其他人都好。可是当年她住在别苑时,毒舌傲慢的庞宜之都为她神魂颠倒、脸色涨红。

澹台烬的反应过于平淡了。

叶冰裳沉静地想，从他人口中她了解到，陛下是比其他人冷漠许多，兴许他的情绪十分内敛呢？

萧凛的感情，不也温和如水吗？

想到这里，她倒不再急躁，带着一众红衣宫婢离开了。

她一走，澹台烬眼里的笑意也就消失不见。

他揉碎手中的杏花，一脚踏上去。

魏喜小跑着跟上来，讨好地问澹台烬今日在哪里用晚膳。

这话问得有些意思，毕竟昭华夫人一片心意难得，小暴君再怎么也得宽慰一下夫人的心。

澹台烬还没说话，眉眼瞬间变得冰冷。

魏喜抬头一看，只见粉衣少女蹲在地上，手中拿了个玉碗和勺子，在喂一个黄衫男子喝水。

苏苏喂，那男子便张口。

他长着一张英挺的脸，略微方正，显得十分有男子气概，还带着细微憨厚。

澹台烬冷冰冰看着，苏苏觉察他的到来，抬起头看了他一眼。

黄衫男子眼巴巴看着苏苏，苏苏又舀了一勺喂进他的嘴里。

他喜得眉开眼笑。

苏苏还要喂，手腕猛地被人握住。

她抬眸，就看见一张冷得可怕的脸。眼前的小暴君歪了歪头，轻声问她："你在做什么？"

如果是发怒还好，这副模样，显然就是发病了。

苏苏笑而不语。

澹台烬也笑了："廿白羽。"

廿白羽出现在他身后，澹台烬柔声说："祈福仪式需要几个天灯，孤听说，人皮做成的天灯最为坚韧美观。孤看他的皮囊就很不错。"

他指的是蹲在地上的黄衣男子。

魏喜听出小暴君没有开玩笑的意思，两股战战。

廿白羽神色平静："是。"

苏苏挡在黄衣男子面前："慢着！你想做什么？"

澹台烬面无表情看着她。

两人僵持了一会儿，苏苏看看澹台烬，又看看地上一脸困惑和害怕的黄衣男子。

她说："你真要杀他呀？"

他不语，然而黑瞳杀意弥漫，不知道是针对谁的。

苏苏古怪地说："他是你的老虎妖。"

此言一出，澹台烬眼里的冷怒僵住，他看看地上的黄衫男子。

黄衫男子惊怯讨好地笑。

如果有尾巴，估计已经吓得夹起了尾巴。

他就是讨个清除浊气的符水喝，怎么这么可怕？

好不容易在炎火炉中化了形，他也想好好修炼。

小暴君怎么又要杀他，还要剥他的皮？

第六十八章

老虎妖化了形，却依旧保留着兽性，一看小暴君冷脸，就忍不住连连作揖求饶。

廿白羽无语地看着这货，知道是自己人，自然不会再拖出去剥皮杀了。

虎妖见不杀他，连忙手脚并用逃跑。

他惨得很，跟澹台明朗的时候还是只威风凛凛的虎将军，可是跟了澹台烬，他就没脸没皮只会狗腿讨好人。

苏苏扔下碗和勺子，看也不看澹台烬便走了。

自从她说出自己想要皇后之位，澹台烬眼里的情绪就一会儿一个样，时而轻蔑嘲弄，时而又挣扎冷酷。

勾玉说："他可是魔神，魔神天生喜好权力地位。你还记得上古册记载另一位魔神吗，那人可是连妻子都没有，连当年神界第一美人都被他生生虐杀。所以澹台烬不会给你皇后之位的。"

追求力量，是魔神的天性。

澹台烬自己也清楚，若他真的承认自己喜欢苏苏，无疑会停滞不前。

他若与什荼联姻，那么夺北方疆土、窥视古老巫术便指日可待。

他若这几年让老道找个有灵根的苗子，提前娶了她，将来仙门大开，他或许能窥见仙道。

因为他并不知道自己是谁，到了现在，澹台烬依旧以为自己是那个习不了武、孱弱到寿数有损的质子。

而苏苏能带给他什么呢？

这一刻勾玉十分理解澹台烬的想法，真要了苏苏，对他来说是折他的羽翼。

苏苏说："我知道他不会给。"

"小主人你知道？"

"对，我也没想要什么皇后之位。"苏苏说，"我故意这样说，有两个好处，澹台烬总觉得全天下的人都想害他。我说要皇后之位，反而宽了他的心。只要他情绪摇摆，我们就达到目的了。还有，我想看看叶冰裳到底想做什么。"

原主这个大姐姐太神秘了，连少年魔神都对她怜惜有加，她身上一定有什么秘密。

澹台烬这几日情绪阴晴不定，苏苏也没理他。

倒是化形后的虎妖消失不见，偶有一日，廿木凝奇怪地看苏苏一眼，说道："虎妖被陛下扔进噬魂幡里了。"

陛下说让虎妖和老道学艺，老虎现在天天在噬魂幡里嗷嗷地哭。

苏苏为此表示同情。

四月初，大周民间花朝节。

宫里也有盛宴，到处张灯结彩，喜好奢靡和丝竹的大周，一到花朝节氛围十分喜庆。

周国民风本就开放，这一日还是男女定情的日子。

追溯到千年前，男子还会给女子唱歌。

黄昏时，苏苏听见几个小宫女叽叽喳喳笑着说——

"听说夫人亲自做了水玉，那水玉裂开，两块几乎一模一样呢。"

"陛下收到，一定会很高兴。"

水玉是周国一种特定的玉石，须像烧窑一般炼制，精心照顾以后放入水中，会裂成两块。

越精致越对称，养出来的水玉成色越好，心意越足。

勾玉给苏苏出馊主意："要不你也给澹台烬弄一块水玉？"

看见叶冰裳温柔似水，十足的贤妻良母，而它家小主人心如止水，像修炼仙道时一般沉静，勾玉心里暗暗着急。

樱泽已死，离荒渊封印被破只剩一年多。

一年对于仙的生命来说，不过须臾，而珠泪依旧只有钉子雏形。

少年魔神的心是冷的，他的笑、恼、愤怒，很多时候都是在学习别人的情绪。

勾玉担心任务会失败。

苏苏摇头说："一味对他好没有用，你看荆兰安。"

"那怎么办？"

苏苏笑道："我们逃跑试试？勾玉，咱们许久没有飞过了吧。"

勾玉起先没懂苏苏什么意思，直到看她拿出巨大的纸鸢，它才知道苏苏要做什么。

春天的月像一柄清亮的刀。

苏苏扛着纸鸢爬上占星楼,趴在纸鸢上往外飞。

她的足下是人间烟火,无数灯盏亮起,周国繁华,处处喜意升腾。

风吹动她的裙摆,她借着风符,飞出宫门之外。

飞出老远,她看见震惊的廿木凝,束手无策站在原地,她也不敢真伤了苏苏,匆匆往宫宴的方向跑了。

苏苏撑着下巴,与勾玉看人间繁华。这苍茫世间,比仙山可温暖多了。

她降落的地方挑在最繁华的街道。

苏苏随手买了个面具,扣在自己脸上:"你猜他什么时候会气急败坏追出来?"

少女背着手,隐入人群。

宫宴还没结束,那时候叶冰裳才替澹台烬系好另一块水玉。

"愿陛下福泽无双,安好顺遂。"她略微腼腆一笑,人比花娇。

澹台烬默了默,嘴角牵起来,露出温和笑意。

叶冰裳看着他,依稀从他的神情中看出几分萧凛的影子。她有几分想皱眉。

丝竹管弦声不断,舞姬翩翩旋转,水袖翻飞,如一场华丽的梦境。

下一刻,一身劲装的廿木凝匆匆跑进来,对着澹台烬耳语一番。

叶冰裳眼睁睁看着澹台烬面上温柔的假面消失不见,瞬间变得森寒可怖。

他的目光渐渐变得阴郁,他的胸膛起伏不定,用一种恶毒憎恶的眼神看着在场所有人。

底下臣子们觥筹交错,丝毫不觉。

玄衣帝王豁然起身,大家都看过来,他沉郁的脸带上几分如水的笑容:"孤有事,先行一步,诸位爱卿没事就散了。"

众人对他的惧多于敬,尤其是先前喝过肉汤的巨子,连忙行礼告退。

一柄玄色的弓递到帝王手中,他像是要去捉不听话的猎物,脚步匆匆往外走。

叶冰裳看着他的背影,明白那弓并不会真正射出箭,他只是想吓吓那个不听话的少女。

叶冰裳离得近,听见了廿木凝说话。

澹台烬走出好几步,才突然回头。

叶冰裳的眼泪滑过脸颊,怔怔看着他。澹台烬沉默许久,露出一个略微僵硬的笑容:"孤忘了给你回礼,廿白羽,带夫人去珍宝库,看上什么都给夫人送过去。"

叶冰裳哀求地看着他。

他转身,大步走了。

小慧担忧地说:"夫人……"

叶冰裳擦干脸上的泪,冷静低声喃喃说:"还是不行啊。"

廿木凝和夜影卫跟着玄衣帝王出了宫。可街上女子大多戴着面具,人来人往,到处欢声笑语,追踪一个少女谈何容易。

廿木凝说:"陛下,叶三小姐不可能离开,她的祖母还在我们手中。"

澹台烬语气森然,什么都听不进去:"孤就知道,她一定会跑,孤就该打断她的腿。"

人都是凉薄的,正如他母亲的存在,阻碍了他的出生,他会毫不犹豫选择杀了她。

苏苏完全有可能舍弃她那个年迈无用的祖母!

廿木凝看着陛下粗鲁地掰过一个紫衣女子的肩膀,扯下她的面具,见不是要找的人,他直接把人甩开。

他像一个被背叛,极其伤心又愤怒的人,气红了眼睛。

"她违背了诺言,等找到了她,孤会把她和那个老太婆,一起扔进蛇窟!"

廿木凝不敢说话,许是错觉,她从陛下的盛怒里听出几分委屈和茫然。

叶三姑娘本事大,她若真跑了,这天底下鲜少有人能找到她。

他们走了许久,夜影卫的煞气让人连连退让。

澹台烬突然顿住脚步。

彼时他站在不悔桥上,桥下情侣成双。他布满荫翳的眼睛看着一对对年轻男女,嘴角突然溢出冷笑。

廿木凝心里有种不好的预感。

陛下的箭已经搭上了弓,他对准人群,一箭射中桥下其中一个男子的膝盖。

与男子同行的女子尖叫起来。

喜庆的氛围一下变得混乱,廿木凝仓皇道:"陛下,他们是你的子民。"

春寒料峭,夜风里,青年低声笑起来:"哦,谁在乎呢?"

他搭箭矢,开始杀人。

廿木凝脸色惨白,她不同于弟弟廿白羽,这是她第一次见识澹台烬的冷酷与残暴。

脚下的子民在他眼中如猪羊,他眼中带着血气,甚至还有零星的笑意。

她脑海一片空白,最后拿出一个黑白獠牙面具给澹台烬戴上。

不能失了……民心。

她手脚冰冷。

就在场面彻底失控前,一个着水蓝裙子的人踢开澹台烬手中的弓箭。

来人青丝如瀑，接住落下的弓箭，冷冷对准澹台烬。

廿木凝连忙格挡开来人的手，保护陛下。

澹台烬扔了自己脸上的面具，平静地说："你回来了。"

他伸出手，去摘对面女子脸上的银蝶面具。

人间的花大片大片盛放，面具之下，少女微冷的眸，像夜色里的刀刃，带着几分怒气看着他。

澹台烬冷冷盯着她。

廿木凝心里，难免想起陛下先前说的蛇窟惩罚。

人群的混乱还没结束，无数的尖叫声中，玄衣青年突然一把抱住少女。

他抱得死紧，像要将她挫骨扬灰。

若是真要她死，绝不会给拥抱。

他漆黑的眼睛看着护城河一盏盏花灯，在苏苏耳边说了一句话。

苏苏愣了愣："什么？"

尖叫声盖过青年的低语，她只觉得腰间的力量似乎要把她揉碎。

他抿唇，不再重复，目光冷沉地看着底下流动的河水。

勾玉小声道："他说，让你当皇后，再跑真的弄死你。"

苏苏愣了愣，露出笑容。

三枚金色钉子在珠泪中旋转，勾玉喜道："三枚灭魂钉出来了。"

还剩六枚。

澹台烬一直不怎么高兴，他垂眸把玩着苏苏那个银蝶面具，仿佛她谋杀了他全家那样可怕。

苏苏难得看他顺眼许多。

她故意说："凤袍我要蓝色的，绣红色的凤凰。"

他冷着脸，不吭声。

苏苏不想当皇后，但看着他一脸晦气、天都要塌下来的模样，苏苏觉得愉快。

她努力管理好表情，模仿他一脸阴冷。

"你想笑就笑。"他沉声开口。

这句话他以前也说过，那时候他瞎了一只眼，苏苏捡到他。

但今日苏苏可不客气，她的脸颊埋进臂弯，扑哧爆笑。

他抿住唇，紧紧抓着银蝶面具。

半晌，见她还在笑。澹台烬忍无可忍，捏住她的下巴："够了，给孤适可而止。"

"孤让你当皇后,不代表孤会忍你!"

少女眨了眨水润的眼睛,笑着说:"哦。"

他盯着她许久,咬牙开口:"你若再骗孤……"

澹台烬眼里带着几分幽冷,像两簇暗黑的火,苏苏便知道,这次澹台烬不是跟她开玩笑,剥皮抽骨,他完全做得出来。

她若是真背叛他,或者再跑一次,他一定会恨死她。

苏苏看着青年黑黢黢的眼睛,从脊椎生出一股凉意来。

她悄悄摸了摸珠泪中已经成形的三枚神钉,心中一定。

百年过后,眼前这人不过一抔黄沙。

‖ 第六十九章 ‖

花朝节一过,陛下要筹备登基大典的消息,传遍整个周国。

周国有部分人不认可他。

澹台明朗当年登基,正经拿过传位圣旨。而澹台烬弑兄上位不说,在民间也没有贤君民声。

他好战,喜杀戮。

前段时间为了找出八皇子,士兵挨家挨户搜查,弄得怨声载道。

但也有不少人拥护他。

毕竟因为澹台烬,夏国成了周国的附属国,整个大周一扫先前的颓唐,扬眉吐气。

澹台烬一直没举行登基大典,没想到他此刻突然决定举行。

正式登基以后,国号要改,许多政策也要变。这意味着澹台烬未来几年,大概率会选择扎实安内政,不再四处征战。

外面不知道,宫里却隐约传出一个谣言——

大典那日,陛下将一同封后。

直到无数锦缎送进承乾宫中,众人才发现谣言不是谣言——它是真的。

小暴君真的要封后。

他们的新后,此刻的紫衣少女,在翡翠宫绣盖头。

回宫以后,苏苏就搬出了承乾殿,澹台烬依旧让甘木凝看着她,却没强行要求她住在承乾宫了。

绣娘们恭敬而耐心地指导:"姑娘,针法不是这样的。您这样穿过去,盖头反面会不好看。"

苏苏实在没有这方面的天赋,她说:"我不会这个,你们帮我绣,可以吗?"

绣娘们掩唇笑起来，见苏苏懵懂的样子，有人说道："姑娘说笑，大周的规矩，出嫁女儿要亲手绣盖头。这融入新人心意的盖头，才能庇佑天长地久。"

另一个接话："再说了，陛下吩咐过，姑娘必须亲手绣完。"

凤袍不用苏苏动手，离大典还有两个月，正常情况下绣盖头都来得及。

苏苏生无可恋，拿起银针，继续跟着绣娘们学。

勾玉安慰道："忍忍。"

他想要你绣盖头而已，你可是想要他的命。

于是苏苏白天跟着绣娘们学刺绣，到了黄昏就出去走走。

许是澹台烬心情不错，老虎妖被放了出来。

但它被禁止在宫中化形，苏苏偶尔见到它，它以虎身在树荫下晒太阳，苏苏还没过去，它跑得飞快。

苏苏本以为封后的消息传出去，那位深不可测的大姐姐会有所行动。

然而她们只在宫里偶遇过一回，叶冰裳遥遥对着苏苏微笑，看上去十分平和温柔。

叶冰裳眉宇有浅浅的难堪之色，却没过分表露，看上去反倒有些许让人同情的凄凉感。

苏苏皱眉看着她的背影，勾玉连忙说："小主人，你可不能同情她，勾玉总觉得这个叶冰裳很可怕。"

"我知道，"苏苏说，"我没有同情她。"

只是觉得，叶冰裳能做出控制银环攻击她的事，就绝对不可能对自己即将被封后的事坐以待毙。

叶冰裳至今什么都没做，让人拿不定主意。

苏苏回到翡翠宫，发现澹台烬也在。

他这几日不比自己轻松，一面修改赋税，筹备登基大典，另一面还在搜查藏头露尾的八皇子。

有时候夜深了，他承乾宫的灯还亮着。

他手上拿着什么，苏苏走过去，才看见是自己绣的盖头。

盖头上绣的凤凰，苏苏是个新手，至今连线头都扯不清。

大红盖头上的金线乍一看惨不忍睹。

澹台烬不悦地看向苏苏。

他不讲话苏苏都看明白了他的表情——你就绣出来这个玩意儿？

苏苏无辜地看着他，说："术业有专攻，我是真不会，偏偏绣娘们说，要新人绣的盖头才会被祝福。你如果实在看不下去，就让绣娘们绣嘛，反正也没人知道。"

澹台烬讥诮地说:"就你这样,还想当皇后。"

他回头,发现苏苏早就不在原地。

少女枕着双臂,惬意往绣着银色杜鹃花的床上一躺。快入夏,大周的夏季本就炎热,她抬起手,指间夹着的黄符燃起,漂亮的雪花在她身边纷纷扬扬落下。

她纤长的手指接住雪花,紫色裙摆在床上散开。

雪花坠在她的发间,见青年怔然看着她的脸,苏苏偏头说:"你刚刚说什么?"

落雪在少女额间变成蓝色冰晶,她在初夏凝出雪来,眉眼带着几分漫不经心。她眨了眨眼,那股清冷的感觉散去,显出女子的娇憨美丽来。

澹台烬冷着脸拂袖而去。

勾玉打小报告说:"他耳朵红了。"

苏苏坐起来,发现有哪里不对劲:"我的半成品盖头呢?"

勾玉说:"他拿走了。"

苏苏想了想,眼睛里带上几分笑意。

承乾殿的宫灯灭得更晚了些,绣娘再没来打扰苏苏。

大典前半月,苏苏收到一张绣好的盖头。

盖头放在她的床头,用华丽的金线勾勒,每一处都绣得漂亮精致。苏苏拿起来,手指触上去,仿佛看见澹台烬冷着脸绣凤凰的画面。

比起女子的手艺,这凤凰多了几分硬朗之感。

苏苏诧异地看着华美的凤凰。

连勾玉的语气里也多了几分复杂,说:"在冷宫长大的孩子,什么生活技能都会。"

一个邪魔,竟也信了这套,盼诸神降福于他。

挺好笑的,细想也挺让人心情复杂。

苏苏收好盖头,微抿了下唇角。

这是她这辈子第一次骗人感情,貌似还成功了。

苏苏拿到盖头第二日,澹台烬打算立苏苏为后的消息,不知为何传到了朝堂。

如果澹台烬要立后的是其他人,大臣们绝对不敢管他的家事,可偏偏是苏苏。

敌国大将军叶啸的存在,压得周国近二十年喘不过气。现在陛下竟然要娶叶贼之女!

文臣都想得比较远,万一以后那叶氏之女有野心,生下嫡皇子,大周都间接落在了叶氏手里。

大臣们当即决定进谏。

不说别的,外面八皇子还在虎视眈眈!陛下娶叶贼的女儿,不就完全失了民心吗？

不仅是他们，连一向只听澹台烬话的羊暨都觉得不好。

羊暨说："陛下要是喜欢叶三姑娘，可以封个美人，实在乐意封个夫人也行。一国之后若给了叶啸之女，在百姓看来，陛下就跟卖国无异。"

澹台烬闻言，下意识驳斥道："谁跟你说孤喜欢她！"

羊暨："……"重点是这个吗？重点偏了啊陛下。

两人对望了一眼，澹台烬低声说："她只要皇后。"

哦，要什么你给什么，还说不喜欢她。

羊暨无力吐槽："蒋大人和几个老臣还在外面跪着，陛下，这些都是支持你登基的人，总不能真让他们死谏。"

澹台烬眼神嘲弄。

羊暨叹了口气，心里发苦。在他看来，迎苏苏为后是一件百害无一利的事。天下人都不会同意，澹台烬非要这样做，只会让臣子们心寒。

这件事僵持了许多天，连身处后宫的叶冰裳都听说了。

有个姓蔡的大人为了让澹台烬回心转意，甚至一头撞在帝王的车辇上。

宫中窃窃私语，不知道是谁先开始揣测，陛下这回应该不会立后了。

叶冰裳如今是后宫唯一有封位的人，亲自温了汤去看澹台烬。

她路过鲜花盛开的朝花宫，还没到澹台烬的前殿，就撞见了脚步匆忙的魏喜。

老太监脸色惨白，看见叶冰裳，半晌才维持住脸色，给叶冰裳行礼。

叶冰裳一眼就看见了魏喜身上有干涸的血迹。

"给夫人见礼，老奴有急事，先行一步。"魏喜跑了几步，回头好心提醒，"今日陛下那里……不适宜夫人前去，夫人还是回宫歇息着吧。"

叶冰裳说："多谢魏公公提醒。"

魏喜神不守舍，往前去了。

叶冰裳留意到，魏喜去的地方正是翡翠宫。

她脚步顿了顿，没有听魏喜的提议回去，而是继续往前走。

巍峨宫殿前，鲜血蜿蜒流出来，一颗人头骨碌碌滚到叶冰裳裙边。

身后的小慧失声尖叫。

叶冰裳的脸色也白了白，身后的夜影卫捂住小慧的嘴，冷声说："夫人，得罪了，陛下现在有事，不便见夫人，还请夫人先行回去。"

叶冰裳连忙点头，夜影卫这才放开小慧，小慧的腿打着摆子，紧紧靠着叶冰裳。

叶冰裳不敢多看，带着小慧折身回去了。

苏苏被魏喜叫过来时，夜影卫正在清理地上的痕迹。

夕阳如血，玄衣帝王坐在高高的台阶上，手中执着一柄剑，看着天边火红的太阳出神。

他周身弥漫着一股子冷漠，手指死死扣住剑柄。

周围的宫人被遣散。

四处清理干净，浓郁的血腥气却散不去。苏苏看了眼澹台烬手中的剑，他抬眸，也看见了她。

两人对视片刻，苏苏在他面前蹲下，低声说："你杀人了？"

他看了她一会儿，抬起手，摸了摸她的脸颊。

"孤是为了你。"他松开剑，眼里的冷郁散去，不知道想起什么，低低地笑，"你想当皇后，蔡老说除非他死，我就把他杀了。"

苏苏突然什么都说不出来。

她如鲠在喉，一面觉得恶心，对上他平静的眼睛，她一面又觉得不寒而栗。

澹台烬做了个"嘘"的手势，从容地说："放心，不会有人知道孤杀人，蔡老到了回乡养老的年纪，是死于山贼乱刀之下。"

苏苏脸色难看地看着他："你为什么叫魏喜公公让我过来？"

澹台烬微笑地说："他们都不让我立你为后，我要让你看看，我都做了些什么。"

青年眼尾带着血腥，笑意散去后，他双手抱住苏苏的肩膀，把她往怀里带。

勾玉气愤地说："他怎么回事，凡人喜欢一个人，不是拼命对她好，什么都为对方着想吗？"

澹台烬这样，简直在增加它小主人的心理压力。

他杀了人，还要让她知道，是为她而杀人。

这个神经病！

他怀里一股冰冷的铁锈血腥味，苏苏侧开头，有种想把他的脸放在地上踩的冲动。

他说："叶夕雾。"

"说！"苏苏烦躁地开口。

"立你为后半点儿作用都没有，还让孤有了一堆麻烦。"

"是我逼你的吗？"

"所以，如果以后你对我不好，"他自说自话，低声在她耳边道，语气又低又冷，像条拼命缠绕她的毒蛇，"我不会放过你。"

她抬起头，看见青年凉薄的神色下，掩藏得很好的几分茫然。

或许他也不知道走这一步对不对。

放弃征战，放弃一直以来寻求力量的决心，他看见面前是一个深坑，知道走进去可能会摔得他头破血流，一无所有，他还是去了。

苏苏放下自己的手，低低"嗯"了一声。

耳边的胸膛，一声声跳动极为平静。如果不是知道魔神天生没有情丝，她会觉得这一切荒诞得像个笑话。

‖ 第七十章 ‖

果然，蔡大人的死被隐秘瞒了下来。

对外宣称养老回家的路上遇到山贼。可是大臣们都是人精，谁都能猜到是怎么回事。

换作别的人是皇帝，或许会引起群臣激愤。可皇帝是澹台烬，他说杀人就杀人，毫不含糊，不要名声，也不要脸。

谁也拿这种人没办法。

总之不知道是谁第一个退让，再没人主动去找澹台烬的晦气。

一切如火如荼地进行，转眼，到了六月份。

登基大典前一天，苏苏试过了凤袍，华美的红色凤袍层层叠叠，金线在阳光下闪闪发亮。

三十六位绣娘，足足忙了两个月，才做出这身衣裳。

连廿木凝都不得不承认，这身衣服特别好看。

苏苏才把衣服换下来，有人禀报说，叶冰裳来了。

"天气不错，三妹妹要不要一起走走？"叶冰裳说。

她眼眶微红，谁都看得出，她一定哭过。宫女们看看苏苏，再看叶冰裳时，眼里露出同情之色。

陛下立了这位夫人之后，就没再留过夜。这位夫人也相当可怜。

苏苏在心里笑了笑："好啊。"

两人便绕着御花园走走，廿木凝寸步不离地跟着她们。

叶冰裳苦笑着说："三妹妹或许会觉得，我今日来是要说些挑拨的话。但其实，宣王殿下一死，我便明白，我终究是福薄，比不得三妹妹。"

苏苏说："福厚福薄，都靠自己积缘，寄托在旁人身上算什么。"

叶冰裳微怔，点头说："这样说也不错，不过都不重要了。三妹妹明日便是大周皇后，我想求三妹妹一件事。可否帮我向陛下求个恩典，让我出宫？不管是在外面找个别庄生活，或是让我回夏国，对我来说，都是恩赐。"

她哀求地看着苏苏，握住苏苏的手。

苏苏抽回自己的手："昭华夫人想求恩典大可自己去，我恐怕帮不上什么忙。"

美人垂泪对苏苏而言半点杀伤力都没有，她扯下叶冰裳的手："没什么事我就回宫了。"

叶冰裳看着她的背影，收回了手，脸上无悲无喜。

勾玉莫名其妙道："她到底想做什么？总不可能是真心想要离开周国皇宫吧？"

苏苏张开手。

勾玉诧异道："咦，这是什么？叶冰裳刚刚塞给你的？"

只见苏苏手里有一颗碧绿的宝石。

苏苏说："这是祖母的宝石。"

当初叶家被流放，家底被收了个空，叶老夫人唯独藏起了这颗宝石。

这是祖母年轻时候，祖父第一次送她的东西。苏苏之前背着叶老夫人去柳州，每到寒冷的夜晚，叶老夫人就会同她说起一些往事。

祖母如此宝贝这颗宝石，为什么会在叶冰裳手中？

苏苏心里有种不好的预感。

勾玉说："你别急，叶老夫人一直在澹台烬那里，总不可能出什么事。叶冰裳和你一样，一直在宫里，不可能对老夫人做什么的。你不是前两日还收到了老夫人报平安的书信吗？"

说起书信，看见宝石那一刻，苏苏心中就起了疑。

她连忙拿出祖母断断续续写给自己的书信，仔细比对了一番，几封信上，字迹都是一样的。

苏苏心里一沉。

即便是同一个人写字，也不会把每一封信里，同样的字写出一样的字迹。

她攥紧书信和宝石。

突然确信一个消息——

祖母出事了。

苏苏快步走回去，果然，叶冰裳还在原地等她。

叶冰裳站在花丛中，丝毫不诧异苏苏会回来，她柔声道："三妹妹现在可是想好好和我谈谈？"

苏苏回头对廿木凝说："明日要用的碧玺落在瑞明宫了，可以帮我拿到承乾殿去吗？"

廿木凝皱起眉。

苏苏说："让旁人拿也可以。"

碧玺这么重要的东西，廿木凝怎么也不可能让别人拿，她低声嘱咐夜影卫看好苏苏，朝瑞明宫去了。

姐妹俩走到假山处，苏苏拿出手中宝石，问道："这是怎么回事？"

叶冰裳也一改柔弱姿态，神情复杂地看着苏苏。

"你别怪我这时候找你，祖母确然出了事。宣王殿下生前留下一支死士，叫作潜龙卫。先前庞大人躲在了祖母的住处，后来他死了，潜龙卫不知所踪。这支死士，陛下想要，流落民间的八皇子也想要。"

苏苏说："所以你要告诉我，八皇子不敢惹澹台烬，就抓了祖母，想要逼问潜龙卫的下落？"

"没错，"叶冰裳说，"你平日不可以去看祖母，我娘亲却可以，前段时日她去探望祖母，人不见了，只发现了这颗宝石。"

苏苏冷冷审视着她。

勾玉低声说："叶冰裳说的应该是真话。"

叶冰裳继续道："八皇子前几日就放出消息，让人拿潜龙卫去换祖母的命，否则……"

叶冰裳沉声说："今夜子时，就是祖母命丧黄泉之时。这个消息京城的人都知道，你还记得陛下离宫那段时日吗，便是他去寻八皇子叛军之时。陛下瞒着你，宫人也不敢同你说。我原本也不想冒这个险，可那也是我的祖母。"

"三妹妹，"叶冰裳打量着苏苏，"潜龙卫……是否真的在你手中？"

苏苏冷笑一声："没有。"

苏苏说："你打什么算盘我不在乎，若是让我知道，祖母出事与你有关，我就算背信弃义，也要让你痛苦一辈子。"

叶老夫人是苏苏来到人间唯一给她亲情的人，苏苏怎么也不希望叶老夫人出事。

八皇子给的时间是子时，苏苏要在子时之前找到潜龙卫，还要用潜龙卫去换人，这万万不可能。

叶冰裳垂眸，温声说："你认为我有坏心思，或许的确有，但是我真心希望你能救回祖母。"

苏苏说："护心鳞拿来。"

"什么？"叶冰裳诧异地看着她。

苏苏说："你既然真心希望我去救人，就把你的筹码也一并给我，我去把祖母救回来。"

叶冰裳后退了一步。

苏苏笑道："你看，所以别再说什么你为祖母好的话了。叶冰裳，你只爱你自己。"

叶冰裳几乎下意识辩驳说："不，我怎么知道，你拿了东西，会不会救人……"

苏苏看她一眼，不再和她废话，转身离开。

勾玉说："现在怎么办？"

"救人。"

"你不当皇后了？"

苏苏没好气地说："人命关天，当什么皇后。"

她的目的本就不是给澹台烬当皇后，动作快的话，子时之前，她应该来得及。

澹台烬瞒着苏苏这件事，就不会希望她去救人。

假如想得更残忍些……澹台烬也想引出那一支潜龙卫，于是放任八皇子抓了祖母。

更甚至，澹台烬觉得潜龙卫在苏苏手中。他怕苏苏真把潜龙卫给了八皇子，到时候八皇子名声比他好，手中也有了势力，便足以动摇他的一切。如果八皇子真的杀了叶老夫人，苏苏无论如何也不会再把潜龙卫给八皇子。

可是，潜龙卫并不在她手里。

苏苏承认，叶冰裳很聪明，即便她知道这是个圈套，她依旧得去。

苏苏写了封信，告诉澹台烬自己明日之前一定会回来。

勾玉提醒她："小主人，别放在这里，你还记得般若浮生中，冥夜和桑酒的前车之鉴吗？"

苏苏立刻想到冥夜给桑酒留下话语，结果被天欢抹去的事。

她收回信，用符纸燃了。

如果明日之前有人发现她不见，进入屋子的人都会看见水汽凝成的信，自然会去禀告澹台烬。

她关上门，给门外的宫女说自己要休息了，让人不要打扰。

苏苏催动倾世花，画了传送符咒。

鲜血汩汩从她指尖涌出，苏苏看了眼旁边红色金线的盖头，抿了抿唇，闭上眼睛。下一刻，她消失在原地。

叶冰裳拿着银环，现身在苏苏房间。

看着空中挥散不去、依稀要凝结的水雾，她低声道："还挺聪明。"

怀里的护心鳞散发着银色的光，她拿出来一划，水雾散去，消散无踪。

"可惜，还是护心鳞好用。对不起了，三妹妹，是你不给我留活路。"

同时，噬魂幡黑雾滚滚，老道连忙来禀告。

"陛下，宫中有法阵波动。"

澹台烬睁开眼睛，他收回手，薄唇染上一层瑰丽的嫣红。

身前的鼠妖抽搐着，澹台烬掌心的黑气转眼隐去。

他沉下眼睛。

澹台烬有片刻失神，随后嘲讽地笑笑。许多事情，只有他一个人以为在改变，其实并没有，譬如，他依旧是那个需要妖物内丹来续命的怪物。

他上一刻还在想，若日后被她发现，她会不会用异样恶心的眼神看他。下一刻就被告知，她再一次离他而去。

再一次。

澹台烬站起来，廿白羽守在门外。

果然，没一会儿廿木凝脸色苍白地出现："姑娘不见了。"

澹台烬比她想象的冷静得多，他甚至还有心思笑了笑："她去了哪里？"

廿木凝连忙拿出一个盒子。

盒子里是一只可以追踪的银蝶，翅膀在夜里散发着白色光晕，往一个方向飞去。

澹台烬低声说："黔南方向，八皇子藏身的地方啊。"

所以，那支潜龙卫还真在她身上。或许这次她把潜龙卫给了八皇子，便永远不会再回来。

他明明在笑，廿白羽却依稀觉得，此刻陛下的心情恐怕糟糕得不行。

廿木凝也垂下了头。

追踪的法术在凡间根本没法用。

勾玉看见苏苏左眼有了血丝，连忙说："小主人，别再透支倾世花了！你如今是凡人之躯，经不住这样的损耗。"

苏苏沉默不言。

事实上，她找到这里，内脏已经隐隐作痛。如勾玉所说，倾世花的每一次使用，都对她这具身体有极大的伤害。

她看看天色，只希望在天亮之前，找到祖母带她回去。

离子时越来越近。

丛林里偶尔有两只眼睛碧绿的狼，幽幽看着她，不敢靠过来。

苏苏觉得不太对劲，空气中似乎有股奇怪的味道，不待她深想，怀里一烫，竟是灭魂珠泪又变出三枚钉子。

已经六枚了……

破空声传来，苏苏几乎立刻凭借本能避开箭矢。

鼓掌声传出来，一个着绛紫衣衫的少年从林中踏出来。他看上去年龄不大，眉眼间却萦绕着一股煞气。

见了苏苏，他有种猎人看见猎物的兴奋。

"你就是叶三小姐？等你这么久，你终于来了。"

"八皇子？"苏苏说，"我祖母呢？"

"那个老太婆，放心，她暂时没事，潜龙卫玺印在哪里，你带来了吗？"

事实上，看见八皇子那一刻，苏苏的心就沉了沉。

她耗费倾世花的力量偷偷过来，本来就不想被八皇子发现，只想找到祖母悄悄带她走，没想到八皇子会在这里等她。

八皇子比澹台烬还要小两岁，他眉毛生得浓，远远没有澹台烬的容貌惊艳，只趋于俊俏。

勾玉沉声说："会不会是叶冰裳通风报信？"

这个揣测太过恶毒，如果真是叶冰裳，那她分明就是要祖母的命。

苏苏沉下心，拿出袖中半掩盖的碧玺，很快又收回来："带来了，让我看看祖母。"

八皇子神情莫测地打量她。

"那是玺印？"

苏苏说："是。"

其实是皇后的碧玺，她的心怦怦跳，只希望八皇子没看清楚。

八皇子可惜地摇摇头："不在你手上啊，你连潜龙卫玺印是什么都不知道。"

他神色古怪地笑："你那个，倒是有点儿像我母妃求之不得的皇后碧玺呢。难不成是我那个残暴不堪的皇兄给你的？"

八皇子哈哈大笑，脸色变得阴森："黄毛丫头，来了我的地盘，还敢这么嚣张。既然那个小杂种在意你，你就更要留下来了。"

只见空中不知道什么时候出现无数只赤炎蜂。

勾玉说："不好，他们澹台皇室人人豢养妖物！"

赤炎蜂最早就是从周国皇室流出去的，八皇子手里也不知道还有多少这样的东西。

苏苏现在要跑倒是来得及，可是她离开，祖母怎么办？

她拔剑杀死两只攻击她的赤炎蜂。

然而赤炎蜂太多了，如同一个蜂巢被捅穿，所有赤炎蜂都朝着苏苏而来。

这样的情况下，苏苏寸步难行。

她旋身落在地上，赤炎蜂身躯庞大，她尽量往狭小的地方躲，朝着八皇子靠近。

八皇子说："不自量力！"

他在这里躲了这么久，手中自然有不少筹码。上头两个皇兄，澹台明朗、澹台烬都是心术不正的暴君，拥护他的人自然而然就多起来。

赤炎蜂没再动，苏苏背后却突然撒出一张血红的网。

勾玉大惊："是融尸网！小主人躲开。"

前面是赤炎蜂，后面是融尸网，苏苏突然明白澹台烬以前和她小打小闹是让着她，因为他从来不会动杀招。

八皇子打不过澹台烬，而自己一到这里就身处险境。

没办法，为了避开身后的融尸网，她只能选择扑向赤炎蜂。

眼看赤炎蜂的口器要刺穿她的肩膀。

银色蝴蝶穿过赤炎蜂群，猛地照亮丛林的黑夜，赤炎蜂像是觉察到了什么，纷纷逃命似的散开去。

苏苏狼狈地摔在地上，眼前出现一双玄色云纹靴子。

她抬起头，就看见了澹台烬，他讥诮地看着她："就这点本事，也敢过来送死。"

他转头看向八皇子，冷笑着说："小畜生，孤让你选一种死法。"

苏苏心想，不愧是亲兄弟，骂人都一样。

澹台烬甚至更过分。

八皇子也怒了："今日让你有来无回。"

这里到底是八皇子的地盘，空气中那股奇怪的粉雾弥散过来，澹台烬背后的噬魂幡飞速旋转，眨眼就驱散了粉雾。

八皇子说："这不可能！"

澹台烬说："杀了。"

苏苏已经爬起来，站到了澹台烬身边。

八皇子眼见情况不妙，就打算撤离。

苏苏想到祖母，想要追上去。

她才往前走了一步，澹台烬握住她的手腕，怒道："你想死吗？"

"我祖……"

她才说了两个字，空中银蓝色的箭光闪过。

澹台烬猛地抱住她，带她躲开箭矢。

那箭矢穿透树干，一支又一支，朝他们射来。

廿白羽心一沉，这不是八皇子的人，更像是潜龙卫！

被澹台烬抱住那一刻，苏苏脑海里一片空白，不是因为别的，而是因为怀里的灭魂珠泪瞬间一烫，竟变成了九枚钉子。

他毫无所觉，少年魔神的爱像是触摸不到的空气。他生如死水，连动心也悄无声息，像一潭死水。

那么轻易，却又在沸腾。

他们倒下去的时候，他甚至下意识地用手掌垫住了她的头。

空气在她眼中仿佛瞬间凝滞。

澹台烬离她那么近，眼里的紧绷感让她看得清晰。青年的身体护住她，身后是飞速而过的箭矢。

苏苏身上有什么掉了下去，她一看，小山给自己的蛊虫恰好被箭雨刺成两截。

她却来不及管这些，因为如果要杀他，现在是最好的机会。

连勾玉也兴奋道："小主人，快！"

这才是他们最终的目的！

苏苏一咬牙，祭出灭魂珠泪。澹台烬用手臂牢牢抱着她，下一刻，三枚金色的钉子出现在他身后，钉入他的心脏。

澹台烬怔然低头，看见少女一双毫无感情的眼。

他脸色惨白，嘴角流下血来，好半响，他松开了她："为什么？"

苏苏清亮的瞳看着他："我本来就是来杀你的。"

"杀我？"他低声重复了一遍，"不会的，你不是要……当我……"

三枚灭魂钉再次进入他的心脏，打断他要说的话。

他脸色惨白如纸，突然抬起头，用一种冰冷的眼神看着她。

黑色在他眼中蔓延。

"你一直在骗我，你从来就不喜欢我，你和他们一样，只想让我死！"

苏苏觉得不对劲，想赶紧把最后三颗灭魂钉钉入他的心脏。

他突然诡异地弯起唇。

六月的夜风，一瞬变得冰冷，拂过苏苏的发。

他心脏的地方，一枚蓝色的鳞片幽幽亮起。

勾玉倒抽一口凉气："叶冰裳把护心鳞给了他！"

最后三枚钉子，撞在护心鳞上，变得粉碎。

青年的脸色像是尸体一般森然惨白，他扬手，苏苏倒飞了出去。

她过度使用倾世花，本就是强弩之末，被护心鳞打中，一口血"哇"地喷出来。

一柄剑横在她的脖子上。

苏苏心里无限下沉，头脑和身体全是冰冷的。三枚灭魂钉……碎了。

她的任务失败了。

然而比这更可怕的是，青年蹲下看她，他的嘴角鲜血直流："你是不是觉得我很蠢，很可笑？"

苏苏剧烈咳嗽着。

他掐住她的脖子，似哭似笑怪声道："我的喜欢你不稀罕，那就试试我的恨！"

苏苏一个字都没法说出来，护心鳞一闪，她晕了过去。

"今日是十五。"有人在她耳畔这样说。

十五？她当时并没有反应过来，这个词意味着什么。头脑中混沌一片，纵然是夏天的夜晚，空气中的冷意依旧让她瑟缩。

十五！苏苏猛然睁开了眼。

冰冷的地牢，她躺在一张简陋的石床上，四周黑暗，伸手不见五指。

石床的另一头，一个漆黑的人影安静坐着。

苏苏发现手腕和脚踝上，都被弱水捆住。

黑夜里那双冰冷的眼睛，嘲弄地看着她挣扎。

苏苏的心无限下沉。

"很害怕是不是？"他低声笑道，神经质般开口，"孤前几日，日日夜夜就是你这样的心情。"

"一个人身处黑暗，总盼着明日会有光。但是你看，这个世界没人会救我，就像现在……没人会救你。"

苏苏下意识地去找身上的蛊虫，哑声喃喃道："蛊虫没了……"

她的反应让澹台烬再次冷冷笑出声。

蛊虫在潜龙卫的乱箭中没了，偏偏恰逢十五，她身上的结春蚕发作。

"你或许在背地里笑话了我很多次。瞧啊，那个叫作澹台烬的蠢货，你曾经打他、骂他、折辱他，他依旧不舍得杀了你。他甚至想过让你做皇后，和你一起像个普通人一样老去死去。

"他愚不可及，甚至明知道你再次离开他，依旧选择来找你。因为怕你真被八皇子那个畜生弄死了啊。

"可是潜龙卫的箭矢、六枚钉入心脏的钉子，让他看清了，他真是贱。你杀我的时候，有一点犹豫吗？"

他带着绝望而疯狂的语调，却如低吟一般，在昏暗的密室里响起，甚至称得上心平气和。

苏苏心里有种难以言说的惶恐，她身体滚烫，呼吸急促。

算算时间，结春蚕在身体里已经一年半了，远非第一、第二次那么浅的药性，没了蛊虫，她这具身体便到了不解毒就会死的地步。

她死死握紧衣襟，心里挣扎。

想离他远一点，可是身体里的药性渐渐在燃烧她的理智。

澹台烬说："放心，我知道你不稀罕做我的皇后了。我也不会再那么蠢，你说你不稀罕妾？"

"你连妾都没的做。"

"就死在这里。"他呢喃着，如同恶魔低语，"真可惜，我没能如你所愿死掉，那你的地狱就要来了。"

身下的石床坚硬如冰，苏苏并没有好受些。

勾玉没了反应，伸手不见五指的黑夜。她难受极了，手指死死抓住身下的石床，像一条濒死的鱼，却始终没有向他伸出手。

澹台烬眼里黯淡的光渐渐变成刺人的冷漠，他起身，离开了。

苏苏倒在石床上，她痛苦地喘息着，眼前一片血雾，连密室都看不清晰。

血液飞速地流动，她的口鼻也渗出鲜血来。

她吐出一口血，感觉自己的生命体征在消失。

好冷……

就在她呼吸渐渐孱弱的时候，消失的脚步声重新快步走了回来。有人握住了她的手，不知道阴狠和愤怒哪个情绪占了上风，他杀意肆虐，捏碎了她的指骨。

澹台烬猛地拎起她，将她抵在冰冷的密室墙壁上。

"与其让你这样死，不如我亲手了结了你！"

这样的痛却让苏苏清醒过来，不、不可以死。

她心想，不可以……就这样死去，无论如何也要活着。

她颤抖着，握住来人的手，紧紧扣入他的十指，指甲几乎嵌入澹台烬的手背。

"救我……"

少女在他的怀里颤抖，她的指甲在他的皮肤上抓出几道口子。

他沉默许久，闭了闭眼，笑出声来："你也……"

少女颤抖着抱住他的脖子。

夜色在眼前破碎，苏苏大口喘着气。

手指疼，身上哪里都疼。任务失败的恐惧，结春蚕发作的痛苦，让她颤抖得像只小兽。

澹台烬的手指插入她的头发，她像攀岩的藤蔓，汲取养料，努力想从他身上活下去。

天快亮了。

苏苏清醒过来的时候，身边的人在低笑，不知道在嘲讽她还是在笑他自己。后来他没再笑了，低低哼起儿时在夏国听到的歌。

那是无数宫人寂寞的夜晚，用来消遣的歌曲。那些恐怖而孤寂的夜里，他什么都没能学会，只学会了这些肮脏的东西。
　　如今，他唱给她听。
　　他握住她的手，在唇间一吻，轻而易举按在她疼痛的指骨上。
　　"痛吗？比不上我心脏里的痛。"
　　多想杀了她，却竟又选择让她活了下去。
　　黑暗里，澹台烬的嘴角渗出血，他大笑着，继续哼歌。
　　手指不知道什么时候被人扣住，澹台烬以一种强硬的姿态，死死握住她的手。
　　无边的黑夜里，澹台烬冰冷而肆意。
　　"感受到了吗？"他摸到她发间已经冰凉的泪，漫不经心地拭去。
　　他的恨意啊。

　　　　　　　【未完待续】

图书在版编目（CIP）数据

长月烬明/藤萝为枝著. — 广州：广东旅游出版社，2021.9（2022.3 重印）
ISBN 978-7-5570-2588-5

Ⅰ.①长… Ⅱ.①藤… Ⅲ.①长篇小说—中国—当代 Ⅳ.①I247.5

中国版本图书馆 CIP 数据核字 (2021) 第 179398 号

长月烬明
CHANG YUE WU JIN

出 版 人：刘志松
责任编辑：梅哲坤
责任技编：冼志良
责任校对：李瑞苑

广东旅游出版社出版发行
地址：广州市荔湾区沙面北街 71 号首、二层
邮编：510130
电话：020-87347732
印刷：嘉业印刷（天津）有限公司
（地址：天津市静海经济开发区北区银海道 48 号）
开本：700 毫米 ×980 毫米 1/16
字数：476 千
印张：27
版次：2021 年 9 月第 1 版
印次：2022 年 3 月第 5 次印刷
定价：54.80 元

【版权所有 侵权必究】
如发现图书质量问题，可联系调换。质量投诉电话：010-82069336